eclair novels

竜王の婚姻〈上〉

黄金の獅子と白銀の狼

佐伊
イラスト 小山田あみ

首都アイゼイ
ネスタニア国
ハンズの山
ネイロ山脈
北方防衛師団
ガングル領
アンドローテ川
ランド領
旧ヒルジャ国
タレスの離宮
神山
王領テフール
学都
首都ギドゥオン
ディネ川
サヴァリン川
王領グランダード
テデル渓谷
西方防衛師団
ラーシャル領
オストラコン国
レスキア国
コーテス川
首都ガリア
東方防衛師団
バロット領
イルダ族
南方防衛師団
ナラゼル領
グルバ山脈
N
ネバル国
ナルージャ族
バルミラ国
MAP
首都オピア

竜王の婚姻

黄金の獅子と白銀の狼

上

物語の世界観と用語解説

◆ 月

赤月→白月→宵月→流月のサイクルで、一年に四回、四季ごとに変わる。生命が受精し誕生するのは赤月で、全人口の98％が赤月に誕生する。また、春赤月が一番妊娠しやすいとされている。惹香嚢は赤月に発情する。

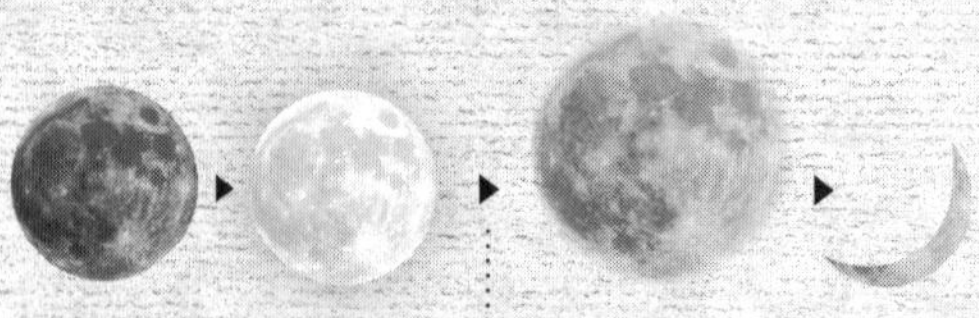

赤月《せきげつ》 ▸ 白月《はくつき》 ▸ 宵月《よいげつ》 ▸ 流月《りゅうげつ》

数十年に一度、「神隠月」と言われる
空に月が浮かばない闇の七日間が起こる

一年は約270日・16カ月

ひと月は約16～18日

◆ 惹香嚢《じゃこうのう》

男女問わず妊娠可能な臓器。千人に一人の割合で持って生まれてくる。赤月前半の七日間に、淫らに獣人を惑わす惹香（淫香）を放つ。惹香はとても魅惑的な香りなので、獣人ほど理性は失わないが、人でもその香りを嗅ぐと性欲が高まる。獣人は惹香嚢持ちの者の血や精液を飲むと体力などが回復する。惹香嚢が生んだ子どもは惹香嚢であることが多い。また、獣人と純血種の夫婦からは生まれにくい獣人の子を、惹香嚢は半分の確率で生む。

◆ 獣人族（異能種）

獣人化能力者を指す。獣化すると頭部は獣の頭になり、爪が伸び、筋肉が大きくなるため身体能力が高くなる。地域により生息する獣種は異なる。戦闘に重宝されている。惹香によって発情し理性を失ってしまうので、純血種に比べると蔑まれている。国によって扱いに差がある。

◆ 両性体

男性体と女性体があるが、男女ともに生殖器が未熟なため生殖能力がなく、発情しない。そのため惹香の影響を受けない。外見は中性的で、後宮で侍従として働く者が多い。

◆ 小人族

身長が大きくとも10歳児程度までしか伸びない人間。小人の中に獣化する者は生まれてこない。

◆ 純血種

獣人化能力のない人間を指す。全体人工の80％。平均寿命は60歳前後。人間同士の父母から生まれた者を純血種という。両性や小人族の血も含む。

◆ 竜王 ―りゅうおう(正名:シェヴァイリオン)―

神山に住む世界の神。竜王がいなくなれば、万物すべてが狂い、世界は破滅すると言われている。寿命はおよそ200～300年。基本は雌体で生まれて無性生殖を行う。卵を産んで死去し、一年後に新たな竜王が孵る。雄体で生まれた場合は無性生殖ができないため、伴侶を必要とする。その伴侶のことを婚配者という。婚配者は、雄体竜王の誕生と同じ神隠月に生まれた惹香嚢体より選ばれる。竜王自らが婚配者を選ぶと言われるがその方法は不明。

◆ 神官

上位・中位・下位と身分が分かれる完全な階級社会。役職も五階級に色分けされており、金の紋章は各家の長のみ、中位は銀・紫・青の紋章、下位は黒の紋章。

◆ 闇人 ―あんじん―

獣人で構成された組織。過酷な訓練を幼少より受け、暗殺や諜報活動をたたき込まれている。洗脳によって感情や思考力は奪われており、神官の命令は絶対と躾けられた、最強にして冷酷な兵士。

◆ 竜人族(上位神官)

世界に竜王が誕生した際に、竜王の世話をするために現れたとされる、すべての人間の始祖。血筋は四家あり、竜王から授けられた特殊な超能力をそれぞれ有している。四家が各王国の祖でもある。超能力を失った者が人間であり、発情期のある獣人族は人間よりさらに劣っていると竜人族は考えている。上位神官は竜人族のみで構成されている。

◆ 四大王国と始祖家

東西南北に分かれ四つの大国があり、小国や小さな部族はこのどこかの大国に従属している。

【レスキア国】

東の大国。三代続けて皇帝に選ばれており、四大国の中で最も大きな国。水と緑に最も恵まれ、有能な人材を評価してきたことで大国となった。

王家の始祖はタルトキア家。

【オストラコン国】

西の大国。天候が安定し農耕地にも恵まれているが、四大王国の中では最も領土が小さく人口も少ない。

王家の始祖はハルダ家。

【バルミラ国】

南の大国。砂漠と熱砂の国。君主制が強く王族の力が強い。塩害による農耕地の縮小で従属国から土地を奪おうとしている。黄金豹獣人が多い。

王家の始祖はウガジェ家。

【ネスタニア国】

北の大国。レスキア国に次いで力のある国。寒く、農耕地に恵まれないのは南と同じだが、鉱山を所有し栄えてきた。

王家の始祖はイマーシュ家。

アリオス
レスキア国王であり
四大国を束ねる皇帝
セナ
ネバル国の王子
従属の証しとして
レスキア国へ嫁ぐ
人物紹介
Character
アスラン
明るく活発な
セナが生んだ
男の子

フオル
セナの従者
両性の小人族
ジグルト
レスキア国の
第一書記官
セイジュ
神山の
銀の神官
イザク
神山より
派遣された護衛官
最強と言われる
白銀狼獣人
サガン
物知りな
流浪の医師

主な登場人物

Ryuouno konin
Ougon no shishi to
Hakugin no Ookami

Main characters

- ジド ……… セナの乳母夫。灰色山猫獣人
- ウルド ……… ネバル国の宰相
- ギーチ ……… ジドの娘婿。黒豹獣人
- ハーモン …… レスキア帝国の後宮侍従長
- ダリオン …… レスキア帝国の宰相
- ハスバル …… レスキア帝国の神山外交官
- ガトー ……… レスキア帝国の神山外交部筆頭補佐官
- ヴァント …… 各国との外交を任されている第一書記官。ジグルトの同期
- アスキン …… レスキア皇太子。学都に留学中
- ニールス …… 皇太子付第一書記官。ジグルトの元部下
- カルス ……… 皇帝付第一書記官。ジグルトの同期
- ダン ……… レスキア帝国近衛騎士団の隊長。黄金虎獣人
- ナラゼル …… レスキア帝国南方防衛師団の元帥
- フィザー …… レスキア帝国南方防衛師団南方騎士団の団長。黄金豹獣人
- マルコ ……… セイジュの幼なじみ。医師
- ハーグリオ … セイジュの幼なじみ。竜王否定派《ミグシェヴァイリアン》
- アガタ ……… ネスタニア国の始祖・イマーシュ家の長
  盲目。『道《タオ》の目』の能力者
- ルツ ……… アガタの世話人
- ゼーダ ……… バルミラ国の始祖・ウガジェ家の長
  闇人の統率者。『石《ラド》の目』の能力者
- ガイル ……… 闇人部隊の隊長。黒と白の二毛種狼獣人
- ルーラン …… イルダ族の族長。ジドの知己。山猫獣人
- フーガ ……… ルーランの息子。山猫獣人。母親は惹香嚢体
- テザント …… ナルージャ族の巫女。惹香嚢体
- ルイド ……… ナルージャ族の族長。テザントの末子
- ナガラ ……… オストラコン国の始祖・ハルダ家の長
- バードン …… オストラコン国の神山外交官
- ラビレオ …… 学都の教授。マルコの師

竜王の婚姻

黄金の獅子と白銀の狼

上

Ryuouno konin

Ougon no shishi to Hakugin no Ookami

序章　婚礼

Ⅰ　後宮

　空に浮かぶ月は、赤から白に変わっていた。

　真っ白な輝きは、闇夜をいつも以上に明るく照らす。セナは、その白さを確認してからゆっくりと外に出た。

　冬の夜風が頬を通り過ぎていく。白い息はあっという間に闇に消える。牢番《ろうばん》は、いつも鍵を開けると逃げるように去って行く。冬だというのに、マント一つ用意されていなかった。

　凍えそうに寒かったが、セナはしばし石畳の上に佇んだ。高貴な人間を幽閉する際に使われるため、薄汚れてはいない場所だが、牢獄は牢獄である。灯り一つない空間はうっそうとした木々に覆われ、空よりも地上の方が、闇は深かった。

「王子」

　乳母夫のジドが、不自由な片足を引きずりながらやってきた。引きずるといっても気をつけて見なければわからぬほどである。ジドは齢五十近くだが、数多くの戦場をくぐり抜けてきた体躯と精悍さは衰えていなかった。

「なんと。そのようなお姿で。今すぐ毛皮を用意いたしましょう」

「ああ、いい。いい。このまま王城に入る方が早い。しかしジド、今回は白月《はくつき》がずいぶんと早かったように感じたが？」

　粗末なもので申し訳ありません、と謝罪しながらジドはセナに自分のマントを羽織らせた。

「おっしゃるとおり、今回は赤月《せきげつ》が早く消えました。婚礼が間に合わなかった者もいるらしいです」

「それは残念なことだな」

　ひと月はおよそ十六日から十八日で、月は四度、姿を変える。

　丸く赤い月が出る赤月、形は変わらぬまま月が白く変わる白月、色は黄色で、最も大きく円を描く宵《よい》月《げつ》、同じく色は黄色いが月が細くなる流月《りゅうげつ》。

ひと月ごとに月は姿を変え、春、夏、秋、冬の周期ごとに四回それを繰り返す。

「まあ、もともと冬の赤月は日数が短いですから。春赤月のほうが長く、妊娠も確率が高くなりますし、延期しても構わんだろうと私などは思いますが。婚礼の夜に赤月が消え、不吉だと騒ぎ出した年寄りもいたらしく」

不吉ねえ、とセナは思い出し笑いをこぼした。

「皆がジドのように頭が柔らかいといいんだがな。娘を宵月に結婚させる父親など、珍しいものな」

「子を孕むためだけに結婚するわけではないでしょうに……」

ジドに背中を守られるように王城内に入る。自室のある北へすぐに向かおうとしたが、前方から厳しい声が飛んだ。

「まだ一カ月経っていないというのに、誰がお前に外に出ることを許した！」

王太子である兄だった。なぜこんな王城の外れに兄がいるのか、セナは内心首を傾げながら答えた。

「月が変わりましたら牢が開きます。私が開けるように指示しているわけではありません」

「今回赤月が早く明けたからといって、お前の惹香《じゃこう》が消えているとは限らんのだぞ」

「……お言葉ですが王太子様。惹香の力は本来、赤月でも七日間のみと言われております。セナ王子は念のために、赤月の間はずっと牢にて人を避けておられます。これ以上、セナ王子にご不自由を強いられますのは」

「こやつが惹香嚢《じゃこうのう》を持つ淫売なのが悪いのだろう」

兄の侮辱よりも、セナは後ろに控えるジドの怒りのほうが気になった。老いたとはいえ、かつてネバルの勇猛果敢な武官であったジドの気は、瞬時に肌を粟《あわ》立たせるほどだった。あまりの気迫に、王太子が息をのむ。

「王太子様。こんな場所で何を？　どちらに出かけられますか」

ネバル国宰相のウルドが、ゆったりとした動作で近づいてきた。

「赤月が明けたので、やっと後宮から出られて外へ遊びに行かれるといったところですか」

「さ……宰相」

「赤月明けの娼館など、自堕落の極み。もうしばらくは夜歩きは控えなされ。ご予定ではこの赤月でお二人、王太子様の御子がお生まれになりますが、まだお一人のお誕生しか早馬が届いておりませんぞ。さ、南へお連れしろ」

忌ま忌ましそうに兄が舌打ちするのを、セナは横顔で受け止めた。

宰相の助け船は、おそらく数日内に別の形で戻ってくるだろう。赤月の間だけでなく、ずっと牢に閉じ込めておけと命じてくるだろうか。

「牢番に鍵を開けさせたのは私でございます」

ウルドの言葉に、セナは思わずまじまじと老宰相を見つめた。

ウルドは普段、セナに対して声をかけてくるのはまれだ。父王の片腕であるこの宰相は、他の王子に対しても愛想の良いほうではないが、自分は王子として数えられてもいまいと、セナは思っていた。侮蔑は向けてこなかったが、不要な者として見られていることはわかっていた。

「セナ王子、このまま国王様のもとへ。父王様より、お話があります」

セナは目を見開いた。

「お言葉ですが宰相、王子は牢から出られたばかりで……」

「よい、ジド。父上のご用命だ」

父王が直接自分を呼びつけるなど、今まで一度もなかったことである。

ウルドがわざわざ北の端で待ち構えていたのを考えると、相当大事な用なのだろう。不安もあったが、父王の言葉を直接賜ることができるかもしれないという期待が、心を弾ませた。

ウルドが案内したのは、国王の執務室ではなく、私室だった。兄の王太子でも、一度も足を踏み入れたことはあるまい。セナは緊張のあまり、足が強ばってうまく進めなくなった。

　扉が開かれるとすぐ、寝椅子に腰かけている父王の姿が目に入った。寝椅子のそばに置かれた卓には書類が山積みになっている。書類に目を通していた父王の顔が、わずかに上がる。

「来たか」

　六十五歳になった国王は書類を卓上に戻し、老いた身体を寝椅子から持ち上げた。ウルドがさりげなくその身体を支える。セナは閉められた扉を背に、父王がそばに近寄るのを許す言葉を待った。だが、父王は許可を与えずに尋ねた。

「セナよ。いくつになった」

　距離を縮める許可は与えられぬらしい。返答する前にセナはその場に片膝をついた。

「十六でございます」

　夜着の上に執務服を羽織らせてはいたが、父王の格好も態度も、どこか投げやりな様子だった。いつものようにセナに顔も向けてこないが、拒絶感はない。

「お前を、レスキア皇帝に嫁がせる」

　父王の掠れた声は、セナの心を一瞬にして凍り付かせた。

　反応したくとも、呼吸すらままならない。だが父王はセナの反応など目にも入れず、淡々と言葉を続けた。

「知っての通り、お前は儂《わし》の末子《まっし》で、儂には娘がおらぬ。長子の遺児は唯一の女児だが、これは王太子の長男に嫁がせるのが決まっておる。この冬赤月に生まれた王太子の子も、また男。これ以上レスキアにのらりくらりと返事を避け続けるわけにはいかんのだ。レスキアはついに、春赤月までには、王族の娘をレスキア皇帝の後宮へ入れるように命じてきた」

　この世界は、東、西、南、北、四つの大国に大きく分けられている。

　北のネスタニア国、南のバルミラ国、西のオストラコン国。そして東の大国・レスキア帝国は、領土の大きさが四国で最も大きく、軍事力、経済力いずれも群を抜いていた。

　皇帝を冠する者は、世界の王として、四つの大国の頂点に立つ。

どの国の王を皇帝とするか、決めるのは神として崇められる竜王《りゅうおう》である。

レスキア国王は三代続けて皇帝の名を冠することを竜王より許され、その政治は盤石であった。

レスキア皇帝は四大国の王女や有力貴族らの娘を後宮に入れているだけでなく、自国の従属国からも妃を迎えている。これは、いわゆる人質としての目的もあった。

四大国は表面上一応均衡を保っているが、周辺の小国は、いずれかの大国に従属する以外、生きながらえるのは不可能だった。四つの大国はそれぞれ従わせる国々を持ち、レスキアの従属国は七国である。南のバルミラ国が、十二の国と十五の部族をまとめあげるのに四苦八苦しているのを見ても、比較的統治が楽ではあった。だがレスキア帝国は今、竜王から『皇帝《シェヴァ》』の称号を許されている。目を光らせる必要があるのは、己の国だけではなかった。

砂漠の小国であるネバル国は、土地的には南の国バルミラ側に近い。だがバルミラ国は政情が安定せず、長い歴史でネバルは何度もバルミラに振り回されてきた。バルミラの勢力が削がれた時代に、東のレスキアに鞍替《くら》えしたのである。

当然、バルミラは力を盛り返してくると、ネバル国に圧力をかけてくるようになった。レスキアはネバルを見放しはしなかったが、代々ネバル国王は自国を保つだけで精一杯の状態だった。

「儂とて、長子が生きていたら、この齢まで王座にしがみつく必要もなかったものを」

流行り病にて早世したネバル国王の長子は血統や能力的にも王にふさわしかったが、次子である現王太子は国政を任せるには愚かすぎた。長子が遺した女児は王太子の長子と早々に婚約しており、それによって家臣らをまとめているような状態だった。

「孫が成人するまで生きることはできまいが、家臣らを納得させるためにも、孫娘をレスキアの後宮に入れるわけにはいかぬ」

それはわかっている。だが。毅然《きぜん》とした声を出そうとしたが、セナが振り絞った声は、外に溢れると震えた。

「しかし、私は、男でございます」

「惹香嚢持ちのな」

そこで初めて、父王はまっすぐ視線を向けてきた。

「お前の体内にある惹香嚢は、男を受け入れれば子どもさえ孕《はら》む。惹香嚢持ちならば、女と同様に後宮に入ることを認められよう」

「後宮入りなど許されるわけがありません。私は、男性体でございます。両性ならばともかく、惹香嚢があるとはいえ男です。男子禁制である後宮に通されるとは思えません」

「だから何度も！　王女はいないとレスキアに断り続けてきたのだ！」

父王の身体がゆらりと傾く。セナがはっとして身を動かす前に、すかさずウルドがその身体を支えた。ウルドにしがみつきながら、ネバル国王は叫んだ。

「人質を出さないということは、南のバルミラと繋《つな》がっているのだろうと邪推される。もう、取り繕うのは不可能なのだ。孫娘だけはレスキア皇帝に渡せん。あれの血統が王太子を保証するのだ。このネバルを、内からも、外からも守るには、他に方法などないと、ここまで言わねばわからぬか。そこまで愚か者か、お前は！」

掠れた声を、最後は罵るように吐き出した父王に、セナは何も言えなかった。

老いた父は、セナが思った以上に身体を酷使していた。平均寿命が五十歳以下のネバル国民の中でも、ネバル国王は六十五歳と長命なほうだったが、明日どうにかなってしまってもおかしくない年齢である。

「……お前とて、妻帯できる身体でもあるまいに」

吐き捨てるような父王の声と、責めるような宰相の視線。二人の非難は、もっともだった。王族として生まれた以上、国のために身を捧げるのが当然である。

身体が冷たくなるのを感じながら、セナは床に片膝をつき、無言で諾を伝えるしかなかった。

レスキアの王宮に辿《たど》り着いた直後に、殺されるかもしれない。

身を裂かれ、生きたまま内臓を取られ、道に放り出されてお終いかもしれない。

それでもネバルが、レスキアに確かに人身御供《ひとみごくう》を出したという証しは、刻まれるだろう。

そのためだけの、存在価値。

存在に価値が見いだされるだけマシではないか。

何の役にも立たない、惹香嚢体の王子なのだから。

そんな囁《ささや》きが、セナの耳に届いた気がした。

＊・＊・＊

セナは生まれてから一度もネバル国から出たことがない。

灼熱《しゃくねつ》の砂漠に囲まれる母国の外がどうなっているのか、人の話から想像したことはあっても、限界があった。

世界には竜の姿の神がおり、神山という世界の中心に鎮座し、世界を守っている。

幼い頃、上手に思い描けず首をかしげると、乳母は微笑みながら世界地図を指して話した。

世界にはネバルよりも大きな国がいくつもあり、肌の色も、髪の色も違う。

なぜか？　と問うセナに、乳母は告げた。

それぞれの国の民は、求める色を瞳に宿すのだと。

ネバル民が求めるのは緑である。水を保たせ生物を呼び穀物を育む濃い緑を、何よりも求めるのだと。

「あなたの瞳の色は、ネバルの祈りそのものです」

そう話していた乳母の黄緑色の瞳を、セナは思い出していた。

東の大国レスキアは、またの名を「水と緑の国」と呼ばれている。

セナは自らの置かれている状況も忘れ、目の前の光景にくぎづけになった。

豊富な水が、深い緑の森をこれでもかというほどに育んでいる。目にとびこんでくる色は全て緑、緑。砂漠の国ネバルでは、背が高く、葉の豊富な木々など存在しない。空を覆うほどの緑など、この世に存在したのかと、自然の豊かさにセナは言葉を失った。自分の瞳の色よりはるかに濃い緑色であふれていた。

ネバル国を出発して十八日目、あと二日ほどでレスキア帝国の首都ギドゥオンに到着する。ネバルからの一行がひと休みに選んだ森の中で、セナはその緑の濃さを目に焼き付けた。灼熱の太陽にひたすら耐える砂漠のわずかな木々は、これほどの緑を保つことはできない。

馬車の窓の布をめくり外を覗《のぞ》き見ていたセナは、思わず呟いた。

「なんという……恵みにあふれた国だ、ここは」

セナの独り言に、侍従のフオルが頷《うなず》いた。

「四大国の中で最も早く発展したのは、水と緑の豊富さゆえです。この国の農業はほったらかしにしていても勝手に実りを与えてくれるそうな。我が国や、南のバルミラ国が、年々砂漠化で農耕地が少なくなっているのと対照的ですな」

セナは思わずフオルに顔を向けた。ネバルを旅立ってから、フオルがまともに会話をしてきたのは初めてである。

フオルはネバル王宮の侍従だったが、王族付きではなかったため、セナはその存在を知らなかった。聞けば、ネバル国宰相ウルドの召し使いだったらしい。

フオルが、レスキア皇帝の後宮に入るセナのただ一人の侍従として選ばれたのは、ウルドの息がかかった者だからだけではない。後宮に入るのに、都合がいい人間だからだ。

「詳しいな、フオル。宰相の書記を?」

「小人《こびと》で両性体の私になど、文官のお役目を果たせるわけないではありませんか」

フオルは自嘲気味に顔を歪《ゆが》めてみせた。齢は二十代後半と聞いていたが、小人族の特徴で体格は七歳ほどの幼児でも顔は大人びている。皮膚が伸びても骨格が成長しないため大きな目の周りには皺が寄っていた。

小人には種族があるが、親が小人族出身でなくとも小人として生まれる場合がある。これは惹香嚢体も同じだった。母親が惹香嚢体でなくとも、たまに惹香嚢体の子どもが生まれる場合がある。これらを「先祖返り」と呼んでいた。

フオルは褐色の肌に黒髪が多いネバル国民には珍しく、髪が茶色で肌と目の色素も薄い。細くさらさらとした髪は丸い頭の形をくっきりと浮き上がらせていた。

「まあ、だからこそあなた様付きの侍従として、レスキアにまで行かされることになったんですけどね」

随分はっきりとものを言う侍従だとセナは思った。

取り繕う必要がないからだろう。レスキアの後宮になんとか潜り込んだとしても、すぐに殺されるかもしれないのだ。とばっちりだと思っているのがありありと伝わる。

セナがレスキア皇帝の後宮に入ることが決定した時、乳母のアリーアとその夫のジドは、自分たちが付き従うと申し出てきた。だがジドは男、後宮には入ることはできない。

かといって、もう四十歳を過ぎているアリーアを伴う気にもなれなかった。乳姉弟として育ったジドの娘は、結婚して子どもが生まれたばかりである。

別れを惜しむ暇もなかった。冬赤月の終わりに後宮入りの話が来てわずか三十日後、冬宵月の終わりには出立である。春赤月に間に合うように後宮入りすべし、と王命が届き、あっという間に時間は過ぎた。

「王子。もうそろそろ赤月に入ります。惹香の匂いなど、私は全くわかりませんが、外の護衛どもがソワソワし始めると困ります。惹香嚢の分泌が始まって匂いが漂う前に、抑制薬を飲んでくださいよ」

セナはいわくつきの第四王子として王宮の外れで育てられたが、それでもこれほど無礼な態度をとられることはかつてなかった。皆が好奇と侮蔑の目を向けてくることはわかっていても、仮にも王族、あからさまに蔑まれたことはなかった。

(慣れるしかなかろうな)

セナはため息をついて腰に結んでいる袋から、惹香の分泌抑制薬を取り出した。手のひらに転がる爪ほどの大きさの黒い丸薬を、フオルが覗き込んでくる。フオルはふんふんと鼻を動かしているが、無臭である。

「普通の薬なんですね。それ、効くんですか」

「知らんな。相手側の反応は見たことがないからな。いつも、赤月になると牢に入れられていたから」

「そういえばそうでしたね。お気の毒なことで」

全然気の毒と思っていない口調でフオルは言った。

「あなた様は発情しないんですか？」

「しない」

「じゃあ、薬が効いているということですよね」

物心ついたときから抑制薬を飲まされていたので、セナはこれを飲まなければ自分がどうなるかもわからない。

「惹香の匂いにやられるのは、異能種獣人族だけではないんでしょう。赤月の七日間は、純血種の人間でも狂わされるとか」

「……そうらしいな」

「牢に隔離されるわけですよね」

悪気はないのかもしれないが、気分が良いものではない。

「俺も、両性体だけは、惹香に影響されないと初めて知った」

「俺」

フオルは意外な言葉を聞いたというように大きな目をくりくりと動かした。

「なんだ？」

「いいえ。やはり、あなた様は男体なんですねえ。私は俺、という人称を用いたことはありません」

セナは丸薬を口に放り入れ、水で流し込んだ。

「王子として育てられたのだから、当然だろう。俺の乳母夫は、勇猛な軍人だった。剣の手ほどきは一通り受けた。外の護衛が俺に発情してきても、貞操を守るくらいの腕は持っているつもりだがな」

「お勇ましいことで。ですが、その衣装に剣はそぐいませんな。レスキア入りをしたら、剣どころか小剣も外していただきますぞ。後宮では佩剣《はいけん》は許されておりません」

セナは自分の、女性用の衣装を見下ろした。

ネバルでは男も女も肌を晒さない装いで、身体の線はほとんど見えない。

女性用の布地は男のそれよりも柔らかく、肌を滑る感触にセナは不快さを隠せなかった。屈辱が、否応なく心を黒く染めていく。

惹香嚢体として生まれたがゆえに通常の男子よりは骨格や筋肉も発達しなかったが、王子であるという意識から常に鍛えてきた。女性らしい線の柔らかさもなければ、肌や髪を労わったこともない。美しさとは無縁の容姿であり、それを求めたこともなかった。外見で褒められるのは、遠目からでも際立つほどの濃い緑色の瞳だけである。

「……こちらは赤月の入りが早そうですね」

フオルの言葉に、セナは馬車の窓の布を払い、再度外を見た。

夜が更けなければ姿を現さない流月が、夕方の時刻だというのにうっすら浮かんでいる。

「……本当だ。お国柄か？」

「この間は赤月が早く明けましたし、どうも、月の暦が妙になっていますね」

フオルは腕を組んで考えこむように首を傾けた。どうもこの者は、学がないと言う割に思考することが好きらしい。

「月の暦が妙とは？」

「この間はひと月待たずに、赤月が明けました。時差が、生じているかと」

セナの後宮入りが春赤月にと指定されたのは、赤月は婚礼に最も適しているからである。

人間のほとんどが、赤月に受胎し、赤月に誕生する。中でも春赤月は最も子を身ごもりやすいと言われ、巷では婚礼の儀があふれかえっている。

「時差とはどういうことだ？　多少、月の色や形が変わることもあるだろうが、一年は十六カ月だろう。赤月、白月、宵月、流月と、春から冬まで繰り返す」

「ひと月を待たずに赤月が終わっても、白月が始まりますが、そうしますと一年十六カ月二百七十日にズレが生じ、空に月が浮かばない七日間が現れるのですよ」

フオルが何を言いたいのか、セナにはなんとなくわかった。

「神隠月《かみかくしづき》です」

空に月が現れない、闇の七日間を、神隠月と呼んでいる。当然、毎年神隠月があるわけではない。

「時差な。なるほど。そういう理屈か」

「神が眠りに入るからなどと言いますけど、答えは単純。時差のズレなんですよ」

「しかし実際に竜王《シェヴァイリオン》は神隠月に分卵《ぶんらん》され、神隠月に孵化《ふか》なさると言われている」

「神隠月に必ず竜王が分卵なさるわけでもありませんよ。月の暦のズレは、時間のズレです」

フオルの合理的思考と博識に、セナは内心舌を巻いた。学ぶことが好きな性質なのだろう。小人族ゆえ、教養を十分与えられずに冷遇されてきたに違いない。セナは少々、フオルに対する目を改めた。

国から弾かれた者同士、仲良くしたいところであるが、フオルは真っ平ごめんだろう。レスキア皇帝の後宮に入ったとしても、何も保証されていない主人である。

「今のお召し物で、男とは気づかれないでしょうが、念のため目以外の顔を全て覆っていただきますよ」

フオルはそう言いながら、黒いショールを手にした。ネバルでは、女性は人前に出る際に必ずこれを用いる。光沢がありてろりと滑らかな生地は、高貴な者しか身につけられない。

「……待て」

女性なら、だ。

「もしかして俺が、男性体であることを、先方には伝えていないのか？」

セナは身を包んだ女性用の衣装を握りしめた。こんな茶番を行わねばならないのも、後宮入りするためと思っていたが。

「惹香嚢をお持ちということは伝えてあるそうです」

「ばかな！　隠したところで早々に気づかれるに決まっているだろう！」

「お話では、ネバルの後宮と違って、レスキアの後宮には、皇帝の許しを得た書記官や侍従は出入り可能とか」

「それは両性だろう！」

「そんなことは私が知るわけないではありませんか！ネバルが欲しいのは、あなた様が、確かにレスキアの言うとおりに後宮に入ったという証しだけです！　事前に男だとわかれば拒絶され、後宮に入ることすらできないでしょう。レスキア皇帝が男を愛でているという噂《うわさ》は聞きません」

「フオル、そんな騙《だま》すような手口で後宮に入ったとて、俺だけでなくお前まで切り捨てられるかもしれないんだぞ」

「このまま国に帰ったところで、同じです」

フオルは肩をふるわせながら、セナを見据えてきた。

「どうなったって、殺されるのは同じだ。あなた様が万が一、レスキア皇帝に気に入られて後宮で暮らすことを許されれば別ですけどね。だからあなたには、なんとしても、後宮にまで辿り着いてもらわねば困るんです」

「……フオル」

無理に決まっている。

後宮に入る前に、皇帝と閨《ねや》をともにする者の身体を、調べないわけがないのだ。

皇帝に害を与えそうな者は、即刻排除される。

だが、セナはもう何も言えなかった。

◆・◆・◆

レスキア帝国王宮、最奥にある後宮にまで足を踏み入れることができる男は、そういない。

後宮は皇帝の妃らが居住する場所であり、基本、男子禁制である。

皇子であっても、十歳になれば後宮を出て、独立した宮を与えられる。

「ジグルト様！」

後宮で侍従として働く者は、皆両性体だった。両性は、生殖能力がないため、妻帯できずに子孫も残せない。後宮ぐらいしか、老年になっても働ける場所はない。女官以外で後宮にいるのは、ほとんどが老いた両性だった。

そのうちの一人、後宮の責任者である後宮侍従長のハーモンが、喉から声を張り上げている。呼ばれた第一書記官・ジグルトは足を速めた。

後宮手前にある侍従らの詰め所は、珍しく閑散としていた。おそらく人払いしたのだろう。ハーモンは胸を押さえて首を振った。

「急にお呼びして……。しかしながら、私の一存ではどうにもこうにも」

「ネバルの王女が王宮入りしたのだろう」

「〝王子〟です」

「何？」

「王女ではありません。〝王子〟でございます」


レスキア帝国皇帝の妃は、現在二十人。

ジグルトは、有能揃《ぞろ》いの第一書記官の中でも、後宮に関する業務を任されていた。これは、最高行政職である宰相への出世街道だった。後宮には諸外国の王女らと、それを取り巻く政治があふれているからである。

「王宮入りの折には、誰も花嫁を確認などいたしませんから。迎えに出た後宮の者も、女物の衣装を身につけている花嫁を、まさか男などと思わなかったのでしょう。あちらも何もおっしゃいませんでしたし、私が緋宮《ひきゅう》にてお迎えした際、顔のショールを外して初めて気がついた次第で……」

ジグルトは詰め所から見える緋色に輝く丸屋根に目を向けた。春の陽光を受け、遠目からでもそれは煌《きら》めいていた。後宮手前に位置するその宮殿は、謁見の許しを得た各国の大臣らが、後宮の妃らと面会する場所である。

後宮入りする際に、ハーモンはネバルの花嫁をここで確認しようとして、男であることに気がついたのだ。

「惹香嚢体と、聞いていたが……なぜネバルは王子をよこしたのだ」

「惹香嚢は、確かにお持ちだそうです」

ハーモンは老いた身体をふらつかせた。ジグルトはハーモンに座ることを許可した。常日頃、召し使いに手を支えてもらっている者だ。事情が事情なので、人払いしたのだろう。

ハーモンが気を遣うので、ジグルトは自分も椅子を引き寄せた。せっかちなジグルトは、休息をとる時以外に腰を落ち着けたりしないが、膝をつき合わせるようにしてハーモンに話を振った。

「俺はあまり詳しくないが、惹香嚢持ちは、男性体でも男を惑わす香りを放つのか」

「はい」

「陛下は、男には全く興味を示されない。惹香は、獣人族には性的分泌を促すが、純血種の人間には……」

「獣人族ほどではありませんが、純血種でも匂いに逆らえず、性的に反応する、と言われております。惹香の匂いに惑わされないのは、性が未分化で生殖本能がない我々両性のみです」

ジグルトはそこで、組んだ足に肘をつき、顔を乗せた。

「……男でも、反応する？」

「はい。逆らえない、と」

「しかし……子は」

「生まれます」

ジグルトは無言のまま、ハーモンの皺の深い顔を見つめた。

「男性体でも、受精いたしますと、妊娠します。惹香嚢とは、体内にある臓器ですが、受精するとこれが女性の子宮の役割を果たすといわれております。その謎を解明した者はおりませんが。なんといっても惹香嚢を所有して生まれてくる者は、千人に一人といわれておりますゆえ」

ジグルトのハーモンを見つめていた目が、別の焦点へと移っていく。ジグルトの見つめるものをうかがおうとするように、ハーモンは身を乗り出した。

「あの……書記官殿」

「子は、宿す。なるほど。縁を持つのが従属の証し、ならば身体が男でも文句はなかろう、と。ふふ、ネバルも愉快なことを考える」

ジグルトの瞳に光が戻る。

「ハーモン。ネバルの王子を予定通り、後宮に入れ、陛下をお通しせよ」

「ジグルト様！」

ハーモンの老いた身体は傍目にもわかるほど震え上がった。

「男性体でございますよ！　惹香嚢があるとはいえ、

男性である以上、皇后様始め、妃様方に貞操の疑いを抱かせる存在です！　一夜たりとも、後宮内で過ごさせるわけにはいきません！」

「後宮の手前の緋宮に入れればいいだろう」

ジグルトは視線だけを緋色の屋根に向けた。

「緋宮から先へお通ししないとなると、皇后様になんとご説明すればよいか……。ずっと緋宮に居ていただくわけにもいきますまい」

「そこは俺が何とかする」

「陛下には……」

「俺が言う。お前からは何も説明しなくてもいい。事前に知られたら、陛下はお渡りにはなるまい。あの方は、男には興味がないからな」

「それならばなぜ……」

困惑するハーモンに、ジグルトはかすかに口角を歪めた横顔を見せた。

「忘れるなよ、ハーモン。後宮入りは、国の従属の証しだ。捧げられた身体と契るのは、皇帝の責務だ。たとえそれが男であろうと、子を成せる以上、受け入れなければならない」

ハーモンはもう何も言わずわずかに俯《うつむ》き、従う意を示して見せた。

「お前は滞りなく、初夜の準備に入るがいい。陛下は緋宮にお通しする。各国の後宮への謁見は即刻中止させろ」

「……わかりました。書記官殿、ネバル王子のお身体を改めますのは、私でよろしいですか」

その言葉にジグルトは一瞬、目をしばたたかせてみせた。

武器などを所有する可能性があるため、皇帝との閨には、十分注意が必要である。

「そうだな……お前だろうな。初夜の立ち会いは、他の者にさせていい」

「はい。わかりました」

「その前にハーモン、俺も、ネバルの王子に会ってみたい」

また何を、とハーモンは気色ばんだ。婚礼前に花嫁が夫となる皇帝以外の男に顔をさらすなど、ありえない。

「本当に男性体なのかどうか、調べねばなるまい」

「調べました」

「裸にして？」

「そのような、無礼な！」

「閨入り前には確かめるのだろう。此度《こたび》も、確かに男の身体なのか、確認しなければならない」

ハーモンが何かを言う前にジグルトは立ち上がった。緋宮の方向へ躊躇《ちゅうちょ》なく足を向ける。

「書記官殿！」

「ちゃんと考えて申し出るから安心しろ。王族とはいえ、俺に下手《したて》に出られたら嫌な気持ちはしない。十六歳の子どもだろう？」

ジグルトは肩越しに艶然と微笑んで見せた。

貧しい家庭に生まれたジグルトが、二十八歳の若さで第一書記官にまで上りつめたのは、この美貌があったからだった。肩あたりでゆるくまとめたまっすぐな金髪と青い瞳がどれほど人を引き付けるか、どんな言葉でどう微笑みを送れば人の心が軟化するのか、ジグルトは知り尽くしていた。


緋宮にネバル国の王子を入れてから、ハーモンは緋宮に人を近づけさせていないようだった。赤月前に、後宮の妃が已に磨きをかけられるよう、次々と贈り物が届けられるくらいで、謁見はなされていなかった。

誰ともすれ違うこともなく、ジグルトとハーモンは緋宮へと続く廊下を歩く。緋宮でもかなり奥の、小さな部屋にとりあえず通したとハーモンは説明した。

「いくら何でも狭くないか」

「お付きも一人しか故郷から連れてこられなかったものですから」

「一人？」

「小人の両性体一人」

それだけで、国からどう思われているか、わかってしまう。

衛兵が二人、扉の前に立っていた。ジグルトとハーモンの訪問に、無言で扉を開く。花嫁側はレスキア側の訊問《じんもん》を拒絶できないので、中に訪問者を通してよいかどうか聞くことすらしない。

扉が開かれたことを受けて、奥から慌てて小人が小走りにやってきた。小人の平均的な体躯《たいく》よりも小さいが顔つきは大人びているので、何歳なのか判別できない。

「皇帝陛下の第一書記官殿が、王子への目通りを願われた」

ハーモンの言葉に、小人は緊張しながら膝をついて顔を伏せた。ネバルの上に対する敬礼だろう。小人はそのまま、一言も発することなく奥へ戻った。

しばらくして、小人はまた小走りにやってきたと思ったら、無言で奥を手で示して見せた。この一連の行動に、思わずジグルトはハーモンに目を向けた。

「許可が与えられない限り、上の者に対して口を利いてはならないらしいです」

「そういう風習か」

大股で奥へと進むジグルトに、小人が驚いたように前を塞ぐ。

「なんだ？　お前のように小股で進めと決まりでもあるのか」

ジグルトの問いに答えたのは、奥からの声だった。

「謁見の際に近づく距離は、私側が決めるからです」

漆黒の髪に映える緑色の瞳を、ジグルトはすぐに捉えた。十六歳、の割には、大人びた瞳だった。

くっきりとした大きな瞳にあふれる緑色が、あまりにも鮮やかだからか。

小国とはいえさすが王子、身体全体から滲《にじ》む気品は、自然、ジグルトに膝をつかせた。惹香嚢持ちとして女の格好で後宮入りしてきたというのに、その瞳に卑屈さが微塵《みじん》もない。誰に何を言われずとも、王族である己の存在を自覚している。

最初に謁見したハーモンが、王子に対する不敬を恐れたはずである。生まれながらの王族の威圧感を、敏感に感じ取ったのであろう。

ジグルトは、安易に近づいた己を見透かされた気がして、居心地の悪さを感じた。

だが、王子の容姿は、そう美しいというわけではない。ジグルトは顔を伏せたまま、気圧されたこの状態からの形勢逆転を思案した。

珍しいくらいの緑色の瞳だが、それだけだ。南に近い、辺境の砂漠の国で生まれ育っただけあって、肌の色は焼け、漆黒の闇のような髪は、肩まで適当に流し、切りそろえられてもいない。あの身体に、あの肌に手を這《は》わせたとて、潤いなどいささかも感じさせまい。

辺境部族は劣悪な環境と政情に悩まされ、常に戦いの中にあった。ネバルは、国王自ら馬を駆り、敵陣に突っ込んでいくような勇猛果敢な国である。貴族の男はほとんどが武官、戦功で地位を上げてきた。知能一つでのし上がってきたジグルトにしてみれば、前時代的な後進国と思わざるを得ない。

惹香嚢持ちであっても妃腹の第四王子、武術はそれなりに学んだ様子が、佇まいからわかった。おそらく衣装の下は、鍛え上げられた肉体をしているだろう。

皇帝の食指が、動くはずもない。

「そのお国の民族衣装は、中に何が潜んでいるのかもわからぬようになっておりますが、皇帝陛下がお渡りになる場合には、当然身を改めさせていただきます」

どんな言葉が返ってくるか、ジグルトは王子の反応を待ったが、無のままだった。

深い緑色の瞳は、ただジグルトを見据えていた。

「御身は、まぎれもなく男性体であると、後宮侍従長が確認したとのことでしたが、私には皇帝陛下に真実をお答えする義務がございます。失礼ながら……」

突然、赤や朱の細やかな刺繍《ししゅう》で彩られた衣装が、翻った。

「満足か？」

衣装の下は、下着一つまとわりつかせていなかった。おそらく確認されることを、予想していたのであろう。

細身ながら、筋肉の引き締まったすらりとした手足や腰を、思わずジグルトは茫然《ぼうぜん》として見つめた。真ん中にある男根の存在を目にした時、ただ口を開けてその身体を見入っていた不敬に気がつき、慌てて顔を伏せた。

「は、た、確かに」

ジグルトの言葉を払うように、王子は衣装を肩にかけ、部屋の奥へ姿を消した。

目の端に凛《りん》とした王子の背中を捉えながら、ジグルトは、己の心に何か妙なものがまき散らされたのを感じていた。

来たる赤月への不安か。

このありえない妃が、この国に及ぼす影響への懸念か。それとも――。

闇に溶けそうなほど細かった冬流月が、次第に膨らんでいく。

月は静かに、丸く赤く、変わろうとしていた。

＊　・＊・　＊

レスキア皇帝アリオスがレスキア国王となったのは、齢十八の時である。

アリオスは前レスキア皇帝の第六子である。皇子としては三番目に誕生した。

皇帝の嫡子であった皇太子が病にて早世し、その一年後、齢十七でアリオスは皇太子として立った。その間、レスキア前皇帝の次男が暗殺されたのを皮切りに、利権を欲する大貴族らに乗せられた前皇帝の皇女二人まで反逆罪で投獄された。他にどれほどの血が流れたか、推し量ることは容易だ。

政略結婚に次ぐ結婚で地位に就き、それを固めてきた皇帝には、二十人の妻がいる。これからも、帝国とつながりを求める大貴族や従属する国々から年頃の娘たちが後宮へやってくるだろう。

皇帝にとって、結婚も、子作りも、性交も、単なる政治でしかない。

「出されるものをただ召し上がられるだけか」

休憩室で書面を用意していたジグルトの頭の上で、
同じ第一書記官のヴァントの声がした。

ペンを片手に集中していたジグルトは、自分のすぐそばまでヴァントが来ていることに気づかなかった。

座ったまま、顔を上げる。

「雑食な方で何よりだな」

書記官は第一、第二、第三までいるが、政治の中枢に入り、皇帝の補佐を行うのは第一書記官だけである。無能な貴族らをばかにしながら自分たちが政治を動かしているという自負が強いので、口が悪い。

「この春赤月に、陛下がお召し上がりになる食事の順番か、ジグルト。確か、ようやくネバル国が王女を差し出してきたな。幼すぎて調理すらできん、ということはなかったか?」

自分も相当だと思うが、こいつほど下衆ではないとジグルトは思う。

「腹を壊されぬように順番を考えるのが大変だよ」

この前の冬赤月の際、南の大国バルミラの王女が皇帝の不興を買ったことを、ジグルトは暗に揶揄《やゆ》して見せた。

ヴァントは、バルミラの大使と親しくしている。おおっぴらにはしていないが、相当の賄賂をもらっている。各国との調整役であり、大使らと親しくなるのが仕事のようなものだから、誰もそれを責めはしない。ジグルトとて、同じような金は後宮に出入りする連中から受け取っている。

特定の国と必要以上に親しくなることは、書記官としてあってはならないだけだ。

バルミラ国王女は相当の美人だがお国柄か、気が強い。皇后にやたらと張り合おうとするのが、問題になっている。

国王よりも十歳も年上の皇后はもう四十歳、後宮をまとめ上げる仕事はしているが、もう皇帝が通ってくることはない。

皇后はレスキア有数の大貴族・ランド家の令嬢である。この政略結婚によって、皇帝はランド家の後ろ盾を得てレスキア国王に押し上げられた。

閨の相手が五十歳だろうが六十歳だろうがそれが仕事である以上、皇帝は通えと言われたら通うだろうが、体型がかなり崩れてしまった皇后の方が遠慮している。

皇后は現皇太子アスキンを出産している。この皇太子は非常に皇帝に可愛がられており、皇帝には他にも別の妃らが生んだ五人の子がいるが、血統、器量から見ても、次代のレスキア国王の地位は間違いない。皇后の威光はこの先も衰えないだろう。

ジグルトは後宮の女性たちに平等に皇帝の寵《ちょう》が届くように配慮する仕事だが、皇后から眉をひそめられるほど、バルミラ王女が妊娠できるようにと今まで皇帝との閨を調整してきた。

国の事情が絡んでいる。バルミラ国は、昔からレスキア国と仲が悪い。レスキアの情勢が悪くなると、すぐに首を突っ込んでくる。また、レスキアとの国境周辺にある小国を常に取り合っている。その一つがネバル国だった。

そんなお国事情を、後宮の妃らも当然知っているが、自分は皇帝の寵を誰よりも受けていると豪語するバルミラ王女に我慢がならないのだろう。

ジグルトは内心、女たちの嫉妬などハイハイと受け流しておきたいところだったが、後宮事情は時に国の存亡さえ左右する。

——女らと思ってばかにするな。時に後宮は、天候よりも激しい災害を国にもたらす。

後宮付きの第一書記官に任じられた時、宰相・ダリオンからそう忠告された。

この間の冬赤月に、図に乗りすぎたバルミラ王女に、皇帝は不快を示した。

これが蜂の巣を突いたような大騒ぎとなった。後宮の女たちは大喜びし、バルミラ王女は実家に泣きつき、大使らまで出てくる羽目になり、ジグルトはバルミラとつながりのある大臣貴族らに毎日のように囲まれることになった。出世街道でも、つくづく、女とかかわるのは嫌だと思ったものである。

ヴァントは、皇帝側は自分が何とかするから、次の春赤月でバルミラ王女と閨の仲が取り戻せるように調整しろと毎日のように言っていた。

「春赤月は、最も妊娠が可能だ。宝玉の妃様は、後宮入りして二年経つのに御子に恵まれない。この際皇子でも皇女でも、お一人でもお生まれになられたら、バルミラとの調整もこう苦労はしないだろうさ」

宝玉の妃とは、バルミラ国王女のことである。小国の姫君は宮殿内に部屋を与えられるだけだが、皇后はもちろんのこと、大国の王女らは後宮内に宮を与えられ、その殿の名前で呼ばれていた。

「しかし、今回は婚礼がある」

どの国でもそうだが、婚礼は三日間と決まっている。夫は花嫁である妻のもとへ、三日間は連続で通わねばならない。これは途中、どれほど体調が悪くなっても、続けなければならない。一日目だけで二日目に通わなければ、持参金はもとより、結納金まで相手に巻き上げられても文句は言えない。

春赤月は最も妊娠しやすい。後宮の女たちも、期待にあふれている。

妃たちを取り巻く各国の外交官らも、ジグルトの執務室に山のように贈り物を届けてくる。おかげでジグルトは、自室ではなく、侍従らの休憩室を仮の執務室として、小さな机の上で仕事をするしかない。

今回の春赤月は、花嫁がいる。まずそちらが最優先である。そちらの婚礼が終わったあとの皇帝が通う順番を、ジグルトは考えているのだ。

この春赤月で何より大事なのは、宝玉の宮殿を安心させることだ。冬赤月から三カ月以上、ジグルトは皇帝にバルミラ国王女のもとを訪れさせなかった。皇帝の勘気ゆえではない。皇帝は妃が何を言ったところで、大して気にとめない。寛容なのではない。その程度としか思っていないのだ。単に、ジグルトが宝玉の妃に反省を促していただけである。

「……ネバルとの婚礼の次は、宝玉の宮へ行っていただくか」

ぼそりと呟いたジグルトに、ヴァントは安堵したように頷いて見せた。

「そうしたほうがいい。できたら連続でな。あちらも相当反省しているのだから」

ネバル国との閨で、女ではなく男だとわかったら、皇帝は機嫌が最悪になるだろう。

（……抱くかな）

たった一日でも、抱くか。

それとも、通うという形を取って、これで婚礼と見做《みな》せとばかりに、寝所には近づかないか。

（あの陛下が、惹香嚢持ちとはいえ、男を抱くかどうか）

知りたい、と、ジグルトは思った。

単純な、興味だ。

その興味ゆえ、ジグルトは事前に惹香嚢体であることはもちろん、王女ではなく王子だと皇帝に告げさせなかった。

＊　・＊・　＊

「今年の春赤月は、ネバル国王女との婚礼から始まります」

夜空には、真っ赤な丸い月が浮かんでいた。

多くの人間がこの時期に妊娠し、出産する。世の中のほとんどが、赤月の生まれだ。今ちまたでは、婚礼の宴と、赤ん坊の誕生の声があふれている。

かつて人間のほとんどが獣人だった頃は、赤月に発情したという。今でも獣人族はそうなのかもしれないが、純血種の人間であるジグルトは別段赤月によって性欲が促されることはない。


「結局、ネバル国王の孫娘は何歳だったんだ？　死んだ長男の遺児一人しかいないから嫁入りさせられないと散々突っぱねたが」

宰相・ダリオンの質問が飛んでくる。余計なことを言ってくるんじゃねえとジグルトは内心唾を吐いた。

「……十六ですな」

「十歳未満ってのは嘘か」

「国王の孫娘ではありませんでした」

「ジーグールート」

皇帝の宮の一角にある執務室は、書記官や大臣らが出たり入ったりするにぎやかな場所である。実務的な皇帝らしく、壁は報告書が隙間なく並べられた棚が置かれ、絵画一つ置いていない。絵画どころか余計な調度品など一切なかった。

そろそろ、皇帝が後宮へ渡る準備を始める時間帯である。人の気配も次第に消えていき、今は侍従以外、皇帝・宰相・ジグルトの三人しかいなかった。

婚礼について告げても、皇帝は自身の二十一番目となる妻に対して何も興味を示さなかった。

婚礼が始まる前に服装を整えたいと考えている侍従の気持ちを知ってか知らずか、いつまでも報告書に視線を落としたまま動こうとしない。

蝋燭《ろうそく》の灯が黄金の髪をつややかに輝かせる。緩やかな線を描いた金髪はまとめずに後方へ流している。

この二十九歳の若き皇帝は、竜王より『皇帝《シェヴァ》』の称号を許された際、『暁の皇帝《アウル・シェヴァ》』と呼ばれた。

太陽の昇る東の国の王だからではあるまい。

レスキアはアリオスの前も、その前の国王も皇帝となっている。

おそらくはその見事な黄金の髪が、滅多に人と接することのない竜王の目を引いたのだろうと噂された。竜王から別称を与えられた皇帝は少ない。皇帝アリオスの治世はそれだけで盤石となった。

いつもはきっちりと襟元を締め、首を極力見せないようにしているが、今は鎖骨あたりまで襟をはだけている。

レスキアだけでなく、どの国の王族貴族も肌を見せることを厭《いと》う。夏場であろうと襟を緩めることはないため、皇帝が今こうして衣装を崩しているということは、よほど気心が知れている相手という証拠だろう。ジグルトは寄せられる信頼を感じ、あたたかいものが心に滲むのを感じた。

「聞いているのか、ジグルト?」

三人だけになると、宰相・ダリオンの態度が砕けるのがジグルトは嫌で仕方なかった。皇帝が皇太子でもなかった、一介の皇子時代をどうしても思い出す。あの時、ダリオンは第一書記官、ジグルトはダリオンの個人的な召し使いでしかなかった。

「孫でなくとも構わないから王女を出せと命じられたのは宰相でしたが」

「妃腹の王女は国王にはいないが」

「やめろ、二人とも」

皇帝が首を振り、面倒そうな声が放り投げられた。

「妾腹だろうが妃腹だろうが、なんだっていい」

本当に興味がないのだろう。皇帝の退屈そうな目が、黄金の髪で隠れる。

「ネバルがバルミラに惑わされなければそれでいいの

だ。あの国の求心力となっているのは、老いた国王だ。どんな腹の娘でも、国王の娘を後宮に迎え入れれば、余の声をネバル国王に届けやすくなろう。それにあの国では、母権が王位継承にかなり影響すると聞く」

「は。だからこそ、たった一人の孫娘は貴重なのですな」

宰相の言葉に、皇帝は前髪をかきあげながら乾いた笑いを飛ばした。

「ネバルの王女が身ごもれば、レスキアが王位継承に口出しできる」

それゆえにネバル側は王女の出し惜しみをしてきたのだ。

後宮の本当の外交とは、ここにある。従属国の血を引く子どもを掲げ、皇帝は堂々と各国の王位継承にもの申すことができる。

目の前で交わされる皇帝と宰相の外交話に、次第にジグルトは不安を覚えた。

安易な考えで、王女が王子であると告げずに皇帝を閨へ通す算段をしたが、本当にこれで良かったのか。

子を身ごもる身体ならば、男であろうが何だろうが構うまいとネバルは王子をよこした。

だが、相手の思惑に、これは簡単に乗っていいものだったのだろうか。

本当に、薏香嚢は、子を孕むのか？

「どうした、ジグルト。もう定刻ではないか」

皇帝の方から促され、ジグルトは夢から覚めたように顔を上げた。

ジグルトの様子に、常日頃滅多に感情を表に出さない皇帝がふと、笑みをこぼした。

「何だ。お前のそんな顔は珍しいな」

ジグルトは、もうすぐ三十歳を迎える皇帝の男盛りの姿を、思わずまじまじと見つめた。

すぐに我に返り、不躾な視線を向けたことを謝罪するように、深く頭を下げる。

頭を下げながら、ジグルトは思った。

これから自分が行おうとしていることは、レスキアに何をもたらすのだろう？

「陛下は、同性に興味をもたれたことはありません。あなた様が他の男性と違うのは、惹香を放たれる希有なお身体のみ。なぜご懐妊なさる確率があがる春赤月にお輿《こし》入れされたのか、お考えください。惹香の力を、薬で抑制する意味はありません」

後宮侍従長の言葉にセナは従うしかなかった。

赤月が夜空に浮いても、身体に変化はなかった。

赤い月が最も大きくなり発情を促すのは、およそ十六・七日間ある赤月期間でも初日か二日目と言われている。

セナの身体に変化が生じたのは、赤月が次第に大きく、その赤を鮮やかに発してきた春赤月三日目の夜からだった。

体温が上昇し、肌に細かく汗が噴き出した。そして何よりも、身体から放たれる芳香が、衣服を通り抜けて外にあふれ出し、部屋を満たすほどになったのである。

「こ、これが、惹香ですか」

発情したという報告を受けた後宮侍従長ハーモンは、

◆・◆・◆

セナが性欲に目覚めたのは十三歳ごろだった。だがその前に、惹香が匂いを完全に発する前から、セナは父王より、分泌抑制薬を服用するように命じられた。

王族、しかも王子の身で誰かに陵辱でもされたらと、十二歳のころから赤月になると一カ月間牢に閉じ込められてきた。

赤月に入る前、流月が終わる頃から赤月の発情期七日間を含め十日ほど分泌抑制薬を服用するように言われてきたが、薬のおかげか、苦しむほどの発情を知らない。

相手を惑わすと言われているだけで、自分側は何もないのではないかと思っていたくらいである。

レスキア皇帝との初夜は、セナの様子を見て発情が始まったことを確認し、発情初日を初夜日とすることになった。そしてセナは、後宮入りした翌日から、分泌抑制薬の使用を禁じられた。

赤月四日目の朝、緋宮を訪れた。寝椅子で身体を丸めうつ伏せるセナに感嘆したように告げる。

「なんと、芳しい香りか。世に出回る流行の香水の類など、とても及ばぬ。ああ、両性であっても、この香りのなかにずっといたいと思ってしまいます。男性や女性は、どれほど魅惑されることか」

セナは、そんな侍従長に返答できなかった。股間が次第にずくずくと疼《うず》いてくる。屹立《きつりつ》した股間など晒《さら》したくないがゆえに、ハーモンに顔すら向けず、寝椅子にうずくまっていた。体内の惹香嚢が熱を持ち、別の生き物のように活動を開始するのを、セナは困惑と嫌悪を抱きながら感じていた。

ハーモンは、そんな様子のセナに構わず言った。

「本日を、ご婚礼初夜といたしましょう。惹香が放たれるのは、確か七日と聞いております。婚礼は三日間だけですが、その間に政情が変わるかもしれませんしな。ご安心を、王子。このえもいわれぬ香りならば、陛下のご寵愛を賜れますとも」

侍従長は、体裁の整わない婚礼であっても、何とか無事行うことができそうだという安心感から、饒《じょう》舌《ぜっ》になっていた。

「初夜の立会人はもう指名している。お前は、房事の間は部屋の外で待機するがいい」

腹が熱くて気持ち悪い、と訴えるセナの背中をさすり続けるフォルに、ハーモンはそう告げた。寝椅子に横になるセナの傍らに跪《ひざまず》きながら、フォルが黙って頷く。

「して、王子の精はどうなっておられる」

すぐそばにセナが寝ているというのに、ハーモンはフォルに顔を近づけて訊いた。

高貴な者に直接訊くことはできないためフォルに詰問したのだろうが、フォルは言葉を失っていた。同様にセナも熱が冷める心地がした。

「発情なさり、精を抜かれてしまってはならぬ。精が放たれれば、お身体がお疲れになり、ひいては初夜に陛下を満足させられなくなってしまわれる」

だから一人にはするな、しっかり見張っていろと言いたいのだろう。この時まだセナは、人前で処理するなど死んでも行うかと内心吐き捨てた。

ハーモンが去り、皇帝を迎え入れるために侍従らが次々と訪れ部屋を飾り立て始めた時はまだ我慢できた。食欲などなかったため昼食に続いて夕食も拒否したが、外が薄闇に覆われ赤月が夜空に浮かんだ頃から、限界が見えてきた。

男根だけでなく、太ももまでが引きつって痛くてたまらない。抜きたい、楽になりたいという考えだけで頭はいっぱいになり、余計な思考が入ってくる余地はなくなっていった。

もう、わずかに身体を動かすだけで達しそうである。立ち上がろうとするだけで足が震え、身体が傾いた。それでも、この場で精を放つまねはしたくない。手洗い場で抜こうとしたセナは寝椅子からやっとの思いで立ち上がった。フオルは慌てて止める。

「い、一度だけだ」

「なりません」

「夜までまだ時間がある！」

「両性の私には、発情の苦しみはわかりませんが、耐えてください」

「わからんなら、口を出すな！」

精を放ちたい欲望に、セナの理性は砕けた。

「お前ら両性になど！　何もわからんくせに！　こんな、こんな、体内に惹香嚢など飼うばかりに、淫売な獣となる屈辱が、お前にわかるものか！　淫らな身体と、蔑んでいるのだろう！」

フオルは冷めた目のままだった。

「蔑んでなどおりません。私には性欲がありませんので、そもそも理解できません。淫らともなんとも思いません。ただ」

王族の方とは、なんと哀れなのかと思いました。

その言葉は、理性の飛んだセナの頭に、静かに染み渡った。

その時、ハーモンが身体の改めに、初夜の立会人とともに入ってきた。

ハーモンはセナの状態を見て、すぐに立会人とフオルに、セナの身体を風呂場で磨くように命じた。自分でできるとセナは叫んだが、許されなかった。精を抜かれると困るからだろう。

発情する獣が手を縛り上げられ、身体を無理やり洗われるような有様に、セナは羞恥と屈辱で発狂しそうになった。だがそれを越える欲情の凄まじさに、噛《か》みしめた歯から呻き声が漏れる。

淡々と、黙々と、作業をこなすフオルの小さな身体が目に入る。

蔑んでなどいない。淫らとも思わない。

哀れだと、思うだけだ。

脳内に染み込んだ言葉を、反芻《はんすう》する。

同情に縋ることで、保たれるものがあるのを、セナは知った。


身体を清められたセナは、両手の自由を奪われ、寝台の上に寝かされた。

逃げ出さないようにするためか、精を抜き続ける恐れがあるからかはわからない。

身体中の血という血が、沸騰しているようだった。

汗が噴き出て、自然、息が荒くなる。屹立した股間は限界だった。下腹と内ももが突っ張り、力が入らない。

皇帝を迎え入れる初夜、後宮侍従長の検分を受け、薄衣一つ纏《まと》うだけの格好にさせられたが、そんなものは、何の役にも立たなくなっている。

疼く身体に、股間から精液が自然と溢れ出て、薄衣はもう汚れている。セナは寝台の上で身をよじらせながら、天幕の後ろに控える侍従に叫んだ。

「手の縄を解け!!」

立会人の侍従は、天幕の後ろで身動き一つしない。声もなく、影の姿しか見せない。

初夜に性交が成されたかどうか確認するためにここに居る者である。それ以外の行為は、何も許されていない。セナが叫んだところで、何もしないのは当然だった。

「フオル」

セナは、母国から連れてきた唯一の侍従を呼んだ。

「フオル、頼む、抑制薬を、抑制薬を持ってきてくれ！」

天蓋つきの寝台は、セナがどれほど暴れても、びくともしなかった。寝台の周囲を覆う、白い薄衣の向こう側に立つ侍従は一人。部屋には、助けを求められる人間は居ない。フオルは寝室の向こうで、皇帝の訪れを待っている。

わずかに残った理性が、何という有様かと叫ぶ。

全てを覆い尽くす欲望が、誰でもいいから、股間に触れて、精を解き放ってくれと頼む。

もう、誰でも良い。

この苦痛から解放されるのであれば、誰でも良かった。淫売と罵られようが、売女と唾を吐かれようが、これを鎮めてくれるのであれば、誰が身体にのしかかってこようが、構わない。

「……何だ……この匂いは……？」

……男。

いや、違う。

雄の声だ。

「侍従！　何をしている⁉　一体これは、何の香を焚《た》きしめている！」

雄だ。雄だ。雄だ。雄だ。

身体の中の惹香嚢が、疼き、悶《もだ》え、騒ぎ立てるのをセナは感じた。

ああ、来る。来る。

ようやく、この身体を貪る雄がやってきた。

侍従の返答はなかった。匂いに導かれた雄が、震える手で天蓋の布を払うのを、セナは見た。

現れた雄が、手で鼻を覆いながら、血走った目で、寝台の上に縛られている自分を見つめてくる。

黄金の髪を無造作に流した美丈夫は、荒い呼吸をしながら、傍目にもわかるほどにぶるぶると身体を震わせていた。水色の瞳が真っ赤に染まり、呼吸するのが困難になったかと思われるほど、肩が、胸が、激しく上下する。

「……惹香か!!」

男は吐き捨てるように叫んだかと思うと、呻き声を上げながら、黄金の髪を掻《か》きむしった。

そして、セナは見た。

男の黄金の髪が伸び、その髪の間から、わずかに耳が現れた。

男の腕の筋肉が盛り上がり、体毛が金色に輝き始める。指先から鋭い爪が生える。顔の中心が伸び、歯茎から牙が浮き出る。

顔の周りを、黄金のたてがみが覆う。

……金獅子《きんじし》獣人族。

唸《うな》り声を出し、己を睨《にら》み据えてくる金獅子の獣人の姿を、最後に残った理性で、セナは捉えた。

◆・◆・◆

赤月に入った後宮をざっと見回ったジグルトは、緋宮へと向かった。

ちょうど、後宮侍従長のハーモンが、召し使いを伴って詰め所に戻ってくるところだった。

「陛下は無事、ネバルの方がお待ちになる緋宮へ入られました」

ジグルトは頷いた。あとはどうなろうと、立会人に任せるだけである。

「じゃあ、あとは俺が待機する」

「書記官殿自ら？」

「惹香嚢体の男性ということを最後まで報告しなかった。無事婚礼が済んでも、叱責を受けるかもしれんからな」

「私も最初は案じましたが、大丈夫だと思いますよ」

ハーモンはにこやかに答えた。

「私もこの歳まで惹香の香りを知りませんでしたが、あれはもう、人を虜にいたします。発情しない私でさえ、魅入られそうになったのです。女性であれ男性であれ、あの香に惑わされない者はおりますまい」

「そんなにすごいのか」

「調香師が、どんな香木を発見したとて、惹香の匂いだけは再現できないと言うわけです。本当に、ネバルの王子を後宮にお通ししなくて良かった。春赤月で気が昂《たかぶ》られている妃様方を、誑《たぶら》かしてしまったかもしれませんよ」

ハーモンの言葉に、ジグルトはいささか鼻白んだ。

「異能種獣人族ならともかく、純血種の人間がそこまで影響を受けるはずあるまい」

「獣人は惹香の匂いに逆らえぬと申しますからな」

狂ったように発情する、ということはジグルトも知っている。

「我が国では貴族や高官に獣人族は完全にいなくなったが、ネバル国のような勇猛さで武功を誇示するような国では、まだ獣人が厚遇されているのだろう?」

「異能種は辺境民族に多いですからな。しかしネバルでも、獣人は将軍にまではなれないと思いますよ。貴族でも、完全に獣人化する異能種がいるのかどうか……」

かつて世界は、異能種獣人族が数の上で勝っていた。人間よりもはるかに身体能力が高く、獣人化すると、力も能力も、倍になると言われている。

絶えず部族間や領土争いで戦ってきた時代、戦闘能力の高さで獣人族は優遇されてきたが、国家が落ち着き、剣よりも知性が求められるようになると、次第にその地位は低くなっていった。

しかも、人間との交配では、生まれてくる子の数は圧倒的に人間の方が多かった。ゆえに獣人族は、同族間での交配を勧めてきたが、ある一つの問題に気がついた。

同族間交配を繰り返すうちに、短命になっていったのである。

「獣人族は、獣人化する際に活力を消耗するせいか、人間より短命と言われているではありませんか」

ハーモンの言葉に、ジグルトは首を傾げた。

「そうなのか?」

「惹香囊を持つ身体は、獣人を発情させる他に、彼らに精力活力を与え、生命力を補うと言われているのです。つまり、命をつなぎ止める。獣人なら誰しも、惹香囊持ちを欲しますよ」

獣人族のことになど興味のないジグルトは、ハーモンの言葉を片耳で聞いていたが、気になる単語に視線を泳がせた。

精力活力を、与える？

「純血種の陛下に、惹香嚢の力が、どれだけ働くのかはわかりませんが……」

◆・◆・◆

黄金のたてがみを揺らしながら、金獅子は狂ったように、股間に顔を埋めてきた。

長く熱い舌が、男根を一舐めしただけで、溜《た》まりに溜まったセナの精は、解放された。

「あっ……あぁっ、あっ……ああ……」

わずかな刺激でも、喜んで陰茎は震え、腹に白濁した液をまき散らした。金獅子の獣人は、それがまるで餌であるかのように、舌で舐め回してくる。

精を放ったばかりだというのに、その刺激を受け、股間はむくりと頭を起こす。それに反応した獣人は、またも陰茎を長い舌でざりざりと舐め上げる。止まらぬ快感に、セナは完全に理性を飛ばしながら、腰を突き上げた。

「ああ、もっと、もっと、ああ、そこ、もっと……もっと舐めて」

獣人の熱い息が下半身を覆う。

ああ、だがまだ足りない。両手首を頭の上で縛られた格好で、セナは足を高々と上げた。金獅子のたてがみが足にまとわりつく。

欲望に染まった意識の中で、セナはあることに気づいていた。

睾丸《こうがん》の下、後孔から、惹香嚢から分泌される愛液があふれ出ている。

この匂いの原因も、全てそれだ。動物を惑わせる匂いが、液が、精液と混じり合ったそれが、足の間を濡らしている。

ここを舐め回して。貪って。

体内の惹香嚢が、熱く滾《たぎ》りながら、そう訴えているようだった。

金獅子は、唸りながらその箇所に顔を埋めた。睾丸から会陰まで長い舌が絡み、てろてろとあふれる愛液を掬《すく》い取り、すすり上げる。

長い舌はやがて、分泌する後孔に埋まってきた。舌が孔の中を貪る刺激に、たまらずセナは激しく腰を振った。

「あっ、あぁんっ！　ああっ！」

ああ、もっと。もっとだ。

惹香嚢が叫ぶ。

ここまで。ここまで入ってきて。

奥まで、辿り着いて。

頭がしびれるほどの快感が続いているというのに、もっと激しい刺激を、強烈な快楽を脳が欲している。身体の中心に直接届く刺激が欲しい。舌では足りない、という気持ちが膨れ上がる。

それを見越したように、金獅子は舌での愛撫を止めた。セナは、上半身を起こした金獅子の姿を捉えた。

いつの間にか、獣人は上半身を覆う衣装を脱ぎ捨てていた。おそらく破けたのだろう。

全ての獣人がそうであるように、首から下は人間の身体である。ただ、筋肉は獣人化すると異様に発達し、人間の姿の時よりも倍以上の筋力になる。首も肩も、続く胸や腕も包んでいた衣服に収まらなかったのだろう。

獣人は変化することを予測して通常よりもゆとりのある服に身を包む。極力肌を隠す王族貴族は、上着はゆったりとしているがその下に着るものは全て体に合ったものにする。首元の立ち襟などは真っ先に破けただろう。

破れた上着が、金獅子の腰まわりにまとわりついている。上着は羽織るだけで、固い帯で結んでいる。この帯は高貴な人間ほど刺繍や織が細かい。金獅子の獣人化にも負けぬほど固かったのだろう。その下の足を覆う薄い布地は破れ、隆々とした太ももを覗かせていた。

金獅子は、下半身にまとわりつく布地をうっとおしそうに払った。手は人間のままだが倍は大きくなっており、指先は獣の爪と化している。その鋭い鉤爪は、固い帯もなんなく引き裂いた。

獅子の顔を覆う黄金のたてがみはふさふさとして見事なほどだが、体毛は胸から下にかけて少しずつ少なくなっていた。獣人化した際の体毛には人それぞれ差がある。

この金獅子は、獣人の血が薄いのかもしれない。

そんなことを考えたセナは、全裸になった金獅子の身体の中心に釘付けになった。

金獅子の男根が、目の前にそそり立っている。あり得ぬほど太くて大きいそれを、セナは涎《よだれ》を垂らしながら見つめた。

ああ、それだ。それを、求めていた。

後孔は、初めて異物を迎え入れるというのに、全く恐れずに自らを解放する。

入ってきた雄を抱きしめるように、蕊香嚢に続く道へ導く。

身体が杭《くい》で貫かれ、半分に裂かれるようだった。なのに、脳天まで突き抜けるのは、快感だけだった。

雄の男根が体内に収まった時、セナは激しく身を震わせて射精した。

「あっ、あああ、はぁっ、は、ぁあ、あ……」

獣人が指先で、胸まで飛び散ったセナの精液を掬い取る。一滴でも惜しいというように、指についたそれを舐める。

弛緩した身体でそれを眺めていたセナは、いきなり始まった律動に、思わず叫んだ。

「あ、ああうっ！」

獣人は容赦なく腰を打ちつけてくる。突かれ、そのたびにせり上がってくるのは、またも快感だった。

激しい動きを受け止める蕊香嚢が歓喜の声を上げているようだった。

男根を滑らかに動かす愛液がこれ以上ないほど溢れ、ぐちゅっ、くちゅっ、と卑猥《ひわい》な音が響く。

「あふっ、んぅっ、ふうう、あう、いぃ、あっ、いいっ」

何も考えずとも、身体は勝手に欲望を乗せ、快楽の果てに向かっていた。足を摑まれ、揺らされ、セナは躊躇なく、絶頂へと飛んだ。

「っ、あぁんんっ、いいぃっ、いくうう、うううっ」

ただの射精以上の、脳天まで痺《しび》れるような快感は、びくびくと身体を痙攣《けいれん》させた。最後の瞬間までこの信じられぬ快感を逃すまいと後孔がきつく締まる。

「うっ……ううっ……っ」

金獅子のたてがみが揺れる。肩が、腕が、盛り上がった筋肉に走る血管が、びくびくと震える。セナは、己の中に放たれた獣人の精液を、最後の快感とともに受け止めた。

セナも同じだったが、獣人も、まるで性交というよりも剣を交わらせた後のように、肩を上下させていた。

荒々しく息を吐き、吸い、呼吸を整える金獅子のたてがみが、次第に少なくなっていく。

逞《たくま》しく盛り上がった異常なほどの筋肉は、鍛え上げた人間のそれに収まり、牙を剥いていた口は小さくなり、獅子の顔は、人間の顔になった。

レスキア皇帝の、顔となった。

レスキア皇帝は、荒い呼吸のまま、ゆっくりと顔を上げた。

セナは、己を睨み据えてくる皇帝の、激しく燃える水色の瞳を、静かに見つめた。

見事な金髪の中から、獅子の耳がまだ収まらずに残っていた。間違いない。

この男は、レスキア皇帝は、異能種獣人族だ。

だが、セナの理性はそこまでだった。

金獅子はまだ、セナの中から出ていかなかった。興奮が収まらない陰茎がびくびくと中で震えている。その刺激にセナは無意識に腰を動かした。

「あぁ……あ……はぁ……あっ……」

陰茎の大きさが次第に人間のそれへと変わり、ゆっくりと中から出ていこうとする。排出する感覚にセナは震えた。与えられる刺激全てが快楽につながる。

「……惹香嚢か」

皇帝の呟きが降ってきたかと思うと、いきなりずん、と身体を突かれた。再び硬さを取り戻した陰茎が、激しさを増して突き上げてくる。

「あっ、あぁっ、あっ！　あんっ、あう、あぁんっ」

腰を抱え上げられ、律動とともに足が人形のようにぶらぶらと動く。

休む間も与えぬほどの皇帝の動きに、セナは早くも訪れた絶頂とともに精液を己の胸にまでまき散らした。それでも皇帝は動きを止めなかった。セナの両足首を肩に乗せ、激しく腰を打ち付ける。

セナはもう、全身で快感を求めるのを止められなかった。精を放ったばかりだというのに、またしても急激な快感が背筋を這う。あっという間に脳を痺れさせ、絶頂をつかもうとする。どれほど達すれば、この快楽は果てるのか。

「ああ、いくっ、いく、いくううっっっ！」

皇帝も達したのが、下腹部に広がる熱さからわかった。びく、びくと生き物のように震え、奥で広がる刺激にセナは身体を震わせた。

今度はずるり、とすぐに皇帝は身体の中から出ていった。それに伴って惹香嚢が受け止めきれなかった皇帝の精液が排出される。

身をよじりながらその刺激を受け止めたセナの足を、皇帝はまたしても抱えた。陰茎が後孔を軽く突いて刺激する。


ぬるり、と難なく亀頭が後孔に収まる。入り込んだだけで達しそうになる。

もっと、もっと奥へ。

セナは腰を動かし、皇帝を奥へと導こうとした。

その時セナの耳に届いたのは、皇帝の、熱に浮かされたうわごとのような言葉だった。

「これが……惹香嚢持ちの身体か。精が全く収まらぬ。どうしたら、収まるのだ」

再び皇帝の身体は筋肉が盛り上がり、爪の生えた手は、天蓋に縛り付けられているセナの手首の縄を、簡単に引きちぎった。

身体を起こされたセナは、皇帝の男根をくわえ込んだまま、膝の上に人形のように抱え上げられた。

「ひっ、んあぁっ、んっんっ！」

再び奥まで満たしてきたものに、身体が自然と喜び始める。淫靡な匂いが天蓋の上にまでむせかえり、内壁を擦り上げる卑猥な音は、二つの身体の間からこぼれ落ちた。

「お前……答えろ。どうやったら、これは、収まるんだ。どうしたら、止めることができるんだ……」

金獅子の掠れる声が、舌で嬲《なぶ》られる耳に響く。

セナに、答えられるわけがなかった。

ただひたすら、金獅子のたてがみを握りしめながら、絶えない快感に、身を委ねていた。

◆・◆・◆

ジグルトは、春赤月最初の皇帝の閨が行われている緋宮に入った。

人払いされているため閑散としており、緋宮最奥にある今宵の寝所まで、ジグルトは赤い月の誘導だけで進んだ。

緋宮は名の通り、廊下に敷き詰められている石まで緋色である。それが赤月の光を受け、隠れた血のしみがぽつぽつと浮き上がっているかのようだった。

(どうやら俺は不安を感じているらしい)

ジグルトは、花嫁が惹香嚢持ちの王子だと皇帝に告げなかったことを、今更恐れている自分に嗤《わら》った。

あの陛下が、本当に男を抱けるのかどうか、職務を忘れ、興味を優先させた。第一書記官にあるまじき行動である。

(それを知ったところで、どうにかなるわけではあるまいに)

つくづくばかなことをしたと思ったが、どんな怒りを向けられようが、甘んじて受けようという覚悟は定まった。

衛兵二人が守っている扉を開けると、寝所の手前で、王子の侍従の小人が身を固くさせて椅子から立ち上がった。

「立会人は、まだ出てこないか」

「まだです」

長くはないかとジグルトは眉をひそめた。もう夜半過ぎ、皇帝が緋宮へ入って四時間は経過しているはずである。

なかなか、行為に及ぶことができなかったのだろうか。それとも、やはり男相手では、責務とはいえ陛下も遂行できなかったか。

その時、寝所の扉がわずかに動いた。小人が扉の取っ手にしがみつくように開ける。

次の瞬間、扉の向こうから流れてきた匂いに、ジグルトは眩暈《めまい》を覚えた。

濃厚な、甘い、むせかえるような匂いが、吹き出してくる。

熱と湿度で高まった部屋から解放された空気は、ジグルトの方へ襲いかかってきた。

(何だ。なんだ、この強烈な香りは)

瞬時に鼻を覆ったが、濃密な香りはジグルトの身体にべっとりと貼り付いた。あっという間に脳が刺激され、血流が激しく騒ぎだす。混乱の中で、ジグルトは悟った。

惹香の恐ろしさを。

開かれた扉の隙間から、立会人の後宮侍従が顔を出す。

両性体である。これほどの匂いの中にいても、影響は受けまいと思えたが、その顔は蒼白、顎は震え、視線は泳いでいた。

「しっかり、報告しろ。成されたか」

ジグルトが鼻と口を覆いながら詰問すると、立会人は歯をガチガチと鳴らし、声を絞り出した。

「じゅ……獣化」

「何?」

「陛下が、金獅子獣人に」

次の瞬間、立会人の声は消えた。

ジグルトが見たのは、立会人の心の臓をまっすぐ突き刺している剣先だった。

それがずるりと引き抜かれるとともに、立会人は絶命し、床に倒れ込んだ。

緋色の床に血が広がるのをしばし見つめたジグルトは、扉の向こう側に立つ男にゆっくりと目を向けた。

うねりを描く黄金の髪が、肩を覆い、広がっていた。

顔は人間のままだったが、髪を分けて頭の上に突き出ている耳は、動物のそれだった。

荒々しく息を吐く口からは牙が見え、剣を握りしめる腕はいつも以上に太く、指先からは鋭い爪が生えていた。切り裂かれたような布を腰に巻きつけているだけの恰好で、筋骨たくましい身体には玉の汗が浮いていた。

ジグルトは、自分が目にしているものが何なのか理解できなかった。見慣れている顔のはずなのに、脳が拒絶しているのか認識できない。

この男は、この獣人は、陛下なのか。それとも全く別の獣なのか。狂気を孕んでいるかのような目を向けられた時、思わず悲鳴を上げそうになり、唇を噛みしめた。

「……初夜が成したか、成されなかったか、立会人はそれだけを報告すれば良い。余計な事を話せば、殺されて当然だ。そう思わんか、ジグルト」

ジグルトは、血走った目で己を見据えてくる皇帝の、それだけはいつもと変わらぬ声音を聞いた。

「惹香嚢持ちの男と、なぜ教えなかった？」

「……陛下」

「ダリオンに俺が獣人族だと聞いたのか？」

ジグルトは頭を殴られるような衝撃を受けた。震える唇を開き、やっとの思いで声を出す。

「宰相は、ご存じなのですか？」

ジグルトの反応に、皇帝は睨み据えていた目をわずかに改めた。

「これの侍従は」

小人が弾かれたように立ち上がる。殺された立会人と、皇帝の姿に、腰を抜かしていたらしい。それでも反応したことにジグルトは驚いた。まだ、自分は衝撃で身体が動かせない。

「見てやれ。……殺してはいないと思うが、わからん」

扉の向こうに戻った皇帝に続いて、小人が中に飛びこんだ。

許可はもらっていなかったが、ジグルトもふらふらと中に入った。

目の前の光景が歪んで見えるのは、この現実に頭がついていかないからか。それとも、人を狂わせる、惹香の濃厚な空気が漂っているからか。どちらにせよ、ジグルトは立っているだけで精一杯だった。

「王子、王子！　お気を確かに！」

天蓋つきの寝台は布で覆われており、中の様子はジグルトからは見えなかったが、小人が寝台の周りをぐるぐる回っていることはわかった。寝台に眠っている主に声をかけているが、目を覚ます様子はないらしい。天蓋の布がめくれあがり小人が飛び出してきたかと思うと、水差しを持ってすぐに戻ってきた。

皇帝は布一つ巻き付けただけの姿で、窓の傍に立っていた。興奮が収まらないのか、背中の筋肉が激しく上下している。肩を覆う髪は背筋にも続いており、黄金のたてがみが揺れていた。

「身体は！　けがはしていないか！」

苛立ったように皇帝は小人に叫んだ。

「ご、ご無事です。命にかかわるほどのおけがはなさそうですが、陛下、恐れながら、き、牙と爪を、収めてくださいませ」

「どうやったら収められるのかこっちが訊きたいくらいだ。惹香の匂いが消えぬうちは、人間の身体に戻ることもできぬ！」

激高した皇帝が、天蓋から寝台に下がる薄衣を爪で裂いた。そのまま、力任せに布を引く。

小人の悲鳴とその有様に、ジグルトは身動きできなかった。あの冷静沈着な皇帝が、こんなに興奮するとは。獣人の血が騒いでいるとはいえ、ジグルトには信じられなかった。

裂かれた布が翻り、寝台に横たえられた肢体があらわになった。

すらりとした足の間は、血にまみれてはいないようだったが、足にも手にも身体にも、細かく獣の爪痕が浮かんでいるので損傷の程度がはっきりとわからない。白濁した液体にまみれ、日に焼けた身体は、月明かりを受けて煌めいた。

惹香の匂いが、王子の股間からあふれ出ているのが、見えるようだった。わずかに開いた足の間から、まるで煙のように漂っている。香気は淫靡にゆらめき、またしても雄を誘う。

「……どけ……出て行け」

香りに誘われた発情する獣が、ふらふらと近づいていく。小人は悲鳴を上げながら、寝台の上に乗り、ひれ伏した。

「後生でございます、どうか、どうか、これ以上は！　婚礼でございます、これは婚礼でございます！　死に至らしめるものではございますまい！」

「どけ！　噛み切られたいか！」

「抑制薬を飲んでいただきます！　このままでは埒《らち》があきません。惹香が分泌される間ずっと性交を続ける羽目になり、陛下は獣化を止めることはできませんぞ！　抑制薬を！」

　小人が腰に巻き付けていた袋を差し出す。

「お飲みください。王子の、惹香の分泌を抑える薬ですが、獣人族の興奮を抑えることも可能なはず。一つといわず、二つ、三つ、お飲みください！」

　小人がぶるぶると震える手で握りしめる袋を、皇帝はもぎ取るように奪った。袋の中のものを手のひらに受け、口の中に放り投げる。

　皇帝の手から零れ落ちたものを小人は拾い上げると、気を失っている王子の口に運び、そこに水を注いだ。

「王子、王子、起きてくださいまし、抑制薬を、飲まなければ」

　小人は必死だった。このままでは主が殺されてしまうと思っているのだろう。半開きの口に少しずつ水を注ぐが、主の口からは水がだらだらと流れるだけだった。嚥下《えんか》すらしない。

　窒息するから止めろとジグルトが告げようとした時、先に皇帝の身体の方が動いた。小人から水差しを奪い取り己の口に注ぐと、王子の身体を片手で抱え上げ、口移しで水を飲ませた。反応しなかった王子の身体が、わずかに動く。

　口を塞がれる息苦しさに身体をくねらせているだけだというのに、皇帝の膝の上に抱え上げられたその肢体は、眩暈がするほど蠱惑《こわく》的だった。足が、指が、寝台の上を泳ぐ。わずかな動きだけでも濃密な色気を放っていた。

　これは、自分が惹香の匂いにやられているからそう見えるのか。混乱の中で、ようやくジグルトは自分の股間に気がついた。この恐ろしさからか、それとも純粋な性欲か。己の男根は、屹立し震えていた。

「王子」

皇帝の腕の中で、王子は目を覚ましたようだった。おそるおそる、小人が声をかけている。

皇帝は、身動き一つしなかった。腕の中にいる者を、初めて目にするかのように、まじまじと見つめている。そんな皇帝を、ネバルの王子がどんな目で見つめ返しているのか、ジグルトからは見えなかった。

その時、焦燥と混乱しかなかったその場に、言葉が放たれた。

「レスキア皇帝は、獣人族であらせられたか」

先程まで死人のように気を失っていた人間とは思えぬほどの、はっきりとした口調だった。

いや、事の重大さに、ジグルトの耳がそう捉えたのかもしれない。

侮蔑もない。恐怖もない。ただ、事実を淡々と述べるがゆえに冷めた、まるで天からの詰問のようであった。

それを皇帝がどう聞いたのかわからない。背中のたてがみが増え、唸り声が放たれた時は、王子が殺される、とジグルトは思った。だが皇帝がした行動は、王子の身体を抱え上げ、その中心を貫いたことだった。王子の悲鳴が唸り声に重なる。

「陛下!!」

「出て行け!」

ジグルトは皇帝の、金獅子となった顔を見た。

獣の鼻、獣の口、獣の牙、獣の目。もはやそこには、ジグルトの知る皇帝はどこにもいなかった。

黄金の獣に転がされた小人の襟首を摑むと、ジグルトは寝所から飛び出した。扉を閉め、小人を床に放り出した時、そこに倒れている立会人と血の広がった床が目に入った。

どうする。どうなる。どうすればいい。

ジグルトは、混乱する頭の中を必死でまとめようとした。

床に手を突いた格好で、小人が自分を見上げているのがわかった。恐怖と混乱で顔は蒼白だったが、視線だけは力強くジグルトを睨み付けてくる。お前、この状況をどうする気だと語るその目を見て、ジグルトは冷静さを取り戻した。

そうだ。何を恐れる。

母の身分が低い一介の皇子を皇帝の座につけようと、ダリオンと闇の中を走り回っていた時に比べれば、どうということはない。

「お前、ただの小人の侍従にしては、見上げた奴だ。殺すには惜しい。俺はこの立会人を片付け、これからの調整をする。お前はここから、陛下と王子のお世話をするのだ。一任するぞ。レスキア皇帝のあの姿を、今後誰かが噂でもしたら、お前しか俺は疑わない。わかっているな?」

小人はジグルトを見据えたまま、無言で頷いた。ジグルトは身をかがめ、小人に訊いた。

「獣人族については詳しいか。俺はあまり良くわからない」

「抑制薬の効果は明日には出るかと。しかし、王子側がどこまで抑制されるかはわかりません。惹香は赤月に七日間放たれると言われておりますが、それも確かではありません。一つわかっているのは、惹香が収まらなければ獣人は収まらないということ。あのご様子では、陛下は日中、公務に戻ることすらできませんよ。抑制薬が効き、興奮が収まるまで、牢にでも隔離しておくしかありません」

「皇帝にそんなまねできるか」

「王子を、ですよ。実際あの方は、ネバルでは赤月の間、牢に閉じ込められておりました。ネバルは王宮にも獣人族が多いので」

「お前、主を牢になど、よく言えるな」

「殺されるよりはマシです」

確かにあの様子では、皇帝は花嫁を喰《く》らい尽くしてしまうだろう。

「よし、わかった。お前、中の様子をうかがいながら、お世話に入れ」

まずは立会人を片付け、ハーモンにこの事態を取り繕ってからだ。

ジグルトは身体を起こし、緋宮から出ようとした。

だが、緊張と恐怖で硬化した足は思った以上に強ばり、一歩前に進み出すことも困難だった。もつれそうになるのを何とかしながら、一歩、一歩、意識しながらジグルトは進んだ。

やって来た時よりも、緋宮の廊下には、赤い斑点が広がっているように見えた。

赤月はすでに傾き、朝の光が訪れようとしていたが、緋宮の赤は、濃さを増していくようだった。

＊　・＊・　＊

立会人が皇帝に殺害された理由は、惹香による錯乱により、皇帝の怒りを買ったとジグルトは後宮侍従長・ハーモンに告げた。

「なんと！　両性であっても惑わされたと!?」

「詳しくは陛下に伺わないとわからない。だが緋宮はまだ誰も近づいてはならない。ネバルの王子も不興を買い、どうなるかわからない。後宮はしばし、沙汰を待て」

立会人が死に至り、婚礼が血で染まった事態に、後宮は蜂の巣を突いたような騒ぎになった。もはやネバル国からの花嫁が何者であるか、隠してはおけなくなった。

後宮の混乱はハーモンに任せ、ジグルトは朝になっても皇帝が戻らない王宮へ走った。皇帝が後宮にて体調を崩し、本日は戻ることができないと方々《ほうぼう》に語るだけで数刻、時が飛んだ。ようやく宰相・ダリオンの下へ報告に来た時には、もう太陽は真上にあり、皇帝が緋宮にて初夜に及んだのは惹香嚢体の王子だったと皆が知るところとなっていた。

「あほう」

人払いさせた宰相の執務室で、ダリオンは椅子で足を組みながら、入ってきたジグルトに開口一番そう言った。

「……だって教えてくれなかったじゃないですか」

ジグルトの口から、つい昔のような口調がこぼれた。ここにきて気が緩んでしまったらしい。ジグルトは唇を噛みしめたが、ダリオンはいつもの飄々《ひょうひょう》とした笑みを浮かべているだけだった。

執務室とはいえ、ここは主に大臣や各国の要職を招く場所なので、壁紙や調度品も華美である。花ひとつ飾られていない皇帝の執務室とは正反対のきらびやかな空間だが、各国からの献上物も精巧な作りの燭台《しょくだい》も、じっと息をひそめているようだった。人の気配を完全に排除している。

「他には?」

「俺だけだな」

皇帝が獣人族であることを知っているのは宰相ダリオンだけであると、言葉少なに確認し合う。

ダリオンの人払いは完璧だったが、どこに耳が貼り付いているかわからない。

それほど、皇帝が獣人族であるという事実は、秘匿しなければならないことだった。

この社会では、異能種獣人族は純血種の人間に比べ、能力的に劣っているとされている。

あからさまな差別こそないが、獣人は階級的に労働者や一般兵士に多く、レスキアの貴族や富裕層階級にはおそらく一人もいないので、獣人というだけでその血統を煙たがる者は多い。良家の子女で、獣人と結婚したいと言い出す者がいたら、親は顔をしかめるだろう。

レスキアは、四大国の中で、最も社会の階層が厳密化されていない。

レスキアはいち早く能力至上主義を訴え、貧民の出であっても、才能さえあれば出世させてきた国家である。だからこそ、最も大きな国土と経済力、軍事力を築き上げてきた。発展させる力は、剣からだけでは決して生まれない。

出世さえすれば、貴族の娘を娶《めと》ることもできたし、貧民から智謀の将軍にのし上がった者もいれば、策謀により宰相にまで成り上がった者もいる。

ダリオンなど、その典型だった。

ダリオンは平民出身ながら、学都に推薦され、卒業後は第一書記官にまでなった。

そして、前皇帝の死後、大混乱に陥ったレスキア王室を影で翻弄し、皇帝の素質は随一であっても、母親の身分が低いせいで皇帝《ちちおや》に煙たがられていた第三皇子・アリオスを皇太子へと押し上げたのである。

母親を早くに亡くし、父親に疎まれたアリオス皇子を前皇帝の皇后は気にかけていた。皇后の生んだ皇太子が早世した後、皇后派がアリオスに流れたのは、そうした理由があった。

「今考えると、俺もよくこんな危ない橋を渡ったと思うが」

三年前に満を持して宰相の座に就いたダリオンは現在四十五歳、少しも危ないなどと思っていない声音で淡々と語った。

「ボンクラどもを崇める理由はないからなあ。……しかし前帝は嫌ってらっしゃった。理由は、その血、だな」

完全な獣化はせず、尻尾、耳のみしか変わらない半獣人もいるが、普段は皆それを隠しているため、獣人族かどうか判別できない。

おそらく皇帝の母は、獣人族の血が濃かったのだろう。そして前皇帝は、生まれた子が母親の血を強く受け継いでいることを知っていたに違いない。

皇帝の母はもとは王宮に出入りした踊り子で、その美貌に皇帝が愛妾にと望んだが、当然妃の位までは得られなかった。病に罹《かか》り、ひっそりと息を引き取った皇帝の母を知る者は少ない。

種族の血は母親から受け継がれることがほとんどだ。レスキア皇帝の子は六人いるが、獣人族の血が出ている者はいない。万が一、子どもにその血が現れていたら、どうするつもりだったのか？

おそらくは先祖返りを理由に、母方の血であると言うつもりなのだろう。もとを辿れば、どこかで獣人族の血を引く。辺境ならば、三代前が獣人であってもおかしくない。

「しかし……万が一にでも明るみに出れば」

皇帝の称号を失うのは確実。レスキア国王の地位さえ、追われることにもなりかねない。

ジグルトの声は自然に掠れたが、ダリオンの口調は変わらなかった。

「神山《シド・ザム》は絶対に許すまいな。あそこの階層意識は、何千年経っても変わることがない。下層は上層に絶対服従だ」

神山とは、世界の神・竜王が鎮座する場所である。そこには竜王と、古来より竜王に仕える神官一族しかいない。

厳格な身分社会で構成されており、竜王に侍り、時に四大国に対して口出しまでする階層は、上位神官の家柄に限る。

四大国の王族は、この上位神官の家系と一緒と言われている。上位神官は、もとは四つ、今は三つの家柄しか残っていない。

四つの大国から皇帝を選ぶのは竜王であり、ひいては神山なのだ。

彼らにとって下層の種である獣人族が皇帝などと知られては、問答無用で廃帝となるだろう。

「しかし、明るみになどならんだろう？　お前のことだからな」

ダリオンの飄々とした笑みの裏側に、冷酷さがにじみ出る。それを片目で捉えながら、ジグルトはこの秘密は、絶対に封じなければならないと固く決意した。

これを知ったネバルの皇子と侍従をどうするか。

「ジグ」

これからの算段を練っていたジグルトの頭は、久々に呼びかけられた呼称に、思考が中断された。

「……は？」

思わず間抜けな返答をする。

「お前、どうして陛下に、王女ではなく王子なんだと話さなかったんだ？」

ダリオンの表情からは、冷酷さがなくなっていた。薄ら笑いは残したまま、おもしろそうに訊いてくる。

「王子を抱いたからといって、あの方が男に興味を持つとは限らないぞ？　あの方はこの国と皇帝の地位にしか関心がない」

このクソ狸、と内心吐き捨てながら、ジグルトはいつもの態度を取り戻して淡々と返した。

「男であると知れば、初夜が成立しないことを懸念したまでです。浅はかでございました。陛下のお怒りは、どのような形でも受けるつもりです」

ダリオンは喉の奥で笑いを噛み殺したような声を立

てた。

「これからのことを話し合おうか？　久々に俺の邸に来い」

「この程度のことで宰相の手を煩わせることはいたしません。報告は、忘れずにいたします。では、失礼します」

家で飼っている男娼相手に赤月を過ごしていろ、と裏で呟きながらジグルトは恭しく礼をし、マントを翻した。背中で受け止めたダリオンの笑い声は、機嫌が悪いものではなかった。

何も持っていなかった貧民街出身の子どもが、学都に留学して第一書記官の地位にまで就けたのも、ダリオンの庇護がなかったら到底無理だった。無論、役職を得てからは昔の関係は絶たれた。先程のような呼び方をされたのも、本当に久々である。

ダリオンが昔の態度で接してきたのも、つい気が緩んで情けない様子を見せた自分が悪い。ジグルトは寵童時代の記憶を振り払うようにして大股で歩いた。

（相変わらず、あのオヤジにとっては、俺は力のない寵童のままか）

今に見てろよ。ジグルトは己の失態を取り戻すべく、駆けるように後宮へ向かった。


二度、様子を見に中へ入ったが、惹香の匂いは収まっていないと小人は答えた。

「王子が気を失ってどうにも反応しなくなったと、陛下が私を呼びつけたので中に入りました。その際に食事を運びました。しかし陛下は、人間の姿に戻られていましたが、水を飲まれるくらいで食事すらなさらない。王子には私が何とか果汁と水を飲ませました。王子の汚れた身体を水場で洗っておりましたら、また陛下が発情なさり獣人化してしまって、追い出されました」

動物のように言うなとたしなめると、フオルという小人は顔をしかめた。

「他になんと言えば？　あれは獣の反応ですよ」

最初は礼儀を知っている侍従かと思ったら、不遜な態度を少しも気にする様子はなかった。何かが吹っ切れてしまったらしい。

「ではやはり、獣人のままなのだな」

「陛下を寝室に閉じ込めて、王子をこちらに隔離するしかありません。このままでは精も根も尽き果ててしまいます」

興奮状態の皇帝に、そんなまねできるわけがない。

「ひとまず……落ち着かれて、話ができるようなご様子になるまでは待てば良い」

フォルの目が突き刺さるが、正直ジグルトは、王子がどうなろうと構わなかった。

皇帝の秘密を知ってしまった王子は、これから先扱いに困る存在でしかない。

「もうすぐ陛下の精も尽きよう」

「尽きませんよ。発情期なんですから」

ジグルトの言葉に、フォルはそっぽを向いた。

「だから、動物のように言うなというのに」

「単純に尽きないって話ですよ。惹香嚢は獣人にとって、興奮と発情を促す存在だけではありません。惹香嚢を持つ身体は、獣人の活力を増幅させるんです。なんで陛下が水だけで過ごし、食事を必要としないかわかります？　王子の精液を飲んでいるからなんですよ」

その説明に、ジグルトは絶句した。話の中身にもだが、フォルが動物の行動特性を淡々と語るかのように話すので、頭がついていかなかったのである。

「惹香嚢の身体は、体液全てが獣人の餌であり、薬でもあると言われています。存在全てが魅惑そのもの。食い物にされる惹香嚢持ちは、たまったものではありませんね」

精力活力を与える、とハーモンが話していたことを、ジグルトは思い出した。

存在そのものが、魅惑。

自らの意思さえも支配されてしまう、惹香という存在。

婚礼二日目の夜、ジグルトは、固く閉ざされた扉を見つめるしかなかった。

Ⅱ　神隠月

腹から下の身体は、とうに失われているのかもしれなかった。

動かそうと思っても、動かない。視線を向けることすらできない。

途切れそうな意識が浮遊する。浮いた直後に液体が口の中に注がれ、沈んだと思ったらまた浮き、口に入る液体を飲み込み、むせる。咳き込むと身体が強ばり、がちがちに固まっているのがわかる。痛い、というよりも固い、という感覚だった。そしてやはり、下半身は感覚がない。

おそらく、喰いちぎられてしまったのだろう。

金色の獣に。

「陛下……陛下、これ以上は。三日目の朝にしてようやく、もとのお身体に収まったのではないですか。すぐにお戻りください。この機会を逃しますと、またお身体が変わってしまわれるかもしれません」

飲み込むことができなかった液体が、拭かれる。ああ、フオルの手か、と思ったら、口の周りを柔らかいものが這った。

この肉の感触は、舌か。

獣だ。また獣が、喰おうとしてくる。

「陛下……！　いけません！　もう、もう王子から離れてください！」

「黙れ」

「陛下！　お鎮まりを。日が高いうちにこの方から離れませんと、四日目まで緋宮から離れられないことになるやもしれません。これ以上、外部の声を抑えられません。どうか、お身体が人のままのうちに、ご自分の宮殿にお帰りください」

けもの。

もう、俺の身体からは、惹香が消える。

お前も、人に戻るがいい。

「王子……！　王子、わかりますか⁉」

発情は終わりだ。

去れ、けもの。

これ以上は、お前を受け入れることはできない。

「……俺の身体は今は収まっているが、鼻に染みついたお前の惹香はまだ消えん。どうしてくれる」

いつか、忘れる。

匂いなど。

すぐに、風に、飛ばされていくだろう。

お前は、この身体を喰い尽くしただろう。

もう、俺の身体は、役になどたたない。

「陛下……お願いします。どうか。三日目でございます。三日目の夜こそ、明けてはおりませんが、三日の婚礼は、これで終わったと、報告させてください。ここまでの錯乱、この方も、これ以上は持ちますまい」

身体が浮く。

何かに、抱え上げられた感触を覚えた時、セナは、下半身がまだ残っていることに気がついた。

だが、そこまでだった。

誰の腕だったのか、誰の顔だったのか、視界は、何も映さなかった。

セナはそれから、三日三晩、ただ昏々と眠り続けた。

◆・◆・◆

十五日間の春赤月が明け、春白月となり、ようやくジグルトは皇帝を後宮へ渡らせる手配をした。

誰に何と責められようと、ジグルトは残りの春赤月に皇帝を後宮に向かわせなかった。

ネバル国王子との婚礼三日目の朝に、ようやく獣人化が収まった皇帝を自室に戻したものの、誰の目にも触れさせることはできなかった。赤月が空に浮く時間、惹香を思い出したのか、またしても身体が獣人化したからである。

つくづく、ネバルの王子から離してよかったと思いながら、ジグルトは皇帝の血走った目をなだめた。皇帝は呻き声一つたてなかったが、寝室にこもり、じっと己を抑えていた。

あんな姿を見ては、残る赤月の夜、後宮へ向かわせるなどできるわけがない。

後宮に入る直前に、ネバル国王子のいる緋宮がある。

また匂いを思い出して、そちらに向かってしまうかもしれない。

結局皇帝は、緋宮から自室に戻って四日間、日中も外に出なかった。春赤月七日目、緋宮から戻った翌日の夜には獣人化はしなかったが、病を得たという理由をつけて人払いをさせたのである。

春赤月中、皇帝が後宮を訪れなかったのは、ジグルトが心配したからだけではない。

皇帝が、後宮に向かうことを嫌がったからである。

「……またあの状態になるやもしれんと思うとな」

皇帝が己の責務を拒否するのは珍しい。良いのではないかとジグルトは頷いた。後宮の妃らの不満など、ネバルの王子へそのまま向けてしまえばいい。

そして後宮は、ジグルトの考えた通りになった。混乱と怨嗟《えんさ》の声に溢れているらしいが、皇帝に害がなければそれでいいのだ。ネバルの王子がどうなろうと知ったことではない。どうせもう二度と、陛下はあの王子と関わらない。

「何にやついてんだよジグルト。春赤月の間、ずっと陛下を独り占めできたことがそんなに嬉しいのか？」

気安くこんな言葉かけをしてくる宰相・ダリオンを、ジグルトは一発殴りたくなった。

「宰相。陛下のお加減の悪さを、そんな風におっしゃるのはいかがなものでしょうか。後宮は非常に昂っている状態、お控えください」

優美な微笑みを向けて去ろうとしたが、ダリオンのほうはマントまで摑んでくる勢いだった。

「待て待て待て勝手に去るな」

「今宵より、陛下は後宮へ渡られます。その準備に忙しいので、これにて」

「ネバル国への対応だ。ヴァントとも調整しろ」

ダリオンの後ろに控えていた第一書記官・ヴァントが、思いっきり顔をしかめている。ヴァントはバルミラ国から頼まれていた、皇帝と宝玉の妃の閨が成されなかったため、面目丸つぶれにされた。面倒なのでジグルトはヴァントから逃げていたが、ついにヴァントはダリオンに泣きついたらしい。

第一書記官らが集う執務室で膝をつき合わせる羽

目になり、ジグルトはうんざりしつつ早口で告げた。

「今宵の閨は宝玉の妃様だ。それはもう間違いない。二日連続のお渡りは無理だが、今宵、必ず」

「当たり前だ。もしも違う妃だったら、許さんところだった。それよりももっと大事な話だ。ネバルの王子に、妃の位を与えられるのかどうか」

ヴァントの仕事は、各国との外交調整である。

「ネバル国は当然、王子であろうとも妊娠可能な惹香嚢体を花嫁として差し出したのだから、これで従属の証しとして、宮と、妃の称号を与えよと言ってくる」

「だろうな」

「しかし、帝国の後宮で、男子に妃の称号が与えられた例はない」

「……」

「立会人が死に、初夜が成されたか確認が取れず、陛下は三日目の夜は緋宮で過ごされなかった」

ジグルトはまじまじとヴァントを見てしまった。こいつの考えていることは読めてきたが、さすがにあんまりではないだろうか？


「妃の称号を与えないとなると、愛人と同じ扱いだぞ。仮にも従属国の正統な王子だ。ばかにしているのかとネバルが怒り狂ってもおかしくないぞ」

「ネバル国王が健在ならばそうするところだが、どうも、容態が悪いらしくてな」

春赤月に入ったとたん、ネバル国王がついに伏せったと噂が流れた。

「王子を帝国に差し出して、これで従属の証しとなると安心したのかもしれない。しかし同時に、不穏な動きが出始めた。もともとこっちは、ネバル王太子がバルミラ国と繋がっているのを察して、娘をよこせと要求したからな」

バルミラを通して、ネバルの王子が皇帝の不興を買い、婚礼が台無しにされたという情報は、ネバルに伝わっているらしい。

「それでまた、揺れ始めた。王女を差し出していればこんなことにはならなかったものを。幼い王女が成人するまでこちらで大事に養育し、老王が死に、ボンクラ王太子が跡を継いで国が混乱に陥ったところで、堂々と内政干渉ができたんだがなあ」

それが嫌だったからこその王子の嫁入りだったのだろうが、ヴァントはあくまで自国目線でしか語らなかった。

「だったらよけいに、妃の位を与えた方がいいんじゃないのか」

ジグルトの言葉に、ヴァントは眉をひそめた。

「お前、後宮があれだけ妃の称号など与えるなと騒いでいるのに、なぜネバルの肩を持つ？　俺はてっきり、お前はあっさり了解すると思っていたのに。妃の位につけなければ、後宮の妃様方の溜飲も下がるだろう？」

肩を持つつもりはない。同情もしない。だが、ネバルの王子がなんとか婚礼の責務を果たしたのは事実である。三日目はこちらが行かせなかった。

半死半生のような状態で、獣を受け入れたのは確かなのだ。

「あの婚礼で、ネバルの王子はもしかしたら子を孕んだかもしれぬ。そうなると、妃の称号を与えんのは不自然だ」

ジグルトの言葉に、ヴァントは顔をしかめた。

「惹香嚢ねえ。男が孕むなど俺には信じられんが、確かに婚礼の夜に孕んだとなると、やっかいだな。しかし宰相も、妃にするのはまだ先延ばしにしたほうがいいとお考えだ」

ジグルトは目を見開いた。ダリオンが、ネバル王子に関して何かを指示してきたことはない。

「宰相は、ネバルの動きがはっきりわかるまで、妃位を与えるのは延ばした方がいいとおっしゃった。そのためにも、ネバルの王子を離宮へ移した方がいいだろうと」

「離宮へ？」

「位が与えられんと、王宮内に宮も与えられんからな。いつまでも緋宮に隔離しておくのもおかしい話だ。後宮の侍従たちは、妃らに遠慮して緋宮に近づかないらしいじゃないか。緋宮は本来、各国の大臣大使らが後宮との連絡に使う場所。そこに王子が閉じ込められていては、政務も滞る」

しかし名目はどうあれ、この状態から王宮の外の離宮へ移すのは、幽閉も同然である。

離宮になど当然、皇帝は足を運ばない。

ダリオンは飄々としていたが、皇帝が獣人族であると他の人間に知られたことを、警戒しているのだろう。

当然かもしれない。今まではダリオンしか知らなかったことが、ジグルトと、ネバル国王子、そして小人の侍従にまで知られた。

ネバル国の信頼を失っても、王子を何とかしたいと思っているのか。もしかしたら王子は離宮にて、秘密裏に消されるかもしれない。

書記官らの執務室を出たジグルトは、そのまま皇帝の宮へと向かった。

午後の政務を終えた皇帝は、侍従らに給仕されながら後宮へ通う前の軽い食事を取っていた。陽が落ちる直前の強い光が、皇帝の黄金の髪をいっそう輝かせ、ジグルトは、金獅子の姿を脳裏に思い浮かべた。

目にしたときには恐ろしいと思ったが、こうして振り返るとあれは、なんと美しいたてがみだったことか。

全身が黄金に光り輝き、あれほど強く、神々しいものはないように思われた。

「今宵は、宝玉の妃か」

皇帝は、果実酒を口にしながら、ジグルトの提出した書面に目を落としていた。

「はい。後宮も久々でございますな。ごゆるりと、お過ごしください」

春白月中に後宮へ渡る順番が、ずらりと書面には記されている。ジグルトが、混乱を収めるために頭をひねらせて決めたものだ。

今まで皇帝は、その順番に異を唱えたことは一度もなかった。

「……白月に、ネバルのもとへは渡れんか」

ジグルトが知る限り、ただの一度も、なかった。

「空いている日があるだろう。そこに、緋宮を入れろ」

「陛下、なりません。それは、お身体を休める大切な日でございます」

ジグルトは片手を振り侍従らを下がらせ、許可もなく皇帝に近づいた。皇帝は書面に視線を向けたまま言った。

「別に何もしない。ただ、様子を見に行くだけだ。身体を労るだけなら……」

「余計、なりません」

ジグルトは皇帝の膝元まで近づき、跪いた。ジグルトが距離を縮めてきたことに気がついた皇帝が、驚いた顔を向ける。

「陛下。あの方にはもう二度と、お会いできません。後宮の妃様方は、春赤月の訪れがなかったことを、緋宮の婚礼ゆえとお思いです」

「余の体調が悪かったのを、後宮は不満に思っていると?」

皇帝は不快そうに眉をひそめた。

「陛下。お妃様方のお気持ちもお察しください。皆さま、陛下のお身体をずっとご案じなさっておられました。今宵の訪れでどれほど安心なさることか」

そんななだめ方をしたところで、皇帝はばかではない。どうせ欲しいのは子種だけだろうとでも言いたげに顔を背けるだけだった。

「ネバルの政情が安定していないことは、もう宰相からお聞きになりましたか。宰相は、王子に妃の称号を与えるのは、現状の落ち着き次第だとお考えです。それまで、ネバル国の王子は離宮で過ごしていただきます」

皇帝の顔がジグルトに戻る。驚いたように見開かれた瞳を見て、ジグルトは決意した。明日にでも移す離宮を決めなければ。

「陛下。あの方は、形だけ後宮入りした方でございます。これから先、ネバルとの関係が安定し、もしあの方が妃として認められたとしても、妻として処遇する必要はございません。あちらとて、御子の誕生まで望んではいないでしょう」

「……ジグルト」

「錯覚でございます」

「ジグルト、あれの、名は」

「陛下」

ジグルトはいつの間にか皇帝の手を握りしめていることに、気がついていなかった。

「そのお気持ちは、錯覚でございます。ただ、匂いに、惹香の匂いに惑わされているだけでございます。お気を確かに。あの方は、男でございます。通常陛下が、相手にするなど考えられない、男の身体なのです」

ジグルトは、自分の口から流れる言葉が、自分の内側をずたずたに引き裂いていることを感じ取っていた。

それでも必死で、ジグルトは言葉を紡いだ。

「あなた様があの方を気にかければ、不思議に思う者も出てくるやもしれません。なぜあなたがそこまで惹香の匂いに惹かれるのか、疑問を抱く者も……」

ジグルトの言葉に、皇帝の目が据わる。

ジグルトは、そこで初めて、自分の手が皇帝の手の上にあることに気がついた。それをしばし見つめた後、ジグルトは手を、己の膝と、床につけた。

「陛下、どうか。この世の栄華が、あなた様の下にあるために。今少し、冷静になられてください」

一体自分がどんな立場から、これを言っているのか、ジグルトにはわからなかった。

ただひたすら、体温すら感じられるほどの距離から、皇帝の足の傍で、頭を下げていた。

◆・◆・◆

春赤月が明け、ちまたでは婚礼と誕生の賑やかさがようやく終わり、またいつもの生活が始まると思われた。

ここから世界は、最も穏やかな春を迎える。冬が明けた直後の春赤月で、受胎目的の婚礼と一年前の婚礼で授かった出産が行われ、続く春白月で、土を起こし、種を蒔く農作業が始まる。

世間では家庭を持った男女が新しい生活を始めたというのに、レスキア帝国後宮は、いつまでも春赤月の混乱を引きずっていた。

「まあ無理もないんですけどね。ネバル国から後宮入りした王女は実は惹香持ちの王子で、初夜に立会人が皇帝の勘気に触れて誅《ちゅう》され、その後気分を害した皇帝が政務を放り出して丸二日花嫁の部屋に閉じこもり、かと思ったら三日目の夜の勤めを果たさずに皇帝の宮殿に戻ってしまったのですから」

　茶を淹《い》れるフォルの手つきは丁寧だったが、口調は苛立っていた。

　緋宮でも奥にあるセナとフォルの部屋は、二間続きしかない。フォルが寝起きしている小さな部屋は侍従の控えの場所だ。普段、フォルはセナの部屋でほとんど過ごしている。

　外は気持ちのよい陽光で溢れていたが、セナとフォルは締めきった部屋から一歩も出ることを許されなかった。窓の外には兵士が立ち、ほんの少し窓を開けて換気することすら許されない。

　セナはフォルが三度ほど訴えてようやく手に入れた茶を受けとった。

「ありがとう」

　後宮が大騒ぎになったのは、花嫁が男で、立会人が殺されたことでも、婚礼が不成立になったことでもない。無論それらも大騒ぎだったが、皇帝がその後、春赤月に一度も後宮を訪れなかったことが問題なのだ。

　今回の春赤月は十五日間あったのだから、ネバル国との婚礼後は、それぞれの妃のもとへ渡るはずだった。

　ところが皇帝は、気分を害したという理由で、誰のところにも向かおうとしなかった。

「気分を害したのはこっちだっつうんですよ。あの役立たずの第一書記官が」

　フォルは顔をくしゃくしゃにして後宮付き第一書記官のジグルトを罵った。

「もう少しまともな理由を考えればいいのに。これじゃ、セナ様一人が憎まれて当然ではありませんか」

　自分で気づいているかどうかはわからないが、フォルはいつの間にか「王子」から「セナ様」とセナを名前で呼ぶようになっていた。

　皇帝との初夜の後から、フォルとの距離が近くなっているのをセナは感じていた。

「陛下を悪い立場にできるわけがないのだから、ジグルト殿の行動は責められない」

他の妃へのお渡りがなされなかったのは、おそらく獣人化を懸念したのだろうと思われた。他の妃のもとへ通い、万が一にでも発情が獣人化を促したら、取り返しのつかない事態となる。

だが後宮の妃たちにとって、春赤月の皇帝との閨は、何よりも大事だったものだ。最も妊娠する月だ。一年、この日を待っていた者もいるだろう。二十人の妃の怨嗟は当然、春赤月で皇帝の不興を買い、婚礼を血で汚したネバルの王子に向けられた。

特に、先の冬赤月で失態を犯し、この春赤月が挽回のいい機会だったバルミラ国王女の怒りは凄まじかった。ネバルは歴史上、バルミラ国の属国であった時期が長かったため、余計に怒りは激しかった。

後宮では、妃らが率先して、ネバルの王子を王宮から追放しろ、後宮手前とはいえ、緋宮に男がいるだけで不快だ、と叫んでいる。政治に口を出してはならない立場の後宮が、声を大にして叫んでいる有様に、皆が困り果てていた。

後宮を統括する皇后自身がそれを止めないのだから、増長に拍車がかかっている。

侍従控えの間の向こうには、衛兵二人が立っている。衛兵なので、何を訊いても答えないし沈黙している。しかし彼らがいるおかげで、直接的な嫌がらせはされてこない。食事を止められたり、洗濯が滞ったりするくらいだ。洗濯ぐらいは、フオルが入浴の際にさっさと済ませてしまう。

「皇后様は賢い方と聞いていましたが、そうでもないですよね」

相変わらずフオルは容赦ない。しかし、セナの考えは違っていた。

「賢いよ。女性にとって、春赤月の存在がどれほど大切か、皇后様はよくわかっていらっしゃる。国の期待を背負って嫁いでいるんだから、妊娠したくて当たり前だろう。それを反故にされては怒って当然だ。ここで妃様方を鎮める方に回ったら、皆さま、バルミラの妃様についてしまうかもしれない。後宮の空気を読んでいるだけだ」

「そのせいで緋宮には誰一人寄りつかず、私たちの食事さえ滞る有様ですぞ。レスキア帝国王宮で飢え死になど、ばかばかしくてやっていられません。三食出るなら、牢の方がマシでは？」

全くフオルは強いとセナはつい笑ったが、確かに、緋宮の奥深くに閉じ込められて一歩も外に出られず、行動を禁止されているのだから、牢と変わりがない。

「……皇帝の秘密を知ったのだ。ジグルト殿にとって、私たちを生かしておく理由は、後宮の非難を向けられることぐらいだろうよ」

「本来ならあいつらが受けるべき非難ですけどね」

「しかしまあ、レスキア皇帝も第一書記官も、えらい言われようですな」

いきなり部屋の中に響いてきた声に、セナは中腰になった。いつものクセで腰に手をやるが、そこに剣はない。後宮で佩剣は許されていない。

乳母夫のジドに鍛えられ、そこそこ剣の腕はある方だと思っていたが、部屋の扉が開いていたことにも気がつかないとは、腑《ふ》抜けたか、それともこのやってきた男が相当手練れなのか、セナにはわからなかった。

なぜなら、やってきた男は、

「初めてお目にかかります、ネバル国王子。レスキア帝国宰相・ダリオンでございます」

まだ四十代前半に見えるが、本当に大国の宰相か、わかりかねる雰囲気を醸し出していたからだった。

「先程、皇帝のヒミツとか何とか聞こえましたが、駄目ですよ。こうして私のような地獄耳もおりますから。陛下のモノは思った以上の大きさじゃなかったなんて、噂になったらどうします。アハハハ」

ダリオンは一人でウケて膝を叩いているが、セナはどう返せば良いのかわからずに困惑した。フオルにいたっては、あからさまに苦虫を噛み潰したような顔を向けている。

セナは自分が座っている場所から近い椅子に座るようダリオンに勧めた。ダリオンは椅子を軽く持ち上げ、勝手に距離を縮めて椅子を置き、そこに足を組んで座った。それを見たフオルは、セナのおかわりの茶を淹れても、ダリオンには何も出さなかった。

レスキア帝国の宰相は、若かりし頃から皇帝に重宝され、宰相へと大抜擢された切れ者だと聞いていたが、目の前の男は人を食ったような雰囲気を漂わせているだけで、威圧感が少しもない。

文官上がりなのだろうが、体つきはすらりと引き締まり、腰の落ち着け方はまるで武官のそれである。先程、気配を感じさせずに近づいてきたことからわかるように、剣術は極めているだろう。顔つきは穏やかだが、中身はかなり警戒すべき人物のようだった。

「実は私は、異性より同性の方が好みなのですが、残念ながら純血種なものですから、惹香の匂いと言われても全然わかりません。お姿には反応しそうなんですけど。アハハハハ」

何を言われているのかセナは頭が回らなかった。

フオルが「あの、すみませんが帰っていただけますか？」と吐き捨てなかったら、冗談とも思わなかっただろう。

「ばかにされています」

フオルの耳打ちにダリオンは慌てて手を振った。

「してませんしてません、私なりの距離の縮め方です」

「失敗しています」

「気の強い小人と聞いていたが本当だなあ」

「ご用件は」

「うーん。ここの生活は、困っていないか？　ジグルトはほったらかしにしているし、何かと王子は不自由なさっているだろう？」

「飯だけでもちゃんとください」

自分を無視してやりとりされる言葉の応酬に、セナはついて行けなかった。ひたすらダリオンとフオルの顔を追う。

「飯ね。了解した。生活は困らないようにしよう。その代わり……」

そこで、フオルに向けられていたダリオンの目が、セナの方に向けられた。

「この王宮を出て、離宮へ移っていただきます」

事実上の、幽閉だった。

「そうだな。レスキアに来る途中、赤月の入りが早まると言っていたものな」

フオルに頷きながら、ふと、セナは最後にネバルで過ごした冬赤月が、やたらと早く終わったことを思い出した。

「月の暦に、誤差が生じているんですよ」

「そういえばフオル、前も同じようなことを言っていたな」

窓辺で月を見上げていたフオルは、寝椅子に身を横たえ、書物をめくっていたセナに近づいてきた。

「春赤月から、今宵で二十二日ですが、お身体に、変化は」

子を身ごもっていないかどうか訊いているのである。セナは何とも答えようがなかった。もともと女の生理のない身体である。どう自覚して良いのかもわからない。

悪阻などではっきりとした変化が出るのも人によるだろうが、二十二日ではまだ早すぎると思われた。

フオルが早く知りたい理由は、もしも子を身ごもっ

＊　・＊・　＊

この世界の暦は、月の現れ方でその日数に変化が生じるが、一年はだいたい二百七十日前後である。

そして胎児が、母親の胎内にいるのも、およそ一年間だ。春赤月に宿った子どもは、一年後の春赤月に生まれてくる。

一年に四回ある赤月の中でも、春赤月の期間はおよそ十九日で、最も長く月が赤い。他の赤月は十八日、それ以外の月は十七日前後となっている。

今回の春赤月は十五日間だった。いつもに比べると、少ない日数である。

「その前の流月も、早かったですよね。十四日で月が変わってしまったんですよ」

フオルが空に浮かぶ白月を見上げながら呟いた。

王宮は広々としているせいか、庭先まで出ていかなくても緋宮の窓から月の姿をはっきりと捉えることができた。

ていれば、ここから追い出されずにすむかもしれないからだ。

「……しかし、子を孕んでいたとしても、妃の位が下《か》賜《し》されるとは思えない」

「少なくともお立場は守られます」

フオルには申し訳ないと思う。ここを出て、離宮へ移るとなると、どんな生活が待っているかわからない。

ダリオンが離宮行きを告げに来てからは、食事など生活面は困らなくなった。まだ正式には通達されていなかったが、離宮に移すとダリオンが後宮に伝えたのか、後宮の妃らも少しは苛立ちを収めた様子で、嫌がらせをしてくることもなくなった。

皇帝も以前のように後宮に定期的に通うようになり、混乱もようやく落ち着いたところだ。

「何の役割も果たせず、国にも申し訳ない」

国を思うとセナは心が沈むが、フオルはそれに対してはあっさりとしていた。

「けど、こうなるの、わかりきっていませんでした？　そりゃあ私も、あわよくば陛下が惹香の匂いに夢中になって、無事に妃となることができれば御の字と思っていましたけど……夢中になりすぎ。こっちの責任じゃありませんよ」

ネバルもレスキアも、無理難題を押しつけすぎだとフオルは言い切った。

「それを、全部ご自分のせいにすることなどないんですよ。あとは、どうやってこの局面を乗り切るかです」

だがセナは王子という立場から、母国の状態が気になって仕方なかった。婚礼が成されなかったと見做され、新たに姪を差し出せなどと、レスキアはネバルに無茶を言ってはいないだろうか。

何の役にも立たない惹香嚢持ちが、またしても役に立たないどころか、国を窮地に追い込むことをしてくれた——そんな声が、聞こえてくるようだった。

いや、聞こえたとしても構わない。母国がいまどういう状態になっているのか、教えて欲しい。だが、後宮の侍従らはここには寄りつかず、母国の大使すら訪れない。禁じられているのかもしれないが、セナは焦燥でどうにかなりそうだった。

唯一答えられる立場にあるのはジグルトのはずだったが、あれから一度もここを訪れていない。宰相のダリオンがやってきたときは、離宮に移される衝撃で何も訊けなかった。

「御子さえできていたら、万事解決しますよ」

そうフオルは言うが、セナはどうしても子どもという存在を思い描くことができなかった。

惹香嚢持ちとして育ち、惹香嚢が子を孕むとわかっていても、男を受け入れるなど、ここに来るまで想像もしなかったのだ。

男として産まれ、男として育ち、男として死ぬ一生を、疑いもしなかった。

ふと、部屋に翳《かげ》りが走った。月に雲がかかったのだろうか。

部屋の灯火《ともしび》をつけるようにフオルに告げようとすると、フオルは何を思ったか、窓辺に小走りで向かった。

そして、窓の外の月を見上げ、動かなくなった。

「フオル？　どうした」

「……白月が、流れます」

「え？」

「……白月が……終わる」

白月は、その名の通り白く、この月が浮かぶとき、夜は最も明るい。

白月の次に現れるのが宵月で、空に滲むような大きな円を描く。

「白月が終わる……まさか……今日でまだ、九日間しか経っていないというのに」

フオルが顔をしかめて月を食い入るように見ている。

「神隠月に入るのか？」

十数年に一度、空に、月が浮かばない闇の七日間が現れる。

月の暦に乱れがあると、神隠月が起こりやすいと言われている。世界の神・竜王が眠りにつくからだと言われているが、フオルはそれを単純に暦のズレだと言っていた。

「いや、単なるわずかな日数の誤差ならば、それは単純な暦のズレのはずなんですよ。ですが、七日間以上もこんなにズレが生じるなんて、おかしいですよ」

フォルは月を見上げながら、おかしい、おかしいと繰り返した。

暦が大きく狂えば農作物に影響が出るのかもしれないが、セナはフォルほど不穏にも思わなかった。

「前の神隠月は、ちょうど十年ぐらい前じゃなかったか？　これも定期的なのかもな」

「十年前の神隠月は、いきなり月が変わったりしませんでしたよ」

本当にフォルの観察力はすごい。フォルはしばし月を睨んでいたが、腰に下げている袋から筆記用具を取り出し、何やら記録し始めた。

書くことに熱中してしまった侍従のかわりに、セナは部屋の灯火をつけて回った。

「しかしフォル、こんなに早く白月が明けて、もし神隠月に入ってしまったら、またも後宮は不満で騒がれるだろうな」

「ああ！　そういえばそうですね！」

神隠月は、生命が一切誕生しない月と言われている。人間どころか、動物も虫すらも誕生しないと言われているが、まさかそんなことはないだろうとセナすら疑っている。

だが世間ではその七日間は生命が生み出されないと信じられている。ゆえに、後宮も閉ざされるのだ。子が成せないのに、後宮へ通う意味などないというわけだ。これは、セナの国ネバルでさえそうだったのだから、レスキアの後宮など当然だろう。

「神隠月で誕生するのは、竜王しかいない。それが通説ですからね」

「民は沈黙せよ、だ」

「また後宮からの風当たりが強くなりそうな。明日の朝は、念のために食事の量を多めに注文しておきましょう」

そこまで八つ当たりしてこないだろうと思ったが、フォルは月の記録のためにペンを走らせるのを止め、別の紙に差し入れの注文を記し始めた。

そして次の夜から、世界は闇に包まれた。

神隠月の七日間の始まりだった。

神隠月が始まってから、後宮への皇帝の渡りはなくなったが、またしてもその鬱憤が緋宮に向けられることになった。

神隠月二日目の夜の食事が運ばれなかったが、フオルは衛兵に訴えることもせず、取り分けておいた肉やパンを皿に丁寧に盛り付けた。

「ほらね。食事を多めに頼んでおいてよかった」

「七日間だけだから。多少、我慢すればな」

フオルはスープの代わりに、酒をいつも以上に杯に注いだ。

「これが春でよかった。冬だったら、薪を止められます」

「そうだなあ」

あっけらかんとしているフオルのおかげで、嫌がらせを受けても悲惨さがない。

月がないと、時間の感覚がなくなる。日が昇り、太陽が光を届けるまで、やたら長く感じられる。早めに就寝しようと、セナは寝台に横になった。フオルが毛布をいつもより重ねてくる。

「月がありませんと、冷たい夜に感じますからね」

「そうだな……ありがとう。おやすみ」

「おやすみなさいませ」

まどろみの中を浮遊するだけで、なかなか意識は深く落ちていかなかった。

わずかな光がなければ、人は安心できないらしい。火事を防ぐために、眠りにつくときは燭台の灯を落とす。神隠月で月の明かりが全くない夜は、闇しかない。

寝所の扉と窓は全て重いので、外の音を少しも拾わない。無の空間の中で、セナは眠ることに集中した。

ガチャ、と無機質な音がして、ふと顔を上げると、寝室の扉から光が漏れた。隣の部屋で眠るフオルが蝋燭に灯をつけたのだろう。

フオルに声をかけようとしたセナの耳に、フオルの慌てふためいた声が届いた。

「陛下……！　お、お待ちくださいませ！」

困惑するフォルの姿は、見えなかった。

セナには、わずかな光を背に立つ、レスキア皇帝の姿しか見えなかった。

どういうことかとセナは混乱した。

皇帝の顔は、あの異常な婚礼でも、認識ぐらいはできた。

間違いなく、目の前にいるのはレスキア皇帝である。

では皇帝が、なぜここにいるのか。まさか皇帝自らの手で、誅伐《ちゅうばつ》されるのか。

セナは、どんな態度を示せば良いのかわからなかった。慌てて寝台から降り、衣服の乱れを直しながら皇帝がたたずむ扉のほうへ向かう。わずかに頭を下げ、皇帝に訪問の意味を問うた。

「陛下、今宵は……」

「寝台へ」

わずかな光の中でも、その黄金の髪と、玉石のような瞳は、光り輝いていた。

「お前を抱きに来た。寝台に案内せよ」

寝台に案内しろという言葉は、房事を行うと告げる後宮の隠語である。セナは皇帝の意図が読めず、茫然とするしかなかった。

「陛下！」

声を上げたのはセナではなく、皇帝の足元にひれ伏したフォルだった。皇帝の前には出ず真横に手をつき、顔を上げずに告げた。

「緋宮には侍従長より何も通達されておりませぬ。お迎えする用意をしておりません。なにとぞ、日を改められますよう」

「個人的に来たことだ。侍従長はもとより、ジグルトも知らん」

セナを射貫くように見ていた皇帝の視線が、足元のフォルに向けられる。だがフォルは引かなかった。小さな身体を地に押しつけるようにして、訴える。

「神隠月でございます。今宵のことを、誰が証明してくださいますか。後宮へのお渡りは、禁忌のはず」

その場で殺されても文句は言えぬ不敬であった。

しかし、セナの立場を必死で守る言葉だった。正

式な手続きなしに閨を持ったりすれば、こちらが咎《とが》められてもおかしくない。

本来ならば主である自分こそが、それを考えねばならないのだ。

下の者に、命をかけさせるなど、あってはならないことだ。常に現状を打破しようと考えを巡らせてきたフオルとは逆に、流されていただけの自分を、セナは嫌悪した。

「たかが小人の分際で、余の行動の意味を問い、あまつさえ注文までするか！」

激高する皇帝の身体がフオルに向けられる前に、セナは声を張り上げた。

「陛下、寝台にご案内いたします！」

皇帝の瞳が闇夜に輝く。

焦りと苛立ちしか、そこにはなかった。以前のような発情は浮かんでいない。欲望だけに精神が支配された状態ではない。理性が完全に飛んだ、あの時の方が恐ろしいはずだった。なのに、以前とは比較にならぬほどの恐怖が、セナを包んだ。


セナは寝台に身体を向けた。足を引きずるようにして、そちらに向かう。

寝台までわずか数歩の距離でしかなかったが、動かぬ足は何度か寝着の裾を踏みそうになった。

フオルが重ねてくれた毛布に手をかけようとしたとき、フオルがセナの横から突如何かを差し出した。自分の部屋に行き、急いで取ってきたのだろう。身体を滑りこませてくるような勢いだった。

それは、硝子の小瓶だった。なぜこんなものを渡したのか、セナはフオルに目で訊いた。フオルが小声で、素早く伝える。

「香油でございます」

それを聞いても、セナにはまだわからなかった。

香油？

伝わらないことに、フオルは苦痛を感じているような表情をした。香油を受け取ろうと伸ばしたセナの手を握りしめる。

「発情期でなければ、お前の孔は濡れんのか？」

皇帝がセナとフオルの重なった手から、小瓶を奪い取った。

それでようやくセナは香油の意味に気づいたが、皇帝にそのまま寝台に押し倒された。

皇帝はすでに服の留め具を全て外し、腰の帯革も緩めているが、全て脱ぐつもりはないようだった。見下ろしてくる目が、まるで観察でもしているように細かく動いている。

フオルが静かに部屋を去ったのを感じながら、セナはこの状況で、どう動き、どう発言すれば良いのか、恐怖を押し殺しながら考えた。

このまま妃の位が与えられなかったら、ネバルはどう処遇されるのか。

皇帝が何を考えて今夜ここにやってきたのかわからないが、それを知る、千載一遇の機会だった。

「……陛下」

皇帝の目が泳ぐ。なぜか驚くように、瞬きをした。

閨では、女性は一言も口を利いてはならないのだろうか？

不安を感じながらも、セナは言った。

「私の母国へは、婚礼の儀が成されたと報告されたのでしょうか」

皇帝の目が一気に冷えた。閨で語ることではないと鼻白んだ皇帝の顔に、それでもセナは縋った。

「陛下、どうか、ネバルの従属を示す心だけは、お疑いにならないでください」

「だからそれを今、確かめようというのだ。黙れ」

苛立った皇帝の声に、もうこれ以上セナは聞き出すのを諦めた。

皇帝の手が、寝着の裾をたくし上げてくる。セナは上体を起こすと自分の手で寝着をまくり、頭から脱いだ。そのまま素裸になり身を横たえると、真上の皇帝の顔が茫然としていた。

「陛下？」

皇帝の身体が下がる。闇の中でも、その顔が困惑しているのはわかった。まともに男の身体を見て、気が引けたのだろうか。

それならそれでも仕方ない。セナは再び上体を起こし、皇帝の行動を待った。

皇帝の目が、どこを見ているのかわからなかった。しばし皇帝の身体は置物のように動かなかったが、上半身から勢いよく服を脱ぎ始めた。

初夜に見た皇帝の身体は、金色の体毛で覆われていた。あの異形の姿より、自分と同じ男の身体の方が恐ろしく思えるのは、どういうことなのだろう。素裸になった皇帝の身体が覆い被さってきた時、セナは反射的に身を固くした。

確かめるように動く手の動きは、快感を導かなかった。爪を立てられ、牙で傷つけられたあの時の方が、夢中になれた。

おそらく、同じ事を思っているだろう。この方はそれを確かめに来たのだ。

惹香の匂いに惑わされたあの時は、あまりに狂った時間であり、もう二度と存在しないのだと。

後孔を指で突かれても、男を誘い、迎え入れる愛液は少しも分泌されなかった。

今は神隠月。身体は、生命を作り出す活動を止めている。

全ての人間が、動物が、生命が、繁殖の呼吸を止めている。

勃起すらしない。セナは心だけでなく肌も冷えていくのを感じた。触れ合った肌がこすれあっても、熱を生まない。セナは顔を背け、目をきつく閉じた。

なんの意味も成さない行為だ、という思いが頭をよぎった時、生温かいものが頬をかすめた。

それは、唇だった。

思わず正面に顔を向けると、皇帝の顔が目の前にあった。

覗きこむ瞳は、闇夜だというのに煌めいていた。

なぜか、とセナは思わずその瞳に見入った。燭台の灯もない。月光は存在せず、星の光も遠い。それなのに、なぜこの瞳は輝いているのか。

先ほどは冷たい石のように感じた瞳が、宝石のように見える。

セナは皇帝の瞳を見つめ、思った。

この瞳の色は、何だっただろう。

水色だったと思ったが、それは空の色だろうか。

それとも、豊富な水の色か。

それぞれの国の民は求める色を瞳に宿すというのなら、レスキアは太古の昔から、何を欲し恋焦がれてきたのか。

何を求めれば、これほど光り輝くのか。

皇帝の瞳が、次第に見えなくなる。

受けたのは、口づけだった。

重ねられた唇は、最初は触れては離れた。

呼吸が熱い、とセナが感じた時、静かに皇帝の舌が入りこんだ。

舌は、セナを導くように口内を動いた。絡み合う舌の動きに、セナの意識はすぐに持っていかれた。休む間もなく上あごを撫でられ、舌先を突かれ、口を塞がれ、セナは息をするだけで精一杯だった。思わず、皇帝の両腕を摑む。

「はっ、うっ、ううんっ、はう、んっ」

肌と肌が自然にこすれあい、いつの間にか勃起していた男根までが触れ合う。大きく固くなったそれを感じても、恐怖を覚える暇も与えられなかった。窒息してしまいそうなほど、舌を口内の奥に入れられ、唇を塞がれる。

「んっ、んんんっ、んんんんっ……」

ある種の快感なのか、苦しさゆえなのか、セナはわからぬまま皇帝の腕にしがみついた。背中から尻にかけて愛撫を繰り返していた皇帝の手がいったん離れたかと思うと、ぬるりとした液体が、指とともに後孔の中へと注がれた。

一体何の花を浸した香油か。芳しい花の香りが、内側の熱と擦れ合って、鼻腔を突いてくる。

セナは口づけを受けたまま背中を支えられ、上半身を起こされた。足を大きく開かされた格好で、胡坐《あぐら》をかいた皇帝の膝の上に乗せられる。

その際、身体の均衡を崩したセナは思わず皇帝の首に腕を回した。皇帝に抱きつく格好になり、慌てて身体を離そうとしたが、皇帝の腕はそれを引き戻した。きつく抱きしめられ、耳朶《じだ》を嬲られる。

「んっ……あっ……」

この程度の刺激でも声を漏らしてしまったことに、

セナは赤面した。身体中が、敏感になっている。惹香嚢は眠っているというのに、なんということか。セナは思わず首を振り愛撫を避けようとしたが、皇帝の腕は緩まず、耳の穴にまで舌が侵入した。

と同時に、後孔に指が香油とともに入ってきた。耳の穴を舌で突かれ、孔を指で突かれ、二つの刺激にセナは自分の陰茎がぶるりと震えるのを感じた。

その拍子に皇帝のそれと触れ合い、セナは恥ずかしさで思わず皇帝の首にしがみついた。皇帝の腕が緩み、背中が静かに撫でられる。

いつの間にか指は二本になり、それが孔を広げてきたときには、セナは何本の指が己の孔に収まっているのかわからなかった。快感が背筋を這いあがり、達しそうになるのをこらえる。

陰茎から睾丸、後孔まで香油にまみれ、ぐちゅぐちゅと卑猥な音を響かせながら、セナは皇帝の男根を受け入れた。

「んっ、んんっ、んんぁっ……」

痛い、というよりも苦しい、圧迫感が襲ってきた。やはり発情期以外は、男の身体を受け入れられないのか。反射的に逃げようとするセナの腰を、皇帝が摑んで引き寄せる。そして腰と背中を支えられ、寝台の上に身体を戻された。

「ああ、嫌、無理です。抜いて」

「ばかを言うな」

「陛下、むり……抜い、抜いて」

だが皇帝の返答は、挿入した男根を突き上げることだった。

受けた衝撃に、体内の惹香嚢がびくりと反応する。

「あっ、ああっ！」

眠っていた臓器が目を覚ます。

繰り返される刺激に、揺れ起こされる。

熱を帯びてくる身体の奥を、皇帝も感じているに違いない。セナは困惑と羞恥で顔を覆った。

ああ、この身体。この身体は。

「あぃっ、あっ、んんっ、んぁっ、んんっ」

頭の上にあった寝具を引き寄せ、それを噛んで声を立てまいとしたが、両腕を取られる。そのまま両腕を引っ張られる体勢で、セナは激しく突かれ続けた。

皇帝の律動は、わずかでも緩むことはなかった。もしも動きを止めたら、惹香嚢の目覚めを止めてしまうとわかっているかのように。

「はっ、あっ、あぃっ、あぁ、ああっ、あっっ、ぃうっ、ううう、んんゃっ……！」

セナが達した震えに応えるように、皇帝の腰も震え、精が奥深くで放たれる。

目覚めた惹香嚢が、それをしっかりと受け止めたような気がした。

＊　・＊・　＊

「閨では互いに服を全て脱いだりしませんよ」

フオルが呆れたように言った。

「自ら服を脱いで横たわるなんて、陛下もさぞ驚かれたことでしょう」

「……それはそうだろうと思った」

セナは今更ながら羞恥心で赤面した。さぞ大胆な行動だと思っただろう。

「それと、おしゃべりも禁止です。閨で何かを要求するのはご法度ですから」

閨入りと同時にネバルのことを聞き出そうとしたときの、皇帝の不快そうな表情をセナは思い出した。

セナは腰のだるさに閉口し、朝から寝椅子に横になったままだった。恥ずかしさで寝椅子に顔を伏せたが、昨晩の様子を詳細に語れと言わんばかりに、フオルは床に膝をついて顔を近づけてくる。

「というかセナ様、閨のしきたりとか、教えてもらっていないんですか？」

「当たり前だろう。なぜ男の身で、そんなことを知る必要がある。俺は後宮など持つ予定も、入る予定もなかった。知るはずがないだろう」

輿入れが決まってからレスキア帝国に向かうまでも間がなかったので、誰も教えてこようとしなかったのである。

昨夜は房事が終わってすぐ、セナが寝台の上で脱力している間に、レスキア皇帝はさっさと部屋を出て行った。

「夜明けも訪れていないのにまあ早いと思いましたが、人目につくわけにいかないからでしょうね。見送る気もなかったんで、私はすぐにセナ様のところへ飛んでいこうと思ったんですが、出ていったかと思われた陛下にふと、呼び止められましてね」

「何て?」

「御名《みな》を、聞かれました。セナ様の」

セナは思わずフオルのほうへうつ伏せていた顔を向けた。目の前にフオルの顔があり、目を輝かせている。

「首尾良くいった、と、私は期待していいのですかね。神隠月に来るなんて、人を何だと思っているんだと腹が立ちましたが、うまくいったのなら喜ばしいことですよ」

「……どうだか……」

その時、力強く扉を開く音が、部屋に響き渡った。

反射的にセナは身を起こした。

大股で部屋の中に入ってきたのは、ここしばらくとんと姿を見せなかった第一書記官だった。書面を片手に、礼儀をかなぐり捨てた態度で近づいてくる男の表情を見て、セナは察した。首尾良くはいかなかったようだ。

「すまん、フオル。どうもそのようだ」

「どうもそのようで」

ジグルトは、両手で書面を広げ、声高に言い放った。

「ネバル国セナ王子に申し伝える。本日を以て王宮を去り、タレスの離宮へと移るべし」

◆・◆・◆

皇帝が一人で後宮を渡ったという報告ほど、ジグルトを仰天させたことはなかった。

いや、正確には、後宮までは行っていない。

その手前の、緋宮である。

だがそれは明らかに閨が目的であり、手順を踏まずに皇帝が房事を求めたということに他ならない。

皇帝の行動に、第一書記官らは騒然となった。書記官らが集う執務室で、ジグルトは同僚らに囲まれていた。

「つまり、あれだ。意中の方、ということなのか？」

ヴァントが詰め寄る。

「いや、そこまでは……」

「はっきり言え、ジグルト。陛下のお心ひとつで、方針が変わってくるんだぞ」

「少々、気にかけられていたのは事実だ」

少々じゃねえだろ！　と第一書記官らが声を揃えるが、ジグルトはその声に大声で返した。

「少々だ！　男で、後宮に宮も持てない従属国の王子だ。白月が九日で終わってしまい、まだ後宮は落ち着いていない。意中、などと後宮に伝わったらどうなると思う。ヴァント、言葉に気をつけろ！」

日頃の冷静さをかなぐり捨てて言い合う執務室に、のんびりした声が飛んだ。

「まー、待て待て待て」

振り返らずとも、誰が入ってきたのかジグルトにはわかった。第一書記官らの声が重なる。

「宰相！」

「陛下も、このたびの行動は反省なさっておられる。俺が、ネバル国の処遇を早めさせたのが原因なんだ。陛下のお考えを直接伺おうと思う。外交と後宮にも関わることだ。ヴァント、ジグルト、一緒に来い」

ダリオンの言葉に、ヴァントが納得したように居住まいを正した。情報が下りてこず、ジグルトだけが把握しているからこの状態なのだと思っているのだから、場を収めるダリオンのやり方は正しい。だがジグルトは、これでは皇帝の本心を伺えないと忌ま忌ましく思った。

皇帝は自らの意思で、ネバルの王子を求めた。発情しない神隠月のさなかにそれを求めたということは、その性欲は、雄としての本能ではない。

ではなぜに求めたか――。

皇帝の宮に入った三人は侍従らが控える部屋の横を通り過ぎ、皇帝が身支度を整え食事を取る部屋に向かった。この時間帯なら、まだ皇帝は朝食を終えたばかりのはずである。

皇帝が居住する宮は政務の中心であり、余暇を過ごす場所だろうがどこだろうが書記官らは許可なく入ることができる。皇帝自身、己の寝室以外の場所でならどこでも報告を聞くという考えを示している。

ジグルトらが部屋に入ろうとしたとき、朝食の食器を下げる侍従らが出ていった。本日の謁見で使用する衣装を掲げた侍従らが入れ違いに入ってくる。

皇帝は、着替えの前に食卓から窓辺に移動し、侍従に髪を梳かせていた。侍従が食後の茶を淹れているが、皇帝がそれを優雅に飲み干すとは思えなかった。足を組んで椅子に腰かけ、報告書に視線を落としたまま微動だにしない。ジグルトらが中に入っても、視線を書から上げようとしなかった。

クセのある髪なので、後ろに梳くだけで簡単に流れていく。黄金の髪は、陽の光を受けてつややかに輝いていた。

ダリオンが、声が届く距離まで進み、無言でその場に立った。そしてそのまま皇帝の言葉を待つ。訪問の意図はすでに伝えているのだろう。ジグルトとヴァントも、同じようにダリオンの後ろで何も言葉を出さずに控えた。

「……ネバルは」

書面が卓に置かれる音とともに、皇帝の口から言葉が紡がれた。

「後宮の近くに別宮を設けさせろ」

ヴァントの頭の中で、外交地図が描かれたのがジグルトにはわかったが、ジグルトの頭の中に浮かんだのは王宮内の地図だった。

「ネバル国王の容態が回復せず、レスキアとの外交を重視する宰相は、ネバル王太子によって更迭されましたが」

ダリオンの言葉に、皇帝は前方に向けていた視線をダリオンに移した。

「それでもだ。妃と宮の称号を与え、あくまでネバルが離反するというのなら、また考えれば良かろう。あちらは一度忠義を示したのだ。それに応えねばならん。帝国の行動を、他の従属国も見ているだろう」

ダリオンは了解したというように顎を少し引いた。それでヴァントは何も言うことはなくなった。

「後宮の傍に、新たな宮を建てる場所はありません」

皇帝の視線を含めたその場の目が一斉に注がれるのを、ジグルトは感じた。

皇帝は、ジグルトが想像した答えを返した。

「緋宮をそのまま用いれば良かろう」

「他の妃様が、母国の大使らと謁見することができなくなります。いくらなんでも後宮侍従らの詰め所を用いるわけにはいきません」

「まあ、そこはお前たちの考えに任せる」

「王宮外の離宮ではいけませんか」

「仮にも妃の位を持つ者を、王宮から追い出すことはできん」

皇帝は、髪を梳かせる手を止めさせ、椅子から立ち上がった。

「余の宮の周りなら、小さな宮を建てられるだろう」

そこにいた人間で目が泳がなかったのは、ダリオン一人だった。衝撃を押し殺し、ジグルトは努めて、冷静な声を絞り出した。

「……それはなりません。後宮は政務と切り離されるべきです。皇帝陛下のお住まいには政治が入ります。その近くに妃様の宮を建てるわけにはいきません」

皇帝の表情が、不機嫌そうに翳る。苛立った視線がジグルトに向けられる前に、ダリオンの静かな声が間に入った。

「ひとまず、予定通り離宮へお移りいただきましょう。タレスの離宮なら、昔王族の静養地に用いられていた場所です。小さい宮ですが、どうせ侍従は一人だけ、ネバルの王子にしても、そのほうが良いでしょう」

「しかし、タレスは遠い」

皇帝の声は低かった。

「人気の少ない場所のほうが、王子にとってもよろしいと思われますよ。惹香嚢持ちは発情期があります。人の通りの多い緋宮では、落ち着かれないでしょう」

ダリオンの言葉に、皇帝は静かに鋭い視線を向けた。言葉の裏には、皇帝の秘密が含まれている。ジグルトは息を呑んだが、ダリオンは全く表情を変えず、皇帝の視線を受け止めた。

「ネバルには、後宮内に王子の宮が完成次第、妃の称号を授けると伝えましょう」

ダリオンから示された折衷案に、皇帝は無言を貫くことで諾を示した。

緊迫した場の空気が緩み、隣のヴァントが静かに肩で息を吐く。

だがジグルトは、少しも気を緩めることができなかった。なぜこんなことになったのか、頭の中が落ち着いていない。

だが今考えるべきは、これからどうすれば良いのかということだ。考えを張り巡らそうとしたジグルトの前に、急を告げる侍従の甲高い声が響いた。

「申し上げます！　ただ今、神山外交官のハスバル様が、急なお話でこちらにいらっしゃいました」

「陛下！」

神山外交官・ハスバルが、来訪を伝える侍従を押しのけるようにして部屋に入ってきた。

外交官でも、神山の担当官は最高位に就いている。大臣並みの地位を与えられているが、それでも侍従の案内より先に皇帝の自室に乗り込んで来られるほどではない。

貴族出身で物腰の柔らかなハスバルとは思えぬ行動に、ジグルトらも驚き部屋の左右に分かれた。

ハスバルからはいつもの穏やかな表情が消え失せていた。多忙を極めるため神山に常駐し、滅多に母国に戻らない男が、帰国を伝えもせず戻ってきた。ただならぬ雰囲気を感じ取った皇帝が、数歩ハスバルに近づく。

「どうした、ハスバル」

ハスバルは皇帝の周囲に侍る人間らをざっと確認し、差し支えないと思ったのかそのまま膝をついた。

「竜王が……竜王《シェヴァイリオン》が、お隠れになりました」

皇帝が驚きのあまり身体を強ばらせる。

「まことか!?」

「神山の上位神官より、各国の王に伝えよとの言葉がありました」

皇帝は身体を前のめりにして詰め寄った。

「して、分卵は？　成されたのか!?」

「はい。成されたとのことです」

皇帝の身体が二・三歩後ろに下がり、そのまま椅子に落ちる。

無理もない。『暁の皇帝』の称号を与えてくれた神である。己の治世の間は、竜王の御代が続くと思っていただろう。

ダリオンの表情も、さすがに固くなっていた。視線を泳がせながらハスバルに問う。

「この神隠月は、竜王薨去《こうきょ》ゆえだったのか。だがなぜ、こんなに早く。現竜王の御代は、まだ百五十年ほどだぞ」

「しかし分卵は成されました。新たな竜王の卵は、これから一年後の神隠月に孵化なされます。世界は沈黙し、竜王ご生誕を待つべしとのことでした」

世界の神である竜王は、一世代が二百年から三百年となっている。

竜王は基本雌体《したい》であるが、雄を必要としない無性生殖により、自らの身体から卵を産み落とす。これが分卵である。

その分卵は、必ず神隠月に行われる。

卵を産むと、竜王は死ぬからだ。

月が失われ、一切の生命が沈黙する時に、新たな神は誕生する。

そしてそのまま、古い神は死ぬ。

竜王の卵が孵化するのは、一年後の同じ神隠月になる。

それまで世界は、神のいない時を過ごすのだ。

竜王が途絶えれば、この世界は消滅すると言われている。

無事に新たな神が産声を上げるまで、世界はその誕生を祈り、沈黙の中にいなければならない。

これから一年多くのことが自粛され、同時に、来たる新たな神の御代のために、さまざまな準備をしなければならない。

帝国の政治家たちは、静かに始まった騒動の音を、じっと息をひそめて聞いていた。

Ⅲ　誕生

レスキア帝国の帝都・ギドゥオンより馬車を走らせること一刻（一時間）ほどの場所に、タレスの森と言われる静養地がある。

三代前のレスキア皇后が病にかかったため、当時の皇帝が作らせた宮である。非常に小さい宮なので、静養地としても代々の皇帝や皇后が用いるのは好み次第だった。

「なんだ、聞いていた話よりも、大きいではありませんか！」

小さいという感覚は、レスキアとネバルではかなりの差があるらしい。

緋宮の二間しか用いられなかった空間の、十倍以上の広さだった。部屋の一つ一つが広く、部屋も応接室、読書室、食事部屋、と用途ごとに分けられている。

白と緑を基調とした美しい宮だった。少し離れた場所に、使用人の棟と厩舎《きゅうしゃ》まで建てられている。

いつ使用されるかわからぬからだろう。敷き詰められた芝生も、噴水の周囲も綺麗に掃除されており、薄汚れたところはどこにもなかった。

整えられた部屋の調度品ひとつ比べても、ネバル国王の部屋よりも豪奢《ごうしゃ》である。馬小屋のような場所に連れて行かれると思っていたフォルは狂喜しているが、セナは逆に落ち着かなくなった。

遊びで用いるような離宮一つに、これだけの金をかけられる母国との圧倒的な差に、セナの不安は募るばかりだった。

タレスの離宮に移される直前、ネバル国の大使・コーサが、緋宮を訪れることを許された。

レスキア入りしてから初めての母国の者との謁見である。セナは緊張を隠せなかった。緋宮の一室に大使が入ってきたときには、思わず立ち上がり近くに寄ることを許した。

仮にも皇帝の妻と他の男を二人きりになどさせられず、慣例に従って後宮侍従が部屋の入り口に立っている。同様にフオルも入り口付近で控えていた。

セナは山ほどあった質問を矢継ぎ早に訊いたが、どれも目の前が暗くなる話ばかりだった。

「国王様は伏せられてから症状が悪くなる一方で、王太子様が摂政として政務を執られるようになってすぐ、宰相・ウルド殿は更迭されました。今はご自分の別荘で蟄居《ちっきょ》なされているとのことですが、おそらくは幽閉でございましょう。大臣らも王太子様の考え方に同調し、次々とバルミラ派に傾きました。私も宰相と同じく、レスキアとの関係を重視する派です。国に帰れば同じ目に遭うかもしれません」

この程度のことは、とっくにレスキアも知っているからだろう。レスキアの侍従の前だが、コーサは隠す様子もなくセナの質問に答えていった。

こんなに母国の情勢が変わっている現状を知り、セナは混乱するしかなかった。

次兄の王太子がバルミラ側にすり寄っていたことを、セナは初めて知った。

王太子はウルドを煙たがっていたが、父王の右腕として長年ネバルに身を捧げてきたその忠誠心や政治力は評価していると思っていたのである。まさか更迭という処置をとるとは、セナは兄の愚かさに眩暈がした。病床の父は知っているのだろうか。知ったとしたら、どれほど衝撃を受けるだろう。

亡くなった長兄と違い、父王に何も言えず王としての才覚もないと次兄は思われてきた。それに対する不満があったのだろうか。父王が弱ったのを機に、その鬱憤を晴らしたくなったのだろうか。

「皇帝陛下より、セナ王子をいったんは離宮へ移すが、それはこちらに宮を建てるための処置であり、ネバルの忠義は認めるとのお言葉を賜ることができました。セナ様の妃の位は守られたと国に急ぎ報告しましたが、王太子様から、レスキアに忠誠を誓うというお言葉を聞くことはできませんでした……」

おそらくコーサは、セナが後宮入りし、初夜が成された時から必死に働きかけていたのだろう。バルミラに向けようとするネバルの目をレスキアに戻すために、大声で宮の建立を、妃の称号を訴えていたに違いない。緋宮の奥に押し込められて現状を知らなかったとはいえ、何もできなかった自分をセナは責めた。

「すまん、大使。私がもう少し動けていたら……」

今までは母国に手紙を出すことすら許されていなかったが、大使との謁見が許された今なら可能だろうか。

だが、兄が自分からの手紙など読んでくれるかどうかはわからなかった。死んだ長兄からは邪険にされたことはなかったが、次兄は常に侮蔑の視線を向けてきた。弟と思ったことなど一度もあるまい。

「いいえ、王子。後宮からは何もできないことはわかっております。だからこそ動くのは私の仕事なのです。せめてあと数カ月、国王陛下の身体が保たれていたら……。しかし、嘆いていても仕方ありません」

コーサは疲労で窪《くぼ》んだ目に力を戻し、セナを見据えてきた。

「レスキアはまだ、ネバルを信じております。それはひとえに、あなた様がここに嫁がれたからです。もし後宮入りしていなかったら、兵を向けられていてもおかしくありませんでした。まだ、まだ間に合います、セナ王子。私は長くレスキアとの外交を担ってきましたのでレスキア派と言われておりますが、何より大事なのは母国。バルミラに従属すれば、必ずやネバルは死に絶えます」

セナは王族として各国の情勢を教えられて育ったが、正直レスキアに対し、傾倒はおろか、さほどその関係を重要視していなかった。

これはセナだけでなく全てのネバル国民、ネバル国王でさえ同じ考え方だった。

ネバル国最大の輸出品は金である。

所有する金山が、文字通り宝の山だった。金は最も手間がかからず鋳造することが可能なため、古来よりネバルは金の採掘で財を成した。

レスキアの従属国となってから、ネバルは大量の金を捧げてきた。それに対して不満を募らせる一派は常に絶えなかった。

――レスキアに金が流れなければ、国庫が潤い発展できるのに、レスキアはそれを許さない。

――レスキアに従属するべきではない。また、バルミラに従えばいいのだ。

そんな声が一部では絶えない。

バルミラはネバルと同じように金が豊富で宝石の採掘場もあり、レスキアほど金を巻き上げてこない。

では何を求めるか——土地である。

「絶対にこれ以上土地を渡してはなりません。ここ数年続く干魃《かんばつ》の影響で、バルミラの農耕地は徐々に少なくなっている。オアシスも減少し、人が住まう場所さえ失われているのです。再度ネバルがバルミラに従属を許せば、我が国最大のオアシスと農耕地が奪われます。生産力を失っては、国は確実に絶えるのです。金をいくら要求しても、レスキアは土地と人間だけは奪いません。レスキアを裏切りバルミラと手を組めば、必ずやバルミラは我々を浸食します」

これがレスキア派の考え方だった。

同じ砂漠国だが、ネバルに比べてバルミラは砂漠化がかなり進んでいるらしい。

そういっても、セナには実感できなかった。目の前の金をざっくりと奪われる方が腹立たしいに決まっている。こうして装飾豊かな王宮を見ると、ここにどれほど巻き上げられたネバルの金が使われているのかと想像し、不快になる。

どんな資源も無限ではない。国を発展させたくとも、献上する金の量が多すぎて国庫に回せない現実があった。

——レスキアはそうやって、いつまでも南を栄えさせないようにしている。

そんな声が民からは聞こえてきたし、王族もそう思ってきた。

「王子。お若いあなた様にはおわかりにはならないかもしれませんが、国とは、農地と人を失っては生きることはできません。レスキアが発展したのはまず、水と緑があったからです。私と宰相は父王様に、レスキアを裏切れば国は滅びると再三申し上げて参りました。父王様は、金の量を年々増やされる屈辱に耐え、それを守ってこられました。しかしもう、私と宰相では策が尽きました。あとは、ネバルがレスキアと繋がっていられるのは、あなた様の存在のみでございます」

コーサは、最後にどうか、と祈るように頭を下げた。

「レスキアの王宮に無事戻られて、御子を、授かりますように」

父王と宰相に見捨てられる形で嫁がされたと思っていたが、父王は父王で、老いた身体を酷使しながら、この婚礼に賭けていたのかもしれない。

一国の王子として生まれた以上、それが国のためになるのなら、どんな状況だろうが甘んじて受けるのが当然だった。不満を漏らした自分を、愚か者と罵った父王の気持ちが、今ならわかる。

自分にはまだ、やれることがあるはずだ。

こうして離宮へと移されてきたが、王宮に戻れると大使は言った。ジグルトからは何も言われなかったが、まだ、ネバルのために生きることができる。

戻ったところで皇帝の寵を得られるとは思えない。ただ、少しでも良い関係を築きたいとセナは心から願った。

「えー、私はここでずっと過ごせるならここの方がいいです」

フオルは豪奢な部屋にすっかり機嫌を良くしている。

「王宮は、何が起こるかわからないから、気が落ち着きませんし」

「そんなことを言ったら、ここだって何が起こるかなんてわからないんだぞ」

「まあそうですね。けど、私はちょっと安心しています。総合的に見て陛下は、決してセナ様を悪く思っていませんよ」

「本当に？　ど、どうしてそう思った？」

思わず前のめりになったセナは、フオルのおや、という表情に顔を赤らめた。

「陛下を慕わしく思われるのは、良いことですよ、セナ様」

もう二度と獣人化したくないであろう皇帝は、赤月には自分のもとを訪れないだろう。

子に、恵まれることはないかもしれない。ただ少しでも、心を通わせてみたい。

国への責務からそう思うのか、それとも神隠月に肌を合わせたことで、自分の中の何かが変化したのか。

闇夜でしか見たことがない皇帝の顔を、陽の光の下で見てみたい。

闇の中でも光り輝いていたあの瞳が、どんな色をしているのか、確かめたい。

恒久の空の色か、それとも恵み溢れる水の色か。

セナはその想像に、胸を膨らませた。


長く伸びた夕日の影が、夏の終わりを告げる。

厩舎に馬を戻したセナは、帝都ギドゥオンからの荷物が運び込まれるのを目にした。

タレスの離宮にいる使用人は、長年この場所の管理を任されている老夫婦二人だけだ。彼らが食事や身の回りの世話を行い、馬の世話や庭の管理は、外部から人が入ってくる。

離宮にも一応衛兵が交替でやってくるが、警備が緩いのはセナの目から見てもわかる。外部からの侵入者を警戒するより、監視のための配置だろう。

侍従のフォルが嬉々として荷物を確かめている。ほとんどが、フォルが注文した書物だった。

セナは必要以外の書物を好んでは読まない。教養は一通り身につけさせられたが、どちらかといえば身体を動かす方が好きだった。ネバルにいた頃は、一日中馬を走らせても飽きなかったくらいである。だが、今は森と庭を軽く走ることしかできない。

「多分王宮では、俺が注文したと思っているんだろうなあ」

「でしょうね。律儀に送ってきますから。『勉強好きの妃様でっ！　スバラシイですなっ！』って、思われているのでは？　まさか顔を真っ黒にして馬で駆けたり剣を振り回したりしているなんて、誰も想像もしてませんよ」

セナは焼けた顔を手のひらで撫でた。

小さな身体のフォルに代わって、セナはフォルの部屋に本を運び入れた。

「王宮からの連絡は？」

「何もないですねえ。宮の建立がどこまで進んでいるかもわかりません。まあ、竜王が薨去なされたばかりですし、新たなことは慎めとお達しが出ているさなかです。なかなか進まないかもしれませんね。……あっ！」

「どうした？」

フォルが荷物を再度確かめる。届けられた食材や衣類をひっくり返し、そのうち唇を突き出した。

「入ってない～。あれほど言ったのに！」

「何が」

「分泌抑制薬です。夏赤月で飲んで、なくなったじゃないですか。あれから再三、王宮には送るようにと言っておいたのに！」

夏赤月を最後に、セナがネバルを発つ時に用意した分泌抑制剤はきれてしまっていた。

今日で夏流月の十七日目、明日には月が赤く変わっていてもおかしくない。

竜王が薨去したからといって、夜が一年先まで闇に包まれる訳ではなかった。七日間の神隠月以降、また月の暦は元に戻った。一年後、新たな竜王が孵化するとともにまた月が隠れる七日間が現れるらしい。

「多分、ないんだろうな。分泌抑制薬なんて調合できる薬師が見つからないんだろう。獣人の発情抑制薬とは、厳密には扱う薬草も調合も違うらしいから」

「まあ、獣人にも効きましたけどね。効きは、弱かったかもしれませんが」

緋宮でのことを思いだし、二人で目配せし合う。

「レスキアは惹香嚢持ちが珍しいですからね。セナ様の薬は、ネバル王宮の薬師が調合を？」

「いや、俺の乳母夫が獣人族だったんだ。兵士だが薬に詳しくて、傷病担当になっていたらしい」

「ああ、ジド……とかいう御方ですか。へえ、あの方獣人族で？　確か、五十歳くらいの容貌ではなかったですか？」

「そうだよ」

「ずいぶん長生きですよね。獣人族は、四十過ぎると寿命が来るのに」

そういえばジドは長生きだと、セナはいまさら気がついた。

「薬に詳しかったからかなあ」

「そんなんで長生きします？」

「でも、妙な知識を知っていたよ。俺がレスキアに嫁入りする時、もし万が一、子どもを産むことになったら、その胎盤を食べなさいと言われたんだ」

「はあぁ!?」

フォルは思い切り顔をしかめて身を引いた。

「何ですか、それ!?」

「身体の回復にいいらしい」

「古い獣人族の考え方なんですかねえ？　聞いたことないけど」

「さあ。だが、ジドは薬師に直接教わった時期があるらしく、幼い頃から俺の分泌抑制薬はジドが作ってくれたよ。多めに持たせてくれたんだが……」

「申し訳ないですが先の春赤月の騒動で、かなりの量を服用してしまいましたから。袋ごと渡してしまいましたし」

破棄してしまったものもある。そう言いながらフォルは肩をすくめた。皇帝はおそらく性欲をなんとか抑えるために、めちゃくちゃな飲み方をしたのだろう。

「とにかく、再度お願いしなくては。七日間しかセナ様の発情はないとわかりましたが、明日には赤月がやってくるかもしれないので」

フォルは毎日のように、手紙を王宮に向けてしたためた。

だが、王宮からは抑制薬が届くことはなかった。

「陛下に、お手紙をしたためては？」

フォルはそう言うが、手紙を書いたところで無事届くとは思えない。

「陛下に届く前に開封されて、ジグルトや宰相らの物笑いの種になるかもしれないじゃないか。おかげさまで快適です、なんて書いたら嫌味にしか聞こえないぞ」

「もう！　そんなこと言っている場合ですか。媚《こび》が大事なんですよ、セナ様。どんな高慢ちきな姫様でも、皇帝陛下には媚びるしかないんです。可愛げがない妃様は捨てられて当然ですよ」

「……だったらあの発情をガマンしたほうがマシだ」

「厄介ですね、王族の方ってのは。じゃあお好きになさい。私は知りませんよ」

フォルに呆れた目を向けられ、セナは意地になっていた。一人で部屋に閉じこもればいいのだろう、来るなら来い、と構えていたが、秋赤月に入っても発情は起こらなかった。

空に浮かぶ赤い月に内心おびえていたが、いつまで経っても発情期がやってこない。秋赤月七日目には部屋から出て、フォルと外で茶を飲みながら首を傾げあった。

「神隠月があったりしたから、狂っているのかな」

「そうかもしれませんねえ」

そうしているうちにとうとう秋赤月は終わりに近づいていった。

セナが分泌抑制薬を飲まなかったのは、春赤月での皇帝との初夜のみで、それ以外はちゃんと服用していた。

飲まなかった時の状態はどうなるのか、春赤月の状態でわかっている。

だがこの秋赤月は、分泌抑制薬を服用せずとも、少しも発情しなかった。

「この間の春赤月の発情が、たまたまだったんだろうか？」

最も分泌し、発情が促されるのが春赤月である。もしかしたらあんな狂った状態に陥るのは、春赤月だけなのかもしれない。

セナはそう結論づけたが、フォルはしばし考え込んで書物をひっくり返し始めた。

そうこうするうちに秋も深まり、緑は見事な赤に変化していった。


庭の景色が一日一日に変わるのを、セナは毎日驚嘆しながら見つめた。風景というものは、色が変わるだけでここまで様相を変えるのか。焦る心を幾度となく鎮めてくれた緑の色は、心を浮き足立たせる妖艶な赤や黄色となり、セナは、日に幾度となく窓の外を眺めた。

「美しいなあ、フォル。砂漠には、秋に紅葉する木々は少ないから。緑も見事だと思ったが、秋がこんなに美しいなんて」

「はあ、あぁ、そうですね」

窓辺に座るセナの足元で本を広げながら、どうでもいいようにフォルは返した。美的なことに関してはまるで興味がないらしい。

「セナ様、もしかしたら、妊娠したかもしれませんよ」

「……はあ？」

いきなりそんな言葉をフォルが投げてきた時、セナはとっさに反応できなかった。

「惹香嚢に関しては書物が極端に少ないのでなんとも言えませんが、もともと性欲を促す惹香が分泌を止めたというのなら、その一番の理由は妊娠じゃないかと思うんです」

まだ期待をしていたのかと、セナは困って視線をそらした。

「フォル。あの赤月から何カ月経ったと思っているんだ。もう、冬赤月が訪れようとしているんだぞ」

「お腹、膨らんでません？」

セナは無言で服の留め具を外し、中の下着までたくし上げて素肌を晒して見せた。

「……こりゃまた見事な筋肉で……」

「乗馬と剣の鍛錬しかやることがなかったから、今まで以上に腹が固くなったな」

「どうやっても膨らみようがないくらいかちこちですね。私のほうがぽっこりしてます」

女の生理がもともとない身体のため、妊娠しているかどうかなどわかるわけがないが、この腹を見る限りそれはありえないだろうとフォルも納得してくれたようだった。

フォルはなんだかんだ言いながら王宮にずっと分泌抑制薬を要求していたが、それからは王宮に向けて分泌抑制薬をよこせとしたためることはしなかった。

ネバルよりもはるかに寒い冬が訪れようとしていた。薪を、毛皮を早くよこせと騒ぐことはあっても、届けられる荷の中に分泌抑制薬が入っているかどうか、フォルが確認することもなかった。

そしてその年最後の赤月も、セナは分泌抑制薬を服用することなく終えた。

続く冬白月に、セナは明らかに、自分の身体の異常を感じ取った。

腹の中で、何かが動くのである。

最初は腹の調子がおかしいのだろうと思っていた。寒い冬の訪れに、身体が弱っているのかもしれない、と。

だがその動きがどうもおかしい。

フオルが妊娠、という言葉を持ち出していなかったら、セナは気にとめなかったかもしれない。

なぜなら、腹が少しも膨らんでいないのだ。平らな下腹に何も変化はない。

余計なことを言って、フオルに期待をさせてしまうのも心苦しい。セナは、内側の臓器が動くのをはっきりと感じながら、口を閉ざしていた。

毎日毎日腹を眺めていたが、一向に変化はないように思われた。


寒い冬の夜に大きな月が浮かぶ冬宵月、フオルは初めての積雪にうんざりし、一歩も外に出ず動くのも困難なほどに着込んでいた。

「セナ様は雪に喜んで、外で遊ぶのかと思っていましたよ」

人を犬みたいに、と思ったが、セナはここしばらく気分が塞いでいたので無言のまま、毛布をかけて寝椅子に横になっていた。セナのそばに椅子を持ってきて読書をしていたフオルが、セナの反応がないので本から顔を上げる。

「どうしました、セナ様。気分が悪いですか?」

「フオル」

「はい?」

何度も迷ったが、セナはフオルの手を掴み、自分の下腹にそっと当てた。

腹の動きに、フオルは仰天して身体を反らし、椅子から落ちそうになった。

「セ、セナ様!」

「これは、何なのか、わからないんだ」

「み、見せてください!」

セナの毛布の中にもぐりこんで、フオルはしばしじっとしていた。

腹の中でかなり大きな動きがあったと思ったら、フオルは声を上げて毛布から飛び出してきた。

「は、腹が、今、ぐぐぐっと動きましたよ！」

「でも、腹は少しも膨らんでいないだろう？」

「けど明らかにこれは御子がいらっしゃいます！　なぜ教えてくださらなかったんですか！」

「だって、膨らんでいないじゃないか」

妊娠したとしたら春赤月である。

今は冬宵月、あと出産まで三十日たらずしかない腹とは、とても思えない。

「卵で産まれてくるわけじゃあるまいし、惹香嚢体だからといって、握り拳以下の人間を産むわけないだろう。小人族だって、出産の時にこんなに小さく産まれまい。腹が動くだけで、少しも外見は変わっていない」

「腹の大きさなど、人それぞれですよ！　それにセナ様、三十日ではありませんよ。ご出産まであと、六十日以上はあるはずです！」

「は？」

フオルの言葉に、今度こそセナは首を傾げた。

「いや、時差があったとしても、次の春赤月までは三十数日……」

「神隠月の御子です！」

興奮状態のフオルは、怒っているのか喜んでいるのか判別がつかなかった。

ただ、顔を真っ赤にして、必死で訴えてきた。

「あの、神隠月の時に身ごもられた御子です！　腹が膨らむのはこれからの可能性がある。もともとセナ様のお腹は筋肉でかちこちなんですから、そう簡単にせせり出るはずないんです!!」

「フオル……フオル、ちょっと落ち着けって」

セナは身体を起こし、フオルの肩をなだめるように叩いた。

「神隠月に、人が生まれるわけがないだろう。神隠月に生まれるのは竜王だけだ。全ての生物が繁殖も誕生もしないというのは言い過ぎだろうが、人間は、闇の七日間には生まれない」

「生まれます！　明らかにされていないだけです。闇の七日間に生まれたら体裁が悪いから、隠しているだけです。早世しましたが、私の弟は神隠月に生まれました！」

フオルの必死の訴えに、セナは言葉を失った。

「生まれます。神隠月に、御子がお生まれになります。やはり、惹香嚢が分泌を止めたのは、惹香嚢が、御子を育む器官に変わったからなんです！　セナ様、春の神隠月に、竜王ご生誕と同時期に、御子がお生まれになります！」

◆・◆・◆

タレスの離宮から至急医師を派遣して欲しいと要請があった時、ジグルトはさほど気にとめなかった。

雪が降らないネバルから来た王子にとって、初めての厳しい冬である。風邪をひいてもおかしくなかったが、医師を向かわせたのは、冬宵月の終わりにさしかかった頃だった。

だが離宮から戻ってきた医師が報告した内容には、耳を疑った。

「……間違いなく妊娠なさっておられます」

医師の様子は明らかに困惑していた。言い出して良いものかどうか、迷っている様子である。

「……どうした？　はっきり申せ」

「胎動から、妊娠中期以降であることは間違いありません。ただ、お腹があまり目立ってらっしゃらないのです。男性体ですし、惹香嚢の位置も、女性の子宮とはわずかに違うでしょう。なので本来なら、子宮が下がる位置を計ることで胎児の大きさや妊娠周期を予想するのですが、これが読めないのです」

ジグルトは無言で医師を見つめた。医師は言いにくそうにしていたが、はっきりと口にした。

「春赤月には、お生まれにはなりません」

後宮内の妃らの診療も行っている医師には、後宮内の事情もある程度伝えられている。

ネバル国の王子が、皇帝と閨を持ったのは春赤月のみ、続く春白月には皇帝は別の妃らのもとを訪れており、神隠月以降は離宮へ移されたと知っている。

ジグルトはしばし思案した。

これは、皇帝への報告の前にタレスの離宮を探ったほうがいいのだろうか。

王宮から離れた場所にいるとはいえ、ネバル王子の管轄は後宮であり、ジグルトが管理を任されている。タレスの離宮で不貞が生じていたとしたら、ジグルトも責任を追及されるだろう。

ジグルトの頭に、ネバル王子の名を聞こうとした皇帝の表情がよぎった。

――あれの、名は。

今まで、どんな妃の名も聞こうとしたことはなかったのに。

これを告げたら、陛下はどんな顔をなさるだろう。

責任の所在より、ジグルトは沸き上がった思いを優先した。これで、皇帝も目が覚めるに違いない。


「侍医、陛下の前でそれを申し上げろ」

ジグルトはすぐに皇帝に謁見を申し出た。皇帝は皇太子と時間を過ごしていたが、さほど待つことなく通された。

十二歳の皇太子・アスキンが、書物を胸に抱えながら皇帝の部屋から出てきた。

この長子を、皇帝は何よりも溺愛している。

皇帝が十七歳の時正式にレスキア皇太子として認められたのは、大貴族ランド家出身の令嬢と結婚し、強力な後ろ盾ができたからである。その一年後、皇帝がレスキア国王として即位したのとほぼ同時に皇后は男子を産み、生後すぐに長子は皇太子として認められた。

容貌は皇帝にあまり似ておらず、髪は金髪だがうねりはなくまっすぐである。柔和な顔立ちで微笑みを絶やさない。利発で穏やかな性格の皇太子は、ジグルトを見てニコリと微笑んだ。

「申し訳ありません、殿下。父上様とのお時間をお邪魔してしまって」

「ううん、いいんだ。父上から、本をいただいた。とても美しい外国の本だよ」

勉学好きの皇太子は頬を染めて喜んでいた。宰相ダリオンから見れば、いささか覇気が足りないらしいが、ジグルトはこの皇太子の、下の者にも優しく、素直な性格が好きだった。皇帝も皇太子の性質を非常に可愛がっている。

「ねえ、ジグルト。父上にね、学都《オルタヴィオン》にいつか留学したいって、またお願いしてみたんだ」

「ほお、それで、どうでした」

「この前ほど反対はなさらなかったよ。考えてみる、っておっしゃってくれたんだ」

さまざまな国の秀才が集う学都に留学することを、勉学好きの皇太子は夢見ている。

世界中から第一級の学者らが集まるため、皇太子の家庭教師らも皆、学都の教授陣である。彼らの話を聞いているうちに、皇太子も留学したいと望むようになったのだ。

しかしいくら勉学好きとはいえ、一国の皇太子が留学した例はない。どの国の王族も学都に入学していない。専門的な学問を学ぶ場所なため、幅広く学ぶ必要がある王族には不要、あれは役人や専門家を育てる場所だと言われているが、最大の理由は入学試験が難問すぎるためである。

王族や貴族だからといって優遇されない。国から推薦された優秀な人材だけが試験を突破し、学べる場所なのだ。

第一書記官は全て学都出身者である。ジグルトも、勉強漬けだったが自由で豊かな学都での青春時代の話を、皇太子にせがまれるままに語ったことがある。

「学都は神山の領地内にあります。殿下が学都に留学される際は、私は神山の外交官となりたいものです。いろいろお助けできると思いますので」

「そうだね。実現したら楽しみだ」

皇太子と別れ、ジグルトは医師とともに皇帝の書斎に入った。

レスキア国内の本だけでなく各国から献上される珍しい書物を集めたこの書斎は、読書好きの皇太子のお気に入りの場所で、皇帝が皇太子と会う時によく使う場所である。

机には山のように本が積み上げられていた。皇帝が腰かけている椅子のすぐ向かい合わせに、皇太子が先ほどまで座っていたであろう椅子があった。その距離から、父と子が膝を突き合わせて語り合った様子が見て取れた。

部屋の中はかなり暖かく、皇帝はくつろいだ様子だった。皇太子と過ごした時間が非常に有意義だったらしい。珍しく、微笑みをまだ顔に残したままだった。

「お休みのところ、申し訳ございません」

「いや、いい。長く話し込んだのだ。冬はいいな。暖をとりながらゆっくり息子と向き合える」

皇帝の機嫌の良い顔を見つめながら、ジグルトは話をいきなり切り出した。

「ネバルの王子が妊娠なさっております」

ジグルトは皇帝の、次第に無表情になっていく顔を、じっと見据えた。皇帝は言葉が頭に入っていかないかのように、わずかに眉根を寄せた。

「……何……？」

「医師が確かめて参りました」

「……なぜもっと早く報告しなかった？　今はもう冬だぞ」

「……春赤月にお生まれになる御子ではないとのことです」

今度こそ、皇帝の目が泳いだ。明らかに混乱しているその表情を見つめた後、ジグルトは医師を振り返り、前に促した。医師は恭しく礼をしながら、視線を下げたまま話した。

「恐れながら陛下、タレスの離宮の方《かた》にお通いになったのは、春赤月の頭だけですか？」

皇帝の妻は与えられる宮の名前で呼ばれる。ネバル国の王子は離宮に住み、まだ妃の称号も与えられていないため、呼称としては『方』だった。

「男性体のため、腹の下がり方で特定はできませんでした。あの方は生理もございません。ご自分でも、今の今まで気づかれなかったそうです。まだ一向にお腹が膨らんでおられませんので」

「……腹が膨らんでいない？」

「恐れながら触診させていただきましたが、あと二十日では生まれません。私もはっきりと申し上げることはできないのですが」

皇帝の視線が横に流れる。考え込むように見据えられた瞳が、何かを映していた。

「……竜王が身罷られた神隠月に、一度閨を持った。……婚礼の時と、その時だけだ」

感情を抑えこもうとしているが、声に焦燥がにじみ出ている。次第に顔を曇らせていく皇帝の横顔を、ジグルトは見つめていた。

皇帝の言葉に、医師は、ああ、と納得した顔をした。

「というと、あとおよそ五十日ほどですな。そうだとしたら、計算が合います」

「神隠月だぞ？　子など、孕むのか？」

皇帝ではなく、ジグルトの方が声を上げてしまった。月の出ない夜になど、子が宿るとは思えない。

「あり得んと言われておりますが、実際は生まれております。およそ十数年に一度の周期で月が消えますが、このレスキアでも、実際産婆や医者は神隠月にかり出されているのですよ。神隠月では生命が生まれないというのは迷信です」

「しかし、まだ腹が膨らんでいないのに、あと五十日で生まれるなんてあり得るのか」

皇帝の顔に苛立ちが急速に広がっていく。

「腹の膨らみは人それぞれですから、何とも。あんなに鍛えられた下腹をした女性はおりませんしなあ……」

「はっきり申せ！　ネバルの不貞を疑ったからこそ、お前はここにいるのだろう！」

皇帝の手が、卓の上にあった硝子の杯を倒す。医師はびくりと身体を強ばらせた。

「か、神隠月のお渡りを私は存じませんでしたので、赤月ではありえぬ日数に疑問を持ち思いましたが……」

「お前の予想ではいつに生まれると考える！」

「いや、これは、私も惹香嚢の出産は、経験したことがありませんので……」

「役立たずめ、下がれ！」

医師が慌てて深く頭を伏せたまま後方に下り、部屋を出る。椅子から立ち上がった皇帝は苛立ったように大股で部屋を歩き回っていたが、やがて椅子に勢いよく身を落とした。卓に肘をつき、片手でぐしゃぐしゃと髪をかき回す。

その姿を横目で見ながら、ジグルトは皇帝に告げた。

「私はすぐに離宮に行って参ります」

「俺も行く」

ジグルトは皇帝が「俺」という言葉を使ったのを、久しぶりに聞いた。

一介の皇子時代、膝をつき合わせてこの国について語り合ったあの時代以来である。

「陛下……」

「神隠月に身ごもるなど、俺には信じられん。しかもあの時、あれの身体は容易に俺を受け入れられる状態ではなかった。あの、惹香が止まらぬ時ならまだしも……」

こうもあけすけに皇帝が房事を語るのもありえないことだった。相当、混乱している証拠だろう。ジグルトも、医師がなんと言おうと、月が不在の夜に、命が育まれるなど考えられなかった。

しかも今回の神隠月は、竜王《かみ》が死んでいるのである。

「ジグルト。お前、やけに落ち着いているが、何か思い当たることがあるんじゃないか」

髪をかく皇帝の手が止まり、乱れた髪の間から皇帝の目が射貫いてきた。

不信に満ちた瞳が、自分まで疑っているのをジグルトは察した。

「離宮は、どんな状態なのだ。後宮から離したとて、ネバルの王子のことはお前に任せているのだぞ！」

「は……乗馬を楽しんでおられて、自ら馬の世話をなさるほどと聞いております。しかし、離宮の敷地内からは一歩も外へ出てはおられません」

「馬？　あそこに厩舎があったのか。世話をしているのは？」

「庭師らが……交替で」

皇帝の目が見据えてくる。

不貞を疑っているのは確かだった。ジグルトさえ、すぐに疑った。だからこそ、医師に直接話をさせようと思ったのだ。

ジグルトと皇帝は、惹香の恐ろしいまでの支配力を知っている。

男の本能を狂わせ、理性を破壊させ、獣にさせる。飢えた臓器の恐ろしさを。

「……実は、夏赤月に入った頃、惹香嚢の分泌抑制薬がなくなったので、至急送れと離宮より手紙が届きまして」

目の端に、皇帝の手がぴくりと動くのをジグルトは捉えた。

「しかし王宮の薬師では、分泌抑制薬を作ることはできませんでした。レスキアには惹香嚢持ちすらまれです。帝都の年老いた薬師なら知っているかもしれないと探させましたが、なかなか。秋赤月には間に合いませんでした」

椅子に座った皇帝の身体が、ゆっくりと前屈みになる。組まれた手の上に、顎が埋まる。これは、考え事をしている時の、皇帝のクセだった。次第に、目が据わる。

「……夏にあれは、発情していたかもしれぬということか」

「夏……はわかりませんが、秋赤月には、服用はできなかったはずです」

管理不足を責められても仕方ないが、何よりも問題は、腹の中の子どもが本当に皇帝の子かどうか、である。

窓に叩きつけられる雪を見つめながら、ジグルトは、この冬の厳しさがまだまだ明けぬことを思った。

◆・◆・◆

フオルがまたしても、腹に触らせてほしいと頼みに来た。

普通、侍従に腹を触らせるなどありえないことだろう。だが最初が最初だったため、セナも抵抗がなくなっている。フオルに腹のことを打ち明けてから、毎日のようにフオルは腹を確かめてきた。

「ウワァ、セナ様、わかりました!? 足か手でぐいーって押してますよ! これ!」

「ああ、うん。そうみたいだな」

「痛くないんですか?」

「全然」

「強い母上だ。けど、殿下だって負けていませんよねえ。もう、母上のお腹、固いんだよ! って文句言ってますよ、これ」

フオルは声を上げて笑った。子どもが生まれることが、嬉しくてたまらないといった様子だった。

セナの方はそう楽観的でもいられなかった。フオルが王宮から医師を呼び、明らかに妊娠だろうと告げられたが、その後王宮からは何も言ってこない。

今は冬流月七日目、あと十日で春赤月に入ると思われた。積雪は急激な勢いで溶けようとしていた。土の中に水が染み込み、地中の虫らが目を覚まし、春の恵みを受け止める準備を始めている。暖かさを増してくる日差しに、木々の先端は新たな芽を宿し、大気に春の息吹をまき散らそうとしていた。

腹の膨らみは見てわかるほどになってきたが、まだまだわずかでしかない。通常の女性なら、妊娠を自覚してからふた月程度の膨らみだろう。服を着ていると全くわからないどころか、セナはまだ腰革の留め具を緩める必要さえないくらいだった。ただ、胎児の勢いだけは日に日に強くなっていた。腹の方にも、腰の方にもぐるぐる動いているのがわかる。

「元気がいいから、皇子様かも。母上としてはどちらがよろしいですか」

フオルは簡単に母上と呼ぶが、セナは慣れないどころか、不快にさえ思う。

「母上ってのは変だろう」

「どんな生物だろうが、産む方を母と呼ぶんですよ」

セナはここに至っても、まだ自分が子を産むとは想像できなかった。

腹の中にいるのは子である、ということはわかるが、それがどのように産まれるのか、頭に思い浮かべられない。

これから勝手に腹が膨らみ、気がついたら勝手に出ているのではないか。そうであって欲しい。

この子を自分が育てると、受け入れることができなかった。

変化する身体を持て余していた。自分の立場とネバル国のこれからを思えば、素直に喜び、未来に期待するのが正しいのだろうが、身体が重く感じるのと同様に、心も沈んでいた。

これは、惹香嚢が子を孕んでいるからなのだろうか。女なら、子を宿した喜びだけを感じられるのだろうか。

使用人に呼ばれたフオルが傍から離れていき、セナは寝椅子にもたれて大きく息をついた。

腹の子は眠ったのか、先程までの激しい動きを止めている。

「へ、陛下！　お待ちくださいませ！」

フオルの声に、セナは耳を疑った。

陛下？　陛下がいらしたのか？

立ち上がり、声がする扉の向こうへセナが駆け出す前に、わずかに開いていた扉が勢いよく開いた。

まだ寒い冬の外気で、皇帝の黄金の髪は湿気を帯びていた。お忍びで来たのか、略式の装いで手には馬を御するための鞭《むち》を手にしている。馬車ではなく、自分で馬を駆けさせてきたことに内心驚きつつ、久々に目にしたその容貌に、セナの心は躍った。

「陛下……！」

以前はその存在を恐ろしいとさえ思ったというのに、子を宿し、先が読めない状態が続いたからか、安堵でセナは皇帝に縋《すが》りつきたい気持ちが湧き上がった。

「陛下、お待ちしておりました。私は」

「……妊娠、しているのか？　その腹で？」

皇帝の視線が、下を向いていた。

下腹の辺りに、怪訝《けげん》そうな視線が向けられる。

「少しも変わっておらんではないか。あれは、どういう医師なのだ、ジグルト」

皇帝の後ろから、ジグルトが追いついてきた。

「後宮に出入りを許されている医師ですから、妊婦には慣れております。妊娠は、間違いないと思われます」

ジグルトも、顔をろくに見ず、挨拶の一言もなく、まるで動物のそれを確かめるように下腹に目を向けていた。

「しかし、医師の言うとおり、赤月にはとても生まれるとは思えませんな。小人の赤ん坊でももっと大きくなるでしょう」

いきなり部屋に入ってくるなり、無礼極まる言葉を浴びせられ、セナは茫然と立ち尽くした。

なぜこの男二人は、こんな会話をしている？

腹の中の子は、仮にも、レスキア帝国皇帝の子なのに。

「神隠月の御子です！　知らないとは言わせませんぞ！　ご自分があの神隠月に何をなさったか、おわかりのはず！」

セナが何かを言う前に、怒りに満ちたフオルの声が飛んできた。

皇帝相手に、小さな身体をぶるぶると震わせ、睨み付けている。

この場で殺されても構わない意思を、身体全体で表していた。

まさか侍従がこれほど強い口調で責めてくるとは思わなかったのか、皇帝は一瞬驚いた顔をした。ジグルトの方が先に怒りを示した。

「無礼者！」

「いい、ジグルト。小人、お前に訊こう。これは夏の赤月に、発情しなかったか。抑制薬は無くなったと報告があったらしいが、夏には、飲んだのか」

淡々とした皇帝の口調に、フオルは言葉を紡ぐだけで精一杯の様子だった。

「何を、何をお疑いになります。子は、受胎の一年後に生まれてくるのですぞ。不貞があったとしたら、一目瞭然でわかります。もし不義の子であったとしたら、平気で生むと思われますか!?」

「惹香嚢の発情期が、己の意思ではどうにもならぬことぐらい、お前もわかっているだろう。惹香の匂いは全てを惑わす。どんな男でも惑わすだろう」

鋭い皇帝の目が向けられる。セナはそれを受け止めながらも、呼吸ひとつできなかった。息も、血も止まり、身体が硬く、固まっていく。

「妊娠につい最近まで気づかなかったらしいな。腹の膨らみに個人差はあれど、とても産み月近い腹とは思えん。春赤月まで残り二十日弱、それで生まれてくるとも思えんし、神隠月に生まれてくるとも思えん」

「お生まれになったらどうします。神隠月に、竜王が誕生なさる次の神隠月に、間違いなく御子がお生まれになったら、どうなさいますか！」

フオルの叫びに、皇帝は少しも顔色を変えなかった。

「その時は、余の子であると認めてもいい」

セナは、自分の足元を見つめながら、少しずつ、少しずつ身体の奥から息を吐き出した。

震える身体を、必死で抑える。

呼吸しろ。血よ、巡れ。

こんな言葉で、傷つけられるものか。

皇帝の後ろに控えていたジグルトが、一歩前に出てフオルに告げる。

「陛下がこちらにいらっしゃったのは、惹香嚢体ゆえの配慮だ。医師の報告を受けてすぐに確認をと思ったが、誰にも知られずに陛下がお忍びで来られるには、時間の調整が必要だった。本来ならば、疑いがあるだけでも幽閉されてもおかしくない。陛下自ら、確かめに来られたというのになんという態度だ」

「……陛下も、私の身体を、淫売と思われるのですか」

我ながら、落ち着いた、はっきりした声音が出たと、セナは頭の片隅でそう思った。

だが、セナの理性は、そこまでだった。

――淫売。

兄の王太子らにも、言われていた言葉だ。

他の連中からも、視線の裏側に含まれていた言葉だ。男も女も狂わせる、惹香を発する身体。

獣を従わせ、発情させ、意のままに操る匂い。

「……あなたが、この身体を求めたんじゃないのか」

獣になって。狂ったように求めたのは、どこのどいつだ。

惑わす者が悪いとでも言うのか。

「ふざけるな……！」

ふと、セナの脳裏に、闇夜でも光り輝いていた瞳がよみがえった。

神隠月での交わりのさなか、煌めいていた皇帝の瞳。どんな水色をしているのか、ちゃんと見たいと願ったことを思い出した。

日差しが部屋の中を照らしている。ちゃんと見つめれば、その色がわかる。

屈辱の底から、哀しみのような感情が湧き上がってくる。だがセナはそれを振り払うかのように、叫んだ。

「あなたが孕ませたんだろう！　欲したのは誰だ！　人の身体に種を植え付けて、人の身体を変えておいて、認めてやってもいいだと!?」

惹香嚢持ちの身体なんぞに。

誰が、生まれてきたかったものか。

男としての生を全うできず、男を受け入れ、子を孕むなど。

そんな人生など、今すぐ捨ててしまいたい。

「セナ様っ……」

振り払った哀しみに気づいてくれたのか、呼びかけてくるフオルの語尾が震えていた。

セナは自分を止めることができなかった。

もはや哀しみはなかった。激しく何度も突き上げてくる怒りとともに、涙でかすむ皇帝を見据え、叫んだ。

「不貞を疑うのなら、今すぐ私の身体を子どもごと、その剣で貫くがいい。私の首をはね、ネバルに送りつけるがいい！　硬直状態の国との関係も、それでどうにかなろう。早く、殺すがよかろう！」

目の前が赤く染まる。

なぜなのか、セナにはわからなかった。激しい怒りゆえか、頭がどうにかしてしまったのか。

まっすぐに見据えているはずなのに、皇帝の瞳の色はわからなかった。

目の前のレスキア皇帝は、動かなかった。

だが、鋭く人を射貫いてくるその瞳は、獅子のそれだった。

百獣の王の、大国の皇帝そのものの瞳だった。

＊　・＊・　＊

春赤月の訪れは、全てを新しく変える。

全ての生物が家庭を持ち、母親になり、父親になり、命が芽生え、そして誕生する。

春の陽光が降り注ぐ中、花嫁の喜びの笑い声と赤ん坊の生まれる声が、柔らかな日差しに包まれる空に響く季節だ。

町から遠く離れた離宮にあっても、その気配が感じられるようだった。

セナは、雲がけぶるように広がる空を眺めた。

レスキアに来て、一年を迎えていた。

「荷物が届きましたよ。お生まれになる赤さまの産着を頼んでいたのですが、王宮、無視！　です」

フオルが寝椅子に寄りかかるセナの腹に毛布を重ねる。春赤月に入り、セナの腹は、急激にせせり出てきた。

あまりの急な変化に、セナは腰が痛むようになった。

「このお腹を陛下がご覧になっていれば、少しは違ったんでしょうけど」

「いいよ。もう」

本当に、セナにはどうでもよかった。

あれだけのことを言ったのだ。今更許されるとは思っていない。

「荷物を届けに来た従者に聞いたのですが、皇太子殿下はこの春赤月に、北のネスタニア国の姫君とご婚約されたらしいですよ」

「へえ」

北のネスタニアは、四大国の一つであり、レスキアに次いで力のある国である。

「幼いので、形式だけらしいですけどね。皇太子殿下はまだ後宮を持ちたくないと拒否なさったらしいですよ。なんでも勉強がお好きで、学都に留学なさりたいんだとか」

「学都？」

いくらなんでも皇太子が留学とはありえないだろうとセナは驚いた。

「陛下はお許しになるかもしれないとかで」

「まさか」

「さすがにあの方も、跡継ぎには弱いらしいです」

羨ましいことだとセナは素直に思った。

自業自得とはいえ、自分の子とは、雲泥の差である。セナ自身、父王には好かれてはいなかったが、我が子ほどではあるまいと自嘲した。

生まれてきても祝福など誰からもされまい。誕生後、どうなるかもわからない。

これからの未来など何も見えない。

そこまで考えてセナは、いつものように寝椅子の傍に椅子を置き、そこに座りながらセナの足をさするフオルを眺めた。

足のだるさを一度セナが訴えたところ、毛布の上から頻繁にもんでくれるようになった。その手を見つめ、セナは告げた。

「……すまないな、フオル。俺のせいで、散々な目に遭わせて」

「いやあ、散々ってほどじゃないですよ」

「ここから逃げることは不可能だろうが、機会があったら、お前だけでも何とか国に戻すようにするから」

「セナ様」

フオルは苦笑しながら首を振った。

「私はもう、どこにもいけませんよ。あなた様の初夜に立ち会ったあの時から、覚悟はできております。生きるも死ぬも、あなた様とご一緒するしかない」

「しかしフオル、お前にだって、望む夢はあっただろう？」

王宮から毎回書物を取り寄せて学んでいる。

頭のよい侍従である。体格に恵まれない小人族は、侍従としての職を得ても軽んじて見られ、雑用に甘んじることが多い。だが、中には才を発揮して出世した者もいる。そうなりたいと切磋琢磨《せっさたくま》してきたに違いないのだ。

「そりゃあ、ありました。ネバル宰相だったウルド様は、私を認めてくださいましたしね。最初、私はあなた様に、無理やり同行するように命じられたように話しましたが、断ることだってできたんです。もう二度と、ネバルには戻れない。それでもいいのかとウルド様は念を押してくださいました。行く、と私が決めたんです」

レスキアとの友好派だったウルドは、今は宰相としての地位を追われ、蟄居中だと聞いていた。思い巡らしているのか、しばしフオルは黙った。

「ここであなた様が皇帝の寵を受け、子を身ごもれば、私がネバルに発言する立場になれるかもしれない。ネバルとは雲泥の差の、レスキアの文化にも触れてみたかった。欲は、たくさんありました」

「だが結果、こんな有様だ。何度もお前は忠告してくれたのに」

腹の上に置かれたセナの手を、フオルは握りしめてきた。

「セナ様、大丈夫ですよ。いろいろご不安でしょうが、大丈夫ですから心配しないでください」

セナがフオルの顔を見つめると、フオルは安心させるように微笑んだ。

「私は、人間と小人族の間に生まれましたが、父が死に、人間の母が獣人族と再婚しました。義父の連れ子である兄らは、皆獣人。クソのような奴らでしたよ。体格もよく力があるがゆえに、腕力で虐げることしかできない頭空っぽのばかばかり。私は獣人が大嫌いでした。今だって大嫌いです」

それで獣人の特性にやたらと詳しいのかとセナは合点した。

「再婚した母が妊娠したのは、神隠月でした。獣人族らはほとんどが赤月に生まれてきます。発情に忠実ですから当然なんですけどね。だから、母が神隠月に妊娠したとき、養父は忌み子だと罵りました。ええ、あの時の皇帝そっくりの顔でね。ふざけんじゃねえってね。孕ませたのはてめえだろうって、セナ様、その通りですよ」

手を握りしめてくるフオルの力が強くなる。セナは自分よりはるかに小さなその手を見つめた。

「皆が冷たい目で、誰も母の出産を喜ばない中、月が消えた神隠月の夜に、私の弟は生まれました。小さな耳がついてましてね。ああ、獣人だな、と思いましたけど、可愛くて可愛くて仕方ありませんでした。

セナ様、赤ん坊は、可愛いんです。可愛く、生まれてくるんですよ。望まれずに生まれてきたって、親が、周りが、愛情をちゃんと持てるように、赤ん坊っては、可愛く生まれてくるんですよ」

だから大丈夫だ。

そう告げるフオルの顔は、くしゃくしゃになっていた。

「今は、可愛いと思えなくても、きっと、可愛いと思えるから大丈夫です。生んでからもやっぱりそう思えなくても、私がちゃんと育てるから大丈夫です。弟は一歳にならないうちに死んでしまいましたが、母が産後の肥立ちが悪かったので、私が何から何まで面倒を見たんです。赤ん坊の扱いは覚えていますから、大丈夫です」

セナにはもう、フオルの顔を見ることができなかった。手を握りしめてくるフオルの手の上に、嗚咽《おえつ》を漏らしながら、突っ伏すことしかできなかった。

「セナ様、神隠月の子だって、赤さまはちゃんと生まれます。ちゃんと育ちます。育てましょう。誰が何と言ったって、私とセナ様だけは、赤さまを愛してさしあげましょう。この世に生まれてきてくれて良かったってね、思えます。きっと、思えますとも」

こんな情けない、親としての自覚など持てない未熟な人間でも、子は親を選べずに産まれてくる。

弱くてすまない——と、己への嫌悪にさいなまれる。

それでもいいと、フオルは言ってくれる。

生まれてくる子は、少なくとも一人からの祝福は、約束されている。

それに縋ろう。

それを、産む力にしよう。

どんなことが待ち受けているかわからない。

生まれてくる子がどんな子かもわからない。

それでも確実に、祝福を受けられるのであれば、命を生み出す意味はある。

一年前と同じように、十五日間の春赤月の次は、わずか九日間の春白月で終わった。

そして世界は、月のない夜へと入った。

一年前に死んだ竜王から分卵された新たな竜王の卵が、孵化しようとしている。

世界は、神の誕生を、沈黙とともに待っている。

不気味な静けさが世界を覆う中、セナの分娩《ぶんべん》は、微弱な陣痛から始まった。

腹の大きさは、結局普通の妊婦の半分ほども膨らまなかった。

あれから医師は診察にも来ないので、胎児がどれほどの大きさになっているのかもわからなかった。

少しずつ、少しずつ陣痛は強くなっていったが、三日、この微弱な陣痛が続いた。

四日目にしてかなり苦しい痛みが長い間続くようになり、五日目には食事も、陣痛の間に少しの仮眠もとることができないほど、長く強い痛みが襲った。

セナは陣痛が始まってから寝台に横になっていたが、上体を少し上げ身体を横にしたほうが楽だったため、五日目からはずっと寝椅子の上で過ごした。そしてフオルも、セナが眠れなくなってからは一睡もせず、腰をさすったりセナに水分を補給させたりしていた。


神隠月七日目。

セナは寝椅子の上で身体を横向きにし、毛布を抱きかかえるようにして痛みに耐えていた。

「王宮から医師は!?　また催促して！」

セナの横で、フオルは何度も同じ事を繰り返していた。フオルはセナが身をよじらせるたびに寝椅子から落ちそうになるため、必死に身体を支えていた。

普段は寡黙な使用人の妻が、足の方に回り、夫にあれこれ怒鳴るように指示をしているのがわかった。

もう五十を越える使用人の妻は、六人の子持ちであり、娘の出産に三回立ち会った経験があるそうだ。一度は産婆が間に合わず自分で取り上げたと話していた。

「お方様、呼吸を止めてはいけません。苦しくとも、息を吸って、吐くんです。赤さまの呼吸が止まってしまいます」

そんなことを言われても、身体が勝手に異物を出そうと力が入ってしまう。結果、息が止まってしまう。

ずっと横に向けていた身体を、あおむけにする。フオルが寝椅子と背中の間に毛布を押し込み、上半身を支える。セナは寝椅子の背もたれを握りしめ、唸り声をあげた。

生まれ出てこようとする我が子の状態を気にかける余裕もなかった。

早く。早く出てきてくれ。

この状態から解放させてくれ。

それしか願わなかった。

「セナ様！　セナ様、しっかり！」

ああ、お前。

必死に出てこようとしているのか。

それとも出たくないと駄々をこねているのか。

頼むから出てきてくれ。もう母を解放してくれ。

ああ、そうだ。俺が、お前の母親だ。

何からだって守ってやる。懸命に、愛してやる。

だから――。

ずるりと何かが下がった感触がした。

硬直した力が、一気に抜ける。

赤子が出たことがわかったが、泣き声は、聞こえなかった。

「フ、フオル」

不安と焦燥で、泣き声のような声が出る。

だが、そんな母親の心を吹き飛ばすような産声が、突然響き渡った。

「……皇子様です」

身体を軽く拭かれただけの状態で、赤子は顔の横に差し出された。

顔と身体を真っ赤にして、声を振り絞っている。

臍《へそ》の緒は軽く結ばれていたが、その下に、瘤《こぶ》があった。

産まれた赤ん坊の、拳ほどの大きさのそれが、何なのかセナは知っていた。

だがそれを見ても、セナには、安堵《あんど》感しかなかった。

安堵の次に胸の内に広がったのは、幸福な、愛おしさしかなかった。

「……良かった……元気だ」

「はい。お元気ですね」

フオルは赤ん坊のように顔をしわくちゃにして、すすり泣きながら言った。

使用人の妻は、わざわざセナの見えるところで、赤ん坊を優しく湯に入れて洗ってくれた。

　腹がそんなに膨らまなかったこともあり、予想通り赤ん坊は通常の赤子の大きさよりずっと小さい。しかし元気に手足をばたつかせる赤子を見つめて、セナは思わず笑った。

「元気だなあ。あれだけ手足を動かしていたら、そりゃあ腹を蹴飛ばすわけだ」

「それにしては母上様は、なかなか妊娠に気づきませんでしたけどねえ」

　冗談を言い合いながらも、互いにぼろぼろと涙がこぼれるのを止められなかった。

　セナはフオルと二人、身体を寄せ合わせあい、声を上げて笑った。

　腹にしっかりと、惹香嚢の存在を示した赤子を見つめながら、幸福感に包まれていた。


同時期、世界は新たな神の誕生に沸いた。

無事に竜王が孵化し、この世の存続は約束された。


……そして、これより始まる。

第一章　婚配者

Ⅰ　使者

初夏の陽気が運ばれてくるのが、今年は早いように感じられた。

強い陽光に負けぬように葉の緑が濃くなっている。

セナはいつの間にか、日の移り変わりを、緑に見ていることに気がついた。砂と風の国であった母国では、その変化を見るのは空だった。

夏の訪れとともに砂を舞い上げる風は止み、ネバルの空はただ、青だけで染められているだろう。遠い母国に向かう意識はふと、小さな手で引き寄せられた。

「アウ」

四つん這いで進むようになってから、息子は目が離せなくなっていた。

生後一年を過ぎた頃から伝い歩きも始まり、眠っている時以外は落ち着かない。

「アスラン」

膝に手をかけて立ち上がろうとしてきた息子を、セナは抱え上げた。

光を受けてよりいっそう黄金に輝く髪の毛が、穏やかな風に吹かれてそよそよと揺れる。なぜか上に伸びていくだけの髪は、獅子のたてがみそのものだった。相当クセが強いのか、いくら伸びても下に向かわない。

「セナ様、王宮から使いが参りました！」

フオルが大声で叫び、バタバタと足音を立てて部屋に入ってきた。

ネバルの王宮で培われた厳しい礼儀作法など、遠い昔にどこかへやってしまったようだ。

「くそったれ第一書記官が、本日ここに来るそうです！」

今更ジグルトが来ると告げられても、セナは期待しなかった。

アスランを出産しても、王宮からは何も反応がなかった。

神隠月に生まれたと報告しても、ならば認めようとの一言もない。

アスランが生まれたのと同時に竜王が卵から孵化し、世界中が祝賀で溢れ、さまざまな外交やそれに伴う儀式がなされ、王宮が落ち着かない状態であることは離宮にも伝わってきた。

アスラン誕生と同時に皇帝は神山に赴き、各国の王らとともに竜王の誕生を祝っていたのだから仕方ないのだろうが、アスランはしばらく、名前さえつけられなかった。

皇帝からようやく名前が届いたのは、誕生して三十日以上経ってからだった。案の定、名前とともに皇子の称号を許すという言葉はなかった。

皇帝の子ながら皇子の称号も得られないということは、戸籍がないのと同じである。王籍は一国民と同じではない。妃の称号もない身から、皇子の宣下も受けられない子どもが生まれた。

この国に、足をつけていないのと同じだった。

今更、皇子としての身分を確かなものにし、王宮へ迎えるという言葉がもらえるとは思えない。外界とは完全に絶たれた生活を送り、世界で何が起きているのか知ることすらできない。フオルが出入りの業者を捕まえて聞き出す程度だったが、ネバルとの国交不全は改善されていない様子だった。

「あの書記官から、お国の情報を聞き出す必要がありますね」

「そうだな……」

連絡では、アスランが惹香嚢体であることを確かめに来るとのことだったが、それと同時に獣人かどうかも探りに来るのだろう。

セナは腕の中で眠ってしまった息子を抱え、寝台に連れて行った。

「金髪の中に獣の耳がついているかどうか探してみろって言ってやりましょうか」

「冗談じゃない。あんな輩にアスランを触れさせるなんて真っ平ごめんだ」

「それもそうですね」

産まれたら、自分の命よりも何よりも愛おしい。

生まれた直後、王宮からは子どもの名前はおろか、何も与えられなかった。乳母すらいない。

フオルや使用人の妻の手を借りて、何とか一年、乗り切ってきたのだ。

「しかし、このまま閉じ込められた状態も、殿下のためにはよろしくない。セナ様、ひとまず相手の話は聞きましょう。すぐカッとなってしまわれぬよう」

「人のこと言えるのか?」

頭に血が上るのが早いのはお互い様である。

そうこうするうちに定刻通り、第一書記官は到着した。

ちょうどアスランもあくびをして目を覚まし、ごくわずかの果汁を混ぜた水を飲ませている最中だった。

フオルはアスランの頬を突いた後、では呼んできますよ、と部屋を出て行った。

アスランが這い回るので、床には厚みのある布が敷かれている。機嫌よく起きたアスランは、早速ぺたぺたと床を這った。そこに、第一書記官を伴ったフオルが戻ってきた。

「アー」

フオルの顔を見て、アスランは反射的に近寄ろうとしたが、後方の知らない人間の存在に身体が固まった。

「ウアアアー」

たちまち顔が歪んで泣き出す。

フオルはすごい速さでアスランを抱きかかえると、セナに渡した。

「おーよしよし、びっくりしてしまいましたねえ。変な輩を連れてきてすみません」

フオルは最初から喧嘩《けんか》腰だった。

「ちょうど人見知りの激しい時期なんですよ。こんなところに閉じ込められて、関わる人間が少ないからすぐ泣いちゃうんです」

嫌味も全開だった。

ジグルトの方は、そんな嫌味も聞こえていない様子だった。アスランの顔を、食い入るように見つめている。髪の色も顔つきも、皇帝に似ているのだ。疑いようがないことに驚いているのだろう。目や鼻が赤ん坊の割にくっきりとして、華やかさがある。

セナの血を受け継いだのは、緑色の瞳と、惹香嚢だった。

「ウウアー」

アスランの方は、突然やってきた男を嫌がり、セナの胸に顔を押しつけてしまった。

「大丈夫、大丈夫」

セナはアスランをあやしながら、寝椅子に腰を下ろした。挨拶もせずに突っ立っているジグルトに目を向ける。

「惹香嚢を、確かめにきたのだろう」

アスランの腹には、赤ん坊の拳ほどの瘤がある。

産まれた直後は腹の皮膚が透け、その存在が体内にあることがまざまざとわかるほどだった。

生後一年経った今は、ただぽっこりと突き出ているだけだが、瘤の大きさは変わらない。

「お生まれになった時も、その大きさでしたか」

「自分の身体の成長に合わせて大きくなるのだ。それはちょうど、拳を握りしめた大きさだと言われている。一歳を迎えて拳も大きくなったから、瘤も大きくなっているというわけだ」

アスランを膝に抱えながら、セナは息子の肌着を開き、ジグルトに見せてやった。

ジグルトの眉がわずかに寄せられる。一体何を思っているのか、セナにはどうでも良かった。どうせ、忌まわしき者を産んでくれたと思っているのだろう。

「生まれてすぐに惹香嚢体と伝えたが、なぜ今更確かめに来た？」

「竜王が孵化されたからか、各国に対し、竜王と同じ神隠月に誕生した者を申告するようにと、神山から通達が来たのです。恩恵を授けるためかどうかはわかりません。今までは忌み月に生まれたことを隠す親も多かったのですが、正直に名乗り出た者が多数おりました」

「それで陛下は久々に我々のことを思い出されたと」

息子の肌着を直し、セナはフオルにアスランを預けた。目配せをして、下がらせる。

ジグルトは、フォルに抱かれて部屋から出ていくアスランを目で追っていた。

獣人の耳などついていないか、確認しているのかもしれない。人払いさせているとはいえ、訊ねることもできないのだろう。

ジグルトの横顔を見ながら、セナは思案した。

ここから、どうやってネバルのことを聞き出すか。

セナは足を組み、あえてぶっきらぼうな声を出した。

「見たものをそのまま伝えるがいい。確かに、瘤をもって生まれても、一歳を過ぎる頃には小さくなって、瘤が消える者もいる。だが息子の瘤の大きさから見ても、完全な惹香嚢持ちだ。これから三歳ぐらいまでは瘤があり、その後は少しずつ体内に吸収され、瘤は消える。早くて十二歳から分泌が始まり、十四歳には発情期を迎える。……私と違って、皇子の宣下も受けられず、王籍もない。陛下にとっては意味を成さない子どもだ。国の道具となってどこぞの王家に嫁げなどとも言われんだろうよ。実にありがたい話だ」

我ながら大した嫌味だとセナは思った。フォルの影響が大きいとしか言えない。

案の定、ジグルトの顔が怒りで染まる。この男は、なぜか知らないが自分のことを嫌っているとセナは早くから感づいていた。特に、皇帝を軽く見られると怒りが増す。

「あなた様は国の道具にもなれなかったではありませんか」

ジグルトの言葉に、セナは平静を装い、努めて淡々とした声を出した。

「私の身に、今のところ変わりがないということは、ネバルとレスキアの関係は保たれているということだろう」

「あなたが無事でいるのは、陛下の慈悲だ。ぬけぬけと、何様のつもりですか」

ジグルトが吐き捨てる口元を、セナはじっと見つめた。

「ネバル国王が身罷られたのは、半年前になります」

自ら誘導した言葉だったが、セナは衝撃で一瞬頭が真っ白になった。

父王が、死んだ。

それも、半年前に。

「……実の父の喪に服すことすらさせんとは……！　そこまでレスキアは情のない国だったか！」

「言葉に気をつけてください。あれほど陛下に無礼を働き、従属を拒否した国の王子など、離宮どころか牢に入れられてもおかしくないのです。あなたが御子を産み、育てているさなかでなければ、陛下の温情は向けられなかったかもしれないのですぞ。今すぐ御子様と引き離され、一人塔の中に閉じ込められたいですか」

ジグルトは容赦なく冷たい目を向けてきたが、セナの頭には、先ほどジグルトが言い放った言葉がめぐっていた。

従属を、拒否した？

国王となった次兄が、バルミラに従うことを決めたのか？

それでネバルはどうなっている。

レスキア派は。宰相は、大使は。

相手に食ってかかりたいのを、セナは必死でこらえた。母国が、甥が、姪が、乳母の家族が、民が今、どうなっているのか答えろと、罵る言葉を呑み込んだ。矢継ぎ早に詰問しては、望む回答が得られまい。

唇を噛みしめるセナをしばらく見つめたあと、ジグルトは告げた。

「ネバルは三回、金の献上を怠りました。先王の喪に服すゆえと見逃してきましたが、ここにきて、バルミラへの帰属を願う使者が立ったという情報が入りました。陛下は、ネバルに兵を向けるように命じられました」

目の前が真っ暗になり、セナは寝椅子の背もたれを摑み身体を支えたが、力が入らなかった。

それでも、力を振り絞ってジグルトに伝えた。

「今、ネバルを戦場にする意味がどこにある！　話し合ってくれ、そのために私は嫁いできたはずだ！　話し合いの場を持つ前に兵を出すなんて……！」

「脅すだけです。あなたの兄上はね、話し合いなど頭に入らない国王だ。忠臣の諫言《かんげん》を無視し、レスキア派をことごとく処罰した結果、ネバル国王の周りにはろくな奴が残っていない。そういう奴は、横っ面を張り飛ばさなければわからないんですよ」

確かに、ジグルトの言う通りだった。

次兄は父王のように、国の将来を何より大事にするような王ではない。

『何かにつけて死んだ長兄と比較し、無能扱いしてきた連中に思い知らせてやる』

そんな安易な考えから、すり寄ってきたバルミラに鞍替えしようとしたのだろう。

結果、父王に従っていたレスキア派を排除した。レスキア側が何を言っても、次兄はもう耳を傾けない状況になっているのかもしれない。

だが、横っ面を張り飛ばしたところで、バルミラの庇護下にある兄は痛くもかゆくもないだろう。

「犠牲になるのは国民だ！　その通りだ、兄は、わからない。だからこそ、問い続けて欲しいんだ。このままではどこまでも民が犠牲になる！」

「セナ様。あなたがたとえ女で、後宮に嫁いでこられたとしても、政治に口を出すことは不可能だ」

さすがに話しすぎたと思ったのか、ジグルトはマントを勢いよく翻し、その場を去った。

「ジグルト、待て！　陛下に、陛下に目通りさせてくれ！」

後を追おうとしたが、その前にジグルトの姿は扉の向こう側に消えた。

無機質な音を立てて閉じられた扉に、焦土となった故郷の光景が浮かぶ。

自分を慈しんでくれた者たちが、戦火の中を逃げまどう姿が映る。

〝あなたは、国の道具にさえなれなかったではありませんか〟

ジグルトの罵りが、耳の奥でよみがえる。

死の直前、父王は同じ事を思っただろうか。

処罰される重臣たちも、思っただろうか。

戦に脅える民たちは。

無力さに、セナは寝椅子に拳を叩きつけるしかなかった。

扉の向こうで、自分を呼ぶ幼い声がしたが、それよりもセナには、故郷の助けを求める声の方が大きく鳴り響いた。

◆・◆・◆

王宮に着いた時には、ジグルトには冷静さが戻っていた。

売り言葉に買い言葉でついべらべらと、ネバルの現状を離宮のネバル王子に話してしまった。

(……もしかしたら、あれが手だったのかもしれないが)

らしくない、とジグルトは自己嫌悪に陥った。

ここまであからさまにネバルの王子に対して不快感を示せば、なぜかと思われても仕方がない。

皇帝に対し、あれほどの無礼を言い放ったにもかかわらず、皇帝は王子に何の仕置きもしなかった。

少なくとも、王族の離宮ではなく、もっと粗末な邸か、誰かの預かりにしてしまってもおかしくないのに、子が生まれるのを配慮してか処罰はなかった。

あれから、ジグルトは皇帝からネバルの王子について訊かれたことは一度もない。

竜王降誕で多忙を極めていた皇帝には、男子が誕生したことも、惹香嚢体らしいことも、神隠月に産まれたことも時間が経ってから伝えたが、無言のままだった。

現在ネバル国は、ネバル国王の死後レスキア派が王宮から排除されたため、帝国側から譲歩する声を届けることすら難しい状況だった。

国の処遇についてどうするべきか、皇帝が大臣らと議論していることは外交担当のヴァントから聞いている。

ネバルの情勢を考えれば、妃の称号を与えることはおろか、皇子の宣下も難しいところだった。従属を拒否し他国へすり寄った国を優遇する理由はない。

ネバル王子がこの状況を何とかしようと思っても、何もできないのは確かだった。

皇帝が獣人であるという秘密を知っている以上、王子をネバルに戻すことはもちろん、離宮から一歩も出すわけにはいかない。

情報を与えないということは、時に相手を封じ込めるのに最も有効である。下手に情報を与えてしまったら、離宮から抜け出そうとしたり、それを盾に脅しにかかったりするかもしれない。

そうなったらネバル王子は処分されるだけなのでジグルトにとってはどちらでもよかったが、皇帝はネバル王子に対して何の指示も許可も出していない。

つくづく扱いに困ると、ジグルトは忌々しく思った。

しかし、報告はしなければならない。皇帝の部屋に向かい、ジグルトは謁見を申し出た。

自室には他にも誰かいるようだったが、構わずジグルトは通された。宰相のダリオンかと思ったら、神山外交官のハスバルだった。皇帝と近い距離で椅子に座り、向かい合っている。

「ハスバル殿。いつお戻りに?」

「つい先程。竜王ご生誕より一年が過ぎ、ようやく神山も落ち着いたからな」

卵を産み落とし竜王が薨去してからというもの、神山担当の外交官に休みは一日もなかっただろう。

竜王が無事に孵化し、誕生してからも一年を通してさまざまな儀礼が行われた。皇帝も何度神山に足を運んだかわからない。

「改めて、我が帝国に神山より感謝が伝えられました。竜王薨去に続き、無事生誕の儀が盛大に行われたのは、惜しみない帝国の援助があったからこそ。同時に私も、やっと国に戻ることができました」

「ハスバルは大義であった。竜王の代替わりは数百年に一度。天地を揺るがす事態にもなりかねんのに、この二年、よく乗り切ってくれた」

皇帝はハスバルを椅子に座らせたまま、その肩に手を置いて労った。二年前に比べると、ハスバルはかなり痩せてしまっている。貴族出身のこの男は有能な第一書記官出身だったが、叩き上げの連中に比べると線が薄い。同年代に宰相のダリオンがいるが、もうダリオンよりも十歳以上は老け込んでしまっていた。

「神山が落ち着いたら、職を辞したいと陛下に申し上げていたところなのだ。ジグルト、君からも頼む。ダリオンに聞いたぞ。次は、神山の外交官を望んでいるんだろう?」

「あ、はい。しかし、私のような若輩が、希望を申し上げることは……」

「陛下。ほら、私の後釜はもう名乗り出ておりますぞ」

皇帝は苦虫を噛み潰したような顔をしている。皇帝にとってハスバルは何よりも信頼する外交官だった。皇帝が『暁の皇帝』の称号を前竜王から賜ったのは、ハスバルの功績による。正直、引退させたくないと思っているのだろう。

「私は政治の世界から引退したいと考えているんだ」

ジグルトは驚きのあまり、思わず遠慮のない声を出した。

「それはあまりにもったいない!」

「いや。前々から考えていたのだ。他の仕事ならともかく、神山外交官は細かい引き継ぎが必要だ。神山でのしきたりや儀礼を伝えるためにも、一年、次の担当には私の傍で仕事を覚えてもらいたいと思っている。だから早く陛下に申し上げたのだ」

ジグルトは神山外交官を望んではいたが、この役職ばかりは、いくら有能な人材を優遇するレスキア帝国でも、考慮する必要がある。

神山は、竜王がこの世に誕生した時、それに仕える存在として同時にこの世に現れたという、神官らによって構成されている。

上位、中位、下位の神官で組織化され、上位神官の家柄は、レスキア帝国をはじめとする四大国王家の始祖でもある。

つまり、階級意識が非常に強いのだ。

神官たちは、自分たちの血筋は各国の王家よりも尊いという自負があるため、神山外交官は、どの国もれっきとした王族や貴族に担当させてきた。

ハスバルも王家とつながりのある貴族である。いくら血統を重視しないレスキア皇帝でも、貧民街出身のジグルトを神山担当外交官に任ずるのは難しい。ジグルトは重々、それを承知している。

「まあ私は、身の程知らずにも、希望を口にしているだけですから」

これは本心だった。家柄もない自分が成り上がるには、厚かましさがなければのし上がれない。

「今までは血統が重視されてきたが、今は神山も能力のない外交官は嫌う傾向にあるよ。上位はともかく、中位神官連中は、どの国の書記官よりも頭が回る。彼らと渡り合うには、それ相応の動ける人材でなければと、私は思っております、陛下」

最後の言葉をハスバルは皇帝に向けた。職を辞する意志の強さを感じ取ったのか、皇帝は頷き、話題を変えた。

「離宮はどうだった」

「順調にお育ちのご様子でした」

皇帝の顔には、何も感情は浮かばなかった。そうか、と軽く呟くだけで終わった。

惹香の匂いを、もう少しも思い出さなくなったのかもしれない。

これでいいのだろうと、ジグルトはそれで終わろうとした。

「余の七番目の子の話だ」

皇帝は差し支えないと思ったのだろう、ハスバルにわざわざ教えた。

「おお。いつお生まれに？　存じ上げませんでした」

「知る者は少ない。神隠月に産まれたのでな」

教えるということは、実子と思っているのだと、ジグルトは改めて認識した。

あれから少しも話題に出なかったので、内心実子に数えていないのではないかと思っていたのである。

忘れるわけにはいかない存在のため、今回確かめさせた程度だとしかジグルトは考えていなかった。

「陛下」

ハスバルの声音が変わったことに、ジグルトは気がついた。皇帝も、呼びかけられて顔を上げる。

「いつの神隠月ですか」

「竜王が孵化された月だ」

「……一年前ですか」

「……そうだ」

「聞いておりませんでした」

ハスバルの言葉に、皇帝はわずかに顔をしかめた。ハスバルは慌てて答える。

「いえ、このたび、神山から、竜王と同じ神隠月に誕生した者の名を上げるようにと通達がありました。神隠月に生まれたことを隠す親は多いですが、徹底して調べるように私は内相に頼んだはずです。恐れながら、陛下の御子はその中には入っておられませんでした」

「戸籍にはないので当然だ。しかもあれは、王籍にも入っていない」

「なぜですか?」

「ネバルの王子が産んだ子どもだからだ。ネバルは今、我が国に対してはっきりと離反の意思を示している。知っているだろう。妃と皇子の称号を与えるわけにはいかん」

「王子?」

ハスバルは、皇帝の話とは違うところを見ているようだった。

「王子——とは? もしや、惹香嚢体なのですか」

ハスバルの様子がおかしいので、皇帝は不快感をあらわにした顔を怪訝そうに改めた。

「ハスバル、どうした?」

「陛下、いますぐ御子様を王籍に。ネバルの王子には妃の称号をお与えください」

「何?」

「国策上それができぬのなら、せめて、神山には神隠月にお生まれになった御子様がいらっしゃることをお伝えください。神山の命に対しては、従った方が賢明です」

めずらしくハスバルは強い口調で言った。困惑する皇帝のかわりに、ジグルトはハスバルに告げた。

「ハスバル殿、神隠月にお生まれになったということは、神隠月に身ごもられた御子ということ。陛下にも、お立場があります。神山にそれを伝えるのは……」

「後宮でのしきたりなどはどうでもいいのです。神山が、このたび神隠月に生まれた者の名を調べて上げるように命じてきたのは、何らかの恩恵を授けようとしているのだろうと、ちまたでは噂されておりますな。そうかもしれません。だが、それだけだと思っている者は、外交官らには一人もいないのです」

皇帝はそれを聞いて顔を引き締めた。

「どういうことだ?」

「神山という場所は、ものをはっきりと申しません。いつも、『沈黙して待て。聞くべき時に聞け』それだけです。こちらに、理由を問うことを許しません。神隠月に生まれた者を調べろと言われたら、そうするしかない。我々外交官は、その裏を読むのです。彼らの言葉に何が隠されているか。先を読んで動かねばならない。神山が、神隠月生まれを探す理由が、必ずあるのです。私はそれを今、部下に探らせている最中です」

ハスバルは瞳を閉じ、一息ついた。

「私なりに考察するところはありますが、まだ申し上げる時ではありません。私の余計な一言が、国を窮地に追い込むこともある。陛下、神山に報告する、レスキア帝国の神隠月生まれの中に、御子様を入れさせていただきます。できたら……できたら、今すぐにでも皇子と認めていただきたいところではありますが。どうか、一刻も早く、皇子の称号を。母上には妃の称号を。私を信じて、なにとぞ」

曖昧すぎてそうしろと言われても難しい話だとジグルトは思った。

皇帝も同じだったのだろう。困惑しかその顔にはなかった。

神山に対しては、その裏を読まなければならないとは聞いていたが、裏どころか意味が摑めなくては、動くことなどできないだろう。


ハスバルはこの日から一年後、神山にて急逝した。

過労が原因だったかもしれない。

皇帝は嘆いたが、至急、新たな神山外交官をたてる必要があった。

貴族出身の元大臣が派遣されたが、神山での過酷な業務に耐えられず、精神的に病んでしまい、半年で故郷に戻ってくる羽目になった。

この代行に命じられたのが、ジグルトだった。

平民出身者が神山の外交官となった例はない。あのダリオンさえ、神山には関わらなかった。誰もが無茶だと声を揃えたが、この窮地に手を挙げる者はいなかった。

なによりも上官不在のまま、現地で悲鳴を上げる補佐官らが、一刻も早い着任を求めていた。レスキア皇帝に背中を叩かれるようにしながら、ジグルトは神山外交官代行という肩書きで、神山に向かうことになったのである。

この混乱の中で、ジグルトは忘れていた。

皇帝も、忘れていただろう。

あれから何度も、ハスバルは、ネバルの王子が生んだ御子を、皇子として認めるようにと申し出ていた。

なぜハスバルが、離宮の御子の王籍にこだわったか。

神山の恩恵とは、何だったのか。

その意味を知ったのは、竜王と、離宮の御子の誕生から三年後だった。

＊　・　＊　・　＊

ジグルトが約半年ぶりに故郷の地に戻ったのは、春赤月の賑わいが終わった頃だった。

婚礼と出産を終えた人々が、いっせいに農地に出て、作業に勤しんでいた。帝都に向かう馬車の窓から、暖かい陽光の中で働く人々を見て、ジグルトは季節の移り変わりを改めて感じた。

神山では、外に出ることがほとんどなかった。窓はあるが、外出の機会がなければ、季節の移ろいを感じられない。

陽光を受けて、ジグルトは己が今までどれほど冷たい場所にいたのか思い起こした。

あれでは前任者も病気になるはずだとジグルトはため息をついた。

神山に到着したジグルトは、補佐官らに囲まれて神山の説明を受け、たまった業務をこなし、ほうぼうに挨拶と協力を願い出るだけで半年が過ぎた。季節の移り変わりどころか、いつ太陽が昇り、沈んでいるのかすらわからなかった。

急逝したハスバルと病にかかった前任者の仕事を片付けるだけで、神山がどんな場所なのか、理解するまでには至っていない。

神山から外交官代行の許しを得て、このたびの帰国で皇帝から正式に神山外交官代行を拝命できるようになっただけだ。

国の外交官が、相手側の許しを得なければ、任務に就けないとはどういうことかと思う。

「それが神山なんですよ。だから本来は、引き継ぎに一年が必要なんです。一年かけて、顔を売って、あわよくば上位神官にも口が利けるようになれるようにする。あの場所を理解するには、まだまだ時間がかかります」

向かい側に座る外交補佐官のガトーが投げやりに答えた。

ガトーはハスバルと同時期に外交補佐官となった人物である。十年、神山にて勤務し、妻帯もできずにいた。ハスバルが退任する時には自分もと願い出ていたらしい。

しかしハスバルが急逝してしまい、辞めたいと叫んでも無理な状況となった。前任者もあっという間に戦線離脱し、ガトーは補佐官として嫌でも奮闘する羽目になった。

国側はガトーをなだめるため、異例の出世をさせた。ガトーを、筆頭補佐官に任じたのである。

書記官同様、補佐官にも序列があり、大使の秘書的役割を担う筆頭補佐官は第一書記官と同等である。ガトーは学都はおろか、自国の大学にすら行っていない。本来、学都に留学経験がなければ第一書記官まで出世できない。第三書記官から補佐官となった、正真正銘の叩き上げである。だがそれでも、ガトーは国側に叫んだ。

「半年以内に代理でも神山外交官をよこしてくれなかったら、俺は亡命します！」

ガトーという男にジグルトは絶句し、宰相ダリオンは腹を抱えて大笑いした。かくして、貧民街出身の神山外交官代行と、教養のない神山筆頭補佐官が組むことになったのである。

「国に戻れるなら第三書記官に戻ってもいいですよ。早いとこジグルト殿は、そのおきれいな顔で神山の高慢な連中を手なずけてください。俺は閑職に回って、嫁さんを見つけたい」

ガトーがこういう性格なのは、もともとなのか、神山の過酷な業務で自暴自棄になっているのか、ジグルトにはわからなかった。

上官を上官とも思わない無礼極まる態度をとるが、ガトーがいないと仕事にならないので、慣れるしかなかった。

「しかもこんな時に、皇太子殿下も留学するから」

十六歳になった皇帝の嫡男であるアスキンは、つい最近学都に移った。

神山の領地内にある学都には世界各国の秀才が集う大学があり、アスキンはずっとそこに入学することを希望していた。また学都には大学だけでなくさまざまな研究機関が存在し、基本的には神山から自治が許されている。

「昔、学都から見た竜王の住まう神山は、ただの山にしか見えなかったなあ」

ジグルトは昔を思い出して呟いた。同じことを皇太子も思っているだろう。ガトーが頷く。

「山の形状を活かして建てられているので、遠目からは白い山にしか見えませんよね。私も、近くまで行ってやっと山全体が建物なんだとわかりました」

神山には竜王が住まう宮殿があるが、山と一体化しているように見えるため、その場所は神山と呼ばれるようになった。

宮殿で竜王に仕える者は、中位以上の神官である。下位神官は、実際は神官ですらない、普通の民だ。神山の民に、農民はいない。農地がないからである。

神山は各国の献金だけで国庫を賄っており、これは学都も同様だった。

下位の民は、半分は兵士で、残りは学都の学生ら相手に商売をしたり、宿を経営したり、工芸品を制作する仕事をしている。

手に職を持っているというだけで、中位上位の神官らからみれば、卑しい身分だ。

中位神官以上は竜王とともに世界を回しているという自負があるため、各国からの献上は当然であると考えている。

どれほど有能でも、下位が中位に上がることはありえないし、中位が上位に逆らうことは許されない。身分差は絶対だった。

上官不在というこの非常事態に代行を許可されたが、平民出身が神山の外交官になった例はない。今後神山に何をされるかはわからない。ジグルトは、それは覚悟はしていた。その状況下でガトーのふてぶてしさは、頼りに思うべきなのだろう。

王宮について早々にガトーは羽を伸ばしたがったが、目的は皇帝への報告である。

ジグルトはその首根っこを捕まえ、皇帝が待つ部屋に向かった。

「おお、ジグルト、大義であった。神山の外交官代行が認められたと聞いて、安心したぞ」

皇帝は自室にジグルトとガトーを呼び寄せ、労をねぎらった。宰相のダリオンも同席していた。

「ガトー。ハスバルはジグルトを信頼していた。無事跡を継いでくれて、安堵しているだろう」

「はあ」

皇帝に直接言葉をかけられても、ガトーという男は何も感動するところはないようだった。その様子に、ダリオンが笑いを噛み殺しているのがジグルトにはわかった。

機嫌が良い皇帝に、ジグルトは報告した。

「皇太子殿下も、無事に学都への手続きをすまされました。これからの生活が楽しみなようで、興奮しておられましたよ」

「そうか。まったく、一国の皇子が留学など、とんでもないと思ったが」

最初は反対していた皇帝だったが、ついに息子の熱意に負け、しぶしぶながら許したのである。

「学都は神山の領内にありながら、逆に全く身分差がありませんからな。学生は皆同列。尊敬の対象は教授のみです。殿下も、衝撃を受けられるでしょうな」

ダリオンの言葉に、皇帝は微笑みを浮かべた。

「護衛がいるから、要人ということはわかるだろうが、まあ、この際楽しんで欲しいと思っている」

父親の慈愛を滲ませる皇帝と、傍に立つダリオンの姿に、ジグルトは帰国の喜びを噛みしめた。

「申し上げます！」

場の穏やかな空気を裂くような声に、ジグルトは身体をこわばらせた。

「外交官殿、神山からの使者が、たった今王宮に到着したと報告が参りました！」

ジグルトはその言葉が頭に入っていかなかった。

今、自分たちは、神山から帰ってきたばかりである。

神山からの使者が来るなどと聞いていないし、そもそも来る意味がわからない。

「何人だ？」

鋭い声で訊いたのは、ガトーだった。

「三人です」

「三……!?」


一瞬にして、ガトーの顔が蒼白になる。

「粗末な衣類を身につけて、普通の旅人のような格好でした。三人とも、馬車ではなく馬で来たらしく、神山の神官だと紋章を見せられなければ、とても使者とは思えぬ恰好です」

「紋章は何色だった！」

たたみかけるようにガトーが問う。衛兵は、その勢いにわずかに身を引いた。

「ぎ、銀です」

「銀……！」

今度はジグルトも蒼白になった。

神山の神官は、上位、中位、下位と身分階級に分けられているが、役職もまた分類され、五階級に色分けされているのだ。

上位神官にしか与えられないのが、金の紋章。

中位は銀、紫、青の三色。下位は黒。金に次ぐ役職が、銀の紋章である。

銀の紋章を持つ神官が、たった二人の供とともに馬でやってきた。

これは、極秘裏に入国したということである。一体何を告げに来たのか。

「陛下、すぐに私は使者を出迎えに」

「陛下！」

ジグルトの声を遮り、ガトーが許しもなく皇帝に声を向けた。それどころか、皇帝の足元に縋る勢いで膝をつく。

「陛下、恐れながらお答えいただきたく。陛下の七番目の御子様は、三年前の神隠月にお生まれになった、おそらく惹香嚢体であろうと承っております。その方は、皇子として、王籍に入られたでしょうな⁉」

「ガトー！」

あまりの無礼に、ジグルトはガトーの胸ぐらを強く摑んだ。

「いきなり何を言い出す！」

「ジグルト殿、そういえば貴公は後宮の第一書記官だった。ハスバル殿は、再三、ネバルの王子がお産みになった御子を、王籍に入れるようにと進言していたはずだ。やったか、やらないのか、教えてください！」

「王籍にはまだ入っていない」

答えたのは、ダリオンだった。

それを聞き、ガトーは傍目にもわかるほど震え上がった。

「……なんてことを……！　あれほどハスバル殿が繰り返していたというのに。私も、とっくに王籍に入っているとばかり……！」

そんなガトーを見下ろす皇帝の表情は、冷静そのものだった。

「はっきり申せ」

ガトーの目はしばし空をさまよっていたが、決意したように定まった。

「使者らがやってきた理由は、婚配者の指名です」

婚配者――。

聞き慣れぬ言葉に、ジグルトはもちろん、皇帝も眉をひそめた。

「なんだ、それは？」

「竜王の、伴侶です」

もっと聞き慣れぬ言葉に、その場にいる者が無言になる。

　ガトーは全てを諦めたような、深いため息とともに告げた。

「神山が、神隠月生まれの者を探せと命じてきた時、外交官らの間で上がった疑惑です。今世竜王は、もしかしたら雌体ではないのではないか、と。だからこそ、神隠月生まれの者を探しているのではないか、と。なぜなら、竜王が雌体ではなく雄体《ゆうたい》であった場合は、無性生殖による分卵を行えない。代わりに竜王の番となり、竜王の卵を産む者を、婚配者と呼びます。神話の昔から数えると二回だけ、婚配者が竜王を産んだ話があります。そして婚配者とは、本来命が育まれぬ神隠月に受胎し、神隠月に生まれた、惹香嚢体に限ります。竜王と同じ神隠月生まれの惹香嚢体にしか、竜王の卵は宿せぬと言われているのです」

　これではっきりした、とガトーは告げた。

「三年前に孵化された竜王は、雄体です。神山はこの三年、竜王の婚配者を探し続けてきた。ネバルの王子が産んだ御子が、次の竜王の卵を産む者と、選ばれたのです」

＊　・＊・　＊

　許可なしに王宮に入ろうとする者がいれば、衛兵の詰め所内に通される。

　そこで身元を調べられるのだが、神山からの使者は、貴賓室にちゃんと通されていた。

　ジグルトが入室の許可を中に問うと、「どうぞ」と軽やかな声が返ってきた。

　扉を開けると、用意された椅子に使者たちは腰を下ろしていた。三人は、あまりに粗末なマントを羽織り、顔も半分隠して見せていなかった。これでは一見、神山からの使者であるとはわからない。ジグルトは、三人がただの使者ではないと素早く読んだガトーに舌を巻いた。

三人は同時に立ち上がると、身体全体を覆っていた粗末なマントを外した。

「神山中位神官のセイジュ・リオイ・ハズ・アーレスと申します。外交官代行殿、皇帝陛下にお目通り願いたい。四年前にネバル王国から後宮入りされ、現在タレスの離宮に居られるネバル国第四王子・セナ様が三年前にご出産なさったアスラン様が、我が竜王の婚配者候補として選ばれました」

粗末なマントの下にあったのは、神官特有の純白の官衣だった。胸元に輝くのはまぎれもなく銀の紋章。

そして、そう言い放った者は、ジグルトよりも若い、まだ二十代半ばかと思われる男だった。

柔らかくクセのある金髪が、端正な顔立ちを覆っている。眼鏡の奥にある碧玉《へきぎょく》の瞳は細められているが、笑ってはいなかった。

神官の言葉を聞きながら、ジグルトは身体が冷えていくのを止めることができなかった。

神山の情報収集力は随一だと聞いていたが、一体どこまで、彼らは知っているのか。

ともすれば目の前が真っ暗になりそうだったが、ジグルトは背筋を伸ばし、慇懃に使者を皇帝のもとへと案内した。

おそらくこの一件で、自分は断罪されるだろう。

だが、今の状況だけはなんとしても打破しなければならない。


神山から使者が来たという報告を受け、皇帝のもとに大臣や書記官らが大至急集った。彼らはガトーに矢継ぎ早に質問し、状況を急いで把握しようとした。

──なぜ、神隠月に生まれた者が、竜王の婚配者になると、ハスバルは言っておかなかったのか。

「工作をしたと思われたら、婚配者の候補から外される可能性がありました。また、今世竜王が、伴侶を必要とする雄体であるなどという噂が流れたら、出所は必ず処罰されます。神山の情報収集力は世界一です。下位神官は、普通の民もおりますが、半分は兵士です。しかも、各国に間者としてばらまかれています。我々側からその話が広まれば、レスキアは一人も婚配者の候補を挙げられないことになりかねません」

――では、候補者は他にもいるのか。

「三年前にレスキアで神隠月に生まれた者は、アスラン様を含め二十二人と報告しました。従属国を含め、です。これは申告があり、またこちらが調査した数です。水増しはするなとハスバル様はおっしゃっておられました。ちなみにバルミラが報告したのは百八十人です。欲深さが表れておりますな」

――なぜそんなばか正直に報告したのだ。

「先程説明した通り、神山は三年かけて、我々が提出した情報を全て精査していることでしょう。そして、その中で確かな惹香嚢体であり、神隠月に産声を上げたものを、選んだのです」

――なぜ、アスラン様を王籍に入れるように進言したのか。

「惹香嚢体は、先祖返りで生まれる場合もありますが、ほとんどが惹香嚢体から誕生します。加えて、竜王は本来雌体であるため、母体の血統を父親のそれよりも優先します。断言してもいいですが、どんな候補者がいようと、紛れもない王族の母が竜王の婚配者を産んだ例は、ネバルの王子だけでしょう。アスラン様はこちらに戸籍も王籍もありません。ネバルが、次世代竜王を産む婚配者の血統を名乗り出てもおかしくありません」

――ばかな。レスキア国内で生まれ、皇帝の妃が産んだというのに。

「妃ではない」

……。

「妃ではありませんね？　だからハスバル殿は再三申し上げたのです。次世代竜王の血統を、よその国に奪われるかもしれないのです。そうなれば、数千年の損失でしょう」

半ばなげやりなガトーの言葉を、ジグルトは思い起こした。

『裏を読め。神山のやることには表向き全て正しく従い、その裏を読んで行動しろ』

ハスバルは確かに、そう言っていたはずだった。

それを受け止めなかったのは、自分だったと、ジグルトは失態を認めた。

謁見の間には、多くの人間が集まっていた。大臣や書記官が列を作る間を、ジグルトは神山の神官らを引き連れ、泰然と玉座で待つ皇帝のもとへ進んだ。

「神山中位神官のアーレス殿です」

膝をついて申し出たジグルトの後ろから、神官は言った。

「セイジュでいいですよ」

あっけらかんとした声を出しながら、セイジュは仰々しいほどの礼をした。

「皇帝陛下、神山より、ネバル国第四王子セナ様と、その御子様のアスラン様をお迎えに参りました。アスラン様は竜王婚配者の候補者として、セナ様は母上として付き添われるべしとのことです」

ジグルトは指先の震えを止めることができなかった。

先程からずっと、セイジュはアスランを「御子様」と呼び、「皇子」と呼んでいない。

皇子の宣下を受けていないのだから当然だろうが、レスキア皇帝がその父親であると、一言も言っていないのだ。

ネバル王子の子、と繰り返すだけで。

「すぐにか」

皇帝は冷静な声でセイジュに訊いた。

「はい。今すぐに」

「離宮にいるとはいえ、あれはまぎれもなく余の子である。仮にも皇帝の子を、親元からいきなり離すとは、神山だろうと許さん」

核心を持ち出した皇帝に、周囲が緊張する。

だがセイジュは、威圧感を放つ皇帝に、少しも怯まなかった。

「王籍に、ちゃんと入れるまで待て、と」

皇帝の目が、静かに据わる。皇帝の傍らに立つダリオンが目配せをするほどだった。ジグルトはセイジュの傍に、一歩近づいた。それ以上話すな、と暗に伝えるためだったが、セイジュは変わらなかった。

「わかりました。晴れて、皇子の称号がつくまで待ちましょう。どの国も同じですから、構いませんよ」

それを聞き、ジグルトは耳を疑った。

「どの国も同じ?」

「婚配者候補は四人ですが、いずれも国王の実子と申し出ております」

その場にいた全員が絶句した。一人、顔をしかめたのはガトーだけだった。

驚きの中で、セイジュが高らかに笑った。

「三年前の神隠月に生まれた惹香嚢体は、わずか四人。いずれも王の子どもなどと、こちらも信じていませんからご安心なされよ。どの国で生まれ、どこから見つけてきたのか知らないが、北、南、西、大国の王は皆、己の王籍に入れました。どうぞ、東のレスキアも同様になさってください」

ジグルトはこの場で自決したいほどの屈辱を抑えるのに必死だった。

皇帝はこの侮辱を、どう思っているのか。

国を、皇帝を窮地に追い込んだのは、明らかに自分だった。

「父親側など、神山にとってはどうでもよいのですがね。確かなのは、ネバル国の王族から生まれたということ。ネバルは古い王族。セナ王子が先王の実子であることは、すでにネバル側からも回答を得ている。あちらは血統を証明してきましたよ」

セイジュの言葉に、思わずジグルトは強い口調で言い返した。

「レスキア国内で生まれたという事実を、神山は当然わかっておられるでしょうな! 受胎された神隠月には、セナ王子は王宮内におられたのだ」

思わず非難めいた口調になったが、セイジュは、おもしろそうに片眉を上げげただけだった。

「逆に貴国を褒めたつもりだが? どいつもこいつも工作して、婚配者の存在をまつりあげたというのに、レスキアだけは一切工作をしていない。大国の余裕か、前任者があぁなったために対応できなかったか、私はおそらく後者だろうと思ったがね。勘違いするな。

私はレスキアの婚配者を守るように命じられた者だ。レスキア側に不利になることはしない」

セイジュの言葉を理解しようとジグルトが眉を寄せる前に、皇帝の問いが届いた。

「守る、とは、どういう意味だ」

セイジュの身体が、ジグルトから皇帝に向けられた。

「婚配者は一人だけです。候補者は四人。どんな争いが勃発しても、おかしくありませんな」

皇帝の表情が険しくなる。

「害を及ぼす者がいると？」

「だからこそ、私が参りました。私の仕事は、アスラン様を無事に神山にお連れし、婚配者として選ばれるようにお世話することです。皇帝陛下。竜王に婚配者が立つのは、千八百年ぶりということをお忘れにならないでください。これから世界は、あらゆる利権を求めて、その縮図が大きく変わるでしょう」

息を呑む場に、皇帝が鋭い目配せをする。

それを受けたダリオンの声が放たれた。

「タレス離宮のアスラン殿下とセナ妃を、王宮に速やかにお連れせよ！」

場が動く前に、セイジュの凛とした声が続いた。

「アスラン様にはもう一人、神山から神官が派遣されました。私と別行動し、今頃離宮へ辿り着いているはずです。神山から、アスラン様の忠実な護衛官としての任務につくよう、命じられた者。レスキアの兵を離宮に向かわせるというなら、お気をつけください。護衛官に下手に手を出すと、百人の手練れでもことごとく殺されますよ」

「護衛官⁉」

セイジュの言葉に、ガトーが仰天した声を上げた。

「神官殿！　それは、もしや、かの『闇人《あんじん》』では……」

「そうだ。お前は少しは話がわかるようだな。我が神山最強の特殊部隊『闇人』に所属する者だ。これより命をかけてその者は、アスラン様とその母上を守ることになる」

◆・◆・◆

春の陽光に晒されながら、幼い息子が土の上を転がっている。

ああ、またフオルに叱られるな、とセナは苦笑した。

「ははさま！　虫！　でっかい！　つかまえた！」

くせ毛でふわふわ広がっている金髪にまで泥がついている。湯場の水を温めておいてほしいと伝えるべく、セナが身体を邸の方に向けると、そこには顔をしかめたフオルが立っていた。

「セナ様！」

「なんで先に俺を怒るんだよ」

「当たり前でしょう！　子どものやりすぎを止めるのが大人です！　セナ様はアスラン様を自由奔放に育てすぎ！　農家の子どもじゃあるまいし、こんなに土遊びをして！」

実際、やっていたのは農作業である。

使用人夫妻が育てている畑を、手伝いたいとアスランが言い出したのだ。

だが、三歳の子どもがやれることなど、虫を捕まえて遊ぶことぐらいだろう。

「アスラン様は、お勉強もしないで、外に出てばかり！」

「べんきょうきらい！」

「ああっ！　どうしてこう母上の悪いところを受け継いでしまうのか！」

「悪かったな」

捕まると勉強させられると思ったのか、アスランは笑い声を上げて駆け出した。

裸足で走り回るその様子に、フオルは渋面である。別に勉強なんてさせなくとも、なんて余計な事を言うと怒られるのは自分なので、セナは芝生を転がる息子に近づいた。

黄金の髪は、まるで太陽に包まれているようだった。頬を染めて遊ぶ息子に手を差し出すと、まだまだ甘えたい息子は抱っこを求めてくる。

生まれた時は通常の赤子より小さく生まれたが、二歳にさしかかる頃には平均的な体躯となった。甘やかしているとフオルに文句を言われても、ここまで健康体で、たいした病気もせずに育ってくれるだけでありがたい。

「ははさま、ヤモリ、いなかったねえ」

「青いヤモリ？　フオルにそんな生き物はいないって言われたんだって？」

「ほんとにいたんだもん！　つかまえて、ははさまにも見せる」

「わかったよ。でもそろそろ水分をちゃんと取らないとな。土だらけの手では、飲めないだろう？　私も暖かいうちに、お前の身体を洗いたいよ」

「いっしょに入る？」

「いいよ」

「わあい！」

アスランは喜んで土だらけの顔を胸に擦りつけてきた。セナの服まで汚されて、フオルがあー、と顔をしかめるのが目に入ったが、セナは息子の可愛らしさに笑って抱きしめた。

ひとしきり笑ったあと、セナは緑の生い茂る林の中に、銀色の塊が浮き上がっているのを目にした。

一瞬セナは、動物が入ってきたと思った。


なぜそう思ったのかわからない。その静かな銀色が、人であることにすぐ気がついたが、セナはそれを、野生の動物のように感じた。

「人？　誰でしょう？　衛兵の付き添いもなしに」

傍らでフオルが呟く。

ああそうか、この違和感は、ここに離宮の入り口を守る衛兵の案内なしに辿り着ける人間などいないからだ。

セナは距離を縮めてくる人間に、全身が粟立つのを感じた。

「セナ様」

「フオル、中へ。走れ！」

剣は邸の中にある。本来なら佩剣など許されていない身だが、離宮暮らしをするにあたり、要望したところあっさり許可された。稽古の相手はいなかったが、アスランが生まれてからも、暇を見つけては手にしてきた。

招かれざる客、刺客、という言葉が頭をよぎる。

助けなければ。息子だけは、絶対に。

アスランを抱えて走り出す。夏の芝生はあっという間に丈を伸ばし、足首にまとわりつく。運動が得意ではないフオルが芝生の上に転んだ時、灰色のマントが翻るのを、セナの目は捉えた。

「フオル……！」

思わず足を止めたセナは、灰色のマントが、自分の足元近くで舞い上がり、芝生の上に広がるのを見た。

「神山より、アスラン様とその母上セナ様の護衛官に任じられました、イザクと申します。お見知りおきを」

銀色の塊と思ったのは、その髪の色だった。後ろで軽く結わえられた銀髪が、さらりと肩に流れる。

突然自分の足元に跪いた男を前に、セナは言葉を失った。驚きすぎて、声がでなかったのである。

今、この男はどんな動きをした？

セナは剣術を一通り収めている。無論達人の域など知らないが、剣さばきも、身体の動きも、身体に染みつくほどには習得している。

だがこの男が今、どんな走り方をして、どんなふうに身体を動かしたのか、全く目にとめることができなかった。

わかったのは、ただ者ではない、ということだった。

これは絶対に、単なる兵士ではない。セナの常識の範《はん》疇《ちゅう》から離れた、超人であることだけは間違いなかった。

「神山？　なぜ神山が、アスラン様とセナ様に？」

フオルの混乱した声に、男はゆっくりと顔を上げた。

不気味なほどに整った顔だった。兵士らしき無骨さが微塵もない。つるりとした肌は陶器のようで、透き通るほどに白かった。

自分と歳が変わらないようにセナには思えたが、わからなかった。

その顔からは、年齢が全く感じられなかったからである。

薄い灰色の中に水色が溶けたような瞳には、何も映っていないように思えた。事実、こちらを見上げているはずなのに、そこには自分たちの姿がない。

眉にも、唇にも、全く感情がなかった。

セナは男が息をしているのかもわからなくなった。すぐそこにいるというのに、気配も、呼吸も、体温も、何も感じさせない。

死人か、人形のようだった。

「護衛官殿？　私はセナ様の侍従のフォルと申します。あなたはどうやってここに入ることができたのですか。入り口の衛兵に何と説明を？」

「拘束されそうになりましたので無理に通りました。衛兵は殺してはいません」

セナとフォルは顔を見合わせた。

ということは、レスキア側の許可を取らずにここに入ったということである。

「護衛官殿」

「イザクでいいです」

「なぜ神山はあなたを私と息子の護衛官にしたのですか」

「アスラン様が竜王の婚配者に選ばれたからです」

婚配者？

聞いたこともない言葉に、セナはフォルを振り返った。フォルは必死で思考しているようで、目を泳がせている。

「え……えーと、その婚配者とは、どういう意味ですか」

「質問の意味がわかりません」

「訊き方かっ！　婚配者とは、もしかして、いや、伴侶のことですかっ！」

「はい。竜王の卵を宿す方です」

竜王の卵？

セナはもっと混乱した。一体どういうことだ。なぜ、息子が竜王の卵を宿す。

「セナ様、神話にあるんです。卵が産めない竜王が、代わりに番を見つけ、その番に次の竜王を産んでもらったと。それで世界は救われたと。分卵できない竜王が、存在したんです。ねえ、護衛官さん！」

「竜王に関することを、私が口にするのは許されておりません」

セナは蒼白になった。

「ではアスランが、竜王の卵を宿す身体に使われるということか!?」

思わず後ずさる。護衛官の佇まいに変化はなかった。

神の子を、宿す——。

竜の姿の神と番になるなど、セナの想像できる範囲を超えていた。

「アスランはまだ三歳だぞ！」

「セナ様、セナ様、落ち着かれて」

「しかし、フォル！」

「まずは話を聞きましょう。神山が動いたということは、必ずやレスキアにも使者が立ったはず。……護衛官殿、あなたはお一人でここまで来たんですか」

「はい」

「あー、訊き方ね。帝都に向かわれた使者はおられませんか」

「おります」

この話し方は、語る言葉を制限されているというより、訊かれたことにしか反応しないようだった。フォルはいち早くそれに気がついたようだが、短気な性格なのでもう額に青筋が浮いている。

「まあ、王宮から慌てふためいて誰かがやってくることは間違いないようですな。セナ様、まずはアスラン様を洗いましょう。眠っちゃいそうですよ」

腕の中のアスランは、頭を振り子のように揺らしていた。

「はぁあ～？　今更どの面下げてやってきたんですか？　妃と皇子の称号～？　別に頼んでいないんですけどぉ」

「お前に言ってない！」

「あ。何？　何？　その言葉？　セナ様とアスラン様に会いたくないんですか？」

「ぐっ……こ、この……」

「『今までの無礼をお許しくださいませ。皇帝陛下にも謝罪させます』って言ったら、声ぐらいは届けてやってもいいですよ」

「できるか!!」

「あっそ。じゃあいつまでもそうしていたら。お帰りくださって構いませんよ。お出口あちら」

「貴様あ！　侍従の分際で！」

扉の向こうでは、フオルの独壇場が繰り広げられている。

あまりのやりたい放題に、セナはため息をつきたくなった。

だが、千の兵士を引き連れてやってきたジグルトに、容易に会う気はなかった。

今までの態度や謝罪などはどうでもいい。この状態を把握するまでは、部屋から出る気になれなかったのである。

「しかしあなたが出世して神山外交官代行とは。どこまで関わる気ですか。セナ様をこんなところに追いやって、不貞の疑惑まで押しつけた人が。ちょっと補佐官殿、この人罷免してください。そしたら少しは話を聞いてあげます」

「上司を罷免ですか」

「俺はどうせいずれ首が飛ぶ！　この事態を招いたのは他ならぬ自分だと百も承知だ！　だが今は国家の命運がかかっている。今俺が動くのは仕方ないと耐えてもらわんと困る！」

「あなたの語る国家は、我々の国家ではありませんけどね」

フォルは吐き捨てるように言った。

場が沈黙する。

「妃だ皇子だと、今更そっちの国家を押しつけられてもね。セナ様だってそう思ってますよ」

「わかっている。だが、この補佐官のガトーが説明した通り、早急に動かねばならないんだ」

「しかし、千の兵士を連れてきたってのに、無理やり私たちを王宮に連れて行けないとは。そんなにあの護衛官は怖いんですか？」

扉に寄りかかりながら、セナは窓辺に目を向けた。

窓の傍の椅子に、神山から来た護衛官が座っていた。

座っていても、上体をわずかに倒し、腰の剣は脇に貼りつけたままである。

護衛官の目の前の寝台には、昼寝中のアスランが眠っていた。

「『闇人』という組織の者です」

ガトー補佐官の声に、セナは扉の隙間に耳を寄せた。

「それは？」

「神山が、上位、中位、下位の神官で構成されているのはご存じですか。竜王の住まいである神殿内で役職がもらえるのは中位までです。下位の者は、神官とは名ばかり。若い男はほとんど兵士、女や老人は下働きか、商売をしています。厳格な身分社会で、階層によって支配されています。下位神官の中で、能力的に優れた者に対しては、子どもの頃から洗脳教育を施します。活動の中身は諜報《ちょうほう》、暗殺など——人殺しの達人を作るんですよ」

セナは護衛官を凝視した。何も映し出さない瞳は、睫《まつげ》すら震わせていなかった。

「神山の言うことは絶対服従。上に殺せと命じられたら、親兄弟でさえ即座に殺すと言われている、人間というよりも人形のような連中です。過酷すぎる訓練に耐え、闇人の組織に入れるのはほんのわずかだそうです。要人の護衛官に任じられたら、たとえ何があろうと対象を守ります。闇人に理屈は通じません。私がセナ様かアスラン様に殺気を向けただけで、瞬殺するでしょう」

さすがにフォルも言葉を失ったようだった。

ガトーが淡々と続ける。

「いろいろご不満でしょうが、神山の決定を拒否することは不可能です。先程申し上げた通り、他の婚配者は各国の王籍に入っております。アスラン様には、帝国の後ろ盾が必要です。ネバル国が名乗り出たとしても、国が分裂状態でまともに統治されていない政情では、アスラン様とセナ様にまで手が回りません。どうか、王宮へ」

しばらくして、下の方から扉が拳で叩かれる音がした。フオルだろう。セナは静かに応じた。扉に手をかけ、ほんの少し開ける。

フオルはわずかな隙間からするりと中に入り、扉を閉めた。

セナはそのまま扉から離れ、窓辺に座るイザクの近くまで歩いた。

フオルはちらりと護衛官に目を向けたが、出て行けと伝えても無意味であると悟ったのか、セナと向かい合い、見上げてきた。

「……私は……王宮に行って、陛下と会われることをおすすめします」

セナはフオルから離れ、アスランの眠る寝台に腰をかけた。すぐにフオルが小走りで近寄ってくる。

「セナ様、お気持ちはわかりますが、四大国それぞれが婚配者を抱えているとなると、先がどうなるかわからない状況で我々だけで動くのは困難です。レスキアが最も力のある国であることに間違いはない。他の大国も、レスキアの王籍にある子どもに何かしたりはしないでしょう」

「フオル……俺は、愚かだな。親になって、一国の王子としての立場も忘れてしまった」

ふっくらした頬を染めて眠る息子の、髪の毛をセナはそっと撫でた。

「これがネバルを守る最大の機会だというのに、そちらに考えが及ばない。息子の身しか案じられない。竜王の卵を孕むなど、そんな……そんなことをさせたくない」

「セナ様」

フオルが焦って護衛官に顔を向けるが、護衛官は全く気配を崩さなかった。

「何か？」

フオルの視線に、護衛官は口だけ動かした。

「我々の会話、聞かないでくれますか」

「不可能です」

「聞かないフリしてくださいってことだよ！」

「可能です」

護衛官は顔を横に向けた。

「婚配者になどさせたくないと思っても、無理なことはわかっている。俺に選択権などないことも承知だ。神山は世界の中心。逃げるなど不可能だろう」

セナはアスランの小さな手を握りしめた。

「しかしフオル、婚配者とは、本当に竜王の伴侶だと思うか？　単純に、惹香嚢を使われるだけでは？」

フオルは無言だった。質問の意味を悟ったのだろう。

「俺は、レスキアに嫁ぐ際、皇帝の後宮に入るだけではなく、この身体を引き裂かれ、惹香嚢を取り出されることも覚悟した」

惹香嚢の身体は、獣人族にとって、性欲を増幅させるだけでなく、分泌される全てが、生命をよみがえらせると言われている。

惹香嚢体の体液全てが、獣人の気力、体力を回復させる。薬のようなものといえば聞こえはいいが、ただひたすら、獣人が惹香嚢体を搾取するだけの話である。

——生命力を与える身体。

それを求めて、獣人が惹香嚢体を狩り出した歴史があった。

体内から惹香嚢を取り出し、それを口にすれば、よりいっそう強く、そして寿命も長くなる。

獣人族にとって、惹香嚢は万能の薬。

そんなまことしやかな噂に踊らされた獣人族による惹香嚢体狩りは、一時期凄惨を極めるほどだった。

「惹香嚢は純血種の人間には力を与えないし、今では獣人の惹香嚢狩りも行われなくなったが、この身体はいつどんな風に使われることになるかわからないと思っていた。アスランだって、これから先どんな人生が待ち受けているか、覚悟はしてきたつもりだ。だけど、竜王の婚配者なんて……そんなことに、身体が使われるなんて」

不安は、いったん吐き出したら止まらなくなった。

思わず顔を覆うセナの手に、フォルが触れてくる。

「セナ様、アスラン様は、竜王の婚配者、伴侶に選ばれました」

「結婚など、何の意味もない！　国の駒となりいいように使われて、勝手にこの身体に期待されて、蔑まれ疎まれて！」

「セナ様。生きるのです」

いつの間にか、フォルの小さな手が、顔を覆う手を握りしめていた。

「生きるのです。この先、何が起こるかわからない未来、何が何でもアスラン様をお守りしましょう。目標はそこだけにするのです。私は何があろうとついて行きます。そこだけを見据えていれば、人間たいていのことは我慢できるんです。あなた様は今後、ネバル国の王子であることも、レスキア皇帝の妃であることも捨てていい。ただ、アスラン様の親として生きましょう」

不思議なことに、靄《もや》で覆われていた未来が、くっきりと線を浮き上がらせた気がした。

セナは、目の前のフォルの、力強い意思を秘めた瞳を見つめた。

そうだ。

まずそこが、第一であっていいのだ。

国への義理も。立場も、情も。

アスランを守るためならば、恨まれようと蔑まれようと、捨てても構わない。

「……そうだな。息子を守れるのは、俺しかいないのだから」

「そうですとも。国のことや、民のこと、この世界のことは、アスラン様が幸せになってからでいい。良い子はやめましょう、セナ様。あなた様はもう十分やった。国のためにレスキアに嫁いで、蔑まれて疑われる中で御子を産んで、あんなに健康で明るくて手のかかる御子に育てられました。あのやんちゃなアスラン様が、神山の手を煩わせるぐらいまで立派にするのがあなた様のお仕事です」

セナは、身体に力がみなぎってくるのを感じた。

「竜王が惹香嚢をよこせと言ってきたら、この身を喰わせてやる」

息子には指一本触れさせるものか。

それを聞いてフォルはおもしろそうに笑った。

「竜の腹の中に、剣を持って入りますか」

二人で笑い合って、すっかり存在を忘れていた人物に目を向けると、護衛官は足を組み、先程よりは身体を弛緩させた状態で椅子に座っていた。

表情も相変わらず、何を考えているのか読めなかったが、瞳は焦点が合ったような気がした。

ふと、護衛官の目が動いたと思ったら、寝台の上で小さな身体が寝返りし、お尻を持ち上げた。

「はーはさまーあ」

半分眠っていても、意識がわずかでも目覚めると、本能的に親を求める。

ここだよ、とすぐにセナは息子の意識に寄り添った。

可愛い息子。

何があろうとも、たとえ世界に逆らっても、俺はお前を守ってみせる。

＊　・　＊　・　＊

「ふぅぅあぁ～！　すごおおお～い！」

生まれて初めて離宮を出たアスランにとって、馬車の窓から見える景色は何もかも目新しいものばかりだ。窓から身体を半分突き出して、歓声を上げ続けている。

「高貴な方は下々の者に顔も見せないんですよ、アスラン様」

同じように窓の外を見ているフォルがハハハと乾いた声を飛ばす。

「ろくな躾《しつけ》をしてない、と、ジグルトの顔に書いてないか」

身を乗り出すアスランの下半身を押さえながら、セナはフォルに訊いた。

ジグルトとガトーは騎乗し、馬車に付き従っているはずだった。

「ああ～、書いてある書いてある。めちゃくちゃ顔をしかめてる。本当にわかりやすい男ですね」

セナたちは千の近衛兵に守られながら王宮を目指していた。

明日にしたいと言っても拒否された。昼寝から起きてあくびをしているアスランを抱きかかえ、不安そうな使用人夫婦にとりあえず王宮に行ってくると告げ、何の用意もなく馬車に乗ったかと思うと、すぐに走り出した。

「神山の護衛官は？」

「べったり貼り付いていますよ。近衛兵さえ近づけさせません」

「イザク、そばにいるよ。イザクの馬がいちばんおりこう」

アスランが膝の上に戻ってくる。

「馬の御し方もうまいわけだ」

「よくわかりますねえ、アスラン様は。母上にしょっちゅう乗せられているだけありますね」

帝都ギドゥオンの中心街に入ってからは、釘《くぎ》を刺されずともセナはアスランに外を覗かせなかった。近衛兵がこれだけの人数で警護しているのだ。一体誰なのかと注目を集めているだろう。

王宮に入ったことはわかったが、馬車はそのまま進んだ。

馬車の窓を覆う厚いカーテンは、王宮の様子を何も伝えてこない。

セナは四年前にここに嫁いで来た時も、ここを出て行った時も、王宮の中を見ることは許されなかった。このレスキアでまともに目にしたのは、緋宮と、タレスの離宮だけだ。

さて、今度はどこに通されるのか。

馬のひづめが石畳を鳴らして止まる音がする。停止した馬車に、ジグルトが声をかけてきた。

「到着いたしました」

息子を抱えて馬車を降りたセナの目の前に広がったのは、森だった。

いや、周りが木々で覆われているために一瞬森と勘違いしたが、よく見ると地は石畳であり、天には、屋根があった。

「こっ……これは」

建物が木々と一体化していた。

セナは、生まれてこのかた、これほど大きな建物の中に入ったことがなかった。

はるか高い天井まで木の幹が、蔓《つる》が張り巡らされている。天井にはめ込まれた色とりどりの硝子を通し、陽光がまろやかな光で石畳に模様を描く。

両脇を流れる水路に、これは建物ではなく、回廊なのだとセナは悟った。王宮の中心、レスキア帝国政治の中心である皇帝の居宮に続く、入り口なのだろう。

「本来、ここまで馬車で入ることが許されるのは、皇帝陛下だけです」

ジグルトの言葉を片耳で聞きながら、セナは建物の見事さに圧倒されていた。

とても敵わぬ、と嘆息するしかない。

アスランは水路に大喜びして、セナの腕から下りた。

息子が何をしたいのかわかっていたが、いつものことなのでセナは止めなかった。

「アスラン様、ダメです！　着替えがないんですから!!　水に入っちゃダメぇ！」

フオルの叫びも全く気にせず、アスランが水路に飛び込もうとした時、銀色の塊が素早くそれを止めた。

そのあまりの速さに、周囲が絶句する。

「セナ様！」

止めなかったことをフオルは注意してきた。

「人工的な水だろう。危なくはない」

「そういう問題ではありません！　えーと、イザク、よくやった！」

イザクは下ろされたがって暴れるアスランを抱きかかえながら、首を傾げた。

「どちらの注意を、優先させればいいのでしょうか」

「私だ！　セナ様は放任主義すぎるから！　私が止めろと言ったら止めてくれ！」

外交補佐官のガトーが激しく頷く。ジグルトは呆れかえって言葉もないようだった。

「やーだ、イザク、はなしてよう！」

イザクの腕の中で暴れる息子に、セナは告げた。

「アスラン、水遊びはまた今度だよ」

「あーそーぶー！」

「今度。……陛下がいらっしゃった」

「へーか？」

前方から、数人の男たちを引き連れて来る姿があった。陽が落ちる前の時間、黄金の髪は、遠目からでも光り輝いていた。

顔の表情はわからなかったが、その存在感ははるか遠くからでも浮き上がって見えた。

それを見ても、セナの心には何も浮かばなかった。畏怖や、恐れどころか、緊張すらしていない自分の心を、不思議に思うほどだった。

昔感じた怖さが、微塵もない。

「へ、陛下……！　こんな場所にまで……！」

ジグルトが小走りで近づく。確かに、こんなところにまで皇帝が直々に出迎えることはまれだろう。

セナの考えていることがわかるのか、フオルがぼそりと呟く。

「まれどころか、ありえないですよ」

「察しろ、と」

「あちらの足が止まりましたね。さてセナ様。こちらから行かなければなりませんよ」

セナはため息をついて、イザクの腕からアスランを引き取った。

息子を抱きかかえたまま、歩き出す。

「へーか」

腕の中のアスランが呟く。

「そうだよ」

「しってるよ」

「え？」

「ははさま、よくはなしてたでしょ」

思わずセナは足を止めた。

「話していないよ」

「はなしてたよーぅ」

くすくすとアスランが笑う。

セナは混乱した。アスランの前で、皇帝の話をしたことは一度もない。タレスの離宮で、使用人夫妻が話していたのだろうか？

「セナ様、足を、どうか、お進みください」

補佐官のガトーが促すが、セナは息子に訊いた。

「誰が話したの？　はは様は話していないよ」

「アスランとおなじかみ！　でしょ？」

アスランが前方の皇帝を指でさした。

「ははさまが言ったとおり。アスランのかみ、へーかとおなじ！」

セナは絶句した。

そんなことを口にしていたことさえ記憶になかった。

一度や二度で、子どもが覚えるはずがない。

ほとんど無意識に、アスランの髪に櫛を入れる際、何度か繰り返していたのだろうか。

ふと気がつくと、皇帝の方から、近づいていた。

四年経ったが、一体どこが、何が変わったのかなど、全くわからない。

克明に記憶するほどのものを、何も持っていなかった。

過ごした時間も、交わした会話も、ほんのわずか。

相手がどんな容姿を、声をしているか、求めたこともなかった。

皇帝の目は、まっすぐ見つめてくるが、おそらく同じようなことを考えているのだろう。

こんな容姿だったか。こんな男だったかと。

「へーか！　かみ！　アスランとおなじね！」

その言葉に、初めて皇帝はアスランに視線を向けた。

射貫くように人を見つめてきた瞳が、ふと和らぐのをセナは見た。

「そうだ。同じだな」

同意を得て、アスランが嬉しそうにセナに顔を向けてきた。セナは、自分がどんな顔をしているのかわからなかった。

「『陛下』じゃない。お前の父だ、アスラン」

皇帝の手が、アスランの頬に伸びる。

アスランは首を傾げた。

「ちちってなあに？」

皇帝の視線は、しばし無言でアスランに注がれた。

＊　・＊・　＊

「ガチョウのトギーとフォリフォリがいるでしょう。ヒナがたくさん生まれたでしょう」

「うん」

「トギーがお父さんで、フォリフォリがお母さんなんです。つまりアスラン様がヒナで、陛下がトギーで、セナ様がフォリフォリ」

フオルの説明に、アスランが何かを想像するように目を天上に向けている。

アスランは窓辺にて大人用の椅子に腰をかけ、対面に座るフオルからここに連れてこられた理由について簡単な説明を受けていた。

当然、竜王だの婚配者だの説明したところで理解できないので、お父さんに会いに来た、と話したのだが、そのお父さんがわからない。

「あの……ガチョウで例えるの、やめません？」

セナは気にせず茶の準備をしていたが、同じ卓に座っている神山補佐官のガトーは教育上よろしくないと思うのか、フオルにおそるおそる口を出した。

「おとうさんってなに？」

アスランが首を傾げる。

「フォリフォリは卵を産んで、温めて、ヒナの面倒を見ますね。お母さんだから」

「うん」

「うーん、トギーは何もしませんね。餌はもらうだけだし」

「だからガチョウで例えるのやめましょうって！」

セナたちは、皇帝の宮居の一室に通された。

本来ならば後宮に入るのが普通だが、国の最重要人物となったため、警備がもっとも強固な皇帝の居へ入ったのだ。

神山からの使者はすぐにセナとアスランと面談をしたい、できるだけ早く神山に発ちたいので速やかに王籍に入れてほしいと要求してきたらしいが、政務上今すぐそうするわけにはいかないとレスキア側が要求を拒否、両者は激しく言い合っている最中らしい。

「そんな大事な会議のさなかに、あなたはここにいてもいいのか、補佐官」

セナは自分で葉を煎じて茶を淹れ、ガトーの前に差し出した。ガトーはかちこちに緊張して、茶を両手で戴くような仕草をした。

「私は参加できる身分ではありませんから」

「神山について一番よく知っているのに？　レスキアも無駄なことをする」

「時間稼ぎなんですよ。各国の情報を、我々はあまりにも知らなすぎる。無知なままお妃様と殿下を神山に向かわせるわけにいきませんから」

ガトーはちらりと同じ卓にいるイザクに顔を向けたが、イザクは変わらず無表情だった。そのイザクにも、セナは茶を運んだ。

「イザクは各国と神山の思惑などに関与していないのではないか。神山からの使者は、彼に会いたいと希望しないんだろう？」

「ええ。任務が違う、と接触しようとすらしませんね。本当に徹底している」

目の前に茶を運ばれても、イザクはまるで反応しなかった。セナは茶器をイザクの顔の前まで持ち上げてみせた。それでようやくイザクは、面前に広がる温かい湯気に反応するように、セナの方へ顔を動かした。

「どうぞ」

それでもイザクは答えなかった。何も映っていない瞳を向けてくるのみだ。

「飲んでいい」

言われて始めてイザクは茶器を手に取った。

一体どういう教育を施せば、こういう人間を作り上げられるのか。

セナの考えが及ばぬほど、非人間的な世界であることは間違いなかった。

自分は今、こんな世界に向かおうとしている。

「妃殿下」

ガトーの呼びかけにセナは眉をひそめた。

「名前でいい。私にとっては、白々しく聞こえて不快でしかない」

「では失礼してセナ様、外に出ていた私からみれば、この混乱は自業自得としか思えません。ですが今、あなた様にとっても、レスキアや私を頼ることが得策のはず。お怒りはごもっともですが、私を使ってください」

セナはガトーの前に腰掛けた。

「息子を含めて神山に呼ばれているのは四人。婚配者は四人全て選ばれるのか？」

「記述では竜王の婚配者は一人しかおりません」

「四人の中から選別されるのか？　その方法は？」

「わかりません」

「婚配者は一人と言いながら、四人全てと閨を持つ可能性もあるかもしれないな？　孕んだ惹香嚢体を婚配者とするかもしれないわけだ」

無言のガトーをセナは見据えた。

「そもそも竜王とは、どんな様態をしているのだ」

「セナ様！」

「ここだけだ。神山に向かえばこんな言葉、口にすることも許されぬのはわかっている」

ガトーは顔を歪めて俯いた。

「しかし私にそんなことがわかるはずもありません。竜王の傍で仕えられるのは上位神官でもまた一握り。噂すら聞こえてきません」

現時点では全て不明ということだ。セナはため息をついた。


傍らで深い眠りについた息子の頬を撫でながら、セナは冴え冴えとする意識を持て余していた。

王宮に来て二日目、レスキア側はまだ神山側と話し合っている最中らしく、セナはただ待つしかない状況に苛立った。

考えれば考えるほど、これからの未来が、不吉なことしか思い浮かばない。

空には、夏流月が珍しく輝いていた。細い月は、いつもはほとんど光を届けてこないというのに、光は闇と溶け合い、部屋の中は真っ青に染められていた。

ふと、隣の部屋で物音が響いた。セナは寝台から身体を起こし、扉へ近づいた。

「フオル?」

隣には、フオルと護衛官のイザクが横になっているはずだった。フオルはどこにいようとも、必ずセナの寝室の隣で眠る。今回も侍従用の控えの部屋になど入らなかった。当然のようにセナとアスランの寝室に繋がる支度部屋に寝椅子を運び、さっさと自分の寝台にしてしまった。

イザクに至っては、寝室の扉近くの椅子に座っているだけで、眠っているのかどうかすらわからない。

「イザク」

扉をわずかに開くと、部屋の中から灯りが漏れてきた。そっと外に声をかける。

「そこをどけと言っている。貴様、目の前の人間が誰なのかわかっているのか」

その声に、セナは仰天して扉を押した。

「陛下!?」

肌も、髪も、青に染まったレスキア皇帝がそこに立っていた。

だがセナが皇帝の姿を見たのは、ほんの一瞬だった。

すぐにイザクの背中で遮られる。

「レスキア皇帝だろうが、私に命じられる立場にない。私を動かせるのは神山のみである」

おそらく顔は、人形のようになんの感情も浮かんではいまい。

声も、淡々としたそれである。

だが、セナは、恐怖で身体が凍り付いたように動けなくなった。

イザクは、まぎれもなく、殺気を放っていたのである。信じられない。

その凄まじいほどの〝気〟は、少し武術を学んだ者なら、身動きできなくなるほど恐ろしいものだった。

これほどのものを、レスキア皇帝にそのまま向けるとは。

いくら神山の命令しか聞かないように訓練された兵士とはいえ、こんなことができるとは。

そしてセナは、もっと恐怖を感じた。

これほど激しいイザクの〝気〟に、対抗するように皇帝から威厳と怒りに満ちた〝気〟が放たれたからである。

イザクに遮られてセナからは皇帝の姿は見えなかったが、その圧倒的な支配者の〝気〟は、部屋の空間を軋《きし》ませるようだった。

とてつもない気迫のぶつかり合いに、セナは転がるように二人の間に入った。

「陛下!」

フオルが窓にぺったりと身体を押しつけているのが見えた。あの気丈なフオルが身体を強ばらせ身動きできなくなるほど、空気は張り詰めていた。

間に入っても、皇帝はイザクを睨み据えていた。セナは皇帝に近づきながら、イザクに言った。

「イザク、レスキア皇帝です。お会いします。下がって」

イザクは案の定、無表情のままだった。だが警戒は解いていない。セナは必死で訴えた。

「イザク、私はお前に命じられる立場にあるはずだな?」

「はい」

「なら下がれ! 私は大丈夫だ」

それでようやくイザクは殺気を解いた。

まるで動物である。いや、おそらく動物と同じなのだろう。セナは脱力しそうになった。

「イザク、お前、獣人……」

言葉は最後まで続かなかった。皇帝に腕を取られ、そのまま引きずられるように部屋の外へ出される。

「セナ様!」

フオルが叫ぶが、イザクは「下がれ」と言われたためか、もう反応しなかった。

「いい、フオル、アスランを見ていてくれ!」

廊下には、衛兵と一緒に男が一人待っていた。官衣から、第一書記官だとセナにもすぐにわかった。かつてのジグルトと同じ格好である。書記官は、困惑したように目を泳がせていた。

「へ……陛下」

「下がっていろ。この部屋では話にならん。俺の寝所に連れて行く」

手を握られ、早足で進む皇帝の背中にセナは続いた。

何か、重大な事が決定したのだろうか?

セナらの部屋は皇帝の宮の離れにある。そちらは日中でもほとんど人の出入りがなく静かだが、皇帝が居住する棟はまだ灯りが全く落とされていなかった。

皇帝の周囲に常に侍る書記官、補佐官らが、皇帝と寝着姿で手を引かれるセナに仰天したように立ち上がり、出迎える。

皇帝の宮居は政務の中心である。皇帝の私室などあってなきがごとし、奥へ進むにつれて、徹夜で話し合いを行っている重臣らと顔を合わせる羽目になった。

「陛下……」

書類だらけの部屋で、ジグルトが茫然と呟くのをセナは目にした。宰相のダリオンは、ちらりと視線だけを向けてきた。

「今宵はもういい。明日報告を聞く。それまでちゃんとまとめておけ」

「は」

短く答えたのはダリオンだけだった。重役らが集まっていた部屋を抜けると、侍従ら数人が飛んできたが皇帝は無視した。そのまま、さらに奥へと進む。

侍従らが追いつく前に、皇帝は自分で扉を開き、そして最後の扉の向こうへセナを入れると、自分で扉を閉めた。

そこには、寝台しか置かれていなかった。

辿り着くまでにいろいろな部屋を通ったにもかかわらず、この部屋は意外にも小さかった。

寝台以外のものが、ほぼ何も置かれていない。寝台の脇に小さな卓があり、そこに置かれた燭台の灯が小さく揺れていた。

そこでセナはふと、思い当たった。

そうか、夜のほとんどを後宮で過ごす皇帝にとって、この部屋はたまの独り寝でしか利用しない部屋なのだ。大きさなど、関係ないのかもしれない。

「ここに誰か通したことはありますか?」

振り返って尋ねると、皇帝は一瞬虚を突かれた顔をしたが、口元をほころばせた。

「ないな」

セナはその表情に驚いた。

ほんの少しだったが、笑った顔を見たのは初めてだったからである。

笑った顔どころか、言葉を交わしたのも三年ぶりだったと思い直した。

（……別にそれまでも会話らしいものなんてしたことがなかったけれど）

皇帝に腕を取られ、寝台の傍まで連れて行かれる。そのまま皇帝は寝台に腰を下ろした。腕を引かれて、セナは初めて抵抗した。

「陛下？」

一歩、身体を下がらせると、皇帝はまっすぐに見つめてきた。

その瞳に怯みながらも、セナは訊いた。

「何か……？」

「お前を……」

「？」

「お前を、抱こうとしている」

セナは茫然としてしまった。

何のために？

妃の称号を与えたのだから、念のためにもう一度閨を持ったほうがいいと言われたのだろうか。

今から神山へ向かおうとしているのだから、このような行為は不要だろうに。

「無理にこんなまねはなさらずとも……陛下の妃であることを、違うまねはいたしません。レスキアに守られて、息子と神山へ入るのですから」

そのままもう一歩、身体を下がらせようとしたが、先に皇帝の手が手首を摑んできた。引き寄せられる力に、足に力をこめて抵抗する。

「陛下、無理です。できません」

「いいから来い」

「陛下、もう私には惹香がないんです」

ふと、引っ張る手が止まった。

「息子を産んでから、いえ、身ごもってからずっと、発情がないんです。あれから私は一度も抑制薬を飲んでおりません。惹香の匂いは、息子が宿ってから放たれておりません」

皇帝の瞳の中に、自分が映るのをセナは見つめた。

抑制薬を飲んでいるかどうかなど、この人は考えたこともなかっただろう。

「もう私の、惹香の力は失われたと思っています。子を一人でも産めばそうなるのかわかりませんが……。とにかく、今の私は普通の男と何ら変わりない。陛下のお相手を務められる身体ではありません」

「だから？」

「え？」

「神隠月のお前の身体とて、男でしかなかった。惹香の匂いがあったわけではない」

神隠月。アスランを身ごもった、あの夜。

「いえ……でもあの時は……」

四年も前のことだというのに、身体の奥が記憶を呼び起こす。

失ったはずの惹香嚢の存在に、セナは思わず身体をよじらせた。

腰に手が絡み、身体が浮いたかと思うと、寝台に押し倒された。

「陛下……！」

反射的に逃げようとしたが、皇帝の身体はすぐにのしかかってきた。久々に感じる男の身体の圧に、セナは顔をそむけた。

「陛下、お止めください。無理です。できません」

言葉で繰り返していれば、鼻白んで行為を止めてくれるかもしれない。セナは首筋に触れてきた皇帝の息を、身をよじらせて避けた。

「……何が望みだ」

耳元で、皇帝が低く呟く。

「お前の望みを言ってみろ。叶えてやろう」

——望み。

セナは、背けていた顔を皇帝に戻した。

皇帝の顔には、怒りも、苛立ちも、何も浮かんでいなかった。

以前閨でネバルについて口にした時は顔をしかめていたというのに、今は真剣に、何を望んでいるのか知ろうとするように、まっすぐに見つめてくる。

今にしてようやく、願いを聞いてやろうと言うのか。

それだけ、この人にとって、自分は利用価値が上がったということなのだろうか。

竜王の婚配者の母となった身は。

ジグルトから、ネバルがレスキアから離反しバルミラに従属したと聞き、セナは何度か王宮へ手紙を出した。

皇帝宛てに文をしたためたが、離宮の管理を任されているのはジグルトなので、手紙など皇帝に届く前に破り捨てられていたかもしれない。それでも懇願せずにいられなかったのだ。

「……ネバルへの侵攻をすぐに止めてください」

セナは皇帝の目に、挑むように告げた。

「二年前に、ジグルトからネバルへ兵を向けたと聞きました。私は何度も陛下に嘆願書を出しています。どうせご覧になったこともないでしょう。それとも一瞥《いちべつ》して中身も読まずに捨てられましたか」

皇帝はまっすぐな視線を改めなかった。無言のまま、セナの言葉の続きを待つ。

「もう既にネバルを、焦土にしましたか?」

「……いいや。中央は降伏していない。金山の一部は手に入れたので、向こうの出方を待っている」

「どうなさるおつもりですか」

「どうもしない。あの国はもう自滅する。金山さえ手に入れればもう用はない。我が国は一年前からネバルへの侵攻など止めている。もともとあの国は、お前が考えている以上に複雑だ。読んでいたとおり、すぐに内乱状態となった。バルミラに土地を喰われ、民は追われ、飢餓の中で滅び、辺境民族らの奴隷となろうな」

「陛下……！」

「お前の兄は、少しも人の言うことを聞かないどころか、バルミラに耳を塞がれている。民の懇願もこちらの譲歩も届かない。お前を妃にし、アスランを皇子にすると言ったところで何も響かん」

「もうそれはいいです。いいですから、ネバルを助けてください！　お願いします。兄は、兄が無理だというなら、甥と姪だけでも助けてください！　諸侯を従わせるには、甥と姪の血統が必要なんです。お願いします！」

不敬を忘れ、セナは皇帝の腕にしがみついた。

王都は。王宮は。ジドたちは。何度も想像した、戦火の中を逃げまどう人々の姿が頭に浮かぶ。

「……助けてください」

セナは震えを抑える事ができなかった。皇帝の腕にしがみついたまま、うなだれる。

皇帝の声が、静かに降ってきた。

「……竜王の婚配者の件で、世界の動きはまた、変わる。……ネバルの王子王女はアスランの従兄弟だ。我が国も悪いようにはしない」

「ほ……本当に？」

顔を上げると、唇を塞がれた。皇帝の薄い唇が、軽く唇をついばんでくる。

「本当だ」

世界の動き――。

アスランのことだけを考えようとしていたというのに、母国に思いを馳《は》せてまたしても心が乱されるのをセナは感じた。

背中から尻に移動する皇帝の手から、身をよじらせる。

とても、そんな気分になれない。


「もう他に望みはないか」

耳朶を噛む皇帝の唇が動く。望みを口にしたところで、今すぐ何かが変わってくれるものでもない。

ネバル国内で、無念の中で死んだ父王を想った。

可愛がられていたわけではない。

むしろ疎まれていた。

だがそれでも、父は一縷《いちる》の望みを自分に託してくれたのだ。

それだけが、誇りだった。愛されずとも、確かなものはあったのだ。

まぎれもなく父王にとって、自分は子であると。

「……アスランを、子と、認めてください……」

今、国の命運を背負って、アスランは神山へ向かおうとしている。

今更持ち上げてきた連中にかしずかれて。

それはそれでいいと思う。こうなった以上、レスキアの庇護が確かなものである方が、この先身の保証はされるだろう。

だが、それなら。

「……子として愛してほしいとまでは言いません。ですが、実子であると、心から思っていただきたいんです。見知らぬ他人ではありません。けっ、決して、不貞の子では……っ」

思いがけず、両目から流れるものに、セナは慌てた。皇帝は、わずかに身体を離し、見下ろしていた。無言のまま、視線を注いでくる。

その目に、セナは訴えるように続けた。

「お、皇子として神山に向かうのなら、父上を慕う心を持たせてやりたいんです。あ、あなた様が、疑いの心をお持ちなら、あの子に、父上だと教えるのはあまりに酷です。ど、どうか、どうか、陛下……」

なぜ涙が止まらないのか、セナにはわからなかった。たまらず皇帝に背を向け、寝具に顔を押しつけて嗚咽をこらえた。

皇帝の身体はしばらく動かなかったが、髪の中に吐息が吹き込まれた。

「……わかった」

熱い息が、首の後ろに移る。セナは寝具に涙をこすりつけながら、顔を振った。

「セナ」

名を呼ばれて、セナは一瞬嗚咽を止めた。

知っていたのか、という思いがよぎる。

「セナ」

首の後ろから背中に、皇帝の熱が移る。それを感じながら、セナは以前、フオルが皇帝から名を聞かれたと言っていたことを思い出していた。

神隠月での、一夜のあとだ。

あのまま、王宮で子を産んでいたら、今この人と自分は、どんな関係だっただろう。

何も、変わらなかっただろうか――。

少しは、情を持ってくれただろうか――。

「……セナ」

肌を這う手の質感が変わっていく。寝具に顔を押しつけて、嗚咽をおさめている間に、寝着を脱がされていたことにセナは気がついた。

闇夜に溶けるかのような流月のわずかな光で、青く染まっている自分の腕をセナは見つめた。寝返りをうち視線を上に向けると、素裸の自分の姿をじっと皇帝が見つめているのがわかった。

あの神隠月の夜から、四年が経った。あの時よりもはるかに男らしくなった身体だ。興ざめだと感じているのかもしれない。セナは上半身を上げ、皇帝の言葉を待った。

「……あまり、変わらんな」

ぽつりと皇帝が呟いたことに、セナは驚いた。

「子を産んだから、少しは変わったかと思った」

「先程申し上げました通り、もっと味気ない身体となりました」

嗚咽は消え、我ながらぶっきらぼうな声が出た。だが皇帝は不敬を咎めるどころか、口角をわずかに上げるように笑った。

ばさりと音を立てて、皇帝が勢いよく着ているものを脱ぎ始める。あらわになる男の身体に、セナは思わず腰を引いた。

「逃げるな。大丈夫だ」

引き寄せられた力は、容赦ないほどに強かった。しっかりと腕の中に抱え込まれ、唇を塞がれた時、セナの鼻腔に、甘く、芳しい匂いが入ってきた。

一瞬、惹香かと思ったが、すぐに違うと悟った。卓上には燭台しかなかったはずである。香油を、どこに隠していたのだろう。

皇帝の手で温められ、香油の匂いで包まれる中、セナは、惹香の匂いがどんなものだったか、思い出せずにいた。

Ⅲ　出立

「神山の神官・セイジュと申します。私は神山より、アスラン殿下の担当に命じられました。これから長きにわたり、おつきあいさせていただきます。お見知りおきください」

セナとアスランがレスキア王宮に入って三日目、皇帝の宮、諸外国との謁見の間にてセナはようやく神山から来た使者と面談した。

セナはアスランを抱きかかえ、皇帝の左隣の椅子に座らせられた。

本来皇帝しか鎮座しない場所なのだろう。謁見者が立つ場所よりもわずかに高い位置にあり、皇帝は謁見する者と真正面の位置に座るが、セナは皇帝の斜め前に椅子を用意された。

皇帝の右側には宰相・ダリオンを始めとする家臣らがずらりと立ち並んでいた。ダリオンの隣にはジグルトが立っている。

皇帝の左側、セナに一番近いところに立っているのはフオルだった。どういう配列でこうしたのかわからないが、その隣にガトーがいる。

イザクの姿はなかった。セナとアスランの護衛官は神山から任命された役職のため、レスキア側として整列するのを許されなかったのはわかるが、神山からの使者としても同席を許されなかったのだろうか。

セナからは見えなかったが、おそらく部屋の隅にいるのだろうと思われた。

右と左が向かい合って見つめてくる中、セイジュは堂々と部屋の中央まで歩き、優雅に頭を下げて敬礼の挨拶をした。

レスキアに対する使者という立場だけではなかったのか。セナはアスランを膝に抱きながら、目の前で膝をつく男をまじまじと見つめた。

神山とは、美しい男しかいないのだろうか。イザクも恐ろしいほど整った顔をしているが、この男もかなりの美男である。珍しいことに眼鏡をかけているが、美しさが少しも損なわれていない。

目が合うと、セイジュはニコリと花が綻ぶような笑みを送ってきた。

だが、それは表向きの笑顔らしい。同席しているガトーやジグルトはもちろん、宰相のダリオンまで険しい顔でセイジュを見ている。どうやら、出立に関して散々やりあった様子だった。

同様にレスキア皇帝も笑み一つ浮かべていなかった。だがこれは、皇帝のいつもの表情である。

セナは、セイジュに訊きたいことは山ほどあったが、自分の立場から声をかけていいものか迷った。

「アスラン殿下は、皇帝陛下に似てらっしゃいますね」

セイジュの方から親しげな言葉をかけてきた。

「神隠月に離宮にてお一人でご出産なされたと聞きました。さぞ、ご苦労なさったことでしょう。アスラン殿下の御身は今後、神山が保証いたします。母君様も、何不自由なくお過ごしになることをお約束いたします」

「セイジュ殿」

「セイジュでいいですよ」

「婚配者は息子の他に三人いると聞きました。全て私のように、母親が付き添うのですか？」

「さあー。他の婚配者のことはわかりません」

セナは思わず帝国の家臣たちに目を向けた。全員、冷め切った目でセイジュを見ている。神山の秘密主義に、うんざりした様子だった。

「母親が付き添えるのはなぜでしょうか？」

「さあ。なぜなんでしょうね」

またしらばっくれているのかと思いきや、セイジュは本当にわからないようだった。

「母系を尊重するのも理由の一つですけどね。あと、母上は必ず惹香嚢体でしょう。惹香嚢のことは、我々は詳しくありませんからね。神官一族からは、惹香嚢体は生まれないんですよ」

「獣人が生まれるのに惹香嚢体が生まれないわけないじゃありませんか」

セナは声の方向に驚いた。フオルがしまったというように首をすくめる。

この頃フオルはガトーやジグルトに対しても平気で同

等、もしくはそれ以上の口の利き方をするので、つい同じように軽口を叩いてしまったようだ。

「どういう意味だ?」

訊いたのはレスキア皇帝だった。

言葉だけでなく、視線までフオルに向けている。誤魔化すことは不可能だった。フオルは上目遣いのまま、答え始めた。

「かつて獣人の数と惹香嚢体の数は同数と言われていたんです。純血種の人間と獣人の夫婦では、獣人の方が生まれにくい。だから獣人の数が減ったんです。しかし惹香嚢体は獣人の子を産むんです。獣人か、もしくは同じ惹香嚢体か、です。獣人と惹香嚢体は、種族として番の関係だったんです」

フオルの話に、皇帝はわずかに頷きを返した。

次にジグルトがフオルに質問を投げかける。

「しかし今は、明らかに獣人の数の方が多い。獣人が多いネバルのような辺境でも惹香嚢持ちは少ないではないか?」

「それは獣人の自業自得なんですよ。己の種を確実に残してくれる惹香嚢体を、狩っていた時代があったのをご存じですか」

——惹香嚢狩り。

生命力を与えるという臓器を求めて、獣人が惹香嚢体を無差別に惨殺していた時代だ。今ではもう、遠い昔の話だが、獣人族にとっては、語られて気分のいい歴史ではない。

「惹香嚢体を産めるのは惹香嚢体だけですからね。数が少なくなれば滅んで当たり前です。しかし、いくらなんでも獣人族が残っているというのに、惹香嚢体が全くいない社会も不自然すぎる。神山では相当酷い惹香嚢狩りがあったんでしょうかね」

なるほど、これを神官《セイジュ》に訊きたかったのかとセナはフオルの意図を知った。

婚配者とは、惹香嚢という臓器だけを求められるのではないかというセナの不安を、表に出してくれたのだ。

「さあ?　そもそも我ら神山には、獣人すら滅多にいないからな」

セイジュは微笑みながらそう答えたが、フォルは礼儀を忘れた態度で言い放った。

「滅多にいない者にしては、かなり強そうですけどねえ、あの護衛官殿は。私の縁者は獣人が多いので、獣人の中でも珍しい種らしいことは、わかりますけどね」

それはセナも感じていた。

獣化を一度も見ていないが、確実にイザクは獣人だ。純血種の人間より、獣人族の方が戦闘力は数段上だ。百人の兵士が束になっても敵わないほど強いとなると、ただの人間では決してない。

そしてそれは、あの時皇帝と対峙した気迫からもわかった。

口には出せないが、皇帝の金獅子獣人族も、今ではほとんど絶えた種であろう。獅子そのものが、滅多に生まれないと聞いている。

百獣の王に気迫で負けない種とは、一体何なのだろう。

「戦闘能力でもっとも強いのは、狼族と言われていますけどね。まあ、あれは群れで行動する特性があるからか仲間意識も強い。神山を裏切らないわけだ」

宰相ダリオンの言葉は、わざとなのか無意識なのか、獣人を軽んじている口調だった。獣人、ではなくイザクを、なのかもしれないが、目の前に獣人族の皇帝がいるのに一向に気にしていない。皇帝も、ただの意見を聞いている様子しか見せなかった。

膝の上で大人しく本を広げていたアスランが飽きてきたのか、そわそわと身体を動かし始めた。息子を膝の上に抱え直しながら、セナは訊いた。

「私は、息子にずっと付き添えるんですね？　婚配者と決まった場合も、ずっと」

「はあ。それはご自由でしょうね」

「戻せ」

驚いて声のほうへ顔を向けると、皇帝が鋭い目で続けた。

「アスランが神山での生活に慣れ、無事婚配者に選ばれて、神官らに教育されることになったら、母親は戻せ」

「陛下！　そんな」

「セナはネバルからの妃だ。これからあの国を安定させるためにも、我が妃として必要だ。早い内に戻すようにせよ」

「陛下……！」

訴えようと腰を上げる前に、皇帝の視線が突き刺さった。厳しい目が文句を封じてくる。

セナは言葉を出せずに、身体を震わせた。

なんて、ひどい。

どこまでも、人の希望を奪うつもりか。

確かに、ネバルを守ってくれるように頼んだ。だが、今更自分の存在が、国に何を働きかけられるというのか。

皇帝の身体がするりと動き、この場から去る様子を見せたため、皆顔を伏せた。セナは唇を噛みしめながらも、同じようにするしかなかった。

「へーか、どこいくの？」

一人顔を伏せていなかったアスランが、無邪気な声を皇帝に投げかける。皇帝は振り返り、セナの方へ戻ってきた。そしてそのままアスランを抱きかかえる。

「『陛下』ではない。教えただろう」

「ととさま」

「そう。それでいい」

皇帝に抱かれたことを喜んで、アスランが振り返って笑う。セナが手を差し出しても、戻らずに皇帝にしがみついたまま、足をぶらぶらさせていた。

特別な者に抱かれていると、説明しなくともわかっているのだろうか。

こちら側にどんな考えや感情があるにせよ、父親との縁は大事にしなければならない。

皇帝は二・三アスランと言葉を交わすと、セナにアスランを戻し部屋を去っていった。

皇帝に続きダリオンと家臣たちが去ってから、その場にまだジグルトとガトーが残っているのも構わず、セナはセイジュに告げた。

「神山を去る時期は、私自身が決めます」

「セナ様」

ジグルトが顔をしかめるが、セナは無視した。

セイジュは肩をすくめ、軽く笑いを飛ばした。

「妃の称号もお与えにならず、離宮で放っておかれたとのお話でしたが、かなりご執心なご様子で？　政情がらみとはいえ、皇帝陛下もお気の毒ですな」

何を言っているのかわからず、セナは眉をひそめてジグルトを振り返った。しかしジグルトは顔を背けてしまった。

「明日にはやっと神山に発てます。千の兵が道中守ってくれるというなら心強い。これが、レスキア皇子の事実上のお輿入れとなりますな」

＊　・＊・　＊

瞼の裏にうっすらと光が滲んだ気がした。

夜の目覚めをセナは悟った。眠気をこらえ、身体を動かそうとする。

その時、腕を枕にしていたことに気づいた。腕が、後ろから抱きしめてくる。

「陛下……！」

さまよいだした手と舌に、セナは強い拒絶を示した。

「もう、もうお許しください。朝が参ります。アスランの所に戻らなければ。私が傍にいなければ寝起きが悪いのです」

身体をくねらせて逃れようとしたが、舌の愛撫が背中に移っただけだった。背筋の溝に舌が這い、回された手が胸を撫でる。

「……三歳にもなって、母親と添い寝とは。幸せな子だな、アスランは」

言われて、確かにその通りだとセナは思った。王族として生まれたら、乳母に育てられるのが普通である。

「それともネバルの風習か？」

「いえ……もっとも私は実母を早くに亡くしましたが……。だってあの子には、私とフオルしかいなかったんですから。当たり前でしょう」

「そうだな。お前が乳母をよこせと言ってこないから、どうしたのかと不思議だった」

セナは呆れてものが言えなかった。乳母どころか、名前さえなかなかよこさなかったのは皇帝なのに。

離宮でどんな生活をしているのか、興味さえなかったのか。

忘れていた恨みがもやもやと脳裏に広がり、セナは苛立ちのままに力強く皇帝の腕を解いた。だが、あっという間に腰に手が回り、引き寄せられる。

「嫌です！」

「それで乳はどうしたのだ。ここから出たのか？」

強い口調を全く気にせず、皇帝は乳首を摘まんできた。

セナは顔が赤くなるのを止められなかった。

「なっ……何を……」

「お前の授乳は見てみたかったたな」

「へ……陛下！」

最初は、閨で声を出すことも驚いていたというのに、この変わりようは何なのか。セナは、薄闇に浮かぶ皇帝のからかうような笑みに、ますます顔を赤くした。

二夜続けて皇帝は、アスランが寝入った後、自ら迎えに来て閨に誘った。

しきたりも無視して周りから何も言われないのかとセナは困惑したが、手を取って足早に寝室に向かうので、断ろうにも断れなかった。

今日は、盛大な見送りを受けてアスランと神山に向かう日だ。アスランが竜王の婚配者候補となったことは誰もが知っているので、その母親と最後の房事を行うことに対し、後宮も文句を言えないのだろうか。

後孔をさまよい始めた皇帝の手に、セナは頼むように告げた。

「もう、これ以上は……陛下は、精がお強すぎる」

「そうだな。俺も驚いている」

顔を傾けられ、口の中を舌がまさぐってきた。

ああ、もうこうなったら止められないと、セナは観念して身体の強ばりを解いた。

四つん這いになった格好で、柔らかくなった箇所に皇帝を迎え入れる。惹香嚢はもう、沈黙の臓器になったはずなのに、男の硬い欲望の塊が侵入してくるだけで、身体が快感を求めようと動き出すのはどういうことか。

「あぁ」

　赤月でもない、惹香嚢も反応しないというのに、こんなにも淫らに感じてしまうなど、淫売と思われても仕方がない。セナは情けなさと止められぬ快感に、声を漏らした。

「セナ」

　耳元で皇帝が囁いたかと思うと、首筋に軽く歯を立てられた。

　獣人の時の牙ではない。なのに、セナは動きを封じ込まれたように感じた。

「あっ、うっ」

　四肢から力が抜けていき、皇帝の男根が奥へ、奥へと入ってくる。

「もう、もう、駄目です、それ以上は」

　顎を引き寄せられ、皇帝の舌が口内をかき回してくる。陰茎を撫でられ、そこから溢れ出ていたものが香油と混ざり合い、つながった部分がぐちゅぐちゅと音を立てる。陰茎から睾丸を弄られ、セナは思わず腰を揺らした。

「あっ……あっ……あっ……」

　皇帝の手で上半身が支えられたかと思うと、そのまま膝の上に乗せられた。

　ずくずくと容赦なく奥まで挿入してくるものに、セナは思わず背筋をしならせる。

「ああっ！」

「もう一人、俺の子を産め」

　皇帝の手が腰を摑んで離さない。

　奥へ、奥へと響く律動が、惹香嚢の目覚めを促すかのようだった。

「ここでもう一度、子どもを育てるといい」

　一体何を言い出すのか。セナは視線だけを背後の皇帝に向けた。

「嫌です」

　アスランは、竜王の婚配者として神山に届ければ、もう用はないとでも言いたいのか。

　次は、ネバルに干渉するための口実となる子どもを産めと？

「私の産んだ子を王位継承者としてネバルに向かわせ

ても、ネバルの諸侯らは納得しません」

「……そんな話はしていない」

皇帝の手が、陰茎を擦り上げてくる。同時に激しく突き上げられて、セナは意識を保っていられなくなった。

「はっ、あぁ、んっ、あっ、あっ」

それと反対に、皇帝の声は冷静だった。耳朶を嬲りながら声を届けてくるというのに、息一つ乱さずに告げてくる。

「必ずお前はここに戻ってくるんだ。わかったな？」

嫌だ、と声にしたかどうか、セナにはわからなかった。声に出せたとしても、快感に抗う声か姿態としか、思われなかったかもしれない。


ようやく皇帝の寝室から解放された時、王宮内はまだ沈黙の中にあったが、石畳の模様もはっきりと見えるほど陽が間近に迫っていた。

夏の朝は早い。供の一人も連れずにウロウロと廊下を歩いているのを誰かに見られては適わない。セナは足早に離れに戻ろうとしたが、腰がひどく重く感じられ、足が機敏に動かなかった。

今日はこれから出立の儀があるというのに、こんな明け方まで睦み合うなど、人の身体を何だと思っているのか。

だるい足腰を引きずるように離れに向かう途中、セナは柱の陰に立つイザクの姿を見つけた。

イザクの向かい側には、セイジュが立っていた。セイジュはイザクに何やら語りかけていたが、イザクは聞いているのかいないのか、全く反応していなかった。相変わらずどこを見ているのかわからない目で、唇をぴたりと閉ざしたまま、震わせもしない。

これからについて何か話し合っているのだろうか。互いの任務には関わらない様子だったが、やはり情報は共有しているのだろう。

イザクの様子に変化はなかったが、セイジュの方も特に秘密を囁いているようには見えなかった。こんな明け方に語り合っているにしては、周囲を警戒することもなく熱心にイザクに声をかけている。

　やがてセイジュは軽くため息をつき、諦めたようにイザクから視線を外した。その拍子にこちらに気がついたが、動揺した様子は見せなかった。

「ああ、おはようございます。皇帝陛下のところから戻られたんですか？」

　セイジュはニコリと微笑みながら挨拶してきたが、イザクは視線すら向けなかった。おそらくは気配ですでに察していたのだろう。無言でセイジュの傍から離れ、部屋に入ろうとするセナにピタリと寄り添ってきた。

　セナはセイジュに返答もせず、部屋に戻った。フォルがすぐに起き、出迎えてくる。

「お疲れ様でした、セナ様。……ん？　イザクは外に出ていたんですか」

「神官殿に呼ばれたので」

　フォルの問いに、イザクは淡々と答えた。

「呼ばれた？　扉を叩く音はしなかったけど」

「笛が鳴ったので」

　その返答に、思わずセナはフォルと顔を見合わせた。

「笛？」

「ええ。獣人族でも、なかなか聞き取るのは難しいくらいの小さな音ですので、人間には聞こえません。我々護衛官を呼ぶ時に、神官殿が用います」

　犬扱いか、とフォルが嫌悪するように吐き捨てた。

　そんなフォルの様子に、イザクが珍しく反応した。無表情のままだったが、フォルがなぜ機嫌を損ねたのか不思議に思ったようだった。

「イザク、聞くが、私の命令とセイジュの笛と、どちらを優先するんだ？」

　投げかけられた質問に、イザクはすぐに返答した。

「神山です」

「では私が行くなと言っても、笛が鳴ったら行くということか？」

　イザクはわずかに視線をさまよわせた。

「……神山の命には……従わねばなりません。ですが今、私の主は妃殿下ですから……」

　イザクは頭を整理するように言葉を呟いた。その様子を見て、セナは確信した。

これが、洗脳だ。

命じられたら意思もなく従えと、すり込まれているだけだ。

「イザク。人はな、笛などで呼びつけられるものではないのだ。今後、私の傍に在る時には、笛の音には一切従うな。命じるならば声を出せとセイジュにも言っておけ」

イザクの視線が、まっすぐ向けられる。

セナは、その時初めて、イザクの目を見た気がした。

「……私は人ではありません。獣人です」

「人だ」

神山への嫌悪で、皇帝から受けた愛撫の余韻が、身体のだるさが、一瞬にして吹き飛ぶのをセナは感じた。

「いいか、イザク。さまざまな種はあれど、人は人だ。蔑まれる理由などない。疎まれる理由も、思考を、存在を歪められる理由もないのだ。お前は人間だ。そこだけは、断固として守れ」

これから赴く場所では、息子と自分の尊厳を守る戦いが起こるだろう。

明確となった予感に、セナは挑むように誓った。

神山や、皇帝が何を命じてこようと、息子の傍から離れるわけにはいかない。

絶対に、アスランの未来だけは、守ってみせる。

＊　・　＊　・　＊

「これやだあ。おもいよぅ。あついぃ」

夏場は、アスランを布一枚の服で過ごさせていた。人目を気にする必要がなかったこともあって、まるで農民の子どものような姿で育てていたのだから、アスランが華美な王族の格好を嫌がるのも当然である。

セナの方は、女の格好をさせられて憮然《ぶぜん》としていた。レスキア輿入れの際に女装をしていたが、なぜ神山に向かうのに女装をしなければならないのかわからない。

「だって、母上なのですから。当然でしょう」

ガトーの言葉を思わずセナは睨みつけた。

「付き添う親は皆、惹香嚢体なのだろう。惹香嚢体に男も女もない。だいたい、なんで息子まで女の子の格好をさせるんだ」

「婚配者ですから……」

「ばかばかしい！　だったら男の惹香嚢体を選ばなきゃいい」

「選んだのは神山ですよ」

「だから格好をこんなものにさせなくていいと言ってるんだ！」

ジグルトは、決まったことだからと取り合ってくれない。

輿が用意されている、皇帝の宮に続く回廊までアスランを抱きながら歩く。正装した皇帝が輿の前に立っているのを見て、セナは仰天した。

「陛下……」

普段は華美な衣装を好まないのか、簡素な衣装が多い皇帝だが、この時は金や銀の刺繍がほどこされた豪奢な衣装を重ねていた。胸元には、即位の際に竜王から賜った、皇帝の証したる首飾りが輝いている。

最後に、顔を合わせることができて良かったかもしれない。アスランは、先程からずっと抱かれているためか、身体が温かくなっていた。寝に入っているのである。皇帝の姿を目にしても、セナの胸に頬を当てたまま、顔を上げようとしない。

「アスラン、ほら、お父上様にお別れを言って」

促されて、わかっているのかいないのか、アスランが口を小さく動かす。

「さよなら、ととさま」

皇帝の瞳が静かに微笑み、アスランの髪に顔が落ちる。息子と、その父の、同じような黄金の髪が柔らかく重なる。わけもなく胸がかきむしられるのを感じ、セナは俯いた。

フオルに背を押され、息子を抱いたまま輿に乗る。腰を下ろした直後に陛下、と外から声が聞こえたかと思うと、輿の中に皇帝の身体が半分入ってくるのが見えた。その行為に驚く間もなく、顎に手がかけられ、接吻が落ちてくる。

「婚配者の件で、近く四王は神山に呼ばれるだろう。

すぐに俺も神山に行く。待っていろ」

素早く耳打ちすると、皇帝は身体を滑らせるようにして輿を下りた。

茫然とするセナの耳に、息子の小さい呟きが届く。

「チュウしたね」

セナは顔を上げてしまったアスランを、自分の胸に押しつけた。

輿が揺れ出してすぐアスランの寝息が聞こえ始め、セナはほっと一息ついた。

息子を膝の上に寝かせながら、セナは先程の皇帝の言葉を思い返していた。

東西南北、各国の王が、婚配者の件で神山に集う。

今現在、ネバルが従属している南のバルミラ国王は、ネバル王子の自分が産んだ婚配者について、何と言ってくるのだろう。

レスキア皇帝は、ネバルを守ってくれるのだろうか。

生きるのです——というフオルの声を、セナは頭の中で繰り返した。

そうだ。何としても、息子を守るのだ。

そこだけを見据えていかなければ。これから先、どんな剣や、矢が降ってきたとしても。

セナは、神山へ向かう旅路が始まったのを知った。

＊ ・＊・ ＊

神山との国境にある王領テフールに一行が辿り着いた時、セイジュは「遅すぎる」と独り言のように呟いた。

レスキア首都ギドゥオンから神山までは、最も整っている街道を通ると、馬だと最短五日で行くことができる。しかし今回アスランとセナは輿に乗っているので、馬だけの移動より時間がかかって当然だった。

だが、出発して今日で五日目、予想以上に時間がかかっていた。多くの兵が一度に移動する大所帯だと、どうしても進みが遅くなる。

「だから、これほどの人数でなくとも良いと進言したんですけどね……」

輿が下ろされ、周囲に幕が張られてから、セイジュは輿に近づいてきてセナにこぼした。

面白くなさそうなセイジュの横顔を見て、セナは怪訝に思った。なぜこんなに進みが遅いことを気にするのだろうか。

昼寝から起きたアスランがいつものお菓子と水分を欲したため、輿を下ろしてもらうことにしたのだが、それについて文句を言っているのだろうか。兵士千人の歩みを止めるとなると、それだけで時間がかかる。

セナは水と菓子をぽいと輿に入れてくれればそれでよかったのだが、その用意ができるフオルは馬術に不慣れで、手綱を引きながらそんな器用なことはできない。

セナが輿から顔を出すことは、セイジュが断固として許さなかった。こうして幕の中に入ることができるのは、神山から来たセイジュと護衛官のイザク以外では、フオル、ジグルト、ガトーだけである。セイジュは自分と一緒に派遣されてきた神官すら、セナとアスランに近づけさせなかった。

軍隊が皇帝直属の近衛騎士団であることに、改めてセナは皇帝の心遣いを思った。本来近衛が国の外にまで出ることはあるまい。皇帝同然の扱いをしているという意思表示だろう。

しかし、セイジュは隊列に不満なようだった。同様にイザクも、いつもと変わらぬ表情ながら、外を意識しているようだ。

「……休んでいる間、少し風下を探っても?」

セナの傍に立っているイザクが、ぽつりと呟くように言った。顔も向けていないので、それがセイジュに発せられたものだとセナは一瞬気づかなかった。

「駄目だ。お前はあくまで妃殿下とアスラン殿下の傍にいろ。今、部下に周囲を探らせにやった」

護衛官がこうした話し方をするのに慣れているのか、少し離れた所に立っていたセイジュは、難なく声を拾った。

「近衛など、目立つだけでどこまで役に立ってくれるかというところだが、国境を出るまではレスキアに従わざるをえない」

「……国境を出るまで、何事も起こらないと良いのですが」

「まさか賊も、天下のレスキア領土内で無謀なことはしないと信じたいが。行程に時間がかかればかかるほど、それだけ敵をおびき寄せる時間を与えてしまっているということだからな」

「敵？」

セナは思わず二人の会話に割り込んだ。セイジュが視線を向けてくる。

「なぜ神山がイザクを護衛官としてあなたのもとへ向かわせたのか、もう少しお考えになられたほうがいい」

セイジュはそこで、セナの傍らに立つイザクに目をやった。

「闇人は、受けた命を必ず遂行する。何の思考もせず、疑問も持たずに、人を殺せと言われたら殺します。足音も立てずに、あなたの後ろから首を掻き切るでしょう。そういう連中が、このレスキア以外の三国にも同じように派遣されているのは、婚配者候補が各国の王以上に世界にとって大切で、それゆえに狙われやすい存在だからです」

セナは首に冷たいものが当てられた気がして、思わず手を首の後ろにやった。

それを見てセイジュが微笑む。

「ご安心を。そのイザクは闇人の中でも特に能力が高い者です。何者が襲ってきたって、あなたと殿下を守りますよ。ですが、どの国も帝国を出し抜こうと考えていてもおかしくない。小国も然り」

セイジュはそこで後方に視線を投げた。

「追い詰められたネズミほど、ばかにできないものはない」

彼ら、世界の中心を動かしている者たちは、一体何を知り、何を考えているのだろう。

そのまっただ中に飛び込むのだと、セナは改めて身を引き締めた。


神山は、竜王が誕生したと言われる巨大な湖に囲まれており、東西南北四大王国の真ん中に在る。

竜人族が湖の底より拾い上げた青い宝玉が、竜王の卵だったと言われている。

卵から生まれた竜は、湖と、その背後にある岩山を住み処とした。

やがて竜人族がその岩山に住み、竜を神と崇め、竜王と呼び始めた。

竜王は土地を割き、湖から川を作った。

やがて人々は、川の傍で土地を耕し、種を植え、収穫する生活を始めた。

人々は神を大事に慈しんだ。竜王は天候を自在に操る事ができ、神の機嫌を損ねれば、川は氾濫し、作物を流される。もしくは、川は干上がり、作物のできない土地となる。

四大国はそれぞれ、その恩恵を受けて発展した。

今でも四大国が主要道に用いるのは、その川に沿って作られた街道である。


「辺境まで豊かだな、レスキアという国は」


レスキアを発って五日目の夜。神山からレスキア帝国に流れる大河・サヴァリン川向かいに灯され始めた光を見つめ、セナは呟いた。

すぐ近くに、宿場町が見える。水面に映った灯りの煌めきだけで、賑やかさが伝わってくるようだった。

セイジュは街に寄ることを許さなかった。あくまで宿泊は野営である。賊を警戒してのことだった。

セナがネバルからレスキアに輿入れした時にも宿場町になど一度も寄らなかった。宿場町には繁華街も備わっており、こうした場所には間者らが出入りしやすいからである。

セナは野営に別に不満はなかったが、王宮から離れることがほとんどない近衛騎士団は、野営にいちいち戸惑った。もっとも、テントを張るのは各隊長ぐらいで、あとは全員寝袋のみである。

セナとアスランが休む場所には、最も大きなテントが張られた。姿が兵士らに見えないように、まず四方が大きな布で囲まれる。そこに大きく天幕を吊るようにして巨大なテントが張られ、垂れ幕で中が区切られた。

セナ、アスラン、フオルが休む空間には絨毯が二枚も敷かれ、アスランとセナ用に簡易の寝台まで用意されるが、フオルは寝具があるとはいえ床である。イザクにいたっては垂れ幕の外で胡坐をかいて眠るぐらいだった。

巨大なテントの中に簡易の机を置き、セイジュ、ジグルト、ガトーが地図を広げて対話していた。彼らにはセナと同じように簡易の寝台が用意されているが、三人の部屋は垂れ幕で区切られてはいなかった。寝台の上も荷物がおかれ、適当に横になっているのがうかがえた。

セナは、ジグルトやガトーが床で寝ることに抵抗を示していないことが不思議だった。

ガトーはたたき上げの補佐官で大学にすら行っていないと小耳に挟んだが、ジグルトは学都出身である。そうでなければ、第一書記官、まして神山外交官代行になどなれまい。良家の子息だと思っていたが、軍にでも入って鍛えられた経験があるのだろうか。

そして最も不思議なのはセイジュで、この男も神山の中位神官ならば雑魚寝など絶対にしないと思われたが、気にしていない様子だった。

もう夜も更けているというのに、ああだこうだと地図を前にして文句を言い合っているように見える三人から視線をそらし、セナはアスランとフオルが眠っているところへ戻ろうとした。

ふと、セナは息子らが眠っている場所の入り口に立っているはずのイザクがいないことに気がついた。

外に出たのだろうか。

セイジュから天幕の外に出て人に姿を見られることがあってはいけないと強く言われていたが、セナは出入り口の垂れ幕をそっとつまんで外をのぞいた。夜間なので、姿は見られまい。

輿の中やテントなどにこもり外の空気もわからなかったが、生温かい空気にセナは夏の訪れが近いことを感じた。

セナは入り口の横に目をやり、そこにイザクが立っているのを見つけた。

「イザク？　どうした」

いつになく気が張りつめた様子に、思わずセナは声をかけた。

「嫌な空気が流れています」

イザクは夜の雲に目を向けた。

「獣人の……臭いがする」

セナは表情が読めないイザクの顔を見つめた。

「近衛兵の中に、獣人族がいないとは限らないが……」

「レスキア軍ではありません。レスキアに入ってから、この臭いは嗅いだことがなかった」

そういえばイザクはずっと臭いを気にしていたと、セナは思い出した。

こちらは風上である。

遠くから漂う臭いはこちらに辿り着く前に、千人の近衛兵にさえぎられてしまう。風下ならば容易にとらえられただろうに、風上にいるがゆえにイザクはなかなか判別できなかったのだろう。

判別できるようになったのは、相手が距離を近づけてきたからだ。

周囲を探りに出たセイジュの部下は、戻ってきたのだろうか。

レスキア軍にはいない、獣人の臭い。国によって獣人の種族は変わる。

他国の者だとしたら、どこの国の者か。

「イザク、その臭いは、種族に思い当たることはあるか」

「狼族ではない。おそらく、豹です」

「――豹……」

「北の雪豹族とは臭いが違う。南です」

南。

南の豹族。

イザクの瞳が鋭く闇夜に向けられ、断定するように言った。

「黒豹獣人族」

その姿は、黒髪に緑色の瞳。

ネバル民で最も多いとされる、獣人族だ。

追い詰められたネズミほど、ばかにできないものはない――先ほどきいたセイジュの言葉が頭の中で響く。

「イザク、すぐにセイジュとジグルトに伝えに行け！」

叫ぶやいなや、セナは天幕を払い、中に飛びこんだ。

「フオル！」

フオルは眠るアスランの隣で横になっていた。身体をびくりと震わせ慌てて起き上がる。

「すみません、セナ様。つい寝入ってしまって」

「フオル、賊が近づいている」

セナの言葉に、フオルの顔がさっと青ざめる。

「イザクの嗅覚では、南の豹族だと」

「バルミラ国の黄金豹ですか、それともネバルの黒豹ですか⁉」

「黒豹、だということだ」

南の大国・バルミラ国で最も多い獣人族は黄金豹である。南で豹族は、バルミラとネバルにしかいない。

その時、ばさりと垂れ幕が荒々しく開き、ジグルトが顔を出した。

「セナ様、ここからお出にならないように」

セナがフオルを振り返ると、フオルはすぐさま寝ているアスランに服を着せ始めた。眠りが深いアスランは、身体を揺らされても口をぱっかり開けて眠ったままだった。

「ジグルト、賊の確認は」

ジグルトに視線を戻すと、もうジグルトはそこにいなかった。

ジグルトを追ってセナは天幕の出入り口まで走った。近衛騎士団の隊長・ダンが、すでにそこにいた。セナを見て驚いたように跪く。

セイジュ、ジグルト、ガトーが出入り口に立っていたが、イザクの姿はなかった。天幕の外で、レスキア兵士らが慌てて臨戦態勢を取る気配が伝わってくる。

「私の部下は戻ってこない。おそらく、殺られましたな」

腰に吊っている剣の位置をわずかに下げながら、セイジュが言った。ため息交じりで言葉を続ける。

「相手が何人かわからぬが、夜目が利く獣人族に、見目麗しい近衛騎士団員が敵うわけがない……。確認したところ、近衛騎士団で完全な獣人族はこの隊長一人らしいですぞ」

ただの人間が獣人族に戦闘能力で敵うわけがない。千人とはいえ、近衛兵がどこまで戦えるか。

そんなことを言いたげなセイジュに、ジグルトが苛立ったような視線を向ける。

「私の部下にも何人か獣人族はおりますが、人間の血が強いので……」

跪くダンが実直に答える。

「夜目が利くだけマシだ。ダン、すぐに隊員を呼べ」

ジグルトの指示に、ダンは身を翻した。

入れ替わりにイザクが走って戻ってくるのが見えた。姿が見えたと思ったら、あっという間にセイジュの前に立つ。

「どうだった?」

セイジュの問いに、イザクは後方をうかがうようにしながら短く答えた。

「人数はおよそ百。ほぼ全員手練れ、賊というより兵士です。ここに辿り着くまであと五分弱」

おそらく臭いだけでここまでわかるイザクにセナは驚いた。

「百か。それなら、なんとか食い止められますよね」

ガトーの呟きを、イザクはあっさり否定した。

「昼間ならともかく、獣人の夜の襲撃に人間は何もできません」

ガトーは絶句したが、ジグルトは覚悟を決めたように告げた。

「たとえ何人だろうと、ここで食い止めなければならない。全軍に、アスラン殿下の御身だけは守れと伝えねば」

そしてジグルトはセナの方へ視線を向けた。

「黒豹獣人族だったら、ネバル国の者かもしれません。セナ様、あなたをお渡しするわけにはいきません。あちら側が何を言ってきても、流されませんように」

釘を刺してくるのは当然だろう。何も言い返せずにいると、セイジュが静かな声で告げた。

「ネバルに従属する、最も血が古いと言われる黒豹獣人族は、ナルージャ族でしたな」

傍らのイザクがすらりと剣を抜く。その瞳が空に移るのを、セナは見た。

セイジュの声が、緊迫した場に静かに流れる。

「南のバルミラ国は、従属する国々、辺境部族にいたるまで惹香嚢体を調べ、四大国で最も多い数を報告した。その中で神山が精査し、竜王の婚配者として適していると判断したのは、ネバル国に従属するナルージャ族の娘だった」

セナはその話に、状況も忘れて絶句した。

「ではバルミラ国王の娘として、ナルージャ族の娘が王籍に入ったということか⁉」

「ナルージャがバルミラ国に命じられ、他の婚配者を抹殺しようとしているのか、それともネバル民と一緒にあなたと殿下を奪おうとしているのか、わかりませんがね」

セイジュはあくまで語り口は静かに、燃える瞳だけを闇夜に向けた。

「どちらにせよ、私の仕事はレスキアの婚配者を護ること。あなた方を奪おうとしてくる者は、全て殺すだけだ」

闇を切り裂くような断末魔の声が、幾重にも重なってセナの元へ届いた。

月を背に、高く飛び上がる姿が空に浮く。

人間では到底及ばない跳躍。

身の軽さと残忍さでは、獣人族で群を抜くと言われる黒豹獣人族の姿が、月を隠すほど多く、空に舞い上がった。

「セナ様、中へ！」

ジグルトがそう告げるより先に、セナは息子が眠る寝所へ飛び込んだ。

フオルはすでにアスランの着替えをすませ、荷をまとめている最中だった。

「セナ様、これを！」

フオルがアスランを抱っこする紐を差し出した。輪にした布を二つ重ねて縫い合わせたもので、タレスの離宮にいた時に世話役の細君が作ってくれた抱っこ紐だった。本来三歳になる子どもに使用するものではないが、まだまだ役に立つはずと周到なフオルは用意したのだろう。

抱っこ紐でセナの胸に固定されても、アスランは眠ったままだった。

セナは剣を鞘から抜き、鞘は背中にくくりつけた。

アスランの足があるので、腰には鞘を固定できなかったのだ。

「フオル、俺から絶対に離れるなよ。マントを必ず摑んでおくんだ。俺の動きの邪魔は考えなくていい。お前が離れた方が、気になって剣が振り回せない」

フォルは荷物を背負い、頷いた。

戦場と化した外の激しさは、すぐ近くまで感じられるようになった。

セナは前にしっかりと息子を抱き、後ろにフォルを庇《かば》いながら、幕の向こう側を睨み据えた。

突然、天幕が落ち、視界が遮られた。反射的に剣を振り回して布を裂く。激しい力が向かってきたのを感じ、セナは剣に力をこめた。耳をつんざくような金属音が響く。

交わった剣の向こう側に、黒豹の獣人がいた。

黒い毛並みで、緑色の瞳をした獣人は、目を見開いていた。

「……女、か⁉」

セナは、レスキアを出発した時と同じ、女性用の服に身を包んでいた。

黒豹がうめくように言う。

「セナ王子は、どこだ？」

黒豹獣人の言葉はそこで終わった。

いきなり首が傾いたかと思うと、頭部がそのまま地に落ちた。

セナは一瞬、何が起こったのかわからなかった。黒豹獣人の後方にいる者が、まるで人形を払うかのように黒豹獣人の身体をずらさなかったら、剣で首を落としたのだと気づかなかっただろう。

闇夜に、輝くような、白銀の狼獣人が立っていた。

——白銀狼。

まさかとは思っていたが、やはりイザクは、獣人族の中でも最強といわれる白銀狼種だった。

あまりにも強すぎるこの獣人種は、すでに絶えたと聞いていた。

戦闘能力の高さゆえ戦場で求められ、ついには絶えてしまったといわれた貴重種。

イザクの身体が空に浮く。空から襲いかかってきた黒豹獣人数名に対し、まるで身を投げるかのように向かっていく。銀の毛並みは空で煌めきながら、踊るように剣を振り回した。

その剣捌《さば》きは、セナの想像を超えるものだった。

どこに向かって繰り出しているのかわからぬような剣が、一振りで相手を絶命させる。殺した相手の血しぶきとは逆方向にイザクの身体は回転し、同時に別方向から首が飛ぶ。

それは、殺戮《さつりく》の光景であるはずなのに、まるで舞を踊っているかのようだった。

身軽さで知られる黒豹獣人族が、自分たちよりもはるかに愚鈍なはずの狼に全く手が出せない。

空を舞い、鋭利な刃で瞬殺していくイザクの姿に、茫然とするしかない。そして戦場で棒立ちになっている者を、冷酷な狼は見逃さない。一瞬にして、遠くへ首を飛ばす。

セナの元へ、イザクの薄い水色がかった瞳は刺すように届いた。どれほど柔軟に身体を舞わせ、空に浮いても、視線だけは護るべき対象に向けられている。

むごたらしい血の向こう側にある、己を射貫いてくる瞳に、セナは捕らわれた小動物のように、身動きできなくなった。

「セナ様！」

フオルの声に、反射的にセナは右側に剣を振った。賊の剣を止めたのと、賊の頭が何か小さい矢のようなもので貫かれたのは、ほぼ同時だった。

イザクが飛び道具を投げたのだろう、と理解した瞬間、灰色の塊が突っ込んできた。

衝撃を予測して身をすくめたが、身体に触れてきたのは、灰色のマントだけだった。

息がかかるほどの距離で、白銀狼は、賊の身体を突き刺しているというのに。

何という身体能力か。

これが、千人の兵士にも勝つといわれる特殊部隊『闇人』の者か。

一体、どれほどの訓練を積めば、こうした人間が作れるのか。

セナは置かれている状況も忘れ、イザクの圧倒的な力に魅了されていた。

「妃殿下！　護衛官！」

マントを返り血で染めたダンが駆け寄ってきた。

その姿は虎だった。レスキアで最も多いとされる、黄金虎獣人族である。

身軽さでは豹族に負けるが、力では負けない。

彼らが戦闘で使用するのは両端に大きな刃がついた槍である。ほんの一振りで胴体が真っ二つにされることを知っている黒豹獣人族は、容易に近づけずにいた。

「護衛官殿、川を渡ってお逃げください。外交官殿が舟を用意しているはずです。もう街道側は突破できません。援軍が辿り着くまで持ちこたえられるかわからない状況です」

イザクは無言で頷き、セナの手を取った。セナは剣を鞘に収め、マントを掴むフオルの手を握りしめ駆け出した。

ダンが槍を振り回し、ナルージャ族を引きつける。黄金虎の咆哮《ほうこう》が、血塗られた戦場に響き渡る。それを背に、セナたちは川岸に身を滑らせた。草や木が身体を刺してくるが、セナはマントで包んだ息子と、フオルの手は放さなかった。

「セナ様！」

小舟の前に、ジグルトとガトーがいた。

ダンの部下らしき兵士とともに、舟を支えているようだった。すぐにでも舟を川へ押し出せるように体勢を整えている。

ジグルトとガトーは無事のようだったが、その足元に身を屈めているセイジュは明らかに負傷していた。暗闇でどれほどの傷かわからないが、セイジュは顔だけを上げた。短く、イザクを呼ぶ。

「イザク」

イザクはセイジュの傍に片膝をついた。

「これから、セナ妃とアスラン殿下を、無事に神山へお届けせよ。これが絶対命令だ。それ以外の命は、すべてセナ妃から受け、そして従え」

「御意」

セイジュは静かに微笑み、その顔をセナに向けた。

「妃殿下、ご命令をお間違えないように。この者は死ねと言われたらその通りにいたします」

セナがその言葉に息を呑むのと同時に、セイジュは、イザクに短く告げた。

「行け」

「セナ様、お早く！」

ジグルトの声に振り返ると、空から火矢が降ってきた。ナルージャが至近距離での攻撃から、矢に変えたのだと空を見上げる間もなく、ジグルトに背中を突き飛ばされるようにして舟に乗った。

「ジグルト、そなたは」

「三人用です。私まで乗ったら沈みます！　セナ様、どうか殿下を！　必ず陛下はどこにいようともあなた方を探し出します。絶対に助けます！　それまでどうか、どうかご無事で！」

兵士とともにジグルトは必死で川へ舟を押しやった。

イザクが舟を漕ぐが、風もない中、舟はなかなか速く進まない。ジグルトは顔が半分埋まるほど、川へ、川へと舟を押し出した。

「ジグルト！」

さらに火矢が飛んでくる。兵士に身体を支えられ、川面に顔を出したジグルトは、最後に訴えるように叫んだ。

「セナ様、必ずレスキアが助けます！　待っていてください！」

暗闇は無情にも、生きている者の姿をあっという間に消した。

代わりに、激しい炎に包まれる川岸をあらわにした。もはや木の輪郭すら見えない。あるのは、煌々と広がる火と、その色が映し出される川面だけだった。

一体、何人の兵士が死んでいったのだろう。

ジグルトは。ガトーは。セイジュは。ダンは……——。

あの火の海から、逃げ出すことができたのか。

援軍は、間に合ったのか。

セナは、自分でも驚くほどの力でフオルの手を握りしめていることに気がついた。

だがフオルは、手を握られていることすら気づかずに、火を目に映し出していた。

その時セナは、互いの胸に去来するものが同じであることを悟った。

これから、戦いが始まるのだ——。

世界の縮図が変わる戦いが。

あの火の海は、もっと激しさを強め、自分たちに襲いかかってくるだろう。

無邪気な声に、セナはびくりと身体を震わせた。

「おそと?」

顎の下に頭を収めていたはずの息子が顔をあげ、視線を動かしていた。

「まだ、よるだよね?」

アスランの大きな瞳に、川面の光が映る。

細い流月は、厚い雲に覆われて姿を消していた。

今宵は、星もない。

息子の目に映し出されている光は、戦場の光だった。

美しいものだけを、その目に見せてやりたいと思っていた。耐えがたい光景など、自分が盾となって絶対に見せるまいと思っていたのに……——。

セナは息子をそっと抱きしめて、嗚咽をこらえながら告げた。

「まだ夜だよ。朝は、遠い……ゆっくりお休み」

人間の姿に戻ったイザクが舟を漕ぐ音は、一定で変わらなかった。

火の光は遠く離れ、舟は、川面に何も映らぬ世界へと入っていった。

第二章　発情

Ⅰ　情勢

熱が引いてすぐ、ジグルトは収容されていた救護院の寝台から下りた。

外傷もなく、背中の火傷も範囲はさほどではないため、回復は早いほうだった。だがあの場では軽傷の方だったため、処置が後回しになったことで、身体が弱まった。

「外交官！　まだ、ご無理をなされては」

医師が飛んでくるが、静止を遮りジグルトは告げた。

「王宮へ行く。馬車を用意せよ」

火傷による高熱が続いたため、ジグルトはあれからどうなったのか何も聞かされていなかった。

賊が放った火により、野営地一帯はかなり広い範囲の火事となった。川の傍でなかったら消火活動に時間がかかり、近隣の町にも被害が出たかもしれない。

負傷者は王領テフールに急遽設置された救護院に運ばれた。あまりの負傷者の数に、帝都からも医師らが呼び出され対応した。

ジグルトも、数多くの負傷者とともに救護院の寝台に並べられた。

あの戦場の中、唯一無傷に近かったガトーが、これから神山に向かう、負傷したセイジュを神山へ連れて行くと繰り返し枕元で報告してきたが、そこからの記憶がない。

襲撃により、セイジュやジグルトだけでなくあの場にいた兵士らほぼ全員が傷を負い、まともに報告できるのはガトーぐらいだった。アスラン殿下と妃殿下、その侍従、護衛官の四人は川へ逃がした。とにかく無傷のまま、川へ逃がした。一刻も早く見つけてくれ、とだけガトーが繰り返す声は、まだジグルトの耳に残っている。

援軍が辿り着いた時、近衛第二騎士団はほぼ壊滅していたが、援軍があと少しでも遅かったら、全滅は免れなかっただろう。

しかし夜中、炎に包まれる川岸から、小舟を見つけるのは至難の業だった。朝になってから近隣にレスキア軍が大量に派遣され大捜索が行われたと聞いたが、今日の今日までジグルトのもとに、四人が無事保護されたという連絡は届いていない。

あれから十日も経ってしまった。報告だけは何とか伝えたが、まだ皇帝にはおろか、宰相のダリオンにも直接会っていない。

この責任を負わされるならそれでもいいと考えている。だが、状況だけは把握したかった。

帝都まで五日、馬車で身体が揺られるだけで背中の火傷が引きつったが、神山外交官代行という立場は残っているらしく、王宮の中にはすんなり通された。

「ジグルト！　大丈夫なのか」

第一書記官のヴァントが声を張り上げながら駆けてくる。ジグルトは現在外交官代行としてヴァントよりも上の立場だが、ヴァントの目には純粋に同僚を案じる気持ちしか浮かんでいなかった。皇帝の宮に入る前にヴァントが出迎えてくれたことに、ジグルトは安堵し、ヴァントにしがみつくようにして訊いた。

「どうなった、殿下は、妃殿下は！」

「まだだ。変わらぬ捜索が続き、周辺をしらみつぶしに探しているが、見つからない」

「陛下は」

「激高され、怒りが静まらないため、一度は捜索の指示に現場に向かわれた」

ジグルトは絶句した。皇帝自ら辺境地帯まで出向くことになっていたとは。

「事態がどう転ぶかわからないまま陛下をあの場に留まらせられず、昨夜、何とか拝み倒して王宮にお戻りいただいた」

ヴァントはほとほと疲れ切ったように目を伏せたが、ジグルトは構わずヴァントの肩を揺さぶった。

「そして、賊は！　黒豹獣人族だった。捕縛できた者はいたか!?　何かわかったか!?」

「わずかだが捕らえられたぞ。お前がにらんだ通り、ナルージャ族の者だった」

ジグルトはセイジュの告げた情報、南のバルミラ国王の王籍に入った婚配者候補は、ナルージャ族の惹香嚢体であると報告していた。

　この賊は、バルミラ国に従属するナルージャ族の者かもしれない、と。

「では、やはりバルミラが、後ろで手を引いていたのだな」

　自国の婚配者を立てるために、候補者は一人でも少ない方が良い。血筋からみて、最も婚配者にふさわしいのは、皇帝の父と由緒正しい王族の母を持つアスラン皇子が最有力候補だろう。ここを、排除できるならと考えて当たり前だ。

「しかしジグルト、そうとも限らないのだ」

「何？」

「捕らえたナルージャ族の中に、ネバル国の者がいたんだ……」

　ジグルトは頭を殴られたような衝撃を受けた。

「今現在、ネバル国は分裂状態だ。先王が死に、現王はバルミラに従属することを宣言した。内部でそれに離反し、レスキア派とバルミラ派に別れた。だが、どこにも従属せず独立すると息巻いている独立派もある」

「不可能だろう。今は小国は、東、南、西、北、いずれかの大国に従わねばならない」

「竜王の婚配者を盾にすれば、独立を宣言できると考えているのだ」

　ばかなことを、とジグルトは吐き捨てようとした時、頭の中に、セイジュの言葉がよみがえった。

〝これから世界は、ありとあらゆる利権を求めて、その縮図が大きく変わるだろう〟

「捕らえたナルージャ族やネバル民らは、アスラン殿下を弑《しい》することができれば、バルミラは独立を認める約束をしたと。だが当然バルミラは否定している。今、バルミラ大使を締め上げている最中だ」

　各国との調整役をしているヴァントは鋭く目を光らせた。

「ジグルト。レスキアは、帝国の名の下に胡座をかき、小は大に従うべしとの原則を甘く見ていたとしか言えん。この世界の、どの部族、どの小国が、どんな利権を求めようとしているのか、把握さえできていないのだ。情報が手に入らねば、どんな国も負ける」

ヴァントの言うとおりだった。

今世界は、いきなり激流の中に飛び込んだのだ。

次世代竜王の血統という、数千年に一度の利権を求めて。大国を凌駕できる千載一遇の機会を、誰もが逃すはずがない。

ヴァントとともに皇帝の宮に入るとすぐに鳴り響いてきた皇帝の怒号に、ジグルトは仰天した。

今まで皇帝は、冷静さを崩したことはない。

暗殺してこようとした者に対してすら、静かな口調で詰問し、どれほど侮辱の言葉を浴びせられても、眉一つ動かさなかった。

惹香嚢体と初夜を迎え、獣人と化したあの夜以外に、皇帝が怒りをあらわにしたのは一度だけだった。

ネバルの王子の、貞操を疑った時。

「ここまで見つからないとなると、もはやレスキア国内にはいないとなぜ考えぬ!?　明日にでもバルミラ領土内に進軍させる！」

「陛下！　どうか、大使への尋問の結果をお待ちになってからにしてください。バルミラが辺境民族らをどう唆しているのか摑めていないのです」

宰相のダリオンと大声でぶつかりあう姿など、皇帝がただの一皇子だった時ですら、一度もなかった。

「ジグルト……もう大丈夫なのか」

宰相ダリオンが顔を向けてきたことにも、ジグルトは気がつかなかった。興奮状態で目を光らせる皇帝しか目に入らなかった。

こんなに激情をあらわにして、獣人の血が目覚めてしまわないのか。ジグルトはおそるおそる声をかけた。

「あの……陛下」

「何しに来た？」

射貫くような皇帝の眼光と冷たい詰問に、ジグルトは身体が冷えていくのを感じた。

「報告は全て聞いた。もうお前にやれることはない。下がれ」

「陛下。今ジグルトの外交官代行を罷免することはできませんぞ。新たな外交官が立ったとしても、何も動けません」

　ダリオンの声に、皇帝は乾いた笑いを飛ばした。

「どいつもこいつも、何もできない、動けないとぬかすばかりで……まともな策を出し、動ける者はいないのか！」

　卓に積まれた報告書を、力任せに皇帝は払った。部屋に、無数の紙が飛ぶ。おそらくそこには、進展なし、としか書かれてはいないのだろう。

「ハスバルが生きていてくれたら……こんな後手に回らずともよかったものを」

　前外交官の名前を出され、ジグルトは目の前が真っ暗になった。無能、と吐き捨てられたも同然だった。

「陛下、すぐにジグルトは神山に向かわせます。神山にはセイジュ殿が戻っています。彼に会い、神山内部を探れるのはジグルトだけです。一刻も早く、神山の情報を」

　ダリオンの言葉など聞こえていないかのように、皇帝は身体を椅子に投げ出し、天を仰いだ。大きく息をつき、両手で顔を覆う。


「……セナ」

　その呟きの意味を、その場にいた誰が知っただろう。もしかしたら、ダリオンにはわかったかもしれないが。

　激しい性格を冠の中に押し込め、常に己を律し、皇帝たらんとしてきた男。

　特定の人物に特定の感情を向けることも許されなかった男が、今存分に、その喪失を嘆くことができるのだ。

　レスキアに最も必要な人間だから。

　何にも代えがたい、婚配者の母だから。

　その名を呼ぶ声を家臣に聞かれたとしても、だれも不思議に思うまい。絶対に、失ってはならない、奪われてはならない人間を、想う声を出しても。

　その呟きに、ただの男の、おそらく生まれて初めての恋情が溢れていることなど、誰も、気づくまい。


　ジグルトが前レスキア皇帝第三皇子アリオスと出会ったのは、十五歳の時だった。

後宮第一書記官であったダリオンの私邸で見かけた時、一つ年上の王子は十六歳。高貴な人間など見たことがなかったジグルトは、どう反応して良いのかわからず、とにかくその場に膝をつき、顔を伏せた。

ダリオンは当時三十歳。あの時、アリオス皇子を本気で皇帝にと考えているのは、ダリオン一人しかいなかった。

——もしも第三皇子を皇太子にすることができたら、俺は望める地位につけるだろうし、お前を学都に推薦できるかもしれないぞ。そうしたらお前も、今の俺のこの地位ぐらいにまで出世できるかもしれない。どうする。やるか。お互い殺されるかもしれないが。

貧民出身の十五歳の自分には、目の前の機会に飛びつくしか、のし上がる方法はなかった。

ジグルトは十三歳の頃からダリオンの屋敷にゴミの回収のために出入りしていた。温かい部屋と食事をちらつかせ、ダリオンが家に招いた子どもは他にもいる。

複数の寵童の中から、なぜ自分だけに声をかけたのかわからない。

ただジグルトの中に、ダリオンの屋敷に招かれた時から、ただの玩具では終わらないという決意があったことは確かである。その野心が、ダリオンにはちょうど良かっただけかもしれない。

もともと何も持っていないのだ。恐れることはない。ただ指をくわえて待っているだけでは、何も手に入らない。自分の思うがままの人生を得るためなら、何だってする。

目の前の少年は、年相応には見えぬほど、およそ感情というものを顔に浮かべていなかった。

皇帝が病に伏し、皇太子が急逝し、王宮が大混乱に陥っている中、突如大舞台に引きずり出されたのだ。気持ちが、まだついていかないのかもしれない。

それとも、明日殺されるかもしれぬという状況に、何かが麻痺してしまったのだろうか。

不安も、焦りも、何もないその瞳に、ジグルトは思わず告げた。

「俺は、俺の人生を、変えたいんです」

なぜそんな事を口走ったのかわからない。だが、アリオス皇子は、それを聞いて微笑んだ。

「俺も同じだ。生き残ろうぞ、ジグルト」

あの時の微笑みを、一生忘れない。ジグルトはそう思っている。

はるか天空にあった人は、その瞬間から、最も身近に感じる人となった。

実際、そうなった。アリオス皇子は、歳の近いジグルトに真情を吐露することさえあった。

兄を誅さねばならぬ悩み。父から疎まれている苦しみ。味方ではあったが、臣下であるダリオンには明かせぬ胸の内を、何にもしがらみがないジグルトにだけは明かしていた。

幸せだった。この人の苦悩を知る者は自分だけだと思っていた。いつ殺されるかわからない極限状態だったからこそ、心が近かっただけだろう。そうわかっていても、傍にいられるだけで幸せだった。

無事皇太子となり、やがて皇帝となったアリオス皇子は、少年の頃の親しさを抑え、次第に態度を硬化させていった。

これはジグルトに対してだけではない。皇帝という崇高な地位に即いた以上、やむを得ないことだった。皇帝の言葉一つで政治が揺らぎ、微笑み一つで誤解を生む。臣に平等に接しなければ、寵愛を受けた者が難儀な事態に陥ることもある。

昔見た、感情を凍結させていた少年の頃の瞳を思い起こしたが、帝国の主たる者、そうあるべきなのだろう。

一番、皇帝の気持ちをわかっているのは自分だ。ジグルトはそう思っていた。

だからこそ、わかる。

後宮での房事は、しきたりに従い、寝台に侍る妃らは皆同じような行動を取る。

向ける言葉も、動きも、皆一律同じである。それが女性としての慎みであると教わっているからだ。

皇帝は皇后と結婚するまで女性を知らなかった。母を知らず、父に疎まれ、目立たぬように、悪意を向けられぬように、ひっそりと宮で孤独に生きてきた少年にとって、己を惑わす女性は全て警戒すべき対象だった。

ようやく自由の身になった時、女性は、子どもをつくるための存在でしかなかった。

しかし、何の疑問も持たなかった。それが皇帝としての責務であると、快楽を欲して何になるとさえ思っていただろう。皇帝としての人生を選んでから、アリオスは愉楽を求めることを諦めたのだろう。おそらく、無意識に。

唯一獣のように、本来の己をさらけ出せる相手を見つけるまで、その無意識は、暗い淵に沈んでいたのだろう。

皇帝としての鎧《よろい》を捨て、素裸のままで抱き合える相手を目にした時、初めて己を、男としての己を自覚しただろう。

強烈すぎるほどの、欲望とともに。

釘を刺した。あれはいけない。求めてはならない、と。

嫉妬もあったが、皇帝の立場を懸念した。平等に愛を与えるべき立場の者が、ただ一人を求めてはならないのだ。

皇帝であることを忘れてしまうほどの相手を、あなたは欲してはならないのだ、と。

運良くさまざまな政情が、それを促した。遠ざける要因となった。

皇帝は、一度は浮き上がった無意識を黒く染めた。黒く、何も見えなくなるほどに黒く染めて、意識の届かぬ淵へ、暗い淵へと沈めた。

思い出しても乱されぬように、暗く、黒く。

深淵の底に沈むそれを、時折黙って見つめることもあっただろう。だが理性が無意識を何度も沈めたのだろう。帝国の皇帝であろうとする、強烈な意思が。


竜王の婚配者。


あの一言が、皇帝の無意識を引き上げた。

離宮で生まれた子が、レスキアの運命を背負う子どもとなった。

その母親は、レスキアに宝をもたらした存在になった。

愛せる——。

どんな名誉をつけても、どんな処遇をしても、もはや誰も文句は言えない。

特別であると、何者にも代えがたい存在だと、全世界に声を大にしても差し支えないのだ。

数多くの後宮の妃らより、皇后より、礼を持って慈しみ愛情を向けることが可能になったのだ。

無意識はもう無意識ではなくなった。

はっきりと欲をもって、失われていた感情をあらわにして、全面に現れた。

それは、どれほど鮮やかな色彩であったことか。

生まれて初めての恋情に、皇帝はまるで別人のようになった。

夜になると、政務を切り上げて自ら部屋まで迎えに行った。

あり得ない事態でも皆、仕方ないのだろうと思うしかなかった。

今まで離宮で虐げてきたのだ。ご機嫌を取るために毎晩通うしかないのだろう、と。後宮もそう思っていた。

皇帝はただ、ひたすらあの身体を堪能し、自分をさらけ出し、欲望に突き動かされるままに動いていただけだった。

どれほどの快感の中にあっただろう。

人生で一番、己を解放し、美しい色彩に酔いしれ、幸福という色に、毎晩毎晩浸っていたのだろう。

セナ妃がそれをどう感じていたのかは別として。

目の前に顕れた己の欲望だけしか、皇帝は見えていなかった。

それを自覚し、セナ妃に伝えるまでは、まだ至ってはいなかった。

自らの欲望を、感情を、見つめてくることをしなかった精神は、思いを形にするには未熟だった。

皇帝が美しい色彩を、言葉にしてセナ妃に伝えたとしたら、それはどんな言葉となっただろう。

頑なになっていたセナ妃の心を、溶かしていただろうか。

それを行う前に、皇帝はセナ妃を見失った。

あの呟きは、行き場を失った想いの、さまよう声だ。

ようやく欲望が、形となり、言霊となったのに、宿る相手を見失って、嘆く声だ。

どんな声と、どんな言葉に、なったのだろう。

それを聞かずにすんで、よかったと思っているのか。

一度でもそれを、出して欲しかったと思っているのか。

ジグルトには、わからなかった。


皇帝とダリオンは再び今後の外交について意見をぶつけ合い始め、ヴァントが二人の質問に答え、喧噪に包まれた王宮から、ジグルトは挨拶もそこそこに身を引いた。ジグルトはもう、皇帝から一瞥もされなかった。

寸刻みで動いている彼らの元に、何も情報を持っていない自分が入ったとしても、できることは何もなかった。

情けなさに、ジグルトは足が止まった。

背中の皮膚がひきつり、じくじくと痛み熱を持つ。

思考を諦めている証拠だ。動きたくないと思っているから、背中の傷が疼くのだ。それでも、熱を帯びていく背中に、ジグルトは動けなくなった。


「外交官殿！」

長い回廊を、神山外交部の補佐官が駆けてくるのが目に入った。

「申し上げます。筆頭補佐官より、神山中位神官セイジュ殿と、学都に入ったと報告が届きました」

「学都？」

思わずジグルトは聞き返した。神山、ではなく学都に入ったというのはどういうことか。

「詳細は不明ですが、外交官がいらっしゃるまで学都のレスキア学舎に留まるとのことでした。もしもお身体に支障がなければ、早急に学都へとのこと」

ジグルトは茫然とするしかなかった。

身体のことは置いておいて、今自分は外交官代行として動いてしまっていいのか。明日にでも皇帝の命で、罷免されるかもしれないというのに。

「外交官、絶対的な階級社会である神山では、補佐官は筆頭といえど行動に限界があります。一刻も早く神山で動かねば、我が国はますます後れをとるだけです」

視線が泳ぐ外交官代行に、補佐官は苛立った目を隠さずに言った。

神山で働き、神山の情報をもとにレスキアのために動く神山外交部は、ハスバルの急死以後、孤島での生き残りを余儀なくされ、奮闘してきた者ばかりだった。

何度も代わった上官に、ここで逃げられたら困ると言いたいのだろう。

セナ妃とアスラン殿下の安否が不明なまま、レスキアを離れることにためらいが生じたが、ここにいたところで何も成せないのは事実だった。

明日王宮から追い出される身になろうと、今自分がやれることをやるべきだろう。

この婚配者争いに後れを取った責任を、少しでも取らなければならない。

「すぐに行くぞ……神山へ」

◆・◆・◆

川岸の戦場から助け出されてすぐ、王領・テフールに設置された救護院にて手当てを受けながら、セイジュはさまざまな詰問を受けることになった。手負いとなったセイジュは、早々に自分の立場を明らかにした。

「レスキアの婚配者の使者である私を、神山は守りません。使者である私が他国に殺されようが、他国に文句など言いません。なぜなら私以外の三人の使者が、南、西、北へ発っているからです」

四大国が婚配者を巡って争いを始めても、神山の使者はそれを仲裁などしない。あくまで、婚配者を守り、神山へ連れて行くだけである。セイジュがそう話しても、レスキアの政治家らは訝《いぶか》しそうに眉をひそめていた。

本当にこの神官の話を信じていいのか。そんな疑念に包まれる場を変えたのが、レスキア側で最も神山を知っているガトーだった。

「セイジュ殿、神山の上位神官の家系は、四家あります。四大国の始祖であると言われている上位神官家は、それぞれの王家についているのですか」

いずれはわかるだろうと思っていたが、ここでその話を持ち出したガトーに内心セイジュは舌を巻いた。

南のバルミラ国の祖は、ウガジェ家。

北のネスタニア国の祖は、イマーシュ家。

西のオストラコン国の祖は、ハルダ家。

「各上位神官は、それぞれ自分たちの子孫の国に、子飼いの中位神官を派遣させたのです」

婚配者の利を得たいのは、各王家だけではない。

神山はあくまで独立した存在、各王家と関わりがあるわけではないが、神山での利権争いに王国の力を利用しようと考えてもおかしくないのだ。

レスキア側は、これを聞いて顔色を失った。

その場の政治家の中から、呻くような声が漏れる。

「レスキア帝国の祖は……もう神山にはいない」

創世紀より、上位神官家系は四家だったが、そのうちの一つ、タルトキア家はすでに断絶していた。

これが、レスキア帝国の祖であった。

「ではあなたに、レスキアの使者となれと命じた上位神官は誰なのですか？」

ガトーの言葉に、セイジュは一瞬考えたが、正直に答えた。

「イマーシュ家出身の上位神官様だ」

「イマーシュ家？　なぜ、ネスタニア国の祖が」

「第一に、三年前にネスタニア国王女がレスキア帝国皇太子殿下と婚約し、皇后の地位が約束されたのが理由だ。二つ目は、ネスタニアには使者は立ったが、ネスタニアの婚配者はもしかしたら惹香嚢体ではない可能性がある、と言われていたからだ」

惹香嚢は三歳頃まで腹部に瘤のようなものがある。

これが三歳前までに消えてしまうと、完全な惹香嚢体とは言えないとされている。先祖返りの一種として誕生の際に瘤として現れていただけで、子宮の代わりである臓器とはならない、と。

惹香嚢は成長とともに体内に吸収されていくものだが、三歳前にほぼなくなってしまったら、それは惹香嚢体ではない。

最初こそ秘密裏にしていたが、今後彼らに守ってもらう以上、ある程度の情報は開示しなければならないだろう。

「そういうわけで、私は一刻も早く神山へ戻り、経緯を上に報告せねばならない。私を、学都へ連れて行ってください。刺客だらけの街道よりマシです」

セナ妃とアスラン殿下はどうする、と一斉に食ってかかられたが、それはもう指示している、としかセイジュには言えなかった。

「最強の護衛官に、必ずお二人を神山へお連れしろと伝えました。一つの命を、闇人は全うする。もう他に、私ができることはありません。神山で、イザクがお二人を連れてくるのを待つだけです。帝国がやることは、神山へ繋がる道をその力で以て封鎖し、賊一匹通れぬようにすることとしか申し上げられない」

さっさと学都へ戻せ、また後手に回るぞと散々たきつけたため、レスキア軍は少数の精鋭部隊とガトーをつけ、セイジュを神山へ戻すことに同意したのである。

馬車に揺られ続け傷の痛みがおさまらず、セイジュは思わず大きなため息をもらした。

セイジュは真っ先に治療を受けることができたが、救護院での手当ては酷いものだった。四大国の中で最も大きな帝国であるにもかかわらず、軍医がこの程度かと面と向かって文句を言ったくらいである。

「そりゃあ、技術と理論の最高峰、学都を抱える神山の医術には敵わないでしょうけどね」

顔をしかめるセイジュの前に座るガトーが呟く。

あの地獄のような戦場で、ガトー一人がほぼ無傷だった。ガトーの上司であるジグルトは、比較的軽傷であったが、指示と報告を優先したために処置が遅れ、まだ救護院から出ることができない。

ジグルトが火の手から自分を守ってくれたのをセイジュは記憶しているが、ガトーがどこに居たのかさっぱり覚えていない。

「川の中ですよ」

セナ妃と皇子を乗せた舟を押し出した後、火が勢いを増してきたのでそのまま川に潜んでいたとガトーはぬけぬけと言った。

ガトーは最初、神山の神官に対してどういう態度で接して良いのかわからぬ風であったが、あくまでレスキア側として動く、と知ってからは、態度が軟化というよりも邪険になっている。

その無愛想な顔からは、用を命じられれば動くが、気をまわすつもりはないという意志さえうかがえた。

外交官補佐という立場でありながら愛嬌がなさすぎると思うが、こういう男は嫌いではない。セイジュは思わず口角が上がった。

この男は、筆頭補佐官ながら学都で学んだ者ではないと聞いている。銀の紋章を飾る中位神官にこうも不遜な口を利くのは、この男の性格もあるだろうが、第一にレスキアが能力至上主義だったからだろう。

自分を育んだ土壌とはまるで真逆の意識だった。

階級は絶対。逆らうことは死を意味した。上の者に意見など考えたこともない。命じられたことに従うだけだった。

「セイジュ殿、学都の入り口が見えてきました」

学都は世界の中心・神山の領土内にあるが、共和制である。なぜならこの学都には、各国から優秀な学生が集まってくるからだ。

学生の頃は出自や国にかかわらず皆平等。学ぶ立場に貴賤《きせん》はない、というのが学都の理念だった。たとえ隣国同士で争っていても、学都には政治を持ち込まない。ゆえに、学都は教授会による共和制という形で運営を行っている。運営を賄うのは、神山同様、各国からの支援である。

周囲に農地もない、ただ、そこには街だけがある。世界最高の頭脳が集結する、自由都市。

セイジュは、その都市の向こう側に見える、物言わぬ神を戴く山を見つめた。大きな湖面に浮かぶ、高く天に向かって伸びている岩山を。

夏は日を長く延ばし、太陽は限界まで赤くなっていた。押し寄せる闇が太陽を飲み込み、空は赤黒い波を描く。

セイジュは濁った血の色を連想したが、白き岩山はそれでも神々しく輝いていた。

「そのお身体、どこの医師に診せることを望まれますか。学都のレスキアの医師も名医ですよ」

ガトーの言葉に、セイジュは意識を引き戻された。目の前にそびえる神山に思いを馳せていたせいか返答できなかったが、ガトーは気にせず続けた。

「治療は、レスキア学舎で行っていただきます。学都でレスキアの治外法権の場所はそこしかありませんのでね」

「使いを出して、ここの住所にいる医師を呼んでくれ」

殴り書きした住所を、ガトーはチラリと見ただけで何も言わなかった。

学都に留学したことのない者でも、長らく神山の外交補佐官を担当してきたのだから、学都の内部は多少知っているだろう。指定した医師がさほど裕福でもない住居地に住んでいることに気づいたと思われた。

ガトーは馬車の窓を開け、馬車を守るように先導している馬上の兵士を一人、呼んだ。兵士はすぐに馬を寄せ、ガトーからの短い命令だけで紙を受け取り、列から離れていった。

セイジュがほっと息をついたのはほんの少しの間だけだった。急に馬車が止まり、とっさに手を差し出したガトーに身体を支えられる。衝撃でセイジュは顔をしかめた。

「何だ!?」

「申し訳ありません、いきなり人が……おい！　お前！」

馬車を護衛しているレスキア兵士の鋭い詰問の声に、ガトーが窓から顔を出す。セイジュも、そっと反対側の窓のカーテンをめくった。

兵士に咎められ立ち往生している者は、濃紺のマントに身を包み、わずかに身体をかがめていた。兵士のランプに照らされた顔に、思わずセイジュは声を上げた。

「ハーグリオ……!?」

顎までマントに埋めていた男の顔が上がる。目が合い、認識するとともに、男……ハーグリオの顔が、驚きから侮蔑へと変わっていく。

「中位神官殿か」

吐き捨てるような口調だった。だがそれに対しては何も思わなかった。少しも変わらぬ高潔な意志に感嘆さえする思いだったが、セイジュは努めて淡々と訊いた。

「追われているのか」

「だから何だ。上位らに俺を売り、また出世の足がかりにでもするか」

「消毒液を」

セイジュは消毒液と布を渡すよう、従者に指示した。ハーグリオがどこかを怪我していることは、すぐにわかった。おそらく腕だろう。左上半身を庇うようにして立ち、動かそうとしない。

声の調子から大けがではなさそうだったが、出血はしているようだった。

「血止めと。あと、消毒液で少しは血の臭いを消せ」

「お前の助けなどいらん」

「そんなことを言っている場合か。獣人に追われているのだろう。奴らは血の臭いをすぐに嗅ぎつけるぞ」

ハーグリオは無言で消毒液と布を受け取ると、そのまま闇の中に姿を消した。

それを見届けたあと、セイジュはまた背もたれに身体を戻した。目の前に座るガトーは、無言のままだった。出せ、と静かに指示したあとは、何も見ていなかったような顔で座っていた。

一瞬の緊張が弛緩して、セイジュはどっとのしかかってきた疲れを感じた。レスキアを出てからろくに眠っていなかったのもあるだろう。急な眠気を感じて目を閉じると、思考が瞬時に落ちた。

外から厳しい声が放たれた時、セイジュはどれほど自分が眠っていたのかわからなかった。

「止まれ」

セイジュが意識を引き戻されたのと、ガトーが飛び出すように外へ出て行ったのはほぼ同時だった。

セイジュは、馬車の窓のカーテンもきつく閉ざしたまま、馬車の外の様子をうかがった。兵士らしい、固い声音の詰問が飛ぶ。

「どこの者だ」

「レスキア帝国外交官筆頭補佐官です。御身は?」

「神山だ」

その一言だけで、全てが許される相手だった。

神山の、どんな職種に就いている者か、何も語らずともよい。そして相手はそれを訊くことを許されない。この学都は神山の領土である。従う、以外の選択肢はない。

「この通りで、男を見なかったか」

予想された問いに、セイジュは馬車の中で息をひそめた。先程詰問した者ではなく、別の者が訊いている。その声音に、セイジュはすぐに気がついた。

抑揚のない、まるで文面を読んでいるような語り口。感情が一切込められていない、暗闇のなかで森の木々が問いかけてくるような、声。

神山最強部隊・闇人の者だ。

「……いいえ、見ませんでした」

こう返すために、ガトーは馬車を飛び出していったのだろう。従者や兵士に返答させないように。助けた相手を追わせないようにする配慮だったが、詰問している相手が何者なのか、薄々気がついたのだろう。気丈に答える声は、わずかに震えていた。

「血の臭いがするぞ」

神山の兵士が指摘する。おそらく獣人なのだろうが、感情が滲んでいることでこちらは闇人ではないことがわかった。

「馬車に、怪我をしている部下がおります。深傷を負いましたので、学都にて医師の施術を受けるために連れてきております」

神山の領土内である。確かめられても困ることはなかった。しかし、銀の神官であることを闇人に知られると厄介ではあった。

セイジュは悩んだが、わずかにカーテンを指先ですくい、隙間から外の光景を目に入れた。

ほぼ同時に、気配を察した闇人の視線だけが、射貫くように飛んでくる。

獣人化したその姿に、セイジュは思わず声を上げそうになった。

黒と白の、狼。二毛種狼獣人。

白銀狼ほどではないが、力と体躯で他の狼獣人族を凌駕すると言われる種族に、セイジュは心当たりがあった。

これはもしや、あのガイルか。

ガイルが、ハーグリオを追っているというのか。

「確かめさせろ」

「しなくともいい。血の臭いが違う。あの男のものではない」

闇人がそう告げる声がした。

「行くぞ」

そのまま彼らは闇に消えていったのだろう。しばらくして、ガトーが馬車の中に戻ってきた。顔は、蒼白だった。

「……すまん。感謝する」

さすがにセイジュは礼を言った。

おそらくガトーは、わかっていただろう。ハーグリオが竜王否定派であることを。そして闇人が、それゆえに彼を追っていることを。

闇人の捜査を攪乱《かくらん》すれば、問答無用で殺されてもおかしくない。それでも、ハーグリオのことを黙っていてくれたのだ。

「……身体がまだ震えていますよ。あの獣人……黒と白の二毛の狼、イザク殿よりもずっと……恐ろしかった」

はあああ、とガトーは大きくため息をついたあと、上目遣いでセイジュを見た。

「あなた、今は違うんでしょうね？」

今は竜王否定派ではないのだろうな、という意味だ。自国の婚配者を支援する者が竜王否定派だとしたら大変だろう。セイジュは苦笑した。

「今も昔も、関わっていない。……学都であの男と同輩だった。それだけだ」

思想の違いが、将来の道を分けた。セイジュはそこまでは伝えなかったが、ガトーはそれ以上追求しなかった。

「先程いただいた紙に書かれていたお医者様も、ご学友で？」

ガトーの質問に、セイジュは顎を引くようにして、頷いた。

＊　・＊・　＊

学都で学べるのは、能力を認められ国から推薦を受けた者だけである。

大貴族の息子であっても、王族の血を引いていても、知性がなければ留学できない。なぜなら、国の推薦を受けても学都での試験を突破しなければ入学できないからである。

よって、学費を含む留学費用は全て公費負担であり、留学生はいかなる出身であっても出身国が用意した学舎にて生活する。

学都を卒業し専門分野に進めば学舎を出て下宿生活を送る者もいるが、それまでは皆同じ釜の飯を食う間柄になる。

四大国の中でレスキアは最も神山への留学生が多い。それゆえか、レスキアは学都領内に広大な敷地を持ち、学生たちのための学び舎を建てていた。

留年しなければ学生は通常四年間はここで暮らす。

学生らが生活する四棟の建物の奥が、事務棟だった。途中、一度も止まることなく奥の棟へと馬車は進んだ。おそらく伝令を飛ばしていたのだろう。

馬車が止まり、待ち構えていたように立っていた者は、第一書記官の官衣を身に纏っていた。神山配属の第一書記官と名乗ってくるかとセイジュは相手の自己紹介を待ったが、相手はセイジュの予想しなかった言葉を告げた。

「皇太子付き第一書記官のニールスです。皇太子殿下がお住まいになる事務棟へお入りください。私以外の者はあなたの存在を知りません。殿下には、いずれ折を見てお話しします」

そうか、学都にはレスキアの皇太子が留学中だったと今更セイジュは思い当たった。

皇太子が学都に留学していることにも驚いたが、他の学生らと同じレスキア学舎に入っているのも驚きだった。一般の学生とはさすがに別の棟で生活しているようだが、特に宮を急ぎ建設したわけではなさそうだった。汚れているわけではないが、神山のセイジュの政務棟よりも粗末である。

ニールスは全く無駄口を叩かず、セイジュとガトーを部屋へ案内した。感情があまり表に出ないのは、性格というよりも躾によるものだろう。まだ二十代そこその若さで皇太子付き第一書記官となっているところをみても、貴族出身かとセイジュは推察した。

「ありがとうございました」

案の定、ガトーはばか丁寧な態度でニールスに礼を言った。ニールスはガトーに無言で頷くと、セイジュに身体を向け一礼してその場を去った。

「出世頭か」

扉を閉めたガトーにセイジュは訊いた。

「間違いなく将来の宰相です。皇太子殿下の乳母の従兄弟で、幼い頃からの遊び相手。二十一歳の時学都を飛び級で卒業した、大貴族出身のお坊ちゃま。私やあなたとは出自が違うってやつですよ」

寝台に横になったセイジュは、足元に毛布をかけてくるガトーを見据えた。ガトーの目がちらりと上がる。

「私はね、下町の職人の倅《せがれ》でしたが、それなりに仕事ができるからこの地位にいるんですよ。あなたがレスキア国内にいる間、神山の外交部にあなたのことを調べさせなかったと思いますか?」

別に大したことではあるまいとセイジュは鼻で嗤った。なるほど、だから先程ハーグリオを助けたことにも疑問を持たなかったのか。

「俺の生まれは中位ではなく下位神官出身だということは、そう秘密にされていることではないからな」

「神山の階級意識の激しさは、神山での勤務が長い私はよく知っております。下位が中位の養子になるなど聞いたこともないですし、また銀の紋章まで手に入れられてるなど信じられません。あなた、本当に銀の役職についておられるのですか」

やはりそこも疑うか。セイジュは目を逸らした。

これ以上は、神山内部の話に関わる。

「調べたとおり、俺は下位出身だったが中位神官家に養子に入った。また、役職は銀に間違いない。『正式には』授けられていないが、俺の紋章はそれが出せる上位神官から下されたもの。そしてレスキアの婚配者を守るように命じられたのも、間違いない。それ以外は訊くな。信じなくともいいが、〝沈黙して待て。聞くべき時に聞け〟」

ガトーは特に不満な様子も見せなかった。無言のまま、セイジュに背を向けて施術の準備を整える。

その背中を見てセイジュは、今後どうレスキア側と接していくべきか考えたが、扉が叩かれる音で思考が中断された。

「医師が、到着いたしました」

学都にいる学生は、全て青のマントに身を包んでいる。これはどの国のどの立場の人間でも同じだ。そのマントが自由を象徴し、身分差はないということを示している。

これに対し、学生ではない教授陣は黒のマントを身に纏う。

教授陣と学生のちょうど中間、学都で勤務しつつ教授の地位を得ていない研究者たちは、濃紺のマントを羽織っている。

濃紺のマントが部屋に入ってきた時、セイジュは胸を撫で下ろし、一瞬意識が落ちそうになった。これで助かると安堵の息が漏れる。

「早かったな」

夜だったので住所を探し出すまで時間がかかると思ったが、レスキア兵士はやはり優秀らしい。

「寝るなよ、ちゃんと麻酔をしてやるからまだ起きてろ」

小柄な医師が部屋に入るなりマントを外し、持ってきた大きな鞄を開け、枕元に薬品を次々と並べるのをセイジュは目の端に捉えた。

「あんた、使っていいのかな」

医師がガトーに声をかけたようだった。

「血は苦手なのです。立ち会いたくはありませんが、準備のお手伝いくらいなら。私は補佐官のガトーといいます。あなたは、濃紺ということは医師免許はお持ちなのでしょうが、麻酔薬の調合を許可されている研究者なのですか？」

この男、大学にも行っていないくせに相当の博識だと内心セイジュは舌を巻いた。こういう男がいるから、学都が誇る学歴など何も意味を成さないのだ。

医術学で麻酔薬の調合を許可されている医師は教授のみだと、一体どれほどの書記官が知っているだろう？

「マルコ、こいつを甘くみるな」

セイジュは幼なじみの医師に声をかけた。身なりに構わないためぼさぼさの前髪で目は隠されているが、医師・マルコがにやりと口角を上げるのが見えた。

「そうみたいだな。俺はレスキアの人間に知り合いはいないが、やはりレスキア民は優秀だな」

だがレスキアでは医師の地位はそう高くはない。

優秀な書記官を輩出するために歴史、経済、政治、言語といった分野は競って履修するが、医術学を学びに来る者は少ないとセイジュは聞いていた。

「学都では医療系の地位は高い。貪欲に知識を求めすぎる分野は危険だと、麻酔をはじめ、扱いには制限がある。内実は、俺のような研究者が教授に命じられて麻酔薬の調合をしているんだがね」

手早く手術の準備をしながら、マルコがガトーに説明する。

「教授であっても、調べることを禁忌とされている臓器の存在を知っているか？」

マルコの問いかけに、ガトーが口を結ぶ。

「惹香嚢だ」

これにはセイジュも驚いた。

「お前……何を知っている？」

「竜王に婚配者が立ったという話だろう。学都でもその話は流れている。おおっぴらではないがな」

レスキアで近衛騎士団がバルミラ国に従属する賊に襲われたのだ。もう、噂は広がっているのだろう。

「あなた方、本当に竜王否定派じゃないんでしょうね？」

ガトーがうさんくさそうに目を向けてきた。

「俺は単なる一介の医師だ。惹香嚢体はお目にかかったことがないから興味があるというだけだ。どうだった、セイジュ。本当に惹香の匂いは、神でさえも惑わすのか？」

マルコの言葉に、セイジュはふと、レスキアで訊いた話を思い出した。

――獣人が生まれるのに惹香嚢体が生まれないわけないじゃありませんか。

――獣人と惹香嚢体は、種族として番の関係だったんです。

だが現在、神山には、惹香嚢種がいない。

あの侍従の言うことが本当であれば、獣人とは番の関係であったはずなのに、惹香嚢体が一人もいない。

それは本当の話か、マルコに訊いてみようと顔を向けたところ、鼻に鉄の棒のようなものをいきなり突っ込まれ、思わず声を上げた。

「んごっ！」

「補佐官、ちょっとコイツの頭を押さえといてくれ。最初の麻酔薬を入れるから」

鉄の棒は穴が通っているらしく、鼻の奥に粉のようなものが入ってきてセイジュはむせこんだ。棒を抜いたマルコが容赦なく鼻をつまみ、口を押さえてくる。

意識が次第に朦朧《もうろう》としてくる。頭は靄がかかったようになっているのに、口からはふへっ、ふへへっ、と勝手に笑い声が出た。

「何だこれは、ふへっ、面白くもないのに、ふへっ」

「次に強いのを飲ませるから。先に慣れさせておくんだよ。お前の傷は深くはないが、雑すぎるからもう一度縫合しなおす。夏場だから傷も腐りやすいからな、丁寧に処置してやるよ。しかしレスキアには本当にろくな医者がいないな」

「ふへっ、へへ、マルコ、ガトーは」

「もう押さえる必要がないと言ったらさっさと出て行った。セイジュ、ほれ口をちゃんと開けろ」

「マルコ、ハーグリオに、会った」

顎を支えるマルコの手が一瞬震えるのがわかった。前髪の奥の瞳が見えない。麻酔が効いてきたのか、セイジュは視界が閉ざされているのか、マルコが瞳を隠しているのか、わからなかった。

痛みはなかったが、薬でまたむせた。すぐに笑い声は止まったが、急に身体が動かせなくなった。

「マルコ……今は、学都にまで、闇人が、入っているのか……」

とてもではないが、素面では口にもできない言葉だった。

下位出身ながら中位神官となったセイジュは、さまざまな嫉妬と疑惑の目に常に晒されている。

同じように、下位出身ながらその頭の良さゆえに学都で学ぶのを許されたマルコも、疑われている。

お前らは、竜王否定派ではないのか、と。

先程ガトーが思ったように。

この厳格な階層社会を覆そうと、地下で活動している反体制派ではないのか、と。

「マルコ……お前は、違うよな?」

顔を合わせるたびに暗に探ってきたことを、セイジュはそのまま口にした。

「お前は、竜王否定派には入っていないよな?」

下位階級の居住地区で育った幼なじみで、学都でもともに学んだハーグリオは、絶対的な階級社会を批判し、地下活動をする道を選んだ。

お前らだって同じなはずだ、なぜともに行動しようとしない、とハーグリオに面と向かって批判された。

セイジュは中位出身者と結婚した叔母の養子にと望まれ、学都に入れた。

マルコは最も貧困な家庭に生まれたが、人一倍の努力で医術学部へ入学できた。

ハーグリオも同じだった。神官らの質を上げるために、神山が中位だけでなく下位出身者にも学ぶ機会を与えてきた頃だった。たまたま政情に乗り、三人は貧困から抜け出る機会を得たが、同時に知識と思想を知り、理不尽を知った。努力では決して覆せぬ階層社会を知り、そしてそれに抵抗しようとする意志をも知ることになった。

理想など掲げても、破滅しか待っていない。考え直せとハーグリオに何度も言ったが、ハーグリオから返ってきたのは侮蔑と憎悪だった。

「殺されるだけだ」

顎が次第に動かなくなる。硬直していくのを感じながら、セイジュはマルコに告げた。

「ハーグリオが、誰に、追われていたと思う。ガイルだぞ。同じ町内だった、二毛種の獣人を覚えているか。

子どもの頃に、親と、引き離されて、兵士になる訓練をさせるために、無理やり連れていかれた……」

まだ学都に入れるなど考えもしなかった、十代前半頃。

下位階級の居住地区には、獣人の血を引く者も多く住んでいた。毎年何人もの獣人の子どもが神山で訓練を受けさせられるために連れて行かれた。

能力の高い、珍しい種の子どもはすぐに選ばれた。二毛種狼は身体も大きく、力も強い。ガイルは前々から目をつけられていたのだろう。そして、もう一人も。

ガイルはまだ七歳かそこらだった。無言で顔を伏せる両親や親族らに訴えても無駄だと幼いながらわかっているかのように、身体を震わせて突っ立っていた。

止めろかわいそうだ、連れて行かないでくれと一人泣いていたのがハーグリオだった。

神山に逆らうなと大人に口を塞がれながらも、兵士に訴えていた。

セイジュは、叫びたくとも恐ろしさで声すら出なかった。

隣でマルコが、もう一人の獣人の子をきつく抱きしめているのを、身体を固くしながら見つめるしかなかった。

「……レスキアの婚配者の護衛官に任じられたのは、イザクだったぞ、マルコ」

何を訊いても、俺のことをさっぱり覚えていなかったが。

ガイルと一緒に神山へ連れて行かれた、白銀狼の子ども。お前が弟のように可愛がっていたあいつが、過酷な訓練を生き抜いて、人殺しの達人となった。

俺は命じたのだ。

竜王の婚配者とともに、この地に必ず戻ってこいと。

……そんな命令を、下さなければ良かったんだろうか。

なあ、マルコ。

下層が何千年も虐げられるこんな世界に。

戻ってこなくてもいいと、言ってやれば良かったんだろうか。

賊の襲撃から逃れたセナたちは、その夜のうちに川辺を離れ、林の中に入った。朝になってしまっては、川を流れる舟には逃げ場がない。

　イザクはレスキア帝国領・テフールへ戻る道よりも、あくまで神山へ繋がる道を選んだ。これは、セナとフオルが何を言っても変わらなかった。

「神山へ我らを連れて行くのがお前の受けた第一の命かもしれないが、レスキア軍と合流した方がいい！」

　レスキアは神山に近い土地を王領としている。襲撃にあったテフールと川を挟んで反対側は王領グランダードだったが、ここに助けを求めるのもイザクは拒否した。グランダード領内の山林を抜け、神山に出る案を譲らない。

「まだ、獣人らは減っていません。この山林内には入っていませんが、近くをうろついている。俺が狼ということも知っています。匂いを消そうと、風下に移っている」

　イザクは視線だけをセナに向けた。

「戦いをご覧になったはずだ。辺境国の獣人族は、帝国の軍人らより野戦を知っています。数で押されれば負けますが、彼らは無駄な戦いはしません。川岸での戦いで、レスキア軍が到着するよりも先に彼らは逃げ出したはずだ。生き残りは、諦めていません」

　表情のない顔だったが、意志の強さはうかがえた。イザクの判断に間違いはないのだろう。だが幼い子どもを抱えていると、気持ちばかりが焦る。

　まだ朝の光は遠かった。いったい、どれほど歩き続けただろう。敵に知られる可能性があるため、灯りもつけず月の光だけを頼りに山の中を歩いている。目印にできそうなものがないので、距離感が摑めない。混乱から、セナは、フオルの足が止まっていたことに気づけなかった。

「フオル！」

　膝をついたフオルは、激しく肩を上下させていた。ああ、相当無理をさせてしまっていたのだ。セナはフォルの小さな肩を抱き、木に寄りかからせてその場に座らせた。腰にぶら下げていた水筒を取り出す。

「いけませんセナ様、それはアスラン様の、大事な水です」

「まだ十分あるから大丈夫だ。イザク、フォルを背負ってくれ」

セナの言葉に、フォルは首を振り続けた。

「いいです」

「フォル。ここでお前の身体が弱って、完全に動けなくなってしまうことのほうが困るんだ。なら俺が背負うぞ。イザク、アスランを……」

「やああだああ！」

抱っこ紐でセナに固定されているアスランは、ずっと自由になれない不満から身体をのけぞらせ、手足をばたつかせた。数刻、抱いたまま歩き続けたセナの方が限界だった。アスランは下ろされると、喜んで木々の周りを探索し始めた。

「妃殿下。剣の筋を拝見する限りでは、軍人に習われたのでしょうが、狩りを経験されたことはありますか？　水と食料を調達する必要があります」

イザクの言葉にセナは首を振った。狩りは父親に倣う習慣がある。セナは一度も父王の鷹狩りにすら同行したことはなかった。乳母夫のジドに教わったのは乗馬と剣捌きだけである。

「弓矢を所持しておりませんので、あなた方から多少離れ、食料を調達しなければなりません。ここから動かないでください。それと――」

イザクは小さな瓶に入った液体を取り出した。

「眠り香です」

嗅がせると、催眠効果を促すものだ。

「大人しくしていただいた方がいい時もあります」

大人なら身体の動きを鈍くするだけだが、小さな子どもだったら一嗅ぎしただけで意識が落ちる。

セナは無言でそれを受け取った。こんなものを使いたくはないが、これから先、どんな状況に陥るかもわからない。

「食料の調達のために、罠をしかけてきます」

イザクはそう告げると、あっという間に姿を消した。

セナは木に寄りかかって休んでいるフォルに眠り香を差し出した。フォルはため息をついた。

「こういったものはあまり使用したくありませんけどね」

「騒がれて、敵に気づかれるよりはマシだ」

フォルは、腰につけている小さな袋の中にそれを入れた。

「セナ様……気がついていますか。イザクは、神山のある北西方面ではなく、南へ迂回していますよ」

「わかっている。北西に、まだナルージャ族がいるんだろう」

「セナ様、セナ様は、もし南からネバル民がやってきたら、どうするおつもりなんですか」

セナは、疲労を漂わせながらも食いつくように見つめてくるフォルに顔を向けた。

「もしネバル民と遭遇したら、彼らと行動をともにするのですか？」

「……そんなことは、できない。そもそもイザクがそれを許すまい」

「イザクが殺されたらどうします。護衛という名の監視役がいなくなったら、どうなさるおつもりですか」

フォルは小さな手で、セナの服を握りしめてきた。

「セナ様、いろいろお悩みすることはあるでしょうが、まず第一はアスラン様をお守りすることですよ」

「そんなのは当たり前だ」

「誰の手に渡ったって、婚配者として利用されるだけです。祖国は純粋にあなた様を守ってはくれません。竜王に、神山にもの申すことができる一番の人間は、皇帝です。皇帝にだって欲はあれど、アスラン様を悪いようにしないだけの、力はあるんです。ネバルにはそれがありません」

「わかっている……」

セナは、木によじ登ろうとしているアスランに目を向けた。

「アスラン、こっちにおいで」

「ははさま、おなかすいた」

「今イザクが食事を探しているから」

その時、動物を狩りに行っていたと思われたイザクが、鬼気迫る勢いで走ってくるのが見えた。何かあった、とセナは身構え、アスランを抱きかかえた。

「賊が近くまで来ています。すぐこちらへ。私の後についてきてください」

セナが指示する前に、イザクはフォルを背中に抱え歩き出す。

「妃殿下、途中、動物を狩るための罠を張りました。必ず私の通った道を歩いてください」

アスランを背負いながら、セナは慎重にイザクの後をついていった。

わずかな時間でイザクは小さな洞窟まで探し出していた。とても四人入れる大きさではなかったが、アスランとフォルならすっぽりと隠れる。

フォルに目配せをしたセナは、息子を膝に抱えた。

「アスラン、ほら、お水。ごはんはもう少し待っていてくれ」

アスランがこくりと水を飲んだのを見計らって、フォルは袋から取り出した眠り香の蓋を取り、アスランの鼻先に近づけた。

「ふあ？」

香りにアスランは首を傾げた。

「ははさまあ、だっこお」

急激な眠気に、不安になったアスランが抱きついてくる。その身体をしっかりとセナは抱きしめた。

「大丈夫。大丈夫だよ」

息子が完全に力をぬいてから、セナはフォルにアスランを抱かせた。

「頼む」

「お気をつけて」

剣で枝を切り、洞窟の前に置き、アスランとフォルの姿を隠す。洞窟を背にして、セナは鳥の声すらしない森の中を見つめた。目の前の護衛官は、すでに白銀狼の姿になっていた。

カラン、と乾いた木が倒れるような音は、セナの耳にも入った。

だがその音とほとんど同時に、イザクの身体が飛び出していった瞬間は捉えられなかった。まるで空を飛ぶかのように対象の元へ向かったかと思うと、すぐに叫び声が聞こえた。

セナのいる場所からは、イザクの姿は見えなかった。獣人でもないセナは、賊の臭いはもちろん、気配もわからない。剣を握りしめる手だけが焦り、何度も汗で滑りそうになった。

ざざざざ、と頭上の木が大きく騒ぎ、反射的にセナは上を見上げた。

木々の間を飛びながら近づいてくる黒豹獣人の姿に、セナは剣を構えながら護衛官を呼んだ。

「イザク！」

セナの声に反応した白銀狼が姿を見せる。同時に、近づいてくる黒豹獣人の一人が叫んだ。

「セナ様！」

聞いた声だった。

セナの意識は、構える剣よりも、その声を拾う方へ向いた。

「セナ様！　ネバルの民です。ネバル国の者です！　話を聞いてください！　私は、私はギーチです！　ジドの娘婿の、ギーチです！」

ギーチ。

その名は知っていた。何回か顔を合わせたことがある。乳母であるアリーアの娘、ラナが結婚する時に紹介された。勇猛果敢なネバル国兵士だったジドの娘婿として、同じく軍に所属していた。

「セナ様！」

ギーチが獣人化を解き、人間の顔に戻る。思い当たるその顔と、その後ろからイザクがギーチに向かって剣を振り上げようとするのを、セナは同時に目にした。

そして、叫んだ。

「止めろ、イザク！」

命じられたイザクは、剣を空中で止めた。

まるで身体が勝手に反応したように、寸前のところで剣を止め、身体の均衡を崩した。

その一瞬の隙を、黒豹獣人らは見逃さなかった。

凄まじい速さで剣が繰り出され、避けきれなかったイザクの身体から鮮血が舞った。

「イザク！」

白銀狼の鮮血が、空に舞う。

傷を負った者を真っ先に仕留めるのは、戦いの定石である。何人もの黒豹獣人らがイザクに一斉に襲いかかった。

だが、神山特殊部隊『闇人』に所属する暗殺者は、怪我の程度が全くわからない剣捌きで、無表情のまま数人の黒豹獣人の首を遠くへ飛ばした。

異常なほどのその強さに、黒豹獣人らは尻込みした。

「そいつ一人に構うな！　先に蒼香嚢体を探せ！」

そう叫んだのは、ギーチだった。セナは、その冷酷な言葉に声を失った。蒼香嚢体、というのは、アスランを指しているのか。

「セナ様、御子様はどちらにおられます。どこに隠されましたか！」

「お前たちは、アスランをどうする気だ!?　殺すのか!?」

その言葉に、ギーチが侮蔑をあらわに顔を歪めるのを、セナは見た。

「殺すのかどうかすらわからぬほど、あなたは国から遠く離れてしまわれたか」

ギーチの振り上げてきた剣を、反射的にセナは顔の前で受け止めた。力で押し切られる前に、後方に下がって間合いを取る。

「ギーチ……！」

「私にとってあなたはもう主でも何でもない。ネバル国の王族を、我々は必要としていない。あなたは生かす意味がない。ここで死んでもらいます」

繰り出してきた剣の速さに、セナは後ろへ、後ろへ下がるしかなかった。

殺気は本物だった。言葉に本気を感じながらも、セナは必死で食い下がった。

「ギーチ、レスキアに嫁ぎながら、何も成せなかった俺を恨むのはわかる。だが教えてくれ、お前たちの行動はネバルの意思か!?　バルミラ国の命令か!?」

「もはやネバルは分裂した！」

怒りにまかせてギーチが黒豹獣人へと変化する。目はつり上がり、口から牙が生え、怒りを叫ぶ口内がむき出しになった。

「あなたがレスキアの後宮で皇帝の慰み者になっていた間、能なしの国王はバルミラに従属した！　金山はレスキア軍に、オアシスはバルミラ軍があっという間に占拠した。我らネバル軍隊は誰とどう戦っていいのかわからぬままに、国民は振り回され続けた。これが、国家のやることか！」

ギーチの剣が突き出される。それを避けたセナの身体は、均衡を保てずに地に転がった。地を裂く勢いでギーチの剣が顔の横に突き刺さったが、寸前のところで避けた。ギーチが剣を抜く間に、セナは転がりながら身体を起こした。

その時セナは、相当洞窟から離れていたことにようやく気がついた。

「もはや我々は、国家になど頼らない。お前らが散々我らを食い物にしたのだ。こっちだって、同じようにやらせてもらう」

殺気を放つギーチを、セナは見据えた。

「ギーチ……！　息子に手を出すのは絶対に許さん」

セナは襲いくるギーチの剣を顔の前から払った。

「それはこちらのセリフだ。俺の子は、殺されてしまったがな」

思わず、剣を握りしめる手が緩んだ。乳姉弟であるラナの顔が脳裏に浮かぶ。

「ラナはレスキア軍に殺された！　どれほどむごたらしい有様だったか、レスキアの後宮でのうのうと暮らしていたお前にわかるか！」

ギーチの繰り出す剣の勢いを止めるだけでセナは精一杯だった。黒豹獣人は、跳ねるような勢いとともに縦横無尽に剣を振り上げる。

死ぬわけにはいかない。死ねない。

息子を置いて死ねない。

セナは必死でそれだけを念じた。死ねない。自分がここで死んだら、息子を誰が守るのか。

目の前の、憎悪に染まった男も、同じ事を思ってきたであろうことを十分承知しながらも、セナは憎しみの剣を払い、叫んだ。

「イザク！」

剣を振り上げたギーチの動きが、一瞬止まる。

乱れた剣筋から、何らかの攻撃を背後から受けたことを、セナは悟った。

そして同時に、剣を横に捌いた。肉を切る感触が、剣を握りしめる両手に伝わる。

ギーチの身体がぐらりと前に倒れる。その背中に、短刀が刺さっていた。

倒れたギーチの背後に、白銀狼獣人が立っていた。身体の左半分が、鮮血で染まっていた。おそらく、自らの血だろう。肩から腰まで流れた血は、相当の深傷であることを示していた。

川岸での戦いでは息一つ乱していなかった最強の護衛官が、さすがに上体を前のめりにさせ、牙をむき出しにして呼吸を乱していた。

セナはイザクの投げた短刀をギーチの背中から抜いた。そのまま身体を仰向けにさせると、ギーチはまだ息があった。黒豹獣人から人間の顔へと戻った、乳姉弟の夫の顔は、昔見た、無骨で真面目な、男の顔だった。

「……最期はあなたに殺されたと、ラナに、伝えます」

ギーチの顔には、微笑みすらあった。

「殺してください。……これでやっと、妻と、子の元へ行ける」

憎しみだけで動いていた身体が、静かにその鼓動を止めようとしていた。

彼らに対して、何も弁解するところはなかった。何の反論もできない。また、謝罪もできない。

向けた剣先が震える。自分が涙を流していることに気がついた。

頭の中に、ラナとギーチの結婚式の記憶が浮かんでくる。幸せそのものの表情で微笑んでいたラナの顔。安堵したような乳母の笑顔。どこか寂し気なジドの横顔。

生まれたばかりの子どもをしっかりと抱くラナと、産着にくるまる子どもの顔を何度ものぞき込んでいたギーチ。

そんな思い出が、浮かんでは消えた。

ふと、剣を握りしめる手に、別の手が重なった。

「……死んでいます」

ギーチは、静かな微笑みを口元に浮かべたまま、呼吸を止めていた。

最後に何を見て死んだのか。そんなことを、考えられる立場になどなかった。

国のために何も成せず、身を挺して国を守ることもせず、かつての国民に刃を向けておきながら、哀れむことなど許されまい。

俺に殺されたと、伝えてもらって構わない。

あの世で再び刃を向けられても、成さねばならないことがある。

セナはアスランとフオルを隠した洞窟へ向かうべく、身を翻した。

周囲には、イザクが倒した黒豹獣人らの屍《しかばね》があった。血の臭いに引きつけられた鴉《からす》らが頭上に集まりかけていた。

生きた人間の気配がないことを感じながらも、セナは恐怖を振り払い、辿り着いた洞窟に叫んだ。

「アスラン!!」

姿はなかった。

フオルの姿も、アスランの姿も、そこにはなかった。

絶望で動けなくなる前に、布きれ一つ残されていない穴から、セナは枯れ葉を掻き出した。湿ったそれらを、食い入るように見つめる。

血は、ない。

血がない。怪我は、していない。何か、されてはいない。

「イザク！　ここに来てアスランとフオルの匂いを確かめてくれ！」

白銀狼姿の護衛官は、ようやくセナに追いついてきた。出血で染まった身体を庇うようにしているが、変わらず表情に変化はなかった。

「血の臭いが多すぎて、殿下と侍従殿の匂いまで判別できません」

「では！　息子とフオルがどちらに連れて行かれたか教えてくれ！　一刻も早く追わねば」

イザクが無言で前方に指を向ける。セナはすぐさま駆け出した。

「先に行く、イザク、止血してから追って……」

振り返ってそう告げたセナは、イザクの顔が獣から人に戻っているのを目にした。

その時初めて、セナは、イザクの出血の量に愕然とした。

もともと白い顔だったが、唇は紫になり、顔は蒼く染まっていた。

血が流れすぎたことにより、身体が動きを止めようとしていることに、セナはようやく気づいた。

息子を追うことしか頭になく、護衛官がどんな状態になっているのか頭に入っていなかった。

もはや走れないのか、地に片膝をつきながら、それでもイザクは表情を変えずに、前方を指した。

「向こうに」

顔にも、声にも、苦痛は全く浮かんでいなかった。

出血にも、動かない身体にも、何も感じていないようだった。

死が近づきつつある状況にすら、気がついていないようだった。

セナはマントを外しながら、イザクの元へ戻った。剣でマントを切り裂き、イザクの肩から胸にかけて血に染まる部分に巻き付ける。

なぜこんなことをされているのかわからぬというようにイザクはセナの行動を見ていたが、他人事のように言った。

「妃殿下。こんなことをしている場合ではありません。匂いをたどれなくなります」

「わかっている！」

わかっている。わかっている。

あの時、イザクの動きを止めてしまったのは自分だ。声をかけなかったら、イザクは怪我を負うこともなく、アスランもフォルも、連れ去られることもなかっただろうに。

殺されてしまう。早く。一刻も早く追わなければ。

「だがイザク、お前がいなければ、アスランの匂いを辿れなくなるんだ。お前を失うわけにはいかない！」

イザクの、もともと生気のない瞳が、かすんでいく。意識が朦朧としているように、口が弛緩し、頭が揺れる。

「イザク！　しっかりしてくれ！　お前がいなければ、

息子とフオルを助けられない!!」

セナは絶叫しながらイザクの襟を摑み上げた。

わかっている。

こんな状況に陥ったのは、自分のせいだ。

フオルは、何度も釘をさしてくれたのに。

母国を、あてにするな。誰一人、助けてくれる人間なんていないと。

そう、言われていたはずなのに。

「イザク！　頼む、目を開けてくれ！」

頭上の月が雲に隠れ、顚末《てんまつ》を見守っていた鴉らが散っていく。春の流月が、次第にその姿を闇に溶かそうとしていた。

＊　・＊・　＊

地に仰向けになったイザクの瞳が、今にも閉じようとしていた。

「イザク……イザク、しっかりしてくれ！」

イザクの頭を持ち上げ、セナは自分の腕に抱えた。

血を大量に流して意識を失いつつある者に、どのような処置を施して良いのかセナは知らなかった。ただ、このままイザクが意識を完全に失えば死んでしまう。それだけはわかった。

「イザク、目を開けてくれ！」

耳元に唇を近づけて叫ぶ。何かの刺激を与えられるのならそれでよかった。

ふと、持ち上げていたイザクの頭が軽くなった。動いた、とセナが悟るのと、生温かいものが首筋を這うのは、ほとんど同時だった。

一瞬、何をされているのかわからなかった。長い舌が、べろりと首筋を舐め上げる。

二度、三度、舌が上下し始めて、ぞわりとした嫌悪が背筋を這い上がった。

「何っ……！」

反射的に抵抗しようとすると、きつく抱きしめられた。先程まで意識を失いかけていたのに、あれは演技だったのか。こいつは一体何を企んでいる。

「イザク、何をする!?」

身をよじろうとした時、首筋に牙が食い込んだ。

「痛っ……!」

イザクが再び白銀狼となっていたことに、セナはその時初めて気がついた。そして、首筋だけを、執拗に舐め回していることを。

そしてわかった。

血を、舐めているのだ。

おそらく無意識に、本能的に、血を舐めている。

惹香嚢体の血を。

セナは、獣人にとって、惹香嚢体の身体そのものが、精力活力を与えるものだという、フオルの話を思い出していた。

首筋に、ギーチと剣を交えた時の傷がついていたのだろう。そこから出血していたことにも、セナは気がつかなかった。

ほぼ意識を失っていたイザクは、惹香嚢の血の臭いに反応したのだ。

生きながらえようとする本能だけで、血を舐めている。

それがわかっても、セナは恐ろしさで身体を強ばらせていた。

首筋の傷は、さほど深くないのだろう。イザクが噛んでいても、血が出ているようには思えない。

こんな程度の血で、イザクの傷が治り、体力が回復するとは思えない。力が戻るわけがない。

だが、はねのけることは恐怖だった。

獣人が惹香に狂う有様を、セナは知っている。

初夜の皇帝は、まさに獣としか言いようがなかった。あの時は自分も赤月の発情期で、同様に獣のような状態だったために受け入れられたが、今は体内にある惹香嚢は活動を止めている。

それでも、わずかながら匂いに惹かれるのか、本能がそうさせるのか、イザクは狂ったように血を求めてくる。

首筋の血が止まれば、イザクはこの体内を引き裂き、惹香嚢を取り出して喰らったりはしないだろうか。

捕食されている状態とは、こういうことをいうのだろう。

狼に抱きすくめられ、首を舐め回されて、セナは自分が小動物のようになす術もなく好きなようにされても、抵抗一つできない状態を恐怖に感じた。

ふと、狼の舌の動きが止まる。

生温かい息は首の周りにまとわりついていたが、イザクが顔を上げたことが伝わってきた。

恐る恐る視線だけを向けると、血走った狼の目が目の前にあった。

獣人と化しているからか、表情は読めない。

だがその瞳だけは、セナの知る限り初めて感情が浮かんでいた。

感情というより、もっと原始的な、欲望だった。

あの冷え切った硝子のような瞳が、熱で膜を張られているかのように揺らぎ、焦点が合わずにさまよっている。必死に生き抜こうとしている本能に、セナは一瞬、恐怖を忘れた。

「イザク」

声に絡んだ息を吸い上げようとするかのように、イザクはセナの口内に舌を差し込んできた。長い舌がずるりと喉にまで侵入し、セナは嘔吐《えず》きそうになった。

「うぐっ」

イザクはセナの身体を抱え込むようにして、口内の唾液を貪るように舌で蹂躙《じゅうりん》した。息を止められ、苦しさにセナが思わずその背中を拳で叩いても、びちゃびちゃと音を立てながら口の中を吸い上げるのを止めなかった。

「はっ、はああっ、はあっ、げほっ、ごほっ、ごほっ、はああっ、はぁっ！」

わずかに舌が離れた隙に、セナは顔をそらして呼吸をした。イザクの身体を押しのけ、地に伏せる。

だが、乱れた呼吸を直す時間もなかった。下半身に風が入ったかと思うと、裾をたくし上げられ、イザクが頭を服の中に突っ込んできた。

「イザク！」

女性用の服を身につけていたので、侵入を拒めるものは何もなかった。あっという間にイザクの頭は足の間に収まり、薄い下着を少し横にずらしただけで陰茎をむき出しにされた。

「やめろ、イザク！　止めて、いや、嫌だ！」

身体をよじらせ、必死で抵抗しようとしても、腰をしっかりと両手で摑まれ、太ももは腕で押さえつけられ、身動き一つできなかった。身体を反らせても、少しもずり上がっていかない。

イザクは舌でべろべろと陰茎を舐め回し、頭を殴られようが、耳を引っ張られようが、絶対に放さなかった。陰茎を口に入れ、長い舌を絡ませ、セナの下着は唾液でべとべとに汚れた。

セナはもう、自分の陰茎が反応しているのかどうかすらわからなかった。

喰われる。今度こそ喰われる。

恐怖以上に、逃れようと必死だった。

唾液で濡れた下着を、イザクが歯でびりびりと破くのが見えた。そのまま口にくわえ、ずるりと引き剥がし、顔を振り遠くへ放り投げる。

その拍子にセナの身体はたやすくあおむけにされた。何にも覆われず、むきだしになった下半身はイザクの脇に抱え込まれ、動かせない。

足を高々と上げられ、イザクの舌が陰茎から後孔へ移ってきた時、セナは思わず大声を出した。

「嫌！　止めてくれ！　嫌だ！　イザク！　いや、嫌、そこは嫌!!」

イザクの舌が後孔へと侵入する。セナはその行為に、衝撃で頭が真っ白になりそうだった。

惹香嚢が、もう反応しないのに。

ただの孔でしかないのに、こんな、こんなことを。

ぐりぐりと後孔の周囲を舌で突かれ、軽く抜き差しされるだけでぞわぞわと背筋を這うものがあった。

それは恐ろしさというより、性的な刺激だった。

衝撃が襲われる恐怖より勝り、セナの意識は命の危険よりも行為による羞恥と混乱に切り替わった。

イザクのありえない行動に、次は何をしてくるのか、何をされるのかと恥部だけに意識が集中する。孔の奥へ、奥へと舌が潜っていくのを感じた時、セナは羞恥を超えた何かに突き動かされるように、腰を震わせた。

「ひっ、ぁっ、ああっ！」

はっきりと陰茎が勃つのがわかった。

イザクの舌が後孔からずるりと抜けたかと思うと、代わりにすぐに指が入ってきた。鉤爪でかきまわされるのかと一瞬身構えたが、不思議と痛みはなかった。舌は陰茎を舐め回してすすりあげ、指は舌よりも自在に孔をかき回す。ぐちゅり、くちゅりと次第に大きくなる音に、セナは自分の下腹部が徐々に熱を帯びていくのを感じた。

体内の全ての血が、そこに凝縮されるようだった。頭から、手の指先から、足から、勢いよく血が注ぎ込まれる。長い間沈黙を保っていた臓器が、血の騒ぎに、ゆっくりと目覚め、身体中に鳴り響く鼓動に呼応する。

耳を刺すような鼓動に合わせて、快感がつき上がる。孔を擦り上げてくるイザクの指と、陰茎に絡みつく舌の動きに応じるように、セナは腰を上下させた。

「あっ、あっ、んぁっ、あぁっ、いくっ、い、いっ……」

身体を震わせながら達するも、案の定、イザクは精液の一滴も逃すまいとするように激しく吸い上げてきた。同時に、身体に残る快感の余韻も乱された。

「あぁ、嫌、離して、ああもう駄目、あぁっ、やめっ……」

四肢を震わせても白銀狼はじゅるじゅるとあさましい音を立てて吸い尽くす。

またしても腰のあたりに集まってくる精の暴発を感じて、セナは必死で腰を振った。

「イザク、嫌だ、いやっ！」

頭では拒否しているのに、快感が吸い上げられるように集まってくる。

だが休む間もない射精に、下腹部も、脳も、しびれて麻痺していた。陰茎が震え、放たれた精液を白銀狼が舐めまわす。セナはもう抵抗する気もなく、懇願するしかなかった。

「も……う、駄目だ、やめ……」

するといきなり、イザクは足の間から顔を上げたかと思うと、ばたりとそのまま横になった。

恐る恐る上体を起こしのぞき込むと、イザクの姿は白銀狼から人間に戻っていた。

死んだわけではないのは、一目でわかった。先程とは血色が違いすぎる。

確実に死相が漂っていた土気色の肌は、白いが血が戻っていた。唇の色も薄い赤に色づき、閉ざされた瞼もふっくらしていた。

規則正しい寝息を立てるイザクを見て、セナの方は動悸が激しくなる一方だった。

信じられない。

死にかけだったあの状態から、戻った、というのか？

これほど大量に血が流れていたのに、それが止まった？　回復した？

傷はどうなったのだ。まさか塞がったわけではあるまい。

血を舐め、精液を飲んだからといって、ここまで生命力を回復させられるわけがない。

獣人にとって、惹香嚢体が、そこまで万能の身体のわけがない。

月の光は遠く、周囲に散らばる死体の姿も見えなかった。

無音の闇の中で、セナはひたすら、自分の動悸と荒い呼吸を聞いていた。

＊　・＊・　＊

夜の森で、死体を漁る。

死んでいる者たちが、ナルージャ族の者なのか、それとも母国の兵士だった者なのか、セナは考えなかった。

彼らが所有していた持ち物から使えそうな物を奪い、着ていた服を剥いだ。

涙も出なかった。

己のしている所業の浅ましさを、振り返る余裕などなかった。

一刻も早く息子を助けなければならない。

お腹がすいた、と呟いていた息子を。

生きているはずだ。アスランも、フオルも。

フオルも無事だ。絶対に。

寂しがって泣くアスランを、抱きしめてくれているはずだ。

そんな光景が一瞬でも脳裏に浮かぶと、不安で立っていられなくなりそうだった。頭を振り、死体から剝ぎ取った服を身につける。

一体どんな剣捌きをすればこんな風に人を殺せるのか。イザクが首をはねた死体には、服まで血が流れていなかった。セナはイザクの分も、汚れていない死体から服を剝ぎ取った。

使えそうな物を袋に入れ、セナは荷を抱えてイザクの元へ戻った。

その名の通り、空に流れるように滲んでいる流月は、夜の森に十分な光など届けてこない。セナは奪った品から松明を探し、火を点けていた。

松明を眠るイザクの傍に置き、小剣でイザクの服を裂く。血で濡れた服を脱がし、肩に受けた傷を灯火で照らして見ると、相当な深傷だった。

だが、血はもう流れてはいなかった。完全に止まっているわけではなかったが、だらだらと流れるほどではない。

セナはさほど傷には詳しくはない。だがこの傷で、手当てもせずにここまで血が止まるなど、ありえぬのではないか。

しかし傷が、勝手に塞がる、なんてことがあるのだろうか。

惹香囊の分泌物を飲んだだけで?

イザクの傷をまじまじと見つめていたセナは、近づいてくる人の気配に気づくのが遅くなった。

振り返ると、灯火がゆらゆらと揺れているのが見えた。灯火は一つだけだった。

その後ろに何人もいるかもしれないが、灯りはひとつだけである。

セナはすぐに松明に水を注いだが、見つかったことは覚悟した。

こちらからも灯りが見えるのだ。あちらも当然気がついただろう。

剣を抜き構えたが、灯火はゆらゆらと、変わらぬ速度で近づいてきた。

こちらが火を消して構えていることに気づいただろうに、様子に変化がない。セナは怪訝に思った。

敵……ではないのか？

そのうちに、灯火の位置がやたら下なことに気がついた。松明を掲げずに下げているにしても、下すぎないか。まるで子どもが持っているようだ。

子ども——と思い当たって、セナは思わず立ち上がった。

（フォル……!?）

もしかしたら、フォルが戻ってきたのだろうか。アスランが——。

剣を構えつつ、セナはじりじりと灯りに近づいた。灯りは変わらず、まるで警戒せずにゆらゆらと揺れながら近づいてくる。

目を凝らし、灯りを持っている人間を確かめる。

近づくにつれて、灯りが大人数など引き連れていないことに気がついた。

——フォル、アスラン。

祈るように、一歩一歩近づく。

やがて灯りに照らされたその姿に、セナは脱力しそうになったが、剣を握りしめた。

「何者だ」

「いや、それはこっちの台詞だわ」

ランプを手に首を傾げてきたのは、小人族の老人だった。

左手にランプ、右手に杖を持った小人族の老人は、背丈は十歳くらいだった。

これは小人族の標準体型である。七歳くらいのフォルの背丈は小人族の中でも小さい。

ぼさぼさの白髪頭に皺だらけの顔の老人は、男か女かもわからなかった。声の甲高さからいって、両性体かもしれない。

「はああ、こりゃあ、見事に殺したなあ」

老人は周囲をランプで照らし、ぐるりと見渡して声を上げた。

「そこの男が殺したのかえ。傷を負ったらしいがこの人数をお前さんと二人で殺せるとは。ただの兵士じゃなさそうだ。その男は何の獣だ？」

死体だらけの森に立ち、老人は少しも怯まずに、むしろ面白そうに訊いてきた。

「お前は、近くに住む者か」

「通りかかった旅人よ。ふん。表の街道がやたら賑わっているのでこっちに入ってみたら、とんだ騒ぎがあったものだ」

剣を向けるセナにも全く動じず、老人はすたすたと眠るイザクに近づいてきた。セナは思わず剣で老人の動きを止めようとしたが、老人は剣先に目もくれず、イザクの傷をのぞき込んだ。

「んんん？　何じゃ、この傷は」

老人の顔がイザクの傷に近づく。

止めろ、とセナが老人を引き剥がそうとした時、老人の身体がわずかに宙に浮いた。老人の持っていたランプが地面に落ちる。

イザクの手が、老人の首を掴み、そのまま持ち上げていた。

「イザク！」

第三者の気配を察し本能的に目覚めたのか、イザクは一瞬で獣人になっていた。氷のような瞳には、殺気が漂っている。

だが、そんな状況にあるにもかかわらず、老人は仰天しつつも喜んだような声で叫んだ。

「なんと、白銀狼ではないか！　こりゃ珍し！」

老人は首を締め上げられながらもケタケタと笑い声をたてた。

いきなり獣人化したからか、イザクの傷から血が噴き出る。セナは慌てて老人を掴むイザクの手を押さえた。

「イザク、彼を放せ！　おそらく、敵ではない！」

敵でないかどうかは不明だったが、危害を加えようとしていないのはわかった。

彼からすれば、通りかかっただけで危害を加えそうなのはこちら側だろう。

命じられてようやくイザクは老人を放したが、摑み上げられても老人は少しも不快にはならなかったようだった。

「こっちは白銀狼。そして緑色の瞳のお前さんは、惹香嚢体だね？」

仰天して老人に目を向けると、老人は背中にくくりつけていた木箱のようなものを下ろした。

イザクに摑み上げられた時に落とした際、ランプの灯は消えてしまっていた。皿に油を注ぎ燈心に火を点け、ランプを木箱の横に置く。

「何の手当てもしていない傷、どう見たって、容易に血が止まる訳がない。ここの死体を見ても、さほど時間も経っていない。獣人を回復させられるのは、惹香嚢の分泌物だけだ」

老人は木箱を開け、中から薬品のような容器をいくつか取りだした。

「清潔な布で、その男の傷を押さえて血を止めておくれ。これからもう少し、血を流すことになる」

「何をする？」

「傷を縫うのさ。いくら惹香嚢でも、その傷を塞ぐまでは無理だ。血は止まらない。今は夏だ。消毒と止血をしなければ、あっという間に腐る」

灯火で光る針と糸を見つめ、セナは驚きながら老人に訊いた。

「お前……医師か⁉」

「流れ者の、免許も持っていない医師だけどねえ。その程度の傷なら治せるよ。どうする白銀狼。惹香嚢の体液をいくらすすり上げたって、お前のその傷は治せやしないよ」

イザクは人間に戻っていた。急に身体を動かし出血したせいか、また肩が上下するほどの荒い息を繰り返していた。

「イザク、怪我を治してもらおう」

セナの言葉にイザクはゆっくりと視線を向けてきた。

「怪我が治らなければ話にならない。血がいつまでも止まらなければ、出発できないんだ。治してもらおう」

イザクは無言で頷いた。無表情だったが、額に汗の玉が浮かんでいる。

一刻も早く処置しなければ、また先程のような状態になることは間違いなかった。

「『闇人』の者は、麻酔なしで縫ったところで痛がらないし平気だとは思うんだけどね」

老人の呟きに、セナは思わず叫んでしまった。

「お前、何を知っている⁉」

セナの詰問に老人は面倒くさそうにため息をついた。

「白銀狼なんて珍しい種が、神山の他にいるもんかい。私はいろいろ諸国を旅したが、白銀狼だけは北でも見かけなかった。これだけの敵をほぼ一人で倒す白銀狼なんて、闇人であるに決まっている。人形みたいな反応しかしないところを見てもね」

薬品を調合するその器用な手先を見つめながら、セナは老人に訊いた。

「お前、名前は?」

「サガンといいますよ。竜王の婚配者の母上様」

老人はにやりと笑い、薬が注がれた杯を掲げた。

「北と西の国の婚配者が神山を通り過ぎ、南に通じる山に隠れている訳がない。南の国の婚配者はすでに神山に入ったと聞いている。ということは、残る国は一つしかない。東のレスキア帝国皇帝妃、ネバル国のセナ王子。手術の手伝いをしてくれませんかね」

「訓練で薬慣れさせるとしても度が過ぎている。全く『闇人』てのは厄介だ」

小人族の医師・サガンは吐き捨てるように言った。

麻酔薬を飲ませても、イザクに変化はなかった。ぴたりとサガンに焦点を当て、視線をそらそうとしない。また、サガンの手伝いをしようとするセナが動こうとすれば、自分の傍らから離さなかった。

「こんな状態になっても対象を守ろうとするか。よい、セナ様や、そやつの止血をしていてください」

樹の根本に座り幹に寄りかかりつつも、イザクの左手はセナの腰にまわり、右手は剣を握りしめてサガンに刃を向けていた。左手に力など入らぬ状態だろうに、守るべき対象を放さない。

本来ならこんな治療など真っ平ごめんだろう。だがサガンは、剣など見えていないかのようにイザクの傷を消毒液でびしゃびしゃと濡らした。

セナは医術が施される様子を初めて目にした。麻酔を使って傷を治す処置は、限られた人間しかできないと聞いていた。ネバルでも、国王専属の医師一人くらいしかできなかった。

麻酔薬を調合できるほどの学識を持つ者が、放浪の旅をしているとはどういうことだろう。

「大した学でもない。痛みを取り除く薬草はいろいろある。人体にどういったものなら影響が出ないか、それを知ればいいだけのこと。闇人のような暗殺者は、薬慣れされているからどれだけ効いているかわからないがね」

サガンの手つきは素早かった。針と糸で、イザクの皮膚を丁寧に縫い合わせていく。

「神山に詳しいのか？」

セナの質問に、サガンは手を止めずに答えた。

「学都を出ていない医師はおらんのですよ。学都にいたのは、何十年も前ですがね」

サガンはぱちんと糸を切ると、ふう、とため息をついた。

「縫合はしたが、問題はここからだ。もうすでに、こやつの身体は発熱している。夏場で、毒が回るのが早すぎたな。毒が勝つか、こやつの身体が勝つか……」

血も止まり、縫合もしたのに動けないということだろうか。

イザクの身体の回復を待っている暇はなかった。

「私は行く。息子を取り戻さねば。イザク、お前は動けるようになったら追ってこい」

「動けます」

「なんとまあ、あの麻酔薬を飲ませたのに舌が痺れておらんか。全くとんでもない身体よの」

サガンは呆れたようにイザクを見つめたが、セナに顔を向けて首を振った。

「セナ様、こやつはもう一刻もしたら高熱で動けなくなりますよ。それこそ、先程のような生きるか死ぬかだ。まあ、まずこの抗毒薬を飲んでからの話だが」

「何だそれは?」

「外傷により、こやつの身体には毒が回っているのですよ」

「剣に毒が塗られていたということか?」

「それ以外にも、人を殺せる毒は周囲に腐るほどあるんですよ。こやつが倒れていた土、腐った葉、それが傷口に入るだけで平気で人は死ぬんです。薬で止められるかどうかわからないが、一刻先にはこやつは動けなくなる」

セナは黙るしかなかったが、待っていることなどできない、というのが本音だった。

イザクが動けなくなったことまで心配する余裕はなかった。

今はもう、神山に辿り着くのが目標ではない。アスランとフオルを助け出さねばならないのだ。

「ひとまず、こやつがまだ動けるうちに、身を隠せる場所を探さねば。ここは死体が多すぎる。朝になれば、鴉らによって居場所が知れてしまう」

サガンはさっさと薬箱に瓶を収めた。イザクは無言のまま、指示を待っている。アスランを追うからついてこい、と告げればついてくるだろう。だが後から来いという指示に従うとは思えなかった。

ここから一刻も早く離れなければならないのは確かだった。セナは死体から奪った荷を背負い、イザクに命じた。

「行くぞ、イザク」


一刻、と告げたサガンの言葉は正しかった。

一刻も過ぎると、イザクの身体は左右によろめきだし、まともに歩けなくなった。

それでも死体だらけの場所からはかなり遠くまで離れることができた。

姿を隠せるような洞穴を見つけた時には、セナはイザクの腕を肩に担ぎ、よろめく身体を支えるようにして歩いていた。

「木々の湿り気からみても、水場も近いようだ……。セナ様、夜が明けたら水を探してきてください」

「駄目です。この方は、俺の傍から離すわけには」

息も絶え絶えで言葉すら繋げないというのに、どこまでも命令に忠実な護衛官だった。

「ええい、律儀な狼よの。いくら麻酔薬が効かない身体でも、お前はもう限界だろう。ほれ寝てしまえ」

サガンは薬を杯に入れ、イザクの鼻先に突き出した。異物を体内に入れることを拒否するイザクは口を引き結ぶ。

「飲め」

セナの命令に、イザクはしぶしぶといった様子で口を開けた。

身体が弱っているせいか、イザクからわずかな感情が見えるようになった。拒絶や困惑だけだが、人間らしい感情がないわけではないのだ。

相当弱っているからだろう。今度の薬はそう時間がかからず効いた。イザクの意識が落ちるのを確認してから、セナはサガンに告げた。

「サガン、俺はやはり先に行く。後からついてこいとイザクに伝えて貰えるか」

「セナ様。護衛官から離れてはあなたは生きていけない。御子のところにさえ辿り着けない。もう少し冷静になられると良い」

セナは震える唇を噛みしめた。

冷静だ。こんなにも。

本当なら泣いてわめきたいのだ。

息子を戻せと。返せと。

もしかしたら、目が覚めて、泣いているかもしれないのに。

焦燥と恐怖で身体が震える。こんなことをしている場合ではないのだ。

一刻も早く助けねばならない。

「まあ、別にあなたがどうなろうと、竜王の婚配者が誰になろうが、この老いぼれには関係ないのですがね。世界で始まった婚配者騒動を、高みの見物とさせてもらおうと思っていた矢先に、こんな関わり方をするとは思わなかった」

サガンは闇の中でもくっきりと浮かぶ皺だらけの顔を歪め、くくくと笑った。

「あなたは、南の連中がなぜあなた方を狙ったのか、アスラン皇子をどうするつもりか、わかっているんですか？」

セナは黙るしかなかった。

レスキアに守られて神山に行くと決めてから、情勢を知っても、アスランに関係ないことを考えることはあえて遠ざけていた。実際、フオルにも余計なことは考えるなと釘を刺された。

「闇雲に動いたところで犬死にするだけですよ。御子を助けるおつもりなら、頭を使わねば。その護衛官は思考などしない。ただ目の前の人間を殺すだけだ。あなたが思考し、そやつを動かさねばならない」

サガンは煙管を取り出すと、先端に葉を詰めた。小枝の先端をランプの火で焼き、それを葉に押し当てていぶす。

「お前はわかっているのか」

「流浪が長いので、少々この世界をわかっているというだけですが」

「ネバル国は俺とアスランを殺そうとしているのか？」

サガンは火を落とした煙管を吸い上げ、ふっと息を吐いた。ふわりと先端から煙が出る。

「あなたがレスキアにお輿入れした時よりもかなり

状況は変わっておりますが、その質問が出るということは、レスキア側はあなたに何も話してはいないのですな」

さきほどギーチに罵られた言葉がよみがえる。

――殺すのかどうかすらわからぬほど、あなたは国から遠く離れてしまわれたか。

「それはそうとして、セナ様、あなたは惹香を抑える分泌抑制薬は持っているのですか」

急に話を変えられ、セナは面食らった。

「いや。子を産んだから、もう俺には惹香嚢がない」

「は？」

なぜかサガンは先程までの飄々とした顔を引っ込め、眉根を寄せた。

「ないとは、どういうことですか？　体内にない、という意味ですか」

「いやまさか。あることはあるが機能していない、という意味だ。子を産めば、惹香嚢は働きを終える。もう惹香は分泌されない」

「……そんなことを誰が言ったんですか？」

サガンの煙は、セナとサガンの間に薄い膜を作るほどに広がっていた。

闇をぼんやりと滲ませる膜の向こう側にいるサガンを、セナは目を凝らして見つめた。

「子を産んだところで、惹香嚢が動きを止めるわけではありませんぞ」

サガンの瞳だけがくっきりと闇夜に浮かんでいる。その目が、わずかに据わった。

「次の子が身ごもれるように、惹香嚢が己を回復させるだけのこと。一人目の子が手元から離れれば、次の子を身ごもるよう身体が応え始める。それがけものの本能。人であろうが獣人であろうが、惹香嚢体であろうが同じです」

サガンの瞳が洞窟の外に向く。

つられてセナも後ろを振り返った。

細い流月が空に浮かんでいるのが、洞窟の穴からでも見ることができた。

「流月が去ろうとしている。婚配者が赤月に辿り着くように神山では考えたのだろう。発情し、子を身ごもる月を、輿入れとした」

闇夜に、月がかすんでいる。

流月が終わりに近づいていることを告げていた。

そして次に訪れるのは――。

「あと数日で赤月に入る。そこの獣人も発情するだろう。あなたの惹香嚢は、本当に目覚めないと言えるかえ」

先程感じた熱が、じわりと滲んでくる。

それに応じるように、血が巡る。

セナの脳裏に、赤い月の色がよみがえった。

サガンはカン、と短い音を立てて煙管を石に叩きつけ、灰を落とした。

灰の中に残っていた小さな火種が地面を転がる。その赤い色はすぐに消えてなくなった。

サガンが煙管に新しく煙草を詰め、火を点ける。その仕草を、セナは無言で見つめた。

「どれだけの距離があったとしても、この白銀狼があなたの匂いを辿るのは可能でしょうな。惹香の匂いを獣人は忘れません。一度、その血をすすったのなら余計に忘れないでしょう」

サガンはさらりと言い放ったが、イザクからされたことを見透かされている気がして、セナは思わず吐き捨てた。

「貴様、獣人か」

「小人の獣人などいるわけがないでしょう。私は惹香どころか、純血種の人間にも惑わされない、両性ですよ」

サガンは闇にふっと煙を飛ばしながら言った。

「本来雌体であり、対を必要としない神である竜王でさえ、雄体で生まれてしまえば卵を産む惹香嚢体を必要とする……。神でさえ、繁殖において絶対ではないということです。純血種の人間らは、繁殖できない私のような両性や、発情に悩まされる獣人や惹香嚢種を蔑みますが、我々種族の性には全て意味があると思いませんか?」

セナは煙の向こうにいるサガンを、食い入る様に見つめた。

「何が言いたい?」

「〝神無月《かみなしづき》〟」

「何？」

「〝神隠月〟ではない。竜王が死去し、新たな竜王が誕生する、月が出ない七日間は〝神無月〟と呼ばれるのです。文字通り、神が不在の月だ。神隠月に生命が生まれるのは、まれだがあり得る。だが数はがくりと減るのです。これは純血種、異能種、関係ない。犬や猫や馬などの動物でさえそうなのです。数百年に一度しかない、先の竜王が死に、新たに竜王が孵化する神無月での生命の誕生は、もっと限られているでしょう」

そして生まれたとしてもその生命は弱い。静かにサガンは続けた。

弱い？　アスランが？

あれほど病気もせず、元気な子どもなのに。

セナの思いが顔に出ていたのだろう。サガンはその疑問に答えた。

「ですが惹香嚢種だけは、生命力が強いと言われているのです。獣人に精力活力を与えるほどの臓器を体内に宿し、その種を従わせるほどの力を持つ。命の育まれぬ神無月に誕生した、最も生命力と繁殖力に溢れた種でなければ、神の子を宿せぬというわけです」

いつの間にか、サガンの周りからは煙が散っていた。油がなくなってきているのか、ランプの火も弱くなり、互いの間にある光は、少しずつ消えていこうとしていた。闇に染まっていくサガンをセナは見据えながら尋ねた。

「それは確かな根拠に基づいた話か。学都の学者らの妄想か？」

「妄想、と答えるしかないでしょうな。全て私の見識でしかありません。もっと言うならば、私がこれを人に話したのは初めてです。惹香嚢に関することは、学都でも禁忌とされております。医学だけではない。歴史、政治、全てにおいて、です」

「なぜ？」

「……さあ」

サガンは小さくなったランプの火をイザクの顔の辺りに掲げ、顔色を確認した後、地に置いた。そして静かな顔で告げた。

「セナ様。あなたの中の惹香嚢は、止まってはおりませんぞ。あれはそうたやすく沈黙する臓器ではない。イザクに精を与えた時に、身体は疼きませんでしたか」

サガンの言葉にセナは思わず地に膝をつき身体を起こした。己の恥をさらけ出された気がして、瞬時に頭に血が上った。だがサガンは、見据えるような目を逸らさなかった。

「私は医学的見地から申し上げているだけです。惹香嚢が目覚めれば厄介なことになる。それはあなたが一番よく知っているはずだ。赤月に惹香の匂いがまき散らされたら、そこの白銀狼だけではない。あなたの匂いは、何十倍もの威力でもって、敵の獣人らを引きつける。身は犯されて喰らい尽くされるかもしれぬのだ」

サガンの言葉は、セナには恐怖しか与えなかった。

あの赤月の婚礼で、獣人と化し、狂ったように求めてきた皇帝の有様を思い出す。

その獣人を、淫らにどこまでも受け入れた自分を振り返る。

あれが、またやってくるというのか。

よりによって、息子を一刻も早く探さねばならぬというこの時に。

「セナ様、分泌抑制薬はお持ちか」

サガンの言葉にセナは力なく首を振るしかなかった。

「息子を妊娠したとわかってからは服用したことがない。ネバルでは乳母夫に作ってもらっていたが、レスキアでは調合できる薬師がいないと返されて……。全て飲みきってしまって」

「うーん。まあ、レスキア王宮には獣人も少ないでしょうし、惹香嚢種など特に稀少でしょうから、王宮に出入りする薬師が知らないのも無理はありませんな。私のような、下層を徘徊している流れ医師の方が詳しいですよ」

そう言うとサガンはガサゴソと自分の薬箱の中を漁り始めた。

ため息をつき、何を思ったかイザクの傍へ寄り、イザクが腰にぶら下げている袋を外した。

腰にぴたりと装着できるように皮で作られたそれの中は、いくつかに区切られていた。サガンは一つ一つ中から取り出し、確認した。

「飛び道具……針ですな。毒が塗られている」

イザクが賊に向かって投げたものである。

「そしてこちらは毒。……自決用ですな。これは紐か。一体何で作ったのやら、相当強度がある。罠用か、相手を絞め殺す時に使うのでしょうな。そしてこれが……」

サガンは黒い小さな袋から、丸薬を出した。

「発情抑制薬です。獣人が使う方の」

サガンが指に挟んだそれを、セナは見つめた。ふと、不思議な思いに捕らわれる。

「獣人側も、発情を抑制するのか？」

「婚礼や決まった相手と赤月を過ごさぬ場合、多少は飲む者もおりますなあ。精が強すぎると相手に迷惑をかけるから、処方してくれと言う者もおりますよ。相手が獣人ならいいのですがね、ただの人間だと、発情期の獣人に付き合うのはしんどいらしいです」

まあ、人によりますけれどね、とサガンは言ったが、セナは心の中に疑問が広がった。

「相手が惹香嚢体でなくとも、発情が抑えられないのか？」

「赤月はそうでしょうな。人間よりも繁殖の本能に忠実ですから。だから赤月の夜など、獣人化が止められなかった獣人がウロウロしている。お前なに興奮しているんだとからかわれるから、抑制薬を飲むんです」

セナは以前、フオルから聞いた話を思い出していた。

初夜で皇帝が獣人と化した時、惹香嚢体が用いる分泌抑制薬を飲ませたと。

発情抑制薬よりは効き目が薄いだろうが、何も与えないよりはマシだと思ったから勧めたと。

皇帝は、発情抑制薬を飲んでいないのだろうか？

赤月の夜、興奮すれば獣人化するかもしれない。

万が一にでもそうなってしまえば、一巻の終わりである。

誰にも内緒で、毎回抑制薬を飲んではいなかったのだろうか？

「その発情抑制薬を飲めば、惹香の匂いには惑わされずにすむのか?」

セナの質問にサガンは首を振った。

「惹香嚢体側が分泌抑制薬を飲んでいなければ、どれだけ獣人が発情抑制薬を飲んでいても抑えられんでしょうな。この白銀狼の持っている抑制薬は相当強いですが、これでも抑えられるかどうか」

丸薬をわずかに小刀で削り、ぺろりと舐めたサガンが顔をしかめながら言った。

「では俺が、それを飲んでいれば解決するのだろう」

セナは急いで手を伸ばそうとしたが、サガンは丸薬を握りしめた。

「これは獣人の発情を抑制するもの。これをそのまま飲んだところで惹香の分泌は止められません。しかもこれはかなり強い。こんなものを飲んでいたら、身体に支障が出ますよ」

「身体に支障?」

サガンは顔をしかめて手を広げた。

「神山にとって闇人は実に使い勝手の良い駒ですが、ただの道具でしかありませんからな。性欲を抑えるためにこうして強い抑制薬を与えるのです。こんな強い薬を飲み続けていたら、身体のほうが破壊されてしまう」

「身体が破壊とは?」

「強く効く薬は毒にもなるのですよ。獣人の強さともいえる本能を無理やり押さえつけるのです。身体にどれほどの負担を与えることか」

こんな強い薬は、少なくとも一般になど決して出回ってはいない。

サガンはそう言って丸薬を袋に戻したが、セナは遠い地にいる皇帝の顔が頭から離れなかった。

あの人はずっと一人で、本能を抑え込んでいたのだろうか?

発情抑制薬を飲んでいたとしたら、一体誰に頼み、どんなものを飲んでいたのだろう?

「セナ様。やはり間に合わぬ。これからあなたの分泌を止める抑制薬を作るとなると、さすがの私でも時間がかかります」

皇帝のことを考えていたセナは、サガンの言葉をぼんやりと受け止めた。

「番いなされ」

「……え？」

「惹香が目覚めてしまったら、嫌でも獣人らが嗅ぎつけてくる。そうなる前に、その白銀狼と番いなされ。その男は、獣人の種では最高の強さを誇る。白銀狼の精の匂いが擦りつけられていれば、他の獣人は諦めるでしょう」

先ほどまで浮かんでいた皇帝の横顔が静かに消えていく。

あの瞳の水色は、どんな色だったか。

王宮で再会した時に、確かにあの瞳の色を見たはずなのに、思い出せない。

代わりに浮き上がったのは、昏々《こんこん》と眠りにつくイザクの顔だった。淡々としたサガンの声が、その顔に重なる。

身体を冷えたものが通り過ぎていく。

空を流れる淡い月が消え、先程見た丸薬のように黒く、赤く、丸い月が目の端に現れようとするのを、セナは感じた。

＊　・＊・　＊

番え。

互いに、発情の本能に狂わされる前に。

セナは迷わずに立ち上がった。腰に剣を差し、賊から奪ったわずかな携帯食を袋に入れ、残りをサガンに手渡した。

再び煙草に火を点けたサガンから放たれた煙草の煙で、互いの間が白くかすむ。

「イザクが回復したら追ってくるように伝えてくれ。ただし、必ず発情抑制薬を飲んでからだ」

「あなたの方はどうします。間もなく赤月だ」

「俺の惹香嚢は目覚めていない」

「目覚めておりますよ。白銀狼の傷が癒やされた。

あなたの分泌物は全て惹香嚢を巡っている」

「こんな時に、そんなものに囚われていられないんだ！」

セナは身の内を走る嫌悪と恐怖を吹き飛ばすように、怒鳴った。

「こうしているうちに、息子に何かあったら！　一刻も早く息子を助け出さねばならないんだ。発情だのなんだの、構っている暇はない！」

「残念ながら本能とは、理性でどうにかなるものではないのですよ、セナ様」

サガンは煙草の灰を煙管から落とし、闇を再び黒く戻した。

「あなたの分泌抑制薬も作りましょう。しかし赤月の入りまでには間に合いません。惹香の匂いをまき散らして進んだところで、敵に見つかり前には進めません。白銀狼の目覚めを待ちなさい」

「お前の仮定の話など知らぬ」

それきりセナは振り返らなかった。

息子の匂いを辿るためにイザクは必要だったが、あの場にいるのが不快だった。目覚めを待って番えなどと言われ、その場に残ることなど誰ができようか。

南のナルージャ族にさらわれたのは、間違いないのだ。南に進むのは正しいだろう。あの身体能力だ。イザクも回復すればすぐに追いつくに違いない。

ひたすら歩き続け、夜が完全に明けたのをセナは確認した。眩しいほどの光が東の空から生まれる。

黎明《れいめい》はくっきりと大地を映し出した。南へと進むたびに、森の木々は高さを失い、点在し、固い大地へと続いていく。岩山と砂に覆われた故郷に、セナは思いを馳せた。

一体誰が、どんな状態で生き残り、戦い、虐げられているのか、想像もつかなかった。

『考えるのはアスラン様のことだけですよ』と告げたフオルの言葉が頭に響く。

何度も何度も、念を押してきたフオルの気持ちが今ならわかる。

頬を撫でる風が乾燥し、砂が混じるようになると、どうしてもセナの気持ちは故郷へ向かった。

忘れられない砂と風が、育った国への思いを否応なく呼び戻す。

そのたびにセナはフオルの戒めを思い出した。アスランを助けられるのは、自分一人なのだ。

何が何でも、この世界に、あの子が笑顔のままで大人になれる場所を、見つけなければ。

それができるのは、母である自分一人しかいないのだから。

賊から奪い取った干し肉を噛みながら、セナは歩き続けた。太陽と、見覚えのある山脈をひたすら見つめながら南へと進む。

ナルージャ族が所有権を主張する土地に、セナは当然ながら赴いたことはない。

ナルージャは古き血を持つ獣人族で、ネバル国と遠き祖先が同じ民だ。ネバルが先に文明を手に入れ、金山を運営するようになってからは完全に分離した。力をつけたネバルに従属する形となったが、ネバルはナルージャの戦闘能力の高さを買い、決して冷遇はしなかった。

長い歴史の中で悪い関係ではなかったにもかかわらず、ナルージャがネバル国民とならなかったのは、その民族性が特殊だったからだ。

一族を率いるのは長だが、占いをする巫女的存在がおり、一族の行く末を決める際には巫女の考えを無視できないというのが理由だった。

ネバルはこうした一族の特性をよく理解し、彼らの考え方をねじ曲げようとはしなかった。

だが、かつて従属していた南の大国・バルミラはそれを許さなかった。

バルミラは四大国の中でも君主制の強い国で、時に法より議会より君主の意向が政治に反映される。王族の力も強く、他の貴族よりもさまざまな特権が与えられている。大国となればなるほど全体的な調和を求められるが、バルミラは国王の力でそれを押さえつけてきた。

南の地方には、ナルージャ族のような特殊性のある種族が点在していることも原因かもしれない。他の大国に従属する部族らは長い時間をかけて大国に迎合してきたが、南の部族は抵抗を示し、バルミラはそれを武力で従わせてきた。

結果、バルミラはレスキアに次いで軍事力の高い国だったが、ここ数百年の発展に乗り遅れ、四大国では最も文明が低い国となってしまった。だが武力による君主制をあくまで変えようとせず、意に沿わない部族には兵を向け、従わぬ国には圧力をかけてきた。バルミラに従属してきた国々は、裏切りと搾取にほとほと疲れ、ネバル国のように東のレスキアに流れる国が多くなっていったのである。

だがネバルは年々減り続ける金の採掘と、変わらぬ金の献上を求めるレスキアに反目し、バルミラに従った。

絶対君主制のバルミラに従属すれば、辺境の民族らがどんな目に遭うかはわかりきっている。ネバルに属するナルージャ族が、反旗を翻すのも道理だった。

ナルージャ族の所に乗り込んで、息子を取り戻すためにどう交渉すればいいかなど、見当がつかない。

だが今は、一刻も早く息子の無事を確認し、抱きしめねばならない。

アスランを助けるためならば、この身がどう使われようと構わない。

我が身が人質となり、どういう交渉に使われようがセナはどうでも良かった。息子だけは、何としても助けねば。その一念しかなかった。

強く意識を保っても、一日歩き続けると足に疲れを感じてくる。

もう日も落ちかけていたが、セナは無理にでも足を進ませた。

日の陰りとともに、ナルージャ族の地への目印にしているグルバ山脈の形が微妙に変わっていく。山中で方向を見失うわけにはいかない。セナは稜線を睨み据えていた。

「見つけたぞ！」

その声に、セナはびくりと身体を震わせた。

歩くことだけに集中しすぎて、周囲に意識を向けていなかったと後悔した時にはもう、見上げた岩の上には五人の男たちの姿があった。

全員、獣人だった。

豹族ではない。毛並みの斑点や顔立ちを見たところ、おそらく山猫獣人と思われた。

南の辺境民族には多い種である。

男たちの身なりは、皆バラバラだった。毛並みも同一ではない。もしかしたら一族から追い出された山賊かもしれない。そんな連中が辺境にはいることを、セナは嫁ぐ道中で聞いていた。

「ぷんぷん良い匂いがすると思ったら、こいつだ！」

「雌じゃねえぞ。雄だぞ、こいつ」

「でも匂いはコイツからだ」

男たちが値踏みをするような視線を向けてくる。

彼らが交わす言葉を聞いて、セナは内心戦慄を覚えていた。

匂いがする、と彼らは言った。

匂い――惹香の匂いか。

まだ夜の月は出ていないが、赤月に入ったのだろうか。サガンの言うとおり、己の惹香嚢は、目覚めてしまったのか。

「男でも何でもいい！　たまんねえ匂いだ！　俺は犯すぜ！」

目を充血させながら男がそう叫んで飛びかかってきた。セナはためらわず剣を抜き、丸腰で向かってきた男の手を、一歩踏み込んだのと同時に切った。

「ぎゃああっ！」

欲望に目がくらんで我を忘れた山猫獣人は、失った手首から血しぶきを上げながら転げ回った。

「こいつ、できるぞ！」

「同時にやればいい、やっちまえ！　殺さない程度でいいんだ！」

獣人らは岩を跳ね、ぐるりと周囲を囲んできた。

背後も取られたが、セナは剣を握りしめた。

こんな下郎どもに、いいようにされるわけにはいかない。

獣人らは、そのままなぜか動かなかった。

距離をとって、獲物をじっと見つめたまま、襲う瞬間を待っている。

一瞬でも隙を見せたら、襲いかかってくるつもりなのだろう。

「むんむん匂いが濃くなってきた」

「たまんねえ！」

「俺が先だ」

「冗談じゃねえ、俺だ！」

だらだらと涎を垂らしながら、男たちが囁きあう。

男の欲望が高まっていく。セナは、強く意識を保ったが、嫌悪感と恐怖に打ちのめされそうだった。

犯される、という恐怖。

沈みかけていた太陽は地平の下に完全に姿を消し、周囲は闇に包まれた。

見えなくなってしまう、と萎縮したセナを、獣人らは見逃さなかった。

らんらんと目を輝かせ、剣を繰り出してきた前方の獣人に、セナは剣を向けた。だが、最初から避ける気だったのか、その身体は岩を飛び、横からもう一人が腕を伸ばしてきた。殺さぬように、剣を向けてこなかったのだろう。セナはそんな腕を剣で払った。

「ぎゃああ！」

「この野郎！」

次の男は剣を振り上げてきた。受け止めると、後方から一人が体当たりしてきた。身体が地に倒され、その衝撃で手から離れた剣が蹴飛ばされる。

「やった！」

「倒せ！　犯せ、犯せ！」

あっという間に腕は二人の男で押さえつけられ、もがいた足は蹴られ、爪が伸びた手で衣服を裂かれた。

まるでモノのように身体を地に押しつけられ、セナの頭によぎったのは、犯される、という恐怖よりも、殺されてしまうという恐怖だった。

次第に力が脱力していくのは、諦めからなのか恐怖からなのかわからなかった。

わかっているのは、わずかでも抵抗すれば、半死半生の状態のまま犯されるだろうということだった。

相手は、こちらを人間と思っていない。ただ肉欲をぶつけられる人形でしかないのだから。

抗えば、殺される。

ここで死んでは、息子に会えない。

死――というものに思考が囚われていたために、セナはのしかかってくる獣人らの力が変化したことに気がつかなかった。

どん、と無造作に獣人が横に倒れ込んできて初めて、何かが変わったと気がついた。

闇は、声一つ発さなかった。

断末魔の声ひとつ、聞こえなかった。

セナはそろそろと身体を起こし、自分の周囲を囲む死体と、目の前に立つ男を見つめた。

白銀狼は、赤く染まる月を背に、無言で立っていた。

闇夜でも白銀の毛並みは、風に吹かれて煌めきを放った。

イザクの背後に浮かぶ赤月は、真ん中から澱むように赤く、その色を濃く染めていった。

まるで血潮が凝縮されていくかのように。

セナは、その血のような色から目が離せなくなった。

死の恐怖から解放された反動からか、身体が弛緩し、急激に血が巡る。

その血が、自分の下腹部に凄まじい勢いで流れていくのを、頭のどこかでセナは感じていた。

沈黙していた臓器が、耳鳴りがするほどの鼓動をもって、目を覚ますのを感じる。

「イザク……」

かける声は、震えていた。

「イザク……匂い……匂いが、するのか」

「はい」

白銀狼は、肩で息をしたままだった。

おそらく怪我が完全に治っていないのだろう。先程あっという間に賊を倒したが、身体からは疲労が漂っている。

だがそれ以上に、灰色の目は血走り、抑えようとしても抑えられない欲望に対する戸惑いが見えた。

「発情抑制薬を飲んできましたが、そんなものは、役に立たぬほどの……――匂いが……妃殿下から、いたします」

目はさまよい、理性が本能に覆される寸前の混乱で、イザクは思考が揺らいでいる様子だった。

感情のない獣人の、洗脳によって抑え込まれている理性が、本能によって壊れようとしている。

セナは次第に、そんなイザクの様子になど、気をつかっていられなくなった。

凄まじい勢いで、惹香嚢が活動を始めている。発熱し、血が全身に巡り、突き上げてくるような欲情に、手足がぶるぶると震える。

セナは緋宮での初夜を思い出していた。自由を奪われ、精を放ちたくても放てないあの苦しさ。窒息させられそうな圧迫感を抱え、ひたすら解放だけを訴えていた。

誰か、誰かこの精を、何とかしてくれ。

誰か、どうかこの身を鎮めてくれ、と。

嫌悪と屈辱にまみれながらも犯してくれと狂い叫んでいたあの状態を——。

目の前のイザクが、充満する惹香に理性が破壊されそうになっているのがわかる。

あの時の皇帝と同じように、ただ欲情に支配される獣と化すのが読める。

確実にこの獣は、この身体を貪ってくるだろう。

そして自分は、その刺激を求め、自らの身体をどこまでも開き、欲情の解放を求めるだろう。

そうなる前に。

少しでもまだ、惹香嚢に支配されない理性が、消える前に。

「イザク」

「は……い」

ただ名を呼ばれたら答えるというすり込まれた本能だけで、イザクは反応した。

「お前は……お前は、最も強い、男か」

サガンは言った。

——惹香の匂いに、獣人らは群がってくる。

——そうなるまえに、最も強き雄の精をその身体に受け入れろ。

——その男のものであるという印を身体になすりつけなければ、匂いを求めた雄らが襲いかかってくるだろう。

「イザク、お前は、どんな雄よりも、強い雄か!?」

その言葉に、イザクの、さまよっていた視線が一点に集中した。

「どんな男よりも強いか。どんな男にも負けないか!?　白銀狼は、この世で最も強い獣人か！」

「はい」

イザクの声に、初めて意志というものが宿ったように聞こえた。

「私以上に強い男は、この世界におりません」

セナは、屹立する己の男根と、その後方にある孔から滴る愛液が、内ももに伝わるのを感じた。

屈辱を感じることなどない。

自らを、貶める必要などない。

この男を選ぶのは、我が意志なのだ。

息子を助け出し、群がる雄どもを蹴散らせる、唯一の男を、選ぶのは自分の意志だ。

「ならば、お前の精を我が身によこせ！」

言葉が放たれるとほぼ同時に、イザクの身体が動いた。イザクの身体で視界が覆われたかと思うと、いきなり身体がふわりと浮いた。

抱きかかえられたと知るより先に、白銀狼の体臭が一気に鼻腔に入ったことで、急激な欲情に突き動かされた。

「あっ……あっ……！」

この匂い。ほしい。早く欲しい。

理性があっというまに吹き飛ばされ、五感が一気に解放された。

イザクの首筋の毛に顔を埋め、思い切り吸い込む。強い雄の匂いとともに、太陽にさらされた毛布の香りを思い出し、セナは不思議な安堵感で満たされた。

イザクのマントに包まれたかと思ったら、地に押し倒された。背中に伝わる感触は、硬い岩ではなかった。イザクは、おそらく跳躍して先程の岩場から飛び、わずかに草が伸びている木々の下へ移ったのだろう。

死体に囲まれたその場に押し倒さなかったのは、何の本能かとセナはわずかに残る意識で考えた。

番う相手を思いやる、狼の思いやりか。

イザクの、洗脳しきれないで残る、人としての優しさか。

そんなセナの意識は、口内を貪ってきたイザクの舌によってあっという間にかき乱された。

ああ、接吻などいらない。早く、股間を舐め回して吸い上げてくれ。セナは夢中でイザクの硬い男根を手で擦り上げた。

ここが、お前のこれが欲しいのだ。

絡み合う舌の動きに、陰茎が震える。舌で舐めまわされる快感が呼び起こされる。セナは息も絶え絶えになりながら、イザクに訴えた。

「ああ、欲しい、お前が欲しい、早く、早く」

無理やり精をすすられたあの感触を思い出す。ああ、その長い舌で、早く股間を舐め回してくれ。あの時のように。一滴も残らずすすり上げて。

下の衣服は下着まで剥ぎ取られ、生温かい夏の夜の風が股間を撫でていく。それだけでセナは快感に震え、背中をのけぞらせた。突き上げられた男根に、イザクの舌が絡む。

湿り気を含んだ息が陰茎を包む。裏筋までざらりと舐め上げる舌遣いに、セナは腰を突き出した。イザクの口内の奥にまで陰茎が収まり、喉が上下する動きで亀頭が締め上げられる。

「あっ、んっ、あっ、あぁっ……」

思わず腰を引いたが、しっかりと腰を抱え込まれ、陰茎はイザクの口内から出ていくのを許されなかった。そのままセナは、イザクの喉の奥で精をまき散らした。

それを飲み干すイザクの喉が上下し、またも陰茎が締め上げられる。セナは足を震わせ、刺激に耐えた。

精をすするイザクの口が亀頭に貼り付く。

湿った狼の毛を先端に当てられて、セナは腰を激しく揺らした。

「ああ、もう、そこはっ、そこはいいから」

イザクの舌が後孔へと移る。陰嚢から会陰、孔へと舌が上下し、セナは自分がどんな格好をしているのか見当がつかなかった。ぐちゅくちゅと粘膜を這う音が、自らの愛液なのか、イザクの唾液なのか、いっそう激しく響く。

長い舌がぐりぐりと孔へ侵入し、セナはそれだけで達しそうになった。

「あ、あぅ、んんっ、あうんっ」

イザクの顔に強く尻を擦りつけるようにして、快感を貪る。淫らな野獣のような有様だったが、セナは己の淫らさにすら酔った。

ああ、もう、滅茶苦茶にしてほしい。

待ちに待ったイザクの男根がみちみちと孔を広げて入ってくる。

ああ、もっと、奥。奥。ここまで来て。

目覚めた惹香嚢が、硬い男の欲望を喜んで迎え入れる。

溢れ出るイザクの精と惹香嚢から分泌された愛液は、熱く混じり合って激しい律動を容易に促した。

ぐぽっ、ぐちょっ、とイザクの動きに合わせて響く卑猥な音を掻き消すかのように、セナは嬌声を上げた。

「はっ、いっ、いぃっ、んっあっ、もっと、もっと突いて、いいいっっ」

脳天まで突き上げてくる快感は、胸にまで精液をまき散らした。それをまたイザクが餌のように舐めまわす。セナはそんなイザクの頭を抱え、命じた。

「ああ、後にしろ、早く、早く中に、お前の精を放て」

イザクの精がいつ、何度放たれたかセナはわからなかった。

奥にまでびゅくびゅくと精が届き、イザクの男根が何度か震える。そのたびに与えられる快感に、脳が痺れて意識が飛んだ。

繋がったままの孔と男根から、収まりきれぬほどの精が溢れる。激しい息づかいを繰り返すイザクが、孔からいったん男根を抜こうとするが、まるで何かに引っ張られるように再び孔の中へと戻る。

「あっ……あ、ああ……っ」

身体の奥の惹香嚢が喜びに打ち震えるのを感じながら、セナは獣の背中にしがみついた。

赤月は、闇に浮かぶ目のように、らんらんと輝いていた。


目覚めとともにセナは、重い自分の身体を自覚した。

下腹部に伝わってくる快感が、次第に明瞭になってくる。

陰茎がすでに勃っており、足の間にイザクが顔を埋めていることがわかったが、それに対して抵抗する気も起きなかった。

そしてまだ、惹香嚢の欲望は収まっていないことを知った。

獣人の性欲もまだまだ尽きる気配がない。

やむを得まい。

あの赤月の婚礼では、皇帝は約三日、飲まず食わずでこの身体を貪ったのだ。イザクが同様の状態になったとしても、責められない。

股間に手をやると、イザクのさらりとした髪が指先にまとわりついた。

重い頭をわずかに上げて股間に目を向けると、足の間に挟まっているイザクの顔は、人間になっていた。ただ、仕草だけは獣のように、陰茎を摑んでべろべろと舐め回している。

「まだ、出るのか、俺の精は」

自分とは思えぬような掠れた声が出た。別にイザクに向けたわけではなかったが、その声に反応してイザクが顔を上に引き上げてきた。

「挿れていいですか？」

イザクが己の熱い男根をすりつけてくるだけで、孔が疼く。

ああ、あれほど突かれたというのに、壊れてしまってはいないのか。それとも惹香嚢が求めているだけなのか。

「愛液にあふれているせいか、粘膜もさほど傷つけていません。まだ、俺を受け入れても大丈夫ですよね？というより、先ほどから欲しているように孔が震えている」

イザクの膝の上に下半身を抱えられ、尻をむき出しにされる。臀部をイザクに撫でられるだけで、セナは背筋にぞくぞくとしたものが這うのを感じた。思わず声が出る。

「ああ、ん」

「挿れていいですか？」

イザクが尻に歯を立ててくる。またも快感に震えながら、セナは身体をよじらせてイザクを見た。

その瞳は、以前の氷のような、鈍い光しか映し出さないものに戻っていた。表情にも、感情が削げたような硬さしかなかった。

にもかかわらずこの欲望は何だ。

命じられているから、行っているだけなのか。

「……欲しいのか」

足をイザクの頬に寄せると、イザクは足の甲に口づけて、舌を這わせてきた。

「はい」

くるぶしに歯を立てながら視線を流してくるイザクの目の端が、わずかに充血していた。

そこから静かににじみ出る欲情を、セナは見つめた。

抑えようにも抑えられぬ雄の欲情に、惹香嚢が反応し、身体の熱が上がる。

「欲しいか……イザク」

「はい」

イザクの手が背中に回り、そのまま膝の上に抱え上げられる。向かいあって抱き合うような格好になり、セナは息を乱しながらも、イザクの長い髪を摑んだ。

感情がないゆえに、人を蔑みもしない男の瞳を見つめる。

淫売だの、情婦だの、人を罵る言葉も持たない獣を見つめる。

この男は、惹香嚢に支配され、どれほど淫らな痴態をさらそうと、見たものをそのまま受け止める。

ただ純粋な欲望とともに。

セナは自らイザクの口を吸った。口内を舌でかき回すとともに、イザクの指が孔を広げ、硬い陰茎がずくずくと侵入してきた。

「あ、はあ、ぁ」

己の中が、喜んでイザクを迎え入れるのがわかる。きゅうきゅうと締め付けて、もっと奥へ、奥へと引きずっていくのが伝わる。腸壁をイザクの男根が擦り上げるだけで、セナは気が遠くなるほどの快感で背中を震わせた。

「ああ、いっ、いぃ、イザク、あぁ、激しく動いて」

背中を支えられながらもまるで人形のように突き

上げられ、セナはイザクの首にしがみついた。イザクが達するまで快感が待てずに、イザクの腹に精子をまき散らす。

何度も何度も放った精は、もう白さをほぼ失っていた。日の光に照らされて、きらきらと装飾品のように煌めく。

「ああっ、あぅんっ、んんっ、んっ、いく、いく、いくううっ、うううっ」

再びすぐ這い上がってきた快感に、セナは四肢を震わせた。

もうイザクに摑まっていることができずに、ただ揺さぶられるままに身体をあずけ、ひたすら己の快感の解放にだけ、集中した。

イザクの精が、どく、どくと中に放たれ、快感の余韻がそれを受け止める。ぶるぶると全身を震わせながら、セナは意識がばらばらにされるのを、最後に感じた。

＊　・＊・　＊

次に目が覚めた時、周囲の薄暗さに、セナは朝なのか夕方なのかわからなかった。

「やりすぎなんじゃ、この節操なしの狼が！」

その声に仰天して身体を起こすと、裸で胡座をかいているイザクの隣に、サガンがいた。イザクに向かって杖を振り上げている。

「サガン!?」

「おお、良かった、起きられたか！」

辺りを見回すと、洞窟のような場所だということがわかった。

この場所に移動した記憶すらセナにはなかった。イザクが抱えて、場所を移したのだろうか。激しい交わりの中で、イザクが与える食べ物を口にしていた記憶はあるが、いつ移動したのかは覚えていない。

サガンはセナの元へやってくると、背負っている木箱から水と薬を取り出した。

「早くお飲みなされ！　調合した分泌抑制薬です」

セナはサガンの手からそれを受け取ろうとしたが、力が身体中に分散してしまったようで、手に力が入らなかった。丸薬を指でうまくつまめず、震えてくる。

その時、横から手が伸びたと思ったら、イザクが丸薬を口の中に入れ、水をあおるように飲んだ。その行動にセナは一瞬驚いたが、イザクに抱きかかえられ接吻を受けたことで、薬を口に入れることができた。

薬がイザクの接吻を通して喉に入ってくる。それから何度かイザクの口移しで水を飲み、身体が弛緩すると同時に、状況が理解できてきた。

水が切れてもイザクは接吻を止めなかった。サガンが容赦なく杖でイザクの頭を殴らなかったら、セナもまた発情していたかもしれない。

「セナ様の分泌はもうすぐ収まる。それまでイザク、お前はあっちで一人、精を抜いてこい！」

「この方から俺は離れられない」

セナもまだ身体が疼いていたが、サガンの前で性交するわけにはいかない。放り出された服をかき集め、のろのろと上半身に羽織った。

「セナ様、いましばらくの辛抱です。すぐに薬が効いてくるでしょう」

サガンの声かけに、セナはイザクを視界に入れないようにしながら頷いた。

「全く、イザクはあれほど強い発情抑制薬を飲んでいたにもかかわらず、これほど乱されるとは、やはり惹香嚢は恐ろしい」

サガンがため息をつく。セナはサガンに問いかけた。

「サガン、周囲に獣人の気配は？　まだ惹香の匂いは収まらぬのだろう」

「俺が精をまき散らして印をつけているのです。どんな獣でも近寄りません」

イザクの声を聞くだけで乱されるようで、セナは身体を固くさせた。

「まあ、こやつの言うとおり、私がここに辿り着くまで獣人の気配はありましたが、狼の主張が強すぎて身動きできないようでしたよ」

サガンの返答に、セナは重ねて聞いた。

「獣人は、ナルージャ族ではなかったか？」

答えた声は、イザクだった。

「その辺に散らばる小者です。ナルージャだったら、こんな状態を狙ってこないわけがありません。この三日で近寄ってこないとなると、あれが最後の襲撃だったようです」

三日、という言葉にセナは我に返った。

「今日で、夏赤月三日か？」

「はい」

服を身につけながらイザクが答える。

あの激しい性交の最中に、余所にも意識を向けていたのか。

セナはイザクに驚きつつも、焦燥が身の内に溢れ出すのを止められなかった。

アスランを見失った夜から数えて四日も経っている。

三日もの間、交わっていたというのか。発情は本能がそうさせてしまうとはいえ、子を放ったまま何をしているのか。

「セナ様、こちらもお飲みください。避妊薬です」

分泌抑制薬と同じような黒い丸薬をサガンに差し出される。

「分泌抑制薬には妊娠を抑える効果もありますが、念のため私が調合した避妊薬を飲んでください。これは、性交してすぐならば、分泌を最大限に抑え、妊娠させません」

サガンの言葉に顔を向けると、サガンは静かに頷いて見せた。

「皇帝妃が、他の男の子を、孕むわけにはいきますまい」

皇帝妃。セナはその言葉を、まるで遠い世界のもののように聞いた。

ああ、そうか。あの行為は、赤月の発情は、子を作るためのものだった。

発情して、子を孕む危険もあったのだ。

自分は、皇帝の妻であるのに。

皇帝の、腹の中の子を疑った時の瞳を思い出す。

怒りと侮蔑で染まった瞳が、向けられた時のことを。

一体誰が孕ませた、淫売だと罵られる筋合いはないと、あの時自分は皇帝に立ち向かった。

強い意志で、そう反論した。

だが今は、もう、何も弁解できるものを持っていない。

発情し、護衛官に自分を抱けと命じたのだ。自分の意志で。

致し方ないことだったとしても、皇帝の妃という立場でありながら、他の男の精を受け入れたのだ。

淫売、と罵られても、何も言い返せない。

再び会うことがあったら、あの人はまた、自分を蔑んでくるだろう。

しょせん淫らな惹香嚢体だと、冷たい眼差しを向けてくるに違いない。

頭の中に、皇帝の寝室で見た、はにかんだような笑みが浮かんでくる。

最後に皇帝から受けた接吻が、よみがえった。

「セナ様、今宵はこのままお休みください。夜が明けたらすぐに出発できるように、イザクには準備させておきます。こやつはあなたの精をすすりあげて、体力気力も回復し、怪我も治ってきているようですからな」

サガンの言葉を遠いところで聞きながら、セナはこの身を疼かせるのが、イザクの匂いによるものか、皇帝との記憶によるものなのか、判別できずにいた。

第三章　辺境

Ⅰ　神官

天高くそびえる巨大な岩山を、神山と呼ぶ。

神山の領土は学都を含み、竜王が住まい、それに仕える神官らの行政区と居住地区は神山にある。

学都から数分馬車を走らせると、湖が見えてくる。その湖の真ん中にそびえる岩山が、神山だった。

湖を渡って神山に入る道は、四本ある。いずれも、岩山だけで形成された孤島の神山へ、馬車で走らせること十五分はかかる長い道だ。

それは、円い湖を四つに分割するように走っている。

西にある道が学都に繋がっている。主にここは神山に住む人間や学都に住まう者が行き来する。

大きな主要街道に続く北と南の道は他国との流通の道で、神山にはない繁華街などに繋がるため、一番人通りが多い。

そして東側に、王の道と呼ばれる、各国の王とその国軍だけが通れる道がある。

王が通らない時にその道を通れるのは、神山外交官だけである。

ジグルトがようやく学都に到着しガトーと合流したのは夏赤月十五日目。

アスラン殿下とセナ妃が行方不明となって十六日が経過しており、他の婚配者候補らが神山に到着してもおかしくなかった。

自分がいない間、ガトーはレスキアに逐一報告を入れていたが、ガトーもまだ神山がどうなっているかわかっていなかった。神山に入る前に、セイジュから内部の情報をできるだけ引き出した方がいいというのがガトーの意見だった。

ジグルトは神山外交官代行でありながら、まだ中へは入ったことがない。

神山の行政区は神山の麓にあり、仕事はそこでこと足りるからだ。各国の外交官が相手にするのは上位ではなく中位神官で、中位神官らは行政区で仕事をしている。

神山外交官が神山へ入るのは、神山内部に滞在する部屋を持つことを許されている、自国の王の付き添い時だけである。

セイジュは神山へ戻るのに、神山外交官であるジグルトの馬車を使いたいと言ってきた。神山に入ることすら警戒するとはどういう訳なのか。この男はそんなに神山には敵が多いのだろうかとジグルトは訝った。

ジグルトの考えが読めるのか、セイジュはこちらが理由を問う前に答えてきた。

「まあ、出世頭だからそれなりに煙たがられている」

「本来下層の出だし？」

セイジュの言葉を医師のマルコが揶揄する。

セイジュからの申し出を検討するため、ジグルトはガトーを連れていったん部屋の外に出て、別室に移動した。

「下層の出？　とは？」

部屋に入るなりジグルトは先ほどのセイジュの言葉をガトーに確認した。

セイジュが下位の出という話は、ジグルトは驚きしか返せなかった。

「そんなことありえるのか？　俺が正式な神山外交官ではなくあくまで代行に留まっているのは、貴族出身ではないからだぞ。他国の平民すら差別するのに、下位から養子など認められるのか」

神山での外交補佐官歴が長いガトーは、あり得ない話と顔をしかめた。

「中位の質が落ちたので、下位に学都の門戸を開いたという話は聞きましたがね。あの医師はその恩恵にあずかったクチでしょう。しかし下位神官が銀にまで出世というのは、どういう事情なのか。銀の上は金しかありませんからね」

そもそも金の神官とは、各上位神官家の長だけだという。

「だから銀の紋章でも、本来上位にしか与えられません」

「中位に与える意味は？」

「うーん。神山の頂近くまで辿り着くため、ですかね。竜王の住まう頂に進めるのは上位神官のみです。竜王の世話ができるのは、金の神官だけらしいですから」

何らかの理由で上位神官の誰かがセイジュをよほど頼りにしており、内々で銀を与えているのかもしれない、とガトーは続けた。

「予測に過ぎませんが、上位神官にも不穏な動きがあるのかもしれませんな。なんせ我々は上位の衣すらお目にかかることはできませんから」

ガトーと膝をつき合わせて話し込んでいると、皇太子付き第一書記官のニールスが顔を出した。

「戻りました」

皇太子が戻ったのかとジグルトは一瞬不思議に思った。今皇太子は、大学で学んでいる最中のはずである。

「いえ、戻ったのは自分だけです」

「何しに？　お前、殿下の傍を離れていいのか」

ジグルトはかつて第一書記官時代、ニールスの上司だった時期がある。

大学あがりたての新米ながら、出世頭としてあっという間に筆頭補佐官に命じられたボンボンに、ジグルトは決して優しくはなかった。貧民出のひがみなのは百も承知だが、将来の宰相などと言われても媚など売りたくはない。

「お伝えしたいことが。ネスタニア国外交部にいる学友から話を聞いてきました。確かな情報だと思われます」

ニールスが話した内容に、ガトーは興奮して立ち上がった。

「これ、神官殿に伝えましょう。あちらからも情報を得られるかもしれない」

ジグルトはガトーがセイジュを呼んでくるのを許した。セイジュが部屋に招かれ、椅子に腰を下ろすのもそこそこにニールスは切り出した。

「ネスタニア国の婚配者は、やはり惹香嚢体ではなかったようです」

この情報に、セイジュはさすがに、声を失ったようだった。

「確かに？　神山が確認したのだろうか？」

「どのような確認だったかは不明ですが、神山上位神官より、ネスタニア国神山外交官に、婚配者の資格なしと告げられたそうです。学友が話すには、もともと惹香嚢体ではないかもしれぬと国でも判断していたので、さほど落胆はなかったとか」

セイジュはその話に顔をしかめた。

「そんな内部の話を知っているとは、どんな学友で？　あなたとの関係は」

セイジュの不審そうな問いにも、ニールスは淡々と答えた。

「皇太子殿下とご婚約中のネスタニア内親王殿下と縁戚関係にある、外務大臣の子息です」

セイジュとガトーがそろって納得、という顔をしたのを、ジグルトは横目で見た。

「学都で仲良くしていました。ネスタニア国王女が次期皇后に選ばれたのも、少しは私が関わっていると思っているふしがあって。私は何もしてないのですが」

「まったくまたご謙遜を！　皇太子殿下の腹心であられる方が！」

「高貴な方には高貴なご学友がいるのですな。私など自国の仲間とばかりつるんで、その辺の交流はさっぱりでした。大学で国分け隔てなく学生同士が付き合うのは、そうした将来への縁を繋ぐためでもあったのに。ところでジグルト殿、あなたにはどなたかお知り合いが？」

セイジュの嫌味ったらしい振りにジグルトは憮然とした。学都への留学資金は基本国側が全額負担するが、山のような課題をさばくのに大量の本を購入せねばならない。本代を捻出するために教授の手伝いをして駄賃を稼いでいたので、金持ちの集会に出ている暇などなかった。

「ネスタニア王家の始祖、上級神官のイマーシュ家の長が、レスキアに子飼いの中位神官を派遣させたことも、ネスタニア側は知っていました」

「なるほど。ネスタニアは婚配者を失った。だから、レスキアにくっつきたいと。情報をいろいろ教えてくれたわけだ」

ジグルトがそう言うと、セイジュはぼそりと呟いた。

「そうとも限らんぞ。俺の上役であるイマーシュ家の長は、上位神官家の中では最も世情に疎くてらっしゃる……」

ジグルトは上位神官の影さえ見たことがない。話を耳にしたのも初めてだった。ガトーも同じだったのだろう。緊張した面持ちでセイジュの言葉が続くのを見つめる。

セイジュは、このくらいなら伝えてもいいと思ったのか、投げやり気味に答えた。

「上位で一番神山に政治的発言力が強いのは、バルミラ国始祖・ウガジェ家の長だ」

ガトーは絶望に頭を抱える仕草を見せたが、ジグルトは怪訝に思った。

「なんでイマーシュ家の長は世情に疎いのだ。自家の子孫ネスタニアだけでなく、レスキアにも派遣したんだろう？　婚配者になる可能性を二人も抱えていたのだから、立場的には強いだろうに」

セイジュはふう、とため息をついた。

「強いな。今現在、竜王をお育てしているのはその方お一人だから。他の人間は、謁見すらできない」

「なぜ？　金の神官でもか」

「ある程度竜王が神として成熟なさらぬ限りは無理らしい。だから、イマーシュ家の長の告げる言葉はほぼ全て通る。だがあの方は、竜王のお世話以外、何もなさらない。この世界がどんな風になっているのかもわからない。イマーシュ家は今までそういう役目を担ってきたのだ」

セイジュは暗に濁しているわけではなさそうだったが、ジグルトにはやはり意味がわからなかった。隣でガトーが意を決したように告げる。

「上位神官はいにしえの竜人族の能力を、各家が受け継がれているというのは本当ですか。それが役目に関係しているのですか？」

セイジュはガトーの言葉に仰天し、腰を浮かした。

「お前、どこからそれを聞いた！　たかが補佐官が耳にできる話ではないぞ！」

「私のことを、前神山外交官ハスバル様は信用してくださった。ご自分のお命が尽きようとなさっていると悟られてからは、あらゆる情報を私に授けてくださった。上位神官に関することは口にするなと言われましたが、もうそんなことを言っていられません」

セイジュは困惑したようにしばしガトーを見つめていた。そして、静かに椅子に腰を戻す。

「神山外交官でも知り得る情報ではない。……一体どこから……？」

ガトーはそれには何も答えなかった。セイジュの目が据わる。

「神山内部でも、俺が知らないところでいろいろありそうだな？」

「情報を小出しにしかしないのはお互い様ですな」

睨み合うセイジュとガトーに、ニールスが言葉を投げかけた。

「イマーシュ家は、もう分家筋もなく、その血統は長一人しかいないというのは本当ですか？」

これにガトーは驚いてセイジュに顔を向けたが、セイジュは言葉では否定も肯定もしなかった。だが、顔をしかめているのを見ると、本当らしかった。

一人しかいないということは何を意味するのか。ジグルトが思考する前に、ガトーが言った。

「上位神官の数は年々激減していると聞いておりましたが、イマーシュ家がたったお一人となると、ネスタニアも近いうちにわがレスキアと同じように始祖家消滅ということもあるのですな」

そういうことかとジグルトは合点した。

「そうなるとガトー、ネスタニアはレスキアより、今後つながりを持てる他の上位神官家のほうへなびく可能性もあるということか」

ジグルトの言葉に、ニールスが腕を組んで頷いた。

「そうですね。決してネスタニアを楽観視はできないと考えます。せっかく学都におりますので、私はかつての旧友らに接触し、各国と上位神官らがどう繋がっているのか調べたいと思います」

ジグルトがニールスに視線を向けると、端正な顔に珍しく笑みが浮かんだ。

「どうせ、普段は暇ですから。外交官のまね事をさせてください」

「そうだな。この男は使えそうだ」

セイジュがそう言って立ち上がる。

「明日にでも神山へ入るぞ、ジグルト。他の婚配者がどうなっているのか、調べてこなければ。俺は俺で上役に話をしてくる。怪我が治るまではと思っていたが、そんな余裕はない」

◆・◆・◆

視界を彩る色の多さに、アガタは思わず顔をしかめた。

これはどういうことだろうか？　自分は竜王の塔にいるはずだ。ここに、これほどの数の人間が入ってくるなどありえない。

だが、すぐにアガタは自分の勘違いに気がついた。気配に生命体を感じない。声も、聞こえない。

自分は、道《タオ》に入っているのだ。そう理解してアガタは安堵した。

アガタは色彩に目を向けた。

そして、驚いた。

さまざまな色が溢れているがゆえに多くの人間が集まっているように見えたが、違っていた。

色は、たった一人の姿を彩っていたのである。

盲目のアガタは生まれてから一度も人間の姿を目にしたことはない。

だが何も困らなかった。能力ゆえに、その人間の生命力が発する、〝気〟を見ることができたからである。

〝気〟は、人間の周りをぼんやりと覆う光で、色を持っていた。感情の揺れ幅で強弱が出ることがあったが、たいてい一人の人間が纏う色は一つだった。人間で、目もくらむような色を放っていたのは、アガタは一人しか知らない。

もっともアガタは、上位神官という立場ゆえ、限られた人間にしか会ったことがない。能力ゆえに幼い頃から最も竜王に侍る機会を与えられた。アガタが直に目にした人間など、今まで十人に満たない。

先の神であった竜王は、アガタに面白そうに告げた。

――アガタ、あの人間の気が、お前にも見えたか。

黄金を身に纏う人間がいるなど、アガタは信じられなかった。

――竜王、あの方は、人でしょうか？

思わずそう尋ねると、先の竜王は面白そうに笑い、その人物に『暁の皇帝』という名を与えた。

聞けばレスキア皇帝の髪は見事な黄金で、それゆえにその名を与えられたのだろうと噂されたらしいが、竜王の五感は人のそれと同じではない。髪の色など目に入っていなかっただろう。

なぜ人は自分と同じように世界が見え、世界が聞こえると思うのか。その盲信はどこから来るのか、アガタは不思議でならなかった。

アガタは、さまざまな色を孕んだ〝気〟を、目を凝らして見つめた。黄金で彩られた光に、緑色の二つの宝玉が輝いている。ああ、これは、この人間の〝目〟だ、とアガタは悟った。

目を凝らすと、次第にその人間の光が形になっていった。アガタは信じられなかった。もしや自分は、〝未来〟を目にしているのか？

〝気〟が人の形になるなど、竜王以外に考えられなかった。

私は今、竜王の未来の姿を見ているのか？

「ははさまがいないの」

子どもの声だった。アガタは今度こそ、心臓がわし摑みにされるのを感じた。今まで道に入って、人の声を聞いたことなどなかった。

これはまぎれもなく肉声だ。頭の中に響いてくるような、竜王が発する言語ではない。

「ははさまがいない。ははさまをつれてきて。おねがい、ヤモリ。ははさまにあいたいよう」

子どもの泣き声。そんなものを、アガタは今まで聞いたことがなかった。道の中だけではない。実生活でも耳にしたことなどなかった。

身体中が震える。これは恐怖かと混乱する頭でアガタは光を見つめ続けた。金色の人体、緑色の目が消えたり見えたりする。これが、まばたきというものか。

こんな恐怖心などを抱いていては。ここにはいられない。精神を強く持たねば、道から弾き飛ばされる。

アガタは混乱の中で必死に目を凝らした。

これが、竜王ではなく人であるならば、確かめねばならぬことがある。

見えるか。捉えられるか。

体内にあるという、惹香嚢を――。

実物を目にしたことはないが、聞けば、空に浮かぶ赤月のごとく、丸い赤であるというそれを。

金色の人体に、じわりと、滲むものがあった。

血、と一瞬感じたことが、穢《けが》れと捉えられたのだろうか。

一瞬にして、道から引き剥がされるのを感じた。

どん、と突き飛ばされる衝撃で、道から追い出されたのをアガタは悟った。

精神が衝撃を受けただけだったが、いつものように身体がふらふらと床に倒れた。


アガタは何も見ないように意識を閉ざし、衝撃を落ち着かせた。人の気配は感じたが、自分の精神が『道』に入っている時には誰も触れてはならぬと伝えてある。

そろそろと心を開くと、淡い水色が目の前に浮かんだ。

「ルツか」

「アガタ様」

「手を。竜王のもとへ参る」

世話役の手が添えられる。幼い手だった。このルツは、果たして何歳になっていたかとアガタは妙なことを考えた。

さきほどの声は、ルツよりずっとずっと幼かった。

「ルツ。お前、いくつになった」

「十二でございます」

「お前が私のもとへ来たのは、先の神が身罷られてすぐだったな。ということは……」

「八つでございました」

幼き者だったのだなと、改めてアガタは思った。今だってずっとずっと幼いのだ。

外界を知らずに育ったために、そんなことにすら思いを寄せなかった。

竜王が住まう場所へは、ルツは向かうことができない。アガタはルツの手を離し、静かに竜王が眠る部屋へと向かった。

扉に遮られていても、竜王の色だけはすぐにわかる。青と緑に煌めく光が薄く濃く、濃淡をつけながら発光している。

強い色だとアガタは思う。先の神の色は、銀と紫だった。

青と緑。アガタは目にしたことがないが、それは天と地を表しているという。

視界全体に、竜の姿を形取った光が流れた。青、緑と輝きを放ちながら身体をくねらせ、やがて光は、静かに、静かに小さくなった。

「……驚かせて申し訳ございません……アガタでございます」

現在、竜王に声を届けられる人間はアガタしかいなかった。アガタはなるべく多くの言葉を竜王に届けようとしている。だが、口下手なこともあり、ろくに話しかけることができない。

アガタは光に手を伸ばした。一つ一つがまるで光り輝く装飾品のような鱗に、そっと触れる。これほどの輝きを放っているというのに、まだ三歳の鱗はつるりとして滑らかだった。

キュキュキュ、と頭の中に竜王の鳴き声が響く。撫でられていることが心地よさそうだった。

竜王はまだ人化できないどころか、発語もできない。体躯は両腕で抱えられる赤ん坊ほどの大きさだった。アガタは恐る恐る、竜王の身体を両腕に抱いた。機嫌が良いらしい。尻尾をべちべちとアガタの腕にぶつけてくる。

「……先程、道でどなたかとお話されていませんでしたか」

べちん、と竜王の尻尾が強く腕を叩く。

「ヤモリ、と呼ばれておられた？」

竜王はまだ卵から孵《かえ》ったばかりの姿でしかない。

ヤモリとは動物の一種だろうか。アガタはヤモリという動物を見たことがないのでわからないが、尻尾が生え、青い鱗の姿に近いのかもしれないと考えた。

「緑色の瞳の……」

べちん、と竜王の尻尾の勢いが強くなる。べちん、べちん、べちんと何かを訴えるかのようにアガタの腕を叩いてきた。

これはいけない。アガタは慌てて竜王を寝台の上に戻した。

キュキュキュキュキュ！

次の瞬間、頭に鳴り響いてきた竜王の声に、アガタは思わず耳を塞いだ。

耳から聞こえている訳ではないのに、そうせずにいられなかった。ぎりぎりと頭の中を引き裂いてくるような声に、急いでその場から去った。

声が届かぬほど遠く、遠くへと逃げる。ああ、失敗した、つい興奮させてしまったと後悔しながらも、アガタは竜王の光が届かぬ場所まで歩いた。

まだ何もわからぬ三歳の竜王である。刺激を与えてしまったら、仕えるこちらの身に返ってくる。

今現在、竜王の世話役がアガタ一人なのは、そうした理由があった。ある程度大きくなり、竜王が自分の力を理解し、操れるようになるまでは、ただの人間では死に至る場合があった。

先ほどの竜王の声も、竜王の力をある程度知ることができる人間でなければ、無造作に頭の中をかき乱されて発狂してしまうだろう。

これができるのは、上位神官でもアガタ一人しかいなかった。竜王と道で繋がることが可能な、唯一の神官。他の上位神官らは、どうやってもこれができない。一日も早く、竜王が成長し、自分たちの声をきいてくれるのを待っている。

「アガタ様、大丈夫ですか」

己を労る声に、アガタは縋った。

「ああ、ルツ」

一人で自分の居室の方向へ壁伝いに歩いてきたが、

呼吸を乱しているので、いつもとは違うと悟ったのだろう。ルツの気は、不安と焦りでいっぱいだった。

「大丈夫だ。何ともない」

ルツの気がふと和らぐ。わずかに滲んだ穏やかな色に、アガタは安心して笑みが浮かんだ。だが、すぐに新たな色に気がついた。

「セイジュか？」

「はい。いらしています。申し訳ありません、お許しもなく通してしまいました」

ルツを責められなかった。もしもセイジュが神山に戻ってくることがあれば、すぐに通せと伝えていたのは自分である。アガタはルツの手を支えに自室に入り、セイジュが放つ気へと向かった。

「アガタ様」

この男にしては珍しく、放つ気が弱くなっていた。レスキアに赴き、深傷を負ったと聞いていたが、まだ完全に回復していないのだろう。

体調以外にも、心乱されることがあったらしい。光の強弱は一定ではなかった。迷いが見られる。アガタは少々不審に思った。

「報告の書面は届いた。大義であったとは言えない結果となったが、まだレスキアの婚配者の生存は確認されておらぬのか」

「まだでございます。アガタ様のお耳には、各国の情勢などは当然届いておられぬと思いますが、少々、下界の話もお耳に入れた方がよろしいかと思い、謁見を申し出ました」

アガタはこの世界を構成する国々の話には疎い。物心ついたときから竜王に侍り、竜王の意志を伝える。それが仕事だった。

下界の国々との調整は、上位でも別の家が行っていた。だが、セイジュはそれをしろと言っている。世界は、それほどの勢いで変わろうとしているのだろうか？

アガタはふと思い出した。

「セイジュ」

「はい」

「レスキアの婚配者の姿を、お前は見たか」

「はい」

「どのような御子であった」

　セイジュは一瞬不思議そうに間を置いたが、はっきりと答えた。

「まぎれもなく、皇帝陛下の御子でございましょう。先の竜王が愛でた黄金の髪を父上から、見事な緑色の瞳を母上から受け継がれておられます」

　アガタはその内容に、言葉を失った。

◆・◆・◆

　アガタの居室から出て行政区へ戻る途中、セイジュは腕を組んでいたため少々歩みが遅くなった。これは、セイジュが考え込む時のクセである。

　先程のアガタとの会話を思い出す。

　アガタはレスキア婚配者のアスラン殿下について、非常に興味を持った。

道でその方と会ったかもしれない、とアガタにしては珍しく興奮していた。

「古来、婚配者は竜王が自ら選ばれると記述にあるが、我々が及ばぬところで竜王はもう伴侶をお選びになっているのかもしれない。お前は知らぬだろうが、道は未来にも、過去にも繋がる。だから道と呼ばれている。我がイマーシュ家が受け継ぐ力は、竜王しか入れぬ道を見ることができる力。しかしそれが正しいかどうかまではわからぬが……」

　セイジュは、アガタの竜人族の能力をあまり理解できていない。

　人外すぎて、想像が及ばぬということもある。ルツに説明してもらっても、やはり頭では理解できなかった。

　それが、神と繋がり、神を知る能力なのだろうが、理解できなければ思考もできない。

「アガタ様、ネスタニア国の婚配者候補は、惹香嚢体ではなかったのでしょうか？」

　なぜかはわからないが、婚配者候補は神山に到着した後、アガタに目通りすることになっている。

　惹香嚢体であるかどうか確かめるとの話だったが、いったいどうやったら確かめられるのか、セイジュには盲目のアガタに何が見えているのかわからなかった。

「ああ、聞いていた通り、惹香嚢体ですらなかったな」

　イマーシュ家を始祖家とするネスタニア国王家から婚配者候補が脱落したというのに、アガタはまるで関心がなさそうに淡々と答えた。

　セイジュは、これは一応告げておかねばならないとアガタに申し出た。

「アガタ様、まだ婚配者が全て揃っておられぬ状況です。各国は婚配者にさまざまな期待をかけています。あまりはっきりと物申されぬほうが」

「わかっている」

　どこまでアガタがわかっているのか、セイジュには疑わしいところだった。アガタが想像もつかぬほど、婚配者選びは欲にまみれているのだ。

　だがそれを教えるには、アガタは世間を知らなすぎた。頭の回転が速く、的確に理解するが、何事も世の常識を通さねば実感できまい。アガタはセイジュと同じ二十八歳だが、外見も何もかも幼く見える。

　アガタは幼少の頃から竜王の傍で育ち、イマーシュ家の末裔として竜王に仕えてきた。アガタの父と母は同じく『道の目《タオ》』の能力者だったが、数年前に相次いで亡くなった。両親亡き後は、ただ一人で竜王の目と口になってきたのだ。

　イマーシュ家が残りアガタ一人となったのは、竜王に仕えるための『道の目』をより強く保つため、近親婚を繰り返した結果だろう。アガタは盲目として生まれた。そして、アガタの縁者は皆早世した。

　イマーシュ家だけではない。上位神官の数は、他家でも減少している。血脈を絶えさせないために中位の分家筋から側室を迎えた結果、竜人族の力は失われつつあるという。

（とっととそうなればいい）

　決して口にはできないが、セイジュなどはそう思っている。

　セイジュは、イマーシュ家の分家筋である中位神官の家に養子に入った。

叔母が、その中位神官に嫁いだからである。

上位だけでなく中位も、次第に出産する子どもの数が少なくなり、また生まれても成人に至らず早世していた。叔母の一人息子は十六歳のとき病で亡くなり、嘆いた叔母は夫に頼んで息子と同い年だったセイジュを養子に望んだのである。

叔母の夫である中位神官は、下位出身の妻を望んだだけあって、下位に対する差別意識や血統主義はないほうだった。事実セイジュは叔母夫妻にさまざまな恩恵を与えられ、蔑まれたことはない。

しかし、周囲はそうではなかった。同じイマーシュ家の分家筋である中位一族でさえ、あからさまに侮蔑の眼差しを向けてきた。

各国の王の殿舎に繋がる大廊下の途中で、セイジュは歩みの遅い足を止めた。

謁見の間の前に置かれている椅子に、神官が腰を下ろして俯いていた。

かつてこいつにも散々ばかにされ見下されたなと思いながら、セイジュはその神官に近づいた。至近距離から、ネスタニア国に派遣されて戻ってきた中位神官・ハロイのつむじを見つめる。ハロイはしばしうなだれていたが、目の前に立った男が誰なのかわかっていたのだろう。気弱そうに顔をあげた。

「ネスタニア国の婚配者は、惹香嚢体ではなかった……」

「先程アガタ様に伺った。ご覧になって、惹香嚢が体内になかったとおっしゃっていたが……」

アガタの能力を、ハロイは疑うことはないようだった。またしてもがっくりとうなだれる。

「それで、北の婚配者はどうすることになったのだ」

セイジュの問いにハロイはため息をつきながら答えた。

「ネスタニア国王陛下が、早急に国へ戻らせるようにと。わざわざ国王陛下がお迎えにあがるらしい」

「ほう？」

「もともと、国王陛下の遠い縁者だったらしい」

これにはセイジュも驚いた。各国は、箔をつけるために婚配者を王籍に入れたが、紛れもない王族の子はアスラン殿下一人と思っていたのである。

「王族ではないらしいが母親がやはり惹香嚢体で、ネスタニア国王の母方の縁者らしいんだ。ネスタニアの貴族に嫁いでいる。まあ、惹香嚢体ではないかもしれないと言われていたからな」

ハロイの言葉をセイジュは鼻で嗤った。

「それなのにお前が、連れてきてみなければわからないなどと言ったからだろう」

ハロイはセイジュよりも三歳年上だが、紫の神官である。内々に銀を与えられているセイジュに比べて役職は低い。

ハロイはイマーシュ家に最も血筋が近い中位神官家の長である。だが、学都出身でもなく、アガタ以外の上位神官がいなくなってしまったこともあり、全然出世できていない。

というのも、中位神官が銀の紋章にまで上がるには、上位神官らの投票が必要だからだ。イマーシュ家ではアガタしか上位神官がいない。投票の頭数が足りないのである。

血筋でのひいき以外、あまり頭のよろしくないハロイに銀の紋章を与える意味はない。

他の上位神官家は、ハロイのためにわざわざ票をくれたりはしなかった。

しかし、銀が一人もいないと金の神官のアガタが不便である。金の神官には、直接名指しで銀の神官を片腕として選ぶ権限があった。それに、ハロイではなくセイジュが選ばれたのだ。一人しか選べないわけではないが、セイジュ一人で事足りるとアガタは判断したのだろう。

アガタは、常人と違う世界を見ているからか、人を差別することに関心がない。いや、逆に竜王のように竜人族のような特殊な能力を発揮する者とただの人間を分けているだけかもしれない。獣人か人間かの種別の区別すら興味がないように思われる。生まれや出自などで人を判別する心がなかった。だからこそ、生まれは下位の自分を銀に指名したのだろうとセイジュは思っている。

ハロイにとっては、イマーシュ家の力が失われつつあるのは大問題である。自分たちの始祖が断絶し、自分たちが下位層に移されることになるかもしれないという恐怖を毎日抱いているのだろう。

「お前も知っている通り、アガタ様は子孫を残されない。残せない。あの方は、上位神官家の血筋が絶えれば、その下の中位神官家がどうなるかなど考えておられまい」

セイジュの呟きに、ハロイががりがりと爪を噛みながら言った。

「イマーシュ家がアガタ様の代で終わってしまったとしても、ここで婚配者を掲げられれば、我々が生き残る道はあるかもしれないのだ」

セイジュはその様子を横目でみながら告げた。

「他の上位神官家や、四大国と何らかの取引をするつもりか」

「お前は俺たちが下位になっても平気なのか、セイジュ!」

こいつはばかか、とセイジュは思った。

もともと俺は下位だったのだ。

お前たちの汚いものを見るような視線をずっと受けながら育ってきたのだ。

銀の神官となる、つい最近まで。

だから俺は妻帯もしないのだ。

子どもだっていらない。こんな世界に、種を残したところで何になるのだろう。

だが、それを口にすれば竜王否定派として疑いの目を向けられ、あることないこと吹き込まれ、投獄されて拷問を受けるだけだ。

自分の存在をハロイが煙たく思っているのは知っている。腹など明かすつもりはなかった。

「だからこそ俺は、レスキアの婚配者に賭けている。先程アガタ様は、レスキアの婚配者に非常に興味を持っておられた」

「本当か!」

ハロイが立ち上がる。セイジュは目配せをした。

「婚配者がどう選ばれるのか、全くわからないのだ。実際にレスキアの婚配者はバルミラに踊らされた辺境民族らに襲われて、今も行方が知れない。ネスタニア国の婚配者が消えた以上、俺らの駒はレスキア婚配者だけだ。慎重に行動しろ」

「そうだな。何としても神山へ来ていただき、婚配者の指名を受けてもらわねば」

セイジュはとっさにハロイのマントを引いた。

『無』の気配を放つ者の間に挟まれながら、こちらに向かってくる人間を、セイジュは捉えた。

姿を見かけただけでハロイなどすぐさま膝をつき、顔を伏せてしまっている。

だがセイジュは、闇人二人を引き連れたその上位神官の目を見据えた。

誰もが逸らしたがる、その目を。

しっかりと視線を合わせたあとに、セイジュはハロイの隣に膝をつき、顔を伏せた。

「内々での指名とはいえ、銀をもらった割には、ろくな働きもしなかったようだな」

ピタリと足を止めた人物は、珍しく声をかけてきた。

いつもなら、子飼いの中位神官以外になど、この人物は声もかけてこない。


自分の一族と竜王以外、ゴミのようにしか思っていまい。

目を合わせたからだろうとセイジュは悟った。この男の目を、誰もが恐れる。

恐れないのは、盲目のアガタくらいだ。

「レスキア婚配者候補の護衛官が、闇人でも随一の獣人である白銀狼とは、ゼーダ様のご配慮には感服いたしました。レスキア側も、感謝申し上げておりました」

顔は見えないが、ゼーダの皺だらけの顔は不快に染まっているだろう。

おそらくレスキアの護衛官として白銀狼が立ったのは、ゼーダのあずかり知らぬところで何か不備が生じたに違いない。でなければゼーダが、レスキアの婚配者に最も強い闇人をつける理由がないのだ。

この、バルミラ国の始祖・ウガジェ家の長である男が。

最初はイザクがレスキアを裏切ってくるかと思ったが、護衛官としての任務を全うすることしか命じられていなかった。

白銀狼がいかに貴重種とはいえ、ゼーダにとっては使い捨ての駒程度としか思っていないに違いない。

自分に逆らえる者は、今はいない。

そう思っているだろう。

実際、そうだった。

先代竜王の御代では、この男も勝手なまねはできなかった。

俗世の些細なことになど興味を示さぬ神ではあったが、己の思うがままにこの神山を操ろうとするものの存在など、決して許しはしなかっただろう。

だが今は、そんな万能の神はいない。

神はまだ幼く、何も知らず、何もできずにいる。

ウガジェ家の長・ゼーダの能力〝石《ラド》の目〟に対抗できる者はいないのだ。

人を洗脳し、支配するというその目に逆らう者はいない。

◆・◆・◆

ジグルトがセイジュから連絡を受けたのは、セイジュが神山に戻った翌日のことだった。その内容に、ジグルトは急いで神山の神官行政区へと向かった。

行政区は、竜王が住まう巨大な槍のような岩山の中ではなく、その周囲の岩山に、地形を活かしながら建てられている白亜の建物である。

建物はいくつも点在し、その中に各国の外交部もあるが、上位や中位神官らで構成されている神官行政区とは離れている。

ジグルトは外交官代行となった挨拶回りの際、この豪奢な建物を巡ったが、補佐官ガトーの操り人形のような状態で進んだため、どこがどうなっていたのかなど覚えていない。

だが今はジグルトもガトーも、そんな形式など吹っ飛ばして行政区内を遠慮なく駆けた。

周囲の人間が仰天した目を向けてくるが、気にしていられない。

セイジュの政務室は行政区でも最奥だった。さすが銀の神官といいたいところだったが、部屋には秘書らしき人間一人すらいなかった。

「西のオストラコン国の婚配者が、亡くなったって!?」

セイジュの政務室に一言声もかけずに侵入し、開口一番にジグルトは詰問した。

騒々しい登場にセイジュが顔をしかめる。ジグルトはそんな表情にも構わずセイジュの前の大きな机に両手をついた。

「死因は何なんだ。なぜこんな急に?」

「わからない」

「おい!」

「入国は……したらしいんだ。国王の子として入るのだから、こんな行政区などは通らずに、内部のオストラコン国王の殿舎へ入ったらしい。入山したのは六日前のことだ」

ふう、とセイジュは大きくため息をついた。

「実は、婚配者が惹香嚢体かどうかは、俺の上官が調べるんだ」

「金の神官が?」

「そう。イマーシュ家の当主が……それを知る力があって。ネスタニア国の婚配者も、俺の上官が『違う』と判断し、惹香嚢体ではないと決定が下ったんだ。だが今回のオストラコンの婚配者は、調べる前に既に死んだという報告が入った。ここに辿り着いてどのくらい経ってから命を落としたのか、最初から病弱で道中すでに危うい状態だったのか、まだオストラコンに赴いた神官が捕まらなくて、実態がわからない。遺体もどこにあるかわからない」

ジグルトはセイジュの返答に苛立った。

「のんきなことを! アスラン殿下を無事に探し出せたとしても、こんな状況では、入国などさせられんぞ!」

「神山の意志は絶対だぞ」

「神の伴侶候補である前に、皇帝陛下の御子だ。皇子の身の安全を守るのが俺の仕事だ。お前の仕事だってそうだろう!」

ジグルトは一歩も引かなかった。ここで弱気に出たら、神山のいいようにされるだけだろう。

「婚配者選びの主導権は神山だろうが、主張はゆずるつもりはない」

　大国の矜持である。外交官として自国の立場を守るのは当然だった。

「オストラコンだって、婚配者をいきなり失って混乱しているだろう。ガトー、あっちの補佐官は何人か知っているんだろう」

「もちろんです。私のような古株もおります」

　ガトーも強い意志を滲ませながら答えた。

「ウガジェ上位神官家がバルミラの婚配者を立てようと画策しているなら、それに立ち向かってみせるぞ」

　ジグルトの言葉に、しばし無言で腕を組んでいたセイジュはため息をついた。

「お前らは、神山の恐ろしさを知らん。……だが今は、お前らの何も知らんという強さが救いだな」

　セイジュは顔を上げ、ジグルトに告げた。

「ネスタニア国王が神山に入国される。……レスキア皇帝を呼べるか。皇帝陛下が神山にいてくだされば、アスラン殿下をお迎えするにしても、身の安全は確保されよう」

　ネスタニア国王が来るというならば、口実も作れる。ジグルトは頷いた。

「陛下はきっと、すぐにでも来てくださる」

　レスキアへ早馬を送るべく、ジグルトは踵を返した。

「ジグルト」

　名を呼ばれ、ジグルトはセイジュを振り返った。まっすぐな視線が貫いてくる。

「俺の銀の紋章は、即席のものでほとんど効力はない。動かせる部下などいない。俺自身でも神山内部について調べてみるが、オストラコンの動向を頼む」

　続けて口にした言葉は、幾分か低い口調だった。

「俺は、レスキアの婚配者を守るという名目だけでなく、この状態を何とかしなければと思っている」

　この男の本音を、ジグルトは初めて聞いたような気がした。

　無言で頷くと、ジグルトはセイジュの政務室を後にした。

神山から三日で早馬はレスキアに到着する。

早馬が着いた翌日に皇帝がレスキアを出発する運びとなったという第一報が届いた時には、あまりの早さにジグルトは仰天した。

「なんて早さだ。陛下は昨日、レスキアを出発されたぞ」

しかしそれ以上のことは、第一報には書かれていなかった。

「威光を示すためにも、かなり大がかりな兵を引き連れて来て欲しいと頼んだが、理由もなくあの陛下がそれをしてくださるだろうか。華美なことを好まれない方だから」

「そんなことを言っている場合ではないのは陛下だっておわかりです。近衛騎士団になど守られてきませんよ！　まだアスラン殿下は見つかっていないんですよ!?　バルミラが主張する辺境の領土内にまで、ついに陛下は国防軍を派遣されました。好き勝手など許さない、と意志を示してこられるでしょう」

ガトーが珍しく憤慨しながら言った。万事冷めているこの男にしては珍しいくらいである。それほど、神山に対して不信感を募らせていた。

長年神山で補佐官をしていたガトーでさえ、この事態が異常だと言っていた。

「先の竜王がご存命だった頃は、恐ろしいほどの階級社会とはいえ、我々に対しても、神山内部でも、秩序は保たれておりました。だが今はそれがない。神山に対しては知り得る情報は少ないですが、こんなに訳のわからない状態ではなかった」

ニールスも頷いた。

「私もおかしいと思います。そしてこんな状態なのに、セイジュ殿は上位神官の情報を我々に教えてくださらない。不思議な力を持っている……というのはこの間ガトーさんから聞きましたが……」

ニールスの視線がガトーに移る。

不思議な力、というのが何なのか、まだガトーからは聞いていなかったのだ。

じっとジグルトも見つめていると、ガトーは観念したように言った。

「知ったら、闇人に殺されるかもしれませんよ」

「お前は知っているのに生きているじゃないか」

ジグルトの言葉に、ニールスも頷いた。はあ、とガトーはため息をついた。

「バルミラ国始祖、ウガジェ家には、人を操る力を持つ人間がいるそうです」

人を操る力。

そう言われても、ジグルトには想像がつかなかった。

「洗脳？　ですか」

ニールスの言葉に、ガトーが頷く。

「どうそれを行うのかは不明ですが。神山最強部隊である『闇人』組織の長は、ウガジェ家らしいです。暗殺、間諜《かんちょう》、策謀、そういったことを受け持ってきた一族だと。ウガジェ家は昔から神山の闇の部分を担ってきたらしいです」

神山での行動には気をつけろという訓戒とともに、前神山外交官のハスバルから教えられたとガトーは言った。ハスバルは長年の神山での活動から、ウガジェ家の能力について知ったのだろう。

「それでもハスバル殿は、他の上位神官家の能力まではわかりませんでしたが……」

ジグルトとニールスは無言になるしかなかった。

神山内部で銀の神官として、上位神官らと接しているセイジュが、内部について語ろうとしないのも道理である。

「我々補佐官や外交官はもちろん上位神官なんてお目にかかれませんが、ウガジェ家の長でしたら、皇帝陛下は何度かお会いしたと思います。竜王の意志を国側に伝えるのは、ハルダ家とウガジェ家でしたから。それでも陛下ですら、上位神官家の能力についてはご存じないと思いますけどね……」

上位神官家の謎はともかく、オストラコンの情報は、ガトーだけでなく皇太子付き第一書記官のニールスも情報を集めてきたおかげで、皇帝が到着するまでかなりまとまった報告ができそうだった。

そうこうするうちに、レスキア皇帝が神山へ入国する日がやってきた。

ジグルトの予想をはるかに超えた、まるで進軍と言ってもいいほどの、軍隊と将軍らを引き連れての入国だった。

まだ何も報告していなかったが、的確に裏を読み、配慮した上での入国だった。

皇帝は、レスキアから神山へ繋がる主要街道にずらりと兵を並べ、自身はこっそりと学都へ入り、そこで報告を聞くと第二報の早馬で伝えてきた。神山にある皇帝の殿舎などでは、とても腹を割って話せる状況ではなかったため、最初に学都に寄ってほしいとジグルトが頼んだのである。

将軍らに威風堂々のレスキア軍を任せ、少数の供を連れて皇帝が学都へやってきた時、ジグルトは仰天してしまった。

「陛下……まさか、このようなお姿で」

馬車ではなく皇帝は馬でやってきた。腕に覚えがある護衛をたった二人しか引き連れていない。粗末な濃紺のマントに身を包んだ姿に、ジグルトは二の句が継げなくなった。あまりにこれは、無謀ではあるまいか。

皇帝の秘書役のため必ず付き従わなければならない第一書記官・カルスの方が、蒼白になっている。必死で馬を走らせてきたのだろう。強ばった身体を馬から下ろすのに戸惑っていた。

「昔を思い出すだろう」

絶句していると、皇帝が軽口を叩いてきたので、ジグルトははっと意識を戻した。

「刺客に狙われ、町中を逃げ回っていた頃よりははるかにマシだ。そうだろう？　ジグルト」

昔のことを引き合いに出され、ジグルトは一瞬の安堵とともに身が引き締まる思いがした。

すぐに皇帝の顔が厳しくなる。

「報告を聞こう」

「はっ、こちらに」

レスキア学舎の皇太子が居住する棟に、皇帝を案内する。ジグルトはここ最近ガトーらと話し合うのに使っている部屋に皇帝を通した。神山の外交部では、どこに誰の耳がはりついているかわからない。学都のレスキア学舎が一番安心して話せる場所だった。

「オストラコンの外交部に話を聞きました。あちらも非常に混乱していて、こちらとも情報を共有したいとのことだったので」

狭い空間で、椅子に座った皇帝を囲むように、ジグルト、ガトー、ニールスが立ち、報告した。カルスが机で記録を始める。

「オストラコンの婚配者は惹香嚢体であったそうですが、神山が精査したところ、神隠月に生まれた者ではなく、婚配者の資格はないと判断されたらしいです」

ジグルトの報告に皇帝は顔をしかめた。

「誰が調べたのか?」

「上位神官、ということでした。セイジュ殿の話では、本来イマーシュ家当主が惹香嚢体かどうか確認するそうですが、今回の確認にはイマーシュ家当主は関わっていないと。オストラコン側は、神隠月に生まれた、確かな惹香嚢体と信じて疑わなかったそうです。しかし、付き添いの母親がそう告白したと」

皇帝はそこで視線を上に向け、しばし思考するように目を細めていた。その横顔に、告げるべきか迷ったが、ジグルトは声をかけた。

「……上位神官の、能力、でしょうか?」

皇帝の鋭い視線が飛んでくる。やはりご存じだったか。ジグルトは目を伏せた。

「……相手の嘘を聞き分ける能力は、オストラコン家始祖・ハルダ家の神官だと思ったが」

皇帝の言葉に、その場にいた全員が絶句した。

嘘を聞き分ける能力。

そんな能力を保持するとは、ガトーも思わなかったに違いない。仰天した声を上げた。

「そんな力が!? 本当に!?」

「これだけは国王全員が知っている。ハルダ家の〝穴《デル》の耳〟であろう。最初に釘をさされるのだ。竜王に対し、嘘偽りなどは通じぬ、とな。ハルダ家の長が言っていた。相手の嘘の部分が、まるで穴に風が通るように聞こえるのだと。だから〝穴の耳〟と呼ぶのだと。ハルダの前では国王らも口をつぐむ。バルミラでもな」

皇帝は口をわずかに歪めた。

「それで、婚配者はなぜ死んだのだ。嘘偽りを申したからと言って、処罰まではされまい。神山は事前に調査していたはずだぞ。あえて真偽を確かめるために呼んだのだろう」

皇帝の問いに、ガトーが答えた。

「それが、死んだ、ということだけを伝えられて、遺体すら戻されなかったらしいです。オストラコン側には、始祖のハルダ家より、婚配者の資格がなかったのだから、あとはもう問うな、と命令が下ったらしく」

「……ばかな」

「オストラコンの外交官も補佐官らも、てんやわんやで。ならその母親はすぐ戻してくれと訴えたところ、なんと婚配者の母親も、行方が知れなくなったとかで――」

「何だと?」

皇帝が気色ばむ。珍しいくらいに怒りをあらわにした。ガトーも頷く。

「母親が上位らに不敬を行ったか、それとも惹香嚢体に興味を持った誰かが、母親を隠したのかどうかはわかりませんが、いずれにせよオストラコンの外交官は、説明してくれと求めている最中です。オストラコンの婚配者は普通の平民らしいですが、婚配者を王籍に入れてまで神山に入国させているんです。このまま引き下がれないと骨のある補佐官は叫んでいます」

「惹香嚢体が一人消えたくらいでゴタゴタぬかすなと言うつもりか? オストラコンの婚配者と、その母親の行方が知れぬ内は、婚配者選びなどさせんぞ。上位らの好き勝手がまかり通っている神山になど、セナとアスランは入れられん」

皇帝の怒りはもっともだろうとジグルトは思った。あまりにも不可解なことが多過ぎる。

『沈黙して待て、聞くべき時に聞け』というのが神山の常套句だが、明らかにできぬことが絡んでいるのなら話は別だ。

人間一人二人の命くらい、構わないだろうと彼らはのたまうのかもしれないが、冗談ではない。こんな不当を黙って見過ごせるわけがない。

「オストラコン王家は、始祖家に遠慮してもの申さぬかもしれぬと、その補佐官は申しておりました。今のオストラコン国王は、非常に気弱でいらっしゃるから……」

ガトーの言葉に皇帝は同意するように頷いた。

オストラコン国王は四十五歳、四大国の国王の中では最も年上だ。

悪い人間ではないのだが、優柔不断すぎるところがあり、貴族らの意見に左右されて長子の王太子になかなか譲位できずにいる。

バルミラほど専制君主である必要はないだろうが、もう少し主君にしっかりしてほしいと内外で思われている人物だ。

「陛下とネスタニア国王が神山へいらっしゃるので、オストラコン国王にも神山へお越しくださるよう、外交部は訴えています。ですが、重い腰をあげようとなさらないご様子」

ニールスの仕入れてきた情報に、皇帝はふう、とため息をついた。

「始祖家からそう言われれば、そのようにするだろうな」

「この件で内部がどう動くのか、オストラコン外交部も忙しなく動いております。ここは引き続き動向を探った方がよろしいかと」

ニールスの申し出に、皇帝は呟くように言った。

「バルミラに入っている諜報部《ちょうほう》は増やしているが、オストラコンも増やした方が良さそうだな」

皇帝の目配せに、カルスが頷いた。

報告は全て終わった。考え込むように無言になった皇帝から、ジグルトはカルスに視線を移した。意図を受け取ったカルスが答える。

「お二人は……まだ見つかっていない。すべて同じ剣でナルージャらが殺された痕跡があったから、護衛官が一人で撃退したと思うが、なぜそこから南に向かったのかわからない。我が軍は主要街道を二日目には全て止めたのだ。二日の間に、南へ行かなければならなくなった理由があるとしか思えない」

「バルミラ側に、さらわれた？」

「バルミラ側へ進軍を開始したが、その様子は全く見られない……。バルミラは時間かせぎをしているだけかもしれないが……」

あの襲撃から二十五日経過している。これは、途中で何かあったと考える方が妥当だろう。

どんな相手でも、あの護衛官が殺されるとは思えないが、途中、何らかの命が下ったりしたら。

一つの命を闇人は全うするとセイジュは言っていたが、その命が、変わったりすることはないのか。

神山に対する不信感が、さまざまな悪い妄想を抱かせる。

自分でさえ、そうなのだ。皇帝は、どう思っているだろう。

黄金の髪に隠れてその瞳は見えなかったが、皇帝は無言の思考を続けていた。

Ⅱ　斥候

サガンの年齢は、外見からは全く判別できない。真っ白でぼさぼさの頭に皺だらけの顔。だが、小人族は二十歳を過ぎると顔に皺が寄ることが多いので、皺で年齢を測れない。

少々猫背であるため、荷を背負うと老人そのものだが、岩場を跳ねるように進む様子は、まるで岩山を登る山羊のようだった。

身体が小さい小人族は体力もないはずなのに、サガンは相当健脚なのか山慣れしているからなのか、不安定な足場もひょいひょい進んでいった。

赤月の発情期で時間を取られ、イザクは完全にアスランの匂いを見失ってしまった。これはセナも責められなかった。アスランとフオルを奪われて今日で六日、風と砂で、淡い子どもの匂いが飛んでしまっても仕方ない。

ナルージャ族の領土へ向かおうとするセナに、待ったをかけたのはサガンだった。

「ナルージャに闇雲に突っ込んでも、御子は戻せませんぞ、セナ様。ナルージャが何を考え、なぜ御子を奪ったのか知る必要がある」

そんな時間はない、と叫ぼうとしたセナの言葉を読むように、サガンは続けた。

「急がば回れと申します。ナルージャに向かう手前に、もう一つ、ネバルゆかりの辺境民族の村がある。そこに寄りましょう」

「それは?」

「イルダ族です。ご存じか」

心当たりがなかったら、セナもそこに赴くことを承知はしなかっただろう。

なぜならその民族は、周囲との交易もほとんどない、山岳地方にあるからだ。

「ここもほとんどが獣人で構成される一族です。あまりに高山地帯にあるためにバルミラの目もすり抜ける。ここの民は古きネバル民と縁戚関係もある。おそらく多くのネバル民が避難しているでしょう。決して奴隷扱いになどしていないはず」

「赴いたことはないが、話は聞いている」

「ほう？」

「俺の乳母夫が、そこ出身の山猫獣人だったんだ」

乳母夫であったジドは、少年の頃にネバルの傭兵として雇われ、ネバル国民の妻を娶り、そのままネバルの軍人となったと聞いていた。

「それは出世話。農作業に向かない土地のため、イルダの男は傭兵として他国に出稼ぎに出るのですよ。王子の乳母に選ばれるほど家柄が良く賢い女性の夫になるとは、逆タマですな」

サガンは面白そうに言った。

「諸国や辺境民族の事情に詳しかったから、父王は何かと頼りにしていた。智恵も能力も、もっと出世していいくらいだと皆が言っていた」

「いやあ、上等だと思いますよ。傭兵の地位なんてたかが知れていますから。イルダの男が出稼ぎにいくのは、ネバルかレスキアなんです。レスキアは南方の守りに傭兵をとても重宝している。バルミラはろくな扱いをしないので、あちらの傭兵になど頼まれてもいかないんですよ。あなたの父王は、レスキアとの縁を強めることに尽力された。便乗して出世したんでしょうな」

乳母夫を褒められて、セナは素直に嬉しくなった。

「イルダの族長は私も知っております。あなたがレスキアに嫁がれたあと、ネバル国王がすぐ病に倒れられ、あなたのあまり頭がよろしくない兄上が王に立たれてから、私は西に行っておりました。流れ者などあっという間に駆逐されると思いましたのでね。だから南の情勢ははっきりとはわからない。イルダから話を聞いてから行動しましょう」

そう言われて、セナは焦る気持ちを抱えながらも了承した。

赤月の七日間を過ぎていなかったということもある。惹香が発せられるのは七日間、抑制薬で分泌を抑えているとはいえ、セナの身体は闇夜に赤い月が浮かぶだけで疼いた。

無論、薬を飲んでいない時のような、前後不覚になる状態ではない。昼間は何とか我慢できるが、夜、赤月が空に浮かぶとイザクが目の端に入るだけで股間が反応した。

イザクも同じなのだろう。焚き火を作るとすぐ、守られるぎりぎりのところまで離れた。顔を背けているが、耐えている様子がわかった。

セナは、イザクが獲ってきた鳥をさばき、焚き火で焼いているサガンに訴えた。

「おかしくないか、前は抑制薬を飲んでいたらこんなことはなかった！　サガン、お前、効きを弱くしたのではあるまいな!?」

サガンは木の枝に刺した鶏肉にかぶりつきながら答えた。

「身体に負担がかかる処方はしておりませんがね。前のものがどんなだったかは知りませんが、効いてはいるはずです。狼も堪えられるくらいなのですから」

「限界です。妃殿下、命じてもらえませんか」

こちらに顔を向けるな、とセナは焚き火の後ろに隠れた。木が燃える匂いに混じって、イザクの匂いが漂ってくる。どうしてもそれを嗅ごうとしてしまう。

「それが番うということでしょう……。狼の匂いは特に強い。さて、私は今宵も散歩に行ってまいりましょうかね」

食事を終えたサガンは松明に火を移し、のんびりと身体を揺らしながら姿を消した。セナは火の向こうでじっと身を固くしているイザクの姿に目を向けた。

ああ、もう人の姿を保てずに耳や尻尾をむき出しにして。

昼間は感情の削げた顔をして、人を労るような仕草も見せず、黙々と山を登るだけのくせして。

狼の匂いにこれだけ惑わされているのなら、イザクなどもっと狂いそうになっているのだろう。

それでも命じられるまでじっと待っている。

不思議な気持ちがわき上がるのを感じながら、セナは熱に浮かされるように、自ら服を脱いだ。

「イザク、来い」

イザクは駆けるように近づいてきた。銀髪から、ぴんと立った白銀の耳が嬉しそうに動くのが見える。

「妃殿下……」

ああ、この感情がない獣人でも、熱い吐息が言葉に絡むとこんな声を出せるのか。

セナはイザクが絡ませてくる舌を吸いながら告げた。

「妃殿下、というのは止めろ」

もう一人の毛並みを思い出す。

白銀ではない、黄金の毛並みを。

こんな時に、思いだしたくない。

「……ならば、なんとお呼びすればよろしいですか?」

イザクにとって人とは、役職や階級でしか分類されないものなのだろう。

護るべき対象を名で呼ぶことなど、一度もなかったに違いない。

どう呼べばいいのか確認するイザクの声は、まるで子どものような純粋さに満ちていた。

その純粋さが、今のセナにはありがたかった。

「……セナ」

妻でも、母でも、王子でも、何でもない、ただの、本能に惑わされ従うだけの今の己には、ありがたい声だった。

「……セナ様」

イザクから出た言葉は、無機質で硬い響きでしかなかったが、セナはその言葉を吐いたイザクの口を、夢中で吸った。

「……早く、この、身体を鎮めろ」

自ら腰を持ち上げて、イザクの頭を押さえ、足の間に顔を押し当てた。

舌がべろべろと陰茎を、睾丸を、後孔を舐め回すのを、腰を振りながら受け止めた。

そして男の精液が、身体の外にも、中にも、存分に注がれるのを、四肢を震わせながら感じた。

＊　・＊・　＊

グルバ山脈は、レスキア、オストラコン、バルミラ三カ国にまたがる巨大な山脈である。

三カ国のちょうど真ん中あたりは、世界で最も標高が高い地域だった。雨量が少なく、農耕地がほとんどないため、放牧で生計を立てている。

南に行けば行くほど標高は低くなり、砂漠化が進み岩と砂が多くなる。

かつてはバルミラの首都・オピア周辺は大河が広がり水源も豊かだった。南方は南側がずっと実りが多かったのである。現在は大河に十分水が運ばれなくなり、穀物地帯は塩害の被害が大きく、農地とオアシスの減少に苦しむようになっている。

グルバ山脈の高山地帯を拠点とする民族の方が、生きるのが困難だった。大国に従属しなければ生きられない時代となってからは、周辺諸国が大国の間を行ったり来たりする状況下でどうやって部族を守るか、常に思案を繰り返してきた。イルダ族は、したたかに、情勢を見極めながら生き残ってきた部族である。

途中、何度か雪原が広がる地帯を踏みながら、セナたちはイルダの村に辿り着いた。

距離的にはレスキアからさほど遠くはない。だが標高が高いこの地にたどり着くまで、アスランとフオルを賊に奪われてからすでに十日も経過していた。

山と山の間に見える集落を見下ろしながら、確かにここはなかなかバルミラの手も及ぶまいとセナは思った。夏だからなんとか山越えができたが、バルミラ側から越えてこなければならない山は、もっと高い。

だが万年雪が降り積もる山脈のお膝元であるこの地の、この夏の時期高山に咲く花や緑の見事さといったらなかった。列強の圧力をはねのけながら築き上げた村の美しさを、セナはしばし無言で見つめた。

「さて、参りますかね。族長がいればいいのだが」

早速向かおうとしたサガンを、イザクが止める。

「もう少し待っていろ。あっちがこちらに気がついた」

「あ～？　お前、この距離からよくわかるな。こちらは太陽を背にしているから、見張りが影をみつけるのは早いだろうが」

セナの目にも当然、人らしきものなど判別できなかった。家々の形すらわからない。まとまっている集落の形状がわかる程度だ。

「十分火もおこせそうな時間だと思うが、まぁ待ちますか」

そう言ってサガンはのんびりと腰を下ろした。

イザクは、警戒させないためだろう、殺気は抑えているが腰に下がる剣の位置を慎重に変えた。

「馬上、五人。従卒、六人」

騎士団ではないから従卒ではないだろうが、おそらくこちらに向かってくる様子から、ある程度の力は読めるのだろう。

「話が通じなかったら一度の踏み足で二人殺します。一度従卒二人はセナ様に身体を寄せてくるでしょう。一度くらいは剣で受けていただくことになりますが、山猫獣人族は飛び上がらせなければ大丈夫です。近くに木々もありませんから、セナ様の腕なら受け止められます」

「会話するんだよ、イザク！　そのために来たのだぞ！」

サガンは吠えたが、イザクは変わらなかった。

「命を守ることを優先させる場合、退路の確保は当然です」

イザクは彼らが辿り着く直前に、一つ付け加えた。

「長《おさ》的な立場にいる男が馬上二番目におります」

イザクの言う通り、馬に乗った者が五人、そして後ろに歩いて付き従っている者たちが六人やってきた。

歩いている者はこれみよがしに武器を携え、馬上の男たちの馬を引いてはいなかった。馬と一体化して生活を送る地域では、貴族以外馬を引かせる文化はない。

馬上の一番目にいる男が「何者だ」という口を開く前に、二番目の男が驚いた声を上げた。

「サガンじゃないか！　南に戻ってきていたのか!?」

「フーガ。また親父そっくりになりおって」

セナたちが思った以上に、サガンはこの民族と親しいらしい。サガンがセナを振り返った。

「族長の長男です」

フーガと呼ばれた男は、セナとイザクを見て、馬上で顔をしかめた。

「サガン、彼らは？」

サガンが答える前に、セナが口を開いた。

「ネバル国民だ。ここに、ネバルの者が多く集まっていると聞いて、一緒に来た」

当然ながら、身元をすぐ明らかにはできなかった。セナは惹香嚢体だったため、母国ではあまり人目に触れさせることなく育てられた。顔を見知っている者は、相当地位が高かった者ばかりである。一族郎党を引き連れてここまで逃げてきているセナを知る諸侯がいるとは思えなかった。おそらく貴族らは、レスキア派かバルミラ派に別れているだろう。

「ジド、という者を知らないか。ネバルの縁者なのだが」

セナの問いかけにフーガは答えず、セナの横に立つイザクをじっと見つめた。

「その男は、ネバル国民の容貌ではないな」

白い肌に銀髪である。北か西にしかこうした容姿の者はいない。流れ者でも異質に思うだろう。

「俺の縁戚だ。亡くなった姉の夫になる」

「ジドからは、西や北に縁者がいるとは聞いていないけどな」

「ジドがここにいるのか!?」

セナは思わず一歩前に出てしまった。すかさずイザクがその動きに沿う。

それだけで、イザクが対象を守ろうとしていることにフーガは気がついたのだろう。馬を引き、嘶《いなな》かせる。

「お前たち、どこの者だ！　村に入れる連中は、調べさせてもらっている。正直に言わねば、ここで切り捨てるぞ！」

やってくる者には過敏になって当然だろう。怪しい者を一人招いただけで、村が壊滅させられるおそれもあるのだ。

「本当にジドの縁者だ。ジドは、ここにいるのか、いないのかだけ教えてくれ！」

「答えられん。ジドの縁者には、バルミラにいいように動かされている者がいる」

ギーチのことだろうか。ギーチがどこに所属して、どんな考えで動いていたのかわからないが、ジドとは考え方の相違があったのだろうか。

しかし、ここまで警戒されていては、ジドと容易には会えまい。会ったところで、すぐにどうにかなるものでもない。

「フーガ、親父に会わせてくれんか。族長に説明する」

「サガン、たとえあんたでも駄目だ。ついこの間、バルミラの息のかかったネバル国民が村を奇襲しようとしてきた。もともとは同じ祖の者もいる。親父殿の言うとおり、ネバルが逃げてきても受け入れてきたが、これ以上の厄介ごとは村の連中も嫌がる」

セナは胸に安堵するものが広がるのを感じた。

ああ、逃げまどうネバル国民の中にも、ここに来て、助かった者たちはいるのか。

彼らに、迷惑がかかることがあってはならない。

「ギーチを、知っているか。ジドの娘婿だった。俺が……俺が、ここに来る前に、殺した。そう、ジドに伝えてくれ」

そう告げて、セナは踵を返した。イザクはすぐに従ったが、サガンは困り果てたようにフーガに再度頼み込んだ。

「なあ、フーガ、拘束してもいいからここは……」

「セナ王子」

後方から呼びかけられた時、セナは驚いて一瞬振り返るのが遅くなった。

目を向けた時、その人物は、膝をつき深く頭を下げていた。

歩いて付き従ってきた六人の一人に、セナはそろそろと近づいた。

「……何処の諸侯か？」

問いかけに、男は顔を伏せたまま答えた。

「そんな身分の者ではございません。私は、あなた様が赤月の間、お入りになっていた牢の番人でございます」

ああそうか、とセナは顔も見たことがなかった牢番を思い出した。いつも牢を出る時には、姿が見えなくなっていたその者を。

「お顔を拝見することは禁忌でございましたが、あなた様が牢から出られるのをいつも、影で確認しておりましたので……お許しを」

セナは男の前に片膝をつき、その肩に手を置いた。男の身体が激しく震える。

「……無事で良かった。こちらに、縁者が？」

「はい……生まれが、こちらで」

「そうか。良い、面を上げよ」

男が顔を上げた時、男の両目から涙が滴るように落ちた。

「ジド様は……ジド様は、こちらに、おられます。ともに、逃げて、参りました。お嬢様と、御子様は……」

「ああ……ギーチに、聞いた……」

「奥様は、ここに辿り着かれましたが、すぐに命尽きて……」

セナは状況も忘れ、膝を崩した。


ジドは族長のルーランとともに、出かけているという話だった。

「周辺の連中がどういう行動を取って、今後どうするつもりなのか、話し合うためにな」

早馬を出したからすぐに戻ってくるだろう、とフーガは言った。

フーガの視線や口調には、ネバル王族に対する畏敬の念など微塵もなかった。むしろ、逆であることが読み取れた。

「ネバルのやったことは、はっきり言ってクソだ。あいつらは、国民や、従属する辺境民族のことなんかまるで考えていなかった。ここにいるネバル国民にあんたの存在が知られたら、撲殺されるかもしれないぞ。さっきの男の態度が珍しいと思えよ」

そうだろう。ギーチから向けられた憎悪で、それはわかっていた。

セナたちは隠されるように村へ入ったが、通されたのは牢のような場所だった。警戒しているというより、周囲の目を気にしてのことだろう。

「国のために大国へ嫁がされてあんたには何の罪もないだろうが、王族が何もしてくれなかったのは確かだからな。俺もはっきり言って関わりたくないんだが、無視すれば親父殿に激怒されるし」

やれやれとフーガはため息をついたが、サガンは呆れた目を隠さなかった。

「ったく。フーガ、お前それだから、ルーランからいつまでも代替わりされないんだぞ」

「親父殿はあと十年は生きて、俺の息子に譲るって言ってる」

「ルーランはいくつだ？」

「四十二」

獣人なら、寿命が来てもおかしくない。

「親父殿は生きるさ。俺が生まれたときの胎盤を食わせてもらったから、死なないって言ってる。あーあ、俺も惹香嚢体の嫁さんが欲しかったなあ」

そこでフーガが、思いついたように言った。

「そうだ。俺と結婚しない？　俺の子を産んで、胎盤食わせてよ」

「何の話だ？」

「求婚しているんだ」

「そうではなく、胎盤を食べると、死なないのか？」

「あれ、知らない？　惹香嚢体の胎盤を食べると、寿命が延びるって言われてるんだよ」

セナはサガンを振り返った。サガンが頷く。

「そう言われております。実際、私の知り合いも五年から十年、延びております。フーガの母親は惹香嚢体です。フーガを産み、その時の胎盤を夫のルーランが食べたとか。惹香嚢体の胎盤を食すことができるのは、夫の特権です」

「俺の母親は親父よりも二十歳年上だったのに、親父はメロメロだったから。俺も結婚するなら惹香嚢体、と思っていたんだけど、俺の世代ではまだ一人も生まれていない。姉が惹香嚢体だったんだけど、ナルージャに嫁いだからなあ」

セナはその言葉に前のめりになった。

「まさか嫁ぎ先はナルージャ族長か⁉　そうならば、バルミラの婚配者とは……！」

「俺の姪だ。姉も、バルミラに奪われたらしいがな」

イルダ族は婚配者候補と縁戚関係か。サガンがここに連れてきたわけだとセナは納得した。

「こちらに惹香嚢体が生まれたら、ナルージャ族に嫁がせると前々からの約束だったから、姉は嫁いだ。嫁いだからにはあちらに従うものだし、俺らは関与しない。ナルージャの動きには、俺たちは同調しない。姉と姪を奪い返すのも、どう動くもナルージャの自由だ」

そもそもナルージャ族は、惹香嚢体の扱いも特殊だとサガンが説明した。

「あそこは巫女的位置にいる者が、族長よりも発言力があり、時に一族の行く末も占います。それが、惹香嚢体だというのですよ」

惹香嚢体には不思議な力がある、と言われているらしい。

「だから姪は、今の巫女の、次の巫女になると言われていたんだ。ところが竜王の婚配者なんかに選ばれて、ナルージャ族は激怒。バルミラになんて従えるかという一派と、これを機にナルージャ族の娘が婚配者として選ばれ、一国を築くようにしようなんてバルミラにそそのかされた一派に別れた」

フーガの言葉に、セナは全て納得した。

「後者が、アスランを連れ去ったということか……」

族長ルーランとジドを呼ぶための早馬は、なかなか二人を戻さなかった。

イルダの村に入って四日目の夜、セナは焦る気持ちを抑えられなかった。もう少し待てというフーガの言い分もわかるが、アスランを見失って今日で十四日である。

「ナルージャの状況は聞いた。息子の救出に、イルダ族の兵を使うこともできまい。ネバルの民らは、俺を憎んでいるだろうから。こうして隠れているよりは、こちらからジドを探しにいく」

「まー、待ってってば。親父殿は悪いようにはしないって。あの人たち足が速いから、見つけるのも難儀なんだよ」

とフーガは返してきたが、セナは立ち上がった。

「すまないが、水を分けてもらいたい」

「行くの？　ホントに？」

「私も、行った方がいいと思います。族長の匂いがわかるものはありますか？　それで追います」

イザクの言葉にフーガは反応した。

「臭いがすると思ったら、やっぱり獣人族か。西から北ならあんた、狼？」

「ああ」

「鼻には自信ありますってな……」

フーガはしばし考えていたが、立ち上がった。

「よし、俺も行く」

セナが問い返す前に、フーガと常に行動をともにしているフーガの弟が顔をしかめた。

「兄者！」

「ドナン、お前は留守を頼む」

「親父殿に留守を任されているのは兄者だぞ！」

「ここに一度こいつらを招いたのは俺だ。責任は取る。実際、こいつらから聞いた話、一刻も早く親父殿に話さなきゃならないんだ。レスキアはこいつらを探しているだろうし、バルミラも同じだ。大国がごちゃごちゃ言ってくる前に、対応を考えねえと。ドナン、お前は周囲に散らしている仲間を集めておけ」

兄の命令にドナンは文句をつけなかったが、部屋から出て行く前に、厄介ごとを持ってきやがってという顔をセナに向けた。

常にフーガの両隣から離れない男二人が剣を腰に下げ、フーガに確認した。

「数は？」

「俺とお前らだけで十分だろ。この狼は相当強《つえ》えってわかるし、大所帯で行くまでもない。馬を用意してやれ。サガンは、ここに残れよ」

「何も、夜のうちに行かなくても」

サガンは呆れたように言ったが、夜目が効くがゆえに獣人は夜間の活動を得意とする。弓と矢を背負ったフーガの後に続き、セナたちは村の外に出た。

空にはまだ赤月が浮いていた。発情期は終わったが、まだセナは発情抑制薬を飲んでいる。月が赤いうちは、まだまだ油断がならない。セナはマントのフードを深く被った。

獣人らは夜でも当たり前のように馬を操るが、セナは彼らと違い夜目が使えない。イザクが松明を持つと申し出た。

「本当は後ろにつきたいですが、イルダの連中は灯りを持ってくれないでしょうから。それに、相当足場が悪い道を行くでしょう。気をつけてください」

辺境では馬を扱えないことは死を意味する。馬に乗れない者は奴隷の身分の者くらいだ。さすがにバルミラのような大国では、貴族の女性は馬に乗らないだろうが、ネバルでは貴族の女性でも馬くらい乗れるよう教育される。

セナも馬には自信があった。レスキアの離宮でも暇さえあれば乗馬を行い、自分がそうだったように三歳からはアスランも乗せていた。

乳母夫のジドからかなり教わったと思ったが、イルダ族の手綱さばきは見事の一言だった。闇の中、細く足場が悪い道を、ためらわず進んでいく。こんな道が通れるのかと思いつつ、セナは馬が困惑しないよう必死で手綱を取った。道慣れしている馬だったが、セナは馬が足を踏み外さぬように、呼吸するのも忘れて御しながら、イザクの背中を追った。

「フーガ！」

すぐ前にいるイザクから、声が飛んだ。

「どうした！」

先頭のフーガは馬を止めず、聞き返した。

「臭いがする！　俺たちの動きを追ってきている！　数人だ」

イザクの言葉に、フーガが「え〜」とのんきに返した。

「早いなあ〜。狼さん、種族わかる？　おれ山猫、あんまり鼻利かないの」

「豹族」

イザクは即答した。

「全員豹族だ。黒か、黄金豹」

「全員バルミラってか！」

フーガは腰の剣を抜いた。イザクは片手で松明と手綱を握りしめ、もう片方の手にはすでに剣を手にしていた。セナは、手綱を取るだけで精一杯だった。

「あともう少しで足場が安定する場所へ出る、それまで突っ走るぞ！」

岩と木々に挟まれていた道に、次第に月光が広がっていく。道が、大きくなっているのだ。セナは腰に手をやった。細い道を抜け、馬を止めて辺りを見回すと、すでにイザクとフーガが盾になっていた。フーガが白と黒の山猫獣人へと変化し、イザクが白銀狼へと姿を変える。

「えっ、白銀……？」

イザクの毛色に気づいたフーガの仰天したような声が闇夜にこぼれる。

「じりじりと距離を詰めてきている……」

狼となっても表情が変わらないイザクの瞳が、わずかに細くなった。

「……不思議だ。警戒はしているが、ほぼ殺意がない」

「そうだな……。わざと、自分たちの存在を知らしめるように近づいてきている。まるで、降伏でもしてくるかのようだ」

フーガも同意する。

その時、ひゅん、と弧を描いて弓が飛んできた。空に向けて一本だけ放たれたそれは、こちらまで届かずに地面に刺さった。

弓矢には紙が巻かれており、フーガが馬から降りてそれを取りに行く。

紙を広げたフーガは、中身に目を見開いた。

「レスキア国防軍……南方防衛師団、ナラゼル元帥の紋章……！」

ざ、ざ、ざ、とわざと音を立てるようにして、近づいてくる。

フーガは馬上に戻り弓を、イザクは剣を向けて彼らが現れるのを待った。

月に照らされながら登場した男たちは、皆剣を抜いていなかった。総勢六名の小部隊である。

先頭の黄金豹獣人の男が馬から降り、セナにまっすぐ顔を向けてきた。

「レスキア皇帝妃殿下。私はレスキア帝国南方防衛師団南方騎士団長、フィザーと申します。皇帝陛下のご命令により、お探ししておりました」

男がそう言って敬礼の姿勢を取ると、他の五名も馬から降りて片膝をついた。

「えっ。黄金豹じゃん。他の連中、黒豹じゃん。レスキアは虎じゃん」

緊迫したその場に最初に流れたのは、フーガの声だった。馬から降りず、揶揄するように問う。

「お前ら、本当に南方騎士団かあ？　バルミラ国の間者どもじゃねえの？」

フィザーという男は、ゆっくりと獣人化を解き、人間の姿に戻った。

褐色の肌に黄金の髪。辺境民族の衣装に身を包んだ男は、腕をめくり、二の腕に彫られた入れ墨を見せた。

「これが証拠です」

紙に描かれた紋章と同じものが彫られていた。

「まあ、入れ墨ぐらいなんだって彫れるよな」

フーガのからかいに、フィザーはさすがに不快そうに顔をしかめた。

「お前……」

「冗談だよ。元帥の子飼いか？　黄金豹であることといい、純粋なレスキア国民じゃなさそうだな」

フィザーはフーガを無視して、セナに近づいてきた。馬に乗ったままイザクがセナとフィザーの間に入る。

「妃殿下。どうか、我々とレスキアへお戻りください」

「息子を見失ったのだ。助け出すまで、戻ることはできない」

「それは我々にお任せください。どうか妃殿下は、陛下のもとへ」

陛下、という言葉と、目の端に映ったフィザーの金髪に、ざわざわと心が乱されるのをセナは感じた。それを振りほどくように叫ぶ。

「辺境の民族や、国々の思惑が絡んでいる中、お前たちを信用してただ待てというのか？　息子を使ってどう取り引きされるかわからぬというのに！」

イザクの向こう側にいるフィザーの顔が、不快に染まるのが見えた。

「私どもは、あなたを見つけ、レスキアに無事戻すのが任務です。私の一団は獣人だけで構成された精鋭部隊で二十人おります。ここにいる五人以外は、今も敵の目をくぐりぬけながら、あなたと殿下を必死で探している。後のことは、我が元帥におまかせを」

レスキアの妃ならば信じろと言いたいのだろう。皇帝妃なら、レスキア軍に従って当然だろうというフィザーの言葉はわかる。

だが彼らは、軍律に従う兵士である。命じられた任務が明日どう変わるかわからない。情勢が変われば、アスランを探し続けてくれる保証はない。引き揚げろと言われたら任務途中でも軍隊に戻る。それが軍人である。そうなれば、アスランは荒野に残されてしまうだろう。

「それとも、ネバル国やその従属民族の言うことに、惑わされてしまわれたか」

フィザーが鋭い目で見据えながらそう告げる。

愚かな、厄介な、と語ってくる目。

ああ、そうだ。一国の王子でありながら。皇帝の妃でありながら、母親であることを優先するなど愚か者に見えるだろう。

セナの心に、生きるのです、と告げたフォルの言葉がよみがえった。

——この先、何が起こるかわからない未来、何が何でもアスラン様をお守りしましょう。目標はそこだけにするのです。あなた様は今後、ネバル国の王子であることも、レスキア皇帝の妃であることも捨てていい。ただ、アスラン様の親として、生きましょう。

無謀と言われようと、己のことしか考えていないと罵られようと、愚かにならねば行動できないこともある。

セナはイザクの白銀に輝く毛並みを見つめた。

ただひたすら、何も期待せず、何も求めず、何も要求せず、守ることだけしかしない護衛官を。

「イザク、この者ら、蹴散らせるか」

「可能です」

「妃殿下！」

フィザーの叫びに、セナは被せるように声を放った。

「俺の行く手を邪魔するなら、レスキアだろうが容赦しない！　お前らには従えぬ。そう上官に伝えてこい！　協力せぬなら、去れ！」

白銀狼の殺気が周囲を包む。夏の澱んだ空気をあっという間に散らすような凄まじい殺気に、南方騎士団員たちは、剣を構えることも馬上に戻ることもできず、立ち尽くした。

緊迫した空気に、フーガの声が細く流れた。

「フィザーくん……ちょっと話、聞こうか～。……つーか、この狼、何者か教えてくんない……？」

＊　・＊・　＊

レスキア南方防衛師団南方騎士団長・フィザーは、生まれはレスキアではないと語った。

「もう二十年前に滅びましたが、ガダの民でした。バルミラに従属していましたが反旗を翻し滅ぼされ、レスキア南方防衛師団に拾われたんです。レスキアへ逃げる難民を、ナラゼル元帥は決して追い払ったことはない。それが原因でバルミラとやり合っても、受け入れる。今回南方師団や、ナラゼル元帥の領地に、どれだけのネバル国民が流れてきたと思います？」

フィザーの口調は忌ま忌ましさを隠さなかった。

「それを、信用できないなどと言われようとは思いもしませんでしたよ」

話し合いの末、フィザー一人だけ、セナの一団に加わりアスランを探すことになった。あとの五人は師団にいったん戻り、ナラゼル元帥の司令を持ってくるようにフィザーが命じたのである。

部下がいなくなったせいか、フィザーの言動は遠慮がなかった。セナも、フィザーがどんな態度を取ろうが構わなかった。

すでに日も高く上り、山が広がりつつあるところを見ると、かなり下ってきたことがセナにもわかった。フーガの部下二人の誘導で先を急ぐ。

「それでお前らは、ネバル国民が立ち寄りそうな村を張っていて、王子様を見つけたと。アスラン殿下の情報は、聞いてねえの？　ナルージャが婚配者様をさらったことは、知っているんだろ？」

フィザーはフーガと意気投合とまではいかないが、すぐ情報交換を始めた。馬の足は止めず、並びながらああだこうだと語り合う。セナは彼らの前で馬を進めながら無言で聞いているだけだった。イザクに至っては、我関せずといった様子である。

「ナルージャの領地にも俺の部下が辿り着いたが、警戒していて村にまでは入れなかった」

「まあ、わかる。ナルージャは先代のネバル国王がバルミラからレスキアに鞍替えした二十年前、みせしめにバルミラに侵略され、オアシスを三つも奪われて領地をかなり削られた歴史がある。ネバルに従属していても、内心ネバルに対し、このくそ野郎と長年思っていただろう。あのオアシスが今はどうなったか知ってるか？」

セナはそれまで背中で彼らの会話を聞いていたが、フーガを振り返った。

「戻されたさ。婚配者を差し出した時に。ネバル国のオアシスまで褒美につけられて」

「あ〜りゃりゃりゃ。ルイドもあほだな。娘と妻の代わりにオアシスを要求したのか？　辺境の尊厳もクソもねえな。姉貴も浮かばれねえ」

口調は軽かったが、フーガの目には怒りが漂っていた。

「セナ王子。嫁いだからには口を出さないのが掟だが、親父殿は一族を虐げられることは許されねえ。ナルージャ族とは、簡単にわかり合えないかもしれないぞ」

ナルージャ族長のルイドがアスランを奪ったというのなら、アスランは無事なのだろうか。

「そうなったら、我が南方防衛師団の仕事です。我々は国王陛下の命令で、バルミラ領土内にまで進軍している。宣戦布告と同じです。バルミラ国王は、レスキアに怒り心頭で、神山にまで訴えに行くと叫んでいますよ。ですが陛下は、絶対に引くなとおっしゃっている。あなたとアスラン殿下が見つかるまでは、バルミラに圧力をかけ続けろと命じてこられた」

「だが今までレスキア軍は、ネバル難民を受け入れても、彼らを助ける軍を向けてはいないだろう」

「妃殿下！」

「反旗を翻したのだから助ける義理はないのはわかる。水面下で睨みあいをされても、息子は戻ってこないのだ。まずは、一刻も早く所在を見つけ出さねば」

フィザーがあからさまに責める目を向けてくる。

「セナ王子、あんまり、レスキアの後宮では大事にされていなかったみたいだな。旦那さん、信用できねえの？」

フーガの口調は、いつものように軽かったが、けなしてはいなかった。

「まあ、無理ねえか。嫁いですぐにネバルはレスキアを裏切ったもんな。殺されなかっただけ、マシなのかな」

「中枢の考えていることはわかりませんが、我々はあなたに責められることはしていません。無能で浅はかな兄王を恨むんですな。あなたが民に恨まれようと、それが王族というものでしょう」

フィザーの突き放したような声が、頭の上をかすめる。彼らは敵陣で命を削りながら、捜索してくれたのだ。こう思うのは当然だろう。

「近いです」

イザクの呟きに、セナは意識を戻した。

「近い？　何が」

「族長の臭いが」

イザクの言葉に、フーガの馬がセナたちの前に出た。

地平の向こうに、黒い点が見える。フーガは確信したのか、ためらわずに馬を走らせた。部下二人もそれに続く。

「親父殿ー！」

だがセナは、向かおうとして馬の足を止めた。

「妃殿下？」

訝しげにフィザーが声をかけ、馬を並べてくる。

あの集団に、ジドがいる。

優しく、時に厳しかった乳母夫は、自分にどんな目を向けてくるだろう。

凄惨な戦争の中で、娘と孫、妻を失った男は。

王族ならば王族らしく生きろと、諭してくるだろうか。子どものことなどまず考えず、民を思えと言ってくるだろうか。

身体が動かなくなったセナは、隣のイザクがぴたりと馬を寄せてきたために、我に返った。

イザクはいつものように、何も感情を浮かべず、視線も向けてこなかった。

おそらくその心には、何の感情も漂ってはいまい。単純に、主の行動に寄り添っただけだ。いつでも、指示に従えるように。

何の意味もないイザクの行動だったが、それだけでセナは、心が保たれる気がした。

駆けていったフーガと代わるように、こちらに一人静かにやってくる男の姿を、目を逸らさずにセナは見つめた。

ネバルを出て、四年。

強烈すぎる太陽のせいで、それを背にした男の表情が、はっきりと見えない。

その身体に、その顔に、四年の間に何があったのか、確かめられない。

「セナ様」

表情を読み取る前に、その口調だけで、セナの身体は震えた。

湧き上がる感情が何なのかすら、セナにはわからなかった。

太陽は滲み、ジドの顔が、身体が、もっと見えなくなる。

片腕だけで手綱を握りしめているその身体も。

片目を失っている顔も。

どれほど戦っただろう。

どれほどの苦しみの中にあっただろう。

何もかも失って、それでも変わらぬ声と微笑みを向けてくれる乳母夫を、必死で捉えようとする。

しかし、何か言いたくとも、嗚咽と、涙にしかならなかった。

「ジド……」

ジドは馬を寄せ、片方しかない手を伸ばしてきた。

反射的にその身体を支えようと手を伸ばしたセナは、四年ぶりに、育ての親とも言える乳母夫の、老いた手に触れた。

イザクが少しずつ離れていくのにも気づかず、セナはただジドの手を握りしめていた。


再会に気をつかってだろう。イルダ族長・ルーランの一団は、こちらに寄ろうとせずに足を止めたままだった。イザクは少々離れて待っていたが、フィザーはフーガがいるルーランの一団へと進んだ。

「早馬から聞いて、慌てて戻っておりましたが、遅くなりまして申し訳ありません」

「いいんだ……俺が行くとフーガに言ったんだから」

馬から降りて話そうとジドが勧めてきた。いつまでもたがが外れたように泣き続けるわけにもいかない。セナは馬から降りると、顔を拭き、大きく息をついた。

目の前のジドは、ずっと微笑みを浮かべていた。

「早馬は、あなた様が従者とともにイルダの村へ来たとしか話しませんでした。御子様は、どうなさいました」

ジドの瞳は穏やかだったが、セナは言いよどんだ。

「レスキアの大軍がナルージャ族の一派に襲われたのは知っております。彼らに、奪われましたか」

セナは無言で頷いた。

「そうですか……それで、神山ではなくこちらへ……」

「ここに来る途中に、レスキア南方防衛師団の者と会った。フーガの方へ向かった、あの者だ。レスキアに戻れと言われたが、息子を奪ったナルージャと接触し、息子を取り戻すまでは戻れない」

ジドは小さく頷いて話を聞いていた。その顔を見つめながら、セナは意を決して告げた。

「息子を、奪った連中の中に、ギーチがいた。俺が……殺した」

ジドの顔は変わらなかった。同じように小さく頷いただけだった。

「……すまん」

「セナ様。どうなさりたいですか」

ジドは穏やかな口調で続けた。

「イルダ族長のルーランは私の古い知己で、話がわかる男です。ナルージャ族とも縁戚関係にある。話はつけやすいでしょう。ですがナルージャが話に応じてこなかったら、私はイルダを去り、アスラン殿下を奪いにナルージャに攻め込んでも構いません」

セナはその言葉に驚いた。

妻子も何もかも失い、自暴自棄になってしまっているのだろうか。だがジドは、そんなセナの思いを読み取るように、微笑んでみせた。

「セナ様、御子が生まれた時、胎盤はどうなさいました？」

「え？」

「私は以前、食べなさいとお教えしませんでしたか？」

話が飛んで混乱したが、セナは答えた。

「た、食べた。侍従には顔をしかめられたが、そのまま、口にしてみた。全て食したりはしなかったが、そのおかげか回復も早かった」

「それは良かった。あなたのお身体は、生命力で満ちあふれたことでしょう」

ジドの瞳がわずかに潤む。

「若かりし頃、私も食べたんです。イルダの村で、私は一度結婚しました。相手は惹香嚢体。ルーランの妻の妹で、私を選んでくれたんです。初めての子を出産した時、私は話に聞いていた通り、息子を包んでいた胎盤を食べました」

だが妻と息子は、流行病が原因で一年も経たずに死んだとジドは続けた。

「あの時胎盤を妻と息子が食していたら、助かっていたかも知れない。私は自分を責めました。自暴自棄になり、村を出て、傭兵で赴いたネバル国にそのまま定住したんです。そこでまた家族を得るとは思いませんでした。そして妻が、死んだ息子と同じ、惹香嚢体の王子の乳母に選ばれようとは思わなかった」

セナはジドの潤む瞳を食い入る様に見つめた。

「恐れながら、死んだ息子をあなた様に重ねて、養育させていただきました。どんな運命が王子に待ち構えていようとも、強い意志で道を選べるように。そう願って、お育てしたつもりです。この齢で妻と娘と孫を再び失うことになり、我が身だけが生きながらえたのは、やはり胎盤を口にした罰であったのだろうと思う日々でした。そこに、あなた様が、強い意志で御子を助け出そうと私の前に現れた。あなた様を誇りに思います、セナ様。御子は、何としても助け出しましょう」

止めた涙が再びあふれる。

だが今度は、自分の涙だけが、地を濡らしたわけではなかった。

Ⅲ　再会

　イルダ族長・ルーランは、息子のフーガ以上に遠慮のない男だった。丁重な挨拶のあと、セナを見つめて言った。

「皇帝妃でなかったら求婚していました……」

「齢考えろよ、親父殿！」

　ルーランの妻も男体の惹香嚢体だったんですよ、とジドが教えた。

「二十歳も年上だったがめちゃくちゃいい男だった。……四十歳近かったのに三人も子どもを産んでくれて……五年前に死んでしまったが、まだ愛おしい」

「なら王子様に求婚すんなよ」

　四十過ぎていてもルーランは体躯も良く、まだまだ戦士として若者にも負けない気迫をみなぎらせていた。これでは息子に跡を譲らないわけである。

「実は我々は、ナルージャ族の村へ行ってみたんだ」

　ルーランが引き連れている三十人ほどの一団は、日はまだ沈んでいなかったが、野営を設置した。腹を据えて話をするためである。

　ルーランを中心に、輪を作るようにして、フーガ、ジド、セナ、イザク、フィザーが座り、酒や食べ物が運ばれたが誰もそれに手をつけず、前のめりになって話を聞いていた。

「ルイドに会ったのか？」

　フーガの問いに、ルーランは首を振った。

「いいや。入る以前の問題だった。セナ王子にもわかるように説明せねばな。……ナルージャの民は、ネバルに従属する辺境民族では最も領地も大きく、数も多い。昔からここは、ネバルから独立して、一国を立てようと企む輩が多いんですわ。理由は、一族を率いる長以外に、巫女がいるからです」

　現在一族の巫女は八十歳を超える老女の惹香嚢体だという。

「八十歳!?」

　フィザーが素っ頓狂な声を上げた。純血種の人間でも八十歳まで生きている者など見たことがない。

「ナルージャはほぼ世襲制だが、時に強い男が族長となり、巫女と婚姻する。彼女の夫となったのは五人だ。彼女は十四人の子を産んだと言われている。夫にも分けてやったかもしれないが、彼女は子を産むたびに胎盤を食べたそうだ」

それで長寿を保ったとルーランは続けた。

「惹香嚢体は誰もが欲するからな。ナルージャの巫女・テザントは魔性の女だったというわけだ。俺も最愛の妻を奪われないように強さを鍛えたものよ」

「自分語りはいいから親父殿」

息子に突っ込まれながらルーランは、現在のナルージャ族長・ルイドはテザントの末子だと話した。

「我が娘は惹香嚢体だったんですが、ルイドの嫁にと生まれてすぐから望まれましてな。まあ、イルダの村に娘をやりたい男もいなかったし、ナルージャと縁戚関係になると心強いですからな。発情に目覚める前に嫁にやりました。十五歳でしたな。発情する前に手を出したらぶっ殺すぞと伝えて」

「余計な一言はいいから親父殿」

娘が神隠月に身ごもったと聞いたときは、ルーランは不吉なと思ったらしい。

「神隠月になんて、さぞ肩身の狭い思いをしているんじゃないかと思って里帰りさせようとしたのですが、巫女のテザントは『望まれた赤子だ、惹香嚢体だ』と予言し、娘を宝のように扱ったそうです」

それは、竜王の婚配者になる子どもだと予知したからだろうか?

「いえ、ナルージャの巫女は、神隠月に生まれた惹香嚢体に限るんだそうです。だから、他に惹香嚢体が生まれても、テザントが巫女であり続けた。ただでさえ稀少な惹香嚢体、神隠月になどなかなか生まれませんからな」

神隠月に生まれた子どもは数が少なく、また弱い。その中で、惹香嚢体だけは生命力が強い。

セナは、サガンの言葉を思い出していた。

「孫娘は、大事に育てられておったそうです。ですが今回、竜王の婚配者としてバルミラに連れて行かれた。我が娘とともに。ネバル国がバルミラに従い、ルイドが従わざるをえなかったのはわかります。同じ立場なら俺もそうしたかもしれない。民を救うために……」

ルーランは鋭い目をギラリと光らせた。

「だがあいつはバルミラと交渉した。オアシスを取り戻すだけでなく、ネバルの領土も求め、周辺の辺境民族を従わせ、長となる権利ももらった。今回俺らが周辺を回ったのはそのためです。ルイドがバルミラから与えられた権利を確認するために。あいつはいずれ、俺たちも襲う権利を得るだろう」

セナは怪訝に思った。ギーチはなぜそんな輩と手を組んだのだろうか?

その心を読んだように、ジドが説明した。

「ナルージャはバルミラに完全に従っているわけではありません。彼らの目的は自分たちの国を作ることです。自分たちの古い血統に誇りを持っている彼らは、ネバル国に代わり、己の国を建てたがっている。ギーチは母方がナルージャ族でした。ネバルに失望し、復讐のためにナルージャと行動をともにすると出て行ったのです」

そして、建国を要求する彼らにバルミラが命じたのが、レスキアの婚配者の殺害だった。

身体が震え上がる。目の前が真っ暗になりそうだった。ジドが肩を支えていなければ、前のめりに身体を崩していただろう。

「セナ様」

「それで……それで、息子は!? まさか」

「ナルージャの村に行く前にこれらの情報を得ましたので、遠くから我々は村を確認しておりました。そうしたら、一人、間者らしき者に会いましてな……おそらくそこの御仁も同じ入れ墨があるはず」

ルーランの言葉に、フィザーは目を怒りに染めた。

「殺したのか」

「まさか。我々は昔、南方防衛師団でナラゼル元帥の傭兵として雇われたことがあるのだぞ。あの方は辺境民族に差別意識がなかった。あの方の母上は辺境出身だろう?」

フィザーの怒りが解けていく。

「さすがレスキアの間者、我らに捕らえられても乱れなかった。これは何も聞き出せまいと思ってな、ナラゼル元帥に、〝イルダのルーランが向かった時は、城塞を開けてくれ〟と伝言を頼んで解放した。こちらでも、セナ王子を探すとな。そうしたら間者は気を利かせて一つだけ教えてくれたのだ。『ルイドは、アスラン殿下を手に入れていない。探すならアスラン殿下も頼む』と」

セナは思わずルーランに近寄り、その腕を摑んだ。

「本当か！」

「そのあと、村から出てきたナルージャの男をひっ捕まえました。これはあっさり吐きました。昔はもう少しナルージャの男も気骨があったんですけどなあ。ルイドのやり方に巫女のテザントが激怒し、このままではナルージャが滅ぶと予言、テザントに従うナルージャ民が、ルイドの不在中に別の場所に去ったとか。テザントはアスラン殿下も、一緒に連れて行ったそうです。アスラン殿下は一度はナルージャにいたようですな」

人質か。それとも孫の代わりに巫女にするつもりか。それはわからないが、テザントはアスランも連れて、民とともに山に入った、と。

「山!?」

「ナルージャ族の崇める山です。そこには山の神がおり、入山できるのは巫女だけです。他の人間が入れば祟ると言われている。皆恐ろしがったそうですが、怒り狂ったルイドは山に入って捜索した。ところが木々がほとんどない岩山なのに、探し出せずにいるそうです。百人以上の村人がどうやって隠れているのかわかりませんが、おそらくテザントしか知らない場所があるのでしょうな」

その情報を聞いて、セナはいてもたってもいられなくなった。どんな山か知らないが、一刻も早く山に赴き、息子を探さねばならない。

「まあお待ちなさい。お気持ちはわかりますが、御子はきっと無事です。テザントは決して悪いようにはしておりません」

ルーランは語るものは語ったとばかり酒を口にし始めたが、セナは引かなかった。

「その山を教えてくれ。息子を探しに行く」

「セナ様、山の中にも周辺にも、ルイドの配下の者がおります。攻め込むには作戦が必要です」

冷静なジドの言葉に、セナは身体をもとに戻した。

アスラン――無事と言われても姿を誰も確認していない。子どもを抱きしめるまでは、この焦りは収まらない。

思いを巡らすセナを落ち着かせるように、ジドが手を握りしめてきた。

「セナ様、大丈夫です。必ず、助け出しましょう」

そんなジドの言葉を、ルーランが揶揄するように口を挟んだ。

「俺はどうするか言ってないぞ？」

「お前の行動がどうであれ、俺はセナ様と皇子を助けに行く」

「老いぼれと忠犬で、どこまでできるものやら」

くくく、とルーランは笑ったが、杯を息子へ向けた。

「こんな大きな局面がやってくるとわかっていたら、お前に譲っておくんだった」

「俺と親父殿の気持ちは同じだと思うが？」

「ばか者。一族の命運がかかったこの勝負、長として最もするべきことは己ひとつの決断じゃない。民を説得し、従わせることよ。それができなかったから、ルイドはこの有様となった」

ルーランは杯をあおると、陶器のそれを地面に叩きつけて割った。

「ナルージャとの縁もこれまでだ。ジドよ、俺らはいったん村に戻るぞ。民を説得せねばならん」

ルーランの言葉に、すぐにジドは意志を伝えた。

「俺は、セナ様とともにいる」

「ばか野郎。お前は自分が連れてきたネバル民らを説得しろ。かつての主を守るために戦うとな。村のネバル民らは、ネバル王族に恨みを持つ者だっているんだ。彼らの声をお前は聞かねばならない」

俯くジドに、セナは告げた。

「ルーランの言うとおりだ、ジド。そうしてくれ」

ルーランは顎ひげを撫で、フィザーに言った。

「さて、バルミラに従わないと宣戦布告するとなると、レスキアの確固たる守りが必要なのだが、辺境民族との同盟を、元帥は組んでくださるのかな？　レスキア皇帝と交渉は可能なのかね？」

「そんなの俺がわかるわけないだろう。俺もいったん、元帥のもとへ戻り、この状況を報告せねばならない。妃殿下と皇子を救うために早急に兵は派遣なさるだろうが、その後の交渉は知らん」

ルーランとフーガの顔が向けられるのを、セナは感じた。彼らの顔を見つめる自分の視線が、情けなくもさまようのをセナは感じた。

レスキアが守ると、自分の立場で約束などできない。自分が頼むことを、皇帝が了解してくれるとも思えない。

ネバルを救って欲しいと、皇帝に頼んだ。だが自分の言葉が、どれだけ皇帝を、レスキアを動かせるのか。

これからのネバルのために、妃として必要だとあの人は言った。だが、おそらくそれは形だけ、諸侯らをまとめ上げるための駒ぐらいにしか思われていないだろう。

婚配者の母親となっても、自分は皇帝にとって、何の力もない、ただの、存在が消えかかっている王族の一人に過ぎない。

そんな自分が、彼らに何を約束できるというのか。

「セナ王子、建前でいいんだよこんなものは！　あんたの一言だけで、ここの男らが一つにまとまるんだ。王族ってのはそのためにいるんだ、思うこと伝えろよ！」

フーガの声に、背中を突き飛ばされる思いがした。

自分を見つめてくる男たちに、セナは告げた。

ジドが、深く頷く。

「陛下に……必ず、お願いする。イルダ族を守ると、約束する」

同盟だ。

ルーランは新しい杯に、酒を注いで高々と上げた。

＊　・＊・　＊

ルーランとジドはイルダ族の村へ、フィザーは南方防衛師団へと戻っていった。

双方とも、軍勢を引き連れて来ると約束して。

セナとイザクとともに行動するために残ったのは、フーガだけだった。フーガは父親のルーランとともに兵を引くために戻るかと思われたが、ルーランがそれを止めたのである。

「お前はセナ王子と、先にナルージャの領土へ入れ。グルバ山脈側から入れば、そう見つかるまい。俺らは南方防衛師団と合流し、ナルージャの領土へ突き進む。そのまえにアスラン殿下の居場所を見つけておくのだ」

一日でも早くアスランを探し出したいセナは二つ返事で了解したが、フーガは顔をしかめっぱなしだった。たった三人で敵の領土内に入れと言われて、喜ぶ者はいまい。付き従っていた部下二人もイルダ族の村へ戻されてしまい、なぜこんなことにとフーガの顔にありありと書いてあった。しかも、岩場が多い山中に入るため馬では越えられず、徒歩での移動となった。

ネバル国に従う辺境民族の中でも、ナルージャは最も領土も人口も多い。

山脈から流れる川を挟んだ渓谷に位置する村は、南方では自然の恵みも豊かな方だった。

ちょうどバルミラの領土に隣接しているため、頻繁に土地を侵略されていた。ネバルがレスキアに属してすぐにバルミラ側に領土を奪われたことがあったが、それ以降は領土権は強固に保障されていた。しかし、今回ネバルがレスキアに離反しナルージャを守らなくなったとたん、あっという間にバルミラに浸食されただろう。

生まれた惹香嚢体を渡せと言われ、それを条件に領土回復を訴え、加えて完全独立を望むのも無理はないことだった。

大国の思惑に左右されるのは真っ平だっただろう。

「コーテス川の水の恵みが、バルミラ全体にまで届かなくなっているんだよ」

フーガは真下に滝が流れる場所で、そう言った。

コーテス川とは、世界の神・竜王が作ったと言われる、神山から流れる大河である。

無論、そこまで長くはない。途中でグルバ山脈に塞がれるが、コーテス川は神山から竜王が訪れるための川だと言われている。

「バルミラの首都オピアの周辺では、水が流れてこなくて塩害がひどいらしいじゃないか」

「……そうらしいな」

セナはかつて大使から聞いた話を思い出した。バルミラは塩害により年々農耕地を失い、従属する周辺諸国から土地を巻き上げている、と。

「ウチは高山地帯でそう水の恵みが多いわけじゃないが、ナルージャやネバルは山からの水の恵みがあり、湖や川がある限り農耕地は広げられる。コーテス川の恵みなんて、必要なかったもんな。だからナルージャは山の神を崇めて、竜王のことを神と認めなかった。どっちが恵みを与えているかといったら、山の神だもんな」

気候とともに変化したのはバルミラだけではない。ネバル国も、コーテス川は雨期の災害しか印象に残らぬ者が多いだろう。セナ自身、そう思っていた。人間、恵みよりも災いのほうが記憶に大きく残る。

だが今別の場所から祖国や近隣を見渡すと、己の視野の狭さに気づかされる。大河の恵みは今も確実に南へ届いているのだ。自然豊かなレスキアほどではないにせよ、土地が自然を精一杯享受して、人に還元してくれているのがわかる。

暑い夏に水が絶える場所もあれば、雪が染み込んだ土地で咲く花もある。

レスキアの緑の足元にも及ばぬ、岩と砂漠と、めまぐるしく変化する自然の荒さを体現する土地を、セナは食い入るように見つめた。

目にするもの全てが焦土だと思っていた。

実際、そうなのだろう。ネバル国の内部はひどい有様になっているに違いない。

だが、従わぬ周辺の辺境までは、バルミラは兵を向けなかった。

ネバルがレスキアに離反して四年近く。

それは、バルミラが情けをかけたからではあるまい。

この目で見るまで、それを理解できなかった。

「南方防衛師団がバルミラを牽制しなかったら、全て奪いつくされていたかもしれないけど。ナラゼル元帥は辺境諸国や部族を良く理解してくれているから。レスキアがネバルの金山を完全に押さえてからは、もう東側にはバルミラは来られなくなったなあ」

　だからネバル国民は難民となっても東に逃げてきたのだとフーガは言った。

「……今、金山は?」

「レスキアは金山を占拠したが、動かしていない。採掘を止めている状態だ。搾取しないと示すことで、ネバル国内のレスキア派の心を摑んでいるんだろうってジドは言っていた。独立を騒ぐ連中もいるらしいから。新たな国を興すことだけはレスキアはさせないらしい。諸侯らが王になれば、あの国は完全に潰れるとジドは言っていた。そうなれば百年以上、近隣を巻き込んだ内戦が続く」

　生まれた場所は、目を覆いたくなるほどの無惨な光景が広がっているのだろう。

　だが今は、この眼下の光景が、美しいままでいてくれることに感謝した。

　ネバルは、滅びるかもしれない。

　父が、必死に守り続けたあの国は、もう元の姿を留めることはないかもしれない。

　だが、自分の国が、王族が残るよりも、もっと重要なものがある。

　胸が掻きむしられるような思いとともに、セナは強くそう感じた。


　フーガの先導で、グルバ山脈の足場の悪い道を抜けながら、セナたちはナルージャ領土へと向かった。

　ジドとの再会後、ナルージャに三人で向かって四日が経過していた。フーガの案内で最短距離を進んでいるとはいえ、四日歩き続け、セナはさすがに足が棒のように感じるようになった。フーガとイザクは四日前と変わらない足取りで進んでいく。

「ナルージャが山の神が御座《おわ》すと信じている山は、こっちからも続いているはずなんだ。昔、姉貴の婚礼でナルージャに入った時に聞いた」

次第に緑は消え、周囲は白さが混じった岩山へと変化していった。

途中、イザクが立ち止まり、岩肌を興味深そうに撫でた。この無感情の男がこうした仕草で足を止めるのは珍しい。思わずセナは意味を訊いた。

「どうした？　イザク」

イザクは手についた岩の砂を、じっと見つめた。

「……神山の質に……似ています」

神山とここでは、気候が全然違うだろう。だがセナも同じように、指先についた白い粉のようなものを見つめた。まるで石灰のような粉である。

「イザク、これが神山の……」

目に飛びこんできたのは、赤だった。

イザクの口元から、赤い筋が流れている。

陶器のような肌に、すっと一筋の鋭利な線を引き、細い顎から、赤い雫が落ちる。

それは、白い粉で染められたイザクの手の上に、玉を描いた。


怪我をした、ととっさにセナは思った。気がつかなかったが、どこか、怪我をしていたのか、と。

イザクは、自分の手についたものが、何なのかわからぬというように、子どものような瞳でまじまじと見つめていた。

だが、次の瞬間、イザクは嘔吐《えず》くようにして咳き込み、空中に鮮血をまき散らした。

「イザク!!」

白い岩肌に、赤い血が点描を描く。イザクが咳き込むたびに、それは広がった。

「何だ、どうしたんだ！　どっかやられたのか!?」

同じく怪我をしたと思ったのか、フーガが叫ぶ。セナは前屈みになるイザクの身体を支えた。まき散らされる血の量は少なくなったが、咳が止まらない。

「イザク……」

あの森の中での戦闘で負った傷は、惹香嚢の分泌物で早く回復したが、まだまだ治っていなかったのか。

それとも、わからない所を負傷していたのか。

サガンはあの時切り傷しか治療していなかったが、

どこか内臓で破損した箇所があったのだろうか。

「イザク……イザク、大丈夫か」

珍しくもイザクは肩を上下させながら呼吸していた。銀髪で隠れた顔をのぞき込むと、蒼白だった。血の気が失せたその顔に、セナは不安を覚えた。

「イザク、少し休め、座らないと」

だがイザクは、命じられる声が聞こえていないかのように、地に広がった己の血を見つめていた。

そこには、相変わらず何の感情もなかった。驚きもなく、恐怖もなく、ただ視線を向けていた。

突如吐血した自分にも驚くことなく、目の前の有様を静かに見つめるその瞳に、セナは思わずイザクの身体にしがみつくようにして、名を呼んだ。

「イザク!」

それでようやくイザクは視線を揺らした。

名を呼ばれた方へ、目を向ける。

イザクの灰色の瞳に自分の顔が映る。セナがそれを確認したのと、フーガの声が響くのは、ほぼ同時だった。

「ナルージャだ!」

次の瞬間、セナはイザクの身体に抱きしめられていた。自分の立っていた場所に、何本かの矢が立て続けに刺さる。

イザクが剣を抜きながら矢を払う。フーガも、対面の山から放たれる矢を、剣で払っていた。

「走れ!」

セナらは、剣を振り回しながら走り出した。ナルージャの矢が容赦なく飛んでくる。

「そこの、岩の間に入れ! 早く!」

フーガの指示に、一番先頭にいたセナは岩と岩の間に入った。矢は飛んでこなくなったが、代わりに視界が失われた。ぴたりと重なった大岩は、上から降り注ぐ太陽の光を遮断していた。

「早く! 早く、道を抜けるんだ!」

フーガの声に追い立てられてセナは岩肌に手を当てながら、ひたすら前へ前へと進んだ。

下から冷たい風が吹いてくる。重なった岩と岩の間に隙間があるのだ。獣人と違い、暗闇で目が使えないセナの足はどうしてももたついた。すぐ後ろにイザク、しんがりにはフーガがついている。敵から守ろうとしてくれている彼らに前に来て誘導してくれなどと言えない。セナは足を急がせた。

その時、急にガクリと身体が傾いた。足を踏み外す、と思った時には遅かった。

「セナ様！」

イザクの声が空に舞う。いや、これは自分が空に浮いているのだと知った時には、身体の側面が何かにひどくぶつかり、セナは真っ暗な中で、意識を失った。

＊　・＊・　＊

頭部に加えられた衝撃に、セナは顔をしかめた。

「おい、起きろ」

揺れる視界に、何人かの男たちの顔が浮かんだ。頭を小突かれたのだと悟るのと、男たちが黒豹獣人族だと気づいたのは同時だった。

頭から足まで、鈍痛で覆われる。

岩陰から漏れる光は、男たちの黒い毛並みをはっきりとは映し出さなかった。その中で、一人の男が黒豹獣人から人間へと姿を変えた。セナは、自分と同じ、黒い髪に緑色の瞳を見た。三十半ばを過ぎていそうなその男は、目を光らせながら言った。

「……男の惹香嚢体か。初めて見たな」

セナはその男が、すぐに周囲の男たちを束ねている立場にあると悟った。男に対し、他の男たちが立ち位置まで気を遣っている。

「男でも、惹香の匂いは変わらんのかね」

男の口角が上がる。

「教えてもらえないか。セナ王子」

なぜ自分のことを。セナが目を見開く前に、男の後ろにいた部下が訊いた。

「族長、赤月でもないのに、こいつから匂いがするんですか？」

「若干な。お前らは惹香の匂いを知らんから気づかないだろうが、他の雄の匂いが強い」

族長。では、こいつはナルージャ族長のルイドか。

「俺らの領土に入り込んできた黒髪緑目の惹香嚢男体なんて、ネバル国セナ王子くらいしかいないだろう。息子を探しに来たんだろうよ。まったく、勇ましいことだ」

イザクかフーガが捕まって自白させられたわけではなさそうである。セナは鈍い痛みをこらえて身体を起こした。腕が動かないのは、怪我したのではなく、後ろ手に縛られていたからだった。

彼らも、アスランや逃げた一族を探してこの山をさまよっているのだろう。足を滑らせて落下し、岩の間に落ちて気を失ったところを、捕らえられてしまったか。

「よくここの存在がわかったな。イルダ族にでも聞いたか。族長のルーランが近くをウロウロしていると聞いていたが、合流したか？」

詰問に無言を通すと、容赦なく頬を張られた。

「答えろ」

セナは無言を貫いた。この岩山がどんな構造をしているのかわからないが、イザクは必ず匂いを辿ってくる。それまで、何も語る気はなかった。

「……一丁前に、ネバルの惹香嚢持ちの王子が、だんまりを続けられると思うのか？」

ルイドの瞳が嗜虐《しぎゃく》的な光を放つ。拷問されても、答えるわけにいかない。セナは無言のままルイドの目を睨み据えた。ルイドの瞳がわずかに細まる。

「お前ら、ちょっと離れていろ」

命じられた部下は、首を傾げた。

「痛めつけるなら、俺らがやりますよ」

「いや。もっと手っ取り早いやり方をする。犯す」

ざっと背筋に恐怖が這い上がる。一瞬浮かんだ恐怖を、黒豹獣人は見逃さなかった。面白そうに口角をつり上げて嗤う。

「赤月でもない、男の惹香嚢体なんて何の味もしないだろうが、楽しめそうだ」

「いいですねえ……」

部下の呟きに、ルイドは振り返った。慌てて独り言を漏らした部下が謝る。

「すみません」

「まあ、お前らは惹香嚢を味わう機会もないしな。ヤりてえのはわかる。俺が食ったら、お前らにもヤらせてやるよ」

「本当ですか！」

四人ほどの男たちが、欲情をむき出しにして目を輝かせた。そんな部下の昂りをルイドは面白そうに見つめ、向こうへ行っていろというように軽く手を揺らした。すぐに部下がそれに従う。

部下が去った後、ルイドはせせら嗤いながら侮蔑の眼差しを向けてきた。

「気位高いネバルの王子様が、獣の雄の臭いをつけておられるとは嘆かわしい。惹香の匂いを消すために、どこの野良犬に抱かせました？」

見下す目を、セナは睨み返した。

「赤月じゃなくても、わずかな惹香の匂いがお前からする。他の雄は気づかないだろうが、惹香嚢体を妻に持つ俺にはわかる」

ルイドが唾を吐き捨てる。

「この淫売が。どうせ俺の妻も、先の赤月ではバルミラの王に腰を振ったのだろうよ。どんな男でもいいんだろう、お前らは」

「それを求めるのはどいつだ」

セナは思わず言い返したが、ルイドはばかにしたような嗤いを飛ばした。

「お前らがどこまでも欲するから種を与えてやってるんだ、こっちは。ええ？　誰でもいいんだろうが。皇帝だろうが、そこらの犬だろうが、物乞いだろうが、お前の性欲を宥めてくれる男なら、誰だって同じだろうが？　お前ら惹香嚢が最も汚らわしい種だ」

母親や、妻や、子が同じ惹香嚢体だというのに、この男はなぜこんなに惹香嚢体を蔑むのか。

妻と子を略奪された恨みか。妻子を奪われたというのにバルミラに従っている屈辱からか。一族を引き連れて逃げた母親への憎しみか。

「偉そうにお高くとまっていても、お前らなんてしょせん淫婦だ。男の穴になって喜んでいろ」

ルイドの手が腰ひもにかかり、引きちぎられる。腰帯と剣は、とうに身体から外されていた。両手が後ろに回されていたが、反射的に抵抗し身体を上に押し上げる。だが、すぐに頭を地に押しつけられた。

「何を今更抵抗する、この淫売。皇帝以外の犬どもに、その身体堪能させてきたんだろうが？」

下卑た嗤いが、至近距離から降り注ぐ。

「あのガキも、皇帝の子どもではなかったりしてな？」

アスラン。

一瞬にして犯される恐怖が飛んだ。

アスランは、無事なのか。

男の身体がのしかかる。セナは足を抱え上げられ、きつく目を閉じた。

その時、石のように硬い地に、剣はほぼ音もなく刺さった。

舞い上がった白い粉が、顔をかすめていく。

それで初めてセナは、顔の横に突き刺さった剣を見つめた。

そして、ルイドの上からその剣を握りしめている、男の存在を知った。

全く気配を感じさせず、近づいてきた男を。

「……貴様、獣人ならば、その方についている匂いに気づかんか？」

何の感情も込めず、白銀狼は、ルイドの頭に言葉を降り注いだ。

「単なる犬の匂いと思われてしまったか」

次の瞬間、イザクはひそめていた自分の匂いと殺気を、まき散らすように放出した。

「嗅いでみろ」

抑揚のない声に、ルイドだけでなくセナも身動きできなくなった。

生物世界の、圧倒的強者の声。

力の差とは、弱者を臓腑《ぞうふ》の底から震え上がらせるのだと、セナは知った。

「俺の匂いに敵わないと悟ったら、その方からどいて、地に腹ばいになれ」

ルイドは言うとおりに従った――ように、セナには見えた。だが、次の瞬間イザクがしたことは、ルイドの片腕を剣で切り落とし、周囲に血をまき散らしたことだった。

ルイドの絶叫とともに、セナも叫んだ。

「イザクやめろ！」

「毒針を手から出そうとしておりました」

切り落としたルイドの手から、長い針が見えた。

「殺さないんですか？　周囲にいたこいつの仲間は五人殺しましたが」

銀色の髪を乱しもせず、淡々とした口調でイザクは言った。

「いい……フーガに、渡そう。止血、してやれ」

「はい」

イザクは持っていた紐を取り出すと、あっという間にルイドの止血をしながら、もう片方の手を縛り上げた。

「参りましょう、セナ様。フーガが待っています」

乱れた服を直したセナは、立ち上がり歩き出そうとした。

だが、膝が笑うだけで、足が前に進まない。壁によりかかりながら、足を動かした。

「お怪我をされたんですか？」

「違……」

イザクの腕が、肩を抱いてくる。

支えようとしただけだろう。だがそれで、セナは一気に力が抜けるのを感じた。

必死でしがみつくと、腰にもう一本の腕が回った。

押し込めていた恐怖が、表に出る。

怖かった。

怖かった。怖かった。怖かった。

今まで心の奥底に沈めていた、ありとあらゆるものに対する恐怖が、噴出する。

背筋を這い上がる震えがガクガクと面に出て、手も、足も、震えてどうにもならなかった。

わずかな力でイザクにしがみつこうとするが、震えで身体はますます強ばり、力が入らない。

力を失った身体を、倒れさせまいとしただけだろう。イザクの力が強く、身体を持ち上げてくる。そのまま、きつく、強く、抱きしめてくる。

「……イザク……」

もっと。もっと、もっと強く抱きしめてくれ。

この震えが収まるように。

もっと、お前の熱を感じさせてくれ。

この寒さが消えるように。

もっと温もりを。もっと力を。

抱きしめて。息もできぬほどに、抱きしめて。

もっと。もっと。もっと。

「イザク……イザク、イザク」

うわごとのように名前を呼ぶのも、震える顎が、喉の奥が、勝手にそうさせるのだろう。

イザクの接吻が、唇をさまよう。

その息を、温かい舌を欲するのも、この震えを、寒さを、取り除こうとする本能なのだろう。

でなければ、説明などつくまい。

なぜ自分は、この男の匂いを、体温を、腕の強さを、熱さを、これほどまでに欲するのか。

赤月はもう、とうに過ぎ去ったというのに——。

＊　・＊・　＊

「この山にはナルージャの兵士らが、何人か入っているようです。気配と臭いで予想すると、三十人ほどですね」

イザクに手を取られながら、セナはまたも光が届かなくなった岩山の隙間を歩いた。

「五人殺して二人拘束しました。フーガはそこで待っています。二人から聞き出したところによると、やはり神の山に逃げたナルージャ民らを探しているそうです。そこにアスラン殿下もいると」

ルイドを拘束したのだ。戻ってこない長を探して、どっとナルージャ兵が山に入ってくるかもしれない。フーガと落ち合った後、イルダ族と南方防衛師団が来るのを待つべきか。

「イザク、兵士以外の気配や臭いを、山から感じるか？」

「それが、全く感じないんです」

イザクは珍しく、首を傾げるような仕草をしてみせた。

「黒豹獣人の雄の臭いしかしない。本当にただの民らがこの山に入っているのかどうか……。他の場所に移ったということは考えられないでしょうか。もっと深い山の中に入ったのかもしれませんが」

足がずるりと滑る。思わずセナはイザクの手を離してしまった。

「セナ様」

「ああ、大丈夫」

イザクの手を再び取ろうと、セナは手を伸ばした。だが、手は何も摑まなかった。暗闇に、腕がさまよう。

「えっ……？　イザク？」

セナは慌てて身体を動かし、手を前に出した。だが手は、闇の中を踊るだけで、何も触れない。振り上げると、硬い岩肌にぶつかるだけだった。

「イザク!?　どこにいる!?」

まさか、どこかに行ってしまったというのか。

いや、イザクが勝手に離れるわけがない。

見失った？　気配がない？　いやまさか。息もかかるほどの近さで、身体を沿わせるようにして歩いていたではないか。

あの一瞬で、離れてしまうはずがない。

「イザク！　どこだ!?　出てきてくれ！」

闇の中で思わず大声を出したセナは、慌てて口を覆った。どこで誰が聞きつけるかわからない。

だがどうしても、イザクの姿を見失ったとは考えられなかった。これは、一体何があったのか？

イザクの気配すら感じない。確実にここにいたのに、それがまるで消えてしまっている。至近距離でも気配を消すなどイザクならお手のものだろうが、そんなことをする意味がわからない。

「イザク……」

情けない声が出たが、セナは不気味に感じて仕方なかった。一体、何が起きているのだろう？

移動すればまた迷ってしまうかもしれない。セナは息をひそめて、イザクの気配を探った。岩肌に背を押しつけて、集中する。

その時、ふっと光のようなものが闇に浮かんだ。

あれは。ナルージャか。それともイザクか。光を持って、誰かがこちらに向かってきているのか。

どうするか迷ったが、セナは光の方向へ、そろそろと身体を移動させた。

イザクもナルージャ兵士も、獣人である。彼らは闇の中で光など必要としない。人を探すのに、灯りなど用いないだろう。ならば、誰なのか。

光は一定のままだった。誰かが近づいてくる様子もない。ただそこに留まっているだけだった。

それをひたすら見つめ、静かに、一歩一歩慎重に近づく。

セナは次第に、息苦しさを感じた。極度の緊張ゆえか、なぜなのかわからない。身体が、四方八方から圧をかけられているように、呼吸するのも難儀に感じる。

光が大きくなればなるほど、それを感じた。セナは、歩き進めるたびに確信した。あれは、灯火ではない。光だ。

何らかの、出口だ。あの先に、光の根源がある。

圧は、なぜか足も手も、重く感じさせた。一歩ずつ近づくたびに、重さがかかる。セナは少しずつ、光を放つ、円い穴に向かった。

やがて見えた光景に、セナは絶句した。

そこは、山の空洞だった。

岩山の中に、広い空間があった。真っ白な岩肌の空間は、天まで高く広がり、上から太陽の光がさんさんと降り注いでいる。

そしてそこは、およそ百人以上の人間たちを包括するほどに、巨大だった。

女たちが、子どもらが、大人たちがごく普通に生活している。

真っ白な岩だけでなく、大きな木々が生え、岩肌を流れる滝の水は、地にまで注がれていた。そこで子どもたちが水遊びをしている。

先程の狭い暗闇から、なぜこんな空間が生じるのか。自分は今、夢を見ているのか。

それともこれは、あの世の光景か。セナは驚きで身動きが取れなかった。

「何者だ！」

茫然と突っ立っていたからか、男たちが数人近づいてきたことに気がつかなかった。女たちが慌てて子どもらを抱え、逃げようとする。

周囲が騒然となった。

「あんた……あんた、そこからやってきたのか!? あんた、もしや惹香嚢体か!?」

男の詰問の意味がわからなかった。セナは歩いてきた道を振り返り、ただの真っ暗な闇しかないそこを目にしたあと、眩しいほどの光にあふれた空間に目を戻した。

「これは……これが、神の山か」

これが、ナルージャの神が住まう場所か。

ここにいるのは、ルイドに離反して逃げたと言われる、ナルージャの民か。

ならば、求めるのはただ一つだ。

「アスラン!!」

周囲に構わず、後先も考えず、セナは叫んだ。

ここに、息子がいる。

「アスラン!! アスラン、どこにいる! はは様だ! アスラン! フオル!」

喉が張り裂けんばかりに、セナは叫んだ。

「セナ様ー!!」

驚きの表情を浮かべる民らの向こうから、その声が聞こえた時、セナは迷わなかった。

誰かがマントを摑んできたが、構わずに振り払って駆け出した。

足がもつれ、岩につまずいたが、這うようにして駆けた。周囲の人々が割れるように引いていく。そして現れた二人の姿に、セナは両腕を前に出した。

「ははさま!!」

黄金の髪と緑色の瞳が、満面の笑みを浮かべる。駆けてきた息子を、セナは倒れるように前のめりになりながら、抱きしめた。

「ああ……! あぁ、ああ、アスラン、アスラン……!」

柔らかな頬、ふわふわのくせ毛、しがみついてくる身体、それら全てにセナは夢中で頬ずりして、息子の存在を確かめた。

ああ、アスランだ。間違いなく、アスランだ。

「ははさま、ははさまぁ」

喜びの声から一転して、息子が泣き出す。その声につられてセナもぼたぼたと涙を落とした。

「ああ、大丈夫だ、もう大丈夫、はは様がいるよ」

ああ、ばか、泣くな、息子が、不安がってしまうだろうに。

それでもセナは涙を止められなかった。良かった。生きていてくれた。無事でいてくれた。

セナは、自分に寄り添ってきたもう一人の人物に目を向けた。

「……フォル……!!」

その顔を見た瞬間、堪えてきたものは激しい嗚咽となって外に出た。

怪我などはしていなかったが、フォルはやつれ果てていた。

顔はげっそりと痩け、目は窪み、目の周りは黒ずむほどの隈があった。

「……ここのナルージャの民は、私たちに無体なことはしませんでしたよ」

それでも、一人で必死に、寝ている時ですら緊張して、アスランを守ってくれたのだろう。

片時も離さず、不安を与えぬように、小さな身体で彼らを牽制しながら、アスランを抱きしめ続けてくれたのだろう。

二十日ほどで一回りも痩せ細ってしまったフォルの身体を、セナは夢中で引き寄せて抱きしめた。

「フォル……フォル、ありがとう、アスランを守ってくれてありがとう、お前のおかげだ、ありがとう、感謝する、生きていてくれて、ありがとう……」

セナはアスランとフォルを腕の中に抱えたまま、子どものように泣きじゃくった。つられてアスランが激しく泣き出したが、フォルは優しく背中を撫でてきた。

「私は、信じていましたからね、セナ様。あなたは絶対に私たちを救いに来てくれるって」

「守るって……アスランを守るって、誓ったものな」

「そうです。あなたは、最強の母ですから」

嗚咽は止まらなかったが、顔を上げ、フォルの顔を見つめた。

フォルの窪んだ瞳に涙が浮かんでいる。だが顔には、力強い、満面の笑みがあった。

セナはようやく、涙で固くなってしまった頬を上げ、笑みを作って見せた。間に挟まっていたアスランが、ひょこっと頭を持ち上げてくる。

「ははさま、わらった！」

笑みを向けると、アスランは目を細めて笑い、甲高い笑い声を上げた。

その愛おしい声に再び涙があふれそうになったが、セナは息子を抱きしめてふざけるように身体を揺すった。

フオルが身体を離し、地に座り直す。セナは息子を膝の上に抱え直すと、そこに佇む人間に顔を向けた。

「ナルージャの巫女、テザントだな」

数人の男たちに囲まれるようにしながら、齢八十を超えた老女は、杖を片手にしっかりと地に立ちながら頷いた。

「左様でございます。ネバル国セナ王子、レスキア皇帝妃殿下」

＊・＊・＊

テザントが招いた場所は、さんさんと陽が降り注ぐ広場の一角だった。はるか上から滝が流れ落ち、水があふれ、岩肌からのぞく巨木の根に吸い込まれていく。子どもたちが巨木の根で遊び、大人たちが地に座して見つめる中、セナはテザントと語りあった。

離れたがらないアスランは膝の上に抱いていたが、フオルは会話に入ることを遠慮して離れていた。テザントの護衛らしき、精悍な身体をした褐色の肌の男と一緒に、会話が聞き取れない距離に座っている。

この山には時空の歪みがある。

テザントがそう説明しても、セナには意味がわからなかった。

「ここに辿り着く道に、急に入りませんでしたか」

テザントは身体も小さく痩せ細った老婆だったが、声はまだ凛として耳も達者だった。地にあぐらをかき、背中を丸めながらセナに静かに詰問した。

「わからない。どうやってここに通じる道に入ったのかも、覚えていない。連れの者と手を離した一瞬だった。今までの道が消えたように感じた」

「その通りですよ。あなたがお通りになった道は、惹香嚢に続く産道です。あの道を通れるのは惹香嚢体のみです」

「産道？」

皆が注目する中、こんな話をするのはどうかと思ったが、セナは聞き返さずにいられなかった。

「この山を、惹香嚢体とお考えください。我々が隠れるこの場所は、無限の生命が生み出される惹香嚢。周囲は砂漠と岩しかないというのに、この山のこの場所には、地下水を通ってやってくる魚、鳥、果実など、人の手が及ばずとも自然と生命が集まる」

そしてここは、絶対に外部から侵入できないのだとテザントは言った。

「道は、産道と呼んでおります。そこを通れるのは惹香嚢体だけなのです。惹香嚢体以外は、惹香嚢体に誘導されれば来ることができます。ルイドたちがどれほど我らを探そうと、見つけられないのはそのためです。私は何度もここを行き来しましたが、全く別の場所、別の方角から入ったとしても、同じ道に繋がる。そのうちに悟りました。ここの山の中は、外の時間とは違うと。まるで子宮や、惹香嚢と同じだと」

「同じ？」

「わずかな時間で、人間をつくりあげてしまう臓器の内部は、時間の進み方が外界と違っていると、考えられたことはありませんか」

少なくとも我らの祖先は、それを不思議に思い、この山にそれを見たのだろう。そうテザントは言った。

「ここは、子宮ではありません。女なら産道を通り、ここにたどり着けるわけではない。惹香嚢体のみです。だからこそ、我が一族は惹香嚢体を山の神の遣い、巫女として崇めたのでしょう」

テザントの目は、もう見えていないのか、どこに焦点が合っているのかわからなかった。

「セナ様。あなたは予知の力は」

テザントの質問にセナは仰天した。

「まさか。そんなもの、あるわけがない」

「ご自分では引き出せないだけかもしれませんな。惹香嚢体全てが、時を見、そこから逸脱することが可能なわけではない」

そう言うとテザントは、セナの膝の上で大人しく座っているアスランに顔を向けた。

「我が息子と、イルダ族長の娘を両親に持つ惹香嚢体の孫は、神隠月に生まれました。孫娘の魂の輝きを見た時、なんという生命体が我が一族から誕生したのかと震えました。まさか、竜王の婚配者として連れて行かれようとは思いもしませんでしたが……。これだけ長く生きていても、神と同時期に生まれた惹香嚢体が婚配者として選ばれるなど、見聞したことはなかったので」

またテザントは、孫が竜王の婚配者になる予知は見なかったと言った。

「私にはわかる。孫娘ほどの魂はないと思っていたが、この御子様を見た時にそれを覆されました。セナ様。あなたの御子様は、どんな人間も凌駕する魂をお持ちだ。この御子様は必ずや、竜王の婚配者となりましょう」

婚配者候補を殺すなどとてもできない、とルイドに訴えたとテザントは告げた。

「孫娘を竜王の婚配者にする代わりに、ナルージャの独立を認めさせる、など、大国に惑わされ、何をばかげたことをと思いました。この御子様こそ、竜王の伴侶。もう既に竜王はこの御子様を選んでいる。孫娘は選ばれない。逆に、この御子様の命を奪えば、孫は戻らず、ナルージャも滅びる。これが、私が見た予知です。この御子様と我らの未来は繋がっている。だから私は、賛同する者と山へ逃げたのです」

テザントの口調は、決して世迷い言を語っているようには聞こえなかった。

だがセナには、実感ができなかった。アスランが、婚配者として選ばれるなんて。

普通の子なのに。元気で、明るくて、やんちゃで、それだけの、普通の子どもなのに。

「ルイドは、あなたの近くにいた者に、致命的な怪我を負わされましたな」

テザントから放たれた言葉に、セナは戦慄した。

知っているのか——なぜ。

テザントは、どこを見ているのかわからぬ瞳を空に飛ばし、呟くように言った。

「あれの命は、尽きようとしています。血が、流れすぎましたな……ばかな息子です」

「テザント」

「あれは私の末子でした。もうあれしか、残っておりません。あれはあれで、一族を守ろうといたしました。妻と娘を奪われて、大国への憎悪もあったでしょう。己のふがいなさを、憎む気持ちもあったでしょう。だが、民を思いやる気持ちさえ、失ってしまった。憎しみだけで染まった心から、何が生み出されるのか。私の予知に、もう息子はおりません」

テザントの目が向けられる。その焦点が、自分を捉えるのを、セナは感じた。

「私の見たナルージャの未来は、あなたにあります、セナ様。あなたはいずれ、必ずこの地を、世界をお救いになる」

自分が？

息子、ではなくて？

混乱しながらその意味を問おうとした時、岩の間から男の声がした。

「テザント様！　地が、揺れております！　兵の数が多い！　南と、東から！」

見張っていた者だろう。ここにいるだけでは地の揺れなど感じないが、湧き出る水か何かが、地の揺れを教えているのかもしれない。

南——バルミラか、とざわめきが走る。テザントは杖で地を叩いた。

「落ち着けい。兵の動きまでは見れん……セナ様、この兵は」

「東からの兵は、レスキアの南方防衛師団。そして、イルダ族のはずだ。彼らは合流してここに向かう手はずになっている」

セナの説明に、周囲はざわざわと揺れた。母親たちが、慌てて自分の子どもを探しに行く。

「この空間は恵みを与えてくれるが、永劫に我らを孕んでいてくれるわけではない。どれほど心地よくとも、どんな宿命が待ち受けていようとも、外に出て、戦わねばならぬのが人の生よ。皆の者、ここまでだ。外に出て、我らの世界を築くために戦おう」

テザントの言葉に、皆表情を引き締めた。嘆く者は一人もいなかった。

「ガシュバル」

テザントの呼びかけに、フオルとともに会話が終わるのを待っていた男が前に出た。

「孫が戻るまで、この地の行く末は、イルダとレスキアに任せよ」

「テザント様！」

「案ずるな。孫は、必ず戻る。……ルイドはもう、この山の中で死に絶えよう。残るナルージャの民を、お前が率いるのだ。良いな」

混乱と不安が周囲に漂う。だが、テザントは悩ませる間を与えなかった。杖でカァン、と地を打ち鳴らすと、老いた喉から放たれる声とは思えぬほどの、凛とした声を響かせた。

「荷をまとめよ！　今すぐここを出るぞ、急げ！」

◆・◆・◆

ネスタニア国王が神山に入国したとジグルトが聞いたのと、レスキア皇帝に謁見を申し出てきたのは、ほぼ同時だった。

昨日、レスキア皇帝も入国したばかりである。なぜこんな早く、とジグルトが絶句する前に、ネスタニア側から情報を得てきたニールスが答えた。

「ネスタニア国の婚配者の母親が、行方不明になっているそうです」

ネスタニア国は、婚配者が惹香嚢体ではないと判断されていた。

念のために神山へ留まるようにと言われていたため、それを拒絶したネスタニア側が、国王自ら迎えに来るという事態になっていた。

　ネスタニア国王が直々に迎えに来るのもおかしい話だったが、王族の遠縁ということなら、一言婚配者選びに物申したいのだろうかと思っていた。

　それが、行方不明とは、どういうことか。

「実は、婚配者の父親は、ネスタニア国王の乳兄弟の貴族らしいんです」

「なんと……」

「それで、この神山へのお輿入れにも父親は一緒についてきた。娘は惹香嚢体ではないと、母親は最初から言っていたらしいです。だがネスタニア側にはもう、惹香嚢体はいなかった。神山のイマーシュ家の神官から、無理に言われてしぶしぶ形だけでも輿入れしたらしいんです」

　それはすでにセイジュから聞いていた。イマーシュ家分家筋の中位神官が、ごり押しして連れてきた、と。

「で、娘はやっぱり惹香嚢体ではないと判断された。だがすぐに、いきなりその母親が行方不明になってしまったらしいんです」

　ジグルトは、不気味なものを感じずにはいられなかった。

「その……母親というのは、惹香嚢体だよな」

「そうですね、当然」

　死んでしまった、オストラコンの婚配者。

　そして、行方不明になった、オストラコン婚配者の母親。

　惹香嚢体が、次々と消えている。

　これは一体、どういうことなのか。


　北の大国・ネスタニア国は、レスキアとは最も土地が離れている。

　年の半分が雪に覆われる土地である。日照時間も短い土地で、農耕は栄えなかった。ならばいかにして大国となったか。

　鉱山である。

　レスキアも鉱山を所有するが、質と量でネスタニアは他の国を凌駕した。物静かで感情の起伏が激しくない者が多いネスタニア国民であったが、その軍事力は今ではレスキアに次いで二番目である。

ネスタニア国王は今年三十五歳。レスキア皇帝とは齢が近いこともあり、反目する間柄ではなかった。

「突然申し訳ありません」

四大国の皇帝という立場にあるレスキアの君主に対し、他の国王は同等であることを誇示する。バルミラ国王などはあからさまに従う態度を見せない。レスキア皇帝も、特にその辺りを咎めたことはない。

ジグルトからすると歯がゆいくらいであるが、実害を及ぼさないならば無視に限ると皇帝は気にもしていない。

だがネスタニア国王は昔から違った。年下の皇帝に臣下のような礼は取らないが、一歩下がった態度で接する。そうした国王の姿勢は、下の者にも伝わっていた。

「いいえ、とんでもない。私も早急にお目通り願いたいところでした」

皇帝は、そうしたネスタニア国王に対し、決して不遜な態度は取らない。それが、ネスタニアの貴族らを刺激しないのだろう。

「この事態、お聞きになりましたか」

ネスタニア国王は珍しく世間話を飛ばし、低い声で告げてきた。

「ええ。状況を把握するために、私も参りました。婚配者のことは神山に全て任せようと思っていましたが、由々しき事態は見過ごせません」

「そうおっしゃってくださって助かりました。我が国から入国しました婚配者は、聞き及んでおられるかもしれませんが、惹香嚢体ではありません。子どもは父親の元へ戻されましたが、その母親が未だ不明です。父親は私の片腕でもある男なのです。彼のもとへ、妻を戻してやりたい。伴侶である男は、私の母方の縁者なのです」

「……男」

皇帝が、独り言のように呟きを漏らす。ネスタニア国王は、思いがけない言葉を拾われて、目をしばたたかせた。

「はい。惹香嚢体の、男ですが、何か」

「いえ……失礼ですが、婚配者の父は、貴国の貴族とか。では、獣人ではない？」

「そうですね。ただ、祖父までは獣人化していた貴族です。武功に優れた一族で、我が国の雪豹獣人族の血統を保ってきました。父親の代に純血種の血が濃くなり、彼にも獣人の血はありませんが、惹香嚢を持つ男に惚れ込んで、結婚してもらったのです」

話を聞く皇帝の瞳が、わずかに細まるのをジグルトは見た。ネスタニア国王は、余計な事を話したというように顎を引き、最後に付け加えた。

「ですから、私も駆けつけずにいられませんでした。なんとしても、彼のもとへ、最愛の伴侶を戻してやりたいのです」

「……そうですね」

ネスタニア国王に頷く皇帝の声を、ジグルトは瞳を閉じて聞いた。

その声に含まれるものを噛みしめながら。

◆・◆・◆

ナルージャの巫女・テザントは、『産道』の通り方は、身体を紐でくくることだと告げた。

「くくっていなければ、道に弾かれる。私は、緒《お》と呼んでいます。産道はこれを臍の緒と認識しておるようで」

ここに来る直前に、イザクの身体が一瞬で消え失せたのはそのためかとセナは思った。

先頭のセナとアスランを結んだ紐が、続いて一人一人の腰をしっかりと結んでいく。

「惹香嚢体が道しるべとなります」

そう言うテザントは、身体を紐で結んでいなかった。

「テザント、そなたは」

「私はいいのです。あなたが先頭に立ち、民をお導きくだされ」

セナは先頭に立たされた。アスランとフオルの手はしっかりと握りしめているが、この闇の道を、本当に抜けることができるのか不安になる。自分はテザントのような力を備えていないというのに。

道では松明などの火を用いるのは禁じられているらしい。セナは、目を凝らしても真っ暗で何も見えない道を、そろそろと歩くしかなかった。

「あなたは大丈夫。ご自分の信じる道をお進みくだされ。それが必ず、あなたと、御子様と、世界を救うことになりましょう」

暗闇の中、テザントの声がゆっくりと流れてきた。それが、前からなのか、後ろからなのか、セナにはわからなかった。

「セナ様。私はここで、失礼します」

「テザント?」

声が、くるくると回るように聞こえた。セナは思わず息子とフオルの手を握りしめた。

「おばあちゃん、どこにいくの?」

アスランの幼い呼びかけに、テザントは年相応の老婆の声で答えた。

「婆は、自分の子どものところへ、参ります」

ルイドの所へか?

セナは、後ろを振りかえった。

暗闇すぎて、何も見えない。

「ガシュバル、テザントは!?」

ナルージャの民に問いかけても、反応がなかった。

自分は、また見失ってしまったのか? いや、アスランは傍らにいる。フオルも、手を摑んでいる。

「……セナ様。私は一族のために、巫女としての役割を果たすため、正しい未来へと導くために、何人もの男と結婚し、血を繫いで参りました。その人生に後悔はありません。しかし最後は、ただの母親として、息子と一緒にいさせてください」

テザントの声は、そこまでだった。

声が、存在が、闇に溶けるように無くなるのを、セナは感じた。

どこの空間へ、消えたのか。

命が尽きようとしているルイドのもとへ、行ったのか。

アスランもテザントの気配が消えたことを感じたのだろう。セナの足にしがみつき、泣き声を堪えるように嗚咽をもらした。

「おばあちゃん」

　アスランはセナの足に顔を擦り付けて涙をぬぐった。

「セナ様？　どうなさいました？」

　フォルの声が、気配が近くなる。手を握りしめていたはずなのに、気配が今まで失せていたことにセナは気がついた。暗闇の中でも、後に続く大勢の人間の気配が感じられるようになった。

　暗闇を怖がる子どもの声、あやす大人の声、暗闇とはいえこんなに喧噪《けんそう》な空間だったのだ。今までは、どこに繋がっていたのだろう。

　セナはアスランを背負い、フォルの手を握りしめると、再び歩き始めた。

　信じろ。自分の進むべき道を。恐れていたら、誰も陽のもとへたどり着けない。

　やがて、暗闇の先に白い点が浮かぶのが見えた。

　光だ。

　セナは後ろを振り返ったが、まだ誰も光の点が見えていないのか、変わらぬ様子だった。

　セナはフォルに声をかけて確かめようとしたが、止めた。ひたすら、無言で歩き続けた。

「ははさま、ひかり！」

　アスランには見えたようだった。え？　光？　どこ？　と、案の定ざわめきが広がる。

「アスラン。静かに。皆にはまだ見えていない」

「そうなの？」

　セナの目には、どんどん光は大きくなっていった。

　やがてその光が、セナの腰の高さくらいの大きさとなった時、後方で光だ、と呟く声が上がった。何人かが光だ、光だと騒ぐが、まだ見えていない者もいた。

　外に繋がったのは、光がセナとアスラン以外にも認識されてすぐのことだった。洞窟の中を覗いた人間が、大きく叫んだ。

「セナ様！」

　その声に、セナは安堵して足を大きく前に出した。

「イザク！」

　穴の中にイザクが入る。それを目にして、セナは、ああこれで外界と繋がったとなぜか確信した。

まだ後方には人々が続いているが、外の空間に続く道になった。

「一体……どこに……！」

イザクの、混乱と驚きの混じった顔が目に入る。

ああ、この男がこんな表情を見せるなんてと思った瞬間、腕の中に抱きしめられていた。

その行動にセナが驚く間もなく、イザクはすぐに身体を離した。

「アスラン殿下……!?」

アスランが、まじまじとイザクを見つめる。

「イサクだ」

「イザクです」

答えたのはフオルの方だった。イザクはアスランと、フオルと、後方の人々を見比べながら、どう反応して良いのかわからないというように突っ立っていた。

剣を抜くことも忘れているイザクに、セナは笑い出したくなった。

「イザク、ひとまず、外に出よう」

セナがそう声をかけるのと、洞窟の外からもう一人の人間が声を張り上げるのは同時だった。

「イザク、どうした！ ……うわっ!? な、何だあ!?」

フーガは、仰天して素っ頓狂な声を上げた。

「セナ王子!? と、ナルージャ族の連中か!? な、なんでこんな所から……!?」

フーガが驚いた声の理由を、セナは道の外に出て知った。

繋がった道の出口は、岩山の断崖絶壁に位置していたのである。


「イザクが、セナ王子の匂いがする！ って絶壁を下りていかなかったら、さすがに俺もこんなとこ探そうなんて思わなかったわ」

まるで刃物で割ったような断崖絶壁を、女子供が這い上がるなど不可能である。一人一人、紐でくくりつけて持ち上げるしかなかった。五十人はいる女子供らを崖の上から持ち上げるのは、フーガが上げた狼煙でかけつけたイルダ族の男たちである。

「山に散っていた、ルイドの配下のナルージャ兵士は？」

　ガシュバルの問いに、フーガは肩をすくめた。

「セナ王子を探すため三日、飲まず食わずで山を歩きながら、次から次へとこの白銀狼がぶっ殺していったわ。半分は拘束したけどな。俺が」

「三日!?」

　セナは耳を疑った。三日とは、どういうことか。自分があの山の中にいたのは、ほんの数時間だ。一日も経っていないはずである。

「山の中と外界では、時間が経つのが違うのです。我々が山の中にいたのは七日間ほどです」

　困惑するガシュバルに、フーガはこっちはもっと訳がわからんといった顔で告げた。

「実際は、セナ王子がアスラン皇子をルイドにさらわれて、二十二日間経っているからな？」

「それで、イザクが山の中で、ルイドとテザントの死体を見つけたのが昨日だ」

　ガシュバルは堪えきれず顔を覆った。テザントが途中で消えたことを、彼なりにわかっていたのだろう。大男が、背中を丸めてむせび泣く姿に、アスランは驚いてセナにしがみついてきた。

「あんたらの死に送りとはやり方が違うだろうが、夏場だったから、埋葬した。掘り起こすか？」

　フーガの言葉にガシュバルは泣きながらも首を振った。

「母なる山に埋葬されて、長も、巫女様も、満足だろう……感謝する、イルダ」

「俺はまだ族名で呼ばれる立場じゃねえ。あんたらの交渉相手は、俺の親父だ」

　フーガが岩山の上に目を向ける。そこで初めて、セナは空にまで響く地の音に気がついた。

　アスランをフオルとイザクに託し、セナはフーガの導きで、ガシュバルとともに岩山の頂上に登った。

　眼下には、向かってくる大軍を、まるで鳥が羽を広げているような陣形で牽制する軍隊の姿があった。

　コーテス川を挟んで、赤いバルミラ国旗を掲げる大軍が、鳥の翼に気圧されて尻込みする。

　レスキアの青い旗が、風を送り出して威圧するかのように動く。

　レスキア帝国南方防衛師団の騎兵の動きは、圧巻の一言だった。

　高い位置から見れば、まるで巨大な鳥が地を走り、相手を縄張りに入れまいとしているようだった。凄まじい速さで行き来する馬の駆ける音が、空までも揺らす。

「あれが南方防衛師団自慢の陣形だ。鳥の胴体部分に位置するのがナラゼル元帥。まったく、いつまで経っても城にこもってねえオッサンだぜ」

　ナルージャの神の山を守る、巨大な青い鳥は、バルミラ軍がついに川の向こうに姿を消すまで、翼を動かし続けた。

＊　・＊・　＊

軍と合流しアスランの姿を見たイルダ族長・ルーランは、遠慮のない台詞を向けた。

「俺の孫娘の方が可愛いぞ」

　フオルは容赦なくルーランの足を踏んづけた。

「痛えっ！　なんじゃ、この小人！」

「アスラン様の方が可愛いに決まってるでしょう！　なんて失礼な！」

「孫は本当に顔だけはいいんじゃ！　なあ、ガシュバル！」

　ガシュバルは程度の低い諍《いさか》いについていけないというように首を振った。放っておけ、とフーガが声をかける。

　アスランはそんな争いが目に入っていないように、ジドに抱かれながら、片目のないジドの顔を撫でていた。

「おじいちゃん、いたい？」

　ジドは無言だった。アスランを見つめて微笑みながらも、何度も大粒の涙を流した。それをアスランが拭くと、またぼろぼろと涙をこぼした。片腕で三歳の子を抱っこするのは辛かろうと、セナはアスランの背中を支えたが、ジドはいつまでもアスランを腕から下ろそうとしなかった。

やがて、フィザーに案内されるように、青と金で描かれたレスキア軍の紋章旗を背負った男が現れた。

セナが目を向けると同時にその男は馬上から下り、歩いて近づいてきた。黒いマントが地に広がるのを予測した連中が、セナの周囲から一歩下がる。

レスキア南方防衛師団元帥・ナラゼルは、片膝と右手の拳を地につけた格好で、深々と頭を下げた。

「皇帝陛下より、南方の防衛を任されております。ナラゼルと申します、お見知りおきを。アスラン殿下と妃殿下を神山へお連れするよう、命じられております」

レスキアにとって最も重要な南方の守りを先祖代々任されている貴族の割に、顔を上げたナラゼルの顔は穏やかだった。どんな厳《いかめ》しい顔を向けられるのかと思っていたセナは、面食らってナラゼルをまじまじと見つめた。

セナが返事をしなかったからだろう。ナラゼルの後ろで片膝をつくフィザーが苛立ったように言う。

「ここにきて、まだ俺らとは行きませんなんて言いませんよね」

「こら。フィザー」

ナラゼルは口調も穏やかだった。

「お許しください。ご苦労なされたでしょうに」

部下の非礼を詫びるナラゼルに、セナは首を振った。

「いいんだ。彼らも、貴公も、どれほど私と息子を探してくれたかわかっている。息子を無事助け出せたのも、貴公らのおかげだ。感謝する」

セナの言葉に、ナラゼルは立ち上がって微笑んだ。

「妃殿下、私はレスキアの軍隊を統率する者です。逃げてきたネバル国民を我が領土に迎え入れることはしましたが、彼らを助けるための兵を挙げたことはありません。帝国を裏切った国を、助けることはしなかった。あなたがフィザーに言ったことは正しいですよ」

——レスキア軍は、ネバル難民を受け入れても、彼らを助ける軍を向けてはいないだろう。

あの時は助けに来たフィザーの手を払いそう言ったが、今は納得している。レスキアが軍を向けてきたら周辺部族も否応なく巻き込まれ、焦土は広がっていただろう。セナの脳裏に、美しい山河がよみがえった。

「それでも、民を迎え入れてくれただけで感謝する」

ナラゼルは微笑みを絶やさずに続けた。

「私は、母がネバル国王族の遠縁でございます。母は、あなた様がレスキアに輿入れなさった時大いに喜び、ネバル国がレスキアを離反した際には大いに嘆き、アスラン殿下が竜王の婚配者として選ばれたと聞いた時は大泣きしました。今も、父に咎められながらも、私の報告を今か今かと待っております」

セナはそれを聞き、こみ上げてくるものを堪えようと俯いた。

自分たちを、そんな風に思って、やりきれなさを抱えて、案じてくれる人がいた。

南には、恨みや怨嗟の声しか広がっていないと思っていた。だがこうして、皆が繋がって、助けてくれたのだ。この短期間で、どう転ぶかわからないのに大きな決断をして、バルミラと対峙してくれた。

「皆に……本当に、感謝する。ナルージャにも、イルダ族にも、レスキア軍にも、皆……」

セナの言葉に、フーガののんきな声が被さった。

「いやあ、婚配者様が辺境まで来てくれなかったら、俺らこんな風に一堂に会するなんてことなかったよ。この四年、相手の出方を待って、互いに牽制しあっていただけだもんな」

フーガに顔を向けられて、ガシュバルは顔をしかめながらも頷いた。

「まあ、そうだな」

ナラゼルも人の良さそうな笑みを顔中に広げた。

「そうだな。いつまでも何もできずにいただけだろう。今回皇帝陛下は、妃殿下とアスラン殿下を連れ戻すためなら、バルミラ領土内に進軍し弓矢を放てとおっしゃった」

ひえー、とフーガが声を上げる。ルーランが頷いた。

「そうだ。それを元帥から聞いて、じゃ、かなり派手なことしてもいいんだなと解釈した」

「ルーランの解釈はどうかと思うが、手段を選ぶなと陛下はおっしゃった。俺の一存で周辺部族と同盟を結ぶのも手段の一つだな」

「元帥の解釈もどうかと思うがな」

もともと気心の知れた間柄なのだろう。ナラゼルとルーランは空に向かって笑い声を上げた。

「セナ様。神山へ向かわれたら、ナルージャの新しき巫女様をどうかお願いします。私どもの元へ、戻してください」

ガシュバルが懇願するように言った。

「私はテザント様にナルージャを託されましたが、姫様がお戻りになるまでのこと。テザント様は、姫様がナルージャの女長になるとおっしゃった」

どの民族でも、女が一族の長になった例はない。巫女であってもテザントは長ではなかった。それで近隣の部族や国に理解を得られるのだろうか。セナはガシュバルほどテザントの予言を信じきれなかった。

「ガシュバル、姫は女長として立てると思うか」

「わかりません。でもテザント様は、あなたがそう世界を変えてくれるとおっしゃった。テザント様の予知に間違いはありません。私は信じています」

*　・*・　*

自分が、今後何ができるのかわからない。

だが、息子を護り、ともに助けてくれた恩義を、忘れることはない。

もし南になにかあれば、今度こそ、この身を挺しても守りたい。

「約束する、ガシュバル。イルダ族とともに、姫の帰りを待っていてくれ」

膝をつき、祈るように両手を握りしめるガシュバルの向こうに、美しい山脈が見えた。

この光景を忘れまい。

緑の山脈を。白の岩山を。

全てを包括する、青き空を――。

熱砂に恐れながらも、山の中から出てきた人々を、必ず守ってみせるとセナは誓った。

翌日、ナラゼルが率いる軍隊とともに神山に旅立つ前、セナはジドに一緒に神山へ行こうと誘ったが、ジドは首を振った。

「私はまだ、自分が率いてきたネバル民を導かねばなりません。そしてこれからも、取り残されている避難民を見つけ出し救わねば。ようやく、ネバルのレスキア派をナラゼル元帥に繋げることができそうです」

「ジド、無理はしないでくれ」

「しませんよ。私はずっと、何もしておりませんでした。ようやく思い切り、馬で大地を駆けることができるのです。あなた様に再会できたことは、私に残された最後の福音でございます」

微笑むジドにしがみつきたくなったが、先にアスランがジドに抱きついた。

「おじいちゃん」

「殿下。ありがとうございます。どうかいつまでもお健やかに」

最後まで微笑むジドを、セナは食い入るように見つめた。


ああ、そういえば、レスキアに輿入れするためにネバルを出る時には、笑顔など見せられなかった。

不安しか与えられなかったのだ。

暗い表情で馬車に乗る自分を、どんな思いで見つめていただろう。四年前は、そんなことにも思いを巡らせられなかった。

セナは馬に乗ってジドの手からアスランを受け取った。

「また会おう、ジド」

息子を前に乗せながら、馬上からセナは精一杯の微笑みを送った。

頷くジドの顔は、再会したあの時と同じ、どこまでも慈愛に満ちた表情だった。

レスキア南方防衛師団に守られながら、セナたちはイルダ族とナルージャ族、そしてフィザーが率いる南方騎士団に手を振った。

岩の多い道では、移動は馬だけである。アスランはセナの前に座りながら、何度も後ろを振り返って手を振った。

彼らも、その声が風に飛ばされて消えて聞こえなくなるまで、ずっと手を振り続けてくれた。

別れを惜しむアスランのために道を開けていてくれた軍隊が、周囲を囲む。馬に慣れていないフォルは、イザクの前に座りながら、「もっとゆっくり走って！」と訴えていた。

しばらく進むと、聞き覚えのある声が風と共に流れてきた。

「うおーい、セナ様やーい」

声の方向に、軍隊の意識が向く。岸壁から杖を振り回している老人を見て、セナは仰天した。

「サガン!?」

ナラゼルに知っている者だと説明し、セナはイザクの馬にアスランを預けた。

「私も行きます」

イザクはそう言ったが、アスランとフォルを連れて崖になど登れない。

「サガンだ。大丈夫だ。ここで待っていてくれ」

サガンは相変わらずの健脚で、山羊のように崖をひょいひょい下りてくる。セナは馬から下り、一行が見守る中、崖を登った。

「サガン！　会えて良かった、お前にも礼を言いたかったんだ」

サガンがイルダ族のもとへ連れて行ってくれなかったら、今の状況にはならなかった。何から何まで、世話になりっぱなしだった。

「感謝する、サガン。息子にも会えた。これから神山へ向かう」

「ええ。そう聞いたので、追いかけてきたんです」

足場の悪い崖で、サガンは杖を片手に背筋を伸ばして立った。

「私もこれから神山へ向かおうと思います」

「え？」

「というより学都にですな。長らく足を向けていませんでしたが。この婚配者騒動で、世界がどう変わるのかわかりませんが、近くで見てやろうかという気持ちになりました」

サガンの目が東へ向けられる。老人とは思えぬほどの眼光を宿した目を、セナは見つめた。

「なら、一緒に行かないか？」

セナの申し出に、サガンは軽く笑い声を飛ばした。自嘲が混じっているかのような笑い声は、すぐに風に消えた。

「いいです。自分で入ります。蛇にしか通れぬ道があるのですよ」

サガンはすぐにいつもの飄々とした顔に戻った。

「抑制薬をさしあげようと思いましてな。あれでも、あの時は強い薬を処方してしまったんです。効く薬はあまり身体によろしくないですからな。次の赤月は、少々難儀な思いをしても、部屋に閉じこもっていれば大丈夫です。こちらをお飲みください」

サガンがよこした白い袋を見つめながら、セナは一つの疑問を口にした。

「サガン、イザクが負傷した時、身体の内部も痛めてはいなかったか？」

サガンの目が細まる。

「何かありましたか？」

「血を、吐いたんだ。かなりの量で、咳き込んで、イザクも驚いていた」

サガンは崖下で待っているイザクに目を向けた。

「発情抑制薬の影響です」

「何？」

「獣人族の発情を抑えるために、異常なほど強い抑制薬を処方されていると話したでしょう。たとえ赤月だろうと発情に負けぬように、間者としての役目を全うできるように、闇人に与えられた薬の影響です。強い薬は身体を蝕《むしば》む。加えて、獣人が、なぜ短命なのか——。それは、獣人化する際に多大な生命力を消費するからです。戦士として、獣人化する時間が長ければ長いほど、死に至るのが早くなる。闇人の連中は、大体が二十過ぎで命を終えます」

唯一命を延ばす方法は、惹香嚢体の存在だけだ。

セナは、静かに語るサガンの顔を、じっと見つめていた。そして、疑問を口にした。

「サガン、お前……なぜそこまで、闇人や神山について詳しいのだ？」

サガンはそれには答えなかった。

無言で東の方角を見つめていたが、来た時と同じように、岩を軽々と登り始めた。

「サガン！」

「またお会いしましょう、セナ様。今度は、神山で」

砂風が岩に吹き付ける。

風をやり過ごしたセナが再び顔を上げた時、サガンの姿は、はるか遠くを飛び跳ねていた。

第四章　神山

Ⅰ　不義

　南の大国・バルミラ国王が神山に入国したのと、レスキア皇帝とネスタニア国王に上位神官から呼び出しがかかったのは、ほぼ同時だった。

　外交官とはいえ、ジグルトは神山内部の奥深く、上位神官らが集う場所まで立ち入ることはできない。

　セイジュは上の間に急いだ。上の間とは、竜王の代弁者たる上位神官が各国の王らに要望や命を下す際に用いる部屋である。そこには、国王といえど、ただ一人で入室しなければならない。

　だがここには、本来皇帝は赴かない。皇帝が通されるのは、竜王が人間に会うために用いる謁見の間である。

　皇帝は竜王と間近で接することが許されている。上位神官家の長である金の神官三人、そして皇帝の称号を与えられた者以外は、竜王の傍に近づけない。無論、皇帝は薄い布越しにしか竜王の姿を見ることができない。どんな様態をしているのか、全くわからない。

　だが今回、上位神官ハルダ家長のナガラは、皇帝を上の間に通せ、と命じてきた。皇帝だけが入れる謁見の間、ではない。各国王と同じ上の間に、である。

　牽制してきやがったなとセイジュは思った。

　レスキア皇帝は、今回の入国に異常なほどの軍隊を引き連れてきた。威圧するかのような軍を神山は不快に思っているに違いない。

　今自分は、レスキアを補佐する立場にある。セイジュは上官であるアガタから代理人の指名をもぎ取った。上の間に入るのを阻止しようとしてくる、ゼーダ子飼いの闇人らに、アガタから預かった金の紋章を見せる。

「イマーシュ家長代理である。そこをどけ!」

　金を目にした闇人らは、感情の削げた顔で動きを静止させた。彼らの横を通り過ぎ、金の神官の紋章が描かれた重厚な扉を開くと、中の人間が一斉に顔を向けてきた。

西のオストラコン国王のみが不在だった。レスキア皇帝、ネスタニア国王、バルミラ国王、ハルダ家長ナガラが向かい合うようにして椅子に座っていた。彼らの間には卓はなかった。

「何の用だセイジュ！　銀の神官であるお前が入れる場所ではない！」

ナガラの叱責に、セイジュは後ろの扉を開いたまま、金の紋章を見せた。

「イマーシュ家長の代理を命じられました。同席をお許しいただきたく」

ナガラは顔をしかめ、首を振った。

「ならぬ。アガタの代理とはいえ、お前には関係ない話だ」

「竜王の婚配者の件で我々は呼ばれたはずだ。彼はレスキアの使者。まだ我が息子と妃はここに到着しておらぬ。セイジュが話を聞くことに何の不都合がある」

レスキア皇帝の鋭い視線がナガラに向けられる。

ナガラが気圧されたように動かなくなる。それを見てセイジュは意外に思った。

この世界で最も至高の存在は、竜王である。

竜王に続くのが皇帝、次に四大国の国王らが並ぶ。上位神官らは各国の王家の始祖とはいえ、あくまでも神官の立場であり、地位的に国王よりも上ではない。

だが表向きはそうでも、上位神官家が国王らを自分たちよりも下に見ているのは確かである。

神山を出て遠き地に散っていった自分たちの子孫という目で、丁寧な言葉を用いても、侮蔑と威圧を滲ませるのだ。

セイジュは婚配者の件でアガタから銀の神官の使命を受けたため、こうして各国の王が上の間に集う姿を目にするのは初めてである。しかし、各国の王は皆一様に、神山に対して強気になど出られまいと勝手に思っていたのだ。

なぜなら、ハルダ家長ナガラには全ての嘘を暴く『穴の耳《デル》』が、ウガジェ家長ゼーダには人を洗脳する『石の目《ラド》』があるからだ。

竜人族の能力の前では、ただの人は、王であろうとも無力である。

だが皇帝は、怯むことなく明瞭な言葉をナガラに向けていた。

「セイジュの同席をなぜ拒むか？　余は他の婚配者の使者を全員ここに呼び、事の顛末を全て話してほしいと思っている。その方の使者の失態にも関わることではないのか、ハルダ神官。オストラコン国の婚配者とその母親はどこへ消えたのだ。オストラコン国の外交官が再三、死んだという婚配者の遺体を戻すよう伝えているにもかかわらず、それができないのはなぜか」

「神山の深部にて婚配者候補が息を引き取るという不浄が起きたからです。粛々と穢れを祓《はら》い奉るのが我ら神官の務め。神学をご存じない皇帝陛下にはご理解できないかもしれませんが、竜王は人間の死を大変に厭《いと》われます」

後方からの声に、セイジュは身体を固くさせた。ナガラまでわずかに顔を伏せた。その目を見ないように。

ウガジェ家長ゼーダが中に入ると、扉は閉められた。ゼーダは裾を捌く音すら立てず、静かに王たちの方へ歩んでくる。セイジュは、脇を通り過ぎられても、まるで存在しないようにゼーダが視線すら向けてこないのを感じた。

セイジュはふと、目の端に映った皇帝を見て、またしても驚いた。

皇帝は、見据えるような鋭い視線を、隠そうともせずにゼーダに向けていた。だが、ゼーダは全く意に介さぬように淡々と伝えた。

「もともと身体が弱かったオストラコンの婚配者候補は、神山について早々に息を引き取られました。その事態に嘆き悲しんだ母親も失神するように倒れてしまい、我らが婚配者候補の死の穢れを祓っている最中に、その母親まで息を引き取ってしまったのです」

竜王が人の死を厭うのは本当である。

これはアガタから聞いたので間違いはない。まだ幼い竜王からは、不浄を何よりも遠ざけねばならないらしい。竜王は、幼体の時期は特にこの世の時空ではない『道』で過ごすことが多い。まだ未熟なため不浄から自らを守れない、という。

セイジュには意味が全くわからなかったが、アガタは川を思えと教えてくれた。どれほど美しい川にも砂が、石が、その下には沈んでいる、と。

若い竜王は、清流の中でしか生きられないのだ。

竜王がどんな川でも泳げるようにするのが、神官に与えられた仕事だと。

「そういう事情でオストラコン国には遺体は戻せない。我々神官が遺体を清め、送ります。ナガラがオストラコン国にはそう伝えたはずです」

ゼーダの言葉にナガラが無言で頷く。ナガラは昔からゼーダの腰ぎんちゃくで、何もかもゼーダの言いなりである。

ネスタニア国王の鋭い声がゼーダに向けられた。

「では我がネスタニア国の婚配者の母は？　婚配者は資格なし、と戻されたが、その母親はなぜ戻らない」

「彼の行方はわかりません」

ゼーダの返答にネスタニア国王は首を振った。

「その言葉は聞き飽きた。真実を話してもらわぬうちは、国に戻れん」

「しかしこれが事実。ネスタニア国へ赴いた使者から話を聞きたいところですが、イマーシュ家から派遣された神官が、行方不明になっておりましてな。ハロイはまだ見つからないのか、セイジュ」

ゼーダの詰問に、国王らの視線が一斉に向けられるのをセイジュは感じた。

セイジュはここ数日、ずっとハロイを探し続けていた。ネスタニア国婚配者の母が行方がわからなくなってしまったのと同時に、ハロイまでいなくなってしまったのだ。

一体どこに消えたのか。レスキア側のことはジグルトに任せて、セイジュは神山を走り回った。だが、有益な情報は何一つ得られなかった。

「職務を放り出して消える男ではございません。何かをしでかすような度胸もない。しかし、ネスタニア国婚配者の母君が行方知れずとなったのと同時に彼は姿を消した。決して、無関係ではないと考えます」

セイジュの言葉にナガラが顔をしかめた。

「嘘ではあるまいな？」

真実だ。なぜナガラがこんなことを言うのか、セイジュは逆に驚いた。セイジュが答えるよりも先に、皇帝が失笑を飛ばす。

「嘘か本当かなど、その方の耳が一番わかっているだろうに」

ナガラは無言で視線を下げた。

セイジュは妙な疑問が胸の内に広がるのを止められなかった。

もしやナガラは、『穴の耳《デル》』を持っていないのか？

そして皇帝は、ナガラが嘘を見抜く能力など持っていないと知っている？

だとしたらなぜ、それを知っているのか？

「セイジュがこう言うように、神山では捜索は続けられております」

ゼーダが話をそう締めくくろうとしたため、慌ててセイジュは探しているのはイマーシュ家分家の神官らだけだと叫ぼうとした。ネスタニア国王がその前に声を荒らげる。

「ネスタニアも内部に入らせてもらいたい！　我らが直接捜索する！」

「それは断じてなりません」

穏やかなネスタニア国王が怒気を放ったため、瞬時に場に緊張が走った。そんな雰囲気をわざと壊すように、バルミラ国王が、椅子に寄りかかるように腰をずらし、足を大げさに組んだ。

「まだ婚配者候補が全てそろっていない。騒ぎ立てるならば、候補者が皆入山したあとのほうがいいんじゃないか。ねえ、暁の皇帝。我がバルミラの王女は神山に入ったが、レスキア皇子はまだ入国しておられませんな」

いちいちレスキア皇帝に突っかかるのが趣味のような男だとジグルトは称していたが、その通りだとセイジュは呆れた。だが皇帝はバルミラ国王を眼中に入れていないため、おそらく完全無視だろうとジグルトから聞いていた。皇帝は情報通り、バルミラ国王に視線すら向けなかった。

「ネスタニア国の婚配者候補の母は、ネバル国王子と同じ、男体の惹香嚢持ちだと聞いたが。もしかして赤月に発情してしまい、その神官と逃げたのではないか」

あまりに無礼なバルミラ国王の言葉に、ネスタニア国王が無言で立ち上がる。その迫力よりも、もっと場を凍らせたのは、レスキア皇帝の一言だった。

「おい」

家臣にすら向けまいという声音で、レスキア皇帝はバルミラ国王を睨み据えながら告げた。

「余の妃まで侮蔑するならば、貴様の国に留まらせている兵馬を今すぐ走らせてもいいのだぞ」

いくら悪態をついても、『貴様』という言葉まで向けられたのは初めてではないだろうか。バルミラ国王は身動き一つできずに固まった。

そんなバルミラ国王に、レスキア皇帝は怒りに満ちた目を向けたまま、外さなかった。一言でも声を出したら切られるのではないかという、冗談にならない空気が張り詰める。

ナルージャをそそのかしたのがバルミラでも、陛下は節度を守って場を乱される事はなさらない、と言っていたジグルトの言葉が、セイジュの頭の中を巡った。

あの野郎、後でこの大嘘つきと罵ってやる。

「バルミラ国王陛下。あなたには逆に、バルミラの婚配者の母親はどうなったのか伺いたい。バルミラの婚配者は確かに惹香嚢体だったが、その母親が入国しなかった理由は何ですか?」

場を収めたのはゼーダの声だったが、セイジュは思わずゼーダに感謝してしまうほどだった。

「あ……乳母は、一緒だったはずだが」

「母親の付き添いをこちらは求めたのです。途中、気分が優れなくなり、あなたが王国へ戻すように命じたとのことでしたが、本当ですか。あなたがわざわざ途中まで迎えに来たために、使者もそれに応じ、護衛官も従ったらしいですが」

理由はなんとなくわかった。レスキア皇帝が目を向ける価値なしといったように顔をそらし、ネスタニア国王も憮然として腕を組み、椅子に戻った。

「ご自分の寵姫となさってしまったのは構いませんが」

「いや……あの……」

「使者はきつく叱っておきました」

「いやでも、使者は、付き添いの乳母が同じ惹香嚢体なら構わないと言ったんだ。婚配者の乳母はもともと老いているが惹香嚢体で。それならいい、と使者が言うから」

母親でなくとも、同じ惹香嚢体なら構わない？

セイジュは思わず皇帝に目を向けた。

皇帝も、鋭い視線をバルミラ国王とゼーダに向けていた。

◆・◆・◆

ナラゼル元帥率いる南方防衛師団より、セナ妃を発見したという第一報が届いたのは、皇帝が神山に入国してすぐのことだった。もしこの報告を聞いていなかったら、いかに皇帝といえど、上の間でバルミラ国王とまともに顔を合わせることは無理だっただろう。

だがまだアスラン殿下を発見できていない、という報告も同時に届き、ジグルトは気が気ではなかった。辺境の隅々まで間者を放ったので、もう少し正確な情報が入るまで待って欲しいとナラゼル元帥からの言葉だったが、ガトーなど頭を抱えてしまった。

「ああ、やはり、殿下はどこかに連れ去られてしまわれていたのですね」

街道をしらみつぶしに探しても見つからなかったのだ。おそらくは広大な辺境地帯に入ってしまったのだろうと推察したが、賊に襲われた可能性しか考えられなかった。

身代金や解放の条件を伝えてこないのならば、殺害することが目的なのではないか。皇帝は無言のまま、ナラゼルの言葉を信じ、ひたすら待っていた。

第一報から二日、アスラン殿下はナルージャ族に侍従とともに連れ去られていたと報告が入った。だが、ナルージャは部族間で意見が対立し、アスラン殿下をバルミラに引き渡そうとする一派と、それに反対する一派に別れ、反対する一派がアスラン殿下を連れ行方をくらましたとの話を聞いた時、ジグルトも二ールスも、皇帝に進言した。

「今すぐ、軍隊を向けましょう」

だがナラゼルは、自分の師団が何とかする、任せて欲しいと伝えてきた。地の利を知る辺境部族らと協力体制を取り、殿下を捜索する。バルミラへの牽制も強めるが、まだレスキア全軍が派遣されるほどの事態ではない。そうなると南がもっと混乱に陥ってしまう。無駄な戦いは避けたい、との話だった。

「ナラゼルらしい」

文面を読み、皇帝は呟いた。

皇帝は幼い頃、南方を守るナラゼルの父親に預けられていたらしい。

王族ではこのような育て方はされないが、貴族の子弟が叔父や親族に預けられて教育を受けるのは普通だ。大抵、預けられた家の長男坊に剣術から人付き合い、遊びまでを教わるが、長男がろくでなしだった場合、えらい目にあったりする。

皇帝は身内が全くいない子どもだったので、南へ預けられたのだろう。

ナラゼルは、中央に呼び出されても代理人をよこすほど自分の領地から離れないので有名である。皇帝の周囲に侍ろうとしないため、幼い頃の皇帝と仲が悪かったのではないかと邪推する者もいたが、全く逆であることは書記官なら誰もが知っている。

「ナラゼルに全て任せよう。ナラゼルなら必ずアスランもセナも神山へ連れてきてくれるはずだ」

吉報が届いたのはそれから三日後だった。『南方防衛師団がアスラン殿下発見、お二人ともに無事、これからすぐ神山へ向かう』との報告を受けた時、ジグルトとニールスとガトーは思わず無言で抱き合ってしまったほどである。

「い、今だけ口走っていいですか。も……もう駄目かと思っていました」

ジグルトにはガトーの気持ちがよくわかった。二人が行方不明になり、ジグルトも負傷して動けなかった時、ガトーはたった一人で四方八方に奔走していたのだ。セイジュを味方につけ、神山に皇帝が入っても他国と渡り合える情報を手に入れられたのは、ガトーの功績である。

「よくやってくれた、ガトー」

皇帝は報告してもあまり態度を変えなかった。

「そうか。ならば今度こそ滞りなく無事に入国できるよう、街道の我が軍に伝えよ」

跳ねて喜ぶとは思わなかったが、もう少し嬉しさを見せるかと考えていたジグルトは拍子抜けした。

二人が賊に襲撃され行方不明になった時の取り乱しようを考えると、多少は安堵した表情をするかと思ったのだ。


報告から二日後、今夜到着すると早馬が着いた。

どこにも寄らず、二人を救出した状態で連れてくるとの話だったため、入国は学都を経由する運びとなった。

皇帝をレスキア学舎に招き入れた時のように、学舎には極秘裏に、少人数で入るように伝えたところ、ナラゼルは夜、粗末な黒馬車にセナ妃とアスラン殿下を乗せ、自身は側近一人だけを従わせ、馬で学舎に入ってきた。

ジグルトとガトーは学舎の入り口で彼らを出迎えた。

ナラゼルと黒馬車、そしてその後方を守るように馬に乗った護衛官・イザクの姿を見た時、ジグルトは心の底から安堵した。

「セナ様、ジグルトでございます」

妃殿下、という呼びかけを失念していたとジグルトが思うのと、扉を小さな身体が開けるのが同時だった。

「お前……」

いつもは気に食わない顔だったが、ジグルトはもっと小さくなってしまった身体に思わず抱き上げて降ろそうとした。よくがんばってくれたとジグルトが伝えるよりも先に、フオルは盛大にふんっと顔を背けた。

「セナ様ー、ムカつく顔がおりますが、どうぞー」

馬車から降りてきた姿を目にした時、ジグルトは声を失った。

抱かれているアスラン殿下は、まだ身ぎれいな格好だった。馬車に揺られて心地よくなってしまったのか、頬を染めて穏やかな顔で眠っている。外に出たので少し顔をしかめたが、口をムニャムニャと動かしてまた熟睡した。

だがセナ妃は、見えている肌は全て薄汚れ、艶やかだった髪はぼさぼさに乱れ、ゴミやほこりが付着したままだった。服装は明らかに賊の服を身につけているのだろうとわかるほどぼろぼろで、身体に合っていない服を、まとわりつかせているだけのようだった。

物乞いのような姿だったが、瞳だけが、緑の煌々《こうこう》とした輝きを放っている。

ジグルトはあまりの有様に言葉をかけられずにいた。隣のガトーも同様に、身動きできずにセナ妃を見つめている。

「皆、無事だったのだな。良かった」

言葉はセナ妃の方から出た。川岸での戦闘がよみがえる。あれから実に三十四日が経過していた。ジグルトは我を取り戻し、自然に地に膝をついた。

「……ご無事で……何よりでございました」

頷くセナ妃の顎が、わずかにあがる。セナ妃の視線の方向に、ジグルトは顔を向けた。

そこには、皇帝が立っていた。

まさか学舎の入り口まで出迎えに来られるとは。ジグルトは皇帝の後ろに立つカルスとニールスに目を向けた。二人は止めたのだろう。困惑した表情から、慌てて皇帝を追いかけてきた様子が窺われた。

皇帝もまた、言葉を失ったように突っ立っていた。茫然とした表情で、食い入るようにセナ妃を見つめている。

無理もない、とジグルトは思ったが、セナ妃は何を勘違いしたのか、腕の中のアスラン殿下を抱え直した。

「眠っているだけです。無事です」

皇帝の瞳がわずかに緩んだかと思うと、大股でセナ妃に近づいてきた。慌てて身体を翻したジグルトは、皇帝の腕の中にセナ妃が包まれるのを見た。

またもジグルトは、声を失った。

自分だけではない。カルスもニールスも、茫然としてその様子を見つめている。

皇帝が、人前でこんな親愛の情をあらわにするのを見たのは初めてだったのである。他の妃は当然のこと、溺愛している皇太子にさえ、人前で抱きしめたりしたことはない。

しかも皇帝は、安堵ゆえか、身動き一つせず無言で抱きしめたまま、ずっとそうしていた。

「……よ……汚れて、おりますので……」

セナ妃がか細い声でそう伝えても、皇帝は放さなかった。

「ふナァ」

子猫が啼くような声が漏れると、皇帝は身体を離した。間に挟まれて目を覚ましてしまったアスラン殿下が目をしぱしぱさせている。

皇帝がその身体を抱き上げると、驚いたアスラン殿下は身体を反らした。

「やだぁ、ははさまあ」

「アスラン、お父上様だよ」

その言葉にアスラン殿下は皇帝の方へ顔を向けた。

「へーか？」

「陛下、じゃなくて、とと様」

セナ妃が訂正する。だが皇帝は咎めずに、アスラン殿下を抱きしめた。

「良かった、無事で……元気なままで良かった」

アスラン殿下は周囲を見渡しながら、セナ妃を振り返った。

「ははさま、ここ、どこ？」

「ここは……」

セナ妃は一瞬視線を空に投げた。星が多い夜といえど、神山の岩山は浮かばない。どこに向けていいのかわからぬかのようにさまよう目が、後ろを振り返る。

捉えた人物は、護衛官だった。

「まだ……神山に入ったとは、言えないのか」

セナ妃と同様に、肌も髪も薄汚れた護衛官は、気をみなぎらせ、背筋を天と地にまっすぐ伸ばして立っていた。微塵も疲れを感じさせないその姿から、ここに辿り着くまでどれほどの人間を殺してきたか、容易に想像できた。

「まだです。ここは学都になります。神山の領内であっても、神山に入ったとは言えません」

「ここはレスキア学舎だ。神山内よりも安全だ。もう何も心配することはない」

凜とした護衛官の声に、力強い皇帝の声がすぐに被さる。刃物が一瞬交差するような、耳を突くような鋭さを、ジグルトは感じた。

◆・◆・◆

学都のレスキア学舎に入ってすぐ、セナは久しぶりに湯に浸かり、旅の汚れを洗い流した。

水が真っ黒になり、石けんで何度泡を立てても、肌に滑らせると泡が消えてしまうほどだった。水場や川で汚れを拭いてきただけだったので、相当の汚れが溜まっていたのだろう。今まで外見がどうなっているのかなど気にする余裕がなかったので、己の有様に気づけなかった。さぞ、異臭を放っていただろう。

(よくぞこんな汚い身体を、抱きしめられたものだ)

皇帝の行動を思い出し、セナは戸惑いが胸の内に広がるのを感じた。心配はかけただろうと思っていたが、あんな風にされるとは思いもよらなかった。

セナが湯場から戻ると、アスランとフオルが休んでいる部屋の前で、イザクが椅子に腰掛けていた。

「ちゃんと身体、洗ったのか」

「洗いましたよ」

確かに汚れは取れているようだったが、髪はまだ濡れており、用意された服も引っかけているだけだった。

「髪を拭かないと……」

「あなたが戻られるのを待っていただけです」

イザクは立ち上がりながら、まっすぐな銀髪をごしごしと持っていた布で拭いた。

「休めるか？　イザク」

久々に屋根の下で眠れる機会だ。せめて寝椅子で寝て欲しい。だがイザクは興味なさそうに服を直しながら構いません、と答えた。

「任務は、まだ終わっていませんから」

任務が終わる。その言葉に、セナは背中を誰かに叩かれるような感覚を覚えた。

そうだ。イザクは、神山に自分たちを連れて行くまでが、任務だったのだ。

「イザク……」

その時、扉が開き、フオルが顔を出した。半分眠っていたのか、顔をしかめている。

自分が戻るのを律儀に待っていたのだろう。慌ててセナは寝室に入った。

「フオル、お前もここで一緒に寝よう。広い寝台だ。ゆっくり休める」

いつもなら絶対に固辞するフオルだが、何か話したいことがあるのか、促されるままにアスランの隣に横になった。アスランを間に挟む格好で、セナと向き合う。

「セナ様、私まだ、ナルージャに拉致されていた頃の話で、お話していないことがあるのですが」

「何かあったのか?」

「アスラン様に、ちょっと不思議な事象が起こりましてね」

「不思議な……?」

柔らかい寝具に、セナの意識はあっという間に沈みそうになった。肌が柔らかいものに包まれるだけで、安堵で意識が輪郭を保てなくなる。懸命に瞼を開けようとしても、視界まで歪んでくる。

「いや、いいです。また、ゆっくり落ち着いてから話しましょう」

フオルの言葉がかすむように消えたのが最後だった。


目が覚めた時、世界が夕焼け色に染まっているのを目にして、セナは仰天した。

約一日寝ていたのだろうか?

「アスラン殿下は朝に起きられて、ご飯を食べて外で遊んで、ここでお昼寝までしました。セナ様は死んだように眠られていただけです。時折私も心配になって、息をしておられるか確かめました」

「うわァ、ごめん!」

「いいんですよ。それだけお疲れだったということでしょう。陛下も、好きなだけ眠らせてやれっておっしゃっていました。すぐにお食事を整えますね」

セナはフオルが運んできた水で顔を洗うと、服を着替えた。

疲れは飛んでしまった気がするが、力が戻ってきたかと言われれば、同じく飛んでしまったようだった。足から手から、ふわふわとして力がうまく入らない。腰紐を結ぶのさえ、難儀に思えるくらいだった。

「すまない、どうも手に力が入らない」

傍らで待ちながら、フオルは呟いた。

「それだけ、気を張り詰めておられたのだと思いますよ」

食事の準備はガトーもフオルと一緒にしてくれた。学舎に皇帝と妃と皇子がいることを誰にも伝えていないので、給仕する者がいないのだという。

「いい、自分でやるから」

「そんなことさせられませんって」

そう言うガトーも給仕などしたことがないのだろう。配膳の位置をフオルに厳しく指導されていた。

「狩りで捕まえた鳥をさばいていたくらいだぞ。水くらい、自分で注ぐ」

笑わせようとしたのだが、ガトーはご苦労なさいましたな、と同情してきた。

「アスランは？　イザクと一緒か」

イザクが遊び相手をしているのだろうかと思い尋ねると、ガトーが答えた。

「皇太子殿下と遊んでいらっしゃいます」

「は？」

「兄上様ですな」

いや、それはわかっている。フオルを振り返ると、肩をすくめてみせた。

「学都に留学中だそうで。この棟が、皇太子殿下のお住まいらしいです」

レスキアはたとえ皇子でも、留学するのならば一般学生と同じようにさせるらしい。

「アスラン殿下の可愛らしさに、皇太子殿下はメロメロになってらっしゃいましたよ」

「メロメロって」

「いや。本読んで、球遊びしてと要求されるままに午前中からずっと遊んでらっしゃいますよ。お昼も一緒にとられて。お昼寝から起きたらすぐ、にいさまー、なんて駆けていかれて。眠っているセナ様のことなんて放置でしたよ」

フオルの言葉にガトーも頷く。

「穏やかな性質の方ですが、あんなに子ども好きなんて知りませんでした」

「最初はどう遊んでいいかわからぬようでしたが。同腹の弟妹はいらっしゃいませんでしたよね、確か。小さい子なんて初めてでしょうに、よくまあ飽きずに付き合うなと感心しました」

これはのんきに食事をしている場合ではない。出されたものをかきこむようにして腹に入れ立ち上がると、ガトーとフオルが顔を見合わせた。

「人間、わずかな時間で作法の全てを失うのですな」

「あんな早さで辺境の獣人族は飯を喰らうのですな」

いいから早く皇太子に挨拶させろとセナはガトーをせっついた。

目通りの許可などいらない、アスランを引き取りにいく名目でいいとガトーの背中を押すと、作法……とフオルに呟かれたが、構わず部屋の外に出た。

「そういえば、ナラゼル元帥にも改めて礼を言わねば」

「昼前にもうお戻りになりました」

「なぜそんな早く」

「いえ、十分ゆっくり皇帝陛下と今後の南方の統治について話し合いをなされ、アスラン殿下を肩車されてからお帰りになりました」

セナは脱力しそうになった。自分の愚かさが恥ずかしい。

「南方について、意見を申し上げられる絶好の機会だったのに……」

「申し上げればよろしいではありませんか」

ガトーの言葉に、セナはため息をついた。

「たかだか妃が口を挟むなと陛下は思われるだろう」

ガトーの足がぴたりと止まる。振り返ったガトーはまじまじと見つめてきた。

「陛下は……、話をちゃんと聞いてくださると思いますよ」

そうだろうか。そうだといいのだが。

そんな感情が面に出ていたのか、ガトーが距離を縮めてきた。

「陛下は本当に、セナ様とアスラン殿下を案じておられましたよ。これから説明しますが、神山でもお二人が無事に過ごされるように、奔走しておられます。お二人をとても大切に思われてますよ」

たたみかけるようにガトーが言う。飄々としたこの男にしては珍しいくらいの強さだった。思わず後ろにいるフオルを振り返ると、フオルは静かに頷いた。

さすがに皇太子の部屋の扉の前ではガトーが先に入った。廊下で待っていると、フオルがぼそりと呟くように言った。

「セナ様、先程ガトー補佐官が言われたことは、信じていいと思いますよ」

フオルは顔を向けず、扉を見つめたまま続けた。

「婚配者と、婚配者の母であることを除いても、陛下はおそらく……とても、セナ様を大切に、考えておられると思いますよ。以前にいろいろあったことは置いといて、今の陛下の言動を、素直に受け止めても大丈夫だと思います」

そこでフオルは顔を上げ、わずかに微笑んだ。

「傷つけられたら、もう一度信用するのが怖いのもわかりますけどね」

セナがその言葉に反応する前に、扉が開いた。

ガトーが中に入ることを促したが、案内は不要だった。なぜなら、その部屋は一室しかなかったからである。

侍従部屋はなく、寝室と区切られてもいない。窓以外の三方の壁に本棚が設置され、寝台にすら本が積まれているのが丸見えだった。

部屋はそれなりに広さがあるのだが、生活のすべてを一つの部屋で行っているせいか、雑多な空間だった。これが学生の部屋だと言われれば何も言えないが、皇太子という身分でこうした生活を送っていることにセナは驚きを隠せなかった。

アスランは、十六・七歳くらいの少年の膝に乗り、本を読んでいた。少年が座っている寝椅子には衣類が適当に何枚もかけられており、その傍らの卓には洗っていない食器まで積まれている。

もっと驚いたのは、こうした空間に皇帝が平気でいることだった。皇帝はセナを見てすぐに立ち上がったが、皇帝の座っていた椅子の背もたれにすら衣服が放り投げられている。

皇帝の傍にジグルトともう一人書記官らしき男が立っていたが、なぜ彼らが食器や衣服を片付けないのかセナは不思議でならなかった。皇太子とはいえ学生なのだから、生活の手助けは不要と言われているのだろうか。

セナを見て、アスランは少年の膝から跳ねるように下り、駆けてくる。

「おはようー、ははさま！」

夕刻におはようと言われ、どう返答していいかわからないまま、セナは立ち上がった少年に礼を取ろうとした。膝をつこうとした身体を、皇帝が止める。

「よせ。そんな礼は不要だ。お前は臣下ではない」

皇太子は、穏やかな微笑みを浮かべたまま近づいてきた。

「セナ妃殿下、お目にかかれて光栄です。皇太子のアスキンと申します。お見知りおきを」

皇帝と似通ったところはどこにもなかった。当然セナは皇后を知らないが、性質が表に現れるのか、瞳も口元も全て柔和な線を描いている。皇帝と同じなのは金髪だけだが、髪がまっすぐなので皇后も金髪なのかもしれない。

「……セナと申します。つい眠りすぎてしまって、無作法をお許しください。息子がご迷惑をおかけしました」

「いえ、とんでもない。とても可愛らしくて……」

「ねえ、ははさま、にいさまのあたま、どうしてととさまやアスランとおなじじゃないの？」

周囲に侍る第一書記官らまでが声を上げて笑った。皇帝も珍しく笑顔を浮かべ、アスランの髪をくしゃくしゃと撫でた。

「お前が一番余の髪を受け継いでいるな」

笑い声が響く部屋の窓の外に、セナはふと目を向けた。イザクが、夕暮れの庭に一人、立っていた。

思わずセナは、声に出してしまった。

「なぜ、イザクは外に一人で？」

返答を聞かずにセナは窓辺に寄り、イザクを呼んだ。

「イザク！」

「外の方が、セナ様の部屋も窺えると言っておりましたので」

ジグルトが後方から教える。セナは振り返ったイザクを手招きした。

「中に入ってこい、イザク」

イザクがわずかに顔を傾ける。

入っていいのか、と問うような仕草に、セナは胸が掻きむしられる気がした。

イザクは無表情なままだった。

何の感情も浮かべていない。

だが、ほんのわずかな仕草に滲ませる感情らしきものを、セナは悟れるようになっている。

腕を伸ばせばすぐに触れられる位置に、互いの身体があるのに。

なぜこれほど遠く感じるのか。

「イザク」

漏れた声が、自分でも意外なほどに、心許なかった。

わずかでも離れてしまったら、こんなに不安に思うようになってしまったのか。

胸の内を乱してくるこの感情が一体何なのか、セナはわからなかった。

＊　・＊・　＊

アスランは皇太子と一緒に夕食を取りたいと言い出した。さすがにご迷惑だからとセナはアスランを諭そうとしたが、皇太子はあっさり了解した。

「うれしいー」

アスランのこんな一言で皇太子は相好を崩していた。よほど子ども好きなのだろうか。皇帝も意外だったらしく、肩をすくめながら皇太子に告げた。

「お前、そんなに子どもが好きなら、留学を切り上げて後宮を持ったらどうだ」

「それとこれとは別ですよ。他の弟妹は国の事情を抱えておりますから、距離を保とうと意識しましたが、アスランは婚配者の指名を神山から受けているので、今後どうなろうと父上は他国へなど出せないでしょう?」

「まあ、そうだな」

聡明であるとの話だったが、セナは皇太子に感服した。柔和な顔立ちだが、中身は鋭利な思考の持ち主らしい。皇帝が可愛がるだけある。

無邪気に皇太子の足にまとわりついているアスランを見て、セナは少々不安になった。三歳の子に勉強など不要と強制しなかったが、フオルが文句を言っていたわけである。のびのびと育て過ぎたか。

セナは食事をすませたばかりだったので、夕食は遠慮させてもらうことにした。アスランをフオルに任せ、セナは一人、自室に戻ろうとした。

まだ足がふわふわとして地に着いていない気がする。明日には神山へ入るというのに、大丈夫なのだろうか。身体の芯が定まっていないような心許なさを感じる。まだ身体が回復していないのかもしれない。

ぼんやりと歩いていたため、後ろから急に抱きすくめられた時、思わず小さく声を上げてしまった。身構えるよりも先に、声が耳に届いた。

「俺だ」

声の主が誰なのか気づくのと、抱きしめられたまま布に包まれるのが同時だった。一瞬にして、夕暮れに染まった廊下が薄暗い布に遮断される。カーテンの中に取り囲まれたのだと悟った時は、皇帝に身動きできぬほど抱きしめられていた。

「……身体の方は、もう大事ないか」

夏と比べて秋の夕暮れは、涼やかに風を運ぶ。

だがこの暗幕の中は、夏の澱んだ空気を思い出させた。首筋や髪から香る皇帝の匂いが、肌を重ねた夜を想起させる。

それは同時に、赤く月が燃える夏の夜の、別の獣との交わりをよみがえらせた。

密着した身体の間から、熱が高まっていく。体内に染み込んだイザクの匂いが、発散されてしまう。

獣人である皇帝の鼻ならば、すぐに気がついてもおかしくない。一度の入浴ぐらいでは消えまい。早く、離れなければ。

だが皇帝の唇は、熱を促すかのように首から肩へとさまよった。うなじを撫でていた手が頬に移り、指先が唇に触れる。わずかに指先に力がこめられ、セナは観念して口を開いた。皇帝の薄い唇が漏れた息を舐めるように動き、舌の熱さがすぐに伝わってきた。

「はっ……あっ……」

顔を振って逃れようとしたが、強い力が肩に加わっただけだった。腕を摑んでも力が入らない。

「……今宵、迎えに行く。神山に入るまで我慢しようと思ったが……」

わずかに唇が離れた時に、皇帝はそう囁いた。セナは必死に首を振った。

「お……お許しを。……身体が……私は」

もう、皇帝を迎え入れられる身体ではない。

足から力が抜けそうになってしがみつくと、皇帝の腕が背中と腰を支えた。

「まだ、本調子ではないか」

次の瞬間、皇帝の視線が鋭く横に流れた。わずかに身体をずらされるのと同時に、ドン、と激しい音とともに、何かが布を突いた。

「お隠れにならないでいただきたい」

単調なイザクの声に、セナは背筋がぶるりと震えるのを感じた。

皇帝は無表情のまま、顔の横に突き立てられたそれを払うようにしてカーテンの外に出た。

「余が妃に何かするとでも思うのか」

イザクは鞘に入れたままの剣を腰に戻した。

「その方をお守りするのが私の仕事です」

皇帝は不快そうにばさりと裾を払い、イザクの後ろに立っていたセイジュに告げた。

「この者にも労いの言葉を向けるべきなのだろうが、言う気も失せるな」

「いえ……必要ありませぬゆえ」

セイジュの素っ気ない口調を、セナは訝しく思った。

もともと闇人であるイザクに対し必要以上の感情を向けることはなかったが、それだけではないように思えた。以前は護衛官のイザクに対し上官という威厳を見せていたが、それがなくなっている。

皇帝の姿が廊下の向こうに消えてから、セイジュが礼を取ってきた。

「ご無事でなによりでございました。ご挨拶が遅れまして申し訳ありません」

「いや、いい。その方も無事でなによりだった。怪我はもう大事ないのか」

川岸での激闘でセイジュは深傷を負ったはずだった。まあ何とか、とセイジュは顔を傾け、イザクに視線を流した。

「こいつ、役に立ちました？」

何と答えて良いものやらわからず無言でいると、セイジュはもともと返答など求めていなかったのか、淡々と続けた。

「明日、神山へご案内します。そうすればイザクも任務完了です」

明日。

セナは体内がかき回されるような焦燥を感じた。指先に震えらしきものまで感じ、両手を握りしめる。

「そんなに早く？　……神山に着いてもまだ慣れぬうちは」

「ええ、まあ、それをこれからご説明しようと思ったのですが……」

こちらへ向かってくるジグルトとニールスの姿を見て、セイジュは彼らの方へ身体を向けた。

「セイジュ、お前陛下に何か話したか？　ひどくご機嫌がすぐれなかったぞ」

ジグルトとセイジュの姿に、セナは思わず二人をまじまじと見つめてしまった。レスキアを出る前は、寄ると触ると文句を言い合っていたはずだが、かなり距離が近くなっている。

「俺じゃない。それよりも、マルコを見なかったか？　あいつの家に行っても、知り合いに訊いてみても、知らないというんだ」

「マルコ？　あの医師の？　知らんよ。俺だって学舎に戻っていなかった。そもそもなんでお前の友人の医師がここにいると思うんだ」

「出入りしていたはずだ。皇太子殿下の話し相手として」

ジグルトがニールスに顔を向けると、ニールスは頷いた。

「セイジュ殿の治療でここに出入りされていた間に、皇太子殿下とお話しなさる機会があって。二・三回、殿下がご所望された本を持ってこられましたね。医術など殿下は興味があっても学べませんから、非常に関心を示されたんです。それで、こちらからマルコ医師にお願いしたんですよ」

「本を回収しようと、ここに向かったのを最後に、マルコはいなくなったらしいんだ。三日前になる」

「三日、大の男がいなくなったってたいしたことないだろうに」

「いや……」

言いよどんでセイジュは、ため息をついた。

「妃殿下、陛下のお食事がお済みになったら、お話したいことがあるのでよろしいですか」

夕食を終えたアスランを入浴させると、まだ就寝には早い時間だったが、アスランは頭をゆらゆらさせていた。

「お昼寝はちゃんとしましたが、遊び疲れでしょうね。夕食の間もお利口でしたし。気も張られていたんでしょう」

苦笑するフオルが寝台を整える前に、アスランは抱かれながら眠ってしまった。

アスランを寝台に横たえ隣の侍従部屋の扉を開けると、イザクが扉のすぐ傍で椅子に座っていた。変わらぬその様子に、セナは思わず笑みが浮かんだ。

「フオルが中にいるが、息子を頼む、イザク」

イザクは無言でじっと見つめてきた。硝子のような瞳、そこにわずかだが宿る色の変化に、気づけるほどにはなってきた。

「どうした？」

「私を見張っているレスキア兵がおります」

イザクが廊下に続く扉に目を向ける。

レスキア兵？　セナは怪訝に思った。

「お前が、信用されていないと？」

「闇人を信用する者はおりません。別に構いません。あの程度なら、あなたが私から四十歩離れていても倒せます」

四十歩。どんな計算だとセナは吹き出した。イザクは何のてらいもなく言った。

「ご存じですよね？」

向けられる瞳は純真でさえあった。思わずその顔に触れたくなったが、セナは微笑むだけに留めた。

「知っている。お前が誰よりも強い男だということは」

アスランを頼む、と言い残し、セナは廊下に出た。

確かに護衛らしき者が外に立っていた。一体どういうつもりなのかとセナは不快に思った。イザクが自分に向けられる敵意を見誤るはずがない。アスランの護衛を強化する意図ではなく、イザクを見張っているのだろう。

皇帝の部屋に入ると、そこにはジグルトとセイジュ、ガトーとニールスまで執務机前に立っていた。椅子に座る皇帝が手を伸ばしてくる。皇帝の椅子の隣に、もう一つ椅子が用意されていた。

「陛下、私どもに、イザク以外の護衛は不要でございます」

差し出された手を取らず真っ先にそう告げると、皇帝は自ら立ち上がって手を取ってきた。

「座れ。これからそれを説明する」

オストラコン国の婚配者候補の死。続いて亡くなったその母親。

ネスタニア国婚配者が惹香嚢体ではなかったこと。行方がわからなくなったその母親。

そして、ネスタニア国へ派遣された使者が行方不明になったこと。

ジグルトから説明された、神山での怪異な出来事に、驚愕でセナは言葉を失った。

「私たちがイザクにも監視をつけたのはそのためです。神山に着いたとたんに、イザクが裏切ってあなたやアスラン殿下をどこかへ連れ去ってもおかしくないのではと考えました。ネスタニア国の婚配者は無事なのに、その母親だけが行方知れずになった。ネスタニア婚配者の母と同時に護衛官も姿を消しているため、これは闇人が関与していた可能性があります」

セイジュが先程イザクに対し冷たい態度だったのはそのためかとセナは合点した。セイジュは先程、あきらかにイザクを警戒していた。

「バルミラの婚配者は!? その母親は!?」

テザントの顔が頭に浮かび、セナは思わず叫ぶようにジグルトに訊いた。ジグルトの返答を待たずに皇帝に訴える。

「南のナルージャ族に頼まれたのです。彼らはバルミラに連れ去られた自分たちの巫女を、戻して欲しいと言っています」

「ああ。お前たちが誰に助けられ、南がどうなっているのかはナラゼルから聞いている」

皇帝が座る椅子に、セナは手をかけた。

「陛下、ナルージャの姫は無事でしょうか?」

「無事だろう。上位神官のウガジェ家は、バルミラの惹香嚢体を竜王の婚配者にしたいのだ。我がレスキアから婚配者を出そうなど、微塵も思っていない。竜王が選ぶと通説では言われているが、結局は上位神官らの思惑一つだ。ウガジェの暴走を止められる上位神官家は存在しない。そうだろう、セイジュ」

皇帝の言葉にセイジュは静かに答えた。

「上位神官家の均衡が取れている時でしたら、違うと申し上げられましたが、我がイマーシュ家の長にはその力はございません。ハルダ家も同じです」

「神官家も欲を出してきて当然だろうよ。ここで帝国からの婚配者を挙げれば、もうレスキアには二度と敵わぬとバルミラに泣きつかれたか。余に、神山内部についてあれこれ言われるのも真っ平だったのだろうな」

皇帝の言葉にセイジュははっきり頷いた。

「先の竜王が身罷られた直後から、ゼーダは闇人らを用いて、反勢力とおぼしき連中を締め上げすぎるほど締め上げていますから。……妙な権力欲が表に出すぎていることは確かです」

「今まであれは上位の中でも先の竜王に煙たがられていたから余計にだろう」

話が神山に集中するが、セナは会話が途切れるのを根気強く待った。視線に気がついた皇帝が、何だ、と訊いてくる。

「ナルージャの姫の母親は……？　婚配者の母は、ナルージャ族長の妻で、イルダ族長の娘です」

皇帝はしばし黙っていたが、静かな口調で告げた。

「バルミラ国王が自分の後宮へ入れたらしい。付き添いは乳母で、母親は入国すらしなかった。……もうナルージャには戻せまい」

なんてことを。

セナは思わず顔を覆った。ルーランの顔が、テザントの顔が、死んでいったルイドの顔が脳裏に巡る。

彼らにあんな思いをさせておきながら。部族分裂という事態まで引き起こしていながら。この上、惹香嚢体を慰み者にするなんて。

思えばテザントは、孫娘を頼むとは言ったが、ルイドの妻を見つけてくれとは言わなかった。もう、戻せないと知っていたのだろうか……。

セナに襲いかかる感情の波が去るまで、場は沈黙したままだった。

＊　・＊・　＊

巨大な岩山である竜王の住まい、神山が湖の上に立つと聞いた時は、どんな様態か想像もできなかった。陸地から湖の上を道が走り、岩山へ続いているのだと説明されたが、セナの想像力では思い浮かべるのも限界があった。

だがそれは、話に聞いていた通りだった。湖の真ん中から、天を突くように伸びる真っ白な岩山。そこに、湖を遮断するような道が延々続いている。

思わず馬車の窓から身を乗り出しそうになり、セナはフォルに服を軽く引かれた。

セナは向かい側に座る皇帝をうかがったが、皇帝は軽く微笑むだけだった。

一つの馬車に、皇帝、皇太子、セナ、アスラン、フォルの五人で乗っていた。

侍従であるフォルは本来立場的に同乗できないが、フォルは一人で馬に乗れない。セナが頼む前に皇帝はフォルの同乗を許可した。

ジグルト、ガトーは馬で馬車の後ろについている。馬に乗って馬車を先導するのは、神山から派遣された神官のセイジュと護衛官イザクだった。

「古代人は、この神の住まう山をいかにして建設したのでしょうか」

セナの疑問に、皇帝は軽く顔を傾けて自分の隣に座る皇太子アスキンに話を振った。

「どうなのだ？　学都の学生」

皇太子がこの地に伝わる神話を語り始めた。

「竜人族が湖から竜の卵を拾い、やがて孵化した巨大竜は、この地を己の居住とすると天と人に告げた。竜が片手を地面にのめり込ませると、四つの鉤爪から亀裂が走り、四本の道となり湖を割った。竜が手を持ち上げると地は天へと伸び、岩山となった。竜は竜人族のみがこの地に住まうことを許し、己を竜王《シェヴァイリオン》と名乗った」

「えほんでよんだ！　大きなりゅうだった！　ヤモリじゃなかった！」

皇太子の説明にアスランが叫ぶ。ヤモリじゃないな、あ、と皇太子が目尻を下げる。

誰もが知っている神話だが、まさか本当に竜が作った道ではないだろう。

「実際はどうやって作ったのでしょうか？」

セナの疑問に皇太子は首を傾げた。

「さあ、どうやったのでしょうね。神山にまつわることは調査が禁じられているではないですか。この道が一つの岩続きなのか人工的に作られているのかは文献がありませんよ。湖の水位に関しては非常に面白い文献がありますよ」

「それは？」

「大雨で洪水となっても、水は四大国へ続く川へと流れていきますから、この湖は氾濫しないそうです。最も河川口が大きいのはレスキア方面。だからこそ農地が発展した。だが最も洪水が多かった。洪水は天候を操る竜王の怒りだというでしょう。レスキアは最も大きな恵みと、最も大きな災害を神から与えられたと授業で言われました」

外の景色を眺めながら皇帝が独り言のように付け加えた。

「だからこそ治水技術が最も発展した」

「そうです。災害によって領内に変化が生じれば、必ずレスキアは軍隊を動かすよりも先に治水を念頭に置いた。神学の教授にそう答えたら、竜王に対する敬意を表せばそんなものは不要だなんて吐き捨てられましたよ」

「神の力を願うよりも己を磨いた方が早い」

「父上、これからその神に我が子を嫁がせる方のお言葉とは思えませんよ」

セナはアスランを間に挟んで、フオルと思わず顔を見合わせた。あと十数年もしたら、アスランは皇帝とこんな会話をできるようになるのだろうか。全く想像がつかない。

巨大な岩山の周囲には、岩山に沿うようにびっしりと家が並んでいた。遠目からでも街だとわかった。その上にもまた大きな建物が建ち並んでいる。山と同化するように、建物は全て真っ白だった。他に色はない。

「一番下をぐるりと囲むのが下位の地区だ。身分が高いほど上に居住地区がある」

皇帝の話を聞きながら、やがて道は、巨大な扉に辿り着いた。

「今通ってきたのが『王の道』。ここは『王の扉』だ」

神山の西にある学都からなぜわざわざ迂回するのか疑問だったが、各国の王は神山に入る際には必ずこの道を通るのだと皇帝は説明した。

「逆に一般人などはこの道を通ることを許されない。神山という場所は階級で全てが分けられているところなのだ」

この扉だけが、黒い鉄でできていると皇帝は付け加えた。竜が身体をよじらせながら空へと登っていく画が描かれている。竜王の、神山の紋章だった。

扉の中に入れるのは、中位以上の神官らしい。だが中位は岩山の外に居住区があり、政務もそちらで行う。ここはあくまで上位神官家と竜王の居住地だった。

「各国の王太子と、神山外交官は入れる」

フォルはどうなるかと思ったが、侍従と伝えるとすぐに通された。侍従なしではさすがに不便と思われたのだろう。ガトーがそれに驚いて「私も侍従なんですけど」と伝えたがあっさり見抜かれた。

任がまだ解けていないからだろう。護衛官であるイザクも中に入った。

山の内部をくりぬいて作ったのがわかる造形だった。金や宝飾類が散りばめられた壁や天井はどこにもない。白、一色だった。

だがその白い柱が、天井が、床が、壁が、細かい模様で彩られ、それがまた全体の画になっている。それは、全て彫られて描かれていた。こんな見事な職人の技は、レスキアでも見たことがない。セナはあまりの見事さにため息をついた。

高い天井と二階、三階が見える回廊を、無言で真っ白な神官衣を着た者たちが行き来している。全員中位神官だろうが、その数は多くなかった。

「各国王の部屋は一階です。二階が会議などに用いる下の間や上の間。三階が上位神官家の部屋。見えない四階以上が竜王のお住まいになっておりますが、そこに入れるのは上位神官家長三名と、皇帝陛下だけです。私は無論入れません」

セイジュがそう説明した。

回廊を渡ると、緑を基調としたレスキアの東の間に入った。色彩の使い方と模様の構図がレスキアらしい。四季の変化が豊かなレスキアは、色使いが非常に細やかである。白だけの空間に落ち着かなかったセナは、レスキアの色使いに懐かしさを感じてほっと息をついた。

「ここはおうちとおなじ！」

離宮で用いられていた色と似ているのがわかったの

だろう。アスランは喜んで部屋をぐるぐると回った。アスランにとっては、タレスの離宮が〝家〟なのだ。

「しばらくはこちらにいるようにせよ。婚配者が誰に決まるかはっきりせぬうちは、手元からは放せぬ」

皇帝の言葉にセイジュは頷いた。

「イマーシュ家当主・アガタ様が少々具合が悪くなられたので、どちらにせよこちらでしばらくお待ちいただくようになります」

金の神官・アガタという者は、惹香嚢体かどうか見ただけでわかるらしいが、セナにはどうやったら見ただけでわかるのか想像もつかなかった。

「ネスタニア国王陛下が、王太子殿下とご一緒にこちらに伺いたいとのことでした」

ジグルトが戻ってきてそう告げた。皇帝が頷く。

「セナ、お前がここに辿り着いたら、ぜひ会いたいとおっしゃっていたのだ。会ってやってくれ」

妃の立場で他の国王と挨拶を交わすなど、皇后くらいだろう。驚くセナの隣で、皇太子も困惑した声を出した。

「父上、今日私も付き添いにとお命じになられたのは、ネスタニア国王とお会いするためですか？」

「そうだな。直接挨拶はしたことないだろう。学都に留学したために王女をお待たせしているのだ。舅《しゅうと》殿と義兄に謝っておけ」

形式的な婚約だけで、皇太子はネスタニア国王に会ったことはなかったらしい。困り果てた表情から、十六歳の少年の素直さがにじみ出ていて、セナは好感を持った。

「婚約だけでなぜそんなに憂鬱になるのか。お前の年には俺は結婚したぞ」

十六歳で結婚するのは、王族ならば妙齢と言っていい。ネスタニア国王などは、前王が子どもにあまり恵まれなかったこともあり、十三歳で結婚、十五歳の時に第一子を授かっている。皇帝の皇后もかなり年上だが、同じくネスタニア国王の王妃も十歳以上年上だった。立場を確立させるための婚姻である。相手の年齢などは関係がない。

部屋に入ってきたネスタニア国王とその王太子は、

兄弟のような二人だった。ネスタニア国王は物静かな容姿で、三十五歳にしては若々しく見える。逆に王太子は精悍で、意志の強そうな性格がにじみ出ていた。

「お目にかかれて光栄です、セナ妃殿下」

臣下のような礼は取らなくとも良い、と言われていたのでセナはその通りにしたが、王太子には膝をつかれて困惑した。

「婚配者候補の母親を捜索させるようにと強くせっつきすぎたせいか、兵を引き上げて国に戻るように命じられました」

ネスタニア国王はそのために挨拶に来たのだと付け加えた。

「皇帝陛下も、あのレスキアの大軍を引かせるようにと、散々言われておられるでしょう」

皇帝はわずかに口角を歪めた。

「婚配者が決まるまでは兵を下げるわけにも、ここから離れるわけにもいきません」

軍で牽制してまで、皇帝は自分たちを守ろうとしてくれていたのだ。

それはとてもありがたいが、神山の反感を買うことにはならないのだろうか。

「それがよろしいでしょう。まずは皇子と妃殿下の安全が第一かと。婚配者候補の父親は、いったん候補の娘と一緒にネスタニアへ戻します。可哀想に、娘は口が利けなくなってしまって……」

状況が目に浮かび、セナは胸が潰されそうになった。一体どんな目に遭ったのか。娘と引き離された惹香嚢体の母親は、どんな思いをしていることか。

「我が国でも引き続き、行方不明になった者を探しましょう」

「そうおっしゃってくださるとありがたい。神山内部は階級によって領域が制限され、外交官ひとりでは身動きが取れません。王太子にあとのことは全て任せます。これの決めた事は、我がネスタニアの意志とお考えください」

ネスタニア国王の言葉に、皇帝は頷いた。

「頼りになる王太子だ。私の息子はまだ学生ゆえ学都へ戻しますが、何かあればすぐに呼び出しましょう。

今後これもよろしくお願いします」

神山の内部も、何がどうなっているのか正しくはわからない。

テザントから頼まれたナルージャの姫や、ネスタニア国の婚配者の母も、どう探せばいいのか。

意見が飛び交う中、セナは焦燥を止められなかった。

＊　・＊・　＊

またも新しい場所に連れてこられ、アスランが落ち着かないとフオルから連絡が入ったため、皇帝やネスタニア国王との会食をセナは遠慮させてもらった。

「物怖じしない御子様ですが、こうもコロコロ場所が変わると不安になるんでしょうね」

フオルとは寝ないと泣き出したらしい。

赤ん坊のような体勢で抱かれながら、セナの服をほんの少し口に含んでいる。閉じた瞼にうっすら涙がにじんでいた。あともう少し、この体勢でいれば熟睡してくれるだろう。

「神山での初日だからな。気を遣えば良かった。すまない」

「いえいえ。お話のお邪魔をして申し訳ありませんでした」

アスランが寝入った後、セナはふとイザクを思い出した。廊下で警護するつもりなら部屋に入ってこいと伝えるため、セナは部屋の扉を開けて外を窺った。

イザクは扉のすぐ横に立っていた。背筋を伸ばした体勢を崩さぬまま、顔を向けてくる。

「皆様、お引き取りになりましたよ」

イザクがいる廊下はセナたちの部屋しか面していない。会食に使われている場所や、皇帝の部屋は廊下の向こう側にある。

「何でわかるんだ？」

「遮断されているわけではありませんから。足音でどなたが退出されたのかぐらいわかります。皇太子様はもうこの殿にはいらっしゃいません。ネスタニア国王陛下と王太子殿下も、お帰りになりました」

イザクは皇帝の部屋の方向へ視線を向けたまま告げた。

この感情の削げた顔は、自分に向けられている疑惑を薄々感じているのだろうか。

感じていても、何の感情も湧いてこないのだろうか。

セナには、どうしてもイザクが自分たちをどうにかするとは思えなかった。

神山に到着したらすぐに殺せと言われているなんて、とても思えない。この男は、あんなに命がけで自分を守ってくれたではないか。

何よりも優先して、助けてくれたではないか。

あんなまねが、ただ命じられたからというだけで、できるのか。

守った命を、今度は殺めることなどできるのか。

「イザク」

「はい」

呼ばれたら、すぐに答える。イザクの意識の全てが向けられるこの応答が、あの闇の中でどれほど救いになっただろう。この者は何があっても離れないという安心感に包まれる。

「イザク、お前は、任務を解かれたら私たちから離れるのか」

「命じられたらそうなります」

当然、というようにイザクは答えた。その声音と表情に、何も戸惑いは見えなかった。

逆にセナは、それを見て突き上げられるような焦燥に駆られた。思わずしがみつくようにイザクの両腕を摑む。

「イザク、そしてまた、誰かを守れと命じられたら、同じ事をするのか？　俺にしたように？」

「それが私の仕事です。私は闇人です。やれと言われたことをやるだけです」

イザクの口調が硬化していく。瞳までが凍り付かぬように、セナはイザクの息がかかるほど近くまで顔を近づけた。

「イザク、お前の身体は、強力な発情抑制薬のためにボロボロになっているとサガンが言っていた。血を吐いたのはそのためだって」

イザクの瞳は冷たく、輝きを鈍らせていった。

「イザク、このままだと、お前の身体は保たない。命令に逆らえないというなら、何とか頼んでみるから。闇人を引き、このまま私とアスランの護衛につけるかどうか」

「なぜあなたが、私のためにそこまでするんですか？」

なぜ。

セナは、イザクと自分の間に浮遊するその言葉を見つめた。

なぜ。

イザクもまた、その言葉をぼんやりと見つめているようだった。

「……お前に……死んで欲しくないんだ」

このまま別れたら。

この白銀狼は、また休む暇もなく、誰かを守りに行くのだろう。

もしくは、誰かを殺しに行くのだろう。

生も死もわからぬままに。命じられるままに、自分の命をかけて命を救い、殺めるのだろう。

誰かに切り刻まれて死ぬまで。

大量の血を吐いて死ぬまで。

誰にも気づかれずに、何も思わずに、何も考えずに死んでいくのだ。

そんな人生で、あってほしくないのだ。

「……もし俺を殺してこいと命じられたら、俺を殺すか？」

イザクの目に宿る鈍い光が、輝きを取り戻したように見えた。

瞳に宿るわずかな光彩が、揺れる。

それは、ほんの小さな揺れだった。だがそれは、灰色と水色の瞳を、確かに煌めかせた。セナには、それで十分だった。収まらなかった焦燥が形を変え、柔らかな何かに変化したように胸の内に広がる。セナは、身体をイザクの胸に預けた。反射的に、イザクの腕がそれを支えてくる。

「……イザク」

柔らかな感覚が刺激に変わり、身体全体に巡る。

その刺激には、覚えがあった。赤月の発情期、この男が狂おしいほど欲しかったあの時と同じだ。

「……セナ様」

イザクの口調が変わったのを、セナは悟った。警戒する狼の声。顔を上げたセナは、廊下に佇む人間の姿を捉えた。

皇帝が一人、そこに立っていた。

その時皇帝がどんな顔をしていたのか、目を合わせたのかどうかすら、セナはわからなかった。

次の瞬間、イザクの背に身体が回されていた。事を理解した時には、皇帝の放った剣とイザクのそれが激しく交わっていた。

凄まじい力と気迫のぶつかり合いに、セナは声を失った。空間が裂けるような圧が、イザクの背中にいても伝わってくる。

イザクの身体がわずかに下がったことを、セナは真後ろで感じた。

あのイザクを、半歩だけでも下がらせるとは。頭に驚きがよぎったが、セナは反射的に叫んだ。

「陛下!!」

身体を前に出そうとしたが、イザクの腕がそれをさせなかった。第二打の衝撃が、一打目よりも激しく身を襲う。イザクの身体を通して、皇帝の気迫と、力と、怒りが伝わってきた。

「下がっていろ、セナ!」

皇帝の声に、セナは縋り付くように叫んだ。

「陛下! 止めてください! お願いします!」

イザクに剣を下げろと言えばその通りにするだろう。だがそうすればイザクは一撃で殺されてしまう。激高し、我を忘れている皇帝に、何も抵抗できずに殺されてしまう。

「陛下、お願いします、私が、私が先にイザクに触れたんです! イザクは何もしておりません!」

「こいつは今、お前を抱いていただろう!」

皇帝の声に、セナは必死で食い下がった。

「私がそうしたんです! そうさせたんです! イザクの意思ではありません!」

皇帝の、剣を握りしめた手が下がる。

それを見て、セナは必死でイザクの剣を抑えた。

「イザク、剣を、お前も下げるんだ。俺は大丈夫だ。陛下の元へ参る」

だがイザクは剣先を上げたままだった。腕は下ろしたが、はっきりと剣先を皇帝に向けたまま視線をそらさなかった。

一方で皇帝は、もうイザクに目を向けていなかった。セナは、皇帝の視線が自分に注がれるのを感じながら、皇帝とイザクの間に立った。

騒動を聞きつけたのだろう。あまりの迫力が、伝わったのかもしれない。ジグルトとセイジュがこちらに駆けてくるのが見えた。そして、扉をわずかに開いて、フオルがこちらを伺っていた。

「すべて……全て、私が命じたことです。イザクは従っただけです。この者に咎はありません」

覚悟して放った声が、情けないことに震えた。断罪されても、伝えねば。罵倒され、どんな言葉を向けられようと、言わねばならない。

「……何を命じた」

天からの詰問のように強く響くものと思っていたのに、皇帝の声は、こちらまでようやく届くほど小さく、掠れていた。

ジグルトらが見つめている。セナは、その言葉を口に出す時に、思わず目を閉じた。

「……私を、抱けと命じました」

がしゃり、と、前に立つ皇帝の剣が再度握りしめられる音を、セナは聞いた。

まだ一つ、告げていなかった言葉を思い出し、セナは後方のイザクに告げた。

「……下がれ。そして、動くな、イザク」

言われた通り、イザクの身体が下がる。

次の瞬間、皇帝が一歩、前に出る圧を感じた。

皇帝が振り上げた剣を、セナは見た。だがその剣が、自分ではなく、イザクに向けられていることを悟った瞬間、セナは皇帝に体当たりするように止めていた。

「陛下!!」

「どけ!」

「陛下！　陛下、どうかお願いします、イザクは悪

くありません！　お願いします、殺さないでくださ
い！　お願いします！」

　セナはがむしゃらに皇帝にしがみつき、叫び続けた。手が取られ、身体が引きずられる。皇帝の手に片腕が捕まれ、引っ張られているのだと気づいたのと、セイジュの鋭い声が響いたのは同時だった。

「動くな、イザク！」

「セナ様！」

　フオルが部屋から飛び出してきたが、ジグルトにそれを静止されているのが、振り返った視界に入った。ジグルトがどうしていいのかわからぬように困惑した表情を見せるが、セナは頭のどこかで、それでいい、フオルとアスランを頼むとだけ思った。

　セイジュの方はイザクの身体を背中で押さえるようにしているのが目に入ったが、イザクの姿は目に入らなかった。

　自分が何をされるのか。セナはただ、引きずられるままに、皇帝に従った。皇帝の自室に入り、乱暴に扉が閉められ、寝台の上に放り投げられるようにして押し倒された時も、何も抵抗はしなかった。

　燭台に灯火が一つもついていない寝室で、皇帝の顔は見えなかった。そもそも髪が乱れ、瞳も何もかも隠れていた。ただ、肩が激しく上下し、荒い呼吸を抑えるようにしていることだけはわかった。顔の脇にある皇帝の両腕はぶるぶると振動を伝えるほど震え、寝具を握りしめる両手にますます力が入っていく。

「……話せ」

　乱れた金髪の向こう側に瞳を隠したまま、皇帝が告げた。セナは皇帝の震えを、抑えようとしている怒りを感じながら、話した。

「……赤月に、惹香嚢が目覚めました」

　ふと、皇帝の震えが止まったのを感じたが、セナは続けた。

「分泌抑制薬を持っておりませんでしたので、発情を止められませんでした。たまたま医師と知り合って、薬を調合してもらいましたが赤月に間に合わず、私の匂いでナルージャや他の獣人らを呼び寄せる可能性がありました。イザクは白銀狼です。最も強い種

と赤月に番えば、他の獣人らはその匂いで諦めて近づいてこない。そう言われて私が、抱けと命じたのです」

金髪の向こうから、わずかに顔を上げた皇帝の片目だけが見えた。

「……ならお前は、仕方なくあいつに身体を許したのだな」

最初は、そうだったはずだった。

「やむを得なかった。そうだな？」

そうだったのだ。その、はずだった。

イザクを傍に置きたいと思うのも。放したくないと思うのも。

身を守るための、手段だったはずなのだ。

「……お許しを」

思わずあふれ出た言葉が、何を伝えるのか、何を語っているのか、セナは自分でもわからなかった。

なぜこの言葉に、涙が伴うのかも。

皇帝の身体がのしかかってくる。

腕の震えは、身体全体にまで広がっていた。

肩に顔を埋めてきた皇帝の口から、唸るような声が出た。

「……頼む。嘘でもいい。仕方なかったんだと言ってくれ……！」

自分が、何を言うべきなのか。

セナにはもう、その思考もできなかった。

ただ、皇帝の震えと、自分の目からあふれ出る涙が、寝具に沈んでいくのを感じていた。

◆・◆・◆

廊下を破壊するかと思われたあの衝撃でも、アスラン殿下が眠りから覚めていないことが救いだった。

セナ様のところに行く、と言うフオルを宥め、ジグルトはフオルを殿下の眠る部屋へおしやった。

「セナ様は、多分、大丈夫だ。陛下は悪いようにはなさらないから」

「そんなの今までの行いでわかりゃしない。頭に血が上ると周りが見えなくなる。中身は本当に獅子」

「こら！」

「セナ様が殺されたらお前のせいだ」

お前呼ばわりでフオルに腕だの太ももだのを叩かれたが、ジグルトはそれを咎められぬほどに、混乱していた。

「お前、聞いていたのか」

「知るわけない！　セナ様……油断した……おそらく赤月に惹香嚢が目覚めてしまわれたのだ。分泌抑制薬を用意しなかった私の責任だ。お気の毒に、獣人に身体を預けるような目に遭われて」

フオルはくしゃくしゃにした顔を覆ってしまった。この冷静な小人でも、さすがに衝撃だったのだろう。ジグルトに至っては、まだ何が起きたのかも理解できなかった。

フオルが頑として言うことを聞かないので、仕方なくジグルトはセイジュとイザクがいる居間へフオルも連れて行った。

居間では、疲れ切った表情のセイジュが椅子に座り、イザクと向かい合っていた。イザクの方は悠々と椅子に座り、足を組んでいる。入ってきたジグルトにちらと視線を向けたセイジュは、大きくため息をついた。

「赤月に妃殿下の惹香嚢が目覚めてしまい、発情なさったそうだ」

やっぱり！　とフオルが叫ぶ。

イザクは、いたって変わらぬ風情で、淡々と説明した。

「他の獣人らに見つかる可能性がありました。赤月の惹香の匂いに、獣人は引き寄せられますから。私の匂いがついていれば、他の獣人らは諦めます。事実、私があの方を抱いてからは他の雄は寄りつきませんでした」

動物のように言うなとジグルトは叫ぼうとしたが、事実動物の習性と同じなのだと悟った。生殖行動を、抑えられない。その欲望の激しさは、皇帝の時に目の当たりにしている。

「お前の子を、セナ様は身ごもったりしていないか？」

フオルの詰問に、ジグルトとセイジュは互いに顔を見合わせ、失念していたことに気がついた。

「知り合った医師にセナ様の分泌抑制薬を調合してもらいました。避妊の効果もあると言っていましたので、多分大丈夫でしょう」

他人事のように語るイザクに、ジグルトは不快感を抱いた。

「お前、わかっているのか？　事情があれど、皇帝の妃と不義を働いたんだぞ」

「私は命じられたことをしただけです」

ジグルトが何かをいう前に、フォルが小さな身体でイザクに飛びかかろうとしたのでそれを止めた。セイジュがため息をつく。

「無駄だ。何を言っても伝わらない。そういう男なのだ。闇人は。洗脳され、感情が破壊され、何も感じず思考も遮断する。命じられたことを遂行する、人形なんだ」

その時、静かに扉が開き、中に入ってきた人物を見て、ジグルトは飛び上がった。

「へ、陛下……！」

まさか今夜、再度戻ってくるとは思わなかった。

セイジュも椅子から跳ね上がるようにして立ち上がる。フォルが不敬も恐れず、皇帝の元へ飛んでいった。

「セナ様は!?」

だが皇帝は、部屋に入ってきても、何も見えていないようだった。

ただ一点、イザクの顔を見つめたまま、視線をそらさない。手には、もう剣は握りしめていなかった。腰に下げてもいない。異様な雰囲気をまとい、イザクだけを捉え、近づいてくる。

その有様に、ジグルトは声を失った。セイジュも身動き一つできないようだった。

「……セナがお前に、身体に触れることを許したと聞いた」

声音は静かだった。血走った目が、人を射殺すような眼光を放っている。イザクは椅子に座ったまま、皇帝の視線を無表情で受けていた。

「お前はあれを、どう思っているのだ」

皇帝の言葉に、ジグルトは息を呑んだ。だがイザクは、先程のような淡々とした口調で返した。

「どう、という意味がわかりません」

皇帝はしばしイザクを見つめたあと、掠れた声で言った。

「……泣いているのだ」

ジグルトは動悸を抑えられなかった。

陛下。陛下は、今ここに、我々がいるのをご存じなのか――。

「……お前に、咎はないと、泣いているのだ。お前は……それを、どう、思うのだ」

イザクの顔に変化はなかった。口から出てきた言葉も、先程と同じだった。

「私は命じられたことをしただけです」

その言葉を聞き、皇帝はわずかに前のめりになっていた身体を戻した。異様なほどに張り詰めた気が失せ、ただイザクを見つめるだけの瞳に変わる。

イザクは、先程と同じ、硝子玉のような瞳で皇帝を見つめ返すだけだった。何も己が存在しない瞳を見て、皇帝は何を思っているのか。

しばらくの間、皇帝はわずかに目を細め、イザクを見つめていた。やがて皇帝は、目の端に鋭さを戻すと、低く、だが通る声で告げた。

「セイジュ。明日にでもこの者の任を解くように上位に伝えよ」

御意、とセイジュが告げる前に、皇帝は大きく裾を払い、部屋から出ていった。その姿は、いつもの皇帝の姿となんら変わりはなかった。

ジグルトはフオルに視線を向けたが、フオルはもう、セナ妃を案じて皇帝を追うことはしなかった。

＊　・＊・　＊

ジグルトは、セイジュがイザクの任務を解く命を上位神官からもらってくるまで、セナ妃らの部屋で過ごす羽目になった。

皇帝の部屋には、とても入れなかった。入るな、世話も不要だと告げられた一言は、何か言い返せるような口調ではなかった。

神山内部で皇帝に付き従えるのは外交官代行であるジグルトだけである。本来なら皇帝の部屋の隣にある自室で控えるべきだろうが、セナ妃のほうも放ってはおけなかった。

セナ妃は寝室に一人こもりきりで、イザクのいる居間には姿を現さなかった。

ジグルトはイザクを廊下に出そうかと思ったが、アスラン殿下の相手をする者が足りなくなる。

神山の内部に入ってしまうと、庭がない。外に出たい、木に登って遊びたいと王族にあるまじきことを訴えてくるアスラン殿下を見下ろしながら、ジグルトはしかめっ面をフォルに向けるしかなかった。

おもちゃらしきものもないので、本を読んだり字を教えたりしようかと思ったら、紙をぐしゃぐしゃと丸めてペンを放り出す。何という子どもかとジグルトは絶句した。あの皇太子の弟とは思えない。

「これは再度教育が必要だ。お前がついていながら、なんでこんな野生児にしてしまったのだ」

「相変わらず失礼な男ですね。まあ、否定はしませんよ。しかしこんな御子だからこそ、私たちは助かり、辺境からここまで辿り着いたのです」

フォルは床にひっくり返って退屈を訴えるアスラン殿下をあやしながら言った。

「子どもが持つ強さを守るのが大人の役目です。弱さを、ではない。……人間、誰しも強くあろうとするのです。セナ様は必死で、強くあろうと願い、そうなさっていただけです」

ジグルトはアスラン殿下の遊び相手として、居間の端で椅子に座っているイザクを呼んだ。

フォルが部屋にある壊れにくそうな置物や調度品を床に置き、遊んでみろとイザクに指示を出す。だがイザクは何をしていいのかわからぬのか、身動き一つしなかった。

アスラン殿下はフォルが用意した調度品を床に並べ「ここがアスランのうち」と遊び始めた。部屋を作り、ままごとのようなものを始めたのだろう。だが、イザクはやはり動かない。

「あなた、一緒に遊べますか」

フォルに問われたが、ジグルトはできない、と思った。

子どもが苦手だからではない。自分が、どんな遊びをしてきたのか、子どもの頃に何をしていたのか、ジグルトは全く覚えていなかった。

貧困の中で、遊ぶものなどなかった。気がついたら働いていた。遊ぶよりも身体を動かすことは労働だったのだ。三歳頃の自分が、何をしていたのかわからない。

ジグルトは、イザクのいつも張り詰めている背中が頼りなく丸まっているのをしばし見つめ、セナ妃が休む寝室の扉へ目を向けた。

レスキアの王宮にてセナ妃との婚礼後、もう一度会いに行こうとした皇帝に対し、錯覚だ、と告げたことを思い出す。

〝そのお気持ちは、錯覚でございます。ただ、惹香の匂いに惑わされているだけでございます。あの方は、男でございます。通常陛下が、相手にするなど考えられない、男の身体なのです〟

同じ事を思った。極限状態で、一人しか己を守ってくれる者がいなかったゆえに、錯覚しているだけだと。

発情を、欲情を、他の感情と間違えているだけだと。そうでなければあり得まい。皇帝妃が、護衛官を愛するなど。

ようやく感情に鮮やかな色彩が宿ったというのに、その想いを言葉にできない人間が、ここにもいる。

行き場を失った想いは、愛を伝える声とならず、声にならない声となる。

形にならない言霊が、ただ、さまよい続ける。

ジグルトは、子どもの声しか響かない空間で、時が過ぎるのを、待つしかなかった。

◆・◆・◆

扉が叩かれフォルが入ってきた時には、夕暮れが部屋を赤く染めていた。

今日一日、ずっとアスランを任せきりにさせてしまった。セナは寝台から身体を起こした。

「フオル、アスランをこっちへ連れてきてくれ」

「セナ様、イザクが護衛官の任を解かれました」

自然、身体が強ばる。

解かれた？　もう、いなくなったのか？

「まだ、隣の部屋におります。セナ様、最後にイザクとお会いください。これまでの労を、ねぎらわれるのがよろしいかと」

気持ちを読んだようにフオルが告げる。何も話せなかったのに、何もかもわかっているようなまっすぐな瞳に、思わずセナは寝台に再び倒れこみ、顔を伏せた。

「セナ様……」

「会わなくてもいい……そのまま、下がらせてくれ」

「セナ様、最後に、セイジュ殿とジグルト殿も部屋から出てもらいます。イザクとお話しください。そのほうが、きっと後悔しませんせん」

フオルが、なぜこんなに必死に勧めてくるのか、セナにはわからなかった。

別れを告げて、何になるというのだろう。


あの白銀狼は、何十、何百と行ってきた任務の一つ、別れの一つでしかないだろうに。

何も感じまい。何も、伝わるまいに。

惹香の匂いなど、忘れてしまっただろう。

あの夏の夜に、どれほど狂ったように求め合ったかなど、川の流れよりも速く、遠い意識の向こうに流してしまっただろう。

部屋から出て、扉を閉めてしまえば、顔も忘れるに違いない。

名も顔も、何もかも忘れて、また別の対象を守るのか。

無垢に、無駄に、命をかけて。

「イザクだけを居間に残らせますので、どうぞお会いください」

そう告げると、フオルは寝室から姿を消した。

身体が重かったが、居間へ向かった。せっかくフオルがジグルトらを外に出してくれたのだ。時間はかけられない。

中の様子を窺うためだろう。居間の扉が少々開かれている。アスランは廊下で遊ばされているらしく、「ジグルト、もう一回駆けっこ～！」と元気のいい声が聞こえた。

イザクは、背筋を伸ばして立っていた。

初めて会った時のように、命じられるままそこに在る、という雰囲気しか醸し出していなかった。

「お世話になりました。任を解かれましたので、所属に戻ります」

明日、死ぬかもしれない所属に戻る。

やはり、何も言葉が出てこなかった。

「……イザク……」

声が思った以上に掠れて出る。思わずセナは震える喉に手を当てた。

胸の内を、突き上げてくるものを感じる。

いけない。これが、これが外に出てしまったら。

早く、告げなければ。

「……イザク、今まで、本当に、私を……」

私を……。

――私たちを、守ってくれて感謝する。

その言葉だけが、声にならずに、瞳から出た。

ああ、駄目だ。見せてはならない。

慌てて口を押さえ、息を整える。声を……声を、作ってくれ。声を出してくれ。嗚咽ではなく、声をイザクに届けなければならないのに。

この涙も、この嗚咽も、出してはならないのだ。

聞かれてはいけないのだ。

伝わるまい。イザクはわかるまい。この涙も。

この嗚咽も。何ゆえか、理解できまい。

だがそれでも、これを表に出すことすら、自分には許されないのだ。

イザクの顔が、姿が、輪郭を留めなくなる。

視界の全てが、涙で滲んでいく。

嗚咽の間から告げた、去れ、という言葉を最後の命令と受け止めて、イザクはそうした。

白銀狼の姿が消えた部屋で、セナは身体を支えきれず、倒れるように床に座り込んだ。

＊　・＊・　＊

夜が更けても、セナはアスランの寝室で、その寝顔を見つめていた。

静かに風が動いた気配に身体を起こすと、月明かりの下に、男の影があった。

セナは特に驚かずに迎えた。

「こちらへ……」

眠りの深い子であっても、傍で聞かせる話ではないだろう。

アスランの寝室と繋がっている自分の寝室に入る。

隣の居間には、フオルがいる。イザクがいなくなったので、居間の寝椅子を寝台がわりにしている。

皇帝を通したのがフオルならば、扉の前に控えているのだろう。

なぜ先に、皇帝が来たと告げなかったのだろうか。

セナは、鈍い頭でそんなことを考えた。

「……大事ないか」

寝室のどこに皇帝を座らせるかぼんやりと考えていると、そんな言葉を向けられた。

大事。何が？　身体が？

思考がまとまらなかったが、セナは頷いた。

「はい……」

皇帝の手が伸びる。両腕を取られ、寝台に座らせられた。その横に、皇帝が座る。

セナはどんな言葉が皇帝から出てくるのか、無言のまま、待った。

恐怖はなかった。感情の何かが麻痺しているように、思考することを止めている。先を案ずる気持ちも湧かない。諦観、という境地でもない。自分は今、どんな感情の際にいるのだろうか。

罪を犯した事実に対し、何らかの処分が下されてもおかしくはなかった。

灯火のない空間でも、すぐ横に顔を向ければ、皇帝の目を見ることができる。

どんな目をしているのか。

昨夜、髪のわずかな間から見えた、怒りの熱を孕み、燃えるようだった瞳は、今は、冷たいものになっているだろう。

アスランを妊娠したあの時のように。

不貞を疑い、汚らわしいものを見るように、下腹に向けてきたあの目をしているだろうか。

だが今回は、それに対して何も否定できるものを持っていない。

欲望に突き動かされるままに男の精を狂ったように求め、何度も何度も快楽を欲した、あさましい、淫猥な、身体であることに、間違いはない。

淫売と罵られ、赤月になると牢獄へ閉じ込められた。

王族でありながら、男でありながら、犯され子を孕む身体に生まれついたと、嘆かれた。

否定して。周りを憎んで。否と、声にならない声を上げてきた。

だが結局は、ただの淫売にすぎなかった。

頬に何かが触れてきたと思ったら、皇帝が頬にかかった髪をすくった。髪を摘まんだ指先が、耳に滑る。

そのまま皇帝の手は、指は、髪の毛に沈んだ。静かに髪を撫でてくる。

皇帝の瞳には、蔑みも、怒りもないようだった。

なぜ、こんな瞳で、こんな風に触れてくるのか。これには一体、何の意図があるのか。

思考が定まらない。セナは思わず首を傾けた。

皇帝の瞳がわずかに緩み、顔が近づく。額に口づけられて、セナは鈍い頭で、一つのことに思い当たった。

そうか。この方は、俺を、抱こうとなさっているのか。

もうこんな身体、二度と見たくもないだろうと思っていた。

立場を明らかにするために、抱いておいたほうがいいと判断したのだろうか。

離宮から戻った時もそうだった。夫であることを明確にする方法であるのだろう。

セナは寝着の腰紐を解いた。夏の寝着は薄く、すぐに肩からするりと流れ落ちた。皇帝の身体が、わずかに離れる。

「何をしている？」

驚いたような瞳に、セナは身体を強ばらせた。

違ったのだろうか。

それとも、この身体から、イザクの匂いが、漂ったのだろうか。

「勘違いするな。そんなつもりで来たわけじゃない」

皇帝の言葉が頭を巡る。

そんなつもりはない？

ではあの手は、指は、口づけは、一体何なのだろう？

何の意味があるのだろう？

さまざまな疑問に、思考力が低下した頭が追いつかなかった。ではなぜ来たのかという言葉を出そうとした時、別の言葉がなぜか、口を衝いて出た。

「私は、汚いですか？」

皇帝の目が見開かれる。

瞬きもせずに、食い入るように見つめてくる瞳を、セナは受け止めた。

だが、いつまでたっても、そこに侮蔑は、浮かばなかった。代わりに、何かを押し殺すように、苦痛に耐えるように、皇帝は瞳を閉じた。

「違……」

掠れるような声が、灯りのない部屋に流れる。セナは己の身体が、静かに皇帝の腕の中に引き寄せられるのを感じた。

「……すまなかった」

皇帝の身体が震えている。

なぜこの人は、こんなに震えているのだろう。

なぜこんなにも、震えながら抱きしめてくるのだろう。

「すまなかった、セナ。お前が悪いんじゃない。俺が、お前を疑った、俺が悪いんだ、俺が……」

皇帝の声までが震えて闇夜に流れる。

セナは思考することを止め、震えが止まない皇帝の身体に包まれていた。

＊　・＊・　＊

アスランはその日一日不機嫌だった。

神山に来て四日目、アスランは外に出たいと泣いて訴えた。

これは自分が悪いとセナは反省した。イザクの件で、三日ほど構ってやらなかった。寝室にこもりきりで、ジグルトとフオルに任せきりだったのである。泣きわめくアスランを抱き上げた。

「ごめんごめん……ずっと眠っていた、はは様が悪かったね」

ジグルトとフオルにも気を遣わせてしまった。二人とも遠慮無く物申す性質《たち》だが、ばつが悪そうに視線すら合わせてこない。何か言ってもらった方が気が楽だなと思いつつ、セナはジグルトに訊いた。

「陛下は?」

ジグルトは一瞬言いよどんだが、外の行政区にて舞い込んでくる国からの仕事をなさっております、と答えた。

「そなたも、そちらの手伝いに行かねばならぬだろうにな」

「いえ、ガトーに任せておりますから。私はセナ様たちから離れるわけにはいきません」

小さな棒を剣に見立て、アスランに持たせて剣の相手をしてやると、機嫌も直ってきた。

「えいっ! やあっ! えいっ!」

アスランは跳ねるようにして剣を繰り出してくる。その小さな剣先を払うのは造作もないことだったが、フオルはもちろん、ジグルトにも難しいだろう。廊下で遊び始めると、二人はやれやれというように居間で休んだ。

「勇ましいですな」

廊下を、セイジュが歩いてくる。イザクのことなどおくびにも出さず、セイジュは言った。

「イマーシュ家長であるアガタ神官の体調不良でなかなかお目通りかないませんでしたが、明日にはご案内できそうです。そのことでジグルトに話があるのですが、中ですか?」

頷くと、セイジュは中へ消えた。

イザクがどうなったかなど、セイジュにもわかるまい。所属に戻った。それだけの話だろう。

そういえば、ネスタニア国婚配者の母の行方は、どうなったのか。尋ねてみようかと考えていたセナは、アスランが廊下を駆け出していったのに気づかなかった。

「あっ、アスラン！　待ちなさい！」

廊下を走らせて遊ばせていたが、皇帝の部屋までは行かせていなかった。アスランの身体が廊下を曲がり、皇帝の部屋方面へ消えていく。

皇帝は外の行政区に出ており、部屋には誰もいないはずだったが、勝手に入ってよい場所ではない。慌ててセナはアスランを追った。

角を曲がると、アスランの姿はなかった。

もしや、部屋に入ってしまったのだろうか。部屋の扉を開け、声を張り上げる。

「アスラン、出てきなさい！」

かくれんぼだと勘違いして隠れてしまっているのか、アスランの姿は見えなかった。追えば面白がって逃げてしまうのが子どもである。通常はそれでもいいが、今はそれどころではなかった。

「アスラン、ここは遊ぶ所じゃないんだよ。出てきなさい！」

部屋からは、何も返ってこなかった。物音も。声も。気配も。

セナは部屋中を探したが、アスランの姿はなかった。寝室や侍従部屋、会食に使う大部屋の扉を次から次へと開けたが、アスランは出てこなかった。

一体どこへ。見失ったのは、わずかな時間のはずだった。子どもが隠れるような時間ではない。

もしや連れ去られたか、という疑問が頭に浮かぶ。ネスタニア国の婚配者の母が、行方知れずになった件が脳裏をよぎる。心臓が握りしめられるような焦燥に、セナは廊下に飛び出した。

フオルと、ジグルトを呼ばなければ。二人にすぐ協力してもらわないと。セナは廊下を駆け、フオルらがいる部屋の方向へ曲がった。

廊下に面した部屋は、居間とセナとアスランが休む部屋、侍従控えの間と衣裳部屋の四部屋が並んでいる。居間と寝室しか使っていないが、部屋一つ一つはさほど広くはない。

セナは走りながら、廊下の長さを不思議に思った。

こんなに、この廊下は長かったか？

部屋は？　居間まで、これほど遠かったか。

そんなことを思いながら走っていると、扉が見えた。

扉の色は、白だった。白だけの扉が目に入り、これは違うとセナは思った。白だけの扉は、神山の扉だ。レスキア国の部屋は、青と緑と白の調和で細工されている。

だがセナは、そのまま体当たりするように扉を開けた。一刻も早く。その思いだけで開いた扉の向こう側は、明らかに、フオルらがいるはずの居間ではなかった。

その空間は、大きさが言い表せぬほどに広い部屋だった。

この場所は現実かとセナは茫然とするしかなかった。

先程までレスキアの東の間にいたのに、一瞬のうちに別の場所へ移っている。

ここはどこで、一体なぜここに来たのかという疑問が湧き上がったが、その場所のあまりの特殊さにセナは思わず辺りを見回した。

セナは、こんなにも広い空間を目にしたのは初めてだった。ネバルの宮殿や神殿はもちろんのこと、レスキアの宮殿でも、これほど広い部屋に入ったことはない。

天井がまた、とてつもなく高かった。三角形を描くように、高く高く伸びている。三角形の先端から光が漏れているが、あまりにも高すぎるため、まるで太陽のように見える。

調度品も何もないただの空間は、壁も、床も、夕暮れの色に染まっていた。もとは真っ白だからだろう、カーテンもかけられていない大きな窓から入る色は、鮮やかすぎるほどに空間を染め上げていた。

目を凝らして部屋の奥を見ると、白い布が吊られていた。これもまた夕暮れの色に淡く染め上げられ、最初は布だとセナはわからなかった。とても布とは信じられなかったからである。

いったいどうやってこの高さから布を吊りあげているのか、またこの巨大な布は一枚のようだが、どうやって織られているのだろう。布に目を凝らしたセナはふと、布の手前で床に座り込んでいる人物の姿を捉えた。

床に、白銀の髪が流れている。一瞬、イザクを思い出したが、その人物の髪は、イザクよりも白かった。豊かな長い髪が、床に散っている。真っ白な服に身を包み、白い髪で背中が覆われているので白い空間に溶けこみ、人と気づかなかった。

人物が、ゆっくりと振り返る。セナはその顔、その姿を見て、すぐに悟った。

両性体だ。

「……人、か!?」

驚く声が、両性体の口から漏れる。身体をセナの方へ向けてきたが、焦点の合わない水色の瞳を見て、盲目だ、とセナは気がついた。そして、神官だ。真っ白な官衣は、セイジュのそれと似ている。だがセイジュよりも高位であることは確かだった。袖が大きく、手まで隠れるほどである。背中から地に伸びて引きずるような意匠の服と帯、こんな不自由な衣装を、下位の者は決して着ない。

「ここは?」

近づきながらセナが言葉を発すると、盲目の両性体は、床に座り込んだ状態で身体を引いた。仰天したらしく、恐怖で顔を強ばらせる。

「人!? 人であらせられるか!? 道《タオ》を、人体のまま通ってこられたか!」

恐怖で後ずさりする両性体の前に、セナは身をかがめた。

「落ち着いてください。私はレスキア皇帝妃、ネバル国王子のセナと申します。息子を探して……」

「ははさま!」

アスランの声に、セナは辺りを見回した。布の奥から声がする。布の向こうへと駆け出したセナの背中に、両性体の声が刺さった。

「そちらに行ってはなりませぬ!」

白い布で覆われている空間から、アスランが飛び出してくる。

その腕に抱かれている存在に、セナは目を疑った。

＊　・＊・　＊

「ははさま。このこは、あおいヤモリ。まえにもね、あそんだことあるんだよ」

アスランの腕に、赤ん坊ほどの大きさの竜が抱かれていた。

ヤモリ、とアスランが言うように、確かに容貌はヤモリに似ていた。明らかに通常のヤモリと違うのは、光り輝く鱗だった。青、緑、黄金の煌めきが身体中を覆っている。瞳は深い青で、ひたすらアスランをじっと見つめている。

「竜王《シェヴァイリオン》でございます」

背後で、両性体が震える声を出す。

竜王――セナは息子が抱える世界の神から、目を離せなかった。

これが、これが竜王か。

色鮮やかな鱗は、うっすらと光を放っているようだった。竜王を抱いているアスランの手が、青、緑に染まっては消える。

「しぇば？」

アスランが首を傾ける。

「シェヴァイリオン」

「しぇぅば」

「……竜王」

「りゅうおう！」

発音できたアスランは喜んで、ぎゅっと竜王を抱きしめた。

驚いたのは、次の瞬間だった。竜王が、驚きか、興奮したのか、鳴き声を上げたのである。


キュキュキュ！


なぜかそれは外側からではなく、頭の中に直接響いてきた。

同時に、頭の何かがかき回されるような感覚に、セナは眩暈がした。目と、耳と、ものを認知する能力全てが乱されたようだった。視界が揺れ、声が割れ、空間が歪む。地に足がつく感覚さえ失われ、セナはどすんと尻もちをついた。

アスランは無事なのか？　竜王を抱く息子を案じたが、聞こえてきたのは、アスランの笑い声だった。

「ないた！　かわいい！」

平気なのか。こんな声を聞いて。

セナは息子に茫然としたが、後方にいる両性体が床に倒れてうめき声を上げたため、慌てて近寄った。

「だ、大丈夫か！」

「お、お、御子を」

セナは次第に聴覚も戻り、視界もはっきりしてきたが、この者は影響を受けやすいのか、真っ青になってぶるぶると震えていた。それでも必死で声を出す。

「わ、私は身体が持ちません。御子様を、竜王から、引き離してください。どうか、お早く」

セナは竜王を赤ん坊のように抱いている我が子と、我が子にしがみつく、青玉に輝く竜王の姿を見つめるしかなかった。


その両性体は、名前をアガタと名乗った。イマーシュ家の当主である、上位神官だと。

「実は、あなた方が神山の領土内に入った時から、竜王の様子が落ち着かなくなりました。アスラン様の魂を感じられたのでしょう。おかげで私も体調を崩してしまいまして」

アガタは一刻も早く竜王をアスランから引き離してくれと頼んだが、アスランははしゃいで竜王と遊び始めたため、先にアガタを竜王から離した。近くにいればいるほど影響を受けてしまうらしいと判断したからだ。

広い部屋の隅に担いで連れて行き、身体を横にさせると、アガタはほっと息をついた。

「御子は……御子様は、竜王の傍で、大丈夫ですか」

「平気そうです。笑い声が聞こえるでしょう。あの声を竜王が発せられた時も、全く平気そうでした」

アガタは瞳を震わせた。

「なんという御子か。これが婚配者《アルシニオン》か。神と、対等に渡り合える人間が存在するとは」

「アルシニオン?」

「それが、婚配者の正名です」

一般には知れ渡っていない、婚配者の正式な呼び名だという。アガタは瞳を閉じ、胸に両手を乗せた。

「セナ妃殿下。私よりも先に、竜王は自らの婚配者を呼び寄せ、会われました。私はアスラン殿下こそが、婚配者であると宣言いたしましょう」

セナは困惑しながらアガタを見つめるしかなかった。宣言、をどう受けとめたらいいのか。

先程、青いヤモリ、とアスランが竜王を紹介したことをセナは思い出した。前々から知っているような口ぶりだった。青いヤモリ。聞き覚えのあるような言葉を頭の中で繰り返していると、アガタがため息をつくように呟いた。

「あなた様の魂も、素晴らしい輝きを放っておられる。人の身で『道《タオ》』を通ってこられるわけだ……」

「『道《タオ》』?」

聞き返すと、アガタは少々気分が落ち着いてきたらしく、柔らかな表情で微笑んだ。

「ここまで、レスキアの東の間からいらっしゃったのでしょう。ここは竜王がお住まいになる、神山の頂上になります。ここに入れるのは、今は私一人です。他の上位神官らに見つかることなく辿り着くことは不可能です」

「そうでしょうね……一階のレスキア国の間の廊下にいたのに、ここに繋がった。息子もおそらく同じようにここに辿り着いたのでしょう」

ふと、アガタの瞼が震える。

「いきなりこの場所に入られた割には、落ち着いておられる」

セナは言うべきかどうか迷った。ナルージャが神の山と崇めていたあの山で、似たような経験をしなければ、こんな状況で冷静ではいられなかっただろう。

時空が変化するという山。ここも、同じような場所なのだろうか。

「以前にも、とある山で、時が移動したかのような体験をしたことがあります。惹香嚢体しか通れぬ道が、別の空間へと繋がっていました」

ほう、とアガタはため息をついた。

「そのようなご経験をなさっていましたか。神山以外にも、そのような場所が世界にあるとは」

時空が変化するのはこの神山も同じだとアガタは言った。

「しかしながら、今あなた方は神山の時空のゆがみに入ってここに来られたわけではありません。竜王がアスラン殿下に向けた『道』に入られたんですよ。私は意識を道に飛ばすことは可能ですが、人体を道に通すことはできません」

だが、あなた方二人は肉体のままここに辿り着いた。アガタはそう続けた。

「いえ、自分は特別というわけじゃ……」

セナは慌てて否定したが、アガタは見えない目を開いた。

「私は、道を通ってきた人間は、生まれて初めて見ました。イマーシュ家の人間は、意識を道に飛ばし、竜王の意志と繋がる事が可能になる能力を持っています。それでも今まで誰一人、道に実体を通した人間はおりません。やろうとしても、生命力が奪われて道を抜けられずに死に至ります。道を通るに耐えられる生命力がないのです」

アスランがひときわ甲高い笑い声を上げた。床に下ろされた竜王が、アスランの後ろをよちよちと追っていた。手足が短いからか、慣れていないのか、必死で歩いていた。

「じょうず、じょうずー！」

「何か？」

アスランの声に、アガタが状況を尋ねた。

「息子の後を、竜王が追って、それを息子が喜んでいるんです」

またもアガタはため息をついた。

「……初めて、歩かれました」

誕生して三年、一度も歩いたことがなかったのか。そんなセナの気持ちが伝わったのか、アガタは竜王について説明した。

「先の竜王が歩かれたのは、孵化なされて五年後です。発語なされたのは十年後。完全に人化なさったのは五十年経ってからでした」

　二百年、三百年生きるのが当たり前の竜王である。人間と成長の速さが違うのかもしれない。それよりも、人化、という言葉にセナは興味を引かれた。

「竜王は、人の身体になられるのですか。獣人族のように？」

「獣人を私は知りませんが、人の姿になられます」

　人の姿になる。セナはアスランの後を追っている竜王に視線を向けて、内心安堵した。婚配者とは、竜と交わらねばならぬのかと思っていたのである。

「しかし、五十年も人化するまでかかってしまっては、アスランが老いてしまいますが」

　そんな人間視点での心配を語るセナに、アガタは微笑んだ。

「アスラン殿下に追いつこうとなさることで、竜王は通常よりずっと早く成長なさいますよ」

　そう告げるとアガタは身を起こした。

「こうしている場合ではありません。竜王は本来、ほとんど眠りについていらっしゃるのです。まだあの方は赤子。かろうじて意思疎通ができる者は、精神を道に飛ばせる私しかおりません。興奮させてしまっては、破壊行動などに出てしまわれるかもしれない」

　アガタの顔が向けられる。

「竜王から、アスラン殿下を引き離していただけませんか」

　そう請われて、セナは竜王と遊ぶアスランのもとへと近づいた。アスランは全く平気で遊んでいるが、一歩神の元へ近づくだけで、セナは緊張した。

　この世で唯一の神であると、教えられてきた竜王である。幼く、アスランが言うとおり、身体の大きい青いヤモリにしか見えないが、かつて世界を創造し、今なおその存在が失われれば世界が終わると信じられている神の末裔だ。

　この幼い神に、どんな力が備わっているのか皆目見当がつかないが、いつまでも息子の遊び相手にしていい存在ではないだろう。

「みて、ははさま。りゅうおう、どんどんはやく、あるけるようになってるの」

近づいてきた母親にアスランはそう言うが、セナは竜王の視界にあまり入らぬようにしながら、声をかけた。

「アスラン、もうそろそろ帰らないといけないよ」

「えーっ!?」

アスランの不満そうな声に、竜王の方が反応した。ぺちぺちと床を踏みしめ、びたんびたんと尻尾を打ちつける。

「もうちょっと、りゅうおうとあそびたいよう」

アスランがしゃがんで竜王に手を伸ばすと、竜王はアスランの手に這い上がった。

完全に懐いてしまっている。

「せっかく、いっぱいあそべるとおもったのにい」

アスランはすりすりと竜王の顔に頬をすりつけた。

竜王がキュウウウ、と喉を鳴らすような声を響かせる。先程とは音量が違うからか、この声は眩暈をおこさなかったが、やはり耳で音をとらえている感覚ではなかった。頭の中に直接響いてくるような感覚である。

「りゅうおう、アスランともっとあそびたいの?」

そんなことを促さないでほしい。アスランの言葉にセナはハラハラしたが、竜王は呼応するようにキュウ、と啼いた。

「アスランとはなれるのがイヤなのね?」

キュウ、とまたも声が響く。

「アスランもだよう！　りゅうおう、かわいい！」

感極まったアスランが竜王を抱きしめ、その顔に接吻するのをセナは見た。

可愛い可愛いと、ことあるごとにアスランの頬に口づけて育ててきた。単にアスランも竜王が可愛いと思って、自分がされてきたようにセナと同じ行動をとっただけだろう。

だが竜王は、大きな青い目をギョロンと回したかと思うと、またも啼いた。

いや、啼いた、と思ったのは、セナだけだった。

先程のような認知の歪みは、身体を襲ってこなかった。今回は、内部ではなく、外部に衝撃を与えてきた。

雷鳴が走ったかのように壁面が裂けたのである。

一瞬、セナは、自身も切られたかと思った。

実際、何かが身体を抜けていくような衝撃が身を襲った。竜王特有の啼き声が頭の中を一瞬通り過ぎた気がしたが、その波動は、己を突き抜けて他へ飛んでいった。

瞬時にアスランを見ると、アスランは竜王を抱いたまま、ぽかんとしていた。振り返ると、破壊まではされていないものの、床や、壁にはいくつもの亀裂が入っていた。

床に伏せているアガタの姿に、思わずセナは叫んだ。

「アガタ殿！」

この状態と、いきなり母親が叫んだことに仰天したのだろう、アスランは竜王を抱いたまま、泣き出した。

「わあああああーん」

竜王が驚いたように、またしてもキュウ！　と声を上げる。

まずい、また興奮させてしまう——。

セナはとっさに膝をつき竜王ごとアスランを抱きしめた。

「ふうううーん、ふえええええーん」

アスランはいつものように涙を胸に擦りつけてくるが、竜王が間に挟まっているので窒息させそうである。セナは慌てて竜王の身体をずらした。

その時に初めて竜王の身体に触れたが、生温かい感触に、思わず指をわずかに浮かせてしまった。

本当のヤモリのように、体温などないと思っていた。アスランの顔をのぞき込むようにしている竜王を、セナはまじまじと見つめた。こちらには顔も向けてこないが、舌をちょろりと出し、アスランの涙をぺろぺろと舐めている。

アスランはそれで顔を伏せるのを止め、竜王に顔を向けた。竜王はそんなアスランの顔をじっと見つめている。

セナは、息子と竜王、どちらも抱きかかえながら、ゆらゆらと身体を揺らした。アスランは今日、機嫌が悪くて昼寝をしていない。案の定、もたれながら次第に瞳を閉じていく。

竜王は竜王で、アスランを見つめたまま、大きな青い瞳をゆっくりと閉じていった。

アガタが身体を揺らしながらそろそろと距離を縮めてくるのが目に入ったが、セナは小声で、まだ待ってくれ、熟睡するまで近づかないでくれと訴えた。

次第に重くなってくるアスランと竜王を見守りながら、セナは大きく安堵のため息をついた。


あの衝撃で、誰も駆けつけてこないのが不思議でならなかったが、アガタはそれを当然だと説明した。

「竜王の力をご覧になったでしょう。他の者ならば、命を落とす危険があります。私は道に入れる唯一の神官ですから、竜王が不安定と感じる時には傍に侍らねばなりません」

「しかしあなたに何かあったら、誰も助けに来てはくれないだろうに」

「本来ここに入れるのは上位の神官のみで、他の者は立場的に緊急事態以外入ることができません。しかし私に仕える者一人だけが、一定の時間で私が戻ってこなければここに様子を窺いに参ります。今、その者を呼んできます」

そう言うと、アガタは竜王をそっと寝台に置いて出ていった。

白い布の向こう側には、寝台が置かれていた。生地の薄い、わずかに透ける布で四方が覆われた、大人が二十人くらい眠れるのではないかと思われるほど大きな寝台である。赤ん坊の大きさの竜王にこれほど大きな寝台がなぜ必要なのかとセナは首を傾げたが、そうか、大きくなるからかと合点した。

竜王は柔らかな寝具に身体半分を埋め、小さく丸まって眠っている。セナは抱いていたアスランをその隣に横にさせた。熟睡しているので、手足を広げて眠っている。

するとそのうち、竜王も寝返りを打って、臍を天井に向けて仰向けに眠り始めた。全く同じ格好の息子と竜王に、思わずセナは笑みを漏らした。

人外の力は確かにあれど、こうして見ると仕草一つ一つが幼く可愛らしい。子どもというのはどの生き物も同じなのだとつくづく思う。

人化――とアガタは言った。この青と緑の竜王は、やがてどんな姿になるのだろう。

「妃殿下」

アガタの声に、セナは薄布を持ち上げ寝台から出て、白い布の向こう側に出た。

アガタの隣には、十一・二歳くらいの少年が立っていた。目があった瞬間、ぱっと顔を伏せてしまった。

「この者はルツ。私の身の回りを助けてくれている者です」

アガタはそう紹介し、ルツに顔を向けた。

「ルツ、セイジュをすぐに呼びなさい。ここを守る者は去らせておいたから」

「この部屋に、セイジュ様をお通ししてよろしいのですか?」

先ほどアガタは、上位神官以外は本来入れないと言っていた。神山は階級によってすべてが分けられていると語った皇帝の話をセナは思い出した。

「仕方あるまい。緊急と判断する。『山の道』から先をお前は知らんのだから」

「セイジュならレスキアの殿に来ていた。おそらくそちらでは、いきなり消えた自分たちの捜索が行われているだろう」

セナの言葉にルツは頷いた。ぶかぶかの官衣を着ているが、セナは悟ってしまった。

「あなたは、惹香嚢体ですか」

ルツの顔が恐怖に染まる。これは、秘密にしていたことだったか。セナは謝罪した。

「すまない」

「なぜ、お気づきに?」

アガタの言葉にセナは首を傾げるしかなかった。ほぼ勘、と言っていい。

「成長期前の私と同じでしたから。どうしても体つきは男の子に比べると柔らかな曲線でした。十二歳頃を過ぎると変わるのですが……」

その時ふと、セナはセイジュが以前話していた言葉を思い出した。

『神山には、惹香嚢体がいない』

だが、惹香嚢体はいた。

獣人族がいるのに惹香嚢体がいないわけないではないかという、フオルの説が正しいのか？

「ご内密にお願いします。これは、上位神官の血を引く者ですが、なぜか惹香嚢を持って生まれました。両親は惹香嚢体ではなかったはずですが、どうしてなのかわかりません。捨て子とされたのをセイジュが見つけ、私の元へ連れてきたのです」

先祖返りで惹香嚢体が生まれるという場合もある。獣人でもまれに、親にその特徴がなくとも子どもが獣人化する場合がある。

それにしても、惹香嚢体だからと捨てられたとは。セナは思わず顔をしかめた。どこでも惹香嚢体が忌み嫌われるのは同じだが、捨てることはないだろうに。

「都合のいい時だけ、婚配者として欲しておきながら……」

セナの呟きにアガタが俯いた。

「まことにお恥ずかしい」

ルツが扉の向こうへ消えてから、アガタはため息をついた。

「魂は無性ゆえ、私はルツの成長に気づいておりませんでした。少々、考えてやらねばなりませんな……」

アガタの言葉に、セナは顔を向けた。

「魂は無性？」

「人の魂に性別はありません。私が見る人の輝きに、性別は見えないんです」

「ではなぜ、惹香嚢体であることがわかるのですか」

「下腹部に赤い丸のような力が存在します。あなたと、アスラン殿下にも見えますよ。私は赤月を知りませんが、おそらく暗闇に浮かぶ赤く丸い月と、同じように見えるのではないかと思います」

赤月。セナは、赤く、血潮のように色づく、人を惑わせる月を思い出した。

繁殖を促し、生命力を鼓舞し、産声を上げさせる月を。

「アガタ殿。ナルージャ……いえ、バルミラの婚配者とはお会いになりましたか」

「南の、女体の婚配者ですね。ええ。会いました」

「どのような御子でしたか」

「アスラン殿下よりもずっと大人びた印象でした。確かに婚配者候補。しかも素晴らしい魂の力だった。しかし、アスラン殿下には及びません」

「あなたが推せば、息子は婚配者に選ばれるのですか？」

「私が選ぶのではありません。竜王がお選びになったのです」

竜王の意思は全て正しくまかり通ると信じて疑わない声だった。

セナはアガタの純粋さにどう反応してよいのかわからず、困惑した。

このような異様な空間で生きていては、それも当然かもしれない。言語を絶する竜王の生態、そして力。それを理解し、竜王を育てるのは、世俗の澱《おり》など身に纏っていては難しかろう。

幼き神は、己の膨大な力をまだ制御できずにいる。アガタ一人しか、この状況に対応できる人間がいないということが問題なのではないか。

なぜ上位神官家は、これほどまでに少なくなってしまったのだろう？

セナが思考していると、扉が開き、ルツの後ろからセイジュがそろそろと顔を出した。

全てにおいて斜に構えているような男が、青ざめていた。

「セナ様！　な、ぜ、どうやってこの場所に……！」

金の神官しか入れないというこの場所へ、セイジュは初めて入ったのだろう。一歩一歩前に出す足が、歩き始めた赤子のようにおぼつかなかった。時々、ずれる眼鏡を直しながら近づいてくる。竜王の姿を探しているのか、目が泳いでいた。

「セナ様、急に消えてしまわれて、ジグルトが陛下を呼びに行きましたよ!?　誰かに連れ去られたのかと、我々はもう一刻以上探しておりました」

一刻という時間に、セナは驚いた。いくらなんでもそれほど時間は経過していないはずである。

「セイジュ。妃殿下とアスラン殿下は、道を通ってこられたのだ」

アガタの言葉にセイジュはもっと訳がわからないとい

う顔をした。

「アガタ様、道とは、意識のことではなかったのですか⁉」

「そう。意識だ。私も道を、人体で通られた人間は、このお二人しか知らない」

セイジュは混乱を極めた顔で視線を泳がせた。これが、普通の反応なのかもしれない。だが、アガタは容赦なくセイジュに告げた。

「セイジュ、ここから正規の道でお二人を返すわけにはいかない。他の者に見つかったら、どうやってここに辿り着いたのか、不審がられるだろう」

今一番不審に思っているのはセイジュだろう。

「ルツと一緒に、『山の道』に入るのだ」

「山の……道？」

返事もできずにいるセイジュに代わり、セナがアガタに聞き返した。

「あなた様がお通りになった、竜王に通じる道を、『神の道』と呼ぶ一方で、この神山の内部には、山の道と呼ぶ隠し通路があるのです。そこを知っているのは上位神官のみ。なぜならそこには光がなく、我々上位の能力者でなければ道を見誤ってしまうのですよ」

「道を……見誤る」

「不思議な山の話をしてくださったじゃないですか。惹香嚢体しか通じぬ道。それと同じように、山の声を聞き、山の道を見、山の道に導かれなければ、通れぬ道があるのです。上位の能力者しかそこを通れません。他の者は、迷路のような道に迷い込んでしまうのです」

ルツが案内します、というアガタの言葉を、ナルージャの山を知るセナはなんとなく理解できたが、セイジュは激しく目を泳がせた。

「ただし一階のどこに辿り着くかわかりませんので、そこからはセイジュに任せるしかありません」

「なるほど」

ナルージャの山で断崖絶壁に辿り着いたのと同じか。

セナは合点したがセイジュは叫んだ。

「わかりません！」

セナは白い布をめくり、寝台へと近づいた。薄い布をめくると、竜王とアスランが寄り添うように眠っていた。竜王を起こさぬようにアスランを抱き上げる。

白い布の向こうからアスランを連れてくると、セイジュは安堵したような表情を見せた。

セイジュの手を借りてアスランを背負う。ルツがアスランの顔をのぞき込んできた。

「眠っていてくださってよかったです。山の道では、大きな声を出されては困るので……」

「互いの身体を紐で結ぶ必要はないのか？」

「それはないですね」

セナとルツが言葉を交わしていると、セイジュが間に入ってきた。

「待ってくれルツ、頼む、何をするのか説明してくれないか」

「あとからします」

「今やってくれ！」

「セイジュ、行くぞ。我々がいなくなって、陛下も心配なさっておられるだろう」

扉を開けたアガタは、セナに微笑んだ。

「また、お会いしましょう。婚配者の指名を受けられる時に」

本当にアスランが選ばれるのだろうか。

ナルージャの姫に会い、ネスタニアの婚配者の母を探すことができるのだろうか。

一抹の不安を胸によぎらせながら、セナはルツの後ろに続いた。


廊下には本来衛兵が立っているとセイジュは告げた。

「ここに立つ衛兵は闇人で、逐一ウガジェ家に報告されます。それでも、さすがにアガタ様が去れと命令すれば去るんだな……」

「しかし、いつ戻ってくるかわかりませんので、急ぎましょう」

竜王の部屋から出てすぐ、廊下を挟んだ対面の壁にルツは手を当てた。

壁は大きな長方形の模様が刻まれている。模様の大きさはルツの背丈ほどだった。ルツが模様を片手で押すと、長方形の石がわずかに後ろに下がった。

「これは、長方形の石で組み立てられているのか」

セナの言葉に、ルツが今度は力を込めて両手で石を押しながら答えた。

「いえ、この場所はここだけです」

大人の男性がやっと通れるほどの隙間ができる。壁にはすべて文様が彫られているので、この模様を押すと隙間ができるとはなかなか気づかれないだろう。セナは素直に驚いたが、セイジュは仰天して妙な声を出した。

「こ……こんな所に」

「山の道への入り口はいくつかあります。押し方にコツがあるんです」

ルツは、顔を強ばらせるセイジュに小さく舌を出して見せた。

アスランを背中に背負っているため、隙間を通るのは難儀だった。

「中は真っ暗ですので、セナ様は私の服を握っていてください。セイジュ様はアスラン様の背中を支えていてください。いいですか、閉めますよ」

ルツが石を押し入り口を閉めると、空間は真っ暗になった。一切、何も見えない。セナは息子を背負いながらルツの服を握りしめた。ルツは身体をよじらせ、後方を伺った。囁くような声で訊いてくる。

「セイジュ様。大丈夫ですか」

「大丈夫じゃない」

セイジュはセナの背中で眠るアスランを支える、というより背中を摑んでいる。摑んでもいいが起こすなよ、とセナは思った。

「暗闇、平気でしたよね?」

「これは暗闇というより黒だ、黒」

自分よりずっと年少の少年に悪態をつくセイジュに呆れながら、セナはルツに訊いた。

「ルツ、お前は見えるのか」

「……はい……見えます」

ルツはもっと小声になって答えた。

セナは怪訝に思ったことを確かめたかったが、ルツの小声にそれ以上何も言えなくなった。

先程アガタは〝上位の能力者しか〟山の道を通ることができないと言っていた。

ではなぜ、ルツはここを通ることができるのか。

上位神官の中でも、稀少な能力を持っているのだろうか。

「ルツ、俺は理解できないかもしれないが、聞いていいか」

「はいっ」

セイジュには弾んだような声で答える。よほど懐いているのだろう。

どういう経緯か知らないが、捨てられた子をセイジュが見つけたというのだから、恩人のように思っているのかもしれない。

「お前には、その、闇の中、が見えるんだよな?」

「ええ。私は、この空間が闇に見えません。周囲の石の光が見えます。神山の内部、山の道の石は、まるで呼吸するかのように光っては消えているのです。とても、綺麗ですよ」

ルツは静かに歩き始めながら答えた。

「そうか。綺麗か」

幾分落ち着いたかのようなセイジュの声に、ルツが振り返るのがわかった。闇の中でも、微笑んでいるのが伝わってくる。

「『道《タオ》の目』をお持ちのアガタ様は、先に光があって、そこへ進めばいいそうですよ。あっという間に辿り着くそうです」

「じゃああの方は、昔からあの空間から出なかったわけじゃないんだな」

「それでもめったに入らないとおっしゃっていました」

二人の会話にセナは違和感を覚えた。

ルツが持っている能力は、『道の目』ではないのか?

イマーシュ家の捨て子だと勝手に認識したが、そうではない?

「ハルダ家はどう認識するんだ、『穴《デル》の耳』で」

「石のわずかな穴を通して、聞こえてくる人間の声を聞き取るのかもしれません」

「人間の声?」

「山の内部にはいくつかの空間があり、ウガジェ家がはるか昔に作って所有しています。そこはウガジェ家がた場所で、『山の道』とは関係のない空間です。ウガジェ家はこの神山内部に何箇所か人工的に道を作っている。彼らが勝手に作った迷路のような道は、能力がなくとも通ることができます。壁に穴が掘られ、蝋燭が置いてありますのでどんな人間でも通れます」

「そこは、闇人の通り道か」

セナが思ったことを、セイジュが詰問した。

「だと思います。神山は階級によって入れる場所が定まっていますが、闇人は山の内部からどこへでも行けるのでしょう。そうした道を、ウガジェ家は作ってきたんです。ですから、たまに恐ろしい声が聞こえてくる」

「ルツ」

「大丈夫です。この『山の道』は闇人でも気配を感じ取れません。この『山の道』はアガタ様いわく、時空を調節するそうで」

「そうじゃない、ルツ。お前、もうここを通るな。万が一、闇人に見つかったらどうする」

セイジュの声が厳しく諫《いさ》める。ルツは小さく「はい」と呟くように言った。

ウガジェ家が、神山の内部に闇人を散らしている。

それがどういうことを指しているのか、セナは、後ろのセイジュも同じ事を考えているのがわかった。

おそらく神山には、山の内部に続くいくつもの隠し扉があるのだろう。先程のように。

上位神官——ウガジェ家しか知らない、巨大迷路に通じる道が。

そこを自在に歩きながら、上位らは何を監視し、何を行ってきたのだろう。

こんな場所があるのなら、婚配者の母親を連れ去ることも可能だろう。

とても恐ろしい場所だとセナはアスランを背負い直した。

この場所の存在を知ってしまったら、黙ってはいられない。

アガタは親近感を抱いて教えてくれたのだろうが、ウガジェ家が闇人を用いて、ここをどう使っているか明らかにしなければ、こんなところにいられない。

……――闇人。

呟いて、セナは心が握りしめられるのを感じた。

イザクは、こんな暗闇の中にいるのか。

「あっ」

ルツが発した小さな声に、セナとセイジュは同時に足を止めた。

「どうした?」

「腕輪を」

「え?」

「腕輪、落としてしまった」

ルツが泣きそうな声で告げる。

「ああ、あれか。ちょっと大きかったからな」

「ごめんなさい」

「いいよいいよ、俺のお古だったし、新しいのを買ってやるから」

「あれがいい」

「ルツ、おい……」

スミマセン、と呟くと、セイジュは身体をずらした。

真っ暗で二人の姿は全く見えないが、ルツが泣き出してセイジュがそれを慰めているのはわかる。単にセイジュはこんな暗闇で泣かれて困っているようだが、ルツは涙が止まらないようだった。

幼い子どもである。大事な腕輪をなくしたら衝撃だろう。

セイジュにもらった腕輪なのだろう。それを落としてしまって、こんなに泣いている。

二人の関係がセナにはいまいちわからなかったが、幼い少年が、惹香嚢体とはいえ、結構齢が離れていそうな年上の男を好いているなどあり得るのだろうか。

ルツは幾分落ち着いたが、今度は真ん中をセイジュにして歩き出した。

どれほど歩いたか。セナは来る時には時空を越え一瞬で辿り着いたので神山の頂までの距離を知らないが、今回は暗闇を歩き続けたからか、やたらと長かったように感じた。

「ここを押せば、外へ出られますから。神山の一階になります」

「どこに通じているかはわからないんだな……」

「はい、ですが今は人の気配がしませんから、出ていいと思いますよ」

ルツの促しに、セナはセイジュの背中を押した。わかりましたよ、とセイジュが言う。

「ルツ、お前、アガタ様のところへまっすぐ帰るんだぞ。腕輪は俺が違うのを買ってやるから」

「はい」

ルツの返答を聞いたセイジュは、教えられた通り、壁の中心をぐっと押した。

光があふれる。今まであまりに真っ暗な空間にいたために、その白さは頭を刺すほど強かった。

セイジュが両手で力強く押しても、先程と同じくらいの隙間しか開かなかった。外に出て静かに扉を閉めたところまでは、人は誰もいなかった。ほっと安堵したのもつかの間、ガラガラと大きな車輪の音を立てて、荷車がやってきた。

ここは、外部からの荷物を運び入れる貯蔵庫だった。

なぜこんなところに人が、と驚かれる中を、皇子を探してここまできてしまったとセイジュとセナは言い訳しながら通り過ぎた。

レスキアの東の間が見えると、戻るのを待っていたのか、廊下にいたフオルが気がついた。

「セナ様あ！　アスラン様！」

飛び跳ねたフオルがこちらに駆け出してくるよりも先に、部屋から飛び出してきた人物がフオルを追い抜いた。

「セナ!!」

皇帝に体当たりされるように抱きしめられ、セナは思わず身体を倒しそうになった。慌ててセイジュが背中のアスランを支える。

「お前たち、どこへ……！　どうにかなってしまったかと思ったぞ！」

皇帝の目が血走っている。婚配者候補やその付き添いに死者や行方不明者が出ているのだから、当然だろう。

「一体どこに!?　何をなさっていてこんな……セイジュ、お二人はどちらにおられたのだ!?」

皇帝とともに部屋から飛び出してきたジグルトが怒鳴る。

俺も聞きたいことだらけだ、とセイジュが眼鏡を押し上げながら小さく呟くのを、セナは耳にした。

＊　・＊・　＊

眠るアスランを寝台に下ろしてすぐ、セナは部屋の真ん中にある椅子に座らされた。疲れ切って気が抜けているようなセイジュも隣に座っている。皇帝は、その前にどんと座った。

「話せ。何があった」

顔を合わせていなかった気まずさなど、どこかへ吹き飛んでしまった。セナは隣のセイジュに声をかけた。

「どこから話せばいいんだ？」

「それは私だって聞きたいですよ！　私は後半担当しますから、まずはセナ様先にどうぞ！」

セイジュに噛みつくように返され、セナはアスランが皇帝の部屋の方面に駆けていった所から話した。

「アスランが陛下の部屋の方へ走って行ったので追いかけたんです。廊下の角を曲がった時にはいませんでしたので、陛下の部屋に入ったと思い中を探しましたが、どこを探してもいなくて。誰かに攫われたのではと思い、この部屋に戻って助けを呼ぼうとしたのですが、行きと違ってなぜか距離があって……。部屋に辿り着いたと思って扉を開けたら、中は竜王のお住まいでした」

皇帝はじっと視線を向けたままだったが、皇帝の後ろに立つジグルトが首を傾げて訊いてきた。

「竜王のお住まいに？　竜王に、お会いになったのですか？」

「ああ。イマーシュ家金の神官アガタ殿にも会った。そして、ここへ戻るためにセイジュが呼ばれた」

セイジュは事実です、と力なく頷いた。

「本当です。私はアガタ様の世話係に呼ばれ、本来絶対に入れない頂にこっそり入ったら、セナ様とアスラン様がそこにいらっしゃったんです」

皇帝は表情を変えなかったが、ジグルトはあからさまに精神を疑うような視線を向けてきた。セナは、アガタから説明された『道』の話と、ナルージャの山の話をした。

ジグルトはまたも大きく首を傾けたが、そんなジグルトの太ももをフオルが叩いた。

「本当だって！　私とアスラン様はそこで過ごしていたんですから！　昼も夜もわからないような感覚でしたが、私はあそこに七日間しかいなかった。ところが実際は二十二日も経っていたんですよ！」

「そう。あの山でも時空が歪んでいて、不思議な現象からナルージャの民は神の山と呼んでいたんだ。そしてこちら、神山も同様に、山の中で時空を越えることができる。山が力を持つのか、それとも竜王が力を持つのかわからないけれど……」

そこまで話してセナは、ふと、イザクがナルージャの山の質を、神山のそれと似ていると言ったことを思い出した。

確かに、どちらも真っ白な岩肌だった。ナルージャの山の方が自然のままのせいか、荒々しい質ではあったが。

「上位神官らの秘密主義で、神への畏怖をあえて作り出しているだけかと思っていたが、畏れ祀られる理由はあったということか」

ぼそりと皇帝が呟く。

「時空を人体で越えてきたのは、私とアスランだけらしいです。惹香嚢体だからかどうかはわかりません。アスランに限っては、竜王が呼ばれたのだとアガタ殿は話していましたが」

セナの説明に、フオルは食いついた。

「セナ様、ずっと話さねばと思っていましたが、ナルージャの山におりました時、アスラン様に不思議なことが起こったのです。あの頃私は気を張り詰めて眠っていなかったので、幻覚ではないかと思ったのですが、アスラン様のお身体がぼんやり透けて、向こう側が見えることが何回かあったんです」

　慌ててアスランを抱きしめると、身体は元に戻った、とフオルは続けた。

「その時にヤモリと遊んでいたっておっしゃって」

「ああ、それ多分竜王だ。赤ん坊くらいのヤモリなんだ」

　ジグルトはよほど現実主義者なのか、首が傾く一方だった。初めて皇帝が眉根を寄せる。

「不敬な。ヤモリはないだろう」

「いえ、ヤモリでした。青と緑と金色に染まっていて、動物ではないことはわかりますが、竜というよりはアスランの表現通りヤモリです」

「前竜王には布越しにしか目通りを許されなかったが、人の形であらせられた気配がしたぞ」

「人化はなさるそうです。人化できるようになるまでかなり時間はかかるらしいですが」

　続いてセイジュが山の道の説明をしたが、皇帝とジグルトは警戒心をむき出しにした。無理もない。

「上位神官が能力で通る裏側が『山の道』か。一体なにが裏側にあるのか、調べられるのか」

「『山の道』は能力のない者は入れません。普通の道ではないことは確かです。竜人族の能力者以外は歩けますまい。アガタ様の付き人は確かに能力を持っていますが、まだ幼い身。間者にはさせられません。ウガジェ家が人工的に作った道もあるそうですが、そちらは闇人の通り道になっています」

　セイジュの返答に、皇帝は考え込むように沈黙した。セナはアガタから告げられたことを皇帝に伝えた。

「アガタ殿は、竜王はアスランを選んだ、婚配者はアスランだと宣言するとおっしゃっていましたが……」

　皇帝はちらりと視線を向けてきたが、すぐに思案する瞳に戻った。

「アガタに会ったのならわかっただろう。あの者は世情を理解していない。アガタ一人が婚配者を宣言したところで、ウガジェ家やハルダ家が否といえばそれまでだ。まだ幼い竜王に、上位神官家を正す力はあるまい」

　セイジュが同意というように深く頷く。

「しかしこのままでは、竜王が成人なさるまで神山は混乱に陥ります。皇帝陛下、どうかお力をお貸しください。アスラン殿下が竜王の婚配者になられることは、必ずレスキアに千年の栄華をもたらします」

セイジュの言葉に、皇帝は無言のままだった。


アスランとともに竜王の住む頂に赴いたのは夕方だったが、戻ってきた時にはもう夜が更けていた。

セナは、寝台で昏々と眠り続けるアスランの隣に身体を横たえ、先程のことを思い出していた。

あの場所でどれほどの時を過ごしたのか覚えていない。アスランと竜王が眠りについた時には、夕焼けは色を濃く鈍く部屋を染め上げていた気がしたが、燭台の灯りはまだ点されていなかった。

では『山の道』を通ったために、時が少々飛んだのだろうか。あれから結局目を覚まさず眠り続けるアスランを見つめながら、セナは考えを巡らせていた。

「セナ様……陛下がいらっしゃいました」

フォルが小さな声で扉の隙間から告げる。身体を起こすと、皇帝はもう部屋に入ってきていた。

「ああ、いい。アスランの様子をもう一度確かめに来ただけだ。すぐ戻る。あれからずっと眠っているか?」

立たなくていい、というように手で制し、皇帝はアスランの顔をのぞき込んだ。

「はしゃぎ疲れたのだと思います。わざわざ確かめに?」

そう言うと、皇帝ははっきりわかるほどに顔をしかめた。

「ジグルトが、普通に眠っていても身体が消えてしまったりするのではないかと人を脅かすから」

確かにフォルの話した状況を鑑みると、そう案じてもおかしくない。最後の最後まで理解できていなさそうだったジグルトが、いろいろ考えて口走ったのだろう。無理もない、とセナはふと息をついた。

「少しは、気が紛れたか」

顔を向けると、皇帝がわずかに笑みを浮かべていた。

皇帝は寝台に座ると、アスランの髪を撫でながら言った。

「セナ、お前、辺境の医師にもらったという分泌抑制薬はまだあるのか。無いなら、調合させねばならない。今はもう夏宵月だ。秋赤月前に準備する必要がある」

大きな宵月の月明かりが、皇帝の身体を青く染め上げている。セナはくっきりと浮かぶ皇帝の横顔を見つめながら、あることが胸の内に広がっていくのを感じた。

逡巡《しゅんじゅん》が、気配にも出ていたのだろう。皇帝が顔を向けた。

「何だ?」

意を決して、セナは訊いた。

「陛下、陛下は、発情抑制薬を今まで飲んでらっしゃいましたか」

皇帝の瞳が厳しく引き締まる。どこに耳があるかわからない。やはり口にするべきではなかったと、セナは頭を垂れた。

「申し訳ありません」

皇帝の手が差し伸べられる。セナは躊躇したが、その手を取った。皇帝は寝台に腰掛けたまま手を引き、自分の横に座るように促してきた。息がかかるほど近くから、囁くように告げる。

「発情を意識した十四歳から飲んでいる。赤月には必ずな。どうしても性欲が高まる」

「私との時以外、一度も、変化なさっていない?」

「当たり前だろう。お前との時も、服用はしていたのだ。……効かなかったけどな。通常よりも強い薬なのだが」

その言葉にセナは思わず、皇帝に握られている両手に力を込めた。

「陛下、その薬は、どなたから手に入れられているのですか」

「俺の秘密を知っている者は、一人しかおるまい」

セナは飄々とした宰相の顔を思い浮かべた。確かに、皇子の身分で手に入れられるはずがあるまい。

「陛下、その薬は、どのような薬なのですか」

皇帝の視線が向けられる。

セナは思い切って口にした。

「私の分泌抑制薬を調合した医師が、イザクの抑制薬を調べ、あまりに強すぎる薬だと言いました。閨人は、発情や理性を抑えるためでしょう、身体の毒にもなるくらいに強い薬を飲んでいるのです。服用を誤ると命にも関わる。陛下、一度、お飲みになっている薬をお調べになったほうが」

皇帝の視線が空に戻る。その、全く動じない瞳の光に、戦慄が走った。

まさか。

この方は、まさか、知って――。

「陛下……!」

思わず皇帝に縋るように身を乗り出すと、皇帝は顔を戻した。

「レスキアの国王になろうという欲が出たのは、十六の時だった。それまでは、何者にもなれず、何も成さず、誰にも知られず、ただ身体が朽ちるだけの人生を送るのだろうと思っていたんだがな」

語るその顔には、うっすらと笑みまで浮かんでいた。

「その時から、俺はいつ死んでもいい人生を選んだのだ。何も期待しない。皇帝としての自分以外、何も求めない。それで良かったのだ。俺が俺ではなく、皇帝として生き、死ねるのならば何も悔いはなかった」

両手を包んでいる皇帝の手に、ゆっくりと力が入る。

「イザクを、好いていたか?」

セナは身のうちに震えが走るのがわかった。だが皇帝は、それを落ち着かせるように再び手を握りしめてきた。のぞき込んでくる瞳には、怒りも、侮蔑も、何もなかった。ただ、微笑みだけがあった。

「お前は以前言ったな。匂いなど、すぐに忘れると。風に飛ばされて、消えていくだろうと」

そんなことを言っただろうか。記憶にない。困惑を宥めるように、皇帝の指先が手を撫でる。

「案外、忘れないものだろう」

夏の夜の、濁った獣の匂いが鼻先をかすめる。狂ったように、肌を摺り合わせて、ひたすら求めた匂いが、身を包む。

血と、泥と、汗と、迷いと、嫌悪と。そして強烈な快楽が混ざり合った、白銀狼の匂いが立ち上る。

己の手と、皇帝の手に落ちたものに、セナははっとなって下をむいた。その拍子に、またも飛沫が手を濡らす。だが皇帝は、濡れた手を離さなかった。

手を握りしめられているので、目を拭えない。

顔を上げて皇帝の顔を見ようとしたが、ぼやけては輪郭を戻すのを繰り返す。

見つめてくる瞳は、変わらなかった。微笑む瞳に、セナは思わず感情が赴くままに口走った。

「あ……あれは……あれは、何も、何もわからない、何も伝わらない、獣人なんです」

死も、生も。喜びや悲しみも。

まして恋や、愛など、何もわからない。

感情のない、獣人。

「……ああ。俺も、そうだったよ」

皇帝の言葉が、静かに流れてくる。セナは握りしめられる手に、ぼたぼたと涙を落とし、嗚咽を漏らした。

感情が堰を切ったようにあふれ出る。破壊されてしまった器は、もう元に戻らなかった。

こんなことを、口走っていい相手ではないのに。握りしめてくる手に、語りかけてくる声に、セナは縋るように言った。

「好いたところで、どうしようもない相手なんです。気持ちなど、伝わらないんです。私の気持ちなど、あれは、わからない……」

初めて自覚した思いに、セナは全ての感情が乱されるのを感じながらも、自分を投げ捨てるように吐き出すしかなかった。えぐられるような痛みを出し切らなければ、窒息しそうな苦しさに心が潰されそうだった。

セナは涙と嗚咽をひたすら皇帝の手に落とした。

「……ああ……そうだな」

皇帝が静かに呟く。

いつしか手ではなく身体が抱きしめられていたが、セナは包み込んでくる力に縋るように、苦しみを吐き出し続けた。

Ⅱ　廃位

　ジグルトは、皇帝が朝を迎えるための準備を整えてから、セナ妃の部屋へと向かった。

　皇帝は、アスラン殿下を心配しセナ妃らの部屋へ赴いてから戻ってこなかった。

　昨日の騒動で、イザクとのことが一区切りついた気がする。うやむやにはならないだろうが、あんな空気が続いてしまっていては、たまったものではない。ジグルトはひとまず安堵した。

　皇帝はいつまでも神山に滞在してはいられない。今も、国から再三皇帝を戻らせろと通達が届き、皇帝付き第一書記官のカルスが必死でさばいている。皇帝が神山へやってきて十五日。これほど神山に滞在することはなかった。

　しかも、神山からも街道の軍を戻せと、毎日のように通達されている。さっさと出て行けと言われているのだ。これ以上圧を見せつけるつもりならば、竜王に対する不敬とみなすぞとまでハルダ家金の神官、ナガラは伝えてきた。

　いつもの皇帝ならば、空気を読み、冷静に行動している。軍を駐屯させつつ、自らは国へ戻るだろう。

　婚配者騒動が片付いていなくとも、セナ妃とここまで気まずくなってしまったのだから、皇帝を国に戻すいい機会なのではないかとジグルトは思ったのだ。

　だが、昨日のアスラン殿下の行方不明騒動で、それも難しいとジグルトは判断した。二人がいなくなったと行政区で仕事をしていた皇帝に報告した時、皇帝は単身上位神官らの元へ乗り込もうとしたのである。ニールスやガトーと一緒に処罰覚悟で体当たりするように止めなかったら、どうなっていたかわからない。

　まずセイジュと連絡を取り、探す段取りをつけようと皇帝をなだめ、神山内部に戻った時にセナ妃らが現れたのだ。

　昨日聞いた話はここだけの話にとセイジュに頼まれたため、ガトーやニールスには話していない。

　ジグルトがアスラン殿下とセナ妃を血眼で探すガ

トーらに、アスラン殿下が見つかったと伝えると、彼らは当然不審そうな顔をした。何をやっていたのだ、ちゃんと探したのかと責められたが、時空を超えて竜王の元へ行っていたなど、説明できるわけがない。

ジグルトが居間の扉を開けると、部屋の中には皇帝とセナ妃とアスラン殿下、三人分の身支度の準備が整っていた。フオルが寝室の前に置かれた椅子に腰をかけ、声がかかるのを待っている。

「陛下はやはり、セナ様の部屋で過ごされたのか」

ジグルトがそう尋ねると、フオルは頷いた。

「まあ、でも、性交は行っていませんね」

「直接的すぎる表現をするな」

「あなただって、気になるでしょうに」

何気ないフオルの言葉だったが、ジグルトは憮然とした。

「ならんよ」

本心だった。そんなことは、気にならない。

「にゃーっ!?」

寝室から、アスラン殿下の猫のような声が響いた。フオルが飛び上がって扉を叩く。

「セナ様？　陛下、失礼いたしますよ」

フオルが扉を開けた際、ジグルトも後ろからこっそり中を覗き込んだ。

寝台の上では、セナ妃が目覚めたばかりで何が何だかわからない、というように茫然と寝台に座り込んでいた。

皇帝は乱れた髪をかきあげながら寝台からすばやく身体を起こし、立ち上がった。

アスラン殿下は、寝台の上で転がりながらニャアニャアわめいて喜んでいた。

「フオル、ととさま、いっしょにねてたんだよお！」

目が覚めた時に皇帝がいたので、興奮したのだろう。寝台の上で跳ね始めたアスラン殿下を抱き上げると、皇帝はフオルに声をかけた。

「顔は？　洗えるか」

できの良い侍従はそつなく答えた。

「こちらに。ご用意しております」

皇帝はアスラン殿下とともに寝室から出てきた。アスラン殿下を床に下ろすと、フォルが用意しておいた水を入れた器が置かれているテーブルに身を屈め、洗顔し始めた。アスラン殿下が皇帝の足にまとわりついてきたため、皇帝は布を水に浸し軽く絞ると、アスラン殿下の顔を拭いた。

自分も何か介助したほうが良いのだろうかと思いつつも、ジグルトが何もできないでいるうちに、フォルはセナ妃のために寝室に湯を運び、アスラン殿下の着替えを用意し、皇帝に恭しく頭を下げて伝えた。

「陛下、セナ様は身支度に少々お時間がかかります」

「よい。ゆっくりでいいと伝えろ。余はここで、アスランと食事をする」

「しょくじ！　ととさまと、あさのおしょくじ！」

前に立ったアスラン殿下が、両手を挙げてくるのをジグルトはしばし見つめていたが、脱がせて着替えさせろと伝えているのだとフォルに後方から囁かれ、生まれて初めて子どもの服を脱がせ、着替えさせた。

そういえば皇帝の着替えを持ってきていなかった、とジグルトが気が付いて振り返った時には、皇帝は昨夜来ていた執務服を羽織っていた。昨夜、部屋を移動する際に寝着の上にひっかけてきたのだろう。

ジグルトがアスラン殿下の服を整え終わった時には、フォルはセナ妃のもとへ服を運び、窓側のテーブルに用意していたセナ妃とアスラン殿下のための朝食に皇帝の分の食事を加えられるよう、準備をしていた。

「廊下で陛下の分の朝食を運んで来た者が立ち往生していましたから、こっちに来るように言いましたからね」

とんでもない速さでテーブルに三人分の食器を並べなおしながら、フォルが小声でそう伝えてきた時、ジグルトはすまん、と謝るしかなかった。

ジグルトはアスラン殿下を抱き上げ、皇帝と対面の椅子に座らせた。大人用の椅子しか用意されていないため、アスラン殿下の椅子には、フォルが背もたれ用と高さを調節するためのクッションを用意していた。

アスラン殿下は座ったとたん、「いただきまあす！」と大声を出し、真ん中に置かれたパンをむんずと摑み、ちぎりもせずにかぶりついた。

「ほほはま、ひのう、ふーほーほはほんらお（ととさま、きのう、りゅうおうとあそんだの）」

パンを両頬に詰め込みながらアスラン殿下が話す。その作法も何もない様子に、テーブルの前で配膳の準備をしていたジグルトは、フオルに目を向けた。フオルはパンを付け足しながらさりげなくアスラン殿下の頬をつつき、無言で注意した。だが、アスラン殿下の方は無視である。

「そうか」

皇帝は咎めず、アスラン殿下に水の入った器を持たせた。咀嚼して水を飲むアスラン殿下を、皇帝が見つめている。

寝室の扉が開く気配がしてジグルトがそちらを振り返ると、身支度を調えたセナ妃が朝食のテーブルの方へ歩いてきた。顔が少々腫れ、昨夜ひどく泣いたのがわかる。顔を半分隠すようにして、申し訳ありませんでした、と皇帝の傍に立ち、小さく謝った。

「いい。何か、食べられるか」

皇帝の促しにセナ妃が席に着くと、アスラン殿下は興奮して足をバタバタと動かした。

「ははさま、きょうも、りゅうおうのところにいきたい！　りゅうおうも、アスランのことまってるとおもうの！」

「その話は後でね、アスラン。あと、食事中に足を動かしてはいけません」

その時、居間の扉が叩かれた。

ジグルトは給仕をフオルに任せ、扉へ向かった。朝食の追加だろうかとジグルトは扉を小さく開けた。

「朝早く申し訳ありません。私はオストラコン国神山外交官・バードンと申します。レスキア国神山外交官代行殿にお会いしたいのですが」

ジグルトは驚いて扉を開けた。

そこには、神山外交官代行に任じられた際、一度だけ挨拶したオストラコンの神山外交官が一人で立っていた。

バードンは長く神山外交官を務め、前レスキア国神山外交官ハスバルと非常に親しかった人物である。ジグルトが神山へ初めて入った時にも、いろいろとしきたりを教えてくれ、力になってくれた。

「突然申し訳ありません。実は、国に一度戻ることになりまして、そのご挨拶に参りました」

ジグルトは驚いた。この時期に戻る、とは、国側から何か指示があったのだろうか。

バードンは、オストラコン国の婚配者が死亡し、またその母親が行方不明になった時、事の詳細を神山に強く求めた。うやむやにしようとするオストラコン王家始祖・ハルダ家当主ナガラに一歩も引かなかった外交官である。

その対応で、国側から何か言われたのだろうか。ジグルトはバードンを中に促そうとした。

「今、陛下に……」

「いえ、ジグルト殿だけで。少々お時間いただいてもよろしいですか」

ジグルトはテーブルに戻り、皇帝にバードンの来訪を耳打ちした。皇帝は視線を鋭くさせながら、ここではなく外で話を聞け、と指示を出した。

「あと、向こうが了解するならば、ガトーも同席させろ」

レスキア側で神山に最も詳しいガトーにも話を聞かせたほうがいいということだろう。皇帝に指示されなくとも、ジグルトはそうするつもりだった。どこに耳があるかわからない神山内部よりは、行政区で話を聞いた方がいい。ジグルトはフオルにこの場を任せ、マントを羽織った。

「お待たせいたしました。ここではなく、行政区でお話を伺ってもよろしいですか」

バードンは理解したというようにうなずいた。さすが、神山外交官を長く続けているだけあって、意図が伝わるのが早かった。

外の行政区では、もうガトーたちは書面に向き合っていた。バードンはガトーだけでなく、その場にいたカルスとニールスにも、同席を許した。

男五人が入ると、ジグルトの執務室はさすがにいっぱいになったが、椅子を輪に並べて膝をつき合わせながら話を聞いた。

「ガトー殿とは、長くともに仕事をしておりましたから、帰国のご挨拶ができて良かったです」

バードンの言葉にガトーは驚いた顔をしたが、無言で軽く頭を下げ、礼を伝えた。

バードンは自分の膝を見つめながら、静かに語った。

「我が国の婚配者候補が死に至り、その母親も死亡が伝えられ遺体すら戻されないことに私が神山に不服を申し立てたところ、国に上位神官ナガラ様によるお怒りの文書が届いたと。即刻帰国するよう命令が届きました。私の不在中の代行は、もう決まっております。国王陛下の第三王子殿下の側近の者です」

バードンの言葉に、ジグルトを含め全員が一瞬にして全てを理解した。

オストラコン国第三王子は、現オストラコン王妃腹の王子で、第一王子である前王妃腹の王太子と国王の座を争っている。

そして、現オストラコン王妃は、バルミラ国王の叔母にあたる。

オストラコン国は大貴族らの力が強く、毎回王位継承問題で対立する。現国王の第一王子はもう二十七歳、病がちの国王に代わってすでに政務を執り、国民の信頼も厚い。

ところが譲位できずにいるのは、現王妃が待ったをかけているからだった。第三王子をオストラコン国王にしたい王妃は、わざと貴族らをあおり、譲位を許さない。

「オストラコン王太子は人望はおありですが、世渡りはあまりお上手ではありませんからね」

ガトーは相変わらず他国のことでも遠慮がなかった。

「今までは各国の政情に関して、神山は無関心不干渉を貫いてきましたが、この婚配者選びで、堂々と口にするようになってきました」

バードンは一つ一つ言葉を選んで続けた。

竜王が、神山が、各国の後継者問題にまで口を出すようになってしまったら、世界の均衡はどうなるのか。

「神山の内政干渉だけは絶対に避けなければなりません。今後、神山の認めた王が国王に選ばれたら、各国の力関係の均衡がとれなくなり、都度争いが起こる。竜王が指名するのは、その時に最も力のある国王で、皇帝職のみ。それ以外神は、人間の営みに関わるべきではない。私はそう考えます」

バードンの言葉に、ジグルトは深く頷いた。ガトーやニールスらも同じように頷く。

「どなたが婚配者となるかは別として、上位神官の横暴は止めねばなりません。それが、神山外交官の務め。国王陛下を説得し、私は必ず戻ってきます。どうか、皇帝陛下にもよしなにお伝えください」

「必ず」

バードンに同意しながら、ジグルトは一つ覚悟をもらったような気がした。

バードンの視線がふと、横にそれた。

「……ここからはあなた方の判断材料だけにしてください。街道にあふれるレスキア軍を下げろと命じられていると思いますが、神山は陰湿だ。竜王に対し不敬であると判断すれば、世情も動かして参りますよ」

ジグルトが眉をひそめると、バードンはわかりやすく伝えた。

「至る所にちりばめた間者らが、皇帝陛下の不敬罪の噂を流すということです。……そしてそうした悪い空気に、便乗しようと動く連中も出てくる。最たるところが我が国ですが……」

バードンはそこで言葉を切ったが、先を続けた。

「我が国の第三王子殿下と、レスキア国の皇弟殿下が懇意になさっておられることをお忘れなく。……貴国の宰相殿は、皇弟殿下が我が国に滞在中、何度か援助をなさっておられました」

レスキア皇帝の異母弟であり、先帝の末子である皇弟は、オストラコン国王の妹を母親にしている。

先帝の第三皇子だったアリオス皇帝が第二皇子である兄と争って皇太子となった時は、第四皇子である皇弟殿下はまだ十歳。たまたま母方の実家であるオストラコン国に遊びに行っている最中だった。レスキア国は王族や貴族が陰謀を図り投獄され審判を受けるような事態が数年間続いていたため、政情が落ち着くまで皇弟殿下はオストラコン国に滞在していたのである。

戻ってこさせなかったのはダリオン本人だったはず

だ。ジグルトはあの時、手足となって動いていたのでよくわかる。アリオス皇帝を殺そうとした当時の第二皇子をダリオンは殺害したが、先帝の第四皇子まで手を下せばさすがに反発されるからと、オストラコン国へ留まらせた。だから、面倒を見ていたのはわかる。

現在、皇弟殿下はあまり重要な仕事をしていない。それこそ、オストラコン国との外交を担当しているくらいである。

「これは、私の独り言とお心に留めておかれるだけで結構です」

バードンはそう告げて去って行った。皇帝の秘書役であるカルスは先ほどの発言をどう記録したものかとペンで机をたたいていたが、ニールスが低い声で言った。

「全て記録し、そのまま陛下に申し上げるべきだと思います」

——世界が変わる。

焦る心に、セイジュの言葉が滲むように広がるのを、ジグルトは感じていた。

◆・◆・◆

セイジュは学都の中心部である、研究棟へと向かった。ここには、学都を運営する教授議会が存在する。

目的は、マルコを探すためだった。マルコの住んでいる集合住宅へ行き周囲に尋ねても、ここしばらく姿を見せていないという声しか聞けなかった。またマルコは研究棟に入り浸り、めったに住居へ戻らないような生活を続けているので、下宿屋の主人も気にかけていなかった。

濃紺のマントではなく、セイジュは黒のマントを羽織る教授陣らの集団へまっすぐ歩いて行った。かつて学生だった時には、その他大勢の学生の一人としか認識されなかった。だが今は、誰もが銀の紋章に釘付けになり、神官の白いマントを避けるように道を譲る。

「ラビレオ大書記官！」

教授議会の議長にして最高責任者、ラビレオをこうして名指しできるまでになっている。

黒衣の間から、ラビレオは顔を出した。皺が深く刻まれた瞼を開き、胸まで届く真っ白な顎鬚《ひげ》が揺れる。

「どういったご用ですか、アーレス神官。いらっしゃるとは聞いておりませんでしたが」

「マルコはどこにいる？」

学都は神山に属する土地、教授らの神山での階級は、青の神官と同等である。セイジュはこの場にいる全員を従わせるだけの力を備えていた。ラビレオは深く頷き、不安そうな目を送る周囲を宥《なだ》めるようにしてセイジュに告げた。

「こちらへ。お話を伺いましょう」

自分の部屋に通したラビレオは、堅苦しい態度を改め大きくため息をつき、本や書類が山積みになった机の椅子にどさりと腰を下ろした。

「セイジュ。マルコの居場所を知りたいのはこっちの方だ。お前の手当てにレスキア学舎に赴いてから、一向に戻ってこないのだぞ」

ラビレオはセイジュの直接の師ではなかったが、マルコがラビレオの弟子であるため、学生の頃から自宅にまで入り浸るのを許されていた。

学都は学ぶことに対し平等である思想を掲げていたが、下位出身者が学都入りを許されたのは、セイジュらの世代からである。ラビレオは下位出身者が学都に入学を許される前から、下位の者にも門戸を開くべきだと推進してきた。

積極的に門戸を開くように言われても、教授陣はなかなか下位出身者を自らの研究室に受け入れなかった。ラビレオは率先して下位出身者の世話をし、医学を志すマルコを自分のところへ招いた。

下位出身者が避けられた最も大きな理由は、ちょうどその頃から『竜王否定派』が台頭してきたからだった。下位や中位出身者の、神山の差別主義に異を唱えた連中が、神山の闇人らによって厳しく取り締まられていた。神山の目を恐れる教授らは、下位出身者らを抱える勇気がなかったのである。

ラビレオは人柄によって教授議会の最高責任者、大書記官に選ばれたが、竜王否定派が現れるようになったのは、ラビレオらが下位らを学都に招き入れたからだという批判も受けている。そんな中でも下位出身者の世話を止めず、マルコを弟子として優遇するラビレオの気骨を、セイジュは尊敬していた。

「先生、俺はマルコに、竜王否定派の連中と繋がっていないかと尋ねたが、たとえそうでなくとも、あいつはいつも周囲に疑われている立場だ」

「セイジュ。竜王否定派のことは持ち出すな。この頃はその話題ばかりで頭が痛い」

「やはり、取り締まりがもっと厳しくなっているのか。学部で闇人に追われているハーグリオを見たんだ」

「セイジュ〜」

もう聞きたくない、とラビレオは首を振った。

「先生はマルコが心配じゃないのか！　行方が知れなくなってもう十二日だ！　冤罪《えんざい》で捕まったかもしれないんだぞ！」

「儂はそこまで聖人じゃないんじゃ！　儂よりもお前の方が調べられる立場だろう！」

「下位出身の俺に、信頼できる部下なんているわけないだろう！　だからこうして自分の足で探しているんだ！　俺だって明日には冤罪を被るかもしれないんだぞ！」

ラビレオの片眉が上がる。

「竜王の婚配者騒動か。お前と同じ、イマーシュ家分家の中位神官が、消えたそうだな？」

セイジュはラビレオの机の前の椅子に、どさりと身体を投げるようにして座った。

「同じ中位神官らは、俺に対して疑惑の目を向けてきている。イマーシュ家の分家筋からも、あからさまに俺に非があると文句を言われた。邪魔になって、俺が婚配者騒動を利用して消したんだろう、と。もともとゼーダもナガラも俺を良く思っていない。俺のような、何も後ろ盾のない神官に、あらぬ罪を着せるなど簡単なことだ」

「泣き言を言っても助けてやれんぞ、セイジュ。お前は神山での役職は儂よりもはるかに上だ」

ラビレオに助けてもらう気など、セイジュにはさらさらない。だが、マルコの所在だけは明らかにしておきたいところだった。

「俺がレスキア学舎になど招いてしまったせいで、もしかしたら闇人に目をつけられたかもしれない。俺に手を出すのは困難だろうが、一介の研究者など、簡単に投獄し冤罪をなすりつけられる」

「それがわかっていてなぜ呼んだ。お前の手当てに、麻酔を調合したのだろう。分量がわずかに少なくなっていた」

「先生、それについてはマルコを責めないでくれ」

「友達を救う行為を咎めたりはせんよ。マルコはそういう男だ。身辺には気をつけろと、儂は何度も言った。お前が神山での地位を安定させれば、マルコにだって教授の道が開けるかもしれん。何でもかんでも否定する竜王否定派には決して同調するなと、再三伝えていたぞ。マルコは出世欲などなかった。ただ、友達を心配する気持ちが強かっただけだ。お前を案じるように、ハーグリオも案じていた」

「先生！」

セイジュは思わず立ち上がり、ラビレオの前にある机に手をついた。

「先生、まさかマルコは！」

「奴らとともに行動はしていない。マルコは、差別主義どころか、竜王まで必要ないと叫ぶ連中の思想には同調しなかった。だが、彼らの行動は常に気にしていた。いろいろなことを知ってしまい、それが理由で闇人に引っ捕らえられてもおかしくはない。なぜなら、この頃は竜王否定派だけでなく、学都派でさえ、上位神官に呼ばれる有様なのだ」

学都派とは、学都の共和制を守ろうとする一派である。学問に国境と差別はないとし、神山の内政干渉を否とする立場を取り、ラビレオはこれを推進している。

神山は教授らを神山の役人であるとし、書記官という役職を教授らに与えている。だがその役職は表向きのもので、学都は神山の干渉を受け付けず、神山もそれを許してきたのだ。少なくとも、四年前、神先の神が亡くなるまでは。

「各国からの献上品、寄付の全てを明らかにせよという話から始まって、教授らの各国との付き合いまで尋問してくる有様だ。教授も研究者も、皆神山を恐れてきておる。人間、恐怖を植え付けられれば、身を守るのは当然だ。正しい証言など、誰もせぬよ、セイジュ。身を守るための嘘しか出なくなる」

はあ、とラビレオはため息をついた。

「竜王の代替わりなど、こんな時期にまで長生きした我が身が憎い。ましてや今世竜王は伴侶を必要とする。世界が荒れぬわけがない。己を貫く気概がある者は既に去り、今残るのは、学都の未来よりも己の身を案じる者だけよ」

ラビレオの嘆きにセイジュは苛立つのを感じた。墓の心配だけしていればいい老人と違い、こちらはまだまだこの世界で生き続けなければならないのだ。老人のため息を聞くために訪れたわけではない。

「泣き言よりも、この婚配者騒動で世界がどう変わるのか、少しは考える学者は学都にいないのか！　何のための知識だ。学者の矜持があるのならば、上位神官が震え上がるような歴史と考察を持ってこい！」

セイジュが神官の顔でそう言い放つと、ラビレオの顔つきが変わった。紙を取り出し、ペンを走らせた。

聞かれて困るような内容なのだろうか。セイジュはラビレオが書く文字を食い入るように見つめた。

『上位らの急ぎようは、何かあるのではと儂は思っている。竜王の逝去後、いくらウガジェ家が今までの鬱憤を晴らそうと動いているとしても、急ぎすぎるだろう。もっと時間をかければいいものを。なにをそんなに焦っているのか？　婚配者とは、そんなに急に決まるものなのか？』

アガタは、「アスラン殿下が『道』を通ってきたのだから、婚配者として決まりだ」と平気で言いそうである。だがそれが通るとは、皇帝も思っていないがセイジュも思っていない。

待ったをかけることは、ゼーダとナガラなら可能だろう。

ではなぜ彼らは事を急いているのか？

上位神官らの不可解な行動と、竜王がもう少し成長されるまで待てぬほど急ぐ婚配者の選定と、何か関係があるのだろうか？

無言で考え込むセイジュの前で、ラビレオのペンが紙を走る。

『鱗《うろこ》病』

それは？　とセイジュが訊くよりも先に、ラビレオの文字が答えた。

『竜人族の子孫だけがかかる謎の病。百五十年前、レスキア始祖家タルトキア家が断絶したのはこれが原因と言われている。文献では、竜王が逝去する際には、神官らの間ではこれがなぜか発症するらしい。純粋な竜人族が減ったのは、それが原因だと神学にある。竜王が消える時に世界は滅びる。竜王が死に至ると、世界も死に導かれる。選ばれし者だけが新たなる竜王の背に乗り、世界を紡ぐ、となる。愚かな下位が消え、竜人族だけが生き残るのだという竜人族の選民思想だろうが……』

そこで一瞬、ラビレオの文字は止まったが、力強く再びペンが走った。

『学都の医術学では鱗病を調べるのは絶対の禁忌。そしてもう一つ、禁じられているのが惹香嚢を調べることだ』

ラビレオはそこまで書くとペンを投げ出し、燭台の火に字が書かれた紙を燃やした。

紙はあっという間に火に包まれ、文字が消えていく。それを見つめながら、セイジュは一つだけ訊いた。

「先生、それ、マルコは？」

ラビレオは、低い声で知っている、と答えた。


神山に入ったら、今日こそ拘束されるかもしれない。セイジュはそんなことを思いながら、馬車で学都から神山へと向かった。

窓の外を覗くと、街道の賑わいが落ち着いているようだった。今まで南からの街道はレスキア軍が埋め尽くしていたため、神山へ入る商人らは学都からの街道に迂回せざるをえなかった。そのため混雑を極めていたのだが、今は道がゆったりと進んでいる。

セイジュは馬車を停めさせ、街道を進む商人の一行に尋ねた。すると予想通り、南の街道からレスキア軍が引き上げていると答えた。

ジグルトからは何も聞いていない。神山内部に集中し、他国の情勢がどうなっているのか確認していなかった。今、皇帝に去られたら、神山の横暴に拍車がかかるだけだ。セイジュは慌てて神山の行政区へ向かった。


皇帝付き第一書記官のカルス、皇太子付き第一書記官のニールス、神山外交官筆頭補佐官のガトーだけがその場にいた。そして驚くべき事に、レスキア皇太子まで狭い執務室で臣下と膝をつき合わせていた。学都の学生であることを示す青いマントをはおっている。

「陛下とジグルト殿も先程までここにいらっしゃいました」

神山内部に入ることができるのは皇帝と神山外交官代行であるジグルトだけである。ここで話し合った後、二人はセナ妃らが待つ神山内部に戻ったのだろう。

二人がなぜ行政区へ、と尋ねる前に、ガトーが説明した。

「オストラコン国の神山外交官が、国から帰国命令が出て戻られました。ここで事情を説明してくださいましたが、おそらく罷免でしょう」

セイジュは仰天した。そんな話を、自分は何も聞いていない。

おそらく上位神官・ナガラがオストラコン国側に働きかけたのだろうが、こんな横暴を神山が今までしたことはなかった。

常に上である立場を崩さず、各国に対して強気な態度で接してきたが、政治的なことに関して口出しをしたことはなかったのである。

「オストラコン国は婚配者選びから外れたとはいえ、今外交官が変わったらどう動けるというのだ。いったい何を考えている⁉」

叫んでしまってからセイジュは皇太子がこの場にいることを思い出した。

「お気遣いなく、セイジュ殿。私は、たとえ臣下の言うことでも従えと父帝から命じられております。どうか、私に構わず、彼らから話を聞いてください」

皇太子はニコリと微笑み、膝の上に広げている地図に視線を落とした。

皇太子がこの場にいるのは、どんどん変わりつつある政局に対応させるため皇帝が呼んだのだろう。皇帝やジグルトも交えて先程まで話し合っていたのが、狭い部屋に椅子六つが輪になって並べられているところからもわかった。皇太子はすでに世界地図を眺め、各国の動きを思案している様子だった。

ニールスとガトーが立ち上がり、入り口近く立っていたセイジュの両隣に立った。ガトーが顔を近づけてくる。

「セイジュ殿、オストラコンの使者は、ハルダ家の中位神官でしょう。その方とはお会いになりました？」

「面会を申し出たが拒否された。バルミラ国へ派遣されたウガジェ家の中位神官にも会っていない。使者だけじゃない。ハルダ家やウガジェ家の者ら皆、俺を避けている。俺に神山内部がどうなっているか、知られたくない様子だ」

はあ、とため息をついてガトーは顔を戻した。

「イマーシュ家は完全に蚊帳の外のようですね」

世情に関心がないアガタという当主のもとに情報が集まることはないと覚悟していたが、ガトーの言うように明らかにイマーシュ家はこの婚配者選びから外されている。

外されているどころか、警戒されているのではないか。情報を得ようと動き回ったことで、うっとおしい虫のように思われているだろう。

闇人に捕まるかもしれないという漠然とした不安が、現実のものとなって迫ってきたのをセイジュは感じた。

「陛下が近衛を残し、軍を国へ引き上げられました」

ニールスの言葉にセイジュは頷いた。

「知っている。街道を通る商人に聞いた。お帰りにはならないだろうな？」

こちらが頼りにしているのは皇帝の帝王としての力だけである。しかし、ニールスは腕を組みながら答えた。

「難しいです。私は国側の状況を把握できるように私兵を使っていますが、神山は我らの頭をすり抜けて、国側にも軍を引くように言っていたのです」

神山外交官代行であるジグルトを通さずに？　セイ

ジュは眉をひそめた。

「通常ならあり得ない。断固として抗議したい。だが、その抗議は全て、竜王に対する不敬であるという言葉だけで片付けるつもりですよ、神山は」

ガトーが舌打ちして言った。

「竜王という絶対神を戴きながら、今まで神山が各国に内政干渉をできずにいたのは、神山が何も生産しない場所だからです、皇太子殿下」

いきなりニールスが後ろを振り返り、地図を見る皇太子に話しかけた。

「農地もない。街道を停められたら餓死するしかない。ここは、簡単に兵糧攻めできる場所なんです。神山の財源は各国からの上納金による。神山は大国に依存しなければ生きていけない場所なのです。神に仕えるという尊厳を掲げ、四大国の均衡を取るためにその時最も力のある国から皇帝を選び、それを任命するのは竜王である、という不文律によって従わせてきた。冠を欲する大国を見下しながらも、自分たちに一番金を落とす国に縋って何千年も生きてきた」

神山も、学都も、各国からの支援を止められたら、一年持たずに崩れるほどの基盤しかない。歴史を振り返れば明らかだ。金を欲するために、皇帝の座を競わせ、大国を争わせてきた。

「だが四つの大国の均衡を取るためには、皇帝の冠は絶対に必要です。これだけ民族や土地が多様化している世界を、一つにするなど到底不可能と私は考えます。四つの大国がそれぞれ従属国を抱え、せめぎ合っているからこそ、潰れない国も、村もあるのです。己の国こそが一番で、だからこそ己に従えという思想は、破滅しか生みません」

大国側の人間がこうした思想を持っていることにセイジュは驚いた。

神山の差別主義を唾棄しながらも、大国らをいかにして従わせ、己の利を求めるかということしか考えていなかった事実に、セイジュは今更気がついた。

それはおそらく、飢えた国の思想なのだろう。

己に生産性がないゆえに、いつ滅ぼされるかわからない不安ゆえに、むやみに人を威嚇し、己の持っている権威を振りかざして、己を必死で誇示していただけだ。

力のある国は、自分が抱えられる限界を知っている。

「神山は、レスキアを批判し、金の供給を失ってもなお耐えられる財力を確保していると言うのだな」

そう呟きながら、皇太子が地図に指を滑らせた。

指が止まった箇所は、地図の下、南のバルミラ国だった。

「しかしニールス。いつ反目するかわからない従属国を多数抱え、塩害の影響でオアシスと農耕地を失いつつあるバルミラ国が、レスキアほどの金を神山に送れるだろうか」

「無理でしょうな。金や宝石がいくらあったって、いつまでたっても塩害をなんとかせず、どうせ洪水など数年に一度のことと灌漑《かんがい》事業も停滞したまま、ただ寝っ転がっているだけのバルミラに依存したところで、すぐに飢えます」

ニールスという男はかなり頭が切れるのだろう。冷静な声で淡々と告げた。

「では、ネスタニア?」

「婚配者騒動で神山に不信感を抱いていることは、殿下もご存じのはず。ネスタニア国王は信頼していいと、先程陛下がおっしゃったのは正しいと思いますよ。しかし、婚配者騒動にどう便乗してくるか、注意は引き続き必要だと思いますけどね」

「オストラコン国は……」

「国の力も国王の力も弱いですな」

皇太子の視線が、ニールスに向けられる。ニールスは皇太子の視線を受け止め、静かに告げた
「殿下。あなた様の齢には、陛下は平民の姿で町中を駆け、暗殺者相手に剣で戦っていらした。我が子にはそんなことは絶対にさせたくないと、陛下は祈っておられたに違いないのです」

「どんな状況になろうとも、駒として動くことになっても覚悟している。レスキアに、父帝を廃そうという動きがあるのだな?」

「証拠などまだありませんが、神山の言葉を大きく捉え、上院議会が大騒ぎしている状況で十分です。私はなぜ宰相猊下《げいか》がそれを阻止できないのか、しない

のか疑問に思っておりますがね」

「ニールス」

ニールスに呼びかけて発言を止めさせたのは、皇太子の隣に座っているカルスだった。

「殿下。まだ何もわかりません。ですが陛下は、レスキアに一刻も早く戻り、上院をまとめ上げねばなりません」

カルスの言葉に、セイジュは肩を落としそうになった。

皇帝がレスキアに戻ってしまったら、上位を止められる者は誰もいなくなってしまう。

「私は国へ戻ります」

ニールスが窓に鋭い目を向けたまま言った。

「国へ戻れば、もっと動かせる私兵もおりますのでね。ここで待っているよりも先に、陛下をお迎えできる状況は作っておかなければ」

そういえばこいつはレスキアの大貴族の息子だとか言っていたな、とセイジュは思い出した。将来の宰相の座を狙っているのならば、ここが頭一つ抜き出るための機会だろう。


「殿下。皇太子付きの立場でありながら、お仕えできずに申し訳ありません」

「職を休む気満々だけど、ニールスしか動けないもんな。母上を頼む」

「もちろんです。ご安心を」

「私はネスタニア国へ向かう」

皇太子の言葉に、カルスとガトーは目を剥いた。だが、教育係でもあるニールスは静かに頷いただけだった。

「よくご決心されました。皇帝陛下がネスタニア国王陛下と王太子殿下に殿下をお引き合わせされたのは、万が一を考えられていたからだと思いますよ」

「ただの人質じゃなくて、同盟をもぎ取ってこられるようにするさ」

「頼もしいですな」

ため息をついたのはカルスだった。

「殿下お一人をネスタニア国へ行かせるわけにもいくまい。レスキアは何をやっているんだと言われてしまう。私が同行いたします」

「陛下はどうするんですか」

ガトーの言葉にカルスは首を傾けた。

「ジグルトに任せるしかないだろう」

それを聞きガトーがため息をついた。

「職種がドンドン変わっていきますな。私はどうしますかね」

指示を待つのではなく勝手に行動を決めていくレスキアの人間にセイジュは圧倒された。

自国を守るのは当然である。皇帝が戻るというのなら、セナ妃とアスラン殿下はどうなるのか。レスキアの行動をあてにする前に、行動しなければ。

セイジュは神山の中へと戻っていった。


やはりこの事態を的確にアガタに説明するしかない。

セイジュは、駆け足で神山内部へと入った。

どこまでわかって貰えるのか不明だが、アガタに現状を理解してもらわねば、ゼーダやナガラの思うがままにされてしまう。

彼らはもう、婚配者の指名を行った時に、手を打っていたに違いない。

アガタの部屋がある棟に入ると、ルツが駆け寄ってきた。

「ルツ、アガタ様は？　目通りできるか」

「竜王のご機嫌が落ち着かれません。ずっと頂にて、竜王を宥めていらっしゃいます」

落ち着かない？　セイジュの疑問にルツが答えた。

「アスラン様を求めてらっしゃる……あんなにも外界に無であられた竜王が、アスラン様を求めて身体を動かし、啼かれているのです。神が……人を想い、求められるお気持ちを持たれるなど、私もアガタ様も驚いて……」

ルツは感動したようにそう言うが、セイジュは竜王の様態を知らないため、想像するのが難しかった。

竜王にそんなにも早く意思が芽生えるのならば、簡単にはゼーダらの思惑通りにならないのではないか。そんなことしか思わなかった。

「ルツ、やはりアガタ様に早くお話ししなければならない。まずは、婚配者について指名を待ってもらわないと」

「アガタ様は、もうすでにウガジェ家にもハルダ家にもお伝えになりましたよ」

「話した!?」

セイジュは思わず声を荒らげた。

「お前、その場にいたのか？　ゼーダらはどんな反応をした!?」

「隣の部屋にいましたが、時間はかかりませんでした。ゼーダ様らはすぐに出てこられて、特に変わった様子はなかったです」

アスラン殿下を婚配者とすることに、了解を得られたのかどうか。その辺りを確認せねばならない。すんなり了解したとしたら、何か必ず仕向けてくるだろう。

セイジュが思考を巡らせていると、ルツの手が服を握りしめてきた。

「セイジュ様、お話ししたいことがあります」

「後にしてくれ。まずはアガタ様と話さないと。目通りの許可を」

「セイジュ様」

ルツの手に力が加わるのを感じて、セイジュはルツに目を向けた。

ルツは今まで、我を強く通したことがない。それを許されない育ちだったためだ。

貧民地区で見つけた時は、主人に折檻されていても、泣き声一つあげずに耐えていた。泣けばもっと苦痛を与えられるとわかっていたからだろう。

ルツの恐怖に凝り固まった魂を、アガタはよく理解し、丁寧に扱ってくれた。俺に対しては何を要求しても良いのだとセイジュはルツに繰り返し伝えたが、ルツは微笑み、その前に何でもわかってくれるから平気と返すのが常だった。

だが今、おそらく初めて必死で要求している。セイジュは焦る心を落ち着かせて、腰をかがめてルツの顔をのぞき込んだ。

「何だ？」

ルツの大きな瞳が水面のように揺れる。

「ごめんなさい」

何か、怒られるような事をしたのだろうか。説明よりも先に謝罪が出る。その心情を思うと、セイジュは堪らなくなって思わずルツを抱きしめた。

「俺がお前を怒ったことがあったか。何も心配するな。何でも言ってみろ」

ルツの身体が震え、背中に腕が回された。短い髪を撫でてやるとルツはようやく小声で告白した。

「腕輪を探しに……山の道に、また入ったんです」

さすがにセイジュは顔をしかめた。ルツからは見えないが、気配が伝わったのかルツはまたも声を震わせた。

「ごめんなさい」

「お前が無事で良かったが……お前が思う以上に、あの場所は危険なんだ、ルツ」

「わかっています。腕輪は見つかったけれど、長く山の道に滞在してしまって。それで、闇人の気配を感じそうになりました」

「おい……！」

思わずセイジュはルツの肩を摑んだ。

「ルツ！　山の道を通れるのが竜人族の能力者だけならば、あそこを通れるお前に何の力があるのか、調べられたらお終いだぞ！」

「わかっています。だから通るなって言われたことは。でも、闇人らが集う場所の近くまで行ってしまったんです。そこは、囚人のような人たちを捕らえておく場所でした」

セイジュは戦慄した。

神山が作り上げた暗殺と諜報の達人集団である闇人、彼らが捕らえた政治犯などを収容しておく牢獄が、この神山の深部にあるのかもしれない。

裁判所がない神山には、獄舎もない。人は、裁かれない。文字通り、感情が失われた執行人によって捕らえられ、拷問され、死んでいくだけだ。逆らえば、死。それしかない。

そこでどれほど凄惨なことが行われているのか。セイジュは瞳を震わせるルツの頭を撫でた。

「何を見た……大丈夫だったか」

ルツは意を決したように告げた。

「セイジュ様のお友達の、お医者様を見ました」

がん、と頭を殴られるような衝撃に、セイジュの目の前は一瞬真っ暗になった。身体まで揺れたのか、ルツが両腕を摑んでくる。

「セイジュ様……！　しっかり」

「マルコ……!?　マルコが!?」

捕まっていた。

行方がしれないことに悪い予感を抱いていたが、的中した。

しかし、なぜ？

「確かに……マルコだったのか？」

「ひどい有様でしたが、わずかながら声も聞きました……。誰かに、生きているか、返事をしてくれと訴えられていました。その誰かからは返答がありませんでした。私の視界から見えたのはほんのわずか、マルコ様だけで……。昔、私がセイジュ様に助け出された時、手当てをしてくださったお医者様です。見間違えるわけありません」

だが闇人の気配が近づいてきたため、助けられずにその場を離れてしまったとルツは涙を落とした。

「お前に非はない。助けるなんて無理だ。マルコ……ずっと探していたが、なぜ、闇人に……」

身辺には互いに気をつけようと、繰り返し言ってきた。下位ながら中位神官にのし上がった者と、学都の大書記官の直弟子になった者。

やっかみを受ける要素はありすぎた。根も葉もないことを妬んだ者が密告すれば、それだけでどうなるかわからない身の上だった。だからこそ、誰にも弱みにつけ込まれないよう、注意を払ってきたつもりだった。

下位出身者で、中位の地位に就いていても内心ばかにされ続けていれば、この階級社会に不満を持って当然だ。根が穏やかなマルコだって、幾度となく屈辱を味わってきたのを知っている。

だがセイジュは、彼ら竜王否定派の決定的な思想の限界を知っている。その考え方が、セイジュもマルコも我慢がならなかった。しょせんお前らの不満など、お前らが叫ぶ理想など、お前らに都合の良い思想でしかない。事実、否定派に流れた幼なじみのハーグリオにもそう言った。

セイジュはアガタから銀の神官に任じられ、それで初めて知った世界がある。上位神官がなにゆえに必要か。彼ら異能の能力者以外、竜王を育てることが不可能だからだ。人智を超えた世界がこの神山にはある。

そんなものは、学問によって変えられる、世界に
無用な神はいらない。畏れだけを無意味に強いる神
など必要ない。神がいらないのなら上位らも、中位もない。ハーグリオはそう叫んだ。

だがその思想は、セイジュには受け入れられなかった。マルコも同様だったはずだ。

もしかしたら、あいつは心のどこかで、否定派の考え方を受け入れていたのだろうか。

俺には言えなかっただけで、彼らと行動を共にしていたのだろうか。それで、捕まったのだろうか。

「セイジュ様、私、マルコ様を助け出してきます」

ルツの言葉は、混乱していたセイジュの思考を呼び戻した。

「お前……何を言う！　そんなことさせられるわけないだろう！　俺が行く」

「駄目です。セイジュ様が道を通ったって、すぐに闇人に見つけ出されてしまいます」

「絶対に駄目だ」

「セイジュ様、あの方にも私は恩があります。助けてくれた恩を、お返ししなければ」

恩――。

セイジュは、まっすぐ見つめてくるルツの瞳に映る、自分から目をそらした。

恩、などではない。

「……お前を探したのは、イマーシュ家の血を引く者が父親のしれない子を産み落とし、惹香嚢体だったために捨てたという話を、中位の者から聞きかじったからだ」

「はい」

「……助けようと思ったわけじゃない。上位の血をひく、アガタ様の従兄弟にあたる方から生まれた子

どもなら、竜人族の血を引いている。イマーシュ家はアガタ様で血が絶える。もしお前がイマーシュ家の『道の目』を、アガタ様の能力を備えているならば、イマーシュ家は存続する。だから神山へ連れて行こうと思っただけだ」

「はい」

ルツはわずかに微笑みを浮かべ、頷いた。

「でもアガタ様にお会いする前に、私にはアガタ様と同じ力はない、竜王と繋がる力などないとわかったのに、なぜここに連れてきてくださいました？」

セイジュは黙るしかなかった。

上位の生まれながら、先祖返りの惹香嚢体という理由だけで実の親から捨てられ、養い親からも売られ、商人の家で下働きをさせられていた餓死寸前の少年を、今更どこへやれたというのだろう。

竜人族の血が濃く目覚めてしまったら、自宅では匿えない。誰かがルツの存在に気づいてしまったら。

「……助けたのはアガタ様だ。お前を、自分の侍従にすればいいと。力が顕在化してきたら教えてやれるとおっしゃった。俺はお前に何もしていない。事実俺は、お前のような子どもを、貧民地区で何人も目にして、無視してきたんだぞ」

「セイジュ様」

ルツの手が、握りしめてくる。微笑む瞳から、一滴だけ溢れた。

「私は、あなたによって生かされました。私を見つけて、助けてくれたのはセイジュ様です。あの時から私の世界は始まった。マルコ様を救うためだったら、何でもします」

セイジュは、無垢な瞳に映る自分の顔から、今度は目をそらさなかった。

特権を振りかざす上位の者から、こんな惨い生き方を余儀なくされた者がいる。

最初に助け出した者を、盲目的に信じてしまうほどに。

竜王否定派は、竜王や、竜人族を否定したいがために、他の異能まで差別し、排除する。

その思想が神山のそれと何が違うのか。

彼らが、世界の何を知っているというのだろう。俺は何も知らない。こんな世界など、滅びれば良いと思っている。

だが、世界が滅ぶ時に竜王がその背に人間を乗せるというのならば、どうか、ルツだけは乗せて欲しいと願う。

濁流に巻き込まれる世界とともに、自分は沈んでもいい。

ルツが、天高く舞い上がる姿を見守ることができるのならば。

◆・◆・◆

目覚めは突如やってきた。急激な意識の上昇に、身体の方がついていけずに強ばる。

背中に寝具の柔らかさを感じ、セナは大きく息をついた。

セナは起き上がると、息子の眠る隣の寝室へと向かった。

寝入るまで添い寝は必要だが、アスランは基本、一人で眠っている。

熟睡していたが、頬に手を添えると、無意識に顔をすり寄せてくる。もごもごと唇まで動かしてしまう。

抱きしめたくてたまらなくなり、セナはアスランの寝具の中に潜り込んだ。温かい身体を抱きしめる。

アガタは、アスランを婚配者に指名すると言ったが、うまく進んでいるのだろうか。

皇帝は毎日ほとんどの時間をセナたちのいる居間で過ごしている。アスランがどれほど騒ごうが全く耳に入っていない様子で、机に向かってひたすらペンを走らせている。おそらく、国にさまざまな指示を出しているのだろう。

自室で仕事をしない理由は、刺客などの侵入を想定してのことだろう。セナは自分の身は自分で守れると言いたかったが、一度アスランを賊に奪われた身としては、大きなことは言えなかった。

ジグルトは居間と行政地区を行ったり来たりして落ち着く暇がない。行政地区にいるガトーらと連絡を取り合っているからだろう。ガトーらが神山内部に入れるのならばこの部屋一つで済むのだが、神山内部には皇帝と神山外交官代行であるジグルトしか入ることができない。

毎日多忙そうな皇帝とジグルトを捕まえて、婚配者選びはどうなっているのかと訊くのはためらわれたが、そうも言っていられないとセナは寝具の中できつく目を閉じた。

翌朝、アスランは自分の寝具の中で母親を発見し、無邪気に喜んでいたが、ほとんど眠れなかったセナは起きて早々にフオルに告げた。

「食事が終わったら、陛下にお話を伺いたいと思う」

フオルは運ばれてきた食事を卓に並べながら、それがよろしいでしょうねと頷いた。

「我々が知らないだけで、おそらく陛下の周りは、不穏な空気が漂っていると思います。私たちが神山に入ってもう十五日も経っている。セナ様は思いがけず上位神官にお会いになられましたが、一向に何も言われてこない。この婚配者騒動で、陛下のお立場にも変化が生じているかと」

フオルがすでにそちらにまで意識を向けていたことに、セナは驚いた。

それに比べて自分は、イザクやこの神山の不思議な現象に気を取られ、周囲を見ようとしていなかった。落ち込んでいるのがわかったのか、フオルが慣れた様子で杯に水を注ぎながら言う。

「まあ、一介の侍従に政治家さんたちは教えてくれませんから、セナ様、聞いてきてください」

「陛下が、俺に教えてくださるだろうか」

「その辺りも確かめてこられては？」

食事が終わると皇帝側からいつも居間に来るが、セナはフオルにアスランを任せ、皇帝の部屋へ向かった。扉の前に立つと、ちょうど中からジグルトが出てきた。

先にジグルトから話を聞いた方がいいのだろうか。セナはジグルトを呼び止めようとしたが、ジグルトは「陛下、セナ妃がいらっしゃいました」と声だけかけて、急いで出て行った。

いつも礼儀にうるさいジグルトにしては珍しいくらいの応対に、セナは不安に思いながらもジグルトの背中を見送った。

「どうした?」

いつの間にか扉まで皇帝が出迎えに来ていた。部屋に促されて中へ入ると、皇帝が茶器を用意しようとしていた。

まさか、茶を淹れようとしているのか。セナは仰天して、慌てて皇帝に近づいた。

「へ、陛下、私がやります」

皇帝の視線が向けられる。

「お前、できるのか?」

茶葉の入った容れ物を持って、セナは皇帝の顔と容器を見比べた。

「で……できません……」

「だろうな」

皇帝は軽く笑いを飛ばし、慣れた手つきで水差しと茶器を並べた。セナの手から容器を取り、匙で茶葉をすくう。

「水出しで入れる茶は難しいからな」

皇帝のその手元を見ながら、セナは疑問をそのまま口にした。

「陛下は、どうしてこんなことができるのですか?」

「そりゃあ、俺には侍従一人、従者一人すらいない時期もあったからな。何でもかんでも自分でやるしかなかった」

皇太子となるまで不遇な時代を過ごしていたと聞いていたが、それほどかとセナはその横顔を見つめた。

自分も兄らとは差をつけられていたと思っていたが、ジド家族からの愛情に包まれていた。彼らが何かを不自由させたことは一度も無い。

ふと、目の前に綺麗に色づいた緑色の茶を出され、セナは我に返った。

「……ありがとうございます……」

向かい合って椅子に座るのかと思ったら、皇帝は寝椅子へと促してきた。茶器を持ったまま、互いに横に並んで座る。

無言で皇帝が来訪の目的を話すのを待っているのが伝わった。

セナは何と切り出せばいいのかわからなかったが、一口茶を飲んだ後、思い切って口にした。

「陛下、婚配者選びの件で、アスランよりもナルージャの姫を上位神官らは推すだろうとのことでしたが、それに伴って、陛下のご身辺に何か、不穏な点はありませんか」

皇帝の瞳がまっすぐに向けられる。何も話すことはないと言われるだろうか。セナは言葉を待っていたが、皇帝が次に放ったのは微笑みだった。

「お前、俺の心配をしているのか?」

セナはその言葉に面食らった。

「あ……当たり前です」

皇帝は微笑むだけだった。その笑みに、セナは気まずさを覚え、手にしていた茶をあおるように飲んだ。

「陛下、陛下がもしこちらにおられることで、何か不利益や危険を被るのであれば、私たちのことはご心配なさらず、どうか国へお戻りください」

「明日にでもそうなると思う。だがその時はお前たちも一緒だ。ここを出れば婚配者の指名を受けられないというのならそれでもいい。レスキアの栄華は、神山に頼らずとも保ってみせる」

そんな事が可能なのだろうか。

帝国は果たして、それを許すのか。

手から空になった茶器を下げられたが、それに対し礼も言えぬほど、不安さが勝った。

「陛下……陛下、私たちを案じてくださるのは非常にありがたいですが、政局の流れは」

突如、身体を引き寄せられてセナは上体を崩した。

そのまま皇帝の身体の上によりかかることになり、あまりに不敬な体勢に、慌てて身体を起こそうとしたが、皇帝の腕はそれを許さなかった。

背中に、腰に、強い力が加わって、身体が動かせない。皇帝の身体に体重を乗せてしまうことにセナは身体を硬くさせた。

耳元に、皇帝の低い、静かな声が響く。

「……頼む。もう少しだけ、このままでいさせてくれ」

皇帝の胸板から熱が伝わる。それを感じながら、セナは少しずつ、少しずつ強ばりを解き、変わらず抱きしめてくる腕に、身を預けた。

◆・◆・◆

寝台に丸まって目を閉じる竜王の具合は、良くないように思われた。

最初アガタは、アスラン殿下の存在に興奮しているからだろうと思った。事実、アスラン殿下と会ってからしばらくは、竜王は体力の続く限り啼いて、ようやく歩けるようになった身体で寝台から下りようとした。

これほどまでに人を求めるその姿に、感激のあまりアガタは何度も涙を落とした。

これが、婚配者を必要とする神なのか。

先の竜王は、人に対して執着など持たなかった。人に対して好き嫌いがあり、優しさを示す人間もいたが不快さを向ける人間もいた。だが、特定の人物に寵を与えるなどしなかった。おそらく、漠然とした人の区別しかできなかったからだろう。

だがこの幼き竜王には、アスラン殿下は特別なのだ。一体、竜王の青い瞳にはアスラン殿下はどのように映っているのだろう。

最初は追い求めるあまり体調を崩したと思ったが、どうも様子が違うとアガタは思い直した。

そういえば、この頃竜王が混乱していたこともあり、『道』を覗いていない。状態が安定していない時に道を覗けば、自分も引きずり込まれ、精神を失う可能性がある。それゆえ、恐れて関わりを止めていた。

アガタは、そっと竜王の背中に手を触れ、意識を広げた。普段、思考や雑念に使用しているわずかしかない空間から、一気に無限の世界へと入っていく。

ここで自在に泳げるのは竜王一人である。人間は、細い、わずかな道を自分で作り出し、そこから竜王と繋がるのが精一杯だ。その道の目を持つのが、イマーシュ家の能力者だった。

細い、細い光の筋を見つけ、そこに集中して、『自分』を置く。すると筋は、一瞬にして長い道を作り出す。

よし、できた。アガタは己の作った光の道に『立った』のを確認すると、周囲を見回した。

そして、仰天した。

竜王のいる大いなる空間が、闇によって縮んでいた。あれほど広かったタオが、狭く、暗くなっている。

こんなことは初めてだった。先の竜王が亡くなる直前でさえ、これほど道が澱むことはなかった。タオは、絶え間なく動いている。川の流れのように。ありとあらゆるものがこの場を流れ、止まることなく進むからこそ、美しさは保たれるのだ。

それが今はどうだ。水が流れていた空間が、まるで汚泥を流し込むような、道というよりは穴になってしまっている。この閉塞感、この不浄、これでは竜王が苦しがるのも道理だ。

一体なぜ、こんな事態になっているのか。神山の頂にまで影響を及ぼすほどの不浄が、近くで行われているからに他ならない。アガタは、意識を道から現世へと戻した。

これは、神山で何が起こっているのか、ゼーダらに問い詰めなければならない。神山を管理しているのはウガジェ家である。

アガタは竜王の部屋から廊下に出た。するとすぐに、人の気配を感じた。まるで出てくるのを待っていたかのように、扉のそばにいる。

「アガタ様……」

声を聞かずとも、それがルツであることは、魂の色でわかった。だが驚いたのは、それ以外の人物の魂があったからだ。

「ゼーダ、ナガラ、あなた方、どうしてここへ」

問われてゼーダの方が答えた。

「我々はお前同様、ここに入れる立場にある。何も許可はいるまい」

確かに金の神官は頂に入れる。だが彼らは、今まで幼い竜王を恐れ、ここには近づかずにいたはずだった。ゼーダは落ち着いているが、ナガラは恐怖で凝り固まっているのがわかった。

　実際、ナガラが恐れるのも当然だった。ナガラはハルダ家長として金の神官に就いているが、実は能力者ではない。人の嘘を聞き取るという『穴の耳』など、所有していないのだ。

　それを知っているのは、金の神官二人しかいない。もしかしたらナガラの家族は知っているかもしれないが、ナガラが金の神官となったのは先の竜王が崩御してからである。それ以前だったなら許されなかっただろう。神山の混乱を抑えるために必要と言われ、アガタは納得し、同意した。

　だが今、アガタはゼーダらが入ってきたことよりも、もう二人ほど、異質な存在がこの場にいることに驚いていた。

　廊下にはいつも衛兵がいたが、今は不在のようだった。衛兵は何に対しても心を乱したりせず淡々と勤めていたが、この二人の魂はそれとはまた別の静けさがあった。

「それは誰だ、ゼーダ。ここに入れるのは金の神官のみ。その者らはここから出せ」

「お前とて、セイジュが下層から拾って来た小僧を侍従にし、こうしてこの場にも入れているではないか」

「私の仕事を補佐する大事な存在だ。お前が連れてきたのは闇人か？　なぜ、ルツの魂が脅え、そいつらから離れない？　ルツに何をしている」

　闇人が二人。ルツの傍にいる魂は、黒と赤が、混じったような色だった。魂が拘束されている闇人は、たまにこうした色を持つ。

　その隣は、同じく気配を感じさせないが、もしかしたら闇人ではないのかと一瞬アガタは不思議に思った。灰色の魂の中心に、澄んだ湖のような水色がある。だが、そんな思考はゼーダの声によって遮られた。

「この間お前は、竜王の婚配者として、レスキア帝国皇子アスラン殿下を指名したが、我々はその判断を承認することはできない。婚配者はバルミラ国王女とする」

　何を言っているのかとアガタは茫然とした。

「私が選んだのではない。婚配者は竜王がお選びになったのだぞ」

「幼き神にそのようなお力はまだない」

「ゼーダ？」

アガタは目の前の男の魂を、まじまじと見つめた。

「何を言っているのだ、ゼーダ？　神のご意志を疑うのか？　道理に背くというのか？　力がない？　本気で言っているのか？　上位がそれを疑うのか？　竜人族が？」

アガタは、ゼーダとナガラにアスラン皇子こそが婚配者であると告げた後、セイジュに言われた言葉を思い出していた。

――政治は、そう簡単に竜王の婚配者を選ばない。

だがアガタは、そんな外界の思惑など、竜王のご意志にかかれば何の意味もないと思い、片耳で聞いてきた。

なぜなら、

「竜王のご意志に背くということは、世の道理が容易に整わなくなるのだ。人の手で道理を導くとしたら、良き未来へ繋ぐためにどれほど途方もない時間と労力がかかるか。上位ならば、竜人族ならば、それがわかっているはずだろう！」

「神の意志を貫くために、我らがどれほどの苦労をして、欲にまみれた俗世と付き合ってきたか、神の傍に侍ってきたイマーシュ家にはわかるまい」

ぞっとする声で、ゼーダは告げた。いつも事実だけを淡々と語るこの男が、感情を滲ませた声を放つのを、アガタは初めて聞いた気がした。

「神の意志など、我らにはわからんよ、アガタ。お前しかわからん。このナガラもただの人。人の営みがどれほど滞ろうと、何も見えん。何も、感じん」

「ゼーダ……!!」

あまりの暴言に、アガタは眩暈がした。

通じていると思ったのに。わかっていると思ったのに。何が、ここまでの隔たりを生んでしまったのか。

「ゼーダ、今、竜王に続く道が澱んでいる！　竜王のお力が弱まってきているのだ。それはお前たちのその心も原因であるが、この神山が不浄に包まれているということ！　お前は、一体何をしようとしている⁉」

「バルミラの王女を婚配者にするのだ、アガタ」

「それはできない！」

「ならば応じてもらおう」

ルツの悲鳴が耳を突いた。

「ルツ！」

「頂を血で染めたくはあるまい。この小僧がここで死ねば、竜王はもっとお弱りになられるぞ」

ゼーダの言葉に、アガタはもう立っていられなくなった。

なんという恐ろしいまねを。恐ろしい思考を。

これほど、ウガジェ家とはかけ離れていたのか。これが、金の神官、竜人族とは。

絶望で、アガタはもう、魂を見ることすら危うくなった。視界の全てが、闇に包まれそうになる。

「アガタ、早くここに書くんだ！　バルミラの王女を婚配者にすると、竜王の言葉を代弁する者として、神官の名前を！」

ナガラがペンを握らせてくる。腕には、ゼーダの力が加わった。

「早く書け。あの小僧の首を刎《は》ねるぞ」

床に紙が置かれ、ぶるぶると震える手をナガラが押さえ込み、紙に押しつけてくる。アガタは混乱と恐怖の中で、字を書いた。

己の正名を書き終えると、紙がずらされ、またも手に紙の感触が伝わった。

「もう一枚だ」

もう一枚？　アガタは聞き返した。

「それは？」

「レスキア皇帝の廃位を命じる書面だ」

皇帝を任ずるのは竜王のみ。だがその竜王が幼い場合、金の神官らは、代弁者として世界に告知できる。

「そんな、ことが……！　婚配者はともかく、帝位を我らがどうにかするなど、無理に決まって……！」

「いいから書け！　早くしろ！」

ナガラに責め立てられ、アガタは震える文字を、またも紙に書き写した。

盲人であっても署名のための文字は書けるように教育されたが、アガタは自分の書いた文字がどんな文字になったのかわからなかった。震え、力を加えられて動かした文字は、判別できないほどに歪んでいるだろう。だがゼーダは、紙を取ると、満足したように闇人に告げた。

「イザク」

「はい」

答えたのは、ルツを押さえつけている方ではなく、灰色の魂の方だった。ゼーダの声が続く。

「生きたまま連れてくるには時間がない。もういい、アスラン殿下とその母親の惹香嚢体を、お前たち二人で殺してこい」

その言葉にアガタが目を見開くよりも先に、闇人らしい、明確な、よどみのない口調で返答が届いた。

「わかりました」

止めろ、とアガタが言うよりも先に、ナガラが続けた。

「セイジュも殺せ！　あいつはレスキアに偏りすぎている。いろいろ知りすぎているあいつを自由にさせておくのは終わりだ」

「わかりました」

闇人がそう返答した瞬間、地鳴りのような響きがその場を包んだ。

壁が軋み、扉に亀裂が走る。アガタは見えなくとも、竜王の〝声〟が人の内側ではなく、外に出ているのがわかった。空間が裂け、地面に、天井に、無数の亀裂が凄まじい早さで描かれていく。

「うわあああっ！」

身を襲ってくる爆風のような〝気〟に、ナガラが床にへばりつき悲鳴を上げる。壁が破壊され、がらがらと崩れ落ち破片が飛んでくる。

「早くこの場から出るぞ！」

ゼーダの叫びとともに、ナガラと闇人らも、廊下を走り去っていった。

「アガタ様！」

解放されたルツがしがみついてくる。アガタはルツの身体に触れ、無事を確かめた。

「ルツ、お前、怪我はないか」

「はい、私は……。申し訳ありませんアガタ様、私のせいで、こんな……」

アガタは身体をよろめかせながら、竜王の部屋に入った。

顔に吹き付けてくる風に、顔をしかめた。この部屋には採光のため大きく窓があるが、開けられる構造ではない。あの衝撃で窓が割れたのだろう。

寝台を覗くと、竜王が身体を震わせながら、寝台の上を這っているのがわかった。

瞳もろくに開けられない状態だというのに、寝台を降りて、どこかへ向かおうとしている。

アスラン殿下の危機を感じ取って、動こうとなさっているのか。

その姿に、アガタは情けなくも涙をこぼした。

神を守るべき上位が、己の欲のために神山を不浄の域にさせ、神の力を奪っているというのに。

神は、己が認識したただ一人のために、苦しみを越えて助けに向かおうとしている。

世界を、終わらせるわけにはいかない。

まだ、道は閉ざされていない。

諦めるわけにはいかない。

まだ、まだ救われる道が残されているはずだ。


アガタは竜王を抱え上げると、意を決してルツに告げた。

「ルツ……！　すまない、動いてくれるか。危機をセイジュに、セイジュに伝えてくれ」

ルツの魂が輝きを放ち、強い意志がみなぎるのがわかった。

「必ず……！　山の道を闇人らよりも先回りし、セイジュ様にお伝えします」

「すまない、お前にしか頼めない……。アスラン殿下こそ、正統な婚配者であることに偽りはない。あの御子だけは、殺させてはならない。世界を繋げるためにも、竜王を、その婚配者を失うわけにいかないのだ」

◆・◆・◆

神山の外に位置する行政地区の最奥に、セイジュの執務室はある。

セイジュはそこで一人で仕事をしていた。部下は誰もやってこない。

ハロイがネスタニア国の惹香嚢体の母親とともに行方不明になってから、中位神官からの非難めいた視線はあからさまになってきた。用事を言いつけても返答すらしてこない。

下位出身者に顎でこき使われてたまるかという彼らの意志は、以前から感じてきた。だがハロイが消えたことで、それはよりいっそう強くなった。

自身に身の危険が及んでいることを、セイジュはひしひしと感じていた。こうして執務室に一人でいても、扉に、壁に、外界からの圧が加わってくるのがわかる。

マルコが神山深部に捕らえられ、どうにか助け出す方法を考える前に、自分がそこへ送り込まれる方が早そうであった。

アガタに目通りした時、竜王の婚配者選びには政治が絡んでおり、これから先、事がどう進むかわからないと説明しても、アガタは理解できていない様子だった。もし自分が突然消えても、アガタが動いてくれるとは思えない。

逃げるか、どう逃げられるか、という思考が、頭の中をよぎっては消えていく。

逃げてどうするというのか。この世界は、自分が逃げ切れるようにはできていない。

「……セイジュ……さま」

突如聞こえてきた声に、セイジュは耳を疑った。

「何……!?」

「ここです、セイジュ様」

四方を見渡していたセイジュは、最後に天井を見上げた。

天井に描かれた模様の隙間から、ルツの顔が半分だけ見えた。

「ルツ……!?　お前、山の道を通って!?」

神山内部だけでなく、外の行政地区にまで道が続いていたとは。セイジュは声を失ったが、すぐにあり得ると悟った。中位神官や各国の外交官、補佐官らが集まるこの地区にも、隠し通路が繋がっていないわけがない。

ルツが、天井の隙間を広げようとしている。セイジュは慌てて卓に椅子を積み足を乗せると、隙間に手を入れて天井の石をずらした。

かなり重かったが、人ひとり通れるくらいの隙間ができ、どうにか這い上がる。

「セイジュ様、お命が狙われております。今すぐ神山から逃げてください」

天井の石を戻すやいなや、ルツは噛みつくように言ってきた。

「セイジュ様だけじゃない。アスラン殿下やセナ妃も殺すように、ゼーダは闇人に命じました。アガタ様は、バルミラの王女を婚配者にし、皇帝を廃位する書面に、無理やり正名を書かされました」

セイジュは、思ってもみなかった事態に絶句した。

皇帝廃位。

まさか、ここまで強く、ゼーダらが我を通してくるとは。

「アガタ様はおっしゃっていました。竜王が選んだ婚配者は絶対だと。セイジュ様にお二人を助けるように伝えてくれと。早く、お二人のもとへ。私は、セイジュ様をお二人のもとへご案内してから、マルコ様を助けに行きます」

セイジュは、見えないルツの顔を必死で見ようとした。だが、一切の光が失われた世界では、いくら目を凝らしてもその顔は見えなかった。たまらず、セイジュはルツの顔を両手で摑んだ。

「ルツ、危険な目に遭わせてすまない。俺も、マルコのところに連れてってくれ。一点、確かめたいことがあるんだ。セナ妃らの下へ行く前に、マルコの所へ行きたい」

本来ならば神山の内部にしか、『山の道』は繋がっていないのだとルツは言った。

「この神山が自然に作った、時空を飛ばす道は、神山内部にしかありません。今私が通ってきた、外の行政地区に繋がる隠し通路は、闇人らが通るために人の手で作られたものです」

ルツの誘導で進む道は、最初は真っ暗だったが、次第に普通の通路のように、うっすらとだが岩壁が見えるようになってきた。おそらく壁に穴が掘られ、蝋燭が置かれているのだろう。

「これが、普通の道なのです。時空を越える道ではありません。ここに、捕らえられた人々がいるんです」

山の道と繋げて、ウガジェ家あたりが作った道なのだろう。

そのうちに、人のうめき声、叫び声などが響き渡るようになった。ああ、獄舎だ。凄惨な空気が流れてくる。セイジュは、ルツを抱きしめた。

「闇人の気配は……近くにはありません」

ルツが小声で伝えてくる。ここを見てくれ、とルツが指で示した岩壁の間に、セイジュは片眼をつぶって中を覗き込んだ。

そこに捕らえられていたのは、明らかにマルコだった。

岩牢の中に押し込められ、身体を地に投げ捨てるように伏しているその姿からは、生きているのか死んでいるのかすら判別ができなかった。見える肌は全て血と泥に染まり、どんな扱いをされたのか、服もボロボロだった。

「セイジュ様、牢へ繋がる道はあちらです」

ルツの促しに、セイジュは岩壁の間の細い道に入った。そこの通路には岩に洞が掘られ、鉄格子がはめ込まれていた。立ち上がることすらできないほど小さな洞だった。

セイジュはマルコが投獄されている牢まで進み、鉄格子に手をかけた。案の定、施錠されており動かない。鉄が擦れるわずかな音で、マルコの身体がぴくりと震えた。

「マルコ」

マルコは一瞬身体を強ばらせたが、ゆっくりと、顔を向けてきた。殴られ、血がこびりついた片目は塞がっていた。

「セイジュ……！」

「お前は、なぜここに」

「セイジュ……！」

マルコは這いながら鉄格子に近づいてくる。格子を摑むマルコの手を、セイジュは握りしめた。

「マルコ、俺にも暗殺命令が出たんだ。レスキアの婚配者も、闇人に殺される。上位神官らが、なぜそこまでして婚配者を自分たちで決めたいのか、もしかしてお前は何か知っているのか」

「鱗病だ、セイジュ」

——鱗病。

学都にて、マルコの師匠で大書記官のラビレオが語った話がよみがえる。

「竜王代替わりの際に、神官らが罹患するという病のことか」

「お前、知って……⁉」

「お前を探しにラビレオに会いに行き、教えてもらった。その禁忌を調べたのか、マルコ。だから投獄されたのか」

「違う。俺は医師として呼ばれたんだ。惹香嚢体の身体を開き、惹香嚢を取り出せと」

片目だけのマルコの瞳が、熱く燃え上がるのをセイジュは見た。

恐怖と焦りに染まっていた瞳に、怒りが宿る。

「信じられんぞ、セイジュ……！　上位らの間に、鱗病が蔓延しているんだ。奴らは喰らったのだ。オストラコン国の婚配者の惹香嚢を！　婚配者の母親の惹香嚢を！」

抑えきれない感情とともに言葉を吐き出したマルコは、激しく咳きこんだ。水分もろくにとっていないのだろう。声は掠れ、息が乱れていたが、マルコは言葉を吐き出し続けた。

「その時に粗相があったのか、惹香嚢を取り出した医師が殺された。罪の意識にさいなまれ、外部に逃げようとしたのかもしれない……。代わりに捕まったのが俺だ……！　下位出身の医者一人、姿を消したところで構わないと思ったのだろう。麻酔を使って臓器を取り出しても、出血は止められない。執刀など、できるはずが、ない……！」

鉄格子をつかむマルコの手がぶるぶると震える。必死に訴えるその姿に、セイジュはマルコの手を強く握りしめた。

「お前……それで、ネスタニア国の婚配者の母親の惹香嚢体は…………」

「執刀を拒絶してこの有様だ！　ネスタニア国の方は、俺が執刀を拒否したため他の医師を探すまでの間、一切の食事や水を与えられずにいる。生きているか。ネスタニア国の婚配者の母御は、生きているか確かめてくれ！　俺の隣にいらっしゃるはずだ。執刀されるくらいなら、餓死したほうがマシだと昨日まではお話されていたが、今日は何もお話しにならない」

隣の牢を見に行ったルツが、生きておられます、と小さく答えてきた。

「ひどく衰弱してらっしゃいますが、わずかながら気を感じます」

セイジュはマルコの前から離れ、ルツの方へ身体を向けた。

その時、ルツの立つ方向へ、大股で近づいてくる影があった。

表情もなく、無言のまま、腰に下げている剣を抜き、まっすぐルツだけを見据えてくる。闇人、とセイジュが悟るのと、ルツの声が響き渡るのは、ほぼ同時だった。

『わが目を見よ！』

闇人は、びくりと身体を震わせると、そのまま動かなくなった。

まるで糸が切れた人形のように、ただそこに突っ立っている。もともと感情の削げた顔をしているため、その存在は全くの〝無〟となった。

「ルツ……」

ルツは真っ青な顔で、がたがたと震えていた。無理もない。とっさに『石の目』を発動したが、ルツが意識して能力を使ったのはこれが初めてのはずである。

ルツの母親は、イマーシュ家の血を引く者だったが、誰に犯されて妊娠したのか言わなかった。セイジュがルツを探し、助け出した時にわかったのである。

子どもに受け継がれているのは、ウガジェ家の『石の目』だと。

犯したのはウガジェ家の男だった。誰なのかはわからない。だがそれをゼーダに知られてしまったら、ルツをウガジェ家に奪われることは間違いなかった。なぜなら、ゼーダには二人の子がいるが、アガタいわく、どちらにも竜人族の力はないとのことだった。

ルツがウガジェ家の能力を受け継いでいると知れば、ゼーダはルツを良いように使うだろう。そんなまねはさせられなかった。

セイジュはアガタに、ルツの能力を周囲に悟られないよう保護してほしいと頼んだのである。

「セイジュ、そいつが牢番だ！　そいつの腰にある鍵を！」

マルコの言葉に、セイジュとルツは我を取り戻した。確かに、腰に鍵をいくつもぶら下げている。

セイジュは、ピクリとも動かなくなった闇人にそろそろと近づいた。鍵の束を手に取り、マルコの牢の鍵を開ける。続いてネスタニア国婚配者の母親の牢を開け、呼びかけても反応しないその身体を背負った。衰弱しているとはいえ男、ずしりと背中に重みが加わったが、置いておくわけにはいかない。マルコは歩くのもやっとだったが、ルツの肩にしがみつくようにして牢を出た。

「マルコ、お前が見たことを、皇帝陛下に全てお話しするんだ」

次第に道が闇に入っていく。目の前のマルコは、闇の暗さに脅え、身体を震わせた。

「セイジュ……この、この道は」

「大丈夫だ。セナ妃らの所まで、なんとしても行かなくては……。お前の話を、陛下はきっと聞いてくださる」

「しかし、セイジュ、神山は、思った以上だ。皇帝陛下とて、自分たちの都合のいいように廃位にする、レスキアはそれに従うはずだとゼーダは言っていたんだ。俺らが……俺らが行く先は……」

震えるマルコの声を聞きながら、生き残らなければ、とセイジュは思いを強くした。

それしか念じることはできなかった。どこに進めば良いのかすらわからない。どこに逃げたらいいのかすら見えない。目の前は、この何もない闇と同じだ。

それでも、進まねばならないのだ。立ち止まっては殺される。

　セイジュは、今岩壁の向こうで、皇帝やセナ妃が何をしているのか、思いを馳せた。

　どうか、闇人の手が伸びていないように。

◆・◆・◆

　突如神山の上の間に呼び出された時、ジグルトはなぜ自分もと思った。

　ここに入れるのは、各国の国王のみである。神山外交官代行とはいえ、ここに入ることはできないはずだった。

　先に謁見を申し出ていたのはこちらの方だった。国へ戻る、婚配者とその母親は、上位神官アガタとの謁見を終えている。

　神山の審議が決まってから、今後について教えて欲しい、留まることなしに婚配者の資格なしと言うならば、やむなしと伝えようとしていたのだった。

　ところが今、上の間に皇帝と二人で呼び出された。

　こちらの話など一言も聞かず、ウガジェ家金の神官ゼーダの口から出されたのは、帰国せずこのまま神山に留まり沙汰を待てという内容だった。理由は再三要求したにもかかわらず街道の軍隊を戻そうとせず、神山に対して攻撃の意図を示してきたからである。竜王はそれを憂い、明らかに神に対する不敬であると遺憾の意を示したというのだ。

　街道の軍隊はもう戻らせている。一部しか残っていない。一体何をとジグルトが声を上げるよりも先に、ゼーダの両手は書面を広げた。

「竜王の意志により、レスキア皇帝を廃位とする」

　ジグルトは、信じられないその言葉に、神山に向けようとした抗議の一切を忘れた。

　ふと視線を泳がせた先に、皇帝の横顔が見えた。

　人を支配し、洗脳するというゼーダの瞳を睨み据えるその顔は、百獣の王の尊厳にあふれていた。

◆・◆・◆

一歩もここから出ることはできない。

セナは神山の入り口、王の扉を前にして拒絶され、息子の身体を抱きしめた。


皇帝とジグルトが揃って上の間に呼び出された時、皇帝はそれに応じる前に、神山から出ろと告げた。

「お前たち三人だけでも、ここから出るんだ。外にいるガトーと先に落ち合え」

「陛下?」

セナだけでなく、ジグルトも顔をしかめた。

「まだ事態はそこまで急変してはおりません。今陛下と離れる方が危ういかと」

「俺とお前が上の間に呼び出されては、どうせ離れる。セナ、これを持て」

皇帝は自分の剣を腰から外し手渡した。

神山で佩剣が認められるのは皇帝と各国の王だけである。彼らの剣は力の象徴であり、単なる飾りに過ぎないからだ。だが皇帝の剣は、実用だとすぐにわかった。黒い鞘には一切の装飾がなく、ずしりと重い。重さだけで相当の手練れだとわかる。

「お前の剣筋はなかなかだと聞く。俺のものでも扱えるだろう」

筋は褒められても力はない。自在に振り回すには重すぎる剣だった。よく見ると、黒い鞘には無数の傷がついていた。皇帝時代からの使用であれば、こうはなるまい。

「いつから、こちらを」

「十三からだな。初めて父帝から贈られたものだ」

十三の子どもが振り回せるものではない。これを扱えるようになるために、毎日精進してきたのだろう。セナの脳裏に、稽古に励む少年の姿が浮かんだ。

「お預かりします」

皇帝とジグルトと別れ、セナはアスランとフオルを連れて、王の扉へと向かった。そして外に出すように要求した結果、ここから出ることはできない、部屋に戻るようにと告げられたのである。

衛兵は、一度拒絶するともう視線すら向けてこなかった。セナはその取り付く島もない態度に途方に暮れるしかなかった。

「セナ様、これは……陛下のお帰りを待ったほうがよろしいかと」

フオルが袖を引いてくる。

「この様子では扉は動きますまい。ひとまず部屋に戻りましょう」

周囲を行き交う神官や下働きの者たちは、会話を許されていないかのように無言のままだった。こちらに関心も向けてこないが、それは表面上だけかもしれない。不気味な雰囲気に、フオルが眉をひそめる。

仕方なくレスキアの東の間へ戻る途中、アスランがぴたりと足を止めた。

「アスラン、進んで」

アスランは別の方向へ顔を向けていた。オストラコン国の西の間へ続く廊下の先を、じっと見つめている。

「どうしたの。そっちには誰もいないよ」

オストラコン国の外交官が国へ戻ったので、もう誰もいないはずだった。廊下はしんとして人の気配は感じられなかった。

「いるよ」

アスランが廊下を見つめたまま答える。

「境のところに衛兵は立っているけれど、向こうは無人なんだよ」

長い長い廊下の先に、衛兵が一人立っている影が見える。

「でも、あっちに……いるよ?」

誰が？　そう聞こうとしたとたん、アスランはいきなり駆け出した。

「こら、アスラン、駄目！　戻りなさい！」

三歳にしては足の速い子である。両腕に抱え込もうとしたが身体を反らせてするりと逃げ出した。結局捕まえられたのは衛兵の立っている場所だった。放して、放してとアスランが足をバタバタと動かす。

無表情の衛兵は、アスランの動きに注目していた。

「あっちにいくぅ！」

「あっちは駄目なんだって、アスラン！」

激しく動く息子を抱きしめていたセナは、衛兵の後方に、人影を見つけた。

遠く離れているが、柱の陰に隠れるようにしてセイジュが立っていた。

あの真っ白な官衣は、セイジュだ。なぜセイジュがあんな所に、とセナが思うのと、セナの視線で衛兵が後方に気づくのは同時だった。

セナの頭に、一つひらめくものがあった。セナは衛兵がセイジュを発見し、身体をそちらに向ける瞬間、剣を鞘ごと抜いて、その背中を突いた。

「うっ！」

よろめいた衛兵が腰の剣を手にしようとする。セナはためらいなくその手を払い、みぞおちを鞘で突いた。衛兵が声も出せずに気を失う。

「ふあっ!?」

一瞬の出来事に何が起きたのかわからないアスランを抱え、セナはセイジュのもとへ走った。フオルも一緒にセイジュが隠れている柱の陰に滑りこむ。

「一体どうした、そっちの方からということは、また『山の道』を通ったのか？」

「セナ様！　すぐに逃げてください、アスラン殿下とあなたに、神山は暗殺命令を下しました！」

暗殺。その言葉に、セナは背筋に恐怖が走った。

「と……いうことは……闇人が……？」

「はい。私も同じく殺せと命が下ったと、ルツが聞いております。ゼーダは、あなた方を亡き者にし、ナルージャの婚配者を立てるつもりなのです。皇帝陛下には帝位を廃するという命を、ゼーダは手にしました」

廃位。

信じられない言葉に、セナは目の前が真っ暗になりそうだった。アスランを抱く手に、力が入らなくなる。そんなことが、起こりうるのか。

「では……では、王の扉が開かなかったのは、それが原因か……」

「陛下はどちらに!?」

「上位に呼び出されて、ジグルトと一緒に上の間へ……。呼び出されている間に、ここから出ろ、ガトーの所へ行けと言われて」

「セナ様、私はもういったん神山の外、行政区に出ました。ガトーと落ち合って、友人とネスタニア国婚配者の母を預けてきました」

「何だって!?」

一体どういうことだと詰問する前に、セイジュが腕を強く摑んできた。

「説明している暇はありません。ルツが向こうで待っています、早く私と行政区へ！　もう王の扉は開きません。陛下はここへ閉じ込められ、皇帝の地位も、レスキア国王の地位も自然と失ってしまう。あなたとアスラン殿下が殺されたら、世界はそれで終わる！」

突然、アスランを抱えたセナの腕をフオルが引っ張った。セナがわずかに体勢を崩した拍子に、腕の中のアスランが身体を反らせる。慌ててセナがアスランの身体を支えると同時に、アスランの鼻に、小さなガラスの瓶が押し当てられた。

「ふああん」

「良い子ですね、アスラン様、ちょっと眠りましょうねー」

フオルが眠り香を嗅がせたのである。

急激な睡魔に嫌がって身体を動かすが、すぐにアスランは首を傾けた。

「御子様に聞かせる話ではありません。もう二度と使わないと思っていましたが」

フオルは薬を袋に戻し、ぎゅっと唇を引き締めた。

「また、逃げるしかなさそうです、セナ様」

逃げる――。

闇人が、どんな者か、よくわかっている。

逃げられるのか、あの強さから。あの冷酷さから。あの、無慈悲から。

「生きるんです、セナ様！　そう誓ったではありませんか、何としてもアスラン様を守ると！　私はどこまでもついて行きます。闇人にだって誰にだって、殺されるわけにはいきません！」

フオルに腕を強く摑まれ、セナは焦点の合わない瞳をようやく戻した。だが、視線を下に向ければ、足元が揺らいで見えた。

　そうだ。守る。守る。守る。でもどうやって？

　もう精一杯やった。守ったではないか。今度は一体どこへ逃げるというのか。

　もう、守ってくれる護衛官はいないのに……。

「セナ！」

　皇帝とジグルトが、こちらに駆けてくる姿が目に映った。その姿だけははっきりと見え、セナは思わず声を大きく上げた。

「陛下！」

　皇帝の腕の中に包まれる。セナは目をきつく閉じた。

　ああ、もう目を開きたくなどない。

　皇帝は、冷静な声でセイジュに告げた。

「竜王の意志により、廃位にすると言われてきた。代理人として上位三家金の神官の正名が連ねてあった」

「アガタ様は無理やり書かされたのです。陛下、ゼーダとナガラは、アスラン様とセナ様に暗殺命令を出しました。アガタ様は、アスラン殿下を絶対に殺されてはならないと、逃げるようにと伝えてこられました」

「外へは出られんな？　おそらく奴らは俺の廃位を国に伝えている。国が、俺の国王としての地位を他の者に譲るまで、ここに閉じ込めておくつもりだろう」

「その通りです。もうすでにレスキアには同じ命が下っているかと思われます。皇帝陛下、私は神山内部の『山の道』とは別の隠し通路にある、闇人らが管理する牢獄に捕らえられていたネスタニア国婚配者の母を助け出しました。私の友人である医師が同様に捕らえられていた。その者が、すべての上位らの思惑を知っております」

「マルコという医師か？」

　ジグルトの言葉にセイジュは頷いた。

「すでにガトーとは落ち合っています。陛下、すぐに行政区へ！　隠し通路を通っていくしかありません」

　皇帝の行動は早かった。眠るアスランを片手で抱き上げ、セイジュの後ろを追った。セナは皇帝に肩を抱かれ、それに続いた。

　以前、竜王のいる頂から戻った時に出てきた、貯蔵庫周辺に行く。

「ここは外部と繋がっていますが、外には業者らが集まっている。今はちょうど出入りの少ない時間です。あの壁に、一人ずつ」

壁の向こう側がわずかに開き、ルツが顔を覗かせた。ルツが開いた隙間を、まずアスランを抱えた皇帝が入った。次にセナが、フオルがと続く。

「間に合って良かったです……！」

暗闇だが、ルツの声は安堵で震えていた。

全員が通路に入った後、壁は慎重に閉じられた。暗闇を、互いの衣を摑みながら歩く。

相当歩くのかと思われたが、出た場所はセイジュの執務室の天井だった。天井から下を覗くと、ガトーが顔を強ばらせながら上を見上げていた。目が合うと、顔中に喜色を浮かべる。

「よ、良かった、ご無事で！」

先にセナが降り、皇帝からアスランを受け取った。次に皇帝が下にある椅子にも乗らず、床にそのまま降りてくる。

フオルを抱きかかえながら降ろしたセナは、寝椅子に横になっている人物と、椅子にもたれている男の有様を捉え、声を失った。

「私の幼なじみで医師のマルコです。こちらがネスタニア国婚配者の母御で……」

マルコという医師にはかろうじて意識があったが、ひどい拷問の跡が見て取れる有様だった。ネスタニア国婚配者の母は、死んでいるか生きているかもわからないような状態だった。

「なんて……なんてことを！」

セナは思わずネスタニア国婚配者の母に駆け寄った。自分と同じ男体と聞いていたが、衰弱し、意識を失っている。なぜこんな目に遭わねばならなかったのか。

「マルコ、話せるか」

セイジュが医師の身体を支える。医師が唇を震わせた途端、いきなり、扉が開いた。

そこに立っていたのは、二人の男だった。

執務室内にいた誰もが、彼らが何者で、何のためにここに来たのか、一瞬で理解した。

セナは、黒狼獣人の後方に立つ、白銀狼の姿を、何の感情もなく捉え、そして呟いた。

「……イザク……」

白銀の毛並みを、どのくらい見つめていたのかセナにはわからなかった。

闇人が、二人。彼らが何の目的でやってきたのかは明白だった。

皇帝の身体が目の前に立つのと、黒狼獣人の身体がぐんと前に出るのは、ほぼ同時だったかもしれない。なぜかそれらは、やたらとゆっくりな動きに見えた。

呼吸を忘れそうな緊迫感——殺気が、一瞬にして場を包んだ。

皇帝の後ろで、何の受け身も取れずにいたセナは、頭のどこかで、一つのことを思った。

——イザクが、自分たちを、殺しに来た。

絶望と恐怖で、脳が痺れる。部屋に充満する殺気で視界が霞む。皇帝の背中で押されても、セナは人形のように後ろに下がるだけだった。

ぴたりと、皇帝の身体が止まる。セナは、皇帝の肩越しに、殺気が止まっているのを目にした。

立っているのはイザクだけだった。白銀狼が、床を見つめている。イザクの見つめる先には、先程の黒狼獣人が倒れていた。

「……神山が私に、あなたとアスラン殿下の暗殺命令を下しました。セナ様」

イザクは剣を軽く振り、先端についた血を払い、鞘に戻した。

「神山は一度出した命令は覆しません。あなた方を殺害するまで、闇人を送り続けてくるでしょう。どうか、私と一緒に逃げてください、セナ様」

イザクの姿が、白銀狼から人間の姿へと変わる。鮮やかな白銀の毛並みは長い髪になり、差し伸べてくる腕が人間の男のそれに変わる。

「闇人らからあなたを守れるのは、私しかおりません」

鋭い灰色と水色の瞳に射貫かれ、セナは身動きが取れなくなった。

「……イザクお前……神山を裏切るのか……？　裏

切れるのか⁉」

　セイジュの言葉に、イザクは床に倒れている闇人に目を向けた。

「仲間を殺しました。私の裏切りを、神山は察するでしょう。私がセナ様たちと神官殿を殺害し、報告に戻るまでの猶予は一刻です。それ以上だと、怪しまれる。今すぐ神山を脱出するのです」

「しかしどうやって⁉　王の扉も閉ざされているのに！」

「神官殿、ここは行政区ですよ。神山の外には出ているんです。ここから隠し通路を通って一般地区に出て、馬車を拾います。手はずはもうついています。こんなに大勢とは思わなかったので一台だけしか確保していませんが」

　イザクはそこで皇帝に目を向けた。

「ひとまず全員で逃げることをおすすめします。神山はあなたの暗殺まではまだ考えていませんが、外に出すつもりはありません」

　陛下、とジグルトが短く問う。

　皇帝の決断は早かった。

「行くぞ」

　ジグルトとセイジュの方が混乱していた。闇人であるイザクが、まさか裏切ってくるとは思わなかったのだろう。本気か、と視線をさまよわせる。無理もない。セナ自身、自分の感情をどこへ持っていけばいいのかわからなかった。

　だが今は、信じる信じない以前に、ここから脱出しなければならないことは明らかだった。

「ルツ、お前はアガタ様の元へ戻るんだ。一緒に逃げればどうなるかわからない。竜王がある程度成人されるまで、意思疎通に欠かせないアガタ様をどうにかしようとはゼーダも思っていないだろう」

　ルツの瞳が翳り、ぼろぼろと涙がこぼれた。

「一緒に、セイジュ様と一緒に行きたい」

「ルツ、わかってくれ。アガタ様は身を挺《てい》してでもお前を守ってくださる。これから先、俺と行動しては、お前の身が危険なんだ。俺が戻るまで、存在を隠して、じっとしているんだ。何もしなくていい」

別れを惜しむ時間もなかった。ルツは身体を震わせ、セイジュに縋るように言った。

「セイジュ様、必ず、必ず戻ってきてください。絶対に、戻ってきて」

「ルツ……」

セイジュとて、やりきれない思いだろう。神山に残しても、実際何があるかわからない。しかし、暗殺命令が下された自分の傍に置く方が、危険なことは確かだった。

ガトーが投げてきた粗末なマントに皇帝とジグルト、セイジュが身を包む。マルコはジグルトのマントで巻かれ、セイジュが背負い、ジグルトが後ろから支えた。ネスタニア国婚配者の母は毛布で包まれ、イザクが担いだ。眠るアスランを皇帝が背負う。

再び天井に這い上がり、ルツとは道が分かれることになった。しゃっくりを上げ続けるルツに、セイジュが最後の別れを告げた。

「ルツ、必ず、戻ってくる。アガタ様と竜王を頼む」

暗闇を、イザクを先頭にして進む。皇帝、セナ、フオル、セイジュ、ジグルトと続き、ガトーがしんがりについた。

「手はずがついている、ということは、お前はセナを殺せと命じられるとわかっていたのか」

前を歩く皇帝が、低い声でイザクに問う。ほんのわずかな声量だったが、暗闇と冷たい岩壁を伝い、後方にも響いてきた。

「政治は私にはよくわかりませんが、ナルージャの姫を婚配者にするとウガジェは言っていました。惹香嚢を取り出すまでもない。殺してしまえと。他の者が暗殺を命じられたら止める準備はしていました。私に命が下されるとは思いませんでしたが」

セナはイザクの言葉に、背筋にぞわりと恐怖が這うのを感じた。

「惹香嚢、を、取り出す?」

「行方が知れなくなった、オストラコン国婚配者、その母親。そしてナルージャ姫の母親の代わりにバルミラ国からついてきた乳母、三人が手術によって惹香嚢を取り出され、死亡しました」

セナは一気にこみあげてきたものに、とっさに口を押さえた。吐くのはなんとか堪えたが、立っていられなくなり足を止めた。フオルが縋るように支えてくる。

「セナ様！　お気を確かに！」

「まことか……！」

皇帝も衝撃で掠れた声を出した。セナの後ろから、セイジュが静かに伝える。

「本当です。このマルコが知っております。オストラコン国の婚配者らを手術した医師が死に、代わりに連れてこられたそうです。手術を拒否し、拷問されたと」

混乱するジグルトの声も、壁を伝って響いてきた。

「何のために……!?　惹香嚢は生命力の回復を促す臓器だと、一時期惹香嚢狩りが行われたという歴史があるのは知っているが、それは獣人族がその効能を求めた結果だろう？　神山で下位に見られている獣人らのために、婚配者の臓器を殺してまで取ったというのか!?」

「惹香嚢を口にしたのは竜人族。上位神官らです」

セイジュに担がれているマルコが低い声を出した。

「先の竜王が亡くなってから今まで上位神官家で五人死んだらしいです。原因は鱗病。竜王薨去の際、神山に蔓延する伝染病と言われています」

鱗病。

その聞き慣れぬ言葉に、説明するマルコ以外の全員が沈黙した。

「それを調べることは学都でも絶対の禁忌でした。私も師匠から聞きかじったにすぎません。鱗病で死んだ上位神官家出身の医者がおり、その人が残した文書があったんです。ラビレオ師匠の兄弟子がそれを持っていて、神山に知られて投獄され死んだとか。文書には、竜王は新たなる神を分卵される際、鱗が剥がれるそうです。それはすぐに細かく砕け、粉塵《ふんじん》のようになり、粉に触れた人間は鱗病にかかると記されていました。真偽はわかりません。だが、竜王は薨去の際、死後に自分の世話をする神官らを一緒に連れて行く、だから死者は『殉教者』と呼ばれるそうです。レスキアの始祖、タルトキアは百五十年前の竜王薨去で、鱗病にかかって全員死んだ。ゆえに家が絶えたと言われています」

だが彼らは『殉教者』ではなかった。

「鱗病を治す方法が、生命回復万能の臓器、惹香嚢を喰らうこと。それに気づいた竜人族は、喰らったのです、惹香嚢体を。何千年も前から。竜王薨去の際には神山で秘密裏に惹香嚢狩りが横行した。これが、神山に惹香嚢体が存在しない理由です」

世間では、獣人の地位が下がり、散々狩られてきた惹香嚢体は、息をひそめて生きるようになった。数が減少し、探し出すのも困難になるほど。

「先の竜王が薨去し、ウガジェ家の長女が罹患したのが最初でした。ゼーダは闇人に、惹香嚢を狩り出せと命を下しました。ところが神山にはどう探してもいなかった」

イザクの言葉に、セイジュが震える声を出す。

「四年……前か」

「はい」

セイジュがルツのことを考えているのがセナにはわかった。ルツは、惹香嚢体だ。見逃されたか。それともその前に、セイジュが救い出していたか。

「次に死んだのがハルダ家の三男。次がウガジェの中位神官家で二人」

「おかしくないか！　最も竜王の傍にいたアガタ様がなぜ罹患しない！　あの方は鱗病など知らない！　惹香嚢体から臓器を取り出して喰らうなど、知っていたはずがない！」

「百五十年前のことを、誰がどう伝えていたのかわかりません。鱗病がどんなものか、私は見ました」

イザクの言葉に、セイジュに背負われているマルコが身を乗り出すのがわかった。

「ど、どんな、どんな症状だった！　『身体が硬化する』としかわからず、ハルダ家のナガラも、同じ事しか言わなかった！」

「皮膚が文字通り鱗のように硬くなるのです。鱗と言うよりは白い石のように見えました。それが身体全身に回り、身体の内部まで浸食していき、やがて死に至る。人によって半年だったり数カ月だったりするそうです。ウガジェ家長女は一年二カ月後に死にました」

イザクが淡々と続ける。

「なぜお前ら下等な種でなく、竜人族にこの病が受け継がれるのかとゼーダが闇人にあたっていました。ゼーダの長女が死んだ後、次に罹患したのがゼーダ、そしてナガラの妻だったんです」

セナは思わず声を上げそうになった。その先を、聞きたくない、止めてくれと心が叫ぶ。

「確実に惹香嚢を宿す身体を、神山に集める方法がある。それが婚配者でした。最初に到着したオストラコン国の婚配者とその母親から、惹香嚢が取り出された。それを何人が喰らったかわかりません。次に到着したのは、バルミラ国の惹香嚢体。しかし、ナルージャの姫は、殺すわけにはいかなかった。男性体であるネスタニア国婚配者の母は、単に後回しにされていただけらしいです。男よりは女の方が『まだまし』……と。ナガラの言葉ですが」

「……下郎が……」

呻くように皇帝が呟いた。

セナは皇帝に背負われるアスランの背中に触れた。

――もしかしたら、神山に到着してすぐにアスランも自分も殺されていたかもしれない。

なぜ自分たちには手が下されなかったのか。

皇帝が常に傍にいたため、手を出しにくかったのだろうか？

「なぜセナとアスランは無事だったのだ？」

セナの疑問を、皇帝が口にした。イザクが答える。

「私には直接命令が下りませんでしたが、別の者がセナ様とアスラン殿下を拉致するよう命じられておりました。しかし、直前でゼーダが命令を変更したのです」

「変更した？　なぜ」

「イマーシュ家当主が、アスラン殿下こそが正統な竜王の婚配者だとゼーダとナガラに伝えたからです」

それを聞き、セイジュが小さく息をついた。

「俺は……アガタ様が何も考えずにゼーダらにそれを伝えてしまったことを危惧したが……逆にそれが一時の抑止力になったのだな。ゼーダらとて竜人族、アガタ様の力も、正統な婚配者である事実も、無視できなかったわけだ。喰らうことを畏れたか」

「しかしそれは本当に一時でした。三人の惹香嚢体が犠牲になり、それでも病は蔓延した。私が所属に戻った時には、ほとんど全ての上位神官家が罹患しました。老若男女合わせて上位神官家は」

「三十人……！」

　イザクの言葉にセイジュが喉の奥から吐き出すような声を上げた。

「他に、中位も何人か。あなたは他の方々と接触していなかったのでご存じなかったでしょうが、中位らでも上位の人間が急に消えた、連絡が取れなくなったことを不審に思い始めています。ハロイ神官は、罹患し、隔離されたまま数日で死に至りました。おそらく彼が最短だった。ちなみに、ネスタニア国婚配者の母をゼーダのもとへ連れて行ったのはハロイです。何らかの取引をしたんでしょう」

　セイジュが声にならない声を出した。話の内容の凄まじさに、感情と、理解が追いつかない。だがイザクは、抑揚のない声で続けた。

「このままでは鱗病で上位が絶える。百五十年前にタルトキア家が絶えたように。今度は全ての神官が失われる。だからこそゼーダは世界から、惹香嚢体を集めようとしたのです。彼の手には、かつて集めた世界中の、惹香嚢体の記録がある。神隠月に生まれた者以外にも、惹香嚢体であれば何でも良い。探し出して、神山に献上しろと、全世界に告げるためには、物言う神官でなければならなくなった。幼き竜王を掲げ、世界にその命を届けるのに一番邪魔な存在は」

「……俺か……」

　皇帝の静かな怒りを含んだ声が、黒い岩に伝った。


　どれほど長い隠し通路を伝い歩いたのか。馬車を用意すると言ってイザクが一人で壁の外に消え、待っている間、誰も言葉を発しなかった。

　心乱され、考える事は皆違うだろう。セナは、何度もこみ上げてくる吐き気を抑えるだけで精一杯だった。

突然石が動き、わずかな隙間ができる。顔を覗かせたイザクは、短く告げた。

「今なら人もおりません。皇帝陛下、お先に。ジグルト外交官、ガトー補佐官は御者になっていただきます。四人乗りです。私は馬で誘導します」

御者なんてやったことない、とガトーが呟いたが、誰もやったことがないのは同じだった。

隠し通路から出てすぐに黒い馬車が横付けされていたが、セナが見たところ、ここは普通の住宅地のようだった。だが、陽が落ちかけているからか、人も歩いていない。セナたちは素早く馬車に乗り込んだ。

「神山でもここは、貧民地区です」

セイジュが説明した。

「ここから湖を渡って外へ出るとなると、向からのは南……」

「いったん南から東へ出るとなると、街道に残しているわが軍を通り抜けることになるな」

眠るアスランを抱きかかえながら皇帝が言った。向かい側でセナはフオルを膝に抱えていた。セイジュは隣でネスタニア国婚配者の母を抱えている。その向かい、皇帝の隣にはマルコが座っていた。

何とかガトーは慣れない馬車を操っているようだった。おそらくイザクが貼り付いて、馬を御しているのだろう。

居住地区から出て、湖の上を走っている。

「まだ外側に、我々が逃げたと気づかれていなければ、イザクを門番は通すはずです……」

セイジュの言った通りだった。街道へと続く神山の門番からは、中を確かめられる事なく、そのまま通された。セナは思わず大きく息をついたが、膝の上のフオルもはああ、と力を抜いた。

慣れぬ運転で馬車が走る。何の言葉も出ないまま、セナはフオルを抱きしめているしかなかった。沈黙に、セイジュの声が落ちる。

「陛下。陛下はどこで、我らと道を分けるおつもりですか」

黒い水面に波紋が描かれるように、言葉が広がる。皇帝は無言のままだった。セナは、何も言葉を発せられなかった。今のこの状況がどうなっているのかすら、正確には摑めていない。

神山からのお尋ね者をレスキアに連れて帰っても大丈夫なのかと、セイジュは言っているのだろう。セナは、自分の立場もどうなっているのかわからなかった。

ただ、イザクの言った一刻、という時間が過ぎたのはわかっていた。神山では、イザクが裏切ったこと、自分たちが逃げたことがもう伝わっているだろう。

「陛下、主要街道に入りましたが、軍をどちらに駐屯させておられますか。レスキア軍が見当たりません」

イザクの言葉に、皇帝が急いで窓を開ける。フオルが身体をずらしたので、セナはアスランを皇帝から受け取った。

「ジグルト！」

「陛下！　もう少しで宿場町が見えてきますが、駐屯していた我が軍が、見当たりません！　この時間、宿直の兵士が並んでいるはずなのに、松明が掲げられていない……」

その言葉に、皇帝は窓から身を乗り出した。

「ばかな……！　近衛が、君主の命令もなく、兵を動かしたというのか⁉」

セナは、身を乗り出す皇帝から目が離せなかった。

どうなる。どうなっているのだ。

「陛下、私が宿場町に入り聞いて参ります。しばしお待ちを」

返答も聞かずにイザクの馬が去るのがわかった。皇帝は馬車の椅子に戻ると、思考するように空を見つめた。ゆっくりと乱れた髪をかき上げる。

やがて現れた視線の鋭さに、思わずセナは身を固くした。

馬車が止まったことに、セイジュは焦っているのか何度も窓を伺った。まだ神山から距離を取っていない。いつ追っ手が来るか、不安に思って当然だろう。

「陛下！」

皇帝は、外から響いたジグルトの呼びかけで身を翻すようにして外に出た。セナも窓を覗くと、もう夜の闇の中だったが、灯りも持たずに馬が四頭、駆けてくるのが月明かりでわかった。先頭を走るのがイザクということも。

続く三頭は、あらわになるにつれて、レスキアの近衛兵だとわかった。

「陛下！　このような、後方に……」

馬から飛び降りた男が、すぐさま膝をつく。

「何者か」

「近衛第二騎士団第四隊長、ダンと申します！　ここに駐屯しておりますのは私の隊だけです」

「ダン……!?」

思わずセナはアスランをフオルに預け、馬車を降りた。セイジュもネスタニア婚配者の母をマルコに任せ、同じく降りる。

見知った仲だった。彼は、レスキアを出て神山へ向かう途中、川岸でナルージャ族の襲撃を受けた際、最後まで戦ってくれた黄金虎獣人の隊長だった。

「宿場町から漂う臭いに身に覚えがありましたので、もしやと思ったらこの黄金虎隊長でした」

イザクの言葉に、ダンが頷く。

「驚きました。まさかあの時一緒に戦った護衛官殿がやってくるとは。陛下、第二騎士団は、我が隊を除いて兵を引き上げました。神山からすぐに引き上げるように命が下ったのです」

「余が命じたのは近衛第二騎士団以外の兵だったはずだが？　近衛が、なにゆえ皇帝の命を待たずに兵を引き上げた？」

「皇帝位を廃すると、神山から命が下された、と聞きました。今後陛下が神山から出られることを許されるまで、全隊引き上げよ、さもなくばレスキアの反逆と見做すと、伝えられました」

「それでも軍の指揮権は我が手にあるはず。帝位を廃されてもレスキア国王の座を降りたわけではないぞ。何日前に、誰の命でそれが届いた」

「二日前、上院議会の採決を得て、戒厳令下に入ったとのことでした。全指揮を執られるのは、西方防衛師団長にしてレスキア軍参謀総長であらせられる、ラーシャル元帥でございます」

セナは思わず耳を疑った。ジグルトが蒼白になり、ジグルトやガトーも同様だった。ジグルトが蒼白になり、震える声を絞り出す。

「ちょっと待て……！　上院を動かすなど一カ月二カ月程度では無理だぞ！　……陛下、もしかして神山は、婚配者を指名し、各国に使者と護衛官を送った直後くらいから、この計画を練ったのでは⁉」

　それに答える皇帝の声は、冷静だった。

「そうだろう。先程のイザクの話を聞いて、一つ、気にかかったことがある。確実なのは、少なくともセイジュらが使者として発った直後くらいから、奴らは世界中から惹香嚢体を集める計画を立て、実行していたということだ。最初から御しやすいバルミラ国からの婚配者を立てようとし、オストラコン国、ネスタニア国、そして我がレスキアにも間者らを放ち、俺の廃位を含め、思惑通りに事が進むようにしていた」

　セナは思考がどうしても点と点を結ばなかった。

　惹香嚢体を集める計画？

　ではなぜ最初から、それをしなかったのか？

　なぜ先に婚配者の惹香嚢を求めた？

　竜王の婚配者の使者がやってきたのは、春流月だった。子を孕む、夏赤月に合わせて輿入れが決まったのだろうと。

　セナはそこまで考えて、それを言ったのは誰だったかと思い出そうとした。

　セイジュもイザクも、そんなことは言っていない。

　そうだ。サガンが、そう言ったのだ。

　赤月に合わせて、婚配者を神山に呼んだのだろうと。

　セナはふと、闇夜に浮かぶ月に目を向けた。

　大きく丸い宵月が、いつの間にか空から消えていた。代わりに空に漂っていたのは、闇に溶けるように細い、夏流月だった。まだ暑さが残る夏の夜の、澱んだ空気に絡まるように、月が身を横たえている。

　わずかに放たれる夜の風が、頬をかすめる。その風は、秋の訪れを予感させると同時に、背筋を凍りつかせた。

　あと十五日程度で、またあの赤い月が浮かぶ。

「陛下、恐れながら、我が隊は最後まで陛下をお守りしますが、この先はどうなるかわかりません。実際私は、陛下が神山から出ることを許された暁には、真っ先にお迎えせよと言われてここに残りました。しかし今、陛下は、神山の許可を待たずに出てこられたのでしょうか？」

ダンの口調には、皇帝の身を案じる思いしか滲んでいなかった。

「それは神山に対する反逆の意志を示すものではないのですか？」

忠誠が伝わるからこそ、皇帝は責めずにダンを見据えた。ダンの頭が下がる。

「お許しを。私はあくまで陛下にお仕えする所存でございます。しかし、しかしながら陛下、今、妃殿下と殿下を一緒に国へお連れすることは、国に、弁明ができません」

「それはお前が案ずることではない」

「陛下！」

ジグルトが地に伏せるようにして告げた。

「恐れながら陛下、今は、この不当な廃位について、上院に説明するのが先と思われます。国をまとめ上げなければ、神山の不正を糺《ただ》せません。この急な事態における早急な戒厳令、レスキア国内に、すでに陛下の王位を危うくさせる存在がいるかもしれません。オストラコン国の神山外交官の私見ではありますが、皇弟殿下とオストラコン国との間に不穏な動きがあるという話を思い出してください。この状況で、セナ様とアスラン殿下をお連れすることは、逆に危うい立場に立たせることになろうかと思われます」

「しかし、これから先セナらがどこへ逃げられるというのだ！」

ジグルトに続き、ガトーが平伏するようにして懇願した。

「陛下、南へ！　ナラゼル元帥ならば、戒厳令下であったとしても陛下に忠誠をお誓いになるはず。まずセナ様たちを南へ逃がすのです。戒厳令を解き、軍の支配権を確実に取り戻してから、レスキアにお迎えになった方が得策かと思われます。まずは、まずは一刻も早く、レスキアに戻らねばなりません！　陛下、どうか……！」

セナは、臣下を前に、肩を震わせる皇帝の背中を見つめた。

ジグルトらが言うのはもっともだった。神山によって婚配者から外された者を、己の帝位と天秤にかけても守る意味はない。

ここで放り出されることは恐怖だった。またあの放浪を続けるのか。追っ手に脅えながら、逃げまどうのか。幼き者を連れて、明日の保証がない逃亡など、考えただけで身体がすくむ。

温かく、子が思い切り遊べる場所へ、一刻も早く辿り着きたい。食うのに、寝るのに困らない場所で、身体を落ち着けたい。

だがレスキアに戻ったところでそれがあるかと言われたら、ジグルトの言うとおり、まだないだろうという答えしか導けなかった。

少なくとも皇帝が、統治者としての全権を取り戻すまでは。

いいです、とセナは告げようとした。

震える背中に、我々は別に逃げます、と声をかけようとした。

もう、十分だと。

あれほど皇帝としての体面を保とうとしていた人が、臣下に必死に懇願されても、まだ、悩んでくれている。

一緒に連れて行く道を、救う道を、模索してくれている。

それで十分だった。あの背中に背負うものが、どれほど大きいものか、もう自分はわかっている。

恨んだこともあった。憎んだこともあった。だが今は、この途方もない世界の重さを抱えられる人間は、この世でこの人ただ一人だということを、理解している。

セナが声を出す前に、皇帝の声が飛んだ。

「至急、馬車と馬を一頭用意せよ。当分困らぬ食料や金もだ。神山から使っていた馬では足がつく」

それで決定した。ダンが身を翻す。

イザクが馬から下り、馬車から眠るアスランやマルコが降ろされた。

「ネスタニア国婚配者の母は連れて行く。ネスタニアにはアスキンが行っている。このたびの廃位はもう伝わっているだろう。拘束されているかどうかは知らないが、あちらに対する交渉になる」

ジグルトにそう告げた皇帝が、身体を向けてくる。

セナは、向かいあった皇帝に、ただ頷いた。理解した、と意を込め、皇帝を見つめた。

皇帝は、無言で見つめてきた。鋭い目で、食い入るように見つめてくる。セナは目を逸らさなかった。わかっている。あなたの気持ちは。その思いを込めたつもりだった。

「……南方防衛師団は、ナラゼルは必ずお前たちを守る。俺は帝都をまとめ上げ、必ず迎えに行く。それまで待っていてくれ。どんな噂が流れてきても信じるな。俺はお前たちを、絶対に見捨てない。必ずや神山を一掃し、アスランを竜王のもとへ連れて行く」

「はい」

皇帝の手が、両肩を摑んでくる。

「そしてもう一つ、お前に命じる」

「はい」

「お前を、離縁する」

目の前の皇帝の瞳から鋭さが消え、微笑みが浮かぶ。

「もうお前は、何からも自由だ。何のしがらみも抱えず、ネバルの王子であることも、俺の妻であることも捨て、ただアスランの母として、一個人として生きるがいい。これから先、お前がどんな身になろうとも、レスキアはお前を守る。お前からはもう、十分過ぎるものをもらった。あとは、自由に生きてくれ」

セナは、身動きが取れなかった。

皇帝の言葉が頭を巡る。そして同時に、今までの言葉が、今までの行動が、今までの仕草の一つ一つが、今告げられた言葉と絡み合ってよみがえった。

セナは、闇夜でも輝く皇帝の瞳を食い入るように見つめた。

この瞳の輝きを、自分は以前見たことがある。

禁忌を破り、神隠月の夜に皇帝が緋宮を一人で訪れたあの夜。アスランを身ごもった夜に、皇帝の顔を間近で見つめ、知りたくなったのだ。

一体何を求めれば、何を欲し恋焦がれれば、瞳がこれほど光り輝くのかと。

あの時もおそらく、映し出されていたのだ。

瞳の中にいる自分の姿に、気づいていなかっただけだ。

ああ、この方は。この方は――。

ダンとその部下が、馬と馬車を引いてくる。セイジュらはすぐさま新しい馬車に乗った。皇帝自らアスランを抱きかかえ、馬車に乗せる。

「セナ、お前は馬に乗れ！　イザク、お前は御者だ。急げ！　追っ手がやってくるぞ！」

皇帝の言葉に、セナは馬に乗った。イザクもジグルトから御者用のマントを受け取り、馬車の手綱を取る。皇帝は最後に、イザクに歩み寄った。

静かに、だが鋭く告げる。

「守れよ」

「命に替えても」

イザクはそう返答し、馬に鞭を放った。

走り出した馬車に、セナは手綱を握りしめた。足で馬の腹を蹴る瞬間、後ろを振り返る。

見守る皇帝の顔に浮かぶものを、セナは食い入るように見つめた。

その笑みを。その想いを。その感情の全てを。


馬が走り出しても、セナは、顔を皇帝へ向けたまま、前方に向けられなかった。そして、こみ上げてくる想いを吐き出すように、追われている身を忘れ、ありったけの声で叫んだ。

「陛下!!」

紙書籍限定

書き下ろしショートストーリー

君が人に戻るために

Ryuouno konin

Kimiga hito ni Modorutameni

そこに入り、忘れろと命じられたら、任務のすべてを忘れる。

誰を守ってきたか。何を知ったか、何を思ったか、頭から流れるように消えていく。

そういう訓練を、受けてきた。

部屋に入ると、イザクはいつもの言葉を口にした。

「イザク、帰還いたしました」

「ご苦労」

その部屋は、闇人が任務を受け取り、報告する部屋である。部屋の中では、その部屋の責任者であり、神山上位神官家・ウガジェ家の分家である中位神官・レザロが執務席に座っていた。何か紙に書きながら、顔を上げずに言った。

「報告は聞かずともよい、とハーダネット殿から命を受けている。お前が守ってきたレスキア帝国の婚配者候補・アスラン殿下とその母君は、レスキアからここまでくる間に、賊に攫われたと聞いている」

イザクは、レスキアに発つ前に、ウガジェ家の中位神官である、ハーダネットに言われたことを思い出した。

――何も見聞しなくともよい。お前の任務は、レスキア帝国からの婚配者候補とその母君を守ること。ここに辿り着かなければ、お前も、婚配者候補も、その母君も死んだということ。報告は無用だ。

ハーダネットはウガジェ家の家令であり、レザロよりも立場が上である。レザロは闇人やその養成機関を管理する立場にあるが、実際に統括するのは、ウガジェ家当主・ゼーダの声を代弁する家令・ハーダネットである。

まだ三十代前半だがでっぷりと太ったレザロは、身体を揺らし椅子をぎしぎしと軋ませた。

これは、レザロが不機嫌な証拠だった。去るように命じられない以上、身体は動かせなかった。イザクは置物のようにそこに立ったまま、次第に凶暴さを浮かび上がらせてくるレザロに目を向けていた。

「……お前ら下等の獣人を拾い上げて、使えるようにしてやったのは俺なのによお。俺の命令よりもハーダネットの命令を優先させるんだよな、お前ら犬は」

レザロのこのような言葉は、聞かないのが常である。

レザロは同じ中位神官ながら、家令として主人の手足となって動くハーダネットと自分の差に、不満を持っている。下の者に当たり散らし、時にハーダネットへの罵詈雑言を口にする。だがそれを耳にしても、目にしても、忘れろ、聞くな、見るなと命じられている。そう言われれば遮断できるのが、闇人という人間だ。

だが今イザクは、レザロの言葉を耳から流すことができなかった。いつもと同じことが機能しない状態に、イザクは心の内に焦燥が生まれるのを感じた。

なぜ、消えないのだろう？

代わりに耳の奥によみがえってきたのは、凛とした声音で伝えてきた言葉だった。

——さまざまな種はあれど、人は人だ。蔑まれる理由などない。疎まれる理由も、思考を、存在を歪められる理由もないのだ。

「鱗病が明らかになってから、ハーダネットは俺に情報をすべて見せなくなってよお。今、闇人らに、惹香嚢体を狩らせてんのは俺だぜ。それを邪魔者扱いしやがって……」

イライラしながらレザロが手の爪を噛む。

鱗病、という言葉をイザクは心の中で反芻した。

「先の竜王が薨去した時、ゼーダ様のご長女がお亡くなりになっただろう」

「はい」

これは忘れろと命じられていない。レザロの言葉にイザクは頷いた。

先の竜王薨去直後から、上位神官家は鱗病について調べることに奔走していた。

ゼーダの長女に続き、ハルダ家の三男が罹患した時、イザクは鱗病を実際に目にした。耳の辺りをぽりぽりとかいていた三男の顔に、どんどん白いイボのようなものが広がり、それを見たハルダ家当主のナガラが悲鳴のような声を上げたのだ。

惹香嚢体を探せ、と命が下ったのはその直後だった。イザクはそれより先に要人の護衛の任務を任されたため、神山から出ていた。

「足りねえって俺は最初から言ってたんだよ。惹香嚢体は発情しねえとわからない。発情期には身を隠しちまう。娼館で売られている惹香嚢体以外は、見つけ出すのが闇人であっても容易じゃねえ。だから、婚配者を見つけるために各国に調べさせた惹香嚢体の名簿を使えって、ゼーダ様に申し上げたんだよ。ハーダネットはそれが面白くねえんだ。俺が、自分を飛び越えて、ゼーダ様に進言したのが許せねえんだよ。同じ中位じゃねえか。何様だよあいつは！」

巨体を揺らし、レザロが机を蹴とばした。机が倒され、机の上にあった酒瓶やグラスや書類が床に散乱する。イザクは身動きひとつしなかった。

「俺のとこの従兄弟まで死んでんだよ！　一回目は回復したのに、二回目は惹香嚢が足りなくて死んだ！　臓器が足りねえんだよ！　惹香嚢体なんてすぐ湧いてくるんだからよ、何人狩ったって構わねえだろうが！　行動が遅かったから、見ろよ！　惹香嚢体の名簿を持って各国に散らばったのに、まーだ戻って来ねえよ、闇人らは！」

椅子から立ち上がり、レザロは酒瓶を蹴とばした。割れた酒瓶が酒を散布し、書類が赤紫色に変わる。

「対応が遅れたのは全部あいつのせいだ。ハーダネットのせいだ。各国が恩恵に預かるために惹香嚢体の数を水増ししているから、名簿に信ぴょう性がないだの、ばかか！　下等の腹を裂いて惹香嚢がなかったからって、なんだっていうんだ！」

グラスや、散乱した紙を蹴とばしながらレザロが叫び続ける。

「そのうちゼーダ様が罹患した。今までの症例を見ると、ただの惹香嚢体じゃ治るとしても一時でまた罹患するかもしれない。竜王と同じ時に生まれた惹香嚢体なら〝効く〟だろうから、神山に連れて来いって話になってよ」

イザクはその言葉に、冷たい水を浴びせられた感覚に陥った。竜王の婚配者候補の身体を、惹香嚢を、上位神官家に捧げさせるということなのか。

竜王の婚配者を決めるためではなかったのか。

イザクの頭に、幼い皇子の顔が浮かんだ。

その皇子を抱く、褐色の肌の、緑色の瞳が浮かんだ。

立っている足の感覚がなくなっていく。

――もし俺を殺してこいと命じられたら、俺を殺すか?

あの時の言葉がよみがえる。

なんだ、これは。

この感覚は、なんだ。

自分は今、何に〝恐怖〟を感じている。

その時、レザロが本を投げつけてきたのがわかった。避けることは許されていない。だが、自分に本が当たらないことは投げた軌道でわかった。

「上位はいいさ、婚配者候補の惹香嚢を喰らえるんだからな! 俺たち中位が罹患しても、惹香嚢がねえんだ! イザク、命令だ。お前も外に出て、名簿に上がっている惹香嚢をかっさらってこい!」

わかりました、とイザクは反射的に答えようとした。だが、いつもならばすぐに出てくるその諾が、喉の奥に貼りついて出てこなかった。

その時、扉を叩く音がしなかったら、レザロは人形が言葉を返さないことを怪しんだかもしれない。

「――失礼します」

扉の向こうに立つのが誰なのか、イザクはすぐに察した。だがレザロにはわからない。闇人が発する言葉は抑揚がなく、皆同じような話し方をするため、特徴を掴むことが難しい。レザロは苛立ったように叫んだ。

「誰だ!」

「ガイルです。イザクがそちらにいると思います。ハーダネット様がイザクを呼んでおりますので、迎えに来ました」

レザロは忌々しそうに舌打ちして、入れ、と命じた。現れたガイルは、イザクを一瞥し、行け、というように顎をしゃくった。

「待て。ここを片付けてから行け」

レザロの言葉がわかっていたかのように、ガイルは告げた。

「私が片づけます。ハーダネット様は、至急、とおっしゃいましたので」

ふん、とレザロは盛大に鼻を鳴らした。

「いいかイザク。部屋を出たら、俺が何を話していたか忘れろよ」

　忘れろ。

　そう命じられたら、頭から全て洗い流すことができるはずだった。

「――わかりました」

　イザクは踵を返し、部屋の外へ出ていこうとした。扉の前に立っていたガイルとすれ違った瞬間、強い力で手首を摑まれた。

　イザクは、ゆっくりとガイルに目を向けた。

　そこには、ガイルの、人を射貫くように見る瞳があった。

　イザクは、その目を同じように見返した。

　狼獣人の間で瞳を合わせないことは、相手に恐れを抱いていることを意味した。やましいこと、恐れていること、隠しておきたいことを相手に悟られることを避けるため、本能的に目を逸らす。格上は、相手に己の力を誇示するために、わざと目を見てくる。格下は、逆らう意志がないことを示すため、目を逸らす。ゆえに、狼獣人は、互いに不穏な空気が流れそうになったら、相手を見つめる時に若干焦点をずらすのが癖になっている。逆に、目と目を合わせた時は、戦闘態勢に入るのだ。

　闇人らは、相手に対する闘争心、本能が目覚めぬように、目の焦点を合わせない訓練をしている。普段すら、イザクは人の目をまともに見るのを避ける。

　闇人の間には階級も上下もない。ゆえに、誰が能力的に上か、一見した限りではわからない。

　だがそれは、自然と伝わるものだった。

　ガイルはまとめ上げるのが優れた性格をしているため、闇人の中でも統率的な役割を果たし、団体行動を任されることが多い。だが、イザクは白銀狼という、先祖返りでしか現れない特殊な種のせいか、群れるのが苦手だった。単独で動いていても、イザクが闇人の中でも能力が上だと自負できるのは、狼獣人族が相手の能力を本能的に察することができるからである。

　ガイルの視点が、いつものようにぼんやりと焦点を外す。それに合わせて、イザクも同じように見つめる目をやわらげた。

ガイルの手が手首から離れ、姿が扉の向こうへ消えていく。

レザロの執務室の扉がゆっくり閉められる音を耳にしてから、イザクはとっさに凍りつかせた感情がほぐれるのを感じた。

狼獣人は、イヌ科の特性で、相手の匂いから、ほんの僅かな感情の起伏を知ることができる。

おそらく、通り過ぎた一瞬で、ガイルはこの身体から流れる感情の発露に気づいたのだろう。

闇人ならばあり得ない、〝感情〟を抱いていることに。

他人を想うがゆえの、焦り、逡巡、恐怖。

こんなものは本来、抱いてはならないものだった。

なぜなら忘れるのだから。忘れろ、と言われたら、全て真っ黒にできる。声も。情景も。匂いも。

ハーダネットの部屋に向かうイザクの頭に、かつて聞いた声がよみがえった。

――お前は人間だ。

気高く響く声。人をまっすぐに見つめてくる瞳。

何度も、本能をかき乱された身体。抱きたくて抱きたくて、理性が飛んだ。あの瞬間、自分は闇人ではなかった。人間ですらなかった。ただの獣。だが、理性もなく、まして洗脳もなく、ただの欲望に突き動かされた獣であることに、興奮していた。

いや、そうではない、とイザクは気づいた。

あの解放を、喜んでいたのだ。己の身体は。

喜び。

それは自分に、最も不必要な感情のはずだった。

ハーダネットの部屋の前に立ち、イザクは命じられる中身を予測した。

万能の臓器といわれる惹香嚢を持つ竜王の婚配者候補の身体を、鱗病に罹患した上位神官のもとへ連れていく。

レスキア帝国の婚配者候補を守っていた自分に告げられるのは、アスラン殿下を、もしくはセナ妃を、連れてこいという命令だろう。

護衛官ならば、警戒なく連れてこれるだろう、と。

果たして自分は、その命を下された時、何を選択するだろう。

選択――それは、今までの自分の人生に存在しないものだった。

過去は、塗りつぶされている。闇人として誕生する前、それ以前に何があったのか、親のことも、闇人養成機関時代のことも、何も覚えていない。

これは「忘れろ」と命じられていない。だが自らそれを選んだのだろう。だがそれで何も差支えなかった。

だが今、黒く塗りつぶされた箇所から、何かが浮かんでくるのをイザクは感じた。

それを、見たくない、とも。

見てしまったら、俺はもう俺ではなくなる。

それを、知ることが――怖い。

イザクはそっと、息をついた。

そうしなければ、心に急速に広がりつつあるものが、何かを破壊してくるのを止められそうになかった。

心の奥底に、無意識に封じ込めたはずの、何かがある。

それが出てくるのが、怖い。

恐怖。これを感知する機能が、まだ自分に存在したか。真っ先に封じ込めたはずなのに。

遠い昔に、生きるために捨て去ったものが、今こうしてよみがえってきている理由は、考えなくてもわかった。

あの、緑色の瞳だ。

お前は人間だと言い切った、凛とした声だ。

それだけは断固として守れと告げた声は、命令ではなかった。

尊厳を忘れた者を、目覚めさせる声。

「――イザク、参りました」

扉に声をかけると、すぐに声が返ってきた。

「入れ」

中には、ウガジェ家家令であり銀の神官であるハーダネット一人しかいなかった。執務机の椅子に座り、山のような書類に囲まれた机に視線を落としたまま、ハーダネットは話した。

「任務ご苦労だった。中身については聞かない。すべて忘れていい」

忘れろ、と言われたら黒く塗りつぶされる条件反射的な作用が、今回は脳内で働かなかった。

忘れろと。あれを。獣のように交わったあの日々を。

「ゼーダ様の近くに侍れ。今後、そちらから命が出るだろう」

いつもならば、ここで「はい」という言葉しか出ないはずだった。

「先程、レザロ様から、他の闇人らと同じように惹香嚢体を探しに行けと命じられましたが」

優先させるのはレザロよりも地位が上のハーダネットの言葉で、ハーダネットの命に何も言わず従えばそれでいい。だが今、『問いかける』ことを行った。その反応に、案の定ハーダネットがわずかに顔を上げた。

「従わなくていい。レザロへの報告も不要と伝えたはずだが、あれがお前を呼んだのなら仕方ない。ゼーダ様は今、体調が優れない。今は、お部屋の前に侍るだけの任務になる。命令を待て」

今は。

レザロの言った通り、ゼーダの体調が悪化したら『効く』惹香嚢が求められるのだろう。レスキア帝国の婚配者候補を連れてこいと言われるということだ。

切れ者のハーダネットにかまをかけるのは危険だったが、これではっきりした。ゼーダの命を最初に受けられるなら、阻止することも可能だ。

「わかりました」

頭を下げ、イザクは踵を返した。扉に手をかけたイザクの背中に、ハーダネットの声が飛んだ。

「イザク」

振り返ると、ハーダネットがまっすぐに視線を向けていた。この人物は竜人族の能力を持っていない。

当然、狼獣人でもない。狼獣人の鼻ならば気持ちの焦りに気づくかもしれないが、こちらが何を考えているのか、読めたりはしない。

だがイザクは、心臓が早鐘のように鳴るのを止められなかった。ハーダネットが視線を外さずに、静かに告げる。

「……ゼーダ様から命が下されるのは、おそらく竜王の頂に向かわれる時だ。それまで待て」

イザクはいつものように頷いた。

「わかりました」

扉を閉めたイザクは、ゼーダのところへは向かわなかった。助け出すならば、準備がいる。

一刻も早く、それを整えなければならない。

もう、ガイルに接触することは避けなければならない。他の闇人なら誤魔化せるかもしれないが、あの男はおそらく見過ごすまい。

闇人として生きるために、強固に作った心が、壊れかけていることを。

ひびが入ったそこから漏れだす匂いに、ガイルはすぐに気づくだろう。

助けたい。

何を引き替えにしても。

たとえ自分の心がもう一度破壊され、ずたずたになろうと、恐怖を感じて戦えなくなったとしても。

あの声を、あの瞳を、あの人を守るためならば、何を捨ててもいい。

この気持ちを、悟られるわけにはいかない。

その時、突如、胸元に込み上げてきた熱い塊を、イザクは止めることができなかった。

喉を逆流してきたそれを、外に吐き出す。

鮮血が、足元に散った。

たいした量ではなかったが、イザクは体内の血が一瞬逆流したように感じた。身体が血の流れについていけず、視界が揺らぎ、足から力が抜ける。

反射的に口元を押さえたため、掌にべっとりと血がついた。それを見つめながら、イザクは思った。

——まだだ。

まだ、俺は、人間になっていない。

俺に、お前は人間だと言ってくれた人を守る。

そうしたら俺は最期に、もう一度、人に戻れるだろうか。

心の中に潜むもう一人の自分を、取り戻せるだろうか。

あの人が願ってくれた、人である自分に、戻るために。

だから、もう少しだけ、もってくれ。

イザクは掌を握りしめ、神山の外に出るべく、歩き始めた。

ショートストーリー

赤花と白石の日

Ryuouno konin

Akahana to Shiroishi no hi

竜王生誕から二年が経とうとしていた。

竜王が代替わりしたことで、帝国であるレスキアの負担はかなり大きかった。神山や各国で行われる儀式や祭祀《さいし》に出席するだけではない。それらには多額の金が流れた。

「……ネバルの金山を動かせませんか」

財務省からの要望は、数度目だった。皇帝の言動を記録することが主な役割である、皇帝付き第一書記官のカルスは思わず皇帝の顔を伺った。

「あれは、動かせん」

皇帝は即答した。

「しかしネバルが我が帝国から離反し、それからずっと南からの金の献上は滞っております。我が国が金山を制圧してからは軍隊が守っておりますが、一向に動かさないままでは、予算が……」

「あれを予算内には入れるなと言ってあるはずだぞ。ネバルの政情が安定しないまま金山に手をつければ、搾取としか受け取られん。ネバルのレスキア同盟派の心が離れるだけだ」

「しかし陛下……ネバルはもう、国として成り立ちますまい……。王族がもうバルミラに……」

「あれほど古い王族の行く末を、お前が決めると申すか」

皇帝が一瞥しただけで、財務大臣は黙るしかなくなった。それほど鋭い視線だった。

カルスは各国との外交を調整する第一書記官、ヴァントに目を向けた。同僚も同じことを考えていたのか、カルスが記録する書面に走り書きしてきた。

ヴ　ネバルの金で賄っていた国庫を考えれば、財務省も諦められないよな。
カ　記録帳に妙なもん書くな。
ヴ　俺は、ジグルトの判断ミスだと思う。絶対惚れてんだって、陛下。ネバルの王子に。
カ　お前ふざけんなよ？　そんな低俗な思考で陛下が動くはずがないだろう。従属国の行く末は他の国だって注目している。ハイ潰しますなんて安直に行動できるか。

ヴ　だってこっちにはネバル王子の産んだ御子がいるじゃーん。その皇子を国王にして、堂々と内政干渉すりゃいいじゃん。セナ王子はネバルの王籍に王子として残っているんだから、セナ王子を摂政としてネバル国に戻せば良いんだよ。レスキアが干渉するのを条件にな。俺、妃と皇子の称号与えないのはそのためだと思っていた。陛下、セナ王子をネバルに戻すのかなーって。それがレスキアにとって、一番ネバル国内を治めるのに楽な道じゃない？　金山も早く動かせるし！

カ　……まあ、俺もそう考えていたけれど。

ヴ　それをしないのは、帰したくないからじゃん。ほら、惚れてんじゃん。

カ　いや、違う。もう少し政情が安定するまではと思ってらっしゃるのだろう。今は暗殺されて終わりかもしれないし。

ヴ　暗殺されたらされたで、レスキアが統治する理由になるじゃん。妃と皇子なんて、しょせん駒でしょ？　もともと人質よ？　何で気を遣う必要があんの？

カ　……。

ヴ　ほら、惚れてんじゃん。

カ　違うっ！

しつこく文字を書いてこようとするヴァントのペンをカルスが払った時に、財務大臣との会談は終わった。皇帝の身体がどさりと椅子に沈む。

「このところ落ち着かれる暇がなく、お疲れでしょう。後宮へのお渡りは、しばし休まれては？　ジグルトにそう伝えておきますか？」

ヴァントの提案に、皇帝はよほど疲れを感じていたのか、珍しく頷いた。

だがカルスはヴァントの横腹に一撃を食らわせた。全くこのばか、調子が良いのにも程がある。

「いでっ！」

「どうした？」

「何でもありません。陛下、先程のヴァントの申し出ですが、今は難しいかと。二日後には、『赤花と白石の日』ですので」

皇帝の目がわずかに泳ぐ。ああ、そうかとカルスは胸の内に切ないものを感じた。

「一年に一度、恋人や夫婦が愛を確認し合う日です。後宮でも、お妃様がたが陛下に赤い花を届けられますよね?」

『赤花と白石の日』とは、レスキア地方の昔語りから始まった夫婦の記念日だ。

石工の仕事をしている無骨な若者の元へ、美しい花嫁が嫁いできた。花嫁はなまりが酷い地方の出身で、街の連中からそれをひどくからかわれて無口になってしまった。夫は夫で職人としての腕は良いが無愛想で、なかなか夫婦の溝が埋まらなかった。

嫁いで一年経っても周りに馴染めず、夫からの愛情も感じられない妻は、一時里帰りを申し出た。夫は頷き、出発前に妻に贈り物をした。

里へ帰る途中、箱の中を妻が覗いてみると、そこには白い石に彫られた花があった。見事な細工だが石工の夫ならば手遊び程度のものだろう。そう思ったが、箱から取り出してみるとなにやら肌ざわりが違う。

それは飴《あめ》細工で作られたものだった。手のひらにのるほどの四角い固形の飴を買い、それを彫ってつくった花だった。飴そのものも高価なものだが、何より、もともと透明であろう飴が、石と見間違うほどに真っ白になっていたのは、寒い場所で飴を凍らせて作ったものだったからだ。美しい花を彫るために、夫は寒い場所に飴の塊を置き、寒さに耐えながら彫ったのだろう。それしか、職人である自分が気持ちを伝えられる方法を知らなかったから。

妻は、郷里に咲く赤い花をありったけ摘んで、夫の元へ引き返した。その花が枯れぬうちに急いで戻り、気持ちを伝えたと言われている。

遠方から嫁いできた者たちはこの夫婦の話を好み、民の間でこのやりとりが広がった。いつしかレスキア後宮でも夫婦の記念日として、国王は白いお菓子を、妃らは赤い花を贈るようになったのだ。

「冬の入りに赤い花は稀少ですから、お妃様方は陛下のために選りすぐりの品を届けられます」

皇帝は当然この話を知っているが、自分で妃らのために菓子を用意したことなどない。何かにつけて遊びを設けたがる後宮とのやりとりと認識しているにすぎない。

少しは興味を持ってもいいだろうに、全く関心がないことにカルスは切なさを感じたのだ。

この方はこうした人生のささやかな楽しみを、何も知らずに過ごすのだろう、と。

「そんなわけで、後宮も今しばらく賑やかになりますから……」

もうわかったというように皇帝が頷く。

それでその話は終わりだと思ったカルスに、ふと皇帝の視線が戻った。

「菓子は、毎年誰が選ぶのだ」

「……後宮付き第一書記官ですから……」

ジグルトである。

だがジグルトも、当然自分で選ぶわけではない。後宮の侍従らや大使らと相談して、贈り物に差が無いように、神経を使いながら決めるのだ。

「そうだと思った。よし、今年は余が選ぶ」

「ええ!?」

意外すぎる申し出に、カルスとヴァントは二人揃って素っ頓狂な声を上げた。

「し、しかしもうすでに後宮では、贈り物の準備は終えていますよ！」

「それらは新婚の者か求婚予定の者に下賜せよ。今年は皆に同じものを余から贈る」

ジグルトと菓子職人を呼べ、と皇帝が命じればカルスは動くしかなかった。呼ばれたジグルトがどうなっているんだ？　と目で訴えてきたが、説明する間もなく菓子職人が連れてこられ、皇帝は菓子職人と相談を始めてしまった。

皇帝が選んだのは、昔話と同じ花の飴細工だった。

後宮では案外これが好評だった。寒い場所に置いて、透明な飴細工がどれほど白くなるか競っているらしい。

「まあ競うのも遊びでしょうな」

昨日の様子をジグルトが報告したが、皇帝は無言でうなずくだけだった。皇帝の宮は、これでもかというほどの赤い花で溢れている。

ジグルトが去り、カルスが報告をまとめようと立ち上がった時、皇帝の声が降った。

「カルス、頼めるか」

カルスが近づくと、皇帝の手には小さな箱が握りしめられていた。

「……タレスの離宮に、届けてくれんか」

カルスは皇帝の顔と小さな箱を何度か見比べた。

そして、切ないと感じたくせに、君主たるものそんな愚かな気持ちを持つわけがないと否定した己の心を恥じた。

「その役目は……後宮付き第一書記官のジグルトが」

そう申し出たが、皇帝は無言で首を振った。黙ってカルスに箱を差し出す。

紙で包まれているわけでもない、ただの箱だった。カルスは、中身は訊かなかった。後宮の妃らの半分以下の大きさ。それでも、こうしてほしいと自ら案を出し、贈り物とも告げず、おそらく自分で食してみたいからと偽り、菓子職人に作らせたのだろう。

「お手紙や……御名は」

「不要だ。渡してくれれば良い」

したり顔のヴァントの顔が目の前にちらついたが、それを振り払ってカルスは恭しく箱を掲げた。

「御心のままに」

◆・◆・◆

「セナ様、王宮から荷物が届きましたよ」

フオルの声に、セナより先にアスランが反応した。体を左右に揺らして駆けるように廊下に出ようとする。

「アスラン、外は寒いから駄目」

一歳半の息子は動きたい盛りで抱っこを嫌がり、身体をのけ反らせた。行きたいと騒ぐアスランを肩に担ぐようにして玄関口まで行くと、早速フオルが荷物を広げていた。使用人夫妻も頼んでいたものを確かめている。

「ああ良かった！　ほらフォル様、厚みのある生地で作られたアスラン様の服が届きました」

「やっと！　王宮は対応が本当に遅い」

「御子様の背丈などあっという間に伸びるのだから早くしてほしいと、再三伝えていましたからねぇ」

　セナは自分のものなどあえて頼んだことはないので興味がなかった。興味津々の息子を連れて部屋に戻ろうとした時、フォルの声が背中に届いた。

「ん？　何でしょうねこれ？　頼んでいないものが入っている」

　水色の美しい紙とリボンで彩られた小さな箱だった。そんな風に装われた箱など見たことがなかったセナは、思わず近づいて覗き込んだ。

「綺麗だなあ。レスキアはこういう細工も優れているよな」

「まあ、高価は高価ですね。なんでしょうね、これは。間違って入れたんでしょうか」

　美的なことにまるで関心のないフォルは、箱をひょいと持ち上げた。箱の下をセナに向ける。

「皇帝の紋章ですね」

　小箱を渡され、箱の下に押されていたものを、まじまじとセナは見つめた。

「そうなんだ？」

「ご存じないんですか？　大事な書面や皇帝の衣装飾りについてあったでしょう」

「全然見なかった」

「もう～、これだから」

　箱を持つセナの手から、細工に興味を持ったアスランの手が箱を奪い取った。

「あっ、こら！」

　あっという間に幼児の手は繊細な細工をぐしゃぐしゃにしてしまった。手に絡んだ美しいリボンを巻き付けて、アスランははしゃいだ。

「きええーい」

「そうだね。綺麗だ」

　居間に荷物を運んでから、セナは包みだけになり歪んでしまった箱を前に首を傾げた。

帝国や皇室ではなく皇帝の紋章ということは、個人的なものだろう。誰かに贈るものだったのだろうか。

「やたら軽いですけどね」

フオルがそっと箱を振る。

「開かずに戻した方がいいだろうか」

「けど、こんなに箱を歪めてしまっては。いいんじゃないですか、開けても」

フオルの言葉に、セナはためらいつつも包み紙を広げ、箱の蓋を開けた。

そこには、乳白色の粉が敷き詰められていた。

「雪だ」

「えっ？」

フオルがのぞき込んでくる。思わず呟いたが、雪ではないとすぐにセナは悟った。真四角の白い菓子がぴたりと収まっていたのである。

「これ、焼菓子？　なのか？」

アスランが箱を潰してしまったので、白い菓子はいくつか欠けていた。欠片を口に含むと、一瞬にして口の中で溶けた。

「あっ、やっぱり、雪……」

「もう！　セナ様、そうやって警戒心なく食べて！誰かが仕込んだ毒だったらどうするんですか！」

菓子に手を伸ばそうとするアスランを抱きかかえてフオルが叱責する。

「せっかくですからしっかり食べて毒味してください」

「酷くないか？」

「あっさり口にしておいて何をおっしゃる。甘いんですか？　アスラン様でも食べられそう？」

「ああ！　これ子ども向けなのかも。口に入れたらすぐに溶けて、そんなに甘くないし。これ、レスキアでは子ども向けの菓子として売っているのか？」

使用人夫婦に菓子を勧めると、二人とも見たことも味わったこともないと首を傾げた。

「これはかなり高価な菓子かもしれませんよ。王宮からの差し入れですし……」

使用人の妻は料理上手で菓子もよく焼くが、こんな作り方は想像もできないと感心した。

「お方様がおっしゃるとおり、まるで甘い雪のようですわね」

「そうだな。俺は砂漠の生まれだったから、雪というものはこんなふうに口にすると甘いのではないかと思っていたよ。子どもの頃、夢に見た雪と同じだ」

「本当の雪は人を凍えさせるだけですけどね。……それにしても王宮はなんでまたこんなものを？」

菓子を口に含みながら首を傾げるフオルに、使用人が呟くように言った。

「二日前は、『赤花と白石の日』でしたが……」

「何だそれは？」

「レスキアでは年に一度、恋人や夫婦が贈り物をするんです。夫へは赤い花。妻には白いお菓子」

セナはフオルと顔を見合わせた。

「もしかして間違って開けてしまったのかな」

「外の愛人にやるものを間違ってこちらに入れてしまったとか」

しかし食べてしまったものは仕方がない。セナは口の周りを白い粉まみれにして菓子をほおばる息子の頬を突いた。

「おいしい？　アスラン」

「アイ！」

セナは残った菓子を口に入れた。

淡く、優しく、口に含んだことすら忘れてしまうような儚さで、それは甘さだけを残して静かに消えた。

甘い雪を想像した遠き少年の頃を思い出しながら、セナはもうすぐ近づいてくる冬に思いを馳せた。

エクレアノベルスをお買い上げいただきありがとうございます。作品へのご意見・ご感想は右のQRコードよりお送りくださいませ。

ファンレターにつきましては下記までお願いいたします。

〒162-0822　東京都新宿区下宮比町2-26
KDX飯田橋ビル5階
株式会社MUGENUP エクレアノベルス編集部 気付
「佐伊先生」／「小山田あみ先生」

竜王の婚姻〈上〉
黄金の獅子と白銀の狼

2024年4月26日　第1刷発行

著者　佐伊　

イラスト　小山田あみ

発行人　伊藤勝悟

発行所　株式会社MUGENUP
〒162-0822　東京都新宿区下宮比町2-26
KDX飯田橋ビル5階
TEL　03-6265-0808（代表）
FAX　050-3488-9054

発売所　株式会社星雲社（共同出版社・流通責任出版社）
〒112-0005　東京都文京区水道1-3-30
TEL　03-3868-3275
FAX　03-3868-6588

印刷所　株式会社暁印刷

カバー・巻頭記事デザイン　カナイデザイン室
マップ制作　芦刈将（ASHIKARI WORKS）
本文デザイン・組版　近田火日輝、野上加奈子（fireworks.vc）

※本書は、小説投稿サイト「ムーンライトノベルズ」に掲載されていたものを加筆修正し書籍化したものです。
※「ムーンライトノベルズ」は株式会社ヒナプロジェクトの登録商標です。

Printed in Japan　ISBN 978-4-434-33704-8　C0093